KB069960

시장과 전장

박경리
장편소설

다산책방

제2장

일러두기

- 국립국어원의 한글맞춤법과 외래어 표기 원칙을 적용하였다.
- 의성어, 의태어, 개인 방언 등은 작가의 창작의도에 따라 원문을 유지하였다.
- 방언, 속담, 관용구, 일본어 표기 등은 각 권의 부록으로 처리하여 독자의
  이해를 돕도록 하였다.

마지막 장(章)을 끝낸 그날 밤 이불을 뒤집어쓰고 가족들 몰래
울었다. 전쟁의 상처는 아무 곳에도 남아 있지 않았다. 일 년 반
의 괴로운 날들이 생각나서. 희열과 절망의 연속 속에 원고 보
따리들을 싸 들고 전전하던 일은 아마 오랫동안 잊지 못하리라.
지금 허탈에 빠져서 연재 중인 소설에 성실을 다하지 못하고
『시장과 전장』이 나오기만을 초조하게 기다리고 있으니 어쩌면
나는 이제 다시 작품을 쓰지 못하게 될지도 모른다는 예감이 자
꾸만 든다.

아무도 사실대로 기억하고 사실대로 쓰지 못한다. 만든다는
것은 언제나 새로운 일이기 때문이다. 만드는 순간, 음향과 색
채와 모양은 결정되고 시간은 그 위에 멎는다. 그 시간이 멎는
다고 생각할 때 이 작품 하나를 내놓는 기쁨을 나는 느낀다. 그

7

리고 이 세상 어떤 영광에도 비길 수 없는 내 혼자의 영광을 안

아보지만 처음 세상이 생길 적에 사람에게는 생활만이 있었을

것을 어찌하여 소설가는 이런 글을 쓰게 되었는가, 생각할 때

나는 다시 절망을 느낀다. 왜 사람에게 슬픈 이야기가 필요한

가, 왜 작가는 피 흘려가며 슬픈 이야기를 써야 하는가, 왜 전쟁

의 비극은 시처럼 아름다운가, 언어와 글이 생김으로써 사랑과

외로움과 예술이 생겨나고 모든 것이 생겨나고— 그러나 오히

려 언어의 장벽에 갇히어 서로 이해되지 못한 채, 때로는 처음

그 세상을 그리워하다가 사람들은 모두 자기 그림자만 밟고 갔

으며 또 가고 있는 것이다. 참으로 언어와 글자는 진실이 아니

다. 예술가는 언어의 길을 캐려다 지쳐서 가는 사람. 가까워지

려는, 창조하시는 신에게 가까워지려는 염원만 남기고 가버리

는 사람이 아닐까.

　이 작품에 관하여 한마디, 육이오라는 역사가 배경인 만큼 어

쩔 수 없이 실재의 지명, 상황을 더러 이용했지만 그것조차 상

상想像의 재표현再表現임을 밝혀두고 여태까지 부정적 인물밖에

그릴 수 없었던 작자는 처음으로 이 작품 속에서 긍정적인 여자

이가화李嘉禾를 만날 수 있었다는 데 대하여 기쁨을 느끼며 이

책을 위해 도움을 주신 분들께 감사를 올린다.

1964년 10월 5일

박경리

제1장

북한삼팔도

바지 주머니에 손을 찌르고 지영知英을 따라 나오다가 기석基碩
은 걸음을 멈추며 버드나무를 올려다본다. 지영의 말을 기다리
는 눈치다. 얼굴 위에 나무 그림자가 거미줄처럼 바람에 흔들리
고 안경이 번득인다.

"편지가 제대로 올까?"

먼저 기석이 입을 뗀다. 지영은 기석을 외면하며 개를 부른
다. 쥐 냄새를 맡은 개는 장독 사이에 코를 처박고 들은 척도 안
한다.

"미미."

알아들었다는 듯 겨우 꼬리를 흔든다.

"미미!"

이번에는 쫓아와서 미안한 몸짓을 하며 어리광을 피운다. 지영은 허리를 꾸부리고 뭐라 중얼거리며 개의 머리를 쓸어준다.

"가봐서 마음에 안 맞거든 돌아와."

아무 말도 없이 대문을 밀어붙이며 지영은 나가버렸다.

"몸조심해!"

기석은 울타리 안에서 크게 소리친다.

채마밭에 앉아 있던 건너편 울타리 없는 양옥집 노부인이 상추를 솎아가지고 집 안으로 들어간다. 그 집 뜰 안에는 달구지국화가 노을처럼 가득 피어 있었다. 조용한 아침나절, 이따금 옆집 병원에서 환자 앓는 소리가 들려오곤 한다.

기석은 바람에 후울 날리는 나뭇잎을 멍하니 내려다보다가 안경을 밀어 올린다.

"굴비 사려잇!"

굴비장수가 소리를 지르며 지나간다.

"굴비 사려잇!"

외치는 소리는 차츰 윗마을로 멀어져갔다.

지영은 슈트케이스를 들고 비에 망가진 진흙 길을 조심하며 뛰어간다. 조심하는데 깨끗이 닦은 구두에 진흙이 묻는다. 저만큼 학교 운동장을 막아놓은 철망 울타리 옆을 아이 업은 윤씨와 분홍색 양복 입은 희가 앞서 걸어간다. 둑길로 올라섰을 때 지영은 숨을 가쁘게 쉬며 그들을 따라간다.

지영은 발을 구르며 신발의 흙을 떤다.

"헌 신을 신고 오지 그랬나? 아침에 말짱히 닦더니만, 희야! 넘어질라, 천천히 가거라."

눈 오는 아침의 강아지같이 팔딱팔딱 뛰어가는 희에게 윤씨는 주의를 준다.

"그 먼 데까지 뭐 할라고 갈라 카는지, 좋은 내 집 놔두고…… 내사 아무래도 니 마음을 모르겠다."

윤씨는 손수건을 꺼내어 코를 푼다.

"아범의 마음이 착해서 니는 니 하고 싶은 대로 다 안 하나."

선이 뚜렷한 지영의 얼굴에 싸늘한 비애가 어린다.

맑은 소리를 내며 불어오는 강바람, 트럭 두 대가 한강 모래밭의 모래를 실어 나르고 있다. 다리 밑 움막에서 큰 광주리를 짊어지고 나온 넝마주이는 갈쿠리를 뱅뱅 돌리며 다리 위로 올라간다. 아지랑이가 흔들리는 서빙고西氷庫 쪽으로 기동차가 달리고 있었다.

윤씨는 또 코를 풀면서,

"감기가 들어 골치가 띵한다. 철이 바뀔라고 그러는지, 어젯밤에는 잠도 설치고……."

손수건을 소매 안으로 밀어 넣고 윤씨는 다시,

"거기 가믄 아이들 보고 싶어 어찌할래?"

지영은 윤씨를 쳐다보다가 대꾸 없이 윤씨를 내버려두고 걸음을 빨리한다. 희가 엄마를 부르며 그의 뒤를 쫓는다.

용산역의 플랫폼에는 기차를 기다리는 여행자들이 드문드문 서 있었다. 손님들보다 많은 역부들이 짐을 실은 손수레를 끌고 가며 건너편을 향해 소리친다.

낯선 어느 사나이가,

"날씨 참 좋습니다."

윤씨를 보고 말을 걸었다. 몸집도 크고 머리도 크고 회색 남방셔츠에 흰 여름 모자를 쓰고 있었다. 윤씨는 상냥하게,

"네. 참 날씨가 좋습니다. 비 온 뒤가 돼서."

사나이는 물부리를 꺼내어 흑흑 몇 번 빨아보더니 발밑에 침을 뱉는다.

"아주머니께서는 어디로 가십니까?"

물부리에 궐련을 끼우며 묻는다.

"내가 가는 게 아니라요. 우리 딸이 가지요."

하고 윤씨는 이야기를 시작했다.

흰모래가 깔린 땅바닥에 햇빛이 튄다. 이정표의 짙은 그림자를 따라 윤씨와 희의 그림자도 나란히 떨어져 있다. 선로 가까운 곳에 슈트케이스를 내려놓고 그 위에 앉아 쇠망치 소리가 울려오는 맞은편 차고를 지영은 멍하니 바라보고 있었다. 기관차가 시끄러운 소리를 내며 달려간다. 지영의 흰 옷고름이 나부끼고 기관차가 연결되면서 화차貨車는 뒤로 왈칵 밀려 나온다.

"거긴 시수가 상그럽다 하는데 이리 걱정입니다."

"글쎄올시다. 뭐 어떨라구요. 삼팔선을 넘어 다니면서 장사하

는 사람도 많은걸요."

윤씨의 눈이 커진다.

"삼팔선이라구요?"

"네. 삼팔선 말입니다. 넘어 다니죠."

"붙잡히면?"

"그러니 돈을 버는 일이 수울찮지요."

"분복대로 살 일이지…… 그런 위험한 짓을 와 할꼬."

"호랑이 새끼를 잡으려면 호랑이 굴로 들어가야 한다는 옛말이 있지요. 한때, 해방 직후만 해도 다롄[大連]까지 내왕하면서 굵게 장사한 친구도 많았는걸요. 그 통에 망한 놈도 있고 돈을 갈쿠리로 긁어 본정통에 큰 점포를 장만한 놈도 있고, 요즘엔 경비가 심해서 삼팔선 장사도 아슬아슬하다더군요."

"분복대로 살 일이지……."

지영은 여전히 맞은편 차고를 바라보고 있다. 손가락에 옷고름을 말았다 풀었다 하며 멍하니.

"할머니, 광이가 자아."

기차 구경에 싫증이 난 희는 윤씨의 팔을 비틀며 짜증을 낸다.

"음, 잔다. 자식이 에미 가는 것도 모르고……."

윤씨는 업은 아이를 한 번 추슬러 올린다. 금테 모자를 쓴 역장이 수박색과 붉은색의 깃발 두 개를 들고 점잔을 빼며 역사에서 걸어 나온다.

지영이 기차에 오르려 하자,

"나올 때 입었는데 섶이 와 그리 자꾸 밀리노."

윤씨는 딸의 저고리 섶을 쓸어준다.

지영은 윤씨의 팔을 밀어낸다.

"몸이라도 아프거든 집에 곧 돌아오너라. 객지에 가서 공연한 고생을 할라고, 세상에 니 고집을 누가 막겠노. 참, 저 어른도 개성까지 가신다는데……."

윤씨는 잘 부탁한다는 시늉으로 사나이를 돌아다본다. 그는 물부리를 얼른 뽑으며 인사하려고 앞으로 다가왔으나 지영은 얼굴을 찡그리며 기차 안으로 그냥 들어가 버린다. 윤씨는 당황하여 급히 손수건을 꺼내어 코를 푼다.

'소가지도 참 못됐다.'

지루한 여행에 말동무가 생겼다고 기뻐한 사나이는 거만한 지영의 태도에 실망, 그러나 모자를 조심스럽게 올렸다 놓으며 윤씨에게,

"안녕히 계십시오."

하고 인사한다. 기차는 차바퀴를 굴린다.

"엄마, 안녕!"

외치며 희가 손을 흔든다.

"편지해라. 아범 걱정한다!"

기차를 따라오며 울상이 된 윤씨는 소리친다. 증기를 뿜는 소리가 빨라지면서 희와 윤씨, 낡은 역사驛숨는 사라지고 금테 모자의 역장, 아치형의 차고도 사라진다. 텅 빈 기차는 굴다리를

돌아간다.

서울에 도착한 기차는 손님과 화물을 가득 싣고 다시 북쪽을 향해 떠났다.

열흘 전에 지영은 이 기차를 타고 황해도 연안을 한번 다녀왔었다.

'흐린 날씨였던가? 꿈을 꾼 것 같다.'

들일을 마치고 돌아오는 소 방울 소리, 어미를 따라오는 송아지 울음이 돌담 밖을 지나갈 때 하인이 저녁상을 들고 들어왔다. 마을 친척들에게 둘러싸여 서울 얘기를 하고 있던 이 선생 부인이 지영과 마주 보고 앉으며,

"자, 어서 드세요. 시장하실 텐데."

계란 노른자위가 보름달같이 미역국에 둥실 떠 있었다. 김이 서리는 흰밥, 미역국은 달밤에 출렁이는 바다, 향긋한 미역 냄새, 바다 냄새가 풍겼다. 지영은 따뜻한 김이 서리는 상 모서리에 낯설어하며 앉아 있었다.

"시골이 돼서 찬이 없지만 많이 드시우."

뚱뚱한 중늙은이—이 선생 부인의 어머니—가 권했지만 그의 눈에는 영문 모를 나그네에 대한 스스럼이 있었다. 지영이 겁먹은 듯한 미소를 띠며 수저를 드는데 해 떨어지는 서편에서 바람이 불어온다.

"온 김에 푹 쉬었다 가거라."

뚱뚱한 중늙은이는 허전해하며 말했다. 부인은 수저를 놀리며,

"이 서방이 어서 오라고 막 야단인걸요."

친척 한 사람이 농사 얘기를 하다 말고,

"호랑이가 색시 물어갈까 봐서?"

놀려준다.

"처음에는 하루라도 못 보면 죽을 줄 알지. 남남끼리 만나서 그놈의 정이란 무엇인지 몰라. 이 서방이 달밤에 업어주진 않던?"

다른 친척이 또 놀려준다.

"아주머니도 참."

얼굴을 붉힌다. 이 새색시를 위해 친척들은 모두 기쁘게, 자기들이 신혼 기분에 취한 듯 웃는다.

"좋은 때다. 우리한테 그런 시절이 있었던가 싶으지도 않네."

부인을 보러 왔던 마을의 친척들은 모두 돌아갔다. 사방이 어둑어둑해졌을 때 하인은 석유 등잔에 불을 켜주었다. 장지문에 그림자가 어수선하게 흔들리면서 싸아 하고 바람 소리가 지나간다.

"이 처녀 색시가 연안 여학교에 취직하러 오셨단 말이지?"

어설프게 지영을 바라보며 중늙은이는 딸에게 묻는다.

"어머니두, 처녀 색시 아니에요. 애기까지 두셨는데 그러세요?"

"아니, 그럼 바깥양반은?"

"이 서방 친구분이에요."

"바깥양반이 계신데 왜?"

의심스러운 눈으로 그는 지영을 가만히 본다. 이 선생 부인은 민망히 여기며,

"저 말예요, 어머니."

하고 화제를 돌린다.

중늙은이는 자꾸 지영을 쳐다보다가,

"그래 작은아버진 만나봤니?"

"만났어요."

"저분 취직 아니더면 집에 못 올 뻔했구나!"

얼굴을 찌푸린다. 젊은 여자가 남편과 자식을 두고 이런 곳에 혼자 오는 데 그만한 까닭이 있으리라는 짐작이 구식 중늙은이를 불쾌하게 한 것 같다. 지영은 눈 둘 곳이 없어 깜박거리는 등잔불만 쳐다보았다. 눈에서 눈물이 떨어질 것만 같아서 얼굴을 숙여버렸다.

낮에 지영은 이 선생 부인과 함께 연안 여학교에 갔었다. 부인의 숙부—그 학교의 교감—소개로 교장을 만나보고 취직이 결정된 것이다. 교감은 교장실로 가면서 지영에게,

"결혼하셨다는 말씀은 마십시오."

"하지만……."

지영이 머뭇거리자,

"결혼한 사람은 좋아하지 않으니까요."

일이 끝났을 때 기동차는 벌써 떠나고 없었으므로 지영은 부인의 친정이 있는 여기까지—연안에서 두 정거장을 지나와서—따라온 것이다.

휜하게 트인 들판, 오두막 같은 간이역에 내렸을 때 동쪽 나지막한 언덕 아래 마을이 있었다. 부인은 초가 사이의 오래 묵은 기와집을 가리키며,

"저게 우리 친정이에요."

푸른 보리밭 사이, 자갈과 쇠똥이 굴러 있는 마을 길로 접어들자 수염이 희끗희끗한 늙은 농부 한 사람이 풀을 한 짐 짊어지고 내려오다가 부인을 보자 얼른 멈추어 서며,

"아씨, 이제 오십니까?"

공손히 인사했다.

"잘 있었수? 김 서방."

인사를 받으며 부인은 친절하게 물었다.

"마님이 기뻐하시겠습니다. 늘 말씀하시며 기다리시더니."

농부는 웃으며 다시 인사하고 지나갔다.

"……."

"세상이 점점 험해져서 사는 게 바늘방석에 앉은 것 같고……고방마다 쌀섬이 가득 찼던 옛일을 생각하면 서글퍼서……."

석유 등잔의 심지를 돋우며 중늙은이는 중얼거린다. 어둠침침한 방 안이 한결 밝아진다.

"그러니까 이 서방도 자꾸 말하지 않아요? 서울로 진작 옮기시는 게 좋을 거라구."

"글쎄, 그게 어디 쉬우냐?"

"이북서 밀고 내려오는 날이면 그만이에요."

"밀고 내려와도 할 수 없지. 살던 내 집 내 땅 버리고 어디로 간단 말이냐? 여기를 당하면 서울인들 무사하겠니?"

초조하고 불안한 빛이 돈다.

"어머니두, 여긴 삼팔선 아니에요?"

"삼팔선이고 뭐고 이쪽의 군대는 눈뜬장님이라던?"

"딱한 말씀만 하셔. 개성까지 내려오지 않았어요? 백천에도 빨갱이들이 불을 지르고 간 걸 아시면서."

무거운 침묵…….

"죽는 일만은 마음대로 안 되는 법이야."

후욱 숨을 내쉰다.

"어디 있어도 살 사람은 살고 죽을 사람은 죽지. 조상의 땅을 버리고 낯선 곳에 가서 나는 못 살아. 선영 뫼시는 것도 내가 있는 동안뿐인데, 좋은 세상이 와서 옛날같이 된다 해도 너희들이 고향에 돌아와 살겠니? 선산에 풀 베는 것도 내 살아 있는 동안이지. 나는 그걸 알고 있어."

중늙은이는 옷고름으로 눈물을 닦는다.

"어머니두, 공연히 마음 상해하시네."

"안 그렇단 말이야? 토지개혁인가 뭔가 땜에 그 많은 땅 다

빼앗기고 우리 고방이 텅텅 비었는데 고향까지 버리라니 우리 선산이 쑥대밭이 되어도 좋단 말이냐?"

부인은 지영에게 눈길을 돌리며 쓴웃음을 띤다.

'이렇게 완고한 노인을 보셨어요?'

밤이 깊어 중늙은이는 일어섰다.

"저물었구나. 이제 자거라. 손님도 안녕히 주무시우."

그는 날씨 걱정을 하며 안방으로 건너갔다.

"고단하시죠?"

미안해하며 부인은 자리를 깔았다. 머리핀을 뽑아놓고 자리에 들면서 부인은 등잔불을 불어 껐다. 마을에는 깊은 숲도 없었는데 멀리서 뻐꾸기가 울었다.

어느새 부인은 잠이 들고 지영은 바람을 타고 오는 뻐꾸기 울음을 듣는다.

'달이 밝은가 부다.'

등잔불을 껐는데 잠든 부인의 얼굴을 똑똑히 볼 수 있었다.

기차는 북쪽을 향해 달리고 있다.

바퀴를 굴릴 때마다 일어나는 진동은 사람들의 발바닥을 타고 심장에 점을 찍으며, 달각달각, 앞으로 이끌려 간다. 우우오— 기적이 멀리, 산과 들판에 메아리치며 울려 퍼진다. 낯선 사람을 만나는 것처럼 정거장이 나타나고 꿈의 한 토막처럼 정거장은 사라진다.

지영의 맞은편 좌석에는 대학생과 아이를 안은 여자가 앉아 있었다. 여자는 캐러멜이 녹아 붙은 아이의 손을 열심히 빨아준다. 스며드는 햇빛에 여자의 코언저리에서 눈썹 위까지 퍼진 기미가 뚜렷이 보였다. 때 묻고 허술한 옷차림.

　"이게 무슨 강인가요?"

　여자는 대학생에게 묻는다.

　"신문 보실 분은 안 계십니까! 잡지! 잡지! 잡지가 있습니다!"

　판매원이 지나간다.

　"여보, 거 신문!"

　대학생은 신문을 받아 들고 잔돈을 건네준다. 신문을 펴려다 그는 여자의 말이 생각났는지 창밖의 강을 한번 내다보고,

　"임진강이군요."

　"왜 저렇게 흙탕물일까요?"

　여자는 다시 물었다. 대학생은 비가 온 뒤가 돼서 그렇다는 말은 않고,

　"남북의 허리통을 짤라났으니 피가 흐르는 게죠, 아마."

　농담의 투도 아니다.

　"무슨 큰 수나 터질 것처럼 찾아왔는데…… 온 전신에 날치기 도둑놈만…… 살길은 막막하고 어찌했음 좋을지."

　흙탕물이 흐르는 임진강을 하염없이 바라보며 여자는 중얼거렸다.

"청진에는 외할머니가 계실 텐데…… 삼팔선 땜에 갈 수도 없고…… 말만 독립이지…….”

대학생은 별다른 뉴스도 없었는지 신문을 접으며,

"남이 갖다준 독립이니까, 반쪽이라도 끽소리 말고 있으라는 것 아닙니까. 쳐부숴야죠, 우리가.”

맥 빠진 소리다.

"차라리 이럴 바에야 돌아오지나 말 것을…….”

"어디서 오셨는데요?”

"일본서 왔어요. 와보니 해 먹고 살길이 있어야죠. 가진 것도 속아서 홀랑 뺏기구 다 팔아먹구 얼굴도 모르는 친척을 찾아가는데 만나게나 될는지.”

"청진으로 말입니까?”

"아, 아니, 갈 수 있나요? 개성에 간답니다. 딸린 것만 없음 식모라도 살겠는데, 히로시! 아부나이*!”

여자는 창밖으로 얼굴을 내미는 아이의 목덜미를 낚아채며 야단을 친다.

용산역에서 지영과 함께 탄 사나이는 병 소주를 들이켜며 이웃과 장사 얘기, 시국 얘기를 늘어놓더니 어느새 시트에 머리를 얹고 입을 헤벌린 채 낮잠을 자고 있다.

개성에서 대부분의 손님들은 내렸다. 옆에서 흔들어주는 바람에 잠을 깬 사나이는,

"어, 어, 벌써 개성이라?”

허둥지둥 짐을 들고 내린다. 기차가 움직이자 사나이는 큰 소리를 지르며 손을 휘젓고 기차를 쫓아온다.

"모자! 내 모자!"

그러나 기적 소리에 고함은 그냥 없어지고 기차는 속력을 낸다. 쫓아오다가 그는 바보처럼 멍하니 서버린다.

"빌어먹을!"

창문 옆 옷걸이에 주인 잃은 모자가 혼자 흔들리고 있었다.

남한 마지막의 선로, 굵은 말뚝을 박고 통행을 금지한 곳, 삼엄한 토성土城에서 엄중한 신분증 조사가 끝난 뒤 지영은 피리 소리 같은 기적을 울리는 연안행 기동차로 갈아탔다.

역 구내에 노다지로 쌓인 석탄에 늦봄 햇볕은 뜨겁게 내리쬐고 있었다.

지령

야구 시합이 끝난 서울운동장에서 학생 시민들의 무리가 쏟아져 나온다. 그들은 전차 정류장에 모여들었다. 흩어져 양쪽 보도를 누비고 지나가는 축들도 많다. 마이크가 왕왕거리고 트럭이 연달아 지나간다.

흐릿한 날씨. 기훈基勳은 전찻길을 건너 고물상이 늘어선 시장께로 접어든다. 철 늦은 털옷, 군대복, 담요 따위를 길바닥에 늘어놓고 색안경을 쓴 키 큰 사나이가 약장수같이 소리를 지르고 손뼉을 치며 손님들을 부른다. 장바구니를 든 아주머니가 담요를 만져보고 만져보곤 하다가 가버린다.

"고물상도 한물갔어. 작년만 해도 귀환 동포들이 미끈한 모피 외투를 들고 나왔고 왜놈들 찌꺼기도 수월찮이 있었는데 이젠 바닥이 난 모양이야. 장바닥도 많이 쓸쓸해졌지."

"그러니 요즘은 안 파는 게 장사라."

"흥! 솥 씻어놓고 기다리는 식구들 어쩌구 안 파누?"

장사꾼들이 팔짱을 끼고 얘기를 하고 있다. 소달구지가 느릿느릿 장바닥을 지나간다. 고깃간 앞에 머문다. 일꾼이 쫓아 나와 커다란 갈비짝을 메어 나르고 소는 꼬리를 치며 쇠똥이 말라붙은 엉덩이의 파리를 쫓는다.

시장 길을 빠져, 굴다리를 지난 기훈은 골목으로 들어선다.

흐린 하늘, 비가 쏟아지려는지 후덥지근하다. 왼편을 돌고 오른편을 돌고 또 왼편을 돌고 오른편을 돌고 복잡한 골목이다. 전주와 담벽에 시끄러운 벽보, 낡은 것, 새것, 찢어진 것, 수캐 한 마리가 다리를 치켜들고 소변을 본다. 기훈을 흘깃흘깃 쳐다보더니 개는 제물에 놀라 달아난다. 얼마 안 가서 또 다리를 치켜든다. 기훈은 개를 향해 후닥닥 뛴다. 꼬리를 감추고 죽는소리를 내며 개는 달아난다.

골목은 두 줄기, 사다리꼴로 갈라지고 그 사다리꼴 한가운데 구멍가게가 하나, 구멍가게로 들어간 기훈은 담배를 사가지

고 호주머니 속에 넣는다. 가게 안은 어두워서 여자가 입은 녹
두 빛 저고리는 우중충해 보였다. 기훈은 거스름돈을 받으며 묻
는다.

"여긴 179번집니까?"

"358번지예요."

여자가 대답한다. 기훈이 물어본 번지수에 에누리 없는 갑절
이다.

"전기는 아홉 시에 들어옵니까?"

"네 시 반에 들어와요."

이번에는 절반이다. 기훈이 빙그레 웃었으나 여자는 그 웃음
을 튀기듯 골목을 살핀다.

"들어가세요."

날카롭게 말하며 가게 뒷벽에 있는 장지문을 여자는 가리켰
다. 기훈이 방문을 열자,

"신발을 갖구 가세요."

여자의 낮은 목소리가 뒤쫓아왔다. 방 안도 캄캄하다. 기훈
은 장지문에 끼워놓은 조그마한 유리 구멍으로 밖을 한번 내다
본다. 골목에는 여전히 사람의 그림자 하나 없고 골목을 바라보
는 여자의 뒤통수가 있을 뿐, 기훈은 천천히 허리를 펴며 방 안
을 둘러본다. 고리짝과 이불만 있는 빈 방, 맞은편에 장지문이
또 하나 있다. 그 장지문으로 해서 밖으로 나갔을 때 수챗구멍
의 물 썩는 냄새가 뭉클 코를 찌른다. 하수도가 메워져 수도 주

변에 물이 질척질척 괴어 있었다. 장작을 패던 청년이 일손을 멈추고 기훈을 바라본다. 도끼를 놓고 여관집 일꾼처럼 청년은 기훈을 안내한다. 역시 어둠침침한 방, 사나이 둘이 벽에 기대고 앉아서 꼼짝하지도 않는다. 기훈은 어둠을 익히려고 눈을 가늘게 뜬다.

한 사나이가 움직이지 않고,

"앉으시오."

억양 없는 목소리다. 눈이 어둠에 익혀지자 빗물에 얼룩진 천장과 누렇게 뜬 벽지를 볼 수 있었고 네 개의 눈동자가 냉혹하게 주시하고 있는 것을 느낀다. 한 사나이는 기훈의 나이 또래, 삼십이삼 세? 다른 한 사나이는 사십을 넘은 중년, 눈에 익은 얼굴인데 기훈은 어디서 언제 보았는지 생각해낼 수 없었다.

검은 스커트에 흰 블라우스를 입은 젊은 여자가 가게 앞 골목에 나타났다. 블라우스는 스커트 사이에 끼우지 않고 내버려두어 홀렁홀렁 움직였다. 가겟집 여자의 눈이 긴장한다. 가게 옆을 지나간 여자는 한참 후에 되돌아와서 가게로 들어왔다. 무엇을 생각하는지 그는 가겟집 여자를 멍하니 쳐다본다.

"뭘 찾으시죠?"

목소리가 높다.

"옷핀 있어요?"

겨우 묻는다.

"네, 있습니다."

가겟집 여자는 슬그머니 몸을 일으켜 선반 위의 상자를 집어 들면서 재빠른 눈초리로 여자의 표정을 살핀다. 초점을 잡을 수 없는 눈동자, 창백한 얼굴, 어딘지 모르게 잘못된 것 같은, 가겟집 여자는 핀을 꺼내며,

"몇 개 드릴까요?"

"네?"

되묻는다. 내가 무슨 말을 했더라? 왜 내가 여기 서 있을까? 하고 도리어 물어보는 듯한 이상한 얼굴로 상대를 쳐다본다.

"옷핀 찾으셨죠?"

깨우쳐준다.

"아아, 두 개만 주세요."

옷핀을 조그마한 구슬 지갑에 넣고 값을 치른 뒤 여자는 다리에 힘이 빠졌는지 휘청 걸어 나간다.

가겟집 여자는 고개를 갸웃거린다. 이상한 여자의 모습이 사라지자 그는 길을 가만히 지켜보고 사방의 소리에 귀를 기울인다.

"아줌마! 사탕 주어."

망가진 장난감 트럭을 끌고, 얼굴에 눈물 자국이 남은 개구쟁이가 돈을 들고 서 있다.

해가 진다.

장작을 패던 청년이 안내해주는 대로 기훈은 뒷문으로 빠져 뒷골목으로 나온다.

고운 노을이다. 그새 찌푸렸던 하늘은 개고 전선 위에 송편 모양의 반달이 걸려 있다. 저기압이 걷혀졌는데 공기는 습기를 머금고 목덜미를 스치는 골목 바람은 시원하다. 여전히 지나가는 사람은 없고 전봇대에 오줌을 깔기던 개도 찾아볼 수 없다.

기훈은 성큼성큼 걸어간다. 큰 키에 곧은 자세, 턱의 선은 완강했으나 눈빛은 부드럽다. 그는 담배를 꺼낸다. 두 손으로 바람을 막으며 성냥불을 붙이려는데 눈이 골목 담벽으로 간다. 여자가 담벽에 서 있었다. 입술이 하얗게 질려서 발발 떨고 있다. 이쪽을 쳐다보는데 그 눈동자에 기훈의 모습이 비칠 것 같지는 않았다. 병든 여자일까?

"어디 편찮으십니까?"

말이 끝나자마자 여자는 길바닥에 푹 쓰러진다. 급히 달려가 여자를 안아 일으킨다. 기훈의 팔에 걸쳐진 가는 목이 떤다. 얼굴은 팔 아래로 축 늘어져 뾰족한 턱이 하늘로 향하고 입술에 이빨 자국이 두 개 노오랗게 남아 있다.

"이거 안 되겠다!"

여자를 안고 기훈은 행길로 뛰어나와 때마침 지나가는 택시를 잡는다.

"병원으로 갑시다!"

운전사는 입에 문 담배를 차창 밖에 던지고 차를 몬다. 기훈의 무릎 위에 늘어진 여자의 얼굴은 자동차 진동에 따라 흔들린다. 짙고 긴 눈시울이 얼굴과 함께 떨고 있었다. 가슴 위에 손을 얹어본다. 여자의 가슴은 약하게 아주 약하게 뛰고 있었다.

기훈은 여자를 병원 침대 위에 내려놓았다. 뚱뚱하고 목이 짧은 의사는 자살 소동으로 오해하는지 눈살을 찌푸린다.

"길에서 쓰러졌습니다."

의사는 동공의 흰자위를 나타내며 기훈을 올려다보더니 굵고 짧은 목이 잘 돌아가지 않아 몸 전체를 천천히 돌리며 책상 위에 내던져진 청진기를 든다.

'돼지같이 살이 쪘구나.'

기훈은 긴장을 풀며 담배를 붙여 문다. 간호사가 헤쳐주는 여자의 가슴 위에 의사는 청진기를 누른다. 기훈의 눈이 그것에 쏠린다.

유방은 잔디가 곱게 깔린 무덤처럼 둥그스름했다. 털이 부숭부숭한 의사의 검붉은 손이 유방 근처를 방황한다. 기훈의 시선은 그곳에 미끄러졌다. 무엇이 번뜩였다. 자그마한 열쇠, 옷핀에 끼워 스커트 한구석에 꽂혀 있는 작은 열쇠가 불빛 아래 번뜩였던 것이다.

의사는 잘 알아듣지 못할 말을 중얼거렸다. 간호사는 재빨리 주사기에 주사약을 뽑아 의사에게 준다. 의사는 여자의 팔을 잡고 소독솜으로 북북 문지른 뒤 우악스럽게 바늘을 찌른다.

"괜찮겠습니까?"

의사는 주사 끝을 쳐다보며 기훈이 묻는 말에 대꾸하지 않는다. 주사를 뽑고 일어선다.

"빈혈증이군요."

퉁명스럽게 말했다. 간호사가 여자의 팔을 문지르고 반창고를 붙여주는 동안 의사는 손을 씻고 수건을 낚아채어 닦더니 획 던진다.

여자는 실신에서 깨어났다.

"이제 정신이 듭니까?"

얼굴을 기울이며 기훈이 묻는다. 여자는 눈을 크게 뜨고 올려다본다. 눈에 쇠붙이 같은 둔한 빛이 가만히 머물고 있다.

"이제 괜찮을 거요. 영양이나 많이 취하도록."

형식적인 말을 남기고 가운을 벗어 옷걸이에 걸더니 의사는 저녁 식사를 하러 가는지 안으로 들어가 버린다.

'자아, 그럼 어떡허지? 내버려두고 갈 수도 없고.'

여자는 아무 지닌 것이 없었으므로 기훈은 자기 호주머니를 털어 돈을 치른다.

여자가 비틀거리며 일어서자 기훈은 얼른 한 팔을 내밀어 부축한다. 기훈의 팔을 잡고 의지하며 현관까지 나온 여자는 잠시 걸음을 멈춘다.

"댁은 누구세요?"

머리를 쓸어 넘기며 묻는다. 팔은 가늘고 희다.

"길 가던 사람입니다."

"제가 쓰러졌군요."

빤히 기훈을 쳐다본다. 여전히 눈동자에는 쇠붙이 같은 둔한 빛이 머물고 있다. 기훈은 그 이상한 눈을 쳐다보며 끄덕인다.

"고마워요."

"마침 지나가는 사람이 아무도 없었으니까요. 좀 어떻습니까? 걸을 만합니까?"

이번에는 여자가 고개를 끄덕인다. 거리에는 노을이 다 지나가고 어둠이 아스팔트 위에 깔려 있었다. 빛을 잃고 거무스름하게 된 가로수 잎이 저녁 바람에 부서지고 멀리 성당의 저녁 미사 종소리가 들려온다.

기훈은 뚜벅뚜벅 걸어가다가 발을 멈추고 무엇을 가만히 쳐다본다. 여자도 기훈을 따라 우두커니 멈추어 선다. 까만 염소 새끼 두 마리를 몰고 시골 노인이 지나간다. 가방을 든 회사원이 지나간다. 행인들이 지나가고 다시 다가온다. 기훈은 담배를 붙여 물고 걷기 시작한다. 여자도.

성당의 종소리가 끊어졌다.

"혼자 가실 수 있겠습니까?"

묻는 말에 여자는 고개를 흔든다.

"그럼 댁까지 모셔다드리겠어요."

"지금 당장은 돌아가기 싫어요."

기훈은 다시 걸음을 멈추고 물끄러미 여자를 본다.

"선생님께서 어려우시지 않으면…… 조용한 다방에 좀 있다가 돌아가고 싶어요."

여자는 가까운 곳을 두고 멀리 있는 가로수를 바라보며,

"그렇게 해주실 수 없겠어요?"

"하지만 누우셔야……."

"번번이 있는 일인걸요."

기훈은 한참 우두커니 서 있다가 길가에 있는 다방 문을 밀고 들어간다. 낡은 우단 의자에 머리를 기대고 두 팔을 의자 손잡이에 쭉 뻗은 채 여자는 기훈을 바라본다. 하얀 블라우스는 얼굴을 더욱 창백하게 했다.

"커피보다 위스키 티로 하시는 게 좋을 겁니다."

하고 기훈은 레지에게,

"위스키 티 하나하고 난 그냥 위스키 둘."

위스키 티를 여자는 조금씩 마신다. 그러나 그의 눈과 얼굴에 생기는 돌아오지 않았다. 십 년 전에 유행한 노래가 손님도 없는 다방 안을 흔들어준다.

'거리가 비에 젖었으면 좋겠다.'

마음에 그 낡은 노래는 스며든다.

"댁이 이 근첩니까?"

"집 말예요?"

"네."

"있는 곳이 이 근처예요."

기훈은 여자 얼굴에서 눈을 뗀다. 여자는 자기 앞에 누가 앉

아 있는지 조금도 생각 안 하는 것 같았다.

다방 밖이 어두워진다. 길을 흔들고 지나가는 자동차의 헤드라이트가 창가에 앉은 여자 얼굴에 눈부신 빛을 던지곤 사라진다. 길을 구르는 소리와 함께 다시 여자 얼굴에 빛이 온다. 얼굴 위에 어둠과 빛은 여러 번 되풀이되었다.

기훈은 빈 마음을 울려주는 음악에 귀를 기울인다. 청년 한패가 큰 소리로 떠들며 들어온다. 여자는 벌떡 일어선다.

"참…… 아니……."

카운터를 돌아보다가 여자는 다시 자기 두 손을 본다.

"왜 그러세요?"

"지갑이……."

"아까 쓰러졌을 때 떨어뜨린 모양이군요. 귀중한 게 들었습니까?"

"아뇨, 돈이 좀."

"많은 금액입니까?"

"아니."

기훈이 찻값을 치르고 여자와 함께 밖으로 나온다.

"이제 혼자 가실 수 있겠죠?"

여자는 또각또각 구두 소리를 내며,

"무서워서요."

한다.

"네?"

짜증 섞인 투로 기훈이 되묻는다.

"같이 가주시지 않겠어요?"

"댁으로 말입니까?"

"집이 아니에요."

"그럼?"

"있는 곳이에요."

기훈은 고개를 흔든다. 두 잔 마신 위스키가 머리 속에 확 퍼진다.

"제 방에까지만 데려다주세요. 빈방에 혼자 가는 게 무서워서 그래요."

여자는 멈추지 않고 걸어간다.

"좋습니다. 잠깐만."

기훈은 길가 상점으로 들어간다. 그는 조그마한 캐나디안 한 병을 사서 호주머니에 집어넣으며 나온다.

오르막길을 올라간다. 조용한 주택가, 길이 넓고 정원수가 울타리 밖으로 넘어와 그늘을 드리우고 있었다. 외등이 다가올 때마다 여자와 기훈의 그림자는 차츰 짧아지고 뒤로 물러간다. 아까 꼬불꼬불한 골목의 조선 기와집 동리와 등이 닿은 고급 주택지다.

여자는 큰 이 층 건물 앞에서 걸음을 멈추었다. 아파트였다. 기훈은 아파트 꼭대기에 축 처져 있는 꺼무스름한 풍차를 올려다본다. 지금은 망가져 돌아가지 않는가 본데 큰 박쥐처럼 하늘에 펼쳐져 있다. 여자를 따라 계단을 밟고 올라간다. 긴 복도—방마다 문이 꼭 닫혀 있다. 여자는 스커트 말에서 열쇠를 끌러 방문을 연다. 안으로 사라지자 이내 방 안이 밝아지고 빛이 복도에 밀려 나온다. 여자는 기훈에게 뒷모습을 보이고 닫혀진 커튼을 젖힌다.

"들어오세요."

돌아서며 말했다. 입술은 아직도 푸르스름하다. 기훈은 우두커니 서서 여자를 바라본다.

"아무것도 대접할 게 없군요."

여자는 손을 맞잡으며 남의 방처럼 사방을 둘러본다. 기훈도 방 안을 둘러본다. 빈방, 무서워요. 혼자, 하던 말이 하나하나 되살아나고 병원용인 듯 낡은 베드는 댕그렇게 높았다. 탁자 하나, 의자 하나, 벽에는 옷 한 가지 걸려 있지 않았다. 값싼 여관방이 이렇게 쓸쓸할까.

"혼자 오는 게 싫어서요. 언제나 혼자 돌아오지만."

별안간 여자는 소름이 끼친 듯 아스스 떤다. 기훈은 담배를 뽑아 물고 성냥불을 그었다. 연기 속으로 여자를 다시 바라본다.

"죄송합니다."

"죄송할 것 없습니다. 정양이나 잘 하십시오."

"저어, 병원비 돌려드리겠어요."

여자는 침대 매트리스를 들고 그 밑에서 돈을 꺼낸다.

"잊어버리고 있었습니다. 그만두십시오."

기훈은 여자가 이렇게 나온 것이 뜻밖이라는 표정이다.

"전 가난하진 않아요."

여자는 처음으로 미소한다. 그 미소 짓는 얼굴은 별안간 그림자 속에서 다른 여자가 뛰쳐나온 것 같다. 기훈은 눈을 껌벅인다.

"돌보아주신 것만도 고마운데."

"그러시다면."

돌아서려던 기훈은 여자로부터 돈을 받아 호주머니에 밀어넣고 의자에 가서 앉는다. 그는 여자를 쳐다보지 않고 벽을 가만히 쳐다본다. 마치 그 벽에 무엇이 숨어 있는 듯 골똘히 노려본다.

"여기서 술 좀 마시면 실례가 되겠습니까?"

얼굴을 들며 묻는다.

"네?"

"술 말입니다."

"괘, 괜찮아요."

기훈은 호주머니에서 캐나디안을 꺼내어 마개를 뽑고 병째 마신다. 여자는 바보처럼 바라보고 서 있다. 잠시 쉬었다가 또 마시고 술이 반병 이상이나 줄어들었을 때,

"참 이상한 사람들이군."

하고 기훈은 픽 웃는다. 술이 들어갈수록 그의 얼굴은 창백해

졌다.

"여자는 모두 남자를 좋아하지요?"

여자는 어리둥절해한다.

"나는 남자를 참 싫어하지요. 썩어빠진 남자들이 동성연애를 한답디다만 생각만 해도 징그러워요."

술을 한 모금 마시고,

"옛날, 아주 어릴 적에 바다가 보이는 이층집에 살았습니다. 산을 무너뜨려 바다를 메운 넓은 빈터를 한참 지나서 바닷가에 나가면 고깃배들이 모여들고 어물시장이 벌어지는데 겨울이 오면 그 빈터에 곡마단이 와서 가설극장을 짓습니다. 슬픈 곡마단의 음악에 따라 계집애가 줄을 타고, 깃발과 가설극장의 천막이 바람에 펄럭이고 말이 땅을 턱턱 차면 정말 미칠 듯이 좋더군요. 나는 그 곡마단을 따라가려고 여러 번 생각했습니다."

술을 한 모금 마시고 기훈은 빙그레 웃는다.

"그 빈터에는 또 블록을 찍어내는 집이 한 채 있었습니다. 날마다 마차랑 소달구지가 와서 모래를 실어 나르고 블록을 날라가곤 했는데 그 집 뒤켠에 소똥이 많이 쌓인 곳이 있었어요. 거기 있는 먹꽈리에 꺼멓게 익은 열매가 주렁주렁 매달려 있었습니다. 하지만 소똥이 더러워서 아이들은 아무도 그것을 따 먹으려 하지 않았지요. 또 아이들은 모래집을 지으며 놀았습니다. 바다에 저녁 해가 떨어질 때까지 놀다가 구름이 차츰 검어지고 고깃배의 불이 보이고 바람이 싸늘하게 불어오면 아이들은 와락 겁이 나서 집을 향해 소리 지르며 달아났어요."

열심히 얘기를 하다가 기훈은 멍하니 여자를 바라본다.

"아 참, 왜 남자를 싫어하는가 그 얘기를 하려 했는데…… 어느 날이었습니다. 나는 계집애하고 놀았어요. 그때 키 큰 곰보 사나이가 달려오지 않겠어요? 잡아서 문둥이에게 팔 테다! 하고 소리 지르며 오는 거요. 나는 계집애 손을 잡고 막 달아났지요. 곰보 사나이는 흰 무명옷을 펄러덕거리며 그냥 쫓아오는 거요. 그는 계집애를 잡고 옳지, 옳지, 문둥이한테 팔아야지 하면서 계집애를 하늘로 치올리지 않겠어요? 계집애는 발을 버둥거리고 울부짖고 나도 울면서 작은 주먹으로 곰보의 옆구리를 막 두들겨주었지요. 그랬더니 이놈 너도 팔아야겠구나 하며 곰보는 내 한 팔도 낚아챘습니다. 아무도 없는 빈터에서 우리는 죽는소리를 질렀죠. 곰보는 껄껄 소리 내어 웃으며 우리를 놔주고 가버리더군요. 그때부터 나는 남자를 좋아하지 않았습니다. 남자라는, 분명히 그것은 성性에 대해서 말입니다. 여자도 남자 닮은 건 싫소. 신문에 나고 연설을 하고 삐라 같은 것을 붙이는 여자 말입니다. 오늘 나는 그 남자가, 구역질이 아, 아니, 술이 오르는군. 미스, 아니 누군지 모르겠소만 당신은 남자를 싫어하지 않겠지?"

여자는 바보처럼 서 있었다. 기훈은 일어서며 여자를 끌어안으려다 무슨 생각을 했는지,

"그럼 안녕히 계십시오."

하고 나가버린다.

푸른 보리

중국옷 비슷한 이상한 것을 입은 젊은 남자가 아무도 없는 학교 운동장에서 터덜터덜 걸어 나온다. 일요일의 오후, 해는 서쪽으로 아주 기울어져 한 뼘이나 남았을까? 서편 산기슭에 벌써 그늘이 찾아들려 한다. 가벼운 바람에 물결을 이루며 푸른 보리 잎이 일렁인다.

학교 정문에 못 미쳐서 오른편으로 꺾어진 좁은 오솔길을 검정 치마에 흰 저고리를 입은 지영이 돌아간다. 젊은 남자는 내리막길을 내려가면서 지영의 뒷모습을 힐끗힐끗 돌아본다. 돌아보다가 그는 휘파람을 불며 가버린다.

풋보리를 뽑아 찢어버리고 또 풋보리를 뽑아 찢어버리고 하면서 지영은 천천히 걸어간다. 풋보리는 이른 봄에 돋아난 속잎 같이 연하고 부드럽다. 좁은 오솔길을 한참 지나서, 밋밋한 상록수가 몇 그루 울타리 대신을 하고 있는 초라한 양옥집 앞에 머문다. 늙은이가 뜰에서 벌통 손질을 하고 있다. 살구나무 밑에 꾸부정히 해를 등지고 앉아서. 모자챙으로부터 늘어진 꺼무스름한 그물이 얼굴을 움직이는 데 따라 이리저리 흔들린다. 흰 장갑 낀 손이 올라갔다 내려갔다 한다.

"안녕하세요?"

지영이 다가가며 인사한다. 늙은이는 그물 속에서 부신 듯 눈을 깜박인다. 좀 기다리라는 손짓을 하고 일어선다. 그물을 벗어 나뭇가지 사이에 걸쳐놓고 장갑도 빼서 그물 위에 놓았으나 장갑은 슬슬 미끄러져 땅에 떨어진다.

"언제 오셨소?"

몇 오라기 안 남은 머리를 쓸어 넘기며 늙은이가 묻는다.

"방금 왔습니다."

죽은 벌이 벌통 둘레에 여러 마리 굴러 있다. 뒹굴며 몸부림쳤는지 흙이 뿌옇게 묻은 놈, 다리를 공중으로 쳐들고 나자빠진 놈, 날개를 모로 접고 누운 놈, 싸움이 지나간 빈터에 남은 병사들의 시체같이.

"오늘쯤 오리라 생각했지만……."

늙은이는 옷을 툭툭 턴다. 지영은 벌을 가만히 보고 있다가 신기한 듯,

"이 벌들 자폭했군요, 교장 선생님."

죽은 벌을 가리키며 말하는 지영의 얼굴에 즐거운 웃음이 떠돈다.

"자폭?"

하다가 교장은 눈언저리에 잔주름을 모으며 한바탕 웃어젖힌다.

"그렇지, 용감무쌍한. 하하핫……."

영원히 봄을 걷어가 버리고 이제는 메마른 나무줄기처럼 늙은 교장이 입을 크게 벌리며 유쾌하게 웃는다.

"용감한 특공대가 남 선생 얼굴을 쏘면 큰일 나지. 자, 마루로 갑시다. 순이야! 순이야!"

군대 셔츠를 줄여 입은 식모아이가 국민학교 생도처럼 부동자세로 교장 앞에 와서 선다.

"차를 끓여 오너라."

교장은 매우 기분이 좋다.

지영은 눈앞에 잉잉거리는 벌을 손으로 쫓아낸다. 벚나무에 한 덩어리가 된 벌이 가지를 휠 듯 달라붙어 있다.

"저렇게 꿀벌을 기르시면 얼마나 꿀을 뜨게 되나요?"

"글쎄…… 심심해서 올봄부터 시작했는데 얼마나 뜨게 될런지…….."

"전에 아주머니한테서 들었는데 깊은 산에 가면 저희끼리 만든 벌통이 있다죠?"

"있지요."

"그 벌꿀하고 도토리하고 솔잎을 짓이겨서 산속의 도를 닦는 사람들이 자신다죠?"

교장은 빙그레 웃는다.

"그럼 세상에 나올 일이 없겠네요?"

"그렇겠지…… 옛날에는 그래서 산속에 숨어 살 수도 있었는데, 가만히 보면 사람이 벌만 못한 것 같애요. 부지런하고 정연한 질서, 정말 지각이 있단 말이야. 저 할 바를 다하고 있으니.
사람은 저 할 바를 다 못하지요."

교장은 무연히 말했다.

"하지만 사람과 벌이 같이 된다면 슬플 거예요. 어떻게 일만
하고 매여 살아요?"

"그건 그래요. 하도 싸움질들 하고 사람 사는 게 복잡하니까.
그래, 숙소는 어떻게? 기숙사에 계시기로 했소?"

"하숙 구할 때까지 당분간 기숙사 신셀 져야겠어요."

교장은 고개를 끄덕인다.

"무엇보다도 오래 있어줘야겠는데, 서울서 온 여선생은 영 붙
어나질 못한단 말이오. 뭐든지 고비라는 게 있질 않소. 그 고비
만 넘기면 이곳도 과히 나쁘지 않은데 얼굴을 익힐 만하면 운동
을 해서 서울로 달아난단 말이오. 이쪽 형편만 딱하게 해놓고."

"전 오래 있으려구 왔어요."

교장은 대단히 만족해한다.

"그렇다고 해서 앞으로 결혼해야 할 젊은 여성들을 언제까지
나 붙잡아두자는 얘기는 아니오. 남 선생도 결혼할 때까지 불편
한 점이 있더라도 참으시고……."

지영은 몹시 더듬으며,

"전, 전 결혼 안 해요."

귀뿌리가 빨개진다. 풀이 죽는다.

"그럴 수가 있소, 결혼은 해야지. 여긴 삼팔 접근지니까 모두

들 신경이 예민해서 불상사도 있고 군인들이 주둔하고 있는 관계로 복잡한 일도 한두 가지가 아니오. 더군다나 여자애들을 맡아서 교육하니만큼 여선생들의 처신이 신중해야 할 게요."

주의를 시키는 교장 얼굴에 한 가닥 어두운 그늘이 지나간다. 지영은 혀가 들큼하게 달기만 하고 아무 향기도 없는 차를 얻어 먹고 교장 댁에서 나온다.

보리밭 옆을 지나 돌아간다. 해가 지고 보리는 아까보다 더 푸르다. 철망 울타리를 쳐놓은 학교 운동장 아래, 비스듬히 경사를 이룬 둑에 가서 지영은 앉는다. 잔디가 신발가에서 넘쳐 들어온다. 간지럽고 부드러운 감촉, 싸늘하고 슬픈 풀 냄새. 그는 잔디 사이의 오랑캐풀을 뽑아 찢으면서 보리밭 너머 시가지를 바라본다. 성당의 종탑이 맨 먼저 눈에 띈다. 뾰족한 지붕, 붉은 벽돌의 건물.

"성당과 형무소는 왜 붉은 벽돌로만 지을까?"

사람이 많이 모여든 곳은 시장, 잔칫집처럼 흰 휘장이 너풀거리고 장꾼들이 와글와글 떠들어대는 소리가 들려오는 것 같다. 이미 기차는 떠나버렸기 때문에 아무것도 없는 정거장 주변은 쓸쓸하다. 시가 중심을 가로지른 큰 거리에 자전거, 달구지가 오고 간다. 간간이 군용트럭도 먼지를 일으키며 오고 간다. 넓고 넓은 연백의 들판, 서편 지평선을 가로막는 아무것도, 언덕 하나도 볼 수 없다.

둑을 기어오르듯 날고 있던 흰나비 한 마리가 보리 위로 옮겨

가서 몹시 나부댄다.

'아범 마음이 착해서 넌 너 하고 싶은 대로 다 하는구나.'

어머니의 목소리가 들려온다. 자꾸만 들려온다. 물결처럼 목소리는 되풀이, 되풀이 온다. 차츰 목소리는 사라지고 물결만 찰싹찰싹 마음을 친다. 어머니의 얼굴은 보이지 않았다. 물결에 산산이 부서져버린 듯 허무하게. 아이들도 남편의 얼굴도 눈앞에 그려낼 수 없다. 그들의 목소리마저 생각해낼 수 없다. 오늘 아침에 헤어져 왔는데 흐린 기억의 창문에 비친 먼 옛날의 친척들 얼굴처럼.

지영은 식구들의 얼굴을 찾아내려고 애를 쓰다가 멀리 시장에 황혼이 깔리는 것을 보고 일어선다. 치마폭에 수북이 쌓인 풀이 발등 위에 떨어진다.

기숙사 뜰에서 꽃을 꺾던 사감 정혜숙이 들어오는 지영을 돌아보며,

"내가 성당에 간 사이 선생님이 오셨군요."

대꾸 없이 웃는다.

"어디 갔다 오세요?"

지영은 교장 댁에 인사하러 갔었다고 대답한다.

"교장 선생님은 혼자 와 계세요. 가족은 모두 서울에 두고…… 그래 늘 적적하시죠."

큰 키, 잔잔한 무늬의 원피스가 꽃밭보다 오히려 화려하다. 머리를 풀어 길게 늘어뜨린 그의 얼굴은 어둡기 시작한 뜰에서

뿌옇게 흔들린다. 울림이 좋은 나지막한 목소리다.

"하도 방이 쓸쓸한 것 같아서 꽃이라도 꽂아드릴려구요. 시골에 뭐 변변한 꽃이 있나요? ……여긴 정말 답답하고 우울해서 견딜 수 없는 곳이에요. 좀 계셔보세요. 바람이 거세서 얼굴이 새까맣게 그을고 피부는 거칠어지고, 사람의 꼴이라니, 가끔 볼일이 있어 서울에 나가면 친구들이 막 흉을 보지 않겠어요? 일찌감치 농사꾼 여편네 될 생각이나 하라구…… 기가 막혀서."

말하면서 금잔화를 가위로 탁탁 자른다.

"서울서 오신 분은 좀 견디기 힘드실 거예요. 다방이 있겠어요? 극장이라는 게 명색만으로 하나 있지만 냄새가 고약해서, 선생들이 사용하는 패스가 있지만 전 늘 사양한답니다. 여기 온 지도 그럭저럭 일 년이 넘지만……."

나지막한 나무 울타리 밖은 모두 채마밭, 아욱과 양파, 시금치밭. 멀리 시가지에 불이 하나둘 나돋는다. 그러나 아직은 밤과 황혼의 사이, 서편의 물든 황금빛 하늘을 보며 하루 일을 끝낸 농부는 소를 몰고 돌아간다.

"이제 다 됐어요."

가위를 엿장수처럼 재깍재깍 울리며 정혜숙은 허리를 펴고 일어선다. 울타리 너머 먼 곳을 보고 있던 지영이 돌아선다.

"참 조용하네요."

"조용하긴 해요. 아주머니, 새로 오신 선생님 방에 불 지폈어요?"

정혜숙의 목소리에는 대단히 위엄이 있다. 우물가에서 걸레를 빨고 있던 식모는,

"오래 묵혀놓은 방이라서 아까부터 불을 지펴놨어요."

"잘하셨어요. 식사 준비는?"

"다 돼가요."

정혜숙은 취사장으로 돌아가고 지영은 방으로 돌아온다. 미리 기차편에 부친 짐이 아랫목에 놓여 있다. 갓도 없는 발가숭이 전등불이 천장에 달무리 같은 그늘을 만들어놓고 쓸쓸하게 빛을 내고 있었다. 지영은 두 손으로 방바닥을 쓸어본다. 장님이 길을 더듬는 것처럼.

'이제는 나 혼자, 나 혼자야, 이렇게 혼자 될 수 있는걸⋯⋯.'

문 두드리는 소리에 놀라며 지영은 벌떡 일어선다. 정혜숙이 꽃병을 들고 들어오며 서 있는 지영을 본다.

"어머 서 계시네? 방이 설어서 그러세요?"

"낯이 설어서⋯⋯."

그는 창가에 꽃병을 놓으며 위로하듯,

"그러실 거예요. 살풍경하고 생소할 거예요."

전등불 밑에서 보는 그녀의 머리 모양과 원피스는 더욱더 화려하다. 그는 다리를 옆으로 모으며 앉는다.

지영은 아까 밖에서 한 말을 되풀이하며,

"참 조용하네요."

"모두 성당에 갔거든요. 아이들이 돌아오면 시끄러울 거

예요."

"모두? 여기선 모두 다 성당에 나가나요? 모두 예수를 믿어요?"

예수를 믿느냐는 말이 우스웠던지 정혜숙은 지영을 쳐다본다.

"그렇지도 않아요. 밖에 나가고 싶은 핑계죠, 뭐. 아이들이란 그저 어울려보는 게 좋아서, 지금쯤 몇몇 분자들은 영화관에 앉아 있을지도 몰라요. 아직 짐은 안 푸셨군."

"아직."

"불편한 점 없으세요? 있으면 말씀하세요."

"아직은 뭐……."

"참, 남 선생님 댁은 H동이죠?"

"네?"

"한때 저도 H동에 있었던 일이 있어요."

지영의 어두운 눈에 혼란이 인다. 경계하듯 몸이 굳어진다.

"거긴 변두리니까 하숙비가 싸거든요. 그리고 방이 넓구요. 혼자 이북에서 넘어와 가지구 고생할 때 있었어요. 겨울에는 강바람이 불어서 춥고 비가 오면 길이 질컥질컥하고, 한강을 끼고 올라가는 그 넓은 고갯길 있잖아요? 아침저녁으로 오르내릴 때 강물을 바라보는 게 어찌나 싫었던지, 그냥 언덕에서 굴러떨어져 죽어버릴 것 같은 환상 때문에…… 너무 지쳐서 그랬던가봐요."

낮고 울림이 좋은 목소리로 천천히 이야기한다. 큰 키에 비하여 가는 몸매, 좁은 가슴이 균형을 잃은 것 같지만 목소리는 참 매력적이다.

"제가 H동에 있었던 것을 어떻게 아셨어요?"

"저 짐 꼬리표에 씌어 있더군요."

긴장한 지영을 보며 정혜숙은 아무 뜻 없이 웃는다.

방문 두들기는 소리가 났다.

"네."

문이 조금 열렸다. 두 눈이 보일 정도로 눈, 코, 입, 흰 저고리, 검정 통치마, 양쪽을 다 잘라버린 길다란 사진 같다.

정혜숙은 맥이 빠진 목소리로,

"아아, 순이 선생님이세요?"

상대방은 가만히 서 있다.

"왜 그러고 계세요? 들어오시지."

얼굴을 찡그린다.

"들어가도 좋아요?"

남자처럼 굵은 목소리로 상대방이 물었다.

"들어오시라니까."

"실례합니다."

방문이 열린다. 뚱뚱한 몸집이 방 안으로 쑥 들어온다. 사십이 못 된 것 같은데 염색을 했는지 머리 뿌리가 희끗희끗하다. 입술 옆에 커다란 물사마귀, 불그레한 얼굴에는 땀이 흐르고 있다.

"이번에 새로 오신 남지영 선생님이세요. 그리구 정순이 선생님, 일본서 약학 공부를 하셨다는데 지금은 가사과를 맡고 계세요."

정혜숙은 빈정거리듯 지영에게 소개한다.

"처음 뵙겠습니다."

지영이 인사한다.

"저번 때 학교 오셨죠? 그때 인사는 미처 못 했습니다만 오실 줄은 알고 있었어요."

보기와 달리 겸손히 고개를 숙인다.

"이렇게 젊은 분들이 오시니 우리네 같은 늙은이는 영 불안해지는군."

꿇고 있던 무릎을 풀면서 혼자 목쉰 소리로 웃는다.

"무슨 바람이 불어서 오셨어요? 설마 구라파전쟁이 난 건 아니겠지요?"

정혜숙이 묻자 그는 손을 저으며,

"제발 새로 오신 분 앞에서 망신시키지 마세요. 이 선생은 얌전하게 지금 책 읽고 계신답니다. 심심해서 왔지, 뭐……."

복도가 별안간 술렁술렁한다.

"아이, 배고파. 아주머니!"

높은 목청이 울린다. 퉁탕퉁탕하는 발소리.

"아이들이 돌아오는가 부지?"

정순이의 말.

"이 애, 새 선생님 오셨다지?"

"내가 어떻게 알어?"

"아주머니가 그러던걸."

"젊으셨니? 예쁘다더냐?"

신발장에 신발 던지는 소리, 마루를 구르는 소리, 식탁에 그릇 놓는 소리.

"얘들아! 조용히 해!"

정혜숙이 방문을 열고 내다보며 나무란다.

"선생님! 새 선생님 오셨어요?"

"조용히 하라니까!"

잠잠해진다. 식당으로 몰려간 모양이다. 다시 떠드는 소리가 난다. 조용히 하라는 상급생의 목소리가 간간이 들려온다.

"서울서 또 한 분이 오신다는데 그게 정말이오?"

정순이가 정혜숙에게 묻는다.

"글쎄, 그런 모양이에요."

"그분도 교감의 소갠가요?"

"아니 체육 선생 소개가 봐요. 친척 되는 분이라나요?"

"교감하고 체육 선생은 사이가 안 좋은데……."

"그건 우리하고 아무 상관 없는 일이에요."

정혜숙은 불쾌하게 내뱉는다. 그러나 개의치 않고,

"사실 우리 학교는 교장보다 교감이 실권을 쥐고 있으니 말이오."

"쓸데없는 말씀."

정혜숙은 일어서서 꽃병의 방향을 돌려놓는다. 그는 지영이 앞에 그런 학교 내막을 이야기하기 싫은 눈치다.

식모가 와서 식사 준비가 됐다고 말한다.

"선생님, 저녁 전이죠?"

정혜숙이 정순이를 보고 물었다.

"그럼."

세 사람은 저녁상을 마련해놓은 정혜숙 방으로 간다. 얌전하게 꾸며진 방이다. 젊은 여성의 분위기가 넘치는, 다만 커튼의 빛깔이 너무 야단스러워 안정감이 못하다.

"아무것도 좋을 건 없지만 이곳의 밥맛과 백천온천에 갈 수 있다는 일만은 자랑이 될 거예요. 연백쌀은 옛날부터 유명하니까."

정혜숙은 길고 신경질적인 손으로 밥공기에 밥을 담으며 말했다. 정순이는,

"아암, 밥맛이야 그만이지. 더군다나 기숙사에서 많이 하는 밥은 구수하고 반찬 없이도……."

커다랗게 지은 밥 덩어리를 입으로 가져가며 이야기한 사람의 비위를 맞춘다.

"그래서 순이 선생님이 자꾸 오시죠. 기숙사 쌀가마니 줄어서 큰 야단이에요."

53

농담 반 진담 반으로 무안을 준다. 그 말을 들은 척도 않고,

"거 유감된 얘기 하나 하겠어요. 남 선생 들어보세요. 순서를 보나 나이를 보나 단연코 내가 정 선생이고 정 선생이 혜숙 선생이 돼야 할 텐데 말이에요. 모두 학생들까지 나를 순이 선생, 순이 선생 하면서 이분은 정 선생이라 하거든요. 이래 되겠어요? 나이의 위신이라는 게 있는데 대접을 못 받아 영 슬프네."

그러나 조금도 슬픈 표정은 아니다.

"그건 저보다 순이 선생께서 더 사랑을 받고 있다는 증거예요."

"마 좋소. 늙은 사람이 양보해야지."

"언제나 그렇게 너그러우시도록."

지영은 그들이 주고받는 말을 들으며 그저 막연히 웃고만 있다.

정순이가 네 번 밥공기를 비우는 동안 지영은 간신히 한 공기 밥으로 저녁을 끝낸다. 식모가 밥상을 내가려 할 때 정순이는,

"커피도 주시겠지?"

하고 다짐한다.

"지금 끓여요."

정혜숙과 식모의 눈이 마주친다. 그리고 그들끼리 웃는다.

"우리네 같은 자식이 주렁주렁 매달린 가난뱅이가 노상 커피를 마실 수 있어야지요. 내가 여기 오는 이유의 하나는 그 따끈따끈한 커피랍니다. 정 선생은 생활을 즐기는 멋쟁이야."

정혜숙은 포터블의 뚜껑을 연다.

"너무 심심해서 서울 있는 친구에게 빌려 왔어요. PX에서 샀다는데 꽤 좋아요."

지영에게 설명하며 레코드에 바늘을 올려놓는다. 「페르시아의 시장」.

"여기의 매력은 이 전축이랍니다."

정혜숙은 별로 상대하려 하지도 않는데 정순이는 야시장에서 나온 선전원처럼 신이 나서,

"전 이 곡을 참 좋아해요. 즐겁지 않아요? 동화 같아서."

이번에도 정혜숙은 지영을 보고 말했다. 지영은 고개를 끄덕인다. 정순이는 리듬을 따라 손가락으로 방바닥을 튀기더니,

"라라라…… 라라라라……."

멜로디로 옮겨가자 봄바람처럼 이리저리 팔을 저으며 눈을 지그시 감고 바야흐로 도취경에 빠진다. 그러나 커피가 들어오자 맨 먼저 찻잔을 든다.

"참 좋소. 얼마나 좋소? 음악감상을 하며 따끈따끈한 커피를 마시고, 인생의 보람이란 별것 아니오. 여기 왔다 가면 내 마음은 언제나 젊어져서, 동경서 공부하던 그 젊은 날을 회상하며 돌아가거든요."

"순이 선생은 시인이셔."

"마음이야 언제나 시인이지. 글재주를 못 타고난 게 한이랍니다."

정혜숙이 깔깔 웃는다. 웃으며 그는 레코드를 바꾸어 끼운다. 커피잔을 비우자 정순이는,

"다음은 「솔베이지」. 참 슬픈 음악이오. 가슴이 미어지는 것 같애."

하며 다시 봄바람같이 팔을 이리저리 저으며 눈을 감는다.

밀짚모자와 나비

낯선 길이다.

여자하고 함께 가는데 별안간 은가루 같은 눈이 펄펄 내린다. 눈은 발목을 묻어버리고 눈은 허리께까지 쌓여 올라온다. 눈을 헤치며, 밀가루같이 푹신푹신하고 부드러운 눈가루를 헤치며, 참 기분이 좋다. 하늘에 얼기설기 얽혀진 전선에, 밋밋하게 치솟은 겨울나무에, 둥그스름한 지붕 위에, 눈은 쌓이고 내린다.

수화기를 들었으나 통화는 끊어졌다. 손끝에 차가운 무전기, 연거푸 두들겨보는데 아슴푸레 들려오는 소리, 무슨 소리더라? 아아, 차이콥스키의 「이탈리아 기상곡」, 리드미컬한 음, 말안장이 펄쩍펄쩍 뛴다. 멜로디로…… 풀잎이 나부끼는 벌판, 멀리 새벽별처럼 사라지는 기병들.

여자는 눈 속에 파묻혀버리고 보이지 않는다. 사무실에서 밖으로 달려 나간다. 희와 광이가 나란히 손을 잡고 걸어오는데

희는 분홍색 짤막한 양복, 광이는 곤색 반즈봉에 하얀 셔츠, 끈 달린 구두. 광이를 덥석 안으니 희는 사라진다. 사무실로 들어간다. 이마 위에 흘러내린 광이의 앞머리가 콧등을 간질여준다.

"내 아들이오. 잘생겼죠?"

아무도 보지 않는다. 가면극이 벌어졌을까? 시꺼먼 얼굴들, 희미한 불빛을 받아 우중충한 살굿빛으로 변한 의상, 얼어붙어서 모두 움직이지 않는다.

"내 아들이오! 자알생기지 않았소?"

고함을 지르는데 음악이 파도처럼 밀려온다.

기훈은 눈을 번쩍 떴다. 조그맣게 뚫린 장지문 구멍에서 금실 같은 햇빛 한 줄기가 이불 위에 걸려 있다. 건달 대학생이 있는 옆방에서 「이탈리아 기상곡」이 울리고 있었다.

"별난 꿈을 다 꾸었군."

중얼거리며 머리맡의 담배를 찾아 붙여 문다. 음악은 멎고, 대학생 방의 문이 열리고 닫히는 소리가 들린다. 구두 신는 소리, 겨드랑에 악보를 끼고 가을바람에 갈대처럼 몸을 흔들흔들하며 걸어가는 대학생 모습을 생각할 수 있다.

기훈이 하숙에서 거리로 나왔을 때 정오 사이렌이 불었다. K다방으로 들어간 기훈은 신흥상사 오 사장에게 전화를 건다. 오 사장은 이내 나타났다. 늘씬하여 허우대가 좋다. 기훈과 비슷한 키, 나이 또래, 특징 없는 얼굴.

"여전하시군요, 하 선생."

작은 눈이 번쩍 빛난다.

"그간 안녕하셨어요?"

기훈은 지나치게 정중히 인사를 보낸다. 오 사장은 소매를 걷어 시계를 보면서,

"이르지만 오래간만이니 점심이나 같이하실까요?"

레지가 왔다.

"차는 뭘루 하시겠어요?"

하고 묻는다. 기훈은 배를 만져 보이며,

"배가 고프네. 밥부터 먹구 나중에 와서 차 대접받기로 하지."

레지는 웃으며 가버린다. 카운터 앞을 지날 때 기훈은 레지에게 미소를 던진다.

"힘들게 생겼소."

층계를 밟고 내려가면서 오 사장은 기훈을 돌아본다.

"열흘 안으로 나는 떠나야 하오."

오 사장이 덧붙여 말했으나 기훈은 대꾸하지 않는다.

"어서 오십시오, 오 사장님. 오래간만이군요."

양식점 지배인이 쫓아 나오며 여러 번 허리를 굽실거린다.

"별실 있죠?"

안내하는 웨이터가 나서기도 전에 오 사장은 우울한 얼굴로 앞서간다. 뒤늦게 쫓아온 웨이터는 주문을 받고 물러간다. 얼마 후 거품이 흘러내리는 맥주병을 스테인리스 차반에 받쳐가지고

웨이터가 들어온다. 컵을 이쪽저쪽에 하나씩 나누어놓고 맥주를 따르려 했을 때,

"내가 하지."

오 사장은 웨이터 손에서 맥주병을 뺏는다.

"그럼……."

우물쭈물하는 웨이터에게,

"가도 좋아."

하고 맥주를 따라 기훈에게 권한다. 기훈은 한 팔을 의자 뒤에 넘기고 비스듬히 몸을 기대며 맥주를 마신다.

오 사장은 내뱉듯,

"나는 이번 일에 불만이오."

기훈은 그의 얼굴을 쳐다보며 빈 자기 컵에 맥주를 붓는다.

"우린 앞으로 더 일을 할 수 있단 말이오. 당분간은…… 우리에게 손이 뻗치지 않을 거구 현재의 포지션은 여간 중요하지 않거든. 물론 안套을 없애는 일은 늦었죠. 벌써 해치워야 했을 일이지만 그것하고 이것하고 비중을 따져볼 때…… 얼마든지 감당할 수 있는 젊은 치들이 있단 말이오. 마땅치 않어."

힘줄이 굵게 부푼 손으로 콩을 집으며 오 사장은 얼굴을 찌푸린다. 기훈은 잠자코 말이 없다.

"나는 하형을 적격자로 보지 않소. 여러 가지 점을 생각할 때."

오 사장이 다시 말을 잇자,

"실패하지 않을 테니 염려 마시오."

비꼬듯 처음으로 대꾸했다.

"그런 뜻으로 내가 말을 했을 것 같소?"

"그런 뜻이 아니라면 말할 필요가 없겠는데?"

기훈의 말에 입을 다물었다가 다시 그는 냅다 던지듯,

"일개 테러리스트로! 그게 말이 되오? 당을 위해 하는 일, 이

것저것 가릴 우리가 아닐 거요. 하지만 뭔지 이번 일에는 어거

지가 숨어 있는 것 같소. 하형을 내던진다는 건 가혹한 일이오."

"아무에게나 그것은 가혹한 일이오. 우리는 누워서 떡 먹으려

고 나서지 않았소."

"하형에겐 가혹하오."

오 사장의 목소리는 한결 낮았다.

"실패냐 성공이냐 그것이나 구경하시구려. 하긴 그땐 오 사장

은 여기 안 계실 테지만."

식사하는 동안 그들은 아무 말도 하지 않았다. 유리잔에 던져

놓은 하얀 꽃 한 송이가 그들의 침묵을 바라보는 듯. 식사가 끝

나자 오 사장은 테이블 위에 두둑한 지폐 뭉치를 내놓고, 기훈

이 그것을 호주머니 속에 집어넣는다.

"힘들게 생겼소."

멍하니 창밖을 바라보며 오 사장은 뇌었다. 특징 없는 얼굴에

엷은 우수가 떠돈다.

"거 눈물 흘릴 여자라도 없을런지……."

입가에 가벼운 웃음을 머금고 오 사장은 기훈에게 얼굴을 돌린다.

"그놈 고소하게 잘됐다 할 여자가 많을걸요."

"하긴 원래 미남이니까 여자들 원성도 많이 들었겠지."

어색한 말로 얼버무리며 오 사장은 일어선다. 거리에서 헤어질 때 그는 기훈의 손을 으스러지도록 꼭 눌러 잡았다. 무슨 말을 할 듯하다가 기훈의 엄격하고 싸늘한 눈을 보자 입을 다물고 돌아선다.

전차가 사람의 머릿속에 철사 같은 줄을 그어놓고 지나간다. 비둘기가 높은 옥상을 향해 날아오르고, 젊은 연인들이 급히 옆을 스치고 간다. 기훈은 눈앞에 멎은 전차를 탔다. 종점에서 내린 그는 어젯밤의 그 아파트를 향해 어슬렁어슬렁 걸어간다. 여자들이 왁자지껄 떠들어대고 있었다.

"귀환 동포가 너희들 잡아먹을라 하든? 말끝마다 귀환 동포, 귀환 동포…… 서울서 산 너희들은 왜 고래 등 같은 기와집에 못 살고 아파트 신세냐 말이야!"

팔을 들어 삿대질을 하는 바람에 여인에게 안긴 아이가 와! 하고 운다. 그 옆을 피하여 이 층으로 올라간 기훈은 여자 방 앞에서 술 취한 사람같이 문을 쾅쾅 친다. 기척이 있다. 문을 밀고 방 안으로 들어갔을 때 여자는 침대에 개구리처럼 납작 엎드려 있다가 머리를 쳐들고 목을 꼬며 흐릿한 눈으로 바라본다.

"어떻습니까, 아직 편찮으신 모양인데."

의자를 끌어당겨 침대 가까이 앉으며 묻는다.

"잠을 못 잤어요."

쳐들었던 얼굴을 베개 위에 얹는다.

"어젯밤도 오늘 낮도, 기도까지 올렸는데 소용없네요."

"불면증이 있으신 모양이군요."

"네, 늘……."

"수면제를 잡수시지."

"많이 먹을 거예요."

"죽고 싶을 만치 세상이 귀찮으신가요?"

"죽고 싶지는 않지만 약이 있으면 어쩌다가 먹어버릴 것 같아서."

베개를 안고 있는 팔에 고무줄 자국이 붉게 나 있다. 잠옷 소매 끝에 끼운 고무줄 자국, 정맥이 비친다. 핏줄이 할딱할딱 움직이는 것 같다. 여자는 몸을 돌리며 반듯이 눕는다.

"선생님."

"말씀하십시오."

"이렇게 오셨으니까 가시지 마세요, 늦게까지. 그러면 저는 잠들 수 있을는지도 몰라요."

"신용할 만한 신사로 생각하십니까?"

"그런 것 생각해본 일…… 없는데……."

혼자 중얼거린다.

"나가보시는 게 어떨까요? 날씨가 좋습니다."

"밖으로요?"

"왜, 싫으십니까?"

"아니요."

일어나 침대에 걸터앉는다. 여자는 오래도록 그러고 앉아 있다. 얼음 바다에 둘러싸인 황량한 신세, 여자는 그런 것을 발끝에서 손끝까지 지니고 앉아 있었다.

'가엾다.'

"나가시지 않겠습니까?"

여자는 흐릿한 눈을 들고 기훈을 보다가 일어섰다.

옷을 갈아입고 나올 동안 기훈은 아파트 밖 거리를 이리저리 돌아다니며 휘파람을 분다. 어제와 마찬가지로 여자는 검은 치마에 흰 블라우스를 입고 나왔다. 스커트 속에 끼우지 않아서 여전히 블라우스 자락이 헐렁헐렁 움직였다.

기훈은 장충단공원 쪽을 향해 걸어 올라간다.

"이리 햇빛이 좋은데 오래 살고 싶지 않습니까?"

"얼마나요?"

"팔십 년, 백 년? 그렇게 산다면 못 할 일이 없겠는데."

"무슨 일을 해요?"

"무슨 일이든지."

"무슨 일이든지?"

신기하게 기훈을 쳐다본다.

"여기 앉으실까?"

기훈은 공원 벤치에 먼저 앉는다. 기훈은 담배를 붙여 물고 호주머니 속에 꾸겨 넣은 신문을 꺼내어 본다.

"댁은 무슨 신문을 보시죠?"

기훈이 신문을 접으며 묻는다.

"아무 신문도 안 보아요."

"호오? 거 위대하신데? 내 얼굴이 신문에 나도 모르시겠군."

"선생님은 글 쓰시는 분이에요?"

"아니지요."

"그럼 정칠 하세요?"

"아니지요. 아이들이 놀고 있군. 강아지 같죠?"

아이들이 흩어져 놀고 있다. 꿈에 본 조카들 같은 아이들, 분홍색 양복 입은 계집아이, 흰 셔츠 입은 사내아이, 웃는 얼굴에 햇빛이 담뿍 실린다. 별안간 아이들은 몰려서 쫓아간다. 어디선지 묵은 가락이 들려왔다. 황성 옛터의 뭐라는 노래. 기훈의 눈은 아이들이 몰려가는 곳으로 따라간다. 손수레를 끌고 오는 밀짚모자 쓴 사나이와 사나이를 둘러싼 아이들이 손수레를 따라온다. 수레는 기훈이 앉은 벤치 가까이에 와서 멎었다. 사나이는 손등으로 땀을 닦으며 아이들을 보고 벙글벙글 웃다가 노랫소리가 멎자 급히 축음기판에 바늘을 옮겨놓는다. 다시 「황성 옛터」의 가락이 시작된다. 기훈은 미소하며,

"거 좋은 생각했구먼."

젊은 사나이는 벙글거리고 있던 얼굴을 기훈에게 돌린다.

"그러고 다니면 하루에 비누가 몇 장이나 팔리우?"

"팔기도 하지만 대개 고물하고 바꿔치기 안 합니꺼."

"음, 이런 고급 동리에선 장사가 안 될걸."

"그렇지도 않습디더. 배급 밀이 나옵디더. 고물이사 변두리로 가야지요. 이눔 아야, 만지지 마라, 묵는 것도 아닌데 와 만지노."

비누를 만지작거리던 아이는 얼른 손을 밀어 넣는다.

"축음기까지, 대단한 밑천인데?"

"고물로 나온 거로 큰맘 묵고 안 팔았십디더. 고치니 이리 소리가 나는 거로 벵신 같은 사람들이 못 씬다고 내놓으니 말입디더."

「황성 옛터」가 그만 늘어져 빠진다. 사나이는 당황하며 태엽을 감는다. 올라갔다 내려갔다 하는 밀짚모자에 나비가 한 마리 날아든다. 태엽을 다 감아놓고 음악을 멋게 한 뒤 사나이는 회색 조끼 주머니를 이리저리 뒤진다.

"담배 여 있소."

기훈이 그의 옆에 가서 담배를 내민다.

"아, 미안스럽십디더."

불까지 붙여준다.

"날마다 저 소리만 듣고 있으면 싫증이 나지 않소?"

"유성기판이 두 장뿐이라서. 그래도 구성진 노래를 들으면서 시골길을 가믄 심심 안 하고요. 요다음 보리타작할 때는 노랫가락 판 하나 구해 갈랍니더.”

“고향이 시골이오?”

“야, 농사짓다가 바람을 잡아 나왔심더. 이놈아들아, 만지지 마라. 묵는 것도 아닌데 와 자꾸 만지노…… 나와 보니 고향 갈 생각이 없습니더. 하루 벌어서 하루 묵고, 이리 날씨만 좋으믄 넓은 세상이 내 것 같은데 그놈의 비라도 칠칠 뿌리는 날이믄 오만 간장이 녹는 것 같애서.”

“장가는 들었소?”

“차차…… 돈 벌어서 갈랍니더.”

사나이는 기훈에게 담배를 주어서 고맙다는 인사를 하고 수레를 끌고 간다. 아이들도 가고 「황성 옛터」의 가락도 가버렸다.

‘여자와 아이와 음악, 여자와 아이와 음악…….’

꿈속에서도 여자와 아이들, 그리고 차이콥스키의 음악이 있었다. 꿈에서는 눈이 쏟아지고 지금은 햇빛이 쏟아지고 있다. 꿈과 지금은 두 장의 슬라이드가 되어 기훈의 눈앞에 겹쳐진다.

황혼이 깔릴 때까지 기훈은 여자와 그곳에 앉아 있었다.

“저녁 하러 가시지 않겠어요?”

여자는 시간을 기훈에게 팔아버린 것처럼 오랫동안 말도 걸지 않고 내버려두었는데도 아무 불평 없이 일어선다.

식당으로 가서 값비싼 저녁을 먹은 뒤 기훈은 여자를 데리고 한강으로 나가는데, 여자는 어디로 가느냐는 말도 묻지 않고 따라간다.

강 건너, 저편에 별빛보다 더 많은 불빛들이 반짝이고 있었다. 가을밤보다 쓸쓸한 바람이 분다.

"강바람이 차죠?"

"네."

막연한 여자의 대답.

"피곤하지 않습니까?"

여자는 아무 대꾸도 없이 모래밭에 주저앉는다. 멀리 다리 위에 자동차가 지나가고 찰싹찰싹 물결치는 소리. 건너편 강기슭에 낚시꾼의 가스등이 희미하게 비친다.

"선생님."

"그래서요."

기훈은 혼자 생각을 방해당한 듯 거칠게 맞지 않는 대꾸를 한다.

"빈혈증이 일어날 때 기분이 참 좋아요."

비로소 자기 시간을 얻은 것처럼 이야기를 시작한다. 기훈은 못 들은 척 앉아 있다.

"어제 쓰러졌던 그 골목길은 꼬불꼬불해서 참 좋아요. 행길에 나가면 자동차, 가로수, 온통 모두가 저한테 달려오는 것 같아서 무섭지만…… 가끔 그 골목길을 빙빙 돌아다니고 있으면 목마를 타고 빙글빙글 돌아가는 것 같아요. 그러다가 돈다 돈다 생각하면 머리가 멍해지면서 아주 기분 좋은 현기증이 오는 거예요."

"강 건너 저 불빛들이 보입니까?"

기훈은 여자의 말허리를 잘라버린다.

"네, 보여요."

여자는 풀이 죽어 대답한다.

"곡마단에 참 멋있는 여자가 있었습니다. 금발의 외국 여자, 사자를 다루는 여자였어요. 그 여자가 입었던 옷이 지금 저 강 건너의 불빛 같더군요. 움직일 때마다 금빛이 황홀하게 비치고."

"곡마단의 이야기는 어젯밤에도 하셨어요."

"기억해주셨군. 술을 마시면서 그런 얘기 했죠. 사람은 가까웠던 일보다 먼 지나간 일을 더 뚜렷이 기억하나 부죠?"

"……."

"참 재미나는 얘기가 있지요. 그때 나는 할머니하고 같이 곡마단 구경을 갔었는데 추운 겨울밤이어서 화로도 사고 방석도 샀어요. 할머니는 남자처럼 키가 크고 담도 큰 분인데 구두쇠로 유명했습니다. 구경이 끝나자 할머니는 방석을 겨드랑에 끼고 유유히 나오시지 않겠어요? 나는 할머니를 몹시 두려워했고 나이도 어려서 아무 말 못 했지만 숨이 칵칵 막히는 것 같더군요. 그런데 무사히 나왔어요. 아무도 불러 세우는 사람은 없었습니다. 집에 돌아와서 아버지가 웬 방석이냐고 할머니에게 물었더니 돈 주고 산 것인데 안 가지고 올까 부냐 하시는 거요. 아, 그

럼 화로도 가져오시지 그랬냐 하며 아버지는 할머니를 놀려주
고, 어머니 그러시는 것 아닙니다 하니까 할머니는 싱긋이 웃으
시더군."

　여자는 조금 웃었다. 기훈은 슬며시 손을 뻗어 여자의 팔을
잡는다. 가만히 항구에 닻을 내린 배처럼 안심하고, 아니면 기
다리고 있었을까? 여자의 손은 얼음장같이 싸늘하다. 그 냉기
에 기훈은 가벼운 떨리움을 느낀다. 그 떨리움에 거역하듯 여자
의 손을 놓고 앞으로 뻗은 종아리로 옮긴다. 엷은 양말 속의 부
드러운 살결, 차츰 거슬러 올라간다. 병원에서 본 아름다운 유
방이 눈앞을 어지럽힌다. 참을 수 없으리만큼 욕망이 강하지는
않았지만 기훈의 마음은 노곤하게 젖는다.

　"갈까요?"

　싫으냐는 뜻인데 여자는 말을 하지 않는다. 기훈은 허리를 껴
안으며 여자를 모래밭에 쓰러뜨린다.

　갑자기 기훈은 여자를 밀어내고 일어나 앉는다.

　"이런 행위는 혼자 즐기는 게 아니오. 당신은 나무둥치 같
구려."

　씹어뱉는 것 같았다.

　여자는 낭패한 듯 일어나 앉으며 치맛자락을 내린다.

　담배를 붙여 물며 기훈은,

　"남녀 간의 접촉이 일방적인 향락이라면 그보다 외로운 일이
또 있을까?"

모래 위에 성냥개비를 던지며 일어선다.

"자아, 일어나십시오. 오늘 밤 잠들기 위해 걸어보시는 게 좋을 겁니다. 피곤해지면 당신은 잠들 수 있을 거요."

여자의 손을 끌며 일으켜 세운다. 여자는 기훈에게 의지하면서 풀이 죽어 걷기만 한다. 사북사북 모래가 신발 위에 넘쳐 들어오고 강바람에 담뱃불이 흩어진다. 꿈에 눈길을 여자하고 함께 걸었는데 기훈은 흰모래를 눈으로 착각한다. 모래밭에 발목이 자꾸만 파묻히려 한다.

"역시 불편하군. 당신을 뭐라 불렀으면 좋겠소?"

담뱃재를 거칠게 떨면서 기훈이 묻는다.

"이름 말예요?"

"이름이라도 좋고 다른 호칭이 있으면 그것도 무방합니다."

한참 있다가,

"이, 가, 화."

"이, 가, 화? 멀리 가버린 것을 하나하나 불러들이는 것 같군."

하고 쓰게 웃는다.

"여러 해 동안 이름을 쓴 일이 없었거든요."

"……."

"아파트에선 십팔 호실 색시라 해요. 저의 생활을 도와주는 부인은 저를 문화 누님이라 해요. 옛날에 아버지가 저의 남동생을 데리고 서울 왔었는데 그 부인은 그 애 이름을 용케 기억해두었던가 봐요. 이가화李嘉禾, 저의 이름은 이가화예요."

이상한 듯 여자는 고개를 혼자 흔들어본다. 기훈은 여자 이야기와는 먼 거리에 서서 어둠을 바라본다. 눈동자는 외곬으로 어둠을 뚫어 보는 것이다.

아파트에 데려다주었을 때 여자는 침대 위에 날름 올라가서 일본 여자처럼 두 무릎을 꿇고 맞은편 벽을 멍하니 바라본다.

"오늘 밤은 주무실 수 있겠습니까?"

"모르겠어요."

초라하게 볼품없이 꿇어앉아 벽만 바라보고 있는 여자에게 기훈은 잘 자라 하고 나간다.

행복의 이야기

지영이 출석부를 안고 교무실에 들어갔을 때 반장 아이하고 이야기를 끝낸 김인자가 지영에게 급히 다가왔다.

"남 선생님한테 전화 왔었어요."

조그맣고 둥근 얼굴에 상냥한 미소를 띠며 일러준다.

"전화?"

어리둥절하며 김인자의 잘 움직이는 눈을 쳐다본다.

"아저씨 되시는 분이라던가요?"

"아저씨?"

더욱더 어리둥절해한다.

"기숙사에 기다리고 계시겠대요, 수업 끝나시는 대로 오시라구."

지영의 눈이 김인자 어깨 위로 미끄러진다. 아무 말 않고 돌아서서 출석부를 꽂는다.

"왜 그러세요? 모르시는 분이에요?"

지영을 갸웃이 들여다보며 묻는다.

"아니."

김인자의 눈을 피하며 지영은 밖으로, 운동장에 놀고 있는 아이들 틈을 지나간다.

"선생님! 공 좀 잡아주세요!"

지영은 굴러오는 공을 잡아 아이들에게 던져주고 교문을 나선다.

뜨거운 햇살에 빛깔이 묻어날 것만 같은 먼 풍경. 아지랑이가 낀 나무와 종탑은 노곤하여 선이 휘어져버릴 것만 같이 보인다. 아무 일도 없는 조용한 소도시가 평화스럽게 누워 있다.

휘어진 해바라기 이파리 옆에 기석은 눈 익은 가방을 들고 시골 사람이 도시에 나온 듯 엉거주춤 어색한 모습으로 서 있었다. 이 미터가량 사이를 두고 지영은 멈춰 서며 그를 바라본다. 연회색 여름 양복과 커피빛 넥타이가 잘 어울린다. 풀이 빳빳한 칼라와 커프스.

"어떻게 오셨어요?"

물으면서 땅으로 시선을 떨어뜨린다.

"편지도 없고 어머니가 몹시 걱정하셔……."

기석은 눈치를 살피며 신경을 건드리지 않으려고 몹시 애를 쓴다. 발끝으로 흙을 후비면서 지영은 부지런히 공들여 만들어 놓은 개미들의 성이 무너지는 것을 내려다본다. 개미의 무리는 사방에 흩어져 헤맨다.

"어머니가요?"

한참 만에 얼굴도 들지 않고 중얼거린다.

"편지나 해야지. 식구들이 모두 걱정하잖어."

대꾸 없이 있다가,

"아저씨라 하면 누가 알아요?"

"그럼 뭐라구 해?"

"남편이라구 똑똑히 말씀하시지 그랬어요?"

고개를 들고 타인같이 기석을 바라본다.

"그, 그야 그럴 수도 있지만 비밀이지 않어?"

"비밀?"

되뇌면서 눈이 날카로워진다.

"하여간 제 방으로 가실까요?"

손님을 맞이하듯 정중히 말한다. 방문을 열면서 지영은,

"이 방, 저 혼자 쓰는 방 아니에요. 서울서 온 가사 선생하고 함께 있어요."

엄격한 지영의 표정에 주춤하다가 기석은 가방을 놓고 앉는

다. 거리를 두고 지영도 꿇어앉았다. 침착성을 잃은 기석의 눈이 방 안을 둘러보고 천장을 바라보고 다시 지영의 얼굴로 돌아온다. 지영은 손장난을 하며 그의 눈을 피한다.

"얼굴이 탔구먼."

목소리는 목구멍에 걸려 늙은이처럼 쉬어 울렸다.

"여긴 바람이 거세요."

"고생이 되거든 서울로 갑시다."

"……."

"애들도 보고 싶어 하고."

손장난을 그만두고 지영은 창밖을 바라본다.

"고생이 되거든……."

말을 하다 그만둔다.

"백천 지나올 때 무섭지 않았어요?"

"왜?"

"삼팔선에 제일 가까운 곳이에요. 저는 올 때 무서웠어요. 사고 날까 봐서."

"그리 쉽게 사고가 날라구……."

"이북서 내려와서 호텔도 불 질렀다는 걸요."

"음…… 신문에서 봤지만……."

"어떻게 생각해보면 납치돼 가보는 것도 재미있을 것 같아요."

얼굴에 심술궂은 웃음이 돈다.

"미친 소리, 아무튼 서울로 빨리 나오도록 해야지."

"당신 친구 이 선생에게 미안하지 않아요?"

"……?"

"애써서 이런 좋은 곳에 소개해주셨는데."

"글쎄…… 학무국에 아는 사람이 있어서 부탁은 해놨지만."

"그럴 필요 없어요, 당분간 전 서울 안 가겠어요. 제 실력으론 서울 아이들 감당 못해요."

목소리가 팽! 하니 울린다.

"하지만 오래 떨어져 있을 순 없지 않소."

"그보다 언제 가시겠어요? 여관에서 주무실 작정이에요?"

지영의 말투는 빨라졌다.

"아니 가야지, 내려오는 기동차로. 별 탈 없이 있는 걸 봤으니까."

시계를 본다.

"그럼 곧 나가셔야겠네요?"

"음."

가방을 끌어당겨 만지작거렸으나 일어서지 못한다. 두 사람 사이에 지렛대를 끼워놓은 듯 무겁고 긴 침묵…….

"나가셔야겠네요."

할 수 없이 기석은 일어선다. 서면서 시계를 보고 지영을 쳐다본다. 슬프고 비굴한 눈이 지영의 눈과 마주치려고 애를 쓴다.

방문을 열고 지영이 먼저 나간다.

그들은 시가 한복판의 신작로를 사람의 눈을 꺼리는 사이처럼 간격을 두고 걸어간다. 거위 한 마리가 그들 앞을 질러서 디뚝거리며 지나고, 유행가를 부르고 있던 자전거포 점원이 그들을 향해 휘파람을 휙휙 분다.

"무슨 할 말이 있으면 하지."

안경을 밀어 올리며 기석이 말했다.

"아무 할 말 없어요."

"뭐 아쉬운 거라도 있으면…… 부쳐줄게."

"없어요."

빨간 우체통 옆에서 여름 모자를 쓴 교장이 나온다. 교장은 눈을 꿈벅거리며 지영을 쳐다본다.

"저 아저씨가, 아저씨가 오셔서 역까지."

당황하여 지영의 얼굴이 일그러진다. 입속으로 중얼중얼하며 거의 알아들을 수 없는 말로 기석을 교장에게 소개하고 기석도 난처해하며 인사했으나 교장은 못마땅하여 얼굴을 찌푸린다.

"수업은 끝났습니까? 남 선생."

쌀쌀하게 묻는다.

"네, 제 시간은…… 끝났습니다."

"그럼 가보시오."

모자를 들어 기석에게 인사하는 시늉을 하고 교장은 가버린다.

"아저씨라 믿을 것 같아요? 애인이라 생각하겠지요."

씹어뱉는다.

"저 여자도 여기 오래 못 있겠구나 하고 생각할 거예요."

"학무국에 부탁해놨으니까, 차차, 서울로 가야지."

기석은 손수건을 꺼내어 이마에 밴 땀을 닦는다. 외면을 하는데 지영의 눈에 눈물이 핑 돈다.

"괜히 신경 쓰지 말아요. 서울로 가면 그만이지."

"뭣 하러 오셨어요? 죽었음 설마 기별 안 갈까 봐서요?"

"미친 소리."

삼각형 지붕, 역사 앞에 사람들이 모여 있고 철모 쓴 헌병들이 대합실을 들락거린다. 기석이 기차표를 사러 간 동안 지영은 땀이 배어 끈적끈적한 벤치에 앉는다. 암탉을 넣은 망태를 내려놓고 짧은 담뱃대를 빨며 농부들은 농사 이야기를 하고 안늙은이들도 광주리를 끼고 이야기를 나누며 돈을 셈하고 있었다.

"제사상 보러 오셨수?"

"물만 떠놓을 수도 없구, 제사상인지 뭔지…… 비가 더 오셔야 할 텐데, 갓난네는 벌써 모를 낸다더만, 비야 오시나 마나 사시장철 물이 있는 상답이니께."

"갓난네는 누워서 농사짓지 뭡네까."

또 한옆에서는,

"어젯밤에 생남했다믄서요? 이 바쁜 철에 일손이 모자라 어떡허우?"

"누가 아니래요. 내가 골이 빠지게 생겼수."

"가을 혼사하면 모낼 때 해산하게 마련이지."

"농사꾼이 가을 혼사 안 할 수 있습네까?"

"그러게 말이오."

시간이 가까워지자 신사들, 도회풍의 여성들이 대합실에 나타나기 시작한다.

"전 들어가 봐야 해요."

지영이 일어선다. 기석은 우울하게 바라보며 겨우 고개를 끄덕인다.

지영은 그길로 학교 운동장을 지나서 뒷산으로 올라간다.

언덕 위에 앉아 시가를 내려다본다. 기동차가 하얀 연기를 내어 뿜으며 들판을 달리고 있는 중이다.

'초상집에 온 거지처럼 쫓아 보냈구나. 역에서 언덕까지 오는 동안 시간이 십 년이나 흘러간 것 같다.'

지영은 기동차가 사라진 뒤에도 오래 앉아 있다가 일어섰다.

"산에 갔다 오세요?"

구르는 공을 하얀 운동화 끝으로 막아서 집어 든 중국옷 입은 화학 선생이 말을 걸었다. 지영은 웃으며 지나간다.

막 교무실 앞에 지영이 서는데 먼저 안에서 도어가 열리더니 황망히 누가 쫓아 나온다. 하마터면 부딪칠 뻔했다. 정순이의 남편, 이 선생이었다. 얼굴이 파리해져서 쫓기는 사람같이 지영이 옆을 휙 스치고 지나간다. 작은 키, 작은 몸집, 초라하고 쓸쓸하다. 그 뒷모습은 이내 복도에서 사라지고 무심히 서 있다가 지영은 교무실로 들어간다.

"암탉이 울면 집안이 망하는 법이지, 망해!"

젊은 수학 선생이 창가에서 운동장을 내다보며 큰 소리로 지껄인다.

"뭐라구요? 뭐 어쩌고 어째요!"

정순이가 수학 선생 등을 향해 악을 쓴다.

"늙은 게 채신머리도 없이 밤낮 주책을 떠니까 하는 소리지, 모르거든 가만히나 있을 일 아닌가."

여전히 등을 보이고 지껄인다. 젊은 수학 선생 뒤로 바싹 다가서는 정순이의 굵고 짧은 허리통이 우쭐거린다. 닳아 윤이 반질반질 나는 검은 새틴 통치마가—다른 치마를 입고 온 일이라곤 없었다—출렁출렁 물결친다.

"거 나보고 하는 소리요? 대체 여기가 어딘 줄 알어? 신성한 교, 교실⋯⋯."

하다가 숨이 차서 말이 끊어진다.

"어디긴? 연안 여자 중고등학교의 교무실이지. 재판손 줄 알았던가?"

유유히 담배를 붙여 문다.

"아이구, 분해!"

쌍꺼풀진 굵은 눈에서 눈물방울이 뚝뚝 떨어진다. 아무도 참견하는 사람은 없었다. 자기네들 할 일만 하고 관심을 가지는 사람조차 없는 것 같았다. 농구 시합을 끝낸 체육 선생이 운동모를 비뚜름하게 쓰고 술 취한 사람처럼 얼굴이 벌게져서 들어온다. 그 뒤에 화학 선생이 따라 들어온다. 체육 선생은 울고 있는 정순이를 보자 어깨를 한 번 올렸다 내리면서,

"얘, 차 한잔 다오."

서류를 철하고 있던 급사 애가 찻잔에다 엽차를 따른다.

"내가 뭐 여기 안 있음 굶어 죽을 줄 아나?"

"좋을 대로. 내가 월급 주는 게 아니니까. 하지만 귀에 딱지가 앉을 지경이니 그 말만은 사양해주었음 좋겠는걸."

정순이는 폭폭 울면서,

"이 선생하고 함께 있으니 할 말 다 못하고 모두들 무슨 죄 지었다구."

수업 종이 울린다. 화학 선생이 벌떡 일어선다. 출석부를 들고 나가면서,

"에이! 개판이다."

수학 선생도 나가고 정순이도 눈물을 닦으며 수업에 나간다.

팔꿈 두 개를 책상 위에 괴고 펜대로 콧등을 두들기며 정혜숙은 정순이의 뒷모습을 힐끗 쳐다본다.

"닭싸움이다, 닭싸움. 주간 행사의 하나인걸. 오늘은 또 뭣 땜에 싸웠어요?"

체육 선생 묻는 말에 정혜숙이,

"누가 알아요?"

하다가,

"뭐 강 선생이 술집 색시하고 친하다는 말을 했다던가요?"

체육 선생은 와이셔츠의 단추를 끄르며 창가로 간다.

"아아, 덥다!"

그럭저럭 하루해가 진다.

"안 가시겠어요? 선생님."

김인자 말에 지영은 창밖을 내다본다. 어느새 시간이 그렇게 지났는지 텅 빈 운동장, 운동 연습하던 아이들도 저녁 바람을 느끼고 흩어진다. 초라한 정순이의 남편, 이 선생이 가방을 들고 집으로 돌아간다.

교정 밖 멀리까지 뻗친 푸른 보리밭에 해 떨어지는 황혼이 머물고 있다.

"같이 갑시다!"

허둥지둥 복도를 구르며 쫓아 나오는 소리, 정순이는 신발장에서 급히 신발을 꺼내어 신고 뛰어나온다.

"집에 가야 이 선생하고 쌈할 게고 나 오늘 기숙사에서 저녁 얻어먹어야겠어."

했으나 정혜숙과 김인자는 저희들 이야기에 열중하며 정순이 말은 귀담아듣지도 않는다. 그들과 좀 떨어져서 터덜터덜 걸어가는 지영도 혼자 생각에 잠겨 말이 없다.

"남 선생님."

하는 수 없이 정순이는 지영 옆으로 온다.

"오늘 아저씨가 오셨다죠?"

"네."

"핸섬한 젊은 분이라구요?"

"……."

"정 선생이 낮에 기숙사에 갔더니 식모가 그러더라나요?"

'식모가 언제 봤을까? 내가 갔을 때는 아무도 없었는데?'

"아저씨가 아니구 애인 같더라구, 정 선생이 그러더군. 하긴 남 선생한테 애인이 없다면 좀 이상할 거야. 직원실에서 모두들 뭐래는 줄 알아요? 깊은 상처를 받고 이런 곳에 떠내려왔을 거라구, 남 선생 얼굴은 언제나 우수에 가득 차 있다는 거예요."

"순이 선생은 여름날의 소나기 같으셔."

"왜요?"

"아깐 우시더니."

정순이는 입을 다문다. 입 옆의 까만 사마귀가 외로워 보인다.

"화나셨어요?"

지영이 조그마한 소리로 묻는다.

"아니, 화나기는."

기숙사에 거의 다 가서 정혜숙과 김인자는 이야기를 그치고 돌아본다.

"순이 선생님, 기숙사에 오시는 거예요?"

"이 선생이."

하며 정순이는 양미간에 손가락을 세우며 뿔 돋친 시늉을 한다.

같이 저녁을 하면서 정순이는 내내 혼자 도맡아 이야기를 했다.

"내 친구들은 모두 잘난 남편 만나서 찬물을 톡톡 튀기고 사는데 사람의 운명이란 종이 한 장 차이야. 거 왜 정계에서 날리는 ○○○있잖아? 그 애가 동경서 나하고 함께 공부했단 말이오. 나만 이 시골에서."

"순이 선생님도 한자리하세요."

정혜숙이 슬슬 놀리려 든다.

"이런 시골에서?"

"서울 가셔야죠."

"돈이 있어야지."

"돈이 문젠가요?"

"친구에게 부탁하기 싫구, 우리 이 선생 역시 자존심이 강하지 않소?"

"아무렴 그렇겠죠."

논에서 개구리가 운다.

지영은 얼굴에 날아든 모기를 쫓으면서 개구리 소리를 듣는 것도 아니고 그들의 잡담을 듣는 것도 아닌 멍한 표정으로 커피가 다 식었는데 마실 생각도 않고 앉아 있었다.

"여자란 물과 같아서 그릇에 따라 달라지는 거요. 잘난 남자 만나면 절로 현명해지는 거구 못난 남자 만나면 병신이 되는 거구."

"이 선생님이 어때서 그러세요? 인격이 고결하시구, 학교에서 제일 학벌이 좋으시구."

"하기는 인격이야 고결하지. 그러니까 이 혼탁한 세상에서 그만한 학벌을 가지고도 출셀 못하잖아요. 하지만 결혼이란 연애의 무덤이라더니…… 식모나 두고 살았음 좋겠는데."

"따님이 다 하는데 뭘 그러세요?"

정혜숙 말에 대답 않고,

"서울 내 친구들은 식모를 두셋씩이나 두었습디다."

"남 선생님 커피 다 식었는데 안 드세요?"

지영이 멍한 얼굴로 김인자를 쳐다본다. 그러다가 놀란 듯, 놀란 데 대하여 다시 당황하며 찻잔을 든다.

"내 친구 중 염세자살을 한 애가 하나 있었는데,"

정순이의 얘기였다.

"그럭저럭 십여 년 전의 일이구면, 동경서 함께 공부할 때 일이었으니까. 나하구 함께 하숙을 했는데 아주 총명하고 얼굴도 예뻤어요. 그 애가 자살을 했거든. 바로 나하구 함께 자면서 말예요. 그런데 그 애가 노상 하는 말이 이 세상에는 누구나 바라는 그 파랑새가 없다는 거예요. 치루치루 미치루*는 산을 넘어 파랑새를 찾아갔다가 못 찾고 집에 와서 파랑새를 보았다 하지만 그건 바보였을 거라는 거예요. 제일 바보들이 회색 새를 파랑새라 믿고 살고, 그다음 바보들이 때때로 회색 새로 보면서 파랑새로 볼려고 애를 쓰고, 그다음 눈이 바로 박힌 사람들이 제대로 회색으로 본다는 거예요. 제일 바보가 인생을 속아 살아서 병신이지만 저 자신은 좋고, 다음은 비겁하고 미련스런 인생을 살고, 세 번째는 숫제 아무것도 없다는 거예요. 진리는 공이라는 거예요. 그래서 그 애는 세 번째에 속하니 자기는 아무래도 죽을 수밖에 없다는 거죠."

누에가 실을 뽑듯 정순이의 입에서 말이 줄줄 나온다.

"참 까다롭기도 해라. 무슨 사설이 그렇게도 길어요?"

정혜숙이 하품을 한다.

"아니, 그렇게 말할 게 아니오. 살아갈수록 그 애 한 말이 생각이 난단 말이에요. 아무튼 우리는 그 세 가지 중에 어느 것에든 속하지 않겠냐 그 말이오. 그러니까 눈이 푹푹 쏟아지는 밤이었구면. 요나카 소바*의 그 구슬픈 가락도 들려오지 않고 마냥 눈만 쏟아지더군. 그날 밤 잠은 안 오고 해서 우린 눈길을 헤치고 행길로 나갔어요. 겨우 군밤을 사갖고 와서 먹었는데 그 애는 자꾸, 혼자서 웃지 않겠어요? 하도 이상하여 왜 그러느냐고 물었더니 행복은 없어도 그걸 안다는 게 멋이 있어 웃는다는 거예요. 그러다간 인생이 멋 없어 못 살겠다 하곤 또 노래를 부르는 거예요. 이튿날 그 애는 병원에서 죽었어요. 약을 먹었지 뭐예요?"

정순이는 바로 눈앞에 그 일을 당한 것처럼 눈이 휘둥그레지고 숨결마저 가빠진다.

"아아, 시시해. 뭐가 그래요?"

정혜숙은 다시 하품을 한다.

"자살 얘기가 났으니 말이지만 저도 여기 오기 바로 전에 큰 쇼크를 받은 일이 있어요."

정혜숙보다는 열심히 이야기를 듣고 있던 김인자가 얼굴을 붉히며 말을 꺼내었다.

"이모부가 자살을 했는데 참 이해 못할 일이었어요. 이모부는 늘 형편이 풀리지 않아 고생을 하시다가 해방이 되어 굉장히 성공을 했어요. 큰 회사에 비서, 자가용까지 두고……."

"사업에 실패를 했던가요?"

정순이가 묻는다.

"아, 아니에요. 그러니까 이상하다는 거예요. 어려울 때는 퍽 내성적인 성격이어서 큰소리 한번 치신 일이 없고 그랬는데."

"돈이 생기니까 바람을 피웠구먼."

"아, 아니에요. 그랬음 차라리 낫지요. 돌아가시기 바로 직전에는 그야말로 사업은 절정이었어요. 그런데 사업이 잘될수록 이모부는 신경질을 부리고 아이들에게도 말말이 돈이 없으면 너희들이 날 애비로 생각하겠느냐, 돈이 있으니까 나를 위하는 것 아니냐 하며 야단을 치시고, 이모에게도 역시 그러는 거예요. 그뿐이겠어요? 사원이 굽실거리면 굽실거릴수록 신경질을 부리시고 가족도 잘해드리면 그럴수록 너희들은 내가 중한 게 아니다, 내가 벌어들이는 돈이 중해서 그러는 거다, 이렇게 고독할 수가 있느냐, 그러더니 그만 자살을 해버리지 않았겠어요. 아무런 죽을 이유가 없단 말이에요. 결국 일종의 정신병이 아니었을까요?"

"글쎄…… 돈이 있어도 역시 해결되는 게 아닌가 봐."

아주 비극적인 표정을 지으며 정순이가 뇐다.

석산 선생

책가방을 든 아이들이 바람을 마시며 국민학교 운동장에서 쫓아 나온다. 계집아이들의 붉은 옷, 푸른 옷이 바람개비처럼 바람에 뱅뱅 돈다. 해는 구름에 가려졌다 나타났다…… 길 양쪽에 늘어선 플라타너스는 밑에서 솟구쳐 올라오는 바람에 뒤집혀서 하얀 뒷잎들이 휘말리며 스산한 소리를 낸다.

흙모래를 일으키며 낡아빠진 구식 자동차 한 대가 달려온다. 오더니 자동차는 둔한 몸짓으로 가로수 옆에 머물고, 깨어져서 유리창도 없어져버린 창문에 중늙은이의 웃는 얼굴이 밖으로 나온다.

"하군! 기훈이!"

등을 꾸부리고 나무 밑을 지나가던 기훈이 돌아본다.

"아아…… 선생님."

놀란다. 그러나 따뜻한 미소가 얼굴에 괸다.

"어서 타게. 잘 만났네."

나이보다 젊은 목소리가 기쁨에 넘친다. 운전사가 문을 열어주고 타려고 몸을 숙이다가 기훈은 중늙은이 옆에 앉은 사람에게 잠시 시선을 보낸다.

"괜찮어, 자운 선생 아닌가."

못마땅해하는 기훈의 표정을 본 중늙은이는 눈으로 나무라며 말했다.

"네, 알고 있습니다."

대답하는데 마침 불어온 바람에 모래를 먹은 기훈은 손수건을 꺼내어 침을 뱉는다.

"지금 집으로 가는 길이야. 자아, 어서 타게."

기훈은 자운紫雲이라는 사람에게 눈으로 인사하고 운전사 옆에 펄쩍 올라앉는다. 낡은 자동차는 털거덕거리며 흙모래가 날리는 길을 달리기 시작한다.

흰 무명 두루마기를 입은 자운 선생은 희끗희끗해가는 수염을 휘날리며 점잖게, 무엇을 깊이 생각하는 듯 창밖을 바라보고 있었다. 석산 선생—중늙은이—은 한 시절 전의 영국 신사같이 말쑥한 양복을 입고 자동차 시트에 앉아 몸을 가누려고 애를 쓴다. 길에 웅덩이가 파여서 자동차는 연신 펄쩍펄쩍 뛴다. 키는 컸지만 보통보다 여윈 편인데 그래도 양복은 꼭 끼어 거북하게 보였다. 아직 낡지는 않았지만 모양을 보아 털털거리며 달리는 자동차만큼 긴 역사를 지닌 듯, 게다가 칼라는 지나치게 풀이

서고 셔츠에 달린 것이 아닌 붙임 칼라여서 그런지, 제자리에 붙어 있지 못하고 쳐들려 양복 깃 밖으로 비어져 나와 있었다.

'아주머니가 고물상에서 사 오셨군.'

자운은 둥그스름한 기훈의 뒤통수를 바라보다가 기침 한 번 하고,

"남의 탓 해서 뭘 하겠소."

하던 이야기를 계속한다.

"우리 민족이 반세기 동안이나 잠을 자고 있었으니 사이비애국자 농간에 놀아나는 것도 무리는 아니지. 그 잠을 깨게 해주어야 하오."

석산 선생은 쳐들리려고만 하는 칼라를 두 손가락으로 누르며,

"사상의 빈곤에서 오는 거요."

하며 맞장구를 친다.

"도적 떼들이 몰려와서 나라를 두 쪽으로 갈라놨으니 참말 통분한 노릇이오. 우리 민족의 앞날을 생각하면 막막하외다."

자운은 천천히 억양에 신경 쓰며…….

석산 선생이,

"허나, 나는 역사의 필연성을 믿고 있소. 필연적으로 제삼세력은 커질 것이오. 그래야만 우리는 이 틈바구니에서 빠져나갈 거요."

"아까도 서로 얘기했지만 석산의 의견과 내 생각은 좀 다르지

요. 뭣보다 나는 지도력의 확립을 주장하오. 강력한 지도력 없이는 끌고 나갈 수도 없고 때려 부술 수도 없단 말이오. 지금까지 군소정당이 유야무야 속에 사라진 이유는 현 정권의 탄압에도 있지만 대가리가 너무 많았던 때문이오. 해외 물을 한 모금 마셨다구, 유치장의 신셀 한번 졌다구, 그것만으로 모두 대가리가 될려고 하거든. 몸뚱아리가 없는데 어떻게 대가리가 명령을 하오? 어떻게 통솔을 한단 말이오? 젊은 사람들이 뭉쳐서 몸뚱아리가 돼주어야 하지 않겠소?"

자운 선생은 기훈의 뒤통수를 다시 바라본다.

"그러나 내 의견으로는……."

하다가 석산 선생 역시 기훈의 뒤통수를 한 번 쳐다본다.

"혁명의 기운이 먼저 조성돼야지. 젊은 사람들을 행동으로 몰아내기 앞서 지식인들을 규합해야 하오. 대부분의 지식인들은 지금 관망하고 있단 말이오. 무르익지 않은 곳의 행동이란 유혈이 있을 뿐이지. 안 그렇소, 자운? 사상의 확립……."

기훈은 불운한 두 정객의 대화를 들으며 쓰디쓴 웃음을 띤다.

백미러 속의 기훈의 웃음을 본 석산은 어깨를 흔들며 헴 하고 기침을 한다.

자동차는 좁은 길로 들어가서, 블록담을 허물어 나무판자로 만든 구멍가게가 있는 길모퉁이를 돌아 이층집 앞에 머문다. 오래 손질을 안 해서 초라한 일본집. 먼저 뛰어내린 기훈은 두 정객을 위해 자동차의 뒷문을 열어준다. 석산 선생이 스틱을 들고 뻣뻣한 자세로 내린다.

"자운, 들렀다 가시오. 약주나 나눕시다."

"그럴까? 약속 시간이 있는데 그때까지만…… 자네는 집에
가 있다가 한 시간 뒤에 오게. 알겠나?"

운전사에게 말하고 자운 선생은 펄러덕거리는 두루마기 자락
을 모은다. 좋은 혈색, 수염, 스틱을 비스듬히 잡은 모습. 위엄
이 있고 늠름하다. 그러나 석산 선생은 그림책에 나오는 연미복
입은 귀뚜라미 악사, 껑충하게 큰 키에 홀쭉한 바지, 길게 빠진
복에는 쳐들린 칼라, 게다가 스틱을 겨드랑에 끼었으니 귀뚜라
미 악사가 지휘봉을 들고 무대에 나선 것 같다.

'저 대머리에다 실크해트*만 올려놨으면.'

기훈은 몰래 혼자 웃는다.

문살이 잔잔한 일본식 현관문을 드르륵 열어붙이며, 석산 선
생은,

"여보! 김 여사!"

큰 소리로 마누라를 부른다.

"여보! 김 여사! 손님이오!"

또 한 번 소리 지른다.

"에그머니나! 자운 선생님 어서 오세요."

내리닫이같이 만든 검은 양복을 입은 뚱뚱한 마누라가 쫓아
나오며 사람 좋은 웃음을 웃는다.

"안녕하셨습니까, 부인?"

하고 자운은 현관 구석에 스틱을 놓는다.

"비 오시는 날 말고는 언제나 이리 피둥피둥하답니다. 자운 선생님, 어서 올라오세요."

일단 자운을 모셔 올려놓고,

"하군이 웬일이야? 올라고 드니 자주 오네? 일 년씩이나 얼굴 구경도 못 할 때가 있더니만, 자아, 어서 올라와요."

아들이 돌아온 듯 정답게 쳐다보며 웃는다. 기훈도 싱긋 웃어준다.

"길에서 만났길래 담아 싣고 왔지."

석산 선생은 큰 공이라도 세운 듯 뻐긴다.

"잘하셨소. 마침 잘 만났구려…… 어쩌다가 장가도 못 가구, 남자 나이 삼십이 넘었는데 이러구만 있을래? 죽으면 몽다리귀신 된단 말이야, 몽다리귀신. 그래도 옷은 말쑥하게 입고 다니누만."

김 여사는 아래위를 훑어본다.

"세탁이야 어디 제가 합니까. 세탁소에서 해주는걸요."

"김 여사, 거 여사답지 못한 말씀은 그만두시고 우리 올라갈 게니까 귀한 손님을 위해 주안상이나 준비하시오."

"네, 네. 어서 올라가세요. 자운 선생님, 어서 올라가세요."

"이거 죄송합니다. 졸지간에 와서 폐가 되지나 않을는지."

석산 선생은 자운을 먼저 올라가게 권한다. 삐걱삐걱 소리가 나는 층계를 밟고 기훈이 맨 나중에 올라간다. 죽으면 몽다리귀신 된단 말이야, 김 여사의 말이 귓전을 친다.

'죽고 나면 아주머니는 그 말을 하면서 우시겠지. 선생님은 팔짱을 끼고 바람벽만 바라보시고.'

기훈의 눈이 석산 선생의 발로 내려간다. 군대에서 흘러나온 싸구려 무명 양말, 그나마도 뒤꿈치에 녹두알만 한 구멍이 뚫려 있다.

팔조 다다미방, 창문이 바람에 덜거덕거린다. 너저분한 방바닥에 책은 그냥 쌓여 있고 누가 선사했는지 기훈의 눈에 새로운 동양화 한 폭이 걸려 있고 책에서 찢어내어 소중하게 액자에 끼운 바쿠닌의 사진이 맞은편에 걸려 있었다. 수염투성이의 눈 밑이 축 처져서 흐물흐물 흔들릴 것 같은, 석산의 운명과 더불어 있어 온 것 같은 바쿠닌의 사진이. 석산 선생은 스틱을 조심스럽게 방 한구석에 세워놓는다.

"다들 앉으시오. 이 방에는 햇빛이 잘 들어서, 늙은 사람들에겐 햇빛이 보배거든."

석산 선생은 얄팍한 방석을 내놓는다.

"이 방은 언제 와도 소탈해서 좋소만 석산은 왜 그리 겉늙소?"

"겉늙다니?"

"늙은 사람, 늙은 사람 하니 말이오."

"몸은 늙었어도 마음까지야 늙었겠소."

"옳은 말씀이오. 마음 같아서는 아직도 소년이지, 팽이 치고

93

놀던."

"참, 소개가 늦었구먼. 기훈이, 인사하게. 자운 선생을 자네가 모를 리 없겠지만, 자운, 내 제자요. 하기훈이라 하는데 지금 룸펜이오."

하고 껄껄 웃는다. 자운은 의젓하게 고개를 끄덕이고 기훈은 정중히 인사한다.

"그렇지 않아도 아까부터 유심히 보았소만 성공할 얼굴이오."

자운은 부드러운 말씨, 친밀한 표정으로 기훈을 쳐다본다.

"코 흘릴 적에 세배를 했더니 할아버지께서 그런 말씀을 하시더군요."

자운은 고개를 끄덕끄덕하면서,

"제발 뜻을 크게 가지시오. 세상이 이래도 당신네들 같은 사람이 있으니 절망하지 않아도 좋겠소."

"삐라나 붙이고 다닐까 싶습니다."

"허허 참, 석산의 애제자면 감투도 중간 것은 안 될 텐데 그런 말을 하시오?"

"큰 감투를 쓰더라도 수염만은 기르지 않을 작정입니다."

비로소 자운의 눈이 번쩍한다. 기훈이 씩 웃는다. 자운의 혈색 좋은 얼굴이 한결 붉어진다.

"기훈이! 하군!"

마침 아래서 김 여사의 목소리가 울린다.

"왜 그러십니까?"

아래층으로 내려간 기훈이 묻는다. 김 여사는 기훈의 손에 돈을 쥐여준다.

"나 못 나갈 형편이 있어 그러는데 기훈이 술을 좀 사 오지 않겠나? 여기서 모퉁이만 돌면 가게가 하나 있어."

"외상이 있군요."

"잔말 말구."

기훈은 길모퉁이를 돌아 정종 한 병을 사가지고 털레털레 돌아온다.

"엉망이군요."

술병을 놓고 어질러진 부엌을 돌아보며 기훈이 말한다.

"글쎄, 식모가 나갔잖아. 노인네 두 식구에 헐 일도 없는데 식모가 붙어나질 못한단 말이야."

"외상 얻으러 가긴 진저리가 나서 그렇겠죠. 뭐 도와드릴 것 없습니까?"

기훈은 팔을 걷는다.

"그도 그럴 거야. 항상 예산 없이 살아가는 게 우리 살림이니, 거 찌개 냄비 좀 내려놔요."

김 여사는 주전자에 정종을 쿨쿨 쏟으며 말한다.

"자네가 우리 집에 와 있음 얼마나 좋을까."

"옛날처럼 호떡만 먹일려구요."

"음…… 참 세월이 빨라. 우리가 하얼빈에 살 때 호떡 많이 먹었지. 눈이 녹기 시작한 이른 봄에 집이 무너질까 봐 밤새 잠도 못 자고 셋이 모여 앉아 날을 밝힌 일 생각나나?"

"생각나구말구요. 그때나 지금이나 아주머니는 여전히 살림을 못하시는군요."

"잔말 말구 이 정종 주전자나 올려놔요. 그리고 또 멸치 볶은 게 좀 남았을 텐데……."

김 여사는 커다란 사발에 계란을 두 개 깨뜨리고 계란 껍데기를 빈 바케쓰에 던진다.

"기훈이도 고생 많이 했지. 날 업고 병원에 다니던 일 생각나나?"

"생각나구말구요. 거 소금은 안 넣으세요?"

"아 참."

김 여사는 풀고 있던 계란에 소금을 뿌린다. 기훈은 정종을 내려놓고 프라이팬에 기름을 치고 풍로 위에 올려놓는다. 기름 타는 소리가 빠지직빠지직 난다. 김 여사가 그 위에 푼 계란을 쏟아붓는다.

"안주 먼저 장만코 술은 맨 나중에 데워야죠."

"그래그래. 자운인가 박씬가 하는 양반 요전번에도 왔었는데 내 요리 솜씨를 칭찬하던걸. 흐흐흐…… 자가용 타고 다니면서 우리 된장찌개가 입에 당길 턱이 없을 텐데 말이야……."

계란을 말아서 도마 위에 꺼낸다. 기훈은 술 주전자를 얼른 올려놓는다.

"김 여사! 거 뭘 하우? 관동 요리를 하시나?"

이 층에서 석산 선생의 목소리가 들려온다.

"네, 네, 가져요! 환갑이 다 돼가는데 언제꺼정 큰애기라 니까."

중얼거리며 상을 본다.

"이제 다 됐어. 올라가지."

술상을 든다.

"전 안 가겠어요."

"왜?"

"기분이 안 납니다."

"좋도록, 자운 선생이 마음에 안 드는 거로군."

몸이 뚱뚱해서 층계를 밟는 소리도 크게 들린다. 기훈은 부엌 뒤의 응달진 좁은 빈터로 나간다. 식구도 적은데 밀려났다가 한꺼번에 했는지 빨래가 만국기처럼 널려 하늘이 보이지 않는다. 기훈은 바람에 떨어진 빨래를 주워 빨랫줄에 도로 걸쳐놓고 담배를 붙여 문다.

"기훈이."

언제 내려왔는지 김 여사가 부엌에서 불렀다.

"거기 왜 그러고 있어? 이 층에 올라가기 싫거든 안방으로 들어가요. 내 술상 차려줄게."

"여기가 좋습니다."

김 여사는 시끄러운 소리를 내며 부엌 안을 치우기 시작한다.

"동생네 댁은 요즘 잘 있나?"

일을 하면서 묻는다.

"모르겠어요. 오래 안 가봐서."

"아이들이 많다지?"

"둘 있어요."

"그래 동생은 둘이나 자식을 봤는데 기훈은 뭘 했지? 공연히 시끄러운 일 하지 말고 장가나 들어."

"선생님과 아주머니는 뭘 하셨어요?"

담배 연기를 뿜으며 오금을 박는다.

"우리야 팔자에 없는 자식, 바란들 소용 있나. 그래도 같이 따라다니며 고생은 했지만 외로운 줄 모르고 살아왔지. 기훈이는 여자를 꽤 좋아하면서 왜 장가 안 드는지 모르겠어."

"여자란 간혹 봐야죠. 밤낮 붙어 다니면 숨통이 막힐 겁니다."

"젊었으니 하는 말이지. 늙어도?"

"얼마나 오래 살라구……."

잡담을 하며 시간을 보내는데 문밖에서 자동차 클랙슨이 들려오고 이내 자운 선생이 이 층에서 내려오는 기척이 났다.

"이거 흥취도 돋구기 전에 가신다 하니 섭섭하구려."

"다음엔 날이 없단 말이오? 시간 약속이 있어서."

"가나 부지?"

김 여사는 계집애처럼 킥 웃는다. 기훈과 김 여사는 현관으로 나가 자운과 작별 인사를 한다. 자운은 기훈을 한 번도 처다보지 않았다. 그는 자신의 품위를 잃지 않으려고 노력하는 듯, 그러나 스틱을 드는 손은 노여움에 떨고 있었다.

자운이 떠난 뒤 기훈은 석산 선생을 따라 이 층으로 올라간다.

"자넨 성미도 고약해. 어째 사람이 그 모양이야."

석산 선생은 화를 낸다. 기훈은 아무 말 않고 자리에 주저앉는다.

"내 집에 온 손님을 그런 법이 어딨어. 워낙 점잖은 사람이니까 말이 없었지."

"……."

어세를 누그리며,

"자운은 믿을 만한 사람이야. 자넨 오해하고 있어. 생각이 좀 고루하지만 국사國土란 말이야."

"수염과 두루마기 덕택으로?"

"또 그러는군. 사람을 어릿광대로 볼려면 다 안 그런가?"

"그중에서도 대표적이죠."

"그의 복장은 그의 사상의 반영이야. 그는 국수주의자니까."

"늑대죠."

"허허, 참."

석산 선생은 쓰게 웃는다.

"그래도 지금 정계에 그만치 때 안 묻은 사람도 드물어."

"그 상식적인 속물이 말입니까?"

"제발 험구는 그만두게."

"자기 이름이 없나 하고 신문 구석구석을 살피며 시험 친 아이처럼 남몰래 가슴을 두근거리는 소인배죠."

"안 그럴 사람이 있겠나? 우선은 선의로 사람을 봐주어야 할 게 아닌가?"

"자기기만은 선의가 아닙니다, 선생님."

"그 말 잘했네. 자네한테 고스란히 돌려주고 싶은 말이야."

기훈은 웃는다.

"언젠가 선생님은 니체의 말이 옳다고 하셨습니다. 동정에는 덕으로 닦아진 참혹함이 있다고."

여전히 싱글싱글 웃으며,

"흥, 바둑이나 두세."

석산은 바둑판을 꺼낸다.

"요즘은 바쁘십니까?"

"바쁠 것 없지."

"신문은 폐간되구요."

"음…… 팔을 하나 분질러 났다."

"투지를 잃으셨군요."

비꼬듯 말한다.

"망중한일세."

석산은 바둑알을 놓다가 힐끗 기훈을 쳐다본다. 서글픔과 지친 얼굴이다.

"안 됩니다, 선생님. 하나를 택하십시오."

떠밀고 나가듯 우악스럽게 그러나 장난기가 섞여 있다.

"나는 택하지 않겠어."

"……."

"결코 그들, 어느 편의 그들도 믿지 않으니까, 극단과 극단은 파괴와 멸망이 있을 뿐이야."

"파괴와 멸망 속에 중간노선은 편히 있으리라 믿으십니까?" 하다가 싱거워졌는지 외면을 한다.

"믿지 않지. 믿는 것은 어리석은 짓이야. 믿는다는 것은 광신, 믿기 위해서는 방편과 폭력이 따르는 법이니까."

"모순이죠. 광신 없이, 방편과 폭력 없이 민중을 끌고 나갈 수 있겠습니까? 믿음이 없으시다면 차라리 모든 것에서 손을 떼십시오."

"그러나 나는 할 말이 있지. 그놈의 광신과 방편과 폭력을 때려 부숴야 한다."

"그것에는 또 광신과 방편과 폭력이 따라야 합니다."

"아무것도 믿지 않으려는 개인의 힘이나 수가 더 크고 많다는 걸 명심하게."

"그것이 뭉쳐진 일이 있습니까? 슬로건 없이? 불신하는 것도 하나의 도그마가 아닌가요?"

석산 선생은 바둑판을 밀어내어 성냥개비를 꺼내어 방바닥에 놓으면서,

"자네 말을 일단 옳다고 해두자. 개인은 집단에 승리한 일이 없다. 승리 같은 것 생각지도 않고 살아왔는지도 모르지. 애당초 개인에겐 역사 같은 것 없었는지도 모르지. 허나 부르주아 독재, 프롤레타리아독재, 이 양극 사이에는 아무것에도 가담하고 싶지 않은 개인이 너무나 많이 있단 말이야. 자본주의 사회는 트러스트와 신디케이트를 합리화시키기 위해 자유를 방패 삼아 사람을 모조리 임금노예로 만들었고 공산주의 사회는 미래의 행복이라는 공수표 아래 자유를 박탈했어. 하나는 자본가가, 하나는 국가권력을 타고 앉은 공산주의 이론가들이 말이야. 일찍이 어느 누구도 감행하지 못한 거대한 힘으로 민중을 징발하고 현세에서 속죄하고 살면 천당이 있다는, 그들이 아편이라 일컫는 종교 이상의 마취제를 사용하여 민중들은 노동력과 자유를 박탈당하고 있단 말이야. 그러니 개인은 역사 밖에 서 있을 수밖에."

기훈은 가만히 있다. 그 말을 듣고 있는 것 같지도 않다. 석산 선생은 더욱 열을 올리며,

"나는 한때 공산주의자로서 열광했던 일도 있었지만 그게 아니더군, 그게 아니더란 말이야. 자네는 나를 도피주의자라 하고 패배주의자라 하지만 나는 내 부실로 자네를 그들에게 팔아먹은 것 같단 말이야. 나는 자네를 잘못 길렀어, 잘못 길러. 자네 앞날이 눈앞에 보이는 것 같아서…… 기훈이."

"네?"

"자네는 공산주의 사회에서 가장 위험한 인물이네."

"어째서 그렇습니까?"

"자네는 시인이야."

"저는 시인도 아닙니다만 시인이기에 코민테른에서 추방되었다는 말은 못 들었습니다."

"그게 어디 시인인가? 풍각쟁이지."

"그렇다면 풍각쟁이 아닌 시인이 있습니까?"

"있지. 바이런은 풍각쟁이가 아니다. 하이네는 한때 풍각쟁이였지."

"하필 바이런, 선생님은 니힐리스튼 줄만 알았는데 알고 보니 로맨티시스트이기도 하군요."

"로맨티시스트가 가는 길은 니힐이지. 시인은 모든 것을 사랑하지만 또 모든 것을 믿지 않아. 코뮤니스트는 모든 것들을 사랑하지 않지만 완강한 믿음이 있지. 마치 예수쟁이가 하나님만을 믿는 것처럼. 그들은 이론이나 교리 형식에 미치지만 그 까닭으로 그 외 것에 사랑을 느끼지 못한단 말이야. 마르크스는 민중을 위한 사랑에서 유물론의 체계를 세웠다지만 코뮤니스트는 그 체계만을 모시고 그것만을 위해 그 밑에 깔려 죽는 많은 사람들의 생각은 않고 있거든. 명목이 어떻고 다 소용없네. 우리가 숨을 쉬어야 한다는 것, 우리의 영혼이 진실로 해방되어야 한다는 것, 그것뿐이야. 알겠지? 응, 기훈이."

"모르겠습니다."

"모를 리 없지."

석산은 빙그레 웃는다. 기훈도 빙그레 웃는다.

"만나기만 하면 선생님하고 저는 이런 대화의 복습이군요. 더러는 뭘 예습할 만도 한데요."

"그것은 자네가 가져와야지. 서방도 동방도 아닌 것 말이야."

"지금까지 한 얘기는 그게 아닙니까? 이것도 저것도 아닌?"

"나는 늙었어. 슬픈 일이야."

기훈은 가만 숨을 마신다.

'어릿광대, 모순덩어리, 지리멸렬한 이론가, 환상에 허우적거리는 이 늙은이를 나는 사랑하지, 아무리 나이 먹어도 소년과 같이 소박하고 꿈을 버리지 못하는 늙은이, 지뢰같이 무자비하고 쓰레기통같이 더러운 정치를 그는 아름다운 꽃처럼 바라보고 매만지며 꿈을 꾸고 있다. 북만주 벌판의 눈보라 치는 길을 썰매를 타고 달리던 낭만을 그는 소중히 안고 있다, 지금도.'

"저녁 안 하시겠어요!"

김 여사의 목소리가 유리창을 치는 바람 소리와 함께 들려온다.

백천온천

이 마을 저 마을을 돌아다니는 뜨내기 사진사가 셔터를 잡고 긴 허리를 꾸부린다.

"자아, 가만히 계십시오. 찍습니다. 하나."

갓을 쓰고 두루마기를 입은 노인은 쥐고 있던 담뱃대를 쑥 올리더니 왼손에 바꿔 쥔다.

"허 참, 아무리 그래도 소용없어요. 담뱃대는 안 들어간다니까요. 얼굴만 나오는 사진인데."

사진사는 혀를 차며 누르는 것을 그만두고 꾸부렸던 허리를 편다. 노인은 입속에 음식이 든 것처럼 우물쭈물하며 멋쩍게 웃는다.

"어르신, 가만히 계십시오."

"신분증 사진인데 얼굴밖에 안 나옵니다."

옆에 모인 젊은 농부들은 의젓하게 주의를 시킨다. 노인은 다시 사진기의 렌즈를 바라본다. 너무 긴장하여 그의 눈은 우는 것 같다.

"고개를 바로 하십시오!"

농부 한 사람이 또 주의를 시켰으나 이미 찰카닥하고 소리가 난 뒤였다.

옆을 지나가던 김인자가 킬킬 웃는다. 정혜숙도 웃고 지영도 웃는다.

"평생 사진 한 번 못 찍어봤나 부죠? 노인인데 신분증 없음 어떨라구."

김인자는 웃음을 못 참는다. 정혜숙은,

"노인네라구 허술히 못해요. 제주도에서는 어린애들까지 빨치산하고 연락했다잖아요? 그네들이 하는 짓이란 우리가 상상도 할 수 없으리만큼 교묘하거든요. 여기 있는 사람들도 못 믿어요. 눈에 보이지 않지만 빨갱이들이 우글우글할 거예요."

"하지만 그건 신경과민 아닐까? 농사꾼들이 뭘 안다구. 저렇게 소박한데…… 사람만 보면 모두 빨갱이로 생각하는 그건 안돼요……."

"김 선생은 한 번 혼이 났으니까 그렇게 생각할 만도 하지."

김인자가 입을 가리고 웃다가,

"글쎄, 역에서 내리는데 덮어놓고 따라가자 하더니 욕 안 볼라면 미리 부는 거다! 회색 치마 회색 저고리는 대체 무슨 신호지? 순순히 말햇!"

김인자는 헌병대의 취조관 흉내를 내며 정혜숙을 웃긴다.

"아이, 기가 막혀서. 담배를 피우며 떡 버티고 앉아서 그러잖아요? 오자마자 그 꼴이 뭐예요?"

"우리도 그 얘기 듣고 얼마나 웃었는지 몰라요. 연락이 와서 체육 선생님이 헌병대에 갔더니 김 선생이 울상을 하고 앉아 있더래지 뭐예요? 김 선생은 평생 연안을 못 잊겠어요."

"무식해서 할 수 없어요. 간첩이 남의 눈에 띄게 해 다니겠어요?"

김인자는 이제 시일이 지나 아무렇지도 않은 듯 기분 좋은 얼굴로 말한다.

정혜숙은,

"서울 같으면 수수한 옷인데 시골이니까 눈에 띄었죠."

그들은 느릿느릿한 걸음으로 백천白川마을로 들어간다. 간이
역 앞에 모였던 농부들은 다 흩어졌다. 뜨내기 사진사가 사진기
를 둘러메고 구름이 지나가는 포플러 밑 둑길을 가고 있었다.

"참 깨끗한 곳이네요."

김인자 말에 손수건으로 햇볕을 가리며 걷고 있던 정혜숙이,

"그러믄요. 유명한 온천장 아니에요? 지금은 찾아오는 사람
이 없어 다 망했지만. 여간해서 서울 사람들이 여기 오겠어요?"

"백천이 삼팔선하고 제일 가깝다죠?"

"위험지구죠. 그래서 강 대위는 머리 골치가 아픈가 봐요."

지영은 가로수를 툭툭 치며 간다.

"정 선생님이 늘 말하시던 그분?"

"네. 백천지구의 책임자예요."

"솔직히 말해서 난 군인이 싫어."

"사람 나름이지 뭐. 그인 우리 고향 사람인데 참 머리가 좋
아요."

지영은 그들 말을 귓가에 흘려들으며 손바닥으로 가로수를
치며 간다.

"강 대위가 오늘 우릴 초대한다는 거예요."

"하지만 우린 모르는데……."

"처음부터 아는 사람이 어디 있어요? 다 그렇게들 해서 알게

되는 거지요. 아, 벌써 다 왔군요."

정혜숙은 온천장 앞에서 돌아본다.

"사람들이 없어서 참 좋을 거예요."

그들은 온천 마크와 온천장 이름을 흰 글자로 새긴 검은 포장을 걷고 들어간다.

"잘 있었어?"

카운터에 앉은 소녀에게 정혜숙은 싹싹하게 말을 걸고 올라간다.

콜드크림으로 얼굴을 닦은 뒤 정혜숙은 벗은 옷을 차근차근 개켜서 옷 광주리 속에 넣고 김인자는 그냥 아무렇게나 던져 넣는다.

"남 선생님 뭘 하세요? 옷 벗으세요. 크림 안 가지고 오셨음 드릴까요?"

"아뇨."

지영은 거울 앞에 우두커니 서 있었다. 한눈도 팔지 않고 거울 속에 비친 얼굴을 바라보며 무슨 생각을 그리 깊이 하는지.

"뭘 하세요? 우리 먼저 들어갑니다."

정혜숙과 김인자는 수건으로 가슴을 가리고 어린애들처럼 웃으며 탕 안으로 들어간다.

"아이구 신나! 어쩌면!"

손바닥으로 물을 찰박찰박 치며 김인자는 좋아한다.

"좋죠? 아무도 없어서."

"풀처럼 넓은데 독탕이라니 영 미안하네요."

두 여자는 이유 없이 소리 내어 웃는다. 사방 벽에 웃음소리가 메아리쳐서 윙윙 울린다. 조그마한 몸집에 얼굴도 붉고 몸도 장밋빛, 김인자는 어린애 같은데 정혜숙은 키가 크고 여위어서 좀 앙상하다. 그는,

"여기만 오면 시골도 과히 싫지 않아요. 연안에 온천이 있으면 매일 다니겠는데 그럼 피부가 참 고와질 거예요."

"아까 들어올 때 카운터의 소녀 참 곱데요, 피부가."

"여기 처음 왔을 때는 얼굴이 검었다더군요. 그런데 남 선생님은 뭘 할까?"

"글쎄."

"무슨 기분 나쁜 일이라도, 아까 자동차 속에서도 내내 우울하게 앉아 있던데……."

"그 선생님 성질이 워낙 그렇지 않아요? 우울한 것도 아니구 뭔지 낯을 가리는 아이들처럼 얼굴을 잘 붉히고 말도 잘 못하지 않아요? 사투리 땜에 그런지 몰라도……."

"그렇지만 수업 시간에는 냉정하다더군요. 애들이 그래요. 처음 교장이 국어 시간에 들어갔는데 눈썹 하나 까딱하지 않더래요."

"그랬다더군요. 난 허둥지둥했어요. 교장 선생님 들어오셨을 때."

"나도 처음 왔을 때 교장이 수업 중에 들어오셨어요. 몹시 당

황하고 화가 났어요. 처음 오면 으레껏 수업 중에 들어와 보나
봐요."

"취임식 할 때도 난 목구멍이 막혀 아무래도 인사말이 안 나
오는데 남 선생님은 아주 야무지게 여유 있게 말했죠?"

"글쎄…… 성격에 모순이 있나 봐요. 머리부터 안 감으시겠
어요?"

"물이 좋아서 나가기 싫네요."

김인자는 그냥 탕 속에 앉아 있다. 그러자 지영이 들어온다.
그의 눈이 정혜숙의 눈을 똑바로 쳐다본다.

"뭘 하시느라고 이제 오세요?"

지영은 딱딱하게 굳은 얼굴로 아무 대꾸도 안 한다. 탕 속에
서 나온 두 여자는 지영의 긴장한 얼굴을 근심스레 쳐다본다.

"왜 그렇게 보세요?"

가라앉은 목소리로 지영이 묻는다.

"아, 아니……."

그들은 목소리에 눌린 듯 황급히 얼굴을 돌린다.

"나 애기가 둘 있어요."

"네?"

무슨 소린가 하고 두 여자는 다시 지영을 쳐다본다.

"나 애기가 둘 있어요."

꼭 같은 말을 되풀이한다.

지영은 물을 끼얹고 탕 속으로 들어간다. 두 여자는 한참 동

안 지영이 한 말을 깨닫지 못하다가 겨우 그 뜻을 알아차리자 서로 얼굴을 보며 놀란다. 지영은 돌덩이처럼 물속에 잠긴 채 아무 소리도 내지 않았다. 잡담도 끊어지고 물을 퍼내는 소리만 들린다.

고기비늘 같은 구름이 넓은 들판 푸른 지평선 위에 깔려 있다. 목욕을 끝내고 밖으로 나와서,

"글쎄 유명한 호텔이었는데 빨갱이들이 내려와서 불 지르고……."

호텔 자리를 서성대며 정혜숙이 설명한다. 물에 젖은 긴 머리칼이 바람에 나부낀다.

"다 이 나라 재산인데 뭣 땜에 불 지를까?"

조약돌을 주우며 김인자가 중얼거린다. 지영은 허물어진 벽돌 더미에 걸터앉아서 구름이 지나가는 것만 바라보고 있었다.

"사람들 마음에 불안을 주려고 그러는 거죠. 그리함으로써 이쪽 정부와 국방군에 대하여 국민들이 불신하게끔, 일종의 심리작전이라나요? 강 대위가 그런 말을 했어요. 아, 이 하사!"

정혜숙은 기다렸다는 듯 반갑게 소리친다.

하사관 한 사람이 모자를 손에 들고 다가오며,

"대장님께서 모시고 오라 해서, 가시죠."

햇볕에 그을린 얼굴에 소박한 미소를 띠며 군인은 말했다. 정혜숙이 시계를 보며,

"어차피 자동차 올 때까지 기다려야 하니까. 가세요, 선생

님들."

김인자를 보고 지영을 본다.

"가세요."

다시 말한다. 김인자는,

"그렇지만 우린 모르는 분인데…… 정 선생님 혼자 다녀오세요. 우린 마을 구경이나 하다가……."

"그럼 나도 안 가겠어요. 일부러 준비까지 해놨다는데."

"글쎄 우리 땜에 안 가신다면 미안하지 않아요? 남 선생님 그럼 가보시겠어요?"

정혜숙은 지영을 쳐다본다.

"가보지요."

그들은 하사관을 따라 느릿느릿 걸어간다.

햇빛은 다정스럽게 길가 나무들을 적셔주고 맑은 공기와 바람은 조촐한 온천 촌락을 부드럽게 휩싸며 오래도록 이곳은 평화스러울 것같이 느껴진다. 길 위, 쇠똥이 굴러 있는 곳을 아슬아슬하게 스치고 날던 제비는 인가 쪽으로 사라진다.

아주까리 나무로 빙 둘러 있는 마루가 넓은 농가. 닭이 풀을 쪼아 먹고 있다가 사람이 들어가자 목에 걸린 소리를 내며 병아리를 몰고 달아난다. 마루에 걸터앉은 장교 한 사람이 정혜숙을 보고 미소하며 일어선다. 퍽 젊고 깨끗하게 생겼다. 디딤돌 위에서,

"소개하겠어요. 여긴 김인자 선생님, 그리고 남지영 선생님,

모두 서울서 오셨어요."

하고 정혜숙이 소개한다.

"강성진이올시다."

짤막하고 명쾌하게 말하며 장교는 고개를 꾸벅 숙인다.

"올라오십시오. 정말 반갑습니다."

그들이 마루 위로 올라가자 주인집 여자와 하사관이 음식을
날라 온다.

"이곳은 너무 살벌해서 이렇게들 만나 뵈니 여간 반갑지 않습
니다."

어설프게 접시를 받아 밥상에 놓으며 장교는 다시 말했다.

"대단한 성찬이네요. 기숙사에서는 아욱국하고 밥뿐인데."

정혜숙이 두 여자에게 신경을 쓰며,

"귀한 손님을 함부로 대접해 되겠습니까. 자아, 어서 드십
시오."

"오자마자 먹는 것부터, 이러면 너무 미안하지 않아요?"

"목욕하고 나면 배고프지요."

여자들이 무안해하니까 그 자신이 먼저 숟갈을 들고 후딱후
딱 먹는다.

"내가 호스티스 역할을 해야겠군."

정혜숙은 접시에 음식을 나누어 여자들 앞에 놓는다.

"드세요."

조심스럽게 김인자와 지영이 숟갈을 든다.

"그런데 삼팔선이 앞으로도 시끄러울까요?"

정혜숙이 화제를 만든다.

"시끄러울 겝니다."

강 대위는 김치를 집으며 대꾸했다.

"앞으로 어떻게 될까요?"

"그건 하나님이나 아시죠."

강 대위는 농으로 돌리며 실쭉 웃는다.

"운명론자시네요."

"운명론자는 아니지만 사람의 힘으론 어쩔 수 없는 일도 있죠. 국가의 성쇠도…… 삼팔선은 어디 우리가 원해서 만들어진 겁니까?"

"그야 우리의 의사는 아니지만 미소 양국의 의사에 의해 된 것 아니에요?"

"그 의사가 결정될 때 장래를 정확하게 예견했을까요? 특히 미국이."

"결국 운명론이군요."

"젊은 사람이, 더군다나 우리 같은 군인이 운명론에 빠지면 곤란하죠. 아무튼 언제 터질지 모르는 위험한 불씨입니다. 미소 양 세력의 저울의 추 같은 거죠."

"지금 삼팔선의 군사력은 어느 편이 우세할까요?"

"모처럼 군복을 벗은 기분인데 그 얘기는 그만둡시다. 남 선생님도 서울에 가실 요량으로 이곳에 오셨습니까?"

강 대위는 지영에게 화제를 돌렸다.

"네?"

지영은 고개를 든다.

"정 선생님처럼 서울 가실 발판으로 이곳에 오셨냐구요."

"아뇨."

"그럼?"

"여기 될 수 있는 한 오래 있겠어요."

"오호? 어째서요? 여긴 언제 터질지, 위험한 곳인데요?"

"남 선생님은 고민이 많으신가 봐요. 이런 시골이 뭐가 좋으신지. 전 서울에 취직만 되면 곧 떠날 작정이에요."

약간의 질투와 아까 들은 이야기를 강 대위에게 비치는 기분으로 정혜숙은 말했다. 밥상을 물리고 차를 마시며 이런저런 이야기를 하고 있는데 자동차의 기적이 울린다. 지영과 김인자가 몸을 일으킨다.

"여기서 지금 나가서도 못 탑니다."

하며 강 대위가 싱긋이 웃는다.

"그럼 어떡허죠?"

김인자가 울상을 짓는다.

"수학여행 온 기분으로 여관에서 주무시고 내일 아침 통근차로 가시면 되죠. 아이들도 여기서 많이 통학을 하고 있으니까요. 수업에 지장은 없을 겁니다."

정혜숙은 미리부터 그렇게 될 것을 생각하고 있었는지 강 대위와 마찬가지로 웃고 있다.

얼마 후 하사관이 주선한 여관으로 그들은 따라갔다. 또 얼마 후 대문 밖에서 클랙슨이 울린다.

아까 대접을 잘 받고 밖으로 나왔을 때 강 대위는,

"나중에 모시러 가겠습니다. 기왕 오신 김에 위문 겸 일선지구에 가보시죠."

하고 말했던 것이다. 하사관이 쫓아 들어온다.

"대장님이 기다리십니다."

강 대위는 운전대에 앉아 핸들을 잡고 나오는 여자들을 보고 있었다.

"여관방이 시원찮죠?"

"네. 뭐 견딜 만해요."

정혜숙이 대꾸한다.

지프차는 쏜살같이 내달린다. 순식간에 백천마을은 사라지고 땅거미가 지는 무인가도를 난다. 강 대위의 운전 솜씨는 대단하다.

멀리, 가까이 드문드문 보이는 초가에 불빛이 새어 나온다. 높은 포플러는 거무죽죽하게 빛이 변해가고 있었다. 아직은 하얀 가로가 차 밑으로 차 밑으로 말려들어 간다.

"악!"

여자들의 몸이 앞으로 확 쏠린다. 급정거, 사고가 난 모양.

"빌어먹을! 뭐야!"

강 대위의 성난 목소리와 함께 하사관이 당황하여 뛰어내린다. 그는 차 뒤로 돌아간다.

"개가 치였습니다."

되돌아온 하사관이 보고한다.

"누구네 개야?"

강 대위는 막연히 묻는다.

"저 농가의 개겠죠."

대위는 한참 생각에 잠겼다가 거칠게,

"타라!"

하사관을 집어 실은 지프차는 다시 나는 듯 속력을 낸다. 저녁 안개가 연기처럼 자욱이 깔린 계곡 같은 곳으로 지프차는 깊숙이 들어간다. 작은 마을, 마을이라기보다 화전민들이 숨어 사는 수숫대 울타리의 집이 서너 가호.

"여기가 바로 일선지굽니다."

말하면서 강 대위는 민첩하게 뛰어내린다. 소위 계급장을 단 군인이 달려온다. 강 대위는 그의 보고를 듣는다. 그리고 명확하게 빠른 어조로 명령하고 여자들을 버려둔 채 이곳저곳으로 바쁘게 쏘다닌다.

"제가 안내해드리겠습니다."

우두커니 있는 여자들에게 같이 온 하사관이 말했다.

앞장선 하사관을 따라 여자들은 사방을 둘레둘레 살피며 외나무다리를 건너듯 겁을 내며 걸어간다.

험악하고 무거운 기류가 산골짜기에 가득 들어차 있었다.

웅성거리는 병사들의 기척, 아직 송진이 번들거리는 통나무로 만들어진 토치카 안으로 들어갔을 때 뭉뭉한 땀 냄새, 송진 냄새, 흙 냄새가 코를 찌르고 전등불이 눈을 부시게 한다. 윙윙 울리는 자가발전기의 소리가 머리의 신경을 물어뜯는 것 같다. 대북방송의 마이크, 통신병들은 무전기를 두들기고, 병사들은 알아듣지도 못할 말을 지껄이며 바쁘게 드나든다. 붉은 전등 불빛과 카키 빛 군복, 그 색채를 흙으로 다시 반죽한 듯 무겁고 어둡게……

여자들이 토치카 구경을 하고 밖으로 나왔을 때 사방 언덕 위에 별이 금가루처럼 뿌려져 있었다. 총을 들고 이북 땅을 향해 서 있는 병사들의 철모가 산등성이에 희미하게 떠 있다. 돌연,

"남반부의 국군장병 여러분!"

어두워지는 골짜기의 공기를 흔든다.

"새끼들 또 지랄하는군!"

병사 한 사람이 중얼거린다.

"조심하십시오! 놈들의 표적이 됩니다!"

뒤에서 누가 외친다. 여자들은 당황하여 주저앉는다. 흰 블라우스가 어둠 속에 나부낀다. 쉥! 하고 소리가 지나간다. 바람 소리, 그것도 가벼운 바람 소리건만 여자들은 총소리로 착각하는지 귀를 막는다. 이북의 방송은 더욱더 크게 울려온다. 이쪽에서도 마구 울린다. 범벅이 되어 아무것도 들을 수 없다. 드디

어 스피커는 음악의 한 악장이 끝난 듯 멎었다. 적막한 밤기운이 사방을 적신다.

"남 선생 잠깐만."

복도에서 마주친 교감이 지영을 불러 세웠다.

"이야기 좀 해야겠는데……."

무거운 표정으로 교감은 이리저리 둘러보더니 발길을 돌려 걸어간다. 지영은 잠자코 따라간다. 교감은 숙직실로 들어갔다. 들어가기 서북하여 지영이 우불쭈물하자,

"들어오시오."

했다. 그는 안경을 벗어 손수건으로 닦으며,

"어제 백천 가셨다죠?"

"네."

"여관에 주무시고 오늘 아침에 오셨어요?"

"네."

교감은 쓰디쓰게 입맛을 다신다.

"여긴 좁은 지방이고 사람들이 보수적이라 처신하기가 참 어렵습니다, 더욱이 교육자의 입장으론. 남 선생이야 가정이 있으니, 하지만 학교에선 미혼으로 알고 있고."

지영의 얼굴이 복잡하게 움직인다. 이미 결혼한 사실은 그 자신의 입으로 밝혀졌는데.

"정 선생이 그곳 장교하고 매우 친한 모양이지만, 그게 다 말

썽이란 말입니다. 여학교니까 풍기 문제, 스캔들이 되면 곤란하지 않겠습니까? 서울서 오신 분들은 좀 이해 안 될 겁니다. 허나 지방마다 그곳 풍습이 있고…….”

하다가 그 말은 그만둔다.

“남 선생은 내가 소개한 만큼 남 선생의 위치를 지켜주시기 바랍니다. 이곳은 군부에서 지배하고 있기 때문에 복잡하고 귀찮은 일이 한두 가지가 아니죠. 그러나 우리는 어디까지 교육자로서 학원의 독자성을 지켜나가야 합니다. 정 선생은 그 장교의 힘을 믿고…….”

교감은 다시 말을 끊는다. 그리고 몹시 불쾌하게 얼굴을 찌푸린다.

“하여간 솔직한 이야기를 더 이상 할 수 없습니다만 내 말뜻 아시겠습니까?”

“알겠습니다.”

숙직실에서 나온 지영은 교무실에 출석부를 꽂아놓고 뒷산으로 올라간다. 바위 옆에 주저앉는다. 나지막한 옻나무, 도토리나무, 아카시아 나무가 펑퍼짐한 산등성이에 깔려 있다. 옻나무 중에 선려鮮麗한 붉은빛을 띤 것도 있어 산속은 화려하고 아기자기하다. 시냇물 소리에 나무들은 소용돌이친다. 나뭇잎 사이로 꿩 한 마리가 꼬리를 까딱까딱하며 걸어간다. 햇빛에 빛나는 북청색의 꼬리가 움직이지 않았던들 산의 빛깔 속에 묻혀버렸을 것을. 꿩은 얼간이처럼 디뚝디뚝 걸어가는가 하면 아주 리드

미컬하게 걸어가기도 한다. 지영은 아이처럼 미소하며 그에게로 다가간다. 그러나 꿩은 지영을 보고 후두둑 날아가 버렸다. 매 잃은 사냥꾼처럼 몹시 외로운 얼굴로 지영은 꿩이 날아간 곳을 바라본다. 그런데 바로 옆에서 무엇이 펄럭한다. 심한 바람에 날아올라 간 종이? 새, 조그마한 산새다, 날카롭게 지저귄다. 멀리 가지 않고 다시 땅 위에 몸을 내려치듯 날아내리며 날카로운 울음을 멈추지 않는다. 산새는 지영의 주변에서 떠나지 않고 여러 번 하늘로 솟구쳐 올라갔다간 땅에 떨어지고. 지영은 불안해하며 사방을 살핀다.

'뱀이 있나?'

풀섶에, 바로 지영이 서 있는 발밑 풀섶에 귀여운 알이 두 개 나란히 놓여 있었다. 눈깔사탕만큼 작은 사랑스러운 알이.

'아이들이 주워 가면 어쩌려구.'

급히 자리를 옮겨준다. 몸을 저미듯 소란을 떨면서 둥우리도 안 지어놓고 아무 데나 알을 낳은 것이 우습고 세상의 바보 같다.

'아이들이 주워 가면? 알을 다른 데 옮겨줄까? 아니야, 그러면 어미 새가 기절을 해버릴 거야.'

지영은 하늘을 올려다보면서 골짜기로 들어간다. 골짜기는 나무숲이 좀 짙었다. 이제는 썩어서 밤색으로 변한 송화松花가 땅바닥에 소복소복이 떨어져 있었다. 지영은 소나무 그늘 밑에 팔베개를 하고 눕는다. 솔방울이 달린 솔가지 사이에 조각조각

찢어진 하늘이 보인다. 등에 젖어드는 축축한 흙의 감촉, 뻐꾸기가 운다. 산새들이 지저귄다. 산은 소리 내고 움직인다. 바람과 햇빛과 산새와 다람쥐가 얘기하고 산은 미소하고 나무라며 몸짓한다.

언제였던가― 지영은 생각한다. 언제였던가, 갈대 지붕의 큰 집이 있었다. 초가만 있는 마을에서 그 집은 제일 부자. 자봉침* 도 있고 유성기도 있고 부엌에는 백통[白銅] 솥이 있었다. 지영은 늘 그것을 금솥이라 생각했다. 거울같이 닦아놓은 큰 가마솥에 지영의 얼굴이 비쳤다, 예쁘게. 버스를 타고 포플러가 늘어선 신작로를 많이 아주 많이 달려가면 그 집이 있는 마을 어귀에 내린다. 논둑길을 뛰어가며 삐비를 뽑았다. 개울이 흐르고 있었다. 어머니한테 등을 얻어맞으며 바위 옆에서 목욕을 하고, 빨간 우단 신발이 부러워 마을 아이들은 지영을 따라다녔다. 사내아이는 수줍어하며 탱자로 만든 작은 바가지를 주었다. 좋은 냄새, 시큼한 맛, 탱자나무 울타리의 저녁 해가 참 고왔다.

"탱자나무는 귀신을 쫓는단다. 그래서 탱자나무 울타리 안에 있으면 오래오래 산대."

머리를 땋은 계집애가 지영에게 일러주었다.

지영은 나무 밑에서 일어나 앉는다.

"가봐야지."

풀을 휘어잡고 일어서려 한다.

"앗!"

비명을 지르며 얼른 풀에서 손을 뗀다. 지영은 손가락을 눈앞으로 가져간다. 아무렇지도 않다. 손가락을 꼭 눌러본다. 피가 둥글게 부풀어 올라온다. 이슬방울처럼 떨어지고 다시 부풀어 오른다. 지영의 눈에 눈물이 맺힌다. 눈물과 핏방울이 같이 맺히고 떨어진다. 지영은 손수건으로 손가락을 싸며 흐느껴 운다. 바람 소리도 새소리도 아무것도 들려오지 않는다. 소리 내어, 아이처럼 스스럽게 운다. 외로움이 마른땅의 물처럼 배어들었다.

"남 선생!"

누가 부른다.

소리가 가까이 온다.

"여기 계셨군."

정순이였다.

"산에 올라가시는 걸 봤는데 영 내려오지 않아서."

하다가,

"어머 왜 이러세요? 우셨네."

"손을 다쳤어요. 풀에 베었어요."

"아아, 그만 일로 우셨소?"

손 벤 데는 관심이 없다.

"어제 백천 가셨다죠?"

"……"

"직원실에서 말썽입니다. 교감이 남 선생보고 무슨 말 했다믄서요? 정 선생이 화를 내더구먼."

"……."

"글쎄 또 이상한 말이 떠돌지 뭐예요? 학생이 날 보구 그러지 않아요? 남 선생님 처녀 색시 아니라죠, 하고 말예요."

정순이는 허기진 사람처럼 한꺼번에 말을 다 못하여 안타까워한다. 지영은 그를 내버려두고 혼자 뛰어 내려간다.

좋은 사람 아니다

슈트케이스를 들고 천천히 로비로 들어선다. 소파에 다리를 꼬고 앉아서 《타임》지를 읽고 있던 청년이 힐끗 쳐다본다. 기훈은 카운터 옆에 가서 슈트케이스를 놓고 담배부터 붙여 물며 연기를 훅 뿜어낸다.

"조용한 방 하나 부탁합시다."

사무원은 딱한 표정을 짓는다.

"하, 지금 조용한 방은 없는뎁쇼. 모두 손님이 드셨고 빈방도 예약이 돼 있습니다."

"조용한 방은 없다…… 그럼 시끄러운 방은 있겠구먼."

"저……."

붉은 얼굴에 주름이 쪼글쪼글한 외국 사나이와 함께 키 큰 한국인 통역이 부산하게 지껄이며 로비를 질러 식당 쪽으로 걸어

간다. 기훈이 넌지시 그들을 바라보다가 연꽃 모양으로 만들어진 유기 재떨이에 피우다 만 담배를 던지고,

"시끄러운 방이라도 있음 좀 듭시다."

사무원은 싱긋이 웃는다.

"그럼 불편하신 대로…… 뭐 전망이 없어 그렇습니다. 층계 옆이 돼서 좀 시끄럽죠. 그래도 좋으시다면, 다른 방이 비는 대로 곧 옮겨드리도록 하겠습니다."

사무원은 넥타이를 한 번 만져본다. 파리가 미끄러질 만큼 매끄러운 얼굴에 사라지지 않는 웃음, 기름이 배어난 이마는 더욱더 불빛 아래서 반들거린다.

카드에 이름 주소 직업 연령 등을 기입하고 기훈은 슈트케이스를 들고 가는 보이의 뒤를 쫓아 층계로 올라간다. 보라색 칵테일드레스를 입은 한국인 여자가 푸른 눈의 신사와 팔을 끼고 내려온다. 기훈의 눈과 마주치자 여자는 이유 없이 눈을 흘긴다. 모조 이어링이 둥그스름한 귓밥에서 아름답게 흔들렸다.

"멋이 있는데? 서비스 걸인가?"

기훈이 보이의 등에다 대고 묻는다.

"마 그렇습죠. 저러다가 운수가 트이면 미국으로 따라가구요."

"나쁠 것 없지. 여자가 못 된 게 한이로군."

"하하핫…… 손님두, 여자 아니래도 해외 물 많이 잡수신 분인걸요."

125

"어째서?"

"우린 보면 단박 알죠."

"자네 여기 그만두고 사찰계에 취직하게. 내 얘기해줄까?"

"과히 기분 안 나는데요."

방 앞에 이르자 그는 예절 바르게 도어를 열어주며 기훈이 들어가기를 기다린다. 기훈은 양복저고리를 벗어 침대에 후딱 던지고 소파에 앉는다. 하나밖에 없는 창문은 옆의 빌딩에 가려져 아무것도 볼 수 없고 다만 좁다란 틈바구니에 색종이 같은 하늘 한 조각이 보인다. 도어를 닫으니 방 안은 침침하게 어두워진다. 보이는 스위치를 눌러 불을 켜주었다.

"배스룸은 이쪽입니다."

"음. 그런데 여긴 대기실인가 봐."

"네?"

"대기실이냐 말야."

"대기실이라뇨?"

"말귀를 못 알아듣는군. 다른 방이 빌 동안 기다리고 있는 방이냐 그 말이야."

"손님두."

보이는 웃고 나서 열쇠를 탁자 위에 놓는다. 그리고 벨을 누르기만 하면 언제든지 쫓아오겠다는 말을 남기고 나가버렸다.

기훈은 샤워를 하고 잠옷으로 갈아입는다. 침대 옆에 서서 우두커니 방바닥을 내려다본다. 푸르스름한 융단. 꽤 오랫동안 그러고 있다가 픽 웃고 잠옷 단추를 끼우며 침대에 올라간다. 스프링이 뛰는 재미를 맛보듯 담배를 붙여 문다.

'자아, 그러면 안핵동은 18일경에 이곳으로 온다. 녀석이 예약해둔 방부터 알아내야지. 서둘 건 없어. 아직 시일은 넉넉하니까. 틀림없이 바에 나타날 거야. 녀석은 요즘 돼지처럼 살이 쪘다지? 허나 나는 그를 알아볼 것이다. 그 녀석의 불붙는 듯한 눈깔을 나는 똑똑히 기억하고 있어.'

몸을 들쳐 담배를 비벼 끈다. 마침 전화벨이 울린다.

"네."

"이십칠 호죠?"

"그렇소."

"손님이 오셨는데 모셔다드릴까요?"

"누군지는 몰라도 좀 바꿔보시오."

"나, 오요."

오 사장의 목소리다.

"알았소. 올라오시지."

기훈은 수화기를 놓고 침대에 걸터앉는다. 오 사장은 수염도 안 깎고 텁수룩한 모습으로 나타났다. 모자를 벗어 탁자 위에 던진다.

"예정이 당겨져서 나는 모레 떠나게 됐소."

"잘되었구먼요."

"잘되는 일인지 못되는 일인지 두고 봐야지…… 아무래도 이

127

번 일은 꺼림직해서.”

“내가 하는 일 말이오?”

“뭔지 분위기가 어수선하고 예감이 안 좋아.”

“실패하리라는 뜻이요, 아니면 계획이 누설될 것 같다는 얘기요?”

“그것도 저것도 아니오. 하형에게 이번 지령이 내려지고 나를 불러들이는 의도 말이오.”

“왜 그리 겁을 내시오.”

“그들은 우리를 불신하고 있는지도 몰라.”

“그들이 불신하거나 말거나 내가 코뮤니스트라는 것은 변동 없는 것이오.”

자리에 앉을 생각도 않고 뻣뻣이 서 있는 오 사장을 쳐다보는 기훈의 눈은 냉담하다.

“하형은 안을 한번 만났다죠?”

“옛날에, 어떤 회합에서 한 번. 인사는 안 했소.”

“왜 그자는 변절을 했을까?”

“더 살고 싶어서 그랬겠죠.”

“그가 그럴 줄은 아무도 몰랐지.”

오 사장은 방 안을 이리저리 걸어 다니며 혼자 중얼거린다.

“화려한 그 경력이면 당에서 무엇이든지 할 수 있었는데…….”

“체포되지만 않았더라면 그랬었겠지요.”

흥미 없는 듯 기훈이 말한다.

"그렇지. 체포되지만 않았더라면…… 요즘은 술을 많이 한다더군요."

"살도 찌구."

"난 만나본 일이 없어. 하형은 그자를 미워하오?"

오 사장은 얼굴을 들고 기훈을 가만히 바라본다.

"옛날에는 집념에 이글거리는 그 눈깔이 싫더구먼. 지금은 다만 가엾다는 생각이오. 왜 그런지 몰라도, 인간적 약점 땜에 사람 냄새가 날 것 같아서 그런가?"

"그건 역설이오. 하여간 그자는 이것으로 세상을 하직하고 말 테니."

오 사장은 호주머니 속에서 흰 수건에 싼 것을 꺼내놓으며 말했다.

"미워하고 좋아한들 무슨 소용이오. 자, 그럼 나도 하형하고 하직해야겠는데 잘들 해보시오."

하고 손을 내밀었다. 오 사장이 나가고 난 뒤 기훈은 벨을 누른다.

"부르셨습니까, 손님?"

"음, 답답하군."

"미안합니다."

"마치 감방 같군."

"죄송합니다."

기훈은 싱긋 웃는다.

129

"자네 잘못은 아니니 제발 방아는 그만 찧게."

"방아라구요?"

"머리를 그만 꾸벅이란 말이야."

보이도 웃는다.

"예약해둔 방은 몇 개나 되나?"

"세 갤 겁니다."

"곧 손님이 들게 돼 있는가?"

"두 방은 내일 낮에 오시구, 한 방은 글쎄요, 언제 오실는지……."

'으음, 언제 올지 모른다. 안핵동이 들 방이군.'

"언제 올지 모르는 그 방 말이야."

"네."

"손님이 올 동안 내가 쓸 수 없을까? 오면 깨끗이 비워주지."

"아, 안 됩니다. 예약을 했는뎁쇼."

말만으론 모자라는지 팔까지 젓는다.

"단골손님인가?"

"네."

"어떤 사람인데?"

"그건 잘 모르겠어요."

"아까 자넨 보기만 하면 단박 안다고 장담하지 않았나?"

"글쎄요, 그분만은 모르겠던걸요. 무슨 큰 권리를…… 쥐고 있는 사람인지 돈도 잘 쓰고…… 모레쯤 그 방 옆이 비는데 불편하시겠지만 그때까지."

"그럴까? 그동안 참아본다……."

보이는 나갔다.

'그 옆방으로 옮겨 가는 것은 어쩌면 일을 그르칠지도 모른다.'

옷을 갈아입고 지하실 바로 내려간다. 바텐더에게 칵테일을 만들어달라 이르고 기훈은 카운터에 팔꿈치를 짚는다.

'출입구로 안핵동이 들어온다면 지금 이 위치는 그를 쏘기에 적낭한 곳인가? 몸을 좀 꼬아야 할 것 같다.'

기훈은 카운터로 몸을 돌리며 묻는다.

"당신 어느 나라 사람이오?"

칵테일을 만들다가 별소리를 다 듣는다는 눈초리로 바텐더는 기훈을 본다.

"왜, 내 말이 이상야릇하오?"

기훈은 이유 없이 싱글싱글 웃는다.

"글쎄올시다. 한국말로 물으시는 것을 보아 틀림없이 저는 한국인인가 싶습니다."

느릿느릿하게 대꾸한다.

"노하지 마시오. 하긴 반갑구려. 조선 사람 된 것을 한으로 아는 사람들이 하 많으니까."

"태어난 걸 한탄하면 뭘 하겠습니까? 타국에 가 있으니 그래도 내 고향 생각만 나던걸요. 달을 보면 누가 뺨을 치듯 눈물이 울컥 쏟아지고."

"일본에 가 계셨소?"

"아, 아닙니다. 중국에, 한 시절 상해 북경을 싸돌아다녔지요. 카바레로 말입니다."

"여자 구경은 많이 했겠구면."

"그럼요."

바텐더는 금세 얼굴이 풀어져 씩 웃으며 칵테일을 기훈 앞에 놓는다. 기훈은 술잔을 들면서,

"손님이 없구면."

"어중간한 시간이죠."

술을 마신 뒤 기훈은 바에서 나간다.

'일단 그 녀석 일은 잊어버리기로 하고.'

누구를 기다리는 사람처럼 가로수 밑에 선다. 차도를 달리는 차량과 인도에 물결치는 사람들, 러시아워, 모두 바쁘고 분주하다. 기훈은 그런 것을 즐거운 얼굴로 바라본다.

'멋진 보헤미안, 조금만 더 젊었어도 지나가는 아가씨에게 휘파람을 불었을 것을.'

아직 해는 충분히 남아 있다. 가슴이 풍만하고 팔뚝이 굵은 여자가 가는 힐에 용케 몸무게를 가누며 지나간다.

'성미가 급하군. 하긴 살이 쪘으니까 덥기도 하겠다.'

팔에는 벗은 카디건을 들고 있었다. 그 여자가 사라질 때까지 바라보고 있던 기훈은 얼른 발길을 돌린다.

전차를 탄다. 극장이 지나간다. 호주머니에 손을 찌르고 모자를 비뚜름하게 쓴 불량소년들이 서성거리고 있다. 다음 정류장에서 내린 기훈은 되돌아서 극장으로 온다. 삼류 극장 특유한 사람의 냄새, 곡마단의 관객과 같은 사람들이 행복한 얼굴로 극장에 들어간다. 사람들과 어울려져 극장으로 들어가면서 기훈은 옛날 이웃에 살던 양복점 직공 생각을 한다. 「다뉴브강의 물결」을 부르던 목청 좋고 유식하고 낭만적인 두리넓적한 얼굴, 그 얼굴을 닮은 사람들이 지금 행복한 표정으로 극장에 들어오고 있나.

'지금은 늙어서 죽었는지도 모르지.'

밑천을 다 뽑은 낡은 필름은 행복한 관객들을 실망시킨다. 화면이 흐려지더니 뚝 끊어져버린 것이다. 권총을 쏘고 막 신이 나는 판인데, 휘파람과 기침 소리.

"뭘 하는 거야! 시시하게 굴지 말어!"

어둠 속에서 누가 외치니 호응하여 장내는 고함의 도가니가 된다. 화면에 미남 사수가 나타났다. 고함 소리는 멎었다.

극장 밖을 나왔을 때 알맞은 어둠이 기훈을 맞이한다. 축 처진 풍차를 바라보며 기훈은 아파트 앞에 선다. 층계를 밟고 올라간다.

여자의 뒷모습이 창가에 앉아 있었다. 수의囚衣처럼 푸르스름한 옷이 훌렁훌렁하게 커서 여자는 어린아이같이 보인다.

"간밤에는 잘 주무셨어요?"

여자의 등을 보고 묻는다. 여자는 몸을 일으켜 기훈을 향해 돌아선다. 미소했다.

"오래간만에……."

중얼거린다. 그리고 시선이 기훈의 가슴을 더듬어 눈으로 옮겨진다. 이제는 기훈의 얼굴을 기억해두려는 노력이 그 눈빛 속에 있었다.

"주무셨군. 거참 좋은 일입니다."

기훈은 빈 의자를 앞으로 끌어내어 앉으며 말했다.

"전 선생님이 들어오시는구나 하고 생각했어요."

"저를 기다리셨습니까?"

"아뇨."

"그럼?"

"이보다 늦게 오셨음 전 기다렸을 거예요."

"그럼 좀 늦게 올 걸 그랬군."

웃는다. 그녀도 빙긋이 웃는다. 눈은 아직 불안하게 보였다.

"선생님은 어디서 이리로 오시는 거예요?"

"묻지 않는 게 좋을 겁니다. 달에서 온 사나이라 생각하십시오. 소설 제목 같군."

여자의 눈이 공중으로 떠오른다. 쇠붙이 같은 둔한 빛이, 잿빛 같은 분위기가 번져서 방 안 가득히 펼쳐진다.

"커튼을 치면 실례가 되겠습니까?"

"네?"

눈이 한 번 뛰었으나 기훈을 안 보고 창문으로 간다. 기훈이 커튼을 당긴다. 흩어졌던 불빛이 방 안으로 모여들어 여자의 혈색을 좋게 해준다.

"가화 씨."

"……."

다가가서 여자를 안는다. 여자는 몸을 뒤로 젖히고 두 팔을 축 내린다. 기훈이 그녀를 놓아주고 머리를 들었을 때 여자의 얼굴에는 피가 모여들어 붉게 물들어 있었다. 기훈의 고독한 입맞춤은 너무 격렬하여 여자를 질식시킬 뻔했던 것 같다.

"시간이 없어……."

중얼거리다가 여자의 멍한 눈에 권태를 느껴 눈살을 찌푸린다.

"기뻐하지 않는 짓을 해서 미안하군."

가화는 기훈을 그냥 바라볼 뿐이다. 기훈이 짜증을 내며,

"가겠습니다."

돌아서는데 가화는 팔을 잡는다.

"가시지 마세요."

"당신의 수면을 위해?"

고개를 끄덕인다. 쓰디쓰게 웃으며 기훈이 침대에 가서 걸터앉는다.

"그럼 누우세요. 자장가를 불러드리지. 잠들면 돌아가겠소."

여자는 잠자코 기훈 옆에 앉는다.

"선생님."

"말씀하십시오."

"사랑한다는 것."

"······?"

"그것은, 견딜 수 없어요."

사랑을 처음 안 소녀같이 그의 얼굴이 어설프게 쭈그러진다.

"몇 번이나 그런 절망을 당하셨습니까?"

어린애를 상대하듯 장난 기분으로 묻는다.

"전 처녀가 아니에요."

"그래서?"

"전 처녀가 아니란 말예요!"

"무척 한가하시구려. 내가 만난 여성이 반드시 처녀래야 한다
는 법도 있습니까?"

한참 만에 여자는 엉뚱한 말을 한다.

"그 사람은 아버지를 묶어 갔어요. 오빠도······."

"그 사람?"

했으나 기훈은 물론 그 사람이 누군지 짐작한다.

'다 틀렸다.'

마음이 식어가고 피곤해지는 것을 느낀다. 기훈은 여자의 과
거에 대하여 아무런 흥미도 없다. 그래서 여자의 얼굴은 더욱
주체스럽게 보인다.

"우리는 서로 사랑했어요. 그런데 그 사람은 그렇게 했어요.

그 사람 손으로 말예요."

여자는 골똘히 그 일에 매달리며 지껄인다.

"아마도 그 남자는 그런 직책에 있었으니 그리했을 거구, 아버지께서는 그만한 죄를 지었으니까 그랬겠죠."

"아버지가 죄를 지었다구요? 아버진 공산주의를 싫어했을 뿐이에요."

"그럼 인민의 적이란 죄목이 성립되지 않습니까?"

"인민의 적이라구요?"

무서운 그 당시의 광경을 눈앞에 보는 듯 가화는 외치며 두 손을 꼭 잡는다. 기훈은 냉랭하게 여자를 쳐다본다.

"공산주의를 싫어한…… 그건 사람이에요. 싫어하는 건 사람의 자유예요. 그, 그런 사상이야말로 사람의 적이 아닙니까! 아버진, 아버진, 그리고 오빠는 아무 죄도 어, 없었어요. 고, 공산주의가 죽인 거예요! 전, 전 아무것도 모르지만 사람을, 사람을 무시할 수 있겠어요? 애정도 목숨도 무, 무시할 수 있겠어요?"

오랜 옛날에 울부짖었던 말이 이제 하나하나 머릿속에서 되살아나는 듯 몹시 말을 더듬으면서,

"흥분하면 잠 못 자요. 자아, 그만두고…… 가화 씨는 아버님을 몹시 사랑하셨군요."

"아니에요."

고갤 젓는다.

"사랑한 건 그, 그 사람이었어요."

"그 사람……."

"네, 그 사람."

"지금도?"

"지금도? ……월남할 때 얼굴도 기억할 수 없는 사나이에게, 그리고 서울에 와서 헤매 다닐 때…… 지금도 사랑하느냐구요?"

그 말을 하는 가화의 얼굴은 비참하기보다 바보같이 보인다.

"더 생각하지 않는 게 좋겠소."

기훈은 가화의 손을 잡는다. 따끈따끈하고 와들와들 떨고 있다. 주먹 속에 든 참새 새끼 같다고 생각한다.

"나는 며칠 후면 어딜 좀 떠날 겁니다."

가화의 손은 여전히 떨고 있었다.

"우연히 길가에서 만나가지고 그냥 헤어지고 만 사람들이 참 많지요. 다 길 가다 스친 사람이라 생각하면 가슴 아플 것 없지 않습니까?"

"그럼 못 오시겠네요?"

"아마도."

"영, 아주 못 오세요?"

그 대답은 안 한다.

"앞으로 한 번쯤…… 아, 아니."

"그럼 오늘 밤은 여기 계셔주세요."

하는데 얼굴이 빨개진다. 다음 얼굴은 아까보다 더 창백하게 변한다.

"얼굴도 기억할 수 없는 사나이처럼?"

"……."

연민에 가득 찬 기훈의 눈이 여자의 눈을 들여다본다. 그는 팔을 들고 시계를 본다. 통금까지 세 시간은 넉넉하다. 여자를 껴안는다. 처음으로 여자의 심장이 뛰고 있는 것을 느낀다. 펌프에서 물이 쏟아져 나오는 것같이 뛰는 심장에서 피가 콸콸 쏟아지는 것 같다.

어두움, 세찬 파도가 지나갔을 때 기훈은 뛰고 있는 여자의 가슴에 얼굴을 묻었다가 그의 옆으로 미끄러져 내려간다. 부드럽고 피곤한 숨결이 꽃 냄새처럼 어둠 속에 감돈다. 가화는 몸을 일으킨다. 옷자락으로 몸을 가리며 손을 뻗어 커튼을 젖혔다. 달빛이 눈을 감은 기훈의 얼굴 위에 쏟아진다.

"이리 와."

여자를 팔 위에 눕히고 눈을 감은 채,

"피곤하지? 오늘 밤은 깊이 잠들 수 있을 거야."

부드러운 머리칼을 쓸어주며,

"우리가 외롭지 않을 때는 지금, 이 순간뿐이야. 언제나 외롭지 않기를 바랄 수는 없어. 가화, 알겠어?"

숨결만 들려온다. 가화의 눈은 어디 있을까? 기훈은 눈을 떴다.

"아까 낮에 뚱뚱하고 건강한 여자를 보았을 때 말라깽이 가화 생각이 나더군, 일이란 조그마한 것으로 엉뚱하게 변하는가 부지?"

"뚱뚱한 사람 안 만났음?"

가화 입에서 어린애 같은 숨결이 풍겨온다.

"잊어버렸을지도 모르지…… 이야기할까?"

고개를 끄덕인다. 기훈은 여자에게 팔베개를 해준 팔을 빼어 자기 머리맡에 받친다.

"옛날 학생 시절이었어. 방학이 되면 책을 싸 짊어지고 가는 곳은 합천 해인사. 가서 처음 며칠 동안은 산속도 좋고 물소리도 좋고 외로운 것도 참 좋았어. 암자 마당에는 도라지꽃이 어찌 많이 피던지. 밤이 되면 벼랑마다 달맞이꽃, 미칠 것같이 좋았어. 그러나 일주일만 지나면 그것도 시들해지고 사람이 그리워 견딜 수 없게 된단 말이야. 그래서 마을로 내려가면 모두 낯선 사람들, 말이 통하지 않는 남의 나라 사람만 같아서 더 못 견디겠더군. 결국 내가 정을 붙인 것은 한 마리의 돼지였어."

"돼지?"

"음, 돼지였어. 새끼 돼지 말이야. 어느 날 마을 길을 걷고 있었는데 개울가에 돼지 움막이 있었어. 무심히 보고 있는데 아낙네가 와서 돼지 밥을 주더군. 돼지는 배가 몹시 고팠던 모양이야. 밥통에다 그냥 머리를 처박고 먹겠지? 허덕허덕하면서. 돼지 밥이라는 거, 기가 막히더군. 온통 뜨물뿐이야. 쌀겨가 조금 떠 있었지만 불쌍했어. 그 훌렁훌렁한 뜨물에 눈이 잠기도록 건더기를 찾아 긴 주둥아리를 쿨쿨거리며, 돼지 새끼가 머리를 쳐들었을 때 눈 위엔 쌀겨투성이야. 귀엽고 미련한 놈, 그래 매일 매일 산책길에서 그 돼지 새끼를 꼭 들여다보곤 했어. 그놈도 내가 가면 밥 주러 온 줄 알고 쿨쿨거리며 우리에 기어오르고, 저절로 정이 들고 말았어."

"그렇게 외로웠어요?"

"그땐 못 견디겠더군. 젊어서 그랬을 거야. 오래된 일인데 가끔 생각이 나. 여자를 사랑할 때는 어쩐지 그 일을 생각하게 된단 말이야."

"지금은 견디시겠어요?"

"견디고 못 견디고…… 그런 건 없어. 쓸쓸하다는 게 도리어 약이 되지. 사람다워지니까 말이야."

"좋겠어요."

"안 좋을지도 모르지. 어느 날이었어."

기훈은 하던 이야기를 다시 계속한다.

"내가 돼지우리 옆에 갔을 때 그놈은 몹시 슬프게 울었어. 배가 고팠던가 봐. 보니 배가 홀쭉하고 밥통엔 빗물만 고여 있었어. 비가 많이 왔었거든. 그래서 아마 돼지 임자는 밥을 날라다 주지 못했던 모양이야. 그놈은 울다가 지쳐서 깔아놓은 잡풀, 그것도 썩어서 문적문적하는 것을 질근질근 씹는 거야. 내가 갔기 때문에 그놈은 배고픈 것을 더 느꼈던 모양이지. 두부라도 있으면 한 모 사다 먹이려고 인가 쪽으로 나가봤으나 그런 것도 없고 겨우 매점에서 과자 한 봉지를 샀어. 지나가는 사람이 볼까 봐 조심하여 호주머니 속에서 하나씩 꺼내어 먹였는데 누가 봤으면 날 미친놈이라 했을 거야. 그놈도 이젠 죽었겠지. 물론 먼 옛날에 말이야. 혼인집에서 잡았을까? 아니면 초상집에서."

가화는 기훈의 목을 껴안는다.

"당신 참 좋은 분이군요."

좋은 분이라는 말에 기훈은 정신이 번쩍 들어 어둠 속의 가화를 본다.

"좋은 분?"

쓰디쓴 웃음을 머금으며 가화 머리를 감싸안고 입맞춤한다.

"자아, 이젠 눈 감아. 그림자처럼 내가 없어질 테니."

여자의 몸은 빳빳해진다.

"가화."

"네?"

"생활은 어떻게 하지?"

"옛날 아버지하고 같이 살던 기생이, 그분이 잘살아요, 여기서."

"그 사람한테 보조를 받고 있나?"

"네."

"혼자 넘어왔나?"

"혼자."

기훈은 팔을 들어 달빛 아래 시계를 본다. 아직 시간은 있지만 호텔에 너무 늦게 가는 것은 좋지 않다. 여자를 밀치고 일어나 옷을 입는다. 가화는 침대 위에 무릎을 모으고 기훈을 본다. 꺼뭇꺼뭇한 눈, 기훈은 옷을 입고 다가서며,

"가화."

"……."

"나 좋은 사람 아니야."

페르시아의 시장

문살에 하얀 페인트칠을 한 유리 창문, 하늘과 구름과 나무가 비쳐 있다. 액자에 끼워놓은 풍경화같이 투명하고 확실하다.

"계란 노른자위 하나에 샐러드 오일…… 식초…… 알았……."

김인자의 목소리가 간간이, 끊어지다가 흘러나온다. 지나가면서 지영이 쳐다본다. 수건을 쓰고 에이프런을 두른 김인자는 분주하게 왔다 갔다 한다. 조그맣고 붉은 얼굴이 긴장하여 팽팽해 보인다. 샐러드의 재료와 분량이 씌어진 칠판 밑에 까만 단발머리, 더러는 흰 수건을 쓰고, 그 머리들이 마요네즈 소스를 만드느라고 거품기를 열심히 돌리고 있다.

"곧장 저어요. 쉬면 안 돼!"

김인자는 앞치마 자락으로 땀을 닦는다. 포동포동한 팔이 유리같이 번들거리고 기름 냄새, 숯 타는 냄새가 무더운 바람을 타고 가사실습실에서 새어 나온다.

지영은 가사실습실 옆의 향나무 그늘을 밟고 돌아 나간다. 여위고 볼품없는 학교 화단에 해당화가 피어 있다. 넓은 운동장에 화학 선생 혼자 농구 코트에서 슈팅 연습을 하고 있다.

"남 선생님!"

무릎 위에 두 팔을 괴고 턱을 받친 채 운동장을 바라보고 있던 정혜숙이 지영을 부른다. 머리가 양어깨에 늘어져서 코가 길어 보였다. 지영이 다가가자,

"직원실 다 비었죠?"

"아무도 없어요."

"선생님 수업 없어요?"

"오전에 끝났어요."

"모두 답답한 모양이죠? 여기 앉으세요. 시원해요. 이제부터 여름이군요."

정혜숙은 바위 한쪽으로 비켜 앉으며 자리를 내준다.

"곧 여름이…… 다 돼가죠."

지영의 어깨 위를 기어다니는 벌레를 털어주면서 정혜숙은,

"참 싫은 계절. 난 여름을 타요. 더군다나 이런 곳에서는, 온통 햇빛 아니에요? 숲이 있겠어요, 강이 있겠어요? 목이 메는 흙바람만 불고……."

"……."

"난 어쩌면 서울 가게 될지도 몰라요. 친구한테서 편지가 왔는데 취직이 될 듯도 하고…… 학교 아니라도 보수가 과히 나쁘

지 않으면 갈 생각이에요. 여기 갇혀 있다간 미쳐버릴 거예요. 제발, 제발 우물 안의 개구리 신셀 면해야 할 텐데……."

"어디로 가도 세상이 좁은 게 아니구 마음이 좁은 것 아닐까?"

"제가 그리 마음이 좁아 보여요?"

"아니 실례, 저의 경우를 말한 거예요."

어색하게 실언을 빌면서 웃는다.

"우물 안의 개구리, 어쩌고 하지만 실은 불안해서 여긴 못 있겠어요. 밤에 자다가도 더럭 겁이 날 때가 있거든요. 만일 이북서 밀고 온다면 난 어떻게 될까 싶어서."

"이북서 밀고 올까요?"

"안 온다고 장담할 수도 없죠."

"정말 그곳에 사는 사람들은 괴로울까요? 왜 거기선 못 살까요……."

"우리 같은 사람의 경우는 그렇죠. 인생이란 되도록 하고 싶은 대로 하고 사는 거지, 옷 입는 것까지 나라 정책에 따라야 하는, 사상이 어떻고 인민이 어떻고, 그런 것은 취미 있는 사람만 하면 될 거 아니에요? 억지 봉사가 싫다 그 말이에요. 그것이 안 통하니까 거기선 못 살지요."

"저도 누구에게 억지 봉사하는 건 싫어요. 숨이 막혀 죽어버릴 거예요."

공을 따라 철망 울타리 옆을 화학 선생이 뛰어간다. 강아지를 몰고 와서 흙장난을 하고 있던 마을 아이들이 도망을 친다.

"저기 해당화가 예쁘게 피었죠? 빛깔이 연해서 좋군요. 갈 때 한 가지 꺾어야겠어."

아이들을 따라 달아나는 강아지를 보고 있던 지영이 화단으로 눈을 옮긴다.

"해당화는 하루밖에 안 피는데 꺾어 가시면 뭘 하겠어요."

"아니, 봉오리가 있으니까 다시 필 거예요."

"정 선생님은 참 부지런하셔. 언제 가도 선생님 방엔 꽃이 있더군요. 내가 처음 왔을 때도 꽃을 꺾고 계시던데……."

"난 정말 생활을 즐기고 싶어요. 멋있게 살아야죠. 누더기 걸치고 보리밥 먹을 바에야 그까짓 죽어버리는 게 낫지. 옷치장에 난 관심이 많아요. 훗날 부자가 되면 정말 멋진 집을 지어서 취미 생활 하는 게 소망이에요. 넓은 정원을 가꾸고, 난 꽃에 대해선 상당한 지식을 갖추고 있어요. 여학교 때 일본 잡지에서 꽃 재배에 관한 건 일일이 오려서 스크랩을 할 정도였으니까."

"나도 꽃을 가꾸고 싶네요. 교장 선생님 댁에선 꿀벌을 치시더군요."

"심심하시니까……."

"꽃을 가꾸고 꿀벌을 치고 개나 기르고, 그리고 혼자 살았음 좋겠어요."

"혼자 무슨 재미로?"

그 말 대답은 안 한다.

"아주 넓은 뜰이면 좋겠죠? 무엇이든지 무더기로 심는 거예요. 국화도 가득히 심고 코스모스도 그리구 사람 사는 동리까지 마차를 타고 가서 개하고 내가 먹을 것을 사들여 오는 거예요. 난 참 개를 좋아해요. 나를 보호해주는 큰 개하고 안고 다닐 수 있는 작은 개하고 양도, 소도 기르고 싶네요. 토끼는 주인을 몰라봐서 싫어요."

지영은 어린애처럼 유치해져서 열을 올린다. 별안간 말이 쏟아져 나오는 지영의 입술을 정혜숙은 놀란 눈으로 바라본다.

"동물원을 하시게요?"

"그래요. 난 동물원을 하고 싶어요. 호랑이도 친해질 수 있을 것만 같아요. 짐승은 사람보다 정직하지 않아요?"

"난 동물에는 취미 없어요. 새장에 넣어두고 보는 새나 금붕어 같은 건 장식이 되니까 좋지만."

"새나 금붕어가 사람의 마음을 아나요? 새장 속에 새가 왔다 갔다 하는 것만 봐도 신경이 피곤해요. 다람쥐가 쳇바퀴를 돌리는 것 보셨어요?"

"그건 귀엽더군요."

"귀엽다구요? 나빠요. 난 그것만 보면 가엾다기보다 그렇게 돌리고 있는 꼴이 미워서 견딜 수 없어요. 바보같이 말예요."

"바보라는 걸 다람쥐가 알아야 말이죠."

"하긴 그래……."

"선생님은 퍽 냉정하신데 어째서 동물을 좋아할까?"

"부끄럼을 잘 타서 그렇지 냉정하진 않아요."

"언제나 태연하시던데."

"태연할 그때가 낯이 설어서 못 견디는 순간이에요."

하고 지영은 빙긋이 웃는다.

"정말 나는 동물을 좋아해요. 사람은 말을 하니까 거짓말을 많이 하죠. 하지만 동물은 그렇지 않아요. 사람보다 더⋯⋯ 가엾어요. 정이 가고 나 자신같이 바보스럽고."

지영은 동물 이야기가 그렇게 좋은지 환하게 얼굴이 밝아졌다.

"동물을 좋아하던 사람도 애기를 가지면 싫어한다는데?"

지영의 얼굴에서 미소는 사라졌다. 한참 만에,

"유치한 꿈을 꾸고 있지요."

차갑게 내뱉는다. 갑자기 변한 지영의 어세에 눌려 정혜숙은 잠자코 만다. 정혜숙은 다시 다리를 포개 얹고 턱을 괴며 운동장을 바라본다. 화학 선생이 휘파람을 불며 공을 들고 교무실 쪽으로 걸어가고 우체부가 가방을 메고 들어온다.

"저 화학 선생은."

하다가 정혜숙은 지영을 쳐다보며,

"전 참 좋게 생각해요. 남이야 뭐래든 자기 입고 싶은 대로 옷을 입고 다니잖아요?"

지금은 그 중국옷 비슷한 것을 입고 있지는 않았다.

"저 선생님은 헌병대에 불려 가지 않았어요?"

지영은 손수건을 손가락에 회회 감으며 웃지도 않고 묻는다.

"김 선생보다는 똑똑하게 굴었는지 그런 얘기는 못 들었군요."

대꾸하며 정혜숙은 묘하게 높은 소리를 내며 웃는다.

"김 선생님은 실습실에 계시죠?"

"네, 아주 열심이에요. 얼굴이 빨개가지구. 참, 남 선생님은 자취하시기 고되지 않으세요?"

"뭐 혼자 먹는데요."

"하숙하시는 게 낫지 않을까요?"

그들은 옷을 털고 부시시 일어난다. 종이 울렸던 것이다. 교무실로 돌아왔을 때,

"남 선생!"

퉁명스레 교감이 부른다.

"이 학생도 남 선생 반에 편입시켰습니다."

교감은 지영을 쳐다보지도 않고 서류를 밀어주며 바삐 교장실로 들어가 버린다. 머리가 크고 눈이 좀 흘깃한, 순하게 생긴 아이가 겁먹은 듯 지영을 쳐다본다.

"이리 와."

손짓하며 지영은 자리로 돌아간다. 서류를 넘겨본다. 전 주소는 해주海州. 그런 아이거니 알면서도 지영은 묻는다.

"월남했니?"

"네."

"가족이 모두 함께?"

"아버지만요."

"어머니는?"

"안 계셔요. 할머니하고 동생은 못 나왔어요."

하는데 아이 눈에 눈물이 핑 돈다.

"그래? 안됐구나."

지영은 손끝으로 책상을 톡톡 두들기다가 아이에게 시선을 돌린다.

"아버지는?"

또 묻는다. 아이는 그 뜻을 알아차리고,

"아까 교감 선생님 만나고 헌병대에 볼일이 있어 가셨어요."

"그래?……."

지영은 창밖을 멍하니 바라본다.

"그럼 내일부터 등교하도록. 가도 좋다."

아이는 꾸벅 절을 하고 돌아갔다. 지영은 어릴 때 전학한 일을 생각한다. 그때 교무실의 낯선 분위기가 어제 일처럼 마음에 뚜렷이 되살아왔다. 그 아이를 위해 무슨 위안의 말이 필요했을 것이다.

'내가 여기 온 후에도 벌써 세 명이구나. 왜 모두 도망쳐 나와야 할까?'

지영의 반에 월남 가족의 아이가 편입되기는 이번이 처음이지만 이런 일들은 지영에게 차츰 압박감을 준다.

'만일 내가 이북으로 납치되어 영영 가버린다면?'

지영은 그런 불행한 사태에 대하여 어떤 기대 비슷한 것을 갖는다. 가족들과 아주 헤어져버린다는 무서운 욕망 때문에.

'바이칼호…… 바이칼호수…….'

지영은 러시아의 호수 이름을 중얼거려본다. 소설에서 본 호수의 환상 그리고 다시.

'사하라사막…… 사하라사막…….'

학교에서 나오는 길에 지영은 시장에 들른다.

시장은 축제같이 찬란한 빛이 출렁이고 시끄러운 소리가 기쁜 음악이 되어 가슴을 설레게 하는 곳이다. 동화의 나라로 데리고 가는 페르시아의 시장— 그곳이 아니라도 어느 나라, 어느 곳, 어느 때, 시장이면 그런 음악은 다 있다. 그 즐거운 리듬과 감미로운 멜로디가. 그곳에서는 모두 웃는다. 더러는 싸움이 벌어지지만 장을 거두어버리면 붉은 불빛이 내려앉은 목로점에서 화햇술을 마시느라고 떠들썩, 술상을 두들기며 흥겨워하고. 대천지원수가 되어 무슨 이로움이 있겠는가. 오다가다 만난 정이 도리어 두터워지는 뜨내기 장사치들.

물감장수 옆에 책을 펴놓고 창호지에 담배를 마는 사주쟁이 노인도 서편에 해가 남아 있는 동안은 희망을 버리지 않는다. 온갖 인생, 넘쳐흐르는, 변함없는 생활이 이곳에서 소용돌이치고 있는 것이다.

지영은 이곳이 좋고, 혼자 거니는 외로움이 좋고, 아는 사람이 아무도 없어 좋았다. 시장의 음악과 시장의 얼굴들은 어린 날과 조금도 다름이 없다. 향한 곳도 없는 그리움과 어린 날의 아픔이 바람처럼 지영의 가슴을 친다.

생선전 앞에 초라한 차림의 키가 작은 사나이가 서 있었다. 지영은 그 옆을 지나쳐 급히 걸어간다. 정순이의 남편 이 선생이다. 몇 번인가 지영은 먼발치로 그를 본 일이 있다. 지푸라기에 생선 몇 마리를 끼워서 들고 가던 뒷모습을. 발소리도 안 날 것만 같이 걸어가던 초라한 모습, 바짓가랑이는 구겨지고 흙이 묻어 있었다.

직원회 때는 책상만 내려다보고 앉아 있었고, 수업 종을 치면 허둥지둥 뛰어나갔으며 때론 가사실 옆에 우두커니 서 있었다. 학생들이 만만하게 버릇없이 말을 걸면 괴로운 듯 웃는 자그마한 얼굴, 보는 편이 더 슬펐는지도 모른다.

비단 피륙이 색동처럼 겹겹이 쌓인 포목점의 가르마가 똑바른 금니박이 아주머니는,

"하고 또 하는 게 아니니까 돈 아끼지 말고……."

하면서 혼숫감에 가위질을 하고 있다. 올망졸망한 노리개, 비단실, 반짇그릇, 실패, 화장품이 진열된 잡화상에서 젊은 색시는 애교를 떨며 값을 깎고 물감점에는 시골 아낙이 주머니 끈을 끄르며 덤을 달라고 조르고 있다. 철물상 앞에 농부들이 서성거린다. 빗자루, 다듬잇돌, 방망이, 홍두깨는 길바닥에 굴러 있고.

지영이 처음 연안에 왔을 때도 이 시장 길을 지나갔다. 낯선

도시, 낯선 거리, 그리고 낯선 사람들, 이 시장 길을 지나갈 때 지영은 안심하고 기쁨을 느꼈다.

시장 어귀로 되돌아 나온 지영은 잠시 걸음을 멈춘다. 국수 장수, 떡장수가 모여 있다. 사고파는 일을 끝낸 농부와 아낙들이 쭈그리고 앉아 요기를 하고 있었다. 수염에 묻혀 잘 보이지도 않는 입술 안으로 노인은 국수 가락을 빨아들인다. 쭉쭉 소리를 내며 재미나게 빨려 들어간다. 아이처럼 얼굴을 갸우뚱 기울이고 국물까지 다 마신 뒤 노인은 아쉬운 듯 대접의 바닥을 들여다본다. 노파가 시루떡을 먹고 있다. 땀을 흘리면서 퀭하니 패인 두 눈, 가뭄에 갈라진 논바닥처럼 굵은 주름이 잡힌 검은 얼굴, 흙과 더불어 지내온 코끼리 가죽 같은 손, 노파는 시루떡을 입으로 가져가다 가만히 바라보고 서 있는 지영을 보면서 시루떡을 입으로 들여보내고 씽긋이 웃는다. 지영은 얼굴빛이 달라지면서 도망치듯 시장 밖으로 나간다. 노파의 얼굴이 자꾸만 뒤따라오기라도 하듯 돌아보지도 못하고. 집념에 가득 찬, 굶주린 미소. 나이 먹어갈수록 사람은 음식을 먹는 모습이 추해진다. 남자보다 여자가 더 추해진다. 어릴 때, 젊은 때는 저절로 살지만 나이 들수록 발버둥 치듯 살아간다. 그래서 사는 것도 먹는 것도 추하게 보이는 것일까. 그런 것을 생각하는데 지영은 구역질이 날 것 같았다.

행길을 피하여 지름길인 논길로 접어든다. 비가 한두 방울 책보를 든 손등에 떨어진다. 별안간 서편에서 먹구름이 몰려오고 참새 떼들은 숲을 향해 살같이 날아간다. 빗줄기가 굵어진다. 이제 완전히 모가 제자리를 잡은 논에 빗줄기는 잔잔한 파문을 이루고, 지영의 엷은 적삼이 흠씬 젖는다. 장꾼들이 짐을 들고 사방에 흩어질 생각을 한다. 개미집을 허물었을 때 미친 듯 헤매는 개미들처럼.

"어머나! 비를 맞고 오시네."

세 든 집의 젊은 안주인이 마루에서 화장을 하고 있다가 말했다.

"오는 도중에 비가 오시는군요."

"큰비가 되겠어요. 몰려가는 저 구름 좀 보세요."

"큰비가 오겠군요."

"어서 옷 갈아입으세요. 감기 드십니다."

안주인은 퍼프로 콧등을 두들기며 친절하게 말했다.

"아까 오면서."

하다가 지영이 웃는다.

"비가 쏟아지니까 거위가 막 달아나지 않아요? 그 꼴이 어찌나 우스운지."

그게 뭐가 우스우냐는 듯 여자는 거울 앞으로 얼굴을 바짝 갖다 붙이며 눈썹을 그린다. 그는 저녁이면 언제나 마루 밝은 곳으로 경대를 들고 나와 화장을 한다. 그리고 달맞이꽃처럼 남자를 기다린다. 이웃에서는 남의 작은집이라 하여 멸시를 당하는 모양이고 정순이도 왜 그런 집에 있느냐고 지영에게 충고한 일도 있지만 남이 뭐라 하든 여자는 그런대로 열심히 남자를 사랑하는 것 같았다. 남자가 와서 문을 흔들면 허둥지둥 뛰어나가는 여자의 얼굴은 아름다웠다.

"선생님."

빗발을 바라보고 있다가 지영은,

"네?"

"쓸쓸하지 않아요?"

"아주머니는요?"

"서야 뭐 좋으나 궂으나 내 집인데. 아이들 생각나지 않아요?"

"더러는…… 생각이 나면 가서 보죠."

"견디실 만하군요. 하긴 방학이 되면 가서 만나시겠수."

"방학…… 참, 방학이 있군요."

"무슨 재미로 이런 곳에 와 계세요?"

"돈 좀 벌어서 부자가 돼보려구요."

모두가 한결같이 같은 말을 한다고 지영은 생각한다. 어째서 모두 이곳을 싫어하며 빠져나가지 못해 애를 쓸까? 삼팔선 때문에, 시골이기 때문에…….

'다 마찬가지지. 어디로 가면 좋은 곳이 있을라구.'

지영은 옷도 갈아입고 저녁을 지어야겠다 생각하면서도 움직이지 않는다.

"월급이 뭐 그리 많다구."

여자는 경대를 밀어내고 담배를 붙여 문다.

"참 시원하게 잘도 오신다. 머슴방에서 놀음이 벌어지겠어요. 비 오는 날이 농사꾼한텐 설날이지. 참, 선생님, 부엌에 김치 한 보시기 갖다 놨어요. 모두 합해서 두 식군데 뭐 귀찮게 김치 담그시겠어요?"

"번번이 미안하군요."

"밥이라도 함께 나누어 먹었으면 좋겠는데 선생님이 싫어하시니까."

지영은 아무 말 안 한다.

암살자

설렁설렁 바람이 부는 황혼의 거리를 헤매 다니다가 어두워진 뒤 기훈은 아파트로 간다. 시꺼먼 풍차는 여전히 박쥐 모양으로 어둠 속에 날개를 편 채 움직이지 않았다. 이 층 창문을 올려다본다. 불빛을 등지고 가화가 창가에 서 있었다. 기훈을 보고 빙긋이 웃는 것 같다. 기훈은 소년처럼 층계를 뛰어 올라간다.

방문을 열었을 때 가화는 방 한복판에 서 있었다. 한 팔을 뒤로 돌려 도어를 닫고 가화를 바라보다가 뚜벅뚜벅 걸어간다.

"잘 잤어?"

가화를 안고 얼굴을 내려다보며 묻는다. 아이처럼 고개를 끄덕이고 여자는 올려다본다. 심장이 뚜렷이 세차게 뛰고 있다. 기훈은 키스하고 의자에 가서 앉는다. 가화는 머뭇거리더니 침대에 걸터앉는다.

　"내가 올 것 같았어?"

　"오늘은 오실 것 같았어요."

　"내일은?"

　"그건 내일 생각하죠."

하고 배시시 웃는다. 몹시 앳되게 보인다. 잿빛 늙은이 같은 표정이 지금은 없어졌다. 그러나 그의 눈동자에는 아직도 뭔가 애처로운 것이 남아 있다.

　"방이 깨끗해졌군."

　가화가 얼굴을 붉힌다.

　"저건 뭐야? 꽃병이군."

　고물상에서 사 온 듯 일본 냄새 나는 꽃병에 보랏빛 달구지국화가 꽂혀 있다.

　"꽃이 다 있고……."

　가화는 슬그머니 창가로 가서 돌아서 버린다.

　"가화."

　"네?"

　돌아선 채 대답한다.

　"이리 와."

"네?"

돌아서려 안 하고 오히려 창밖으로 몸을 내민다. 쌀자루를 둘러멘 소년이 아파트를 향해 느릿느릿 걸어온다.

"왜 그러구 있지?"

"……."

기훈은 일어서서 가화의 팔을 끌어 침대 위에 앉힌다.

"왜 이래?"

가화는 싫다는 시늉으로 얼굴을 흔든다.

"난 우는 건 질색이야."

가화 눈에 눈물이 그렁그렁했다.

"여자는 웃어도 가여운 것인데 울기는?"

가화는 얼굴이 빨개진 채 기훈의 옷소매를 살그머니 만진다.

"바보야. 남자를 처음 만난 것처럼…… 하지만 이 방엔 꽃병이 놓인 것보다 쓸쓸한 게 더 좋다. 너같이 쓸쓸한 게 좋지."

가화는 머뭇머뭇하다가 꽃병을 침대 뒤에 내려버린다. 그러고는 당황하여 어쩔 줄을 모른다. 기훈은 미소하며 팔을 당겨 뜨겁게 포옹한다.

"가화, 우리 밖에 나갈까?"

"이 밤에?"

"밤에."

택시에 몸을 실었을 때,

"인천!"

하고 기훈은 운전사에게 말한다.

가화는 좀 놀란 듯 기훈을 보았으나 아무 말 하지 않는다.

한강의 인도교를 지나 노량진. 장거리에 전등불이 켜져 있다. 짐을 거두는 장꾼들.

'그가 만일 자물쇠를 걸지 않고 밖으로 나간 사이 나는 그의 방으로 들어간다. 화장실 속에 숨어 있을 수 있다. 그러면 나는 그를 쏘고 뒷계단으로 도망칠 수 있다. 그가 도어를 밀고 나올 때나 혹은 들어갈 때도 저격하고 도망칠 수 있다. 그러나 자물쇠를 걸지 않고 안女이 나간다는 것은 생각할 수 없다. 아무 데고 사람 없는 곳에서만 부딪친다면, 가령 복도나 층계에 사람이 지나가지 않는다면 그를 쏘고 나서 도망칠 수 있다.'

기훈은 놀라며 얼굴을 번쩍 든다. 자신의 생각이 도망이라는 한곳에만 매달리고 있었다는 것을 깨닫는다.

'그 두 가지 기회가 없을 때, 바에서나 로비에서나 어디서나 나는 그를 해치워야 한다.'

기훈은 어둑어둑한 바의 광경, 로비, 식당, 호텔 앞 주차장, 그런 장소를 하나하나 눈앞에 그려본다.

경인가도를 달리는 시간은 길다. 말수 적은 가화를 혼자 좀 내버려두어도 좋았다. 그의 부드러운 손만 꽉 쥐고 있으면. 기훈은 생각 사이사이에 가화를 느끼고 가화를 잊는다.

"선생님?"

"으음?"

"무슨 생각하고 계세요?"

"아무 생각도."

"무서운 눈 하고 계신 것 같아요."

"무서운 눈? 그렇게 보이나?"

"느낄 수 있어요."

"투시력이 대단하군."

기훈은 아무렇지 않게 말했으나 속으로 당황한다.

'제법 예민하구나. 아까 꽃병에서도…… 여자는 사랑을 하면 천재가 된다던가?'

"가화는 무슨 생각 하고 있었지?"

"전 생각 안 하려고 가로수를 헤이고 있었어요."

"생각하는 게 그리 싫어?"

가화는 말 안 한다. 택시는 서울과 인천의 중간쯤 달리고 있다.

"인천에 가본 일 있어?"

"아뇨."

"난 전에 그곳에 얼마 동안 살았었지. 바다 구경은 못 했어."

"바닷가에서 바다 구경을 못 하셨어요?"

"인천에서도 바다가 보이지 않는 곳이었어. 인천의 흐린 바다를 보고 싶지도 않았지만."

"왜 그랬을까."

"우리 고향의 바다가 너무 아름다워서."

"그렇게도?"

"음, 바닷속이 환히 들여다보여."

"어딘데요?"

"남쪽 제일 끄트머리…… 벌써 십여 년 전 얘기야."

"고향을, 그렇게 오래 떠나 계셨어요?"

"음."

"생각나면 가보시지 않고, 아주 못 갈 곳도 아닌데."

"바빠서."

"무슨 일을 하시기에요?"

"내 생각에 성공할 것 같지도 않은 사업."

대답하며, 기훈은 일을 끝낸 뒤 죽음의 방법을 생각한다. 자살이냐 사형이냐, 그 어느 것이든 자기 자신이 선택해야 하는 것이다.

"선생님?"

"음."

"전에 말예요. 우리 이모가 설암舌癌으로 돌아가셨어요."

"설암? 드문 병이군."

"이모부가 의사였기 때문에 빨리 발견하여 혀를 잘랐어요. 그랬는데 뭐가 남아 있었던가 봐요. 돌아가실 무렵엔 정말 비참해서…… 말도 못 하고 먹을 수도 없었어요. 이모는 자기의 죽음을 안고 천주교의 영세를 받았지만, 그리고 참 고요한 마음으로 죽음을 기다리시데요."

"왜 그런 얘기를 하지?"

화를 내며 묻는다.

"갑자기 그 이모 생각이 나, 나네요. 저는 그, 그럴 수…… 없을 것…… 같아요."

기훈이 화를 내는 바람에 말을 더듬는다.

"그런 얘기는 그만두지, 죽음의 얘기는 함부로 입 밖에 내서 할 말이 못 돼."

강한 말투에 가화는 꾸중 들은 소학생처럼 잠자코 만다. 그러나 불안한지,

"이 차로 돌아가요?"

하고 묻는다. 밖은 새까맣게 어둡다. 새까만 머리에 묻힌 가화의 얼굴이 주먹만큼 작아 보인다.

"인천에 가봐서."

떠밀어버리듯 대꾸한다.

인천에 도착하여 차에서 내렸을 때 가화는 어떤 종말을 생각하듯 멍하니 지나는 사람들을 바라보고 서버린다. 습습한 바람에 선병질적인 가화는 몹시 처참해 보인다.

"자아, 갑시다."

기훈은 말했으나 목표가 없었다. 우선 찻집으로 들어간 그들은 서로 우두커니 바라보며 차를 마시고 나온다. 그들은 다시 중국요릿집으로 찾아들어 간다. 울긋불긋한 종이꽃이 장식된 사방의 벽과 커다란 거울, 마룻바닥까지 붉게 칠한 중국집은 무

당집 같기도 하고 동화 속에 나오는 집 같기도 하다.

식사하는 동안에도 기훈은 말을 하지 않았다. 가화도 겁을 집어먹고 말을 못 한다. 그러나 무엇이 잘못되었는지 생각해내려는 듯 음식을 씹다가 가만히 있곤 한다. 기훈은 가화를 가엾게 생각하면서도 뭔지 자꾸 뒤틀려가는 것을 억지로 바로잡아 보고 싶은 생각은 없다.

계산을 마쳤을 때 요릿집 종업원들은 기훈의 유창한 중국어에 친밀감을 나타내며 문밖에까지 전송해준다.

"바다 구경이나 할까."

처음으로 가화에게 말을 건다.

부둣가에는 화물선이 불을 끈 채 정박하고 있었다. 중유 냄새, 생선 비린내, 갖가지 냄새가 풍겨왔으나 밤은 모든 것을 감춘 채 물결 소리만 그들에게 들려준다. 술 취한 뱃사람들이 떠들어대는 소리가 이따금 길 쪽에서 들려오곤 한다.

"가화."

가화는 머리칼을 바람에 나부끼며 서 있다.

"가화?"

"……."

"대답을 해."

"죽고 싶어요."

"또 죽음의 얘기야?"

마음속으로 혀를 찬다.

"또다시 그 무서운 날이 온다는 게 몸서리쳐져요."

꿈을 꾸다가 우는 아이같이 기훈을 본다.

"무서운 날이라니?"

"선생님을 만나기 전의……."

"이런 일 없었던 거로 생각하면 되잖아?"

"그렇게 생각하려고 했어요."

"그럼 됐어."

차가운 쇠붙이의 메아리처럼 울린다. 가화의 몸이 앞으로 확 기울어진다.

"가화!"

소리치며 가화의 옷자락을 와락 잡았으나 몸이 앞으로 쏠려 아슬아슬하게 발을 딛는다. 기훈의 얼굴에 땀이 흐른다.

"바보 같으니라구!"

가화 얼굴을 후려치려다 참는다.

"그런 철없는 장난을!"

"그, 그러려고 안 했는데, 자, 잘못……."

수치심에서 가화는 두 손으로 얼굴을 감싼다. 화물선과 부두 사이의 거리는 좁았고 물은 깊다. 만일 가화가 뛰어들었다면 구할 도리는 없다. 기훈은 가화 옷자락을 꼭 잡은 채 숨을 마신다.

"이제 가, 가자."

목소리는 부드럽고 슬프게 울렸다. 옷자락을 놓아주며 가화의 손목을 꼭 쥔다. 할 수만 있다면 그는 가화의 가쁜한 몸을 안고 이 부둣가에서 떠나고 싶었다.

기훈은 가화의 손목을 꼭 쥔 채 밤안개가 자욱한 거리를 지나 여관을 찾아들었다.

"가화. 나 한 가지 일러두겠어."

무릎을 모으고 앉은 가화에게,

"나를 만나는 동안 울지 말 것, 죽는 얘기 하지 말 것, 알았어? 죽음과 울음은 흔한 거야. 그 약속 지켜주지 않는다면 니는 내일 가화를 찾아가지 않겠어."

하면서 기훈은 가화를 만날 수 있는 날이 앞으로 며칠이나 될까 하고 생각한다.

질린 얼굴로 가화는 고개를 끄덕인다.

기훈은 싱긋이 웃는다. 가화는 웃지 않았다.

"우리가 만나는 동안 외로워서는 안 돼. 서로 포옹하고 잠자리를 같이한다는 것은 외롭지 않기 위해, 잊어버리기 위해 하는 짓이야. 언제나 외롭지 않기를 바랄 수 없고 남자에겐 따로 할 일이 있으니까."

"왜 여자에겐 따로 할 일이 없을까요?"

그 말에 대답을 못 한다. 한참 만에,

"복잡한 일 생각지 말어."

하고 기훈은 천장을 올려다본다. 밤이 물소리처럼 지나간다.

'만일 물에 빠졌다면 나는 가화를 버리고 돌아섰을까?'

같이 뛰어든다면 그것은 정사情死의 결과밖에 되지 못한다.

165

확실히 가화를 버리고 돌아갔을 것이다. 차에 몸을 싣고 서울로, 호텔로 돌아가 안핵동을 기다렸을 것이다. 돌아가지 않고 그 변사 사건에 걸려든다면 만사는 휴의다. 이날 밤 기훈은 가화를 꼭 껴안고 깊이 잠들 수 있었다.

이튿날 아침에 서울 호텔로 돌아온 기훈이 막 로비에 발을 들여놓았을 때다.

'녀석이다.'

피가 발끝으로 모조리 흘러내려 가는 듯, 안핵동은 가방을 들고 앞서가는 보이를 따라 천천히 층계 쪽으로 발을 옮겨놓고 있었다. 팡팡한 등, 주름살 하나 없이 검정 양복이 착 달라붙은 등바닥. 기훈의 눈에 그 검정빛 양복의 넓은 등바닥밖에는 보이지 않았다. 가장 적합한 거리다. 서투른 사수라도 그만한 거리면 결코 실수는 하지 않을 것이다. 그러나 안핵동은 층계 위로 사라지고 말았다. 기훈은 담배를 꺼내어 떨리는 손으로 라이터를 켠다.

'빨리 왔구나! 생각보다.'

"손님, 새로 옮긴 방의 전망은 좋습죠?"

기훈은 이맛살을 모으며 돌아본다. 카운터의 사무원이 보타이를 밀어 올리며 싱그레 웃는다.

"으음, 쓸 만해."

화난 목소리로 대꾸하고 라이터를 호주머니 속에 집어넣으며 층계를 향해 걸어간다. 이 층 안핵동의 방은 굳게 문이 닫혀져 있었다. 자기 방으로 재빨리 들어간 기훈은 옷을 벗어 내던지고 화장실로 뛰어 들어간다. 샤워기를 틀어놓고 머리부터 물을 맞는다. 눈을 감고 심장을 치는 소리가 정상으로 돌아가기를 기다린다. 수건으로 머리를 닦다가 그는 맞은편 거울에 비친 얼굴을 본다. 자기 얼굴 아닌 다른 하나의 가면, 빛깔은 푸르스름하고 눈이 험악하다. 심장이 하나하나 소리를 낸다. 차츰차츰 핏기가 돌아온다. 그는 거울 속의 자신에게 싱긋이 웃어준다.

방으로 돌아온 그는 슈트케이스를 열고 흰 수건에 싼 권총을 꺼낸다. 권총의 무게를 달아보듯 손바닥 위에서 한 번 치올려본다. 그리고 탄창에 탄환이 든 것을 확인한 뒤 양복바지 주머니에 깊이 밀어 넣는다.

'이 호텔 어디서든지 한 번은 그와 마주칠 것이다.'

점심때 기훈은 식당으로 내려갔다. 식사를 주문하여 되도록 천천히 먹는다. 출입구를 볼 수 있는 좌석에 앉아서. 그러나 안핵동은 식당에 나타나지 않았다. 식사가 끝난 뒤 커피를 청해놓고 신문을 펴 든다. 안핵동은 나타나지 않았다. 신문을 다 읽고 집어넣을 동안에도.

'서둘 필요는 없다.'

밤에 기훈은 바로 내려갔다. 그가 있었지만 혼자는 아니었다. 그리고 그가 앉은 구석은 어느 장소에서도 저격하기 어려운 곳이다.

'그가 일어서서 나갈 때.'

기훈은 출입구와 마주 보는 자리에 앉았다. 신경을 그곳에 집중하며 웨이터가 날라 온 술잔을 든다. 기훈은 이제 일을 끝낸 뒤 도망칠 궁리를 하지 않았다.

안핵동 일행이 일어섰다. 출입구로 향한다.

'빌어먹을!'

그의 일행이 앞서거니 뒤서거니 하여 검정 양복의 과녁을 놓치고 말았다.

'제기!'

쫓아갈 수도 있었다. 그러나 반드시 그를 죽일 수 있다고는 확신할 수 없었다.

'이런 짓은 마지막의 한 수단이다. 서둘지 말자.'

기훈은 술을 한 잔 마시고 벌써 친구가 되어버린 바텐더에게 농담 몇 마디를 던지고는 자기 방으로 돌아왔다.

창가에 서서 기훈은 거리를 내려다본다. 멀리 불빛이 뿌려져 있었지만 조용하다. 가로수 밑으로 젊은 연인 한 쌍이 간다. 사라졌다가는 가로등 밑에 오면 다시 나타나고, 사라지고 다시 나타나고 아주 사라져버렸다. 떨어진 나무 그늘 속의 여자의 하얀 블라우스가 눈에 아프게 남는다.

이튿날 아침 기훈이 식당에서 식사를 끝내는 동안 안핵동은 역시 나타나지 않았다. 로비로 나갔을 때,

'됐다!'

기훈은 카운터 쪽으로 슬쩍 다가간다. 안핵동이 혼자 이 층에

서 막 내려오고 있었다. 계단을 내려온다. 눈이 시뻘겋다. 생선 썩은 것처럼.

'간밤에 술이 대단했던 모양이지.'

거리가 좁혀지기를 초조히 기다리며 기훈은 마음속으로 중얼거린다. 손이 바지 주머니로 들어갔을 때 안핵동의 눈이 기훈에게 쏠렸다. 순간 그의 몸은 앞으로 확 수그러진다. 비대한 몸이 별안간 충계에서 굴러 로비 바닥에 떨어진다. 사람들이 쫓아간다. 기훈은 영화를 보는 관객처럼 서 있었다.

'내가 쏘았던가!'

쏜 것 같았다. 총성이 울린 것 같았다. 그러나 아무도 기훈의 곁에 달려오는 사람은 없다. 모두 안핵동에게로 몰려들었다.

"졸도다! 빨리 의사를!"

보타이를 한 보이가 안핵동을 안아 일으키며 소리친다.

'졸도, 졸도라구?'

손을 들어본다. 손에는 권총이 없었다. 호주머니에 손을 찔러본다. 싸늘한 것이 만져진다. 안핵동은 급히 방으로 운반되어 갔다.

"간밤에 지독하게 마셨다는군. 바에서 하고 또 방에서 혼자 했다는군."

보이끼리 주고받는 말이 귀에 들려온다. 기훈은 그를 암살하지 못한 것을 비로소 실감한다.

'빌어먹을!'

기훈은 자기 방으로 돌아가서 담배를 연거푸 태운다. 그리고 아래로 다시 내려갔다.

"어떻게 됐소? 아까 그 손님."

"죽었습니다."

사무원의 대답이다.

"죽어?"

이미 손님은 아니다. 귀찮은 송장이다. 따라서 돌아가신 게 아니고 죽은 것이다.

거리에 나온 기훈은 가로수에 기대어 실성한 사람같이 웃는다. 참으로 미묘한 감정이었다. 한마디로 맥이 빠진 것이다. 싸움도 없이 깃털만 잔뜩 세운 투계 같은 자기 꼴이 우스워 견딜수 없었던 것이다. 죽어주어서 다행이었다는 생각은 조금치도할 수가 없었다.

전야

······두 번이나 주신 편지 잘 받아보았습니다. 집안이 모두 편안하다니 안심이 되는군요. 이곳도 참 조용해서 좋습니다.

지금까지 회답 드리지 못하고 미뤄온 것은 마음을 정리해볼 기간이 필요했고 이야기를 다 해버릴 결단을 못 내린, 그러나 오랫동안 저는 이 어리석은 이야기를 할 수 있는 날을 생각해왔었습니다.

사람에 대하여 너무 많은 꿈을 가지면서도 그래서 더 사람을 두려워했는지, 이런 성격 때문에 저 자신과 남까지 불행하게 했다는 것을 곰곰이 생각해봅니다. 함께 살아야 할 가족들을 버리고 이곳까지 오게 된 저 자신을 말입니다. 유치한 얘깁니다만 늘 설움에 가득 차서, 어린 시절을 하나하나 돌이켜보면 사람을 피하여 혼자 울었던 일밖에 기억나는 게 별로 없군요. 항상 누군가를 좋아하면서 멀리 겉돌며 두려워하던 일, 전학해 갔을 때 낯이 설어서 그만 울음을 터뜨리고, 운다는 것이 부끄러워서 더욱 크게 울어버렸던 일, 어른이 된 지금에도 낯섦과 두려움에서 놓여나지 못하니 어디로 가야 저의 마음의 평화가 있을지 모르겠습니다.

그해, 그러니까 여학교를 갓 졸업하여 정신대에 보낸다는 소문 때문에 고향 금융조합에 취직했습니다. 그것은 당신도 알고 계십니다. 제가 있는 곳은 출납계였는데 사방에 철망이 둘러져 있었습니다. 일이 서툴러서 주임 혼자서 하고 전 그냥 앉아 있어야 했습니다. 그때 저는 아무래도 형무소에 갇혀 있나 보다 하고 생각했어요. 꼼짝할 수도 없고 화장실에 갈 수도 없고 미련하게 앉아서 남자들 웃음소리만 나면 머리가 훌훌하여 막 소리를 지르고 싶었습니다.

어느 날, 그날은 비가 왔는지 조합의 이사가 방공호를 만드는데 방공호 위에 놓을 통나무의 껍질을 벗겨야겠으니 직원들은 내일 낮을 가지고 오라 했습니다. 비가 안 오면 안 하구요. 말을 듣고 집으로 돌아가려는데 현관에서 누가 저를 부르지 않겠어요? 돌아보니 조합에 있는 같은 직원 한 사람이 지금 이사가 뭐랬느냐고 묻더군요. 그때 저는 통나무의 껍질을 벗기면 손에 묻는 끈적끈적한 송진 생각을 했어요. 아무 대답도 않고 그냥 나와버렸습니다. 징그럽고 싫었어요. 그런데 다음 날 급사 아이가 말하기를 어떤 남자가 저의 이름을 물어보더라는 거예요. 그리고 그 급사 아이는 묘하게 놀려주는 웃음을 띠고 연애를 썩 잘하는 남자라나요? 묘한 웃음과 연애라는 말투가 어떻게나 싫던지 그 싫은 것을 도저히 이겨낼 수 없었습니다.

저는 그 급사 아이에게 차 달라는 말이 하기 싫어 점심시간이면 언제나 찬밥을 먹곤 했는데 이 싫다는 것, 한 번 느끼면 도저히 견뎌내지 못하고 무슨 수를 써서라도 일을 저지르고 마는 바로 그 결과가 당신과의 맞선이었습니다. 결혼을 하면 직장에 나가지 않아도 정신대에 끌려가지 않으리라는 어리석은 계산이었지요.

대학생 제복에 국방색 각반을 치고 당신은 저의 가난한 집에 나타났습니다. 살빛이 희고 안경을 쓰고 키가 큰 당신을 잘생겼다고 칭찬들 하더군요. 그런데 이상하게도 저의 마음은 아무렇지도 않았습니다. 그렇게 얼굴을 잘 붉히고 말을 더듬는 제가 어쩌면 당돌하게 당신을 그리 멸시할 수 있었을까요. 길 가다 스친 남자가 빤히 쳐다볼 때 느낀 노여움과 조금도 다름없는 것을 참았을 뿐입니다. 당신이 저의 취미를 물었을 때 으레 그렇다는 이야기는 들었지만 유치하고 촌뜨기 같은 짓을 한다고 생각했습니다. 하여간 전 당신하고 결혼 안 할 생각이었습니다. 당신도 저에게 결혼의 의사가 없는 것으로 알고 돌아가시지 않았습니까. 어머니는 이런 사람을 놓치면 안 되겠다고 당신들을 뒤쫓아갔었죠. 그런데 며칠이 지난 뒤 먼 족간 아주머니가 오셔서 하시는 말씀이 당신 집안에서는 P씨 집과 혼사하고 싶어 하며 그 집에서도 몹시 서둔다고. 그 집은 우리보다 넉넉했고 집안도 퍽 좋았으며 저도 잘 아는 아이었어요. 아주머니가 전해주신 말은 그 당장에 저의 마음을 돌려놓고 말았습니다.

저는 결혼을 승낙했습니다. 깊은 골짜기로 떨어져가고 있다는 어지러운 기분 속에서 모조리 던져버리는 노름꾼같이 대담해지더군요. 결혼이 결정된 뒤 당신은 몇 번 찾아오셨습니다. 참 잘생긴 얼굴인데 어째서 그렇게 마음의 한 오라기도 부딪치지 않았을까요. 처음 만난 이성인데 흥분도 되지 않고 그저 어리벙벙했을 뿐입니다. 그러나 저의 마음은 뭔지 갈 곳으로 갔다는 이상한 안도감에 체념 비슷한, 모두가 다 낙찰이 된 듯.

어느 날 밤 어머니는 마당에서 백봉투를 한 장 주워 오셨는데 소위 연애편지였습니다. 그때만 해도 한 시절 전이었고 좁은 지방이어서 커가는 처녀들에게 연애편지라는 것은 참 무서운 것이었습니다. 소문이 나면 여자에게 잘못이 있든 없든 연애박사라는 혐이 찍히고 마는 그런 조심스러운 것이었습니다. 소학교

다닐 때 화장실 벽에다가 저의 이름과 다른 사내애 이름을 나란히 써놓아서 아이들에게 놀림을 당했을 때 받은 상처를 영 잊지 못했던 저로서는 다른 아이들보다 한층 연애편지라는 것에 대하여 공포를 가지고 있었고, 소설을 많이 읽은 탓인지 여러 가지 연애편지가 자아내는 불행을 상상하곤 했습니다.

결혼을 사흘 앞둔 날에 처음 받은 편지, 상대가 누군지도 모르고 그저 우습기만 하더군요. 그런데 소심한 저는 또 그 상상력 때문에, 또 어릴 때 억울하게 받은 놀림이 가슴에 꽉 박혀 있어서 그 편지를 당신에게 보여드렸던 것입니다. 그때 저는 당신이 운동장에서 기다리겠다는 연애편지 임자를 혼내줄 줄 알았어요. 그만큼 아버지도 오빠도 없이 자란 저 자신이 외로웠던가봐요. 그런데 당신은 그까짓 내버려두라고 하며 웃었습니다.

그날 당신을 대접하기 위해 제가 부엌에 있을 때 당신은 저의 이름을 불렀습니다. 저는 제 귀를 의심했습니다. 지영 씨가 아니고 지영이라고, 그것도 일본말로 불렀어요. 그 순간 이 결혼은 그만두자는 생각이 와락 들었습니다. 결혼도 안 했는데 지영이라고 마구 부르는 남자의 교양을, 아니 그보다 본능적으로 그 목소리에 염오를 느낀 거예요. 뭐라고 설명할 수 없는 결정적인 감정이었습니다. 저는 부엌 바닥에 쭈그리고 앉아서 이 벅찬 짐을 어떻게 처리할까 생각했습니다. 그때 만일 파혼을 한다면 험은 저에게 돌아온다는 생각이 퍼뜩 들더군요. 그 이름 없는 연애편지는 아주 적당한 비난의 구실이 되지 않겠어요? 저는 부

174

억 바닥에 쭈그리고 앉아서 별의별 불행한 결과를 상상했습니다. 전신에 소름이 끼치고 무서워 견딜 수 없었습니다.

참 어리숙하게도 저는 저의 명예를 지키기 위하여 결혼이라는 도박을 한 겁니다. 처음에는 반발심, 두 번째는 저의 명예 혹은 결백을 지키기 위해. 이 두 가지가 모두 열등감이었던 것 같습니다. 이렇게 저는 당신에게 불순한 동기로써 시집을 간 겁니다.

결혼식 때의 일을 잊을 수 없군요. 신부 화장을 끝내고 대례판으로 나갈 때 어째서 그렇게 웃음이 터지려 했는지, 그 웃음이 터지면 저는 미쳐버릴 거라 생각했어요. 그러나 결혼한 뒤 저는 당신에게 참 좋은 점을 많이 발견했습니다. 저의 직감대로 당신은 시정 같은 것하고는 인연이 먼 사람이었습니다. 그때는 제가 바라는 노을 같고 안개 같은, 마음을 아프게 하는 것이 도시 무엇인지 몰랐습니다. 지금도 모르겠습니다. 그러나 당신은 찍어 내놓은 사진처럼 모든 것을 봅니다. 그렇다고 해서 세밀하게 보는 것도 아니고 대충대충 보아버리고 계절이 변하는 것, 달이 뜨고 해가 지는 것도 하나의 원칙으로 더 생각한 일이 없습니다. 하지만 당신은 소박하고 착한 분이었습니다. 저는 당신을 사랑했습니다.

결혼한 후 우리는 서울로 올라와서 다시 시골 K마을 조용한 관사촌으로 소개 갔었죠. 그곳에서 신혼 생활을 할 적에 당신은 리우데자네이루에 간다는 말을 한 적이 있습니다. 기억하시는지. 저는 그것이 뭔지 몰랐어요. 무슨 생각에서 한 말인지 지금도 의심이 납니다만 그 말 때문에 얼마나 괴로워했는지 몰라요. 당신이 저 몰래 달아날 것 같은 생각이 들어서, 그리고 그것은 당신을 아주 신비한 사람으로, 뭔지 제가 파고들어 갈 수 없는 자기만의 세계를 가진 사람으로. 또 당신은 저에게 고백했습니다. 일본서 일 년 동안 미결로 형무소에 있었다는 이야기 말입니다. 단식투쟁을 하고 간수 앞에서 밥그릇을 던지고 검사가 형무소에 와서 심문한 이야기, 저는 정말 당신을 존경의 눈으로 보았습니다. 일제시대라 무서워하면서도, 당신은 그것을 큰 힘으로 생각하고 유력한 일본인이 운동하여 아무 탈 없이 나와서 취직도 하게 됐다는 말을 강조하시는 게 좀 꺼림칙했습니다만, 그런데 왜 당신하고 제 사이에 이런 틈이 생기고 말았을까요. 말하고 싶지 않습니다.

그러나 말해야겠습니다. 결혼하고 두 달도 못 됐을 거예요. 우리는 서울로 갔었지요. 전쟁이 막바지에 이른 백화점은 텅텅 비어 있더군요. 당신은 책을 세 권 샀어요. 그런데 점원의 착각인지 그는 두 권의 책값만 받지 않겠어요? 당신은 아무 말 않고 나왔습니다. 엉겁결에 저도 그냥 따라 나왔는데 기차를 타고 생각하니 마음이 이상해지더군요. 어째서 그랬을까? 기차에서 내려가지고 K마을로 가는 들판 길을 들어섰을 때 달이 환하더군요. 걸음은 자꾸만 뒤지고 말았습니다. 당신은 가다가 돌아서서 몇 번이나 저를 기다려주었습니다. 처음에는 생각에 잠겨 걸음

176

이 더디었지만 나중에는 의식적으로 천천히 걸었어요. 당신하고 나란히 가기가 싫더군요. 당신이 묻는 말에 대답도 하지 않고. 참다못해 당신은 화를 내더군요. 그것만이라면 저는 당신이 모르고 그랬다 생각하고 잊어버렸을지도 몰라요.

그런데 당신은 감자밭 옆을 지나면서 감자를 좀 파 가자구 했어요. 저는 기겁을 하고 말렸지만 당신은 부득부득 감자밭에 들어가서 감자를 팠습니다. 집에 돌아왔을 때 저는 당신을 바로 볼 수가 없었습니다. 그런데 당신은 신분증을 잃었다 하시면서 아마 감자밭에 떨어뜨린 거라 하시면서 되돌아 밤길로 나갔습니다. 그때 저는 집에서 기도를 했답니다. 벌을 받아서 그런 거라고요. 내 피, 내 몸처럼 아파하고 내가 저지른 무서운 범죄처럼 뒹굴며 괴로워했습니다. 그때처럼 당신을 저 자신 이상으로 생각한 일은 없었습니다. 당신은 신분증을 찾아가지고 무사히 돌아왔습니다.

허탈한 한밤을 꼬박 새우고 아침이 왔을 때 당신에게 느낀 신비감과 저대로 소중히 간직한 우리의 생활이 전부 무너지고 만 것을 깨달았습니다. 저는 앞산 싸리꽃 옆에 앉아서 참 많이 울었습니다. 그러는 중에 저는 입덧이 나고 쌀밥이 먹고 싶더군요. 배급이 충분해서 식량이 어렵지 않았지만 알뜰히 산다고 쌀을 저축하여 우리는 잡곡을 먹지 않았습니까. 그래 어느 날 낮에 저는 완두콩을 두고 쌀밥을 지어서 혼자 먹었어요. 제가 당신에게 실망한 것보다 제가 자신에게 염오를 느낀 것이 몇 배

더— 배반, 사소한 일이지만 마음을 볼 때 그것은 사소한 일이었을까요? 당신이 저지른 일과 제가 저지른 일이, 이 조그마한 두 가지는 당신과 저 사이에 커다란 강을 만들어놓고 말았습니다.

해방이 되고 어머니가 올라오셔서 우리는 함께 살게 되었습니다. 다행히 어쩌면 불행하게도 당신하고 어머니는 뜻이 맞아 살림은 재미나게 되어갔습니다. 말수가 적었습니다만 강한 생활 의욕을 비롯해서 모든 면에 있어 어머니와 당신은 몹시 닮은 사람들이었습니다. 저는 어머니가 오시고부터 집에서 손님이 되고 말았습니다. 그 후, 우리는 서울로 이사 갔었어요. 거기서 당신은 저를 양재학교에 넣어주었습니다. 일주일도 못 다니고 전 그만두었고 우린 인천으로 다시 이사하지 않았습니까. 당신은 저를 국민학교에 나가라 했어요. 전 국민학교에 나가서 육 개월 동안 아이들을 가르쳤습니다. 당신은 다시 저를 A대학에 보내주셨어요. 참 고마운 마음이지요. 그러나 앞서 말씀드린 것처럼 사람 속에 나가기 싫어하는 저의 어쩔 수 없는 성격에는 당신의 고마운 마음이 도리어 비극이 아니었을까요.

저는 국민학교에서 일 년, 여학교에서 일 년 휴학한 일이 있습니다. 그것은 단지 학교에 나가기 싫다는, 누가 뭐래도 나가기 싫다는 그 기분 때문이었습니다. 동무들이나 선생님들이 저의 주변에 빙 둘러 담을 쌓으면 그것을 뚫고 나갈 수 없다는 고독감과 공포는 죽는 한이 있어도 학교엔 안 가겠다는 고집으로 되고 마는 것입니다. 저는 도처에서 그것을 느낍니다. 목욕탕에 갔을 때도 탕 가에 빙 둘러앉은 사람들을 볼 때 낯선 데서 오는 무서움 때문에 자리를 못 잡고, 양재점이나 미장원 같은 데서도 도저히 도저히 그들 속에 끼어들 수가 없었습니다.

지금도 저는 가끔 꿈을 꿉니다. 짐을 꾸려서 집으로 돌아오는, 그러다가 다시 짐을 꾸려서 학교로 가는데 영영 졸업을 못하고 마는 꿈을 꿉니다. 꿈을 깨고 나서도 내가 학교를 졸업 못했거니 하고 생각하곤 합니다. 어머니 말씀이 늘,

"넌 토란 뿌리처럼 혼자 살아라."

그래도 저는 어느 하늘 밑에 반드시 제가 원하고 저를 원하는 그런 사람이 있으리라는 공상 속에 혼자 꿈꾸어왔습니다. 저를 용납하지 않는 많은 사람에 대한 두려움과 제가 용납할 수 없는 많은 사람들 속에서.

이야기가 엇길로 나갔군요. 학교에 대한 이야기를 아까 했죠. 그런데 당신이 아무리 보내주신대도 싫은 일을 안 하면 되지 않느냐. 학교 안 간다고 이혼하자는 건 아니니까. 그렇게 말할 수 있을 것입니다. 그러나 그럴 수 없었던 이유가 두 가지 있습니다. 그 하나는 어머니가 저의 집에 와 계시다는 것, 그 둘째는 아무래도 미워할 수 없는 당신의 허영이었습니다. 어머니의 말을 당신에게 하는 것은 너무 염치없는 일입니다.

그러나 염치나 도덕 같은 것은 빼놓고 오늘은 이야기하렵니다. 당신에게 염치없을 뿐만 아니라 어머니에게도 마찬가지지

요. 어머니는 다른 어머니보다 좋은 사람이며 오직 저 혼자를 위해 사셨고 또 지금도 그렇게 하고 계시니까요. 우리의 생활은 어머니의 철저한 경제관념으로 단단해졌고 어느 모로나 행복하게 보이는 가정이었습니다. 그러나 이 행복한 가정에 제가 차지할 자리는 없었습니다. 오 년 동안의 결혼 생활에서 당신하고 저하고 극장에 한 번밖에 간 일이 없었다는 사실과 꽃병 하나 저의 손으로 사 들고 들어오지 않았다는 것은 생활을 잃어버린 불행한 여자의 무관심이었습니다. 그러나 어머니는 그것이 지극히 건실한 생활 태도라 보았고 또한 저에게 강요했습니다.

손수건 한 장도 저 자신이 선택하지 못할 정도였다면 그것은 한 가정의 주부로서는 물론 성숙한 한 사람으로서는 자격을 잃은 꼴이 아니겠습니까. 그것을 강행하고 저의 위치를 되찾을 권리는 저에게 분명히 있었습니다. 그러나 그런 조그마한 즐거움의 하나하나가 어머니의 생활 방식으로 상처를 받아야 한다는 것은 차라리 애초부터 갖지 않으니만도 못했습니다. 한 번 저는 중대한 결심을 하고 어머니께 말씀드렸습니다. 시골에 집을 지어드리고 충분한 생활비를 보내드리겠으니, 시골에 가 계시면 잘해드리겠다고. 말을 꾸며서 한 짓도 괴로웠지만 불효하다는 자의식 때문에 저는 얼굴을 붉히고 죄인처럼 말을 더듬었습니다.

어머니는 우셨습니다.

"생활비고 집이고 무슨 소용인고, 자식에게 쫓겨난 년이. 내

사 길거리에 거꾸러 죽든 자식 있다 소리 안 할란다. 남편 덕
못 본 년이 자식 덕을 바래? 에미 쫓아내고 니 신세가 미끈하
겠다."

하며 옷 보따리를 싸시는 거예요. 그 말들은 저를 미치게 했습
니다. 저는 그 무서운 무기에 눌리어 어머니를 잡았을 뿐만 아
니라 다시 그 말을 꺼내지 않았습니다. 경제관념이 굳은 어머니
는 당신도 아시다시피 식모도 두지 않았습니다. 생활의 재미를
모르고 어머니식으로 꾸며진 집 속에서 저는 식모 구실을 할 수
없었습니다. 그래서 저는 불효자식이 되었고 그 불효자식이라
는 의식의 노예가 되었습니다. 어머니는 언제나 너거 집에 와서
구박받는다고 했습니다. 도대체 내 집은 어디 있습니까?

　다음은 당신의 그 소박한 허영에 대해서 말씀드리겠어요. 그
렇습니다. 참 소박한 허영이에요. 당신은 대학 나온 아내를 갖
고 싶었을 거예요. 언젠가 기차 통학하는 저를 두고 친구에게
누이동생이라 했더니 그 친구가 처남 하자 하더라면서 당신은
유쾌한 표정으로 저에게 말하신 일이 있죠? 또 한번은 어떤 대
학생 둘이 저의 뒤를 따라오다가 희가 나오면서 엄마 하고 부르
는 바람에 그들이 막 웃으면서 돌아서더라는 건넛집 평양댁 아
주머니의 말을 듣고 당신은 역시 유쾌하게 웃었습니다. 사소한
일이죠, 지극히. 그러나 도대체 저는 무엇일까요? 당신에게 있
어서, 아내입니까? 어쨌든 저는 그렇게 싫어한 사람들 속으로,
밖으로 몰려 나왔습니다.

그런 얘기는 그 정도로 해두고 정작 중요한 일은 제가 또다시 그 이상한 생각에 빠져버렸다는 것입니다. 결혼, 결혼한 여자라는 그 일입니다. 결혼하고 아이 엄마라는 사실을 감추고 학교에 다녀야 했던 일은 벅찬 일이었습니다. 저는 그 비밀이 벅차서 견디어내질 못했습니다. 말을 안 하게 되고, 차츰 저는 결혼한 그 자체를 저주하게 되었어요. 마치 그 변소간에 다른 사내아이 이름과 나란히 저의 이름이 씌어져 있는 것을 보고 느낀 무서움, 부끄러움과 마찬가지로 말예요. 저는 결혼을 불결한 것으로 생각하게 되었습니다. 다른 학생들과 함께 강의를 듣고 있으면 저는 무심한 그들과 같은 생각이 들었어요. 그런데 당신을, 아이들을 생각하면 머리가 아찔해지고 제가 저 자신을 이 세상에서 지워버리고 싶었습니다.

하늘을 바라보며 저의 영혼이 맑아서 무지갯빛처럼 세상을 보며 혼자 걸어가다가 전차 소리에 문득 당신을 생각하면 그만 길 위에 깔려 죽고 싶은 생각이 들었습니다. 당신이 미웠던 것은 아니에요. 결혼이라는 그 사실이 저를 못 견디게 했어요. 그 비밀이 말입니다. 병적이죠. 정말 이상하고 나쁜 건 저예요. 당신이 저를 공부시켜주셨고 또 당신이 원하고 있다는 것을 알기 때문에 저는 취직을 하려고 했어요. 당신은 제가 꼭 취직을 하고 말겠다는 것으로 생각하셨을 거예요. 왜 그랬을까요? 저는 하기 싫어하는데 당신이 우긴다면 당신의 처지도 저의 처지도 말이 아니거든요. 솔직하지 않았을 거예요. 하지만 저는 추한 것은 미리 막고 싶었어요. 그러나 제가 조르는 식으로 받아서 당신이 당신 친구에게 부탁하여 연안이라는 이곳에 취직자리가 나타나고 또 운동을 해서 서울로 오게 한다는 말을 들었을 때, 저는 확실히 당신에게 있어서 하나의 종이 인형에 지나지 않았다는 것을 알았습니다.

삼팔선이라는 것이 대단치 않을지는 몰라도 이런 곳까지 보내서 아내가 여학교 선생님이라는 말을 들어야 하는 당신의 심정이 서글픕니다. 이렇게 얘기하면 모든 책임이 당신에게만 있는 것 같지만, 신혼 시절에 당신이 저지르고 제가 저지른 그 슬픈 일과 마찬가지로 저에게도 당신에게 미안하고 죄스러운 마음이 있었고 또 여기에 온 것도 전적인 당신의 의사만은 아닙니다. 앞서도 말한 바와 같이 저는 결혼을 염오하고 있었으니 말입니다. 그것에서 도망치고 싶었던 마음은 충분히 있었으니까요.

우리는 서로가 저질러서 이렇게 점점 멀어져간 것입니다. 당신은 참말 소박하고 착한 사람입니다. 당신이 아내를 사랑하는 방법, 또 제가 당신을 이해하는 방법의 차이점이 있었을 뿐이죠. 부부 사이라면 무슨 일인들 허용되어야 할 것을, 저는 신혼 때 받은 그 충격을 영 잊지 못하니 결국 서로가 나빴다는 게 아니고 이질적인 결합의 비극이 아니겠습니까. 그리고 이질적인 것을 서로 얽히게 해줄 생활을 어머니가 차지했다는 것은 더욱 불행한 일이었습니다.

이 이야기를 만일 당신을 보고 직접 한대도 당신은 결코 이해하지 않을 것을 저는 알고 있습니다. 실상 덧없는 것이며 아무 변화도 일어나지 않는다는 것을 알고 있습니다. 다만 제 마음에 저 혼자만의 이런 비밀을 지니고서 당신을 정답게 상냥스레 대할 수 있으리만큼 저는 능란한 여자가 못 됩니다. 저는 당신을 초상집에 찾아온 거지처럼 쫓아 보냈습니다. 잔인하다는 것을 알고 있어요, 나쁘다는 것도. 하지만 어쩔 수 없었습니다.

지금까지 얘기한 것은 모두 저 자신을 중심하여 제 처지만을 생각한 것이었습니다. 당신들에게는 당신들대로의 생각이 물론 있을 것입니다. 아무것도 잘못한 게 없다구요. 사실 아무것도 당신네들이 잘못하지 않았다는 것에 그 괴로움이 있다면 참으로 역설적인 이야기가 아닙니까?

밤이 깊어가는군요. 토요일 밤입니다. 내일은 25일 월급 타는 날이지만 일요일이어서 못 탑니다. 월급 타면 아이들에게 선물 사 보내겠어요. 참, 오늘은 이북서 월남한 귀순병의 환영회가 있었습니다. 가난한 농부의 아들같이 보였습니다. 우리 학교에서도 여학생이 꽃다발을 목에 걸어주었는데 각계에서 보낸 꽃다발 속에 묻힌 그 가난한 병사의 마음을 생각해봅니다. 차라리 따끈따끈한 장국밥 한 그릇이 그에게는 고맙지 않았을까 하고. 그렇게 형식적인 환영이 과연 즐거웠을까요? 그는 시종 두려워하고 떨고 있는 것 같았습니다. 진실로 그가 원한 자유는 두드러지지 않고 조용히 묻혀 사는 게 아니었을까요. 북쪽의 그 숲

한 구호와 형식과 조직이 싫어서 나왔다면 말이에요.

쓸데없는 얘기 이제 끊겠습니다.

6월 24일의 밤이에요. 토요일입니다.

육이오

숲속에 있는 취운장 호텔의 문을 밀고 기훈이 나온다. 그의
뒤를 여자가 따라 나온다. 숲속에서 큰길로, 인노를 터널터널
걸어 내려오다가 여자는,

"하 선생."

하고 자연스럽게 기훈 옆으로 기대어온다. 기훈은 다음 말을 기
다리는 듯 대꾸를 안 한다.

"이렇게 같이 나오니 진짜 애인 같구려."

눈은 사방을 경계하고 있으면서 여자는 킬킬 웃는다.

"아무렴 어떠우."

기훈은 무심상하게 대꾸한다. 여자는 별로 아름답지 못했지
만 대담하게 쓴 선글라스가 어울리고 세련되어 보인다.

"엄폐하기 위해서 우리에겐 무엇이든 허용되어 있는데 하 선
생은 신사구먼요."

여자는 아무 일 없이 호텔에서 나온 것을 비꼬듯 말한다.

"신사? 마음이 동해야 말이지."

"왜? 일 때문에? 아니면 오영환의 애인이라서?"

"당신 대단한 자부심을 갖고 있군그래."

"오오라 매력이 없었더란 그 말인가요?"

여자는 배짱 좋게 웃는다. 기훈도 싱긋이 웃으며,

"그런 감정은 아주 절박할 때 오더구먼."

"변명은 무용입니다. 모욕을 당한 것 같고 태연한 하 선생에
게 미움도 느끼지만 일에 대한 한계는 분명히 해놓고 나머지
것으로 약간 파동이 있었다 뿐이에요. 심각할 것까지는 없었
지요."

여자는 간단히 말해치운다.

"그런데 하 선생 아까부터 뒤에 뭐가 따라오는 것 같아요."

"뒤돌아보지 마시오."

기훈은 나직이 말한다. 여자는 돌아보지 않았으나 목의 근육
이 굳어진 것을 기훈은 느낄 수 있었다.

"진작 미행하는 걸 알았음 그놈의 하하핫…… 기분을 냈을
텐데."

농치며 웃는데 웃음소리가 딱딱하게 맺힌다.

"농담은 그만두시고 어떡허죠?"

"겁내는 것은 그만두시고 저녁이나 같이합시다."

"좋소."

응한다.

"요전번에 습격을 당하고부터 영 불안해지는군요."

선글라스 속의 여자 눈꺼풀이 파르르 떤다.

"언제나 있을 수 있는 일이 아니오."

그들이 길모퉁이를 돌아 나왔을 때 얼굴을 숙인 여자가 맞은편에서 걸어온다. 기훈에게는 옆에 걷고 있는 여자와 맞은편에서 걸어오는 여자도 눈에 보이지 않았다. 먼 곳에, 산비탈에 다닥다닥 붙은 집들, 그 언덕길을 오르내리는 사람을 바라보며 걷고 있었다. 맞은편의 여자는 그냥 걸어온다. 기훈이 옆을 스치려 할 때 여자는 별안간 옷자락을 와락 잡는다. 기훈의 어깨가 꿈틀하며 눈이 여자에게 간다.

"아아."

차갑고 무감동한 눈이 가만히 머문다. 기훈도 말이 없고 가화도 말을 못 한다. 얼마 만인가. 그 암살 계획이 좌절된 그날부터 기훈의 머릿속에서 가화라는 여자는 말끔히 지워지고 지금은 길 가는 사람같이 그를 보고 있는 것이다.

"하 선생 왜 이러고 계세요."

오영환의 애인이 불안해하며 묻는다.

"아……."

가볍게 말하며 비로소,

"안녕하셨어요."

하고 가화에게 인사를 한다. 그래도 가화는 아무 말 못 한다.

"요즘은 잘 주무세요?"

싱긋이 웃는다. 가화는 역시 아무 말 못 한다.

"하 선생 제가 피신할까요?"

오영환의 애인은 말한다.

"아, 아니 점심 사드릴 약속인데."

기훈은 가화에게,

"안녕히 가세요."

가화는 전신을 떤다. 그리고 또렷한 목소리로,

"만나 뵐 수는 없겠어요?"

잠시 길거리를 두리번거리다가 저만큼 있는 다방을 눈으로 가리키며 기훈은,

"그럼 저기서, 기다리시겠소?"

한다. 고개를 끄덕인다. 가화는 종내 기훈의 옆에 서 있는 여자를 쳐다보지 않았다. 기훈은 시간 약속도 없이 가화를 내버려두고 걸음을 옮긴다.

"미행하는 것 같지 않는데?"

다방을 찾으면서 기훈은 미행자가 있는지 없는지 확인하는 것을 잊지 않았다. 오영환의 애인과 식당의 유리문을 밀고 들어가면서도 기훈은 유리 속에 미행자가 있나 없나 살핀다. 흰 셔츠 입은 사나이 얼굴이 유리문에 비친다.

식사하는 동안 기훈은 아무것도 생각하지 않았다.

"하 선생, 왜 그리 허무하게 앉아 계세요."

여자 말에,

"당신은 그런 말 안 하는 거요."

"상당히 절박하던데요."

"누가?"

"아까 그 여자."

"호기심이 많으면 일 못 하지요."

서두르지도 않고 그렇다고 해서 지체하지도 않고 식사를 끝내자 기훈은 식당 앞에서 여자와 헤어진다. 오던 길을 천천히 되돌아갔다. 흰 셔츠의 사나이는 보이지 않았다. 다방 문을 밀고 들어갔을 때 손님도 음악도 없는 빈 다방 구석에 가화가 혼자 울고 있었다.

가화와 마주 앉으면서 기훈은 얼굴을 찌푸린다.

"안녕하셨어요?"

우는 여자에게 그런 말을 던진다. 기훈은 가화가 자기 마음속에서 아주 죽어버린 것을 느낀다. 모든 것이 촉박했던 그 당시 두 사람 사이에 오간 모든 일은 서글플 만큼 그의 마음에 남아 있지 않았다. 그 일이 좌절되는 동시, 허공에 떠버린 마음이 다시는 땅을 디딜 수 없었던 것처럼. 기훈은 고갯짓으로 레지를 불러,

"여기 커피 두 잔 가져오시지."

한참 후에 가화는 울음을 거두었다. 핸드백 속에서 손수건을 꺼내어 눈물을 닦고,

"아까 그분 애인이세요?"

하고 묻는데 눈물에 젖은 가화의 얼굴은 보기 흉했다.

"이 세상에 애인이 어디 있겠소. 그런 것 가져본 일 없소."

아까 같이 가던 여자가 애인이 아니라는 것과 마찬가지로 가화도 애인이 아니라는 말이다.

"선생님은 지금 어디 계시는 거예요?"

대답을 안 한다.

"선생님!"

다시 불렀다.

"정말 선생님 어디 계시는 거예요."

기훈은,

"떠돌아다니는 뜨내기 신세라서 어디 있다고 말할 수가 없군요."

쓸쓸하게, 그러나 가차 없이 떠밀어버린다. 다시 흐느낄 듯하다가 가화는 참는다.

"떠돌아다닌다고, 떠돌아다닌다고 그, 그래도 어디 계실 것 아녜요."

"……."

"어디 계시는지 그것만이라도 알고 싶어요. 영영 그만인가요."

절망적으로 말했다.

"뭐가?"

"우리 말예요."

"영영 그만이라니?"

알면서 되묻는다.

"선생님하고 저하고 영영, 길거리서 남처럼 그렇게 돼버렸냐 말예요."

어떻게 설명할 수 없어서 기훈은 침을 삼킨다. 한참 만에,

"그걸 미리 어떻게 얘기하겠소. 우리가 다시 만나면 만나는 거고 못 만나면 또 아주 못 만나는 거 아니겠어요? 오늘 이렇게 만나고 또 다음에 이렇게 만날지도 모르지."

가화는,

"선생님은 그, 그렇게 나쁜 분이에요? 선생님, 그런 바람둥이냐 말예요."

"가화."

가화 이름을 불렀다.

"나 분명히 말하겠어. 난 한 여자에게 정착 못하는 사람이야. 그런 뜻에서 바람둥이인지도 몰라."

"아까 그분, 애인이세요?"

숨이 찬 듯 또 묻는다.

"이 세상에 애인이 어디 있어."

아까 하던 말을 되풀이한다.

"이 세상에 애인이 어디 있어."

다시 한번 되풀이한다.

가화는 핸드백 속에서 손수건을 꺼내어 눈언저리를 훔치고 그것을 다시 핸드백 속에 넣는다. 그는 넣은 손수건을 다시 꺼

낸다. 그리고 눈언저리를 닦고, 이마를 닦고 그리고 핸드백 속에다 접어 넣는다. 가는 팔, 가는 목, 비로소 기훈은 처음 만났을 때 가화 모습을 생각한다. 이상한 여자였었다. 그러나 지금 눈앞에 앉아 있는 가화는 조금도 이상하지 않고 무식하고 평범해 보인다.

"전 아무것도 몰라요. 아무것도 모르겠어요. 다만 선생님은 그런 사람이 아닐 것 같아요. 정말 그런 사람 아닐 것 같아요. 언제든지 찾아오실 것 같고 언제든지 만날 수 있을 것 같고 그런 바람둥이가 아닌 것 같아요."

침이 말라서 가화의 발음은 똑똑하지 않았다.

"그런 희망은 갖지 않는 게 좋아요. 자, 이제 우리 일어설까."

한 모금도 마시지 않은 커피 두 잔이 탁자 위에 그냥 놓여 있었다. 기훈은 가화가 나오거나 말거나 먼저 일어서서 카운터에서 돈을 치르고는 밖으로 나온다. 가화도 따라 나온다. 그들의 등을 치듯 음악이 울렸다. 길모퉁이에서 기훈은 잠시 생각하는 것 같더니 가화를 돌아본다.

"가화, 오늘은 이만 가겠어. 난 가화에게 갈 수 있을지도 몰라. 약속은 안 해."

손을 내밀었다. 얼굴이 파랗게 질린 가화는 기훈의 손을 잡고,

"이젠, 이젠 다시 그만이군요. 다시 그만이군요."

순간 기훈의 얼굴에 짜증스러운 표정이 돈다.

손을 뿌리치면서,

"그걸 누가 미리 얘기할 수 있어. 산다는 것은 그렇게 결정적인 건 아니야. 결정적인 것은 아니란 말야. 그럼 잘 있어."

자신도 알 수 없는 말을 지껄이고 기훈은 돌아선다. 가화는 그를 뒤따를 듯했으나 길 위에 멈칫하고 서버린다. 해를 등지고 선 가화 발아래 긴 그림자가 기훈을 향해 뻗는다. 기훈은 한 번도 뒤돌아보지 않았다. 흰 셔츠가 길모퉁이에 사라지고 오랜 시간이 지난 뒤에도 가화는 그냥 서 있었다.

가화를 머릿속에서 내쫓아버리고 새로운 목적지를 위해 기훈은 걸어간다. 담을 허물어 만든 구멍가게를 지나서 낡은 왜식 건물 앞에 걸음을 멈춘다. 메마른, 어쩌면 석산 선생 같기도 한 무화과나무 한 그루가 울타리 안에서 밖을 넘겨보고 있었다. 비바람에 썩은 일본식 나무 창살의 문을 드르륵 연다. 집 안은 괴괴하여 아무도 없는 것 같은데 신발이 난잡하게 흩어져 있었다. 성큼 마루 위로 올라선다. 복도를 지나 안방 앞에서 문을 두들긴다.

"네."

방문을 열며 기훈이 들어선다.

"난, 누구라고……."

김 여사는 반가워서 외치듯 말했다.

"안녕하셨어요? 아주머니."

기훈은 자리에 앉으며 인사한다.

"스스럽게 안녕은 무슨 안녕이야."

"식모는 아직 못 구하셨군요. 현관이 엉망입니다."

"이젠 올 사람이 있어도 오라고 못하겠어."

"선생님은 어디 가셨습니까?"

"뭐 회합이 있다던가? 곧 돌아오시겠지."

"그게 뭡니까?"

김 여사는 손에 들고 있던 것을 쳐들어 보이며,

"이거? 이거 가지고 양복 해 입으려고 그래. 일본 사람 하오린데 고물상에서 아주 싸게 샀어. 경제적이야. 뜯으면 그대로 천이 되거든. 질기고 빛깔도 좋지 않아?"

김 여사는 실밥을 뽑으면서 말한다.

"이제 더워졌지요?"

"그러게 말이야. 몸이 뚱뚱해서 걱정이야. 이 여름은 어떻게 보내나 하고…… 이 층 올라 다니는 게 제일 고통이야. 숨이 차서, 이것 좀 거들어줄래?"

김 여사는 하오리 소매 한 폭을 기훈에게 후딱 던져준다. 기훈은 을씨년스럽게 앉아서 뜯어놓은 하오리 실밥을 뽑는다.

"요즘도 자운인가 하는 그 사람하고 함께 일을 하십니까?"

"난 몰라, 요즘에는 우리 집에 통 안 오더군."

"그럴 겁니다. 사람 좋은 선생님의 고삐를 잡고 흔들더니 이제 놓아줄 때가 됐으니까 안 오겠죠."

"원 기훈이도 별말을 다 하는군. 우리 집 선생님이 그리 바보인 줄 아나."

기훈은 실실 웃는다.

"바보죠. 두 분이 바보 아닙니까?"

김 여사도 웃으며,

"그래, 자네 말이 맞다. 둘이 다 바볼 거야. 다른 사람들은 밖에서 정치 운동을 하면 안에서 돈 벌 궁리 하더라만…… 난 그런 재주가 없어. 기훈인 똑똑한 여자한테 장가들어야 해. 내 조카딸이 똑똑하지. 언젠가 자네 만난 일 있지? 하긴 그 애 말이 밖으론 참 다정다감하게, 친절하게 구는데 마음속이 만주 벌판의 찬 바람 같은 사람이라 하던가? 참 똑똑한 아인데……."

"나는 아주머니 같은 바보가 있음 장가들겠어요. 에이, 밥은 지어도 이것은 못하겠군요."

기훈은 하오리 소매를 후딱 집어던진다.

"참말?"

"네. 아주머니 같은 바보 말입니다."

기훈은 대답하면서도 가화는 바보 같은 여자라 생각한다.

"억울하군. 이렇게 늙어서."

깔깔 웃는다.

"난 기훈이 마음 알고 있지. 장가가라 가라 하지만 말이야, 장가 안 드는 심정 알어. 우리 집 선생보다 기훈이는 모질거든, 그만큼 책임감도 있고…… 그렇지만 몇만 년을 살겠다고 사내대장부, 일도 중하지만……."

"일이 중해서 그런가요? 늘 바람이 부니까 그렇죠."

"무슨 바람?"

"사냥에 미친 사냥꾼 말입니다. 매만 보고 따라간다죠?"

그 말뜻을 못 알아듣겠다는 듯 고개를 갸웃거리며 기훈을 쳐다보다가 김 여사는 하오리를 걷어치우고,

"저녁 해야지."

하고 일어선다. 너저분한 방 안에 서편 창가에서 햇빛이 스며들었다.

초저녁 때에 석산 선생은 돌아왔다.

"어, 기훈이 왔나."

했으나 그의 얼굴에는 노여움이 가득 차 있었다.

"기훈이, 내 말 좀 들어보게."

한다. 그러나 들어보라는 이야기를 꺼내지 않는다.

"자운인가 그자 때문이죠?"

기훈이 말을 꺼낸다. 석산은 못 들은 척하다가,

"깨버렸다! 깨버려."

"그 보십시오. 청렴하고 안목이 있는 자운의 본바탕을 이제사 아셨겠군요. 하여간 잘 깨셨습니다. 아예 정치에는 손 떼시고 조용히 계십쇼."

"정치에서 손을 떼다니, 날 죽으라는 얘긴가? 육십 평생을, 나는 오로지 그것을 위해 살아왔다. 나는 죽는 날까지 내 정치 이념을 위해 모든 것을 다하겠다. 성공과 실패는 문제 밖이야.

바라지도 않아. 그러나 내 이념을 어느 때고 누군가가 이어줄 것이다."

석산은 이 층으로 올라가지 않고 안방에 앉아서 김 여사와 기훈을 번갈아 보며 이야기한다. 그는 마음의 안정을 잃고 이야기하면서 성냥개비를 자꾸만 부러뜨린다.

"저문데 자고 가게."

가겠다고 일어서는 기훈을 붙잡는 석산 선생은 강아지 잃은 소년같이 외로워 보인다.

"그만 하룻밤 사고 가려무나. 밤늦게 혼자 있는 하숙방에 터덜터덜 가면 뭘 해."

김 여사도 권한다.

"그럼 자고 갈까요."

이 층 다다미방에 곰팡 냄새가 나는 이불을 깔고 나란히 누웠으나 석산 선생은 잠이 오지 않는 모양이다. 드문드문하는 그의 말에 의하면 당을 깨어 재조직을 하게 되었는데 자운이 당수로 앉고 석산은 고문으로 추대하겠다는 것이다.

"난 아직 뒷방에 내쫓길 사람이 아니란 말이야. 그래, 난 내 사람들 데리고 나와버렸지."

"몇 사람이나 선생님하고 행동을 같이했습니까?"

침묵을 지키다가 석산은 돌아눕는다.

"믿는 도끼에 발 찍힌다고 미리 다 삶아놨더군. 그 사람은 돈 끌어대는 데는 비상한 재주가 있으니까. 갈 사람은 가고 남을 사람은 남고, 배반의 쓴맛 안 보고 정칠 하겠나."

석산은 한숨을 푹 내쉰다.

"바쿠닌은."

"또 바쿠닌입니까?"

기훈이 쓴웃음을 띤다.

"바쿠닌처럼 배반의 쓴잔을 마신 사람도 드물 거야. 드레스덴 사건에 있어서의 바쿠닌, 그 인간성을 사랑하지 않을 사람이 어디 있겠나. 자기하고 아무 관계도 없는 흥미도 없는 혁명에 뛰어든 바쿠닌은 혁명가이기보다 참으로 사랑스러운 인간이지. 일주일 전까지 얼굴조차 모르던 호이부나, 그 사나이의 히로이즘과 고립에 이끌려 생명을 건 바쿠닌은 시인이야, 시인. 그래서 그는 십 년 이상의 인생을 시베리아에서 허비했지. 그때의 바쿠닌 말이 걸작이 아닌가. 도살장에 끌려가는 양과 같은 호이부나를 그냥 내버릴 수 없었다고. 그 호이부나야말로 일주일 전까지 얼굴도 모르는 사내였거든."

"그 얘기라면 귀에 딱지가 앉을 지경입니다."

오늘 밤의 이야기가 길어지는 것은 외로운 탓이다.

"바쿠닌 같은 사내가 독일인을 싫어하고 더욱이 유대인 마르크스를 싫어한 것은 너무도 당연한 이야기야. 마르크스는 얼마나 비열하게 바쿠닌을 짓밟았는가. 마르크스는 결코 기만당할 인간이 아니지만 바쿠닌은 늘 이용당하고 기만당하고 그리고 배신당했다. 마르크스는 두뇌로 일을 했지만 바쿠닌은 심장으로 일을 했거든. 바쿠닌은 분명히 이야기했지. 모든 정치 조직은 일계급의 이익과 대중의 불이익을 나타내는 지배의 조직에 불과하며 프롤레타리아가 권력을 점유하려는 것은 프롤레타리아 자신이 지배적, 착취적 계급이 되려는 것이다, 하고. 바쿠닌의 예언은 들어맞지 않았느냐 말이다. 들어맞았지. 꼭 들어맞았단 말이야."

기훈은 베개 위에 가슴을 괴고 재떨이를 끌어당겨 담배를 붙여 문다. 그리고 슬그머니 웃는다.

"마르크스 같으면 그 사기한 네차예프에게, 넘어가지 않았단 말이야."

기훈이 웃는 뜻을 알면서도 석산은 이야기를 한다.

밤이 깊어서 돌아누우며 기훈은,

"선생님, 저도 배반자의 한 사람이라는 것을 잊으시면 안 됩니다. 저는 선생님을 배반할 것입니다."

"나를 배반하는 것은 너 자신을 배반하는 것과 마찬가지지."

기훈은 이튿날 석산 선생 집에서 일찍 떠나지 않고 일없이 서성거린다. 밤이 오기까지 그는 거리에 나가지 않으려 했다. 숙소에 무슨 일이 일어났을 것 같은 예감이 들었던 것이다.

"기훈이! 기훈이!"

현관문을 열고 김 여사가 외치며 뛰어 들어온다. 그리고 이층까지 한숨에 뛰어 올라온 김 여사는 얼굴이 새파래진 채 말을 못 한다.

"왜 그러오?"

석산이 묻는데 기훈은 떨리는 손으로 담배를 뽑아 문다.

"형사들이 왔겠지요."

김 여사 대신 기훈이 대꾸한다.

"여보, 왜 그러우?"

석산의 얼굴이 노오래진다.

"저, 저, 이북에서, 이북에서 밀고 내려온대요."

석산이 벌떡 일어섰다. 기훈의 얼굴에 피가 확 몰린다.

대지여

한밤중, 거칠게 들창을 두들기며 비는 쏟아지고 번갯불은 굵은 빗줄기를 뚫는다. 뇌성이 연달아 밤을 흔든다.

임진강 흙탕물에 허우적거리다가 나중에는 그만 떠내려가는 것이 기분이 좋아 몸을 내맡겨버렸다. 들창을 치는 빗소리는 들려오고 산을 무너뜨리는 뇌성도— 얕은 꿈에 헤매다가 지영은 새벽녘에 깊이 잠이 들었다.

"선생님, 남 선생님."

아득한 곳에서,

"선생님!"

몸을 뒤틀며 피곤한 잠에서 지영은 깨어난다.

"난리가 났어요."

아리송한 의식.

"난리가 났어요!"

무거운 물건이 가슴을 덮쳐 씌우는 듯했다. 지영은 얼굴을 찌푸린다.

"저 소리, 대포 소리, 드, 들리지 않아요?"

속삭이듯 한 낮은 목소리다. 지영은 벌떡 일어난다.

"뇌성 아니에요?"

뇌성 아니냐고 묻는데 화장이 벗겨진 여자의 눈은 바위굴같이 크고 새까맣다.

"난리가 났다구요?"

멍청히 앉았다가 지영은 일어나서 벽장문을 드르르 열고 빠른 동작으로 짐을 챙긴다. 이런 사태를 미리 알고 있었던 것처럼.

"나는 어떡해…… 내 혼자서, 내 혼자서……."

여자는 울음 섞인 목소리로 말하며 마루에 쭈그리고 앉아서 비에 씻긴 뜰을 내려다본다.

"아주머니도 빨리 피난할 준비 하세요."

트렁크 속에 옷을 말아 넣으며 지영은 침착하게 말한다.

"어딜 간단 말이오, 선생님!"

"아무 데고 남이 가는 데로 피해야죠."

"하지만 나 혼자, 어디로 간단 말이오."

"저도 혼자예요."

여자는 짐을 챙길 생각도 않고 울면서 방으로 마루로 나갔다 들어갔다 할 뿐이다.

지영은 기숙사로 간다는 말을 남기고 급히 거리로 나온다. 서편 하늘에 새벽별 하나가 가물거리고 날은 희뿌옇게 밝아온다. 거리와 시가는 마술에 걸린 것처럼 무거운 침묵에 묻혀 있었다. 포성에 쫓겨가는 갈가마귀 떼가 하늘을 까맣게 덮고 이따금 총탄이 날아와서 길섶에 박히곤 한다. 지영은 꿈속을 가듯 사람 없는 거리를 지나 기숙사에 이르렀다. 모두 얼굴이 질려 앉아 있었다. 소식이 빨랐던 모양으로 짐은 다 챙겨놓고.

"정 선생 어떻게 하시겠어요?"

지영이 묻는다. 정혜숙은,

"학교에서 아무 연락도 없어요. 무슨 지시가 있어야 할 게 아니에요?"

도리어 반문한다.

해바라기 잎에 맺힌 빗방울이 이따금 반짝이곤 한다. 닭들이 무엇인가 쪼아 먹고 있다. 해는 산 위에 둥그렇게 솟아올라 온다. 푸르고 끝없는 수전水田이 서릿빛으로 펼쳐지면서 개구리들이 울기 시작한다.

"선생님……."

저만큼 신작로에 학생 하나가 달려오며 외친다.

"백천에 벌써 인민군이 들어왔대요! 이쪽에서 경비전활 거,

걸었는데 인민군이 받더래잖아요."

기숙사 마당으로 들어선 학생은 숨을 할딱이며 말한다.

"그럼 개성에도 들어왔겠구나."

정혜숙 말에,

"개성은 그만두고 백천에 들어왔다면 우린 어디로 가야 해요?"

김인자는 놀란 아기처럼 눈썹 위가 빨개진다. 하급생 아이들이 엄마, 엄마 하며 운다. 창밖에 보이는 논둑길에 많은 사람들이 줄지어 간다. 어느새 어디서 저 많은 사람이 쏟아져 나왔을까? 지영은 조금 전까지도 그곳이 푸르기만 한 수전지대水田地帶였다고 생각했는데.

"이러고 있을 게 아니에요. 우리도 갑시다."

지영의 말에 맨 먼저 김인자가 짐을 들고 일어섰다.

"선생님 안 돼요. 길목에서 짐 갖고 나오는 사람은 헌병이 다 막아요. 보고 온걸요."

아까 달려온 학생이 말했다.

"그럼 신분증만 갖고 짐은 버립시다. 너희들도 학생증만 갖고, 모두들 가는데 우리도 가야지."

지영의 말에 미련 없이 모두 짐을 버린다. 정혜숙만은 서울 가서 사 왔다는 미제 양산을 들고 나오면서 방 안에 남겨놓고 가는 물건 하나하나를 애착이 가는 눈으로 되돌아본다.

"빨리, 빨리!"

지영이 서둔다. 양산을 펴면서 학생들에게 정혜숙은,

"걱정하지 마. 염전까지 가서 피해 있으면 괴뢰군은 후퇴할 거야."

울림이 좋은 그 목소리로 타이른다.

사람들은 헌병이 막는 시가 길을 피하여 논둑길을 뛰고 있었다. 간혹 보따리 인 사람이 있었지만 대부분은 빈주먹, 아이를 업었을 정도. 덜미를 잡는 포성에 쫓기면서 잠시 피해 있으면 싸움이 끝나리라고 그들은 모두 믿으며 간다. 말하는 사람도 없고 걸음을 멈추는 사람도 없다. 그럴래야 그럴 수도 없는 좁은 논둑길이었으니까. 지영 앞은 정혜숙―밖에 나와 본 형편으로는 차마 받칠 수 없었던지 그는 양산을 접어 들고 있었다― 뒤는 김인자, 학생들은 각각 흩어져 제각기 가고 있었다.

논둑길마다 메운 긴 행렬은 새끼줄을 잡고 칙칙뽀뽀, 칙칙뽀뽀 하며 아이들이 기차놀이 하는 광경과 흡사했다. 슬프고 절박하기보다 우스꽝스럽고 한낮에 일어난 일이라기보다 한밤중의 꿈 같다. 모두가, 그 무수한 논길 위로 가는 사람은 바늘을 따라가는 실이며, 그리고 일렬종대는 영국 근위병의 행진처럼 일사불란이다.

지영은 끓어오르는 웃음을 참고 뛰면서 왼편의 논둑길을 쳐다본다. 중국복 비슷한 것을 입은 화학 선생이 뛰고 있었다. 그의 구보의 자세는 가장 정확한 것이었으며 올라간 무릎 위의 다리는 수평, 정 사십오 도, 흰 운동화 끝이 날씬하고 윗도리 도련이 할딱할딱 흔들린다. 그의 앞은 드물게도 옷 보따리를 인 뚱뚱보 정순이가 얼굴을 앞으로 쑥 내밀고 뛰고 있었다.

'웃으면 미친다! 웃으면 미친다!'

지영은 가슴을 꽉 잡다가 손수건으로 입을 틀어막는다.

'웃으면 미친다! 웃으면!'

햇빛이 빗물처럼 부서지고 있는 하늘은 샛노랗게 빛난다. 그런데 논에 비친 하늘은 파아랗고 일렬종대의 머리 그림자가 올라갔다 내려갔다 한다. 물매미는 팽이처럼 논물을 돌리고 배 바닥이 붉은 꽃개구리가 허둥지둥 물속에 숨는다. 사람들 귀에 이제는 포성이 들려오지 않았다.

논길이 끝나고 행렬은 신작로로 쏟아져 나간다. 외줄기 길이 끝나자 질서도 침묵도 끝이 났다. 오랜 세월에 가지가지 상처에 이그러진 버드나무 가로수에 더운 바람과 흙먼지를 날리며 군용차가 연달아 내달린다.

바다 쪽으로 철수하는 차량이다. 정순이, 화학 선생, 학생들은 어느 쪽에 끼어들었는지 보이지 않는다. 헌병이 막는다는 신작로를 배짱 좋게 나온 사람들은 모두 짐들을 갖고 있었다.

"우리도 짐을 가져올걸."

정혜숙이 후회한다.

"저것들이 후퇴하면 우리는 바다에 빠져 죽으란 말이야!"

아이 업은 아낙이 먼지를 날리고 가는 군용차를 향해 악을 쓴다. 달구지, 리어카, 자전거가 사람의 물결을 헤치며 간다. 아우성 소리, 우는 소리, 가족을 부르는 소리.

"안심하라 하면서 못 가게 막더니만 왜 달아나는 거야!"

누군가가 또 외친다. 그러나 대부분의 사람들은 국군이 철수하는 광경을 보면서도 일시적, 작전상 후퇴라 믿고 있다. 그 생각은 움직이지 않는 덩어리 같은 것, 시계가 열두 시에 멎어버린 것처럼. 얼마 전의 전망이 그대로 의식 속에 굳어버렸다. 아무도 생각을 뜯어고치려 하지 않았고, 아마 인민군이 눈앞에 총대를 들고 나와도 생각은 열두 시에 머물고 있을 것이다.

지영의 일행이 연백 염전이 있는 곳 해송면에 닿았을 때 바닷가는 하얗게 되어 있었다. 하얀 군중의 물결이 이리저리 쏠린다.

아는 사람들을 찾아보고 돌아온 정혜숙이,

"글쎄, 일찍 나온 사람들은 소금 배를 세내어 벌써 떠났다는군요."

떠났다— 전혀 새로 들어본 말처럼, 눈시울에 먼지가 뿌옇게 묻은 정혜숙 얼굴을 사람들은 멍하니 바라본다.

"그럼 우리는 어떻게 해요?"

김인자가 묻는다. 아무도 대답하는 사람은 없다.

돛을 접은 목선이 두 척 바다에 떠 있다.

"저기 배가 있지 않아요?"

지영이 손가락질한다.

"저건 벌써 군에 징발되었다오."

낯선 여자가 말해준다. 삼판 다리를 걸쳐놓고 병사들은 배에 탄약 상자를 나르고 있었다. 그 일이 끝나면 배는 떠나고 말 것이다.

포 소리가 돌산을 무너뜨리는 다이너마이트처럼 쿵쿵 들려온다.

여자 셋은 바닷가에 나란히 주저앉는다. 나룻배에서 떨어뜨려놓고 간 솔가지를 주워 그들은 땅에 낙서를 한다. 동그라미를 그려보고 네모꼴을 그려보고 지우고 또 그리고. 약속이나 한 듯 그들은 다 같은 짓을 되풀이한다. 정혜숙이 고개를 들자 모두 함께 얼굴을 든다. 하얀 군중이 이리저리 쏠린다. 흙먼지를 일으키며 들어선 군용트럭에서 운전병이 뛰어내린다.

"이 중위가!"

별안간 정혜숙이 소리친다. 그는 일어서서 긴 머리를 흩트리며 뛰어간다. 장교단 속에서 한 사람이 정혜숙 옆으로 걸어 나온다. 한동안 그 장교와 얘기를 하고 있던 정혜숙은 갈 때와는 달리 천천히 되돌아온다. 화를 낸 얼굴, 두 뺨이 불그레하다.

"아는 분이에요?"

기대를 갖고 김인자가 묻는다.

"강 대위의 부하예요."

씹어뱉는다.

"강 대위의 소식은?"

또 묻는다.

정혜숙은 시무룩해져서,

"글쎄 말예요. 토요일에 서울 갔다 왔잖아요? 그것도 비공식으로, 큰일 났다는 거예요."

소리를 낮추며 말한다.

"백천에선 지휘관도 없는 전쟁을 했다지 뭐예요?"

"그래 전세가 어떻대요?"

"말 아닌가 봐요…… 저 사람이 그럴 줄은 몰랐어요. 어려운 일 있으면 잘 봐주라고 강 대위가 그렇게 부탁을 했는데 시치미를 딱 떼지 않아요? 급한 일을 당해봐야 사람의 마음을 안다더니……."

하면서 만나지 않으니만 못하다는 말을 정혜숙은 여러 번 되풀이한다.

'우리는 떠나지 못한다.'

전쟁에 쫓겨가는, 도망을 쳐야 한다는 그것보다 떠나지 못한다는 일이 지영에게는 슬펐다. 그들은 다시 땅에 낙서를 한다. 동그라미를 그리고 네모꼴을 그리고…….

군용차는 여전히 먼지를 날리며 군수물자를 실어 나르고 있었다. 해는 중천에서 서편으로 조금 기울어져가고 방천가 주인 없는 빈 주막에 피란민만 득실거린다. 연방, 연방 사람들은 밀려오건만 단 하나의 탈출구인 바다에는 타고 갈 배가 없다.

장교 한 사람이 낙서를 하고 있는 여자들 옆을 지나치려다 걸음을 멈춘다. 키가 성큼 크고 좀 늙수그레한 그는 여자들을 유심히 바라본다.

"저, 여보세요."

말을 건다.

"연안여고 선생님들 아니십니까?"

그 말에 모두 얼굴을 든다. 어제 귀순병 환영회가 있었을 때 사회를 보던 그 정훈 장교였다. 정혜숙은 이 중위를 만나고 온 노여움이 풀어지지 않은 채 거만하게 고개를 끄덕인다.

"가족이 없으십니까?"

"없어요. 서울서 온걸요."

너까짓 군인 따위가, 하는 식으로 정혜숙이 대꾸한다.

"그거 참 딱하군요."

딱하면 네가 어쩌겠느냐, 정혜숙은 입술을 꼭 다물고 외면을 한다.

"그럼 여기 좀 계셔보십시오."

우두커니 그들을 바라보고 있다가 그 말을 남겨놓고 정훈 장교는 가버린다.

"인상이 과히 나쁘지 않네요."

김인자는 무슨 기적을 바라듯 정훈 장교가 사라진 곳에 눈을 보내며 말한다. 거만한 태도를 취하면서도 정혜숙 역시 한 가닥 희망을 가지는 듯, 지영도 마찬가지였다.

얼마 후 정훈 장교는 왔다.

"군인 가족이라 했으니 타실 때 묻거든 그렇게 대답하십시오.

이쪽의 뱁니다."

원편에 있는 배를 가리킨다.

그들은 엉겁결에 인사하는 것도 잊고 배 있는 곳으로 달려간다. 정혜숙이 막 삼판 위에 발을 올려놓았을 때,

"누구야!"

날카로운 고함이 날아왔다. 지영과 김인자는 우뚝 멈춰 선다. 정혜숙은 삼판 위에서 오도 가도 못한다. 눈에 핏물이 괸 헌병 대위가 잡아먹을 듯 험악한 얼굴로 다가온다. 바늘구멍만 한 여지도 없다. 정훈 장교는 급히 막아서며,

"군인 가족입니다."

"이 새끼! 내가 다 안다!"

헌병 대위는 권총을 뽑아 들었다. 비호같이 날쌘 동작이다. 여자들의 얼굴이 풀빛으로 변한다. 두 발의 총성이 울렸다. 하늘로 향해 울렸다.

"이 새끼! 지금이 어느 땐 줄 알어? 계집애들 편리 보아주게 돼 있느냐 말이다!"

헌병 대위는 하늘로 향해 다시 한 방 쏘며 악을 쓴다. 정훈 장교는 묵묵히 서 있다. 여자들은 포수에 쫓기는 산짐승같이 먼저 자리로 돌아간다.

구름이 흐른다. 가을 하늘처럼 높다. 육지는 격동 속에 흔들리고 있었지만 바다는 고요하고 신비스럽게 잠들고 있는 것만 같다.

헌병 대위는 권총을 뽑아 든 채 누구라도 명령에 불복하면 직

결 처분할 기세로 뛰어다니고 있었다. 그의 입에서 나오는 명령은 속사포처럼 빨랐다. 그의 지시에 따라 납덩이처럼 무거운 카키 빛 집단이 움직이고 있다.

'이제 떠날 수 없다, 영영.'

가족들의 얼굴을 생각해보려고 지영은 눈을 감는다.

돌을 던진 물 위의 그림자같이 부서져서 하나도 제 얼굴을 이루지 못한다. 헛된 노력. 그런데 눈앞에 삼삼하여 아주 말끔히 지워지지도 않는다. 부서진 부스러기는 날아오르고 가라앉곤 한다.

'내가 이곳에서 죽어버린다면?'

쓰러진 자기 자신의 시체가 아름다울 것 같은 생각이 든다.

'인민군에게 끌려간다면?'

시베리아 노동수용소, 그것도 무섭지 않고 아름다울 것 같다.

'그이는, 어머니는 뉘우치겠지. 오래오래, 심한 뉘우침 속에 살 거야.'

모두 기가 죽어서 얼쩡얼쩡하는데 헌병 대위만은 쫓아다니면서 여전히 소리 지르고 있었다. 단단한 몸집에 허리를 졸라맨 혁대가 힘차 보인다.

'이제는 갈 수 없다!'

군화 소리가 들려온다. 정훈 장교가,

"선생님들, 일어나십시오!"

여자들은 아까 일이 민망하여 얼굴을 못 쳐든다.

"어서 가셔서 배를 타십시오. 이제 아무 말 안 할 겁니다."

오히려 믿을 수 없어 여자들은 두려운 눈으로 그를 본다. 멋쩍고 어색한 미소가 있었다. 여자들은 일어나서 도둑고양이처럼 슬금슬금 걸어간다. 배에 이르기까지의 거리, 불안하다. 삼판 다리를 밟을 때 세 여자의 발이 후들후들 떤다. 헌병 대위는 여자들에게 등을 돌린 채 북쪽 산을 바라보고 있었다. 깊은 골짜기 같은 배 속으로 내려간다. 찝찔한 소금기가 묻어온다. 지금은 소금 대신 탄약 상자가 가득 실려 있고 군경 가족들이 웅크리고 있었다. 세 여자는 그들 옆에 쭈그리고 앉는다.

"왜 여태 이러고 있을까?"

정혜숙이 참다못해 말한다.

오랜 시간이 흘렀는데 배는 떠날 생각을 않고 물속에 잠겨 있었다.

"포 소리가 자꾸만 가까워오는데 어쩌려고 이러고 있을까."

김인자가 말했다.

미국 군대의 모기장 감으로 깨끼적삼을 해 입은 젊은 새댁이 옷 보따리에 기대어 앉아서 가만히 귀를 기울인다. 뱃전을 치는 물소리뿐이다. 바닷가를 쏘다닐 피란민들의 목소리는 하나도 들려오지 않는다.

'왜 배는 빨리 떠나지 않을까?'

뱃전이 높았으므로 배 바닥에 웅크리고 앉은 지영은 물을 볼 수 없었다. 바다도, 이 배를 바라보고 있을 수많은 눈들도 볼 수 없다. 다만 하늘만이 보인다.

'배가 육지에서 밀려나가기만 하면 살겠는데…….'

뜨르륵뜨르륵 돛이 올라가면서 누더기 같은 돛이 펴진다. 숨을 죽인 듯 조용하던 배 안이 설렌다.

하늘이 붉게 물들기 시작하자 포성이 점점 가까워온다. 자꾸 가까워온다. 황혼이 가라앉고 하늘에 회색빛이 조금 덮였을 때 돛을 올린 배는 어느 방향을 잡았는지 약한 바람을 타고 천천히 움직인다. 뭍에 남아 있는 수많은 눈, 정순이, 화학 선생, 학생들, 논둑길을 뛰던 그 모습에 지영은 눈을 감아버린다.

'할 수 없지.'

군인들은 건빵을 한 아름씩 안고 와서 웅크리고 앉은 피란민에게 나누어준다.

"이 배는 어디로 가지요?"

군경 가족이 묻는다.

"모르겠소."

군인이 대꾸한다.

"이 배는 어디로 가지요?"

"아마 김포로 가겠지요."

다른 군인이 대꾸한다. 온종일 굶은 피란민들은 메마른 입술을 축이며 건빵을 씹는다.

초여름의 황혼과 어둠의 사이는 길다. 여인의 치마 빛깔보다 곱게 물든 하늘과 보이지 않는 바다 사이로 배는 더딘 풍속에 천천히 떠밀려가고 있었다. 군인이나 그들의 가족은 모두 앉은 자리에 혹은 선 채 돌처럼 움직이지 않는다. 아무도 이 배의 운명을 예측할 수 없다.

별안간 배 안이 술렁거린다.

"임진강에서 인민군 배가 온다!"

"인민군 배가 추격해 온다!"

군인들의 발소리가 요란스럽게 뱃전을 흔든다. 그런데 이상하게도 낯빛이 변하는 사람은 없었다. 묵묵히 앉아 있다. 죽음을 생각하는 것조차 어설픈 듯. 뭍에서는 오직 살아 나갈 수 있는 단 하나의 길로 여겼던 배였었는데 이제는 하늘 한 조각만이 사람들에게 주어진 단 하나의 현실일 뿐이다. 배는 낡았고 돛은 약한 바람에 겨우 조금 부풀어 더 이상 빨리 갈 수는 없다.

하사관이 응전 태세를 취하라고 소리 지른다. 군인들은 총을 들고 양쪽 뱃전에 줄지어 선다. 그들은 총구를 뱃전에 얹고 아직 육안에 들어오지 않았다는 적선을 향해 겨누었다.

"이 새끼! 넌 뭐야! 총을 들지 못할까!"

하사관이 웅크리고 앉은 순경에게 발길질을 한다. 순경은 비실거리며 총을 들었다.

"휘발유하고 탄환을 잔뜩 실었는데 총 한 방이면 이 배는 박살이야, 박살."

군대 바지에 반소매 셔츠를 입은 사나이가 덤덤히 말한다. 그 말이 끝나자 젊은 여인 하나가 치마를 뒤집어쓰고 배 바닥에 엎드린다. 여자들은 모두 약속이나 한 듯 다 함께 치마를 쓰고 배

바닥에 엎드린다. 정혜숙도 그러했다. 타이트스커트를 입은 김인자와 지영은 잠시 당황하다가 신분증을 싸 들고 나온 손수건으로 얼굴을 가리고 엎드린다. 지영은 하마 배가 폭발할까 생각하며 귀를 막는다. 죽음의 공포는 실오라기만큼도 없었다. 지영의 머릿속에는 무엇이 풀석풀석 무너지는 것 같았고 굵은 모래가 바삭바삭 밟히는 것 같았다. 아무 생각도 없었다. 사람의 얼굴 하나 눈앞을 스치지 않는다.

긴 시간, 일순간이었는지도 모른다.

군인들은 뱃머리에서 총을 거두었다. 인민군 배를 피했다는 말도 있고 그들이 추격해 온다는 보고는 확실한 것이 아니었다는 말도 있었다. 지영이 배 바닥에서 얼굴을 들었을 때, 군인들의 철모는 어둡기 시작한 하늘 아래 산봉우리처럼 뚜렷이 떠 있었다. 그리고 별이 보였다.

조금 전까지는 들을 수 없었던 노 젓는 소리, 바다의 밤은 춥다. 얇은 블라우스 한 장으로 바닷바람을 막을 수 없고 온종일 땀 흘린 얼굴에 소금이 피어 꺼실꺼실하다. 김인자는 턱을 덜덜 거린다. 빈속인데 건빵은 목에 넘어가지 않았다.

병사 한 사람이 무엇을 한 아름 안고 웅크리고 있는 여자들 곁으로 왔다.

"성 소위님이 이걸 갖다드리라 합니다."

하며 내려놓은 것은 모기장 같은 것이었다. 매캐한 냄새가 났다. 지영과 두 여선생은 그것을 고맙게 여기며 몸에 감는다.

잠든 사이에 이 배가 물에 잠겨버릴지도 모른다는 생각을 하면서 지영은 피곤을 이기지 못하여 잠들었다. 모두 잠이 들었다. 잠결에 뱃전을 치는 물결 소리, 끼익끼익 하는 노 젓는 소리, 저편 뱃머리에서 정훈 장교는 여자들을 향해 이따금 전지를 비춰주곤 한다. 모두가 다 잠들었지만 오직 사공과 그만은 잠들지 않았다. 다른 장교들은 또 한 척의 배에 타고 있는 모양으로 처음부터 이 배에서는 볼 수 없었다.

지영이 눈을 떴을 때 김인자의 한숨 소리가 들렸다. 하늘에는 희미한 달이 떠 있었고 뱃전을 치는 물결 소리, 노 젓는 소리가 들려오지 않는다. 배는 멈추어 있었다.

"여기가 어디예요?"

지영이 묻는다.

"강화도 앞이래요."

김인자의 대답이다.

"배가 안 가나요?"

"장교들이 모두 강화도에 내려갔대요."

"왜?"

"회의를 한대요. 강화도에서 원병이 올 때까지 싸우느냐, 아니면 김포로 후퇴하느냐 양론이 벌어졌대요."

"그럼 우리는?"

"어떻게 되지…… 공연히 배를 탔나 봐요."

"더 위험한 곳으로 말려들어 왔는지도 모르지요."

그들은 또다시 잠들었다. 눈을 떴을 때 지영은 자욱한 아침 안개를 보았다.

"가구지*다! 뭍이다!"

배에서 외친다.

아침 안개를 뚫고 배는 천천히 뭍으로 다가간다. 삼판 다리를 뭍에 걸친다. 바닷가로 사람들이 몰려온다. 먼저 떠난 사람들, 그들의 가족과 친지를 찾으려고 그리고 그곳 사정을 알려고 몰려온다.

삼판을 밟고 땅 위에 발을 내려놓았을 때 지영의 눈앞에는 아이들의 모습이 확실히 떠올랐다. 남편과 어머니의 얼굴도 똑똑히 나타났다. 지영의 눈에서 처음으로 눈물이 흐른다. 모두 모르는 사람끼리 얼싸안고 눈물을 흘리고 있다. 정말 대지에 입맞춤하고 싶은 감동에 모든 것은 새롭고 정답고 소중하기만 하고.

낯선 사람끼리, 낯선 바닷가에서 서로 손을 잡고 눈물을 흘린다.

김포가도

돌로 쌓아 올린 방축 위에 앉아서 연백 해변에서와 마찬가지로 세 여자는 바다를 바라보고 있었다. 바람이 짙은 바다 냄새를 실어오고 물은 너무 맑아서 잔고기들이 떼를 지어 헤엄치는 것을 볼 수 있었다. 해가 솟는다. 수평선 가득히, 장엄한 태양과 바다가 합치는 의식 앞에 개미 떼 같은 피란민들이 우왕좌왕한다. 묵은 느티나무 밑에 마을의 모임 장소인지 난간이 죽 둘러진 집이 있고 그 집에서 주먹밥이 든 광주리를 마을 부인네들이 내온다. 줄지어 늘어선 피란민들이 그 주먹밥을 받아 간다. 넋을 잃고 바다를 바라보고 있는 사람, 짐을 챙기고 있는 사람, 담배를 피우고 있는 사람, 어떤 안노인은 방천 옆에 웅크리고 앉아 울고 있었다.

방축을 향해 좀 급한 걸음으로 군인 한 사람이 온다. 그는 여자 셋이 모인 앞에 멈추어 서며,

"오셔서 식사하시랍니다."

어제 배 안에서 건빵을 나누어주던 눈썹이 짙은 병사다. 여자들은 옷을 털고 일어선다. 다리를 쩔룩거리며 안내하는 병사를 따라 어느 민가로 들어간다. 장교들이 마루에 걸터앉아 주먹밥을 먹고 있었다. 이 중위도 헌병 대위도 그들 속에 끼어 주먹밥을 먹고 있다. 헌병 대위는 어색한 표정으로 얼굴을 돌린다. 이 중위는 속이 타는지 냉수를 벌컥벌컥 들이켜고 나서 정혜숙을 피하여 급히 밖으로 나가버린다. 다른 장교들도 말 한마디 없이 식사를 마친 사람부터 밖으로 나가버린다. 정훈 장교는 그들 중에 없었다. 여자 셋은 멀끔한 간장국에 주먹밥 한 개를 먹고 이제는 장교들도 다 나가고 없는 빈집, 마루에 다리를 뻗으며 서

로 마주 보는데 아까 그 눈썹 짙은 군인이 건빵을 안고 들어와
서 마루에 내려놓는다.

"가지십시오. 앞으로 나누어줄 식량도 이것뿐이니까요."

"누가 이걸 갖다주라 하시던가요? 그 정훈 장교가?"

정혜숙이 묻는다.

"네, 성 소위님도 그러시고 다른 장교님도……."

"헌병 대위? 이 중위?"

병사는 비로소 웃음을 띠며,

"어제는 놀라셨지요? 성질이 불칼 같습니다. 그 헌병 대위님
도 돌보아드리라 말씀하시던걸요."

"저 그럼 그 정훈 장교는?"

"밖에 계십니다."

"만나서 고마운 말씀 드리고 싶은데……."

"말씀드리죠."

여자들이 손수건을 꺼내어 건빵을 싸고 있을 때 키 큰 정훈
장교가 들어왔다. 세 여자는 모두 일어서서 그에게 인사한다.

성 소위는 마루에 걸터앉는다.

"정말 고마워서 할 말이 없습니다."

성 소위는 쓴웃음만 띤다.

"서울 가면 선생님 한번 모시고 싶어요. 너무 고마워서요."

'서울? 그렇게 될까요?'

정혜숙을 바라보는 성 소위의 표정은 그랬으나 아무 말 하지

않는다.

"그 헌병 대위 참 심한 사람이더군요."

정혜숙은 아까 사병에게 들었는데 또 그 말을 꺼낸다.

"네?"

"어제 그 헌병 대위 말예요."

"똑똑한 사람이죠."

"하지만…… 권총만 휘두르면 제일인가요?"

"패잔병의 용기란 흔할 수 없지요. 그런 군인만 있다면 희망을 가져도 좋겠습니다."

"우린 괜찮지만 선생님이 딱해서요. 젊은 사람이 너무하더군요."

"군에선 계급이지 나이가 무슨 상관입니까?"

"그렇긴 하지만…… 선생님 성함도 계시는 곳도 모르는데, 우린 꼭 한번 만나야 할 거예요. 서울에서 한번 모시고 싶어요."

성 소위는 뭐 그렇게까지 할 필요 없다면서 명함을 한 장 꺼내어 준다.

"좀 있으면 차가 올 겁니다. 그때 타고 가십시오."

하고 그는 여자들에게서 바삐 떠났다.

여자들은 방축 위에 앉아 군용차가 오기만을 기다린다. 햇살은 퍼지고 바다가 눈부시게 푸른데 군용차는 좀처럼 나타나지 않았다. 사람들은 언덕을 넘어 이곳에서 빠져나가고 있었다.

"차가 온다는 것 믿을 수 없지 않아요? 그냥 걸어갑시다."

지영이 불안한 눈으로 두 사람을 번갈아 보며 말한다.

"발이 아파서 어떻게 가요? 막 부르텄는데……."

볼멘 정혜숙의 말이다.

"하지만 저렇게들 모두 가지 않아요?"

김인자와 지영의 눈은 사람들이 넘어가는 언덕으로만 쏠린다.

"반드시 차는 올 거예요."

"……."

"어떻게 걸어가요? 난 걸어 못 가요."

타협할 여지도 없이 잘라버린다. 지영은 다시 바다를 바라본다. 해가 하늘 가운데 올라오고 포 소리는 가까워온다.

"여기서 어물어물하느니보다 어느 것이든 빠른 길을 택해야죠. 가다가 차를 만나면 타는 거구."

지영이 또 말을 꺼낸다.

"이제 걸어는 못 가요, 얼굴이 타서 꺼풀이 벗겨지겠어요."

"하지만 지금이 어느 땐데, 소풍 나온 건 아니잖아요."

지영이 화를 낸다.

"자동차가 온다는데 뭘 그리 서두르세요."

정혜숙은 오히려 마땅치 않은 표정으로 지영을 올려다본다.

"믿을 수 없어요. 자동차가 반드시 올지."

정혜숙은 움직이려 하지 않고 받치고 있던 양산만 빙글빙글 돌린다. 지영과 김인자는 서로 얼굴을 마주 본다. 흘러가는 시간과 고개를 넘어가는 사람들의 무리는 그들의 마음을 초조하게, 견딜 수 없게 한다.

"정 선생, 지금이 어느 때라고 그리 한가한 생각을 하세요. 자아, 갑시다."

다시 지영이 달랜다.

"그럼 선생님들만 가세요. 난 기다렸다가 차 타고 갈래요."

노여움에 지영의 얼굴이 벌게진다.

"내야 뭐 서울 가도 가족이 있는 것도 아니고……."

황금 같은 시간은 지체 없이 흐른다. 그새 떠났으면 삼십 리는 더 갔을 것이다. 바닷가의 피란민들은 눈에 띄게 줄어들고 지금도 언덕에는 끊일 새 없이 사람들이 넘어간다.

"정말 정 선생은 차가 오기까지 기다리시겠어요?"

지영이 다짐하듯 묻는다.

"기다리겠어요. 선생님들 먼저 가시라니까."

지영은 눈을 가늘게 뜨고 지평선 한곳을 오래 바라보고 있다가 결심한 듯,

"그럼 나는 먼저 가겠어요."

아주 강한, 조금도 타협할 수 없는 어조로 말한다.

김인자는 당황하여 어쩔 줄 모른다.

지영은 돌아서서 발길을 옮긴다.

"나, 나도 먼저 가겠어요."

김인자는 허둥지둥 지영의 뒤를 따른다. 그의 혈색 좋은 얼굴

이 파아랗게 질린다. 언덕을 넘어설 때 행여 정혜숙이 뒤따라오지 나 않을까 싶어 지영은 돌아본다. 자줏빛 양산과 푸른 치마가 멀리 방축 위에 한 송이 꽃처럼 남아 있다. 언덕을 돌아 다시 한번 돌아본다. 그의 모습은 언덕에 가려 보이지 않았다.

"빨리 갑시다!"

지영이 뛰면 김인자도 뛰고 지영이 걸으면 김인자도 걷는다. 고개를 넘고 또 넘고,

"물!"

인가가 있는 마을 어귀. 피란민을 위해 떠 내놓은 물이 대야마다 가득히 넘쳐 있었다. 마을 부인네들이 물동이를 이고 와서는 비워진 대야에 물을 붓는다.

김인자와 지영은 꿀물같이 달게 마시고 길섶에 주저앉아 건빵을 씹는다.

"수건 적셔서 땀 닦으며 가시우."

물동이를 이면서 마을 부인이 말했다.

"고맙습니다."

그들은 바가지로 물을 떠내어 얼굴을 씻는다. 손수건은 건빵을 쌌으므로 적실 수도 없고 얼굴을 닦을 수도 없다. 그들은 물이 흐르는 얼굴을 그냥 햇볕에 말리며 길을 떠난다. 마을 어귀마다 피란민들이 마실 물이 준비되어 있었다.

지영과 김인자는 이제 마을 어귀에 닿아서 물통을 보아도 걸음을 멈추지 않게 되었다.

"물 마실 시간도 없어요. 빨리!"

그들은 서로 그런 말을 한다.

"쉬었다 일어서면 발이 더 아픈걸. 그냥 곧장 가야지."

그들은 걷는 데 열중하여 발의 아픔을 잊으려 한다. 고개를 하나 또 넘는다.

"만세!"

그 소리에 따라 앞서가는 피란민 대열에서 돌연 박수 소리가 울린다. 풀과 나무로 위장한 장갑차가 긴 포문을 내민 채 달려오고 있었다. 박수와 만세 소리는 계속된다. 지영과 김인자도 걸음을 멈추고 감동에 찬 얼굴로 열렬히 박수를 친다. 장갑차 위에 철모 쓴 병사는 길 변을 메운 군중들을 향해 비장한 얼굴로 손을 흔든다. 구원자의 영광은 하나님도 운명도 아니다. 적어도 이 순간만은 장갑차 위에 선 병사의 얼굴 위에 있다.

'전쟁이다. 전쟁인 것이다.'

지영은 그 말을 몇 번이나 마음속으로 뇐다. 어제는 떠난다는 말이 그렇게 새로웠는데 지금은 전쟁이라는 말이 가슴 가득히 울려 퍼지고 넘치는 것을 지영이 느낀다.

마을과 여러 개의 언덕을 넘었다.

누우렇게 익은 보리밭도 있고 아직 파릇파릇한 보리밭도 있다. 그저께 밤에 내린 비로 논에는 물이 넘실거리고 더운 유월 바람에 물결이 인다. 꺼멓게 잘 썩은 채마밭에는 둥글배추, 짙푸른 부추, 양파, 유월 뜨거운 햇볕 아래 풍성하기만 하고. 그

풍성한 땅을 두고 짐을 짊어진 농부들은 피란민과 합류하여 목적도 없는 길을 떠난다.

그 새로운 피란민들은 낯선 사람에게 주먹밥을 나누어주기도 한다. 그러면서도 그들은 말을 나누지 않는다. 아무도 이제는 일시적 충돌이라 생각지 않았고 다시 옛집으로 돌아가리라는 희망을 품지 않았다. 체념하고 내일을 생각지 않았으며 목적지가 어디인지 그것조차 헤아리지 않았다. 오직 걷는 데만 열중해 있을 뿐이다. 지영과 김인자는 건빵을 씹다가 포성이 들리기만 하면 달음박질을 친다. 가을바람에 몰려가는 낙엽처럼 피란민들은 모두 뛴다. 군용트럭이 먼지를 일으키며 그들을 앞질러 지나간다. 무기와 군인을 실은 트럭, 트럭 또 후퇴. 지나가는 트럭을 보면서도 지영은 차가 오면 타고 가라던 정훈 장교의 말을 까마득히 잊고 정혜숙이 타고 오리라는 것도 잊고. 돌연 지영 옆에 트럭 한 대가 급정거한다.

"어서 오르세요!"

고함 소리가 귓전을 친다. 그 정훈 장교, 그리고 눈썹이 짙은 군인, 몇몇 낯익은 얼굴들, 정혜숙은 보이지 않는다.

"자아, 어서."

짐짝 위에서 몸을 굽혀 팔을 내밀며 병사들은 지영과 김인자를 트럭 위에 끌어 올린다. 트럭은 흙먼지를 날리며 다시 달린다.

"또 한 분 선생님은?"

성 소위가 묻는다. 지영과 김인자는 고개를 푹 숙이고 대꾸를 못 한다. 끝내 같이 오지 않던 정혜숙에 대하여 지영은 심한 미움을 느낀다. 어쩌면 그것은 자기 자신에 대한 미움이었는지 모른다.

'전쟁인데······.'

지영은 정혜숙에 대한 더 큰 미움을 느낀다. 옆에 있으면 머리를 쥐어박아 주고 싶도록.

"왜 같이 오시지 않았습니까?"

정훈 장교는 그들은 나무란다.

얼마 가지 않아 지영은 정혜숙을 잊어버렸다. 다른 사람도 모두 정혜숙을 잊어버린다. 성 소위와 병사들의 얼굴에는 소금이 피어 있었다. 살결이 분홍빛인 김인자의 얼굴은 삶아놓은 문어 빛깔이다. 지영은 필시 자신의 얼굴도 그러려니 생각한다. 정혜숙을 버리고, 군대는 백성을 보호하지 못하고 도망의 길을 달리는데 지영은 소금이 피고 눈시울에 먼지가 뿌옇게 앉은 병사들의 얼굴과 삶은 문어 빛을 한 김인자의 얼굴을 아름답다고 생각한다. 절박한 그들 얼굴에서 실오라기만 한 거짓도 찾아볼 수 없고 선사시대 사나운 짐승의 울음을 들으며 모닥불 앞에 앉은 한 부족 같은 따뜻함······.

트럭이 정거했을 때 지영은 깜짝 놀라며 그 생각에서 깨어났다. 숲이 좀 우거진 신작로에서 돌아 들어간 곳이었는데 건물 같은 것이 얼핏 보인다.

성 소위는 이곳에서 일단 대기한다고 일러주었다. 지영과 김인자는 그들과 작별할 수밖에 없다.

"몸조심하시고 잘 가십시오. 살면 다시 만날 날이 있겠죠."

빤한 신작로에 사람은 없다. 트럭으로 앞질러 왔기 때문이다. 그동안 편히 쉬었던 발이 말썽을 부린다. 아이들의 발바닥같이 연한 살이 뜨거운 땅을 디딜 때마다 불로 지지는 듯한 아픔이 온다. 지영은 기어가고 싶다는 생각을 한다. 김인자도 못 견디겠는지,

"발이 땅에 닿지 않고 걸을 수는 없을까?"

몇 리쯤 걸었을까, 다소 훈련이 되어 그들의 걸음은 좀 빨라졌다. 고갯마루 양쪽 숲속에서 산새가 운다.

이끼 낀 바위 틈바구니와 가지를 잘라낸 나무 등걸에 버섯이 소복이 돋아나 있다. 담쟁이가 소나무 둘레에 줄을 감고 있다. 이따금 주홍빛 옻나무의 이파리가 눈에 띈다.

두 사나이가 그들 앞을 지나간다.

"공군헌병대에서 조사가 심할 거야."

"의심나는 사람은 그 자리에서 없애버린다더군."

"유격대가 묻어 들어올까 봐 그러는 거지."

"젊은 놈들이 더 위험해. 어물어물하다간 황천행이야."

남자 걸음이라 이내 그들은 눈에서 사라졌다.

사나이들의 말은 서울로 줄달음치던 여자들에게 겁을 먹게 했다. 지영과 김인자는 서로 마주 본다. 그리고 동시에 손에 든 신분증으로 눈이 간다. 가족도 없는 단신의 젊은 여자, 시골 아

낙네도 아니요 인텔리의 냄새가 나는 젊은 여자, 그들의 신분을 보장할 만한 것은 오직 신분증이 있을 뿐이다.

"여기까지 와서 서울 못 가고 죽어버린다면 억울하지."

서울로 가야 한다는 일념, 지영의 마음을 떠받치고 있던 큰 바위가 별안간 굴러떨어져 버리고 그 비어버린 자리가 허공에 둥실 떠 있는 것 같았다. 공포와 압력이 그 빈 자리에 천천히 스며든다.

걸음은 눈에 띄게 느려진다. 김포비행장, 공군헌병대 그곳에 당도했을 때 전혀 낯선 풍경이 벌어지고 있었다. 지금까지 내 강산 내 겨레와 더불어 걸어온 것만 같은데, 이방지대, 살기를 품은 눈, 공포에 떠는 눈, 쫓고 피한다. 막막한 바닷가에서 그 성급한 헌병 대위가 권총을 휘둘러도 오히려 어느 구석에서는 어리광 피우는 것이 있었고 대포 소리는 산울림 같은 것, 바다 위에서도 어둠을 방황하는 죽음이 있었지만 무서움이 이렇게 직접적인 것은 아니었다.

심사를 받는 행렬에서 차츰 밀려 들어간 지영과 김인자는 드디어 심사대 앞에 나섰다. 사복을 한 사람도 있고 헌병 복장을 한 사람도 있다.

눈이 독기를 뿜고 날카롭게 번득인다. 대답 여하에 따라 권총이 가슴에 겨누어질 것 같은 살벌한 분위기, 조금도 용납될 수 없는 기압이 숨도 못 쉬게 한다. 그들은 지영과 김인자가 내민 신분증을 세밀히 조사하고 나서,

"연안에는 언제 갔어?"

"한 달 전에 가, 갔습니다."

목소리는 떤다.

"본적은?"

"서울입니다."

"집은?"

"서울입니다."

김인자가 심문을 받고 있는데 다른 심문관이 지영이의 아래 위를 훑어본다.

"본적은?"

했다.

"경남입니다."

짙은 경상도 악센트에 다소 신용을 하는 눈치. 다른 곳에서 고함치는 소리가 들려온다. 새파랗게 질린 청년의 얼굴, 뒷걸음 질 치는, 아우성 소리.

"경남 어디죠?"

지영의 심문관 옆에 서 있던 청년이 부드러운 어조로 묻는다.

"마산입니다."

"호오? 난 진준데······."

그들의 눈에서 의심은 사라진다. 그 대신 호기심과 젊은 여자를 보는 마음, 혼란 속에 이는 자포와 자위가 그들 눈에 넘실거린다. 그런 변화를 지영은 똑똑히 보았다. 그것은 더한 무서움을 불러일으킨다.

"지금 떠나도 집에 닿지 못할 거요. 통금에 걸리니까. 우리가 모셔다드릴까요? 좀 있으면 차가 있소."

"아니요. 빨리 가야 해요. 영등포에 친척이."

영등포에 친척이 있다는 것은 거짓말이다. 거짓말인 것은 그들도 안다. 씁쓸하게 웃으며,

"그럼 가보시오."

통과는 허용되었다.

그 관문을 빠져나오는데 지영과 김인자는 빨리 걷지도 못한다. 뒤통수에 눈동자를 느끼며 무대의 서투른 배우같이 걸어 나간다. 눈동자에서 벗어났다고 생각했을 때 지영과 김인자는 그들 자신이 숨을 쉬고 있었던가를 의심한다. 걷고 있었던가 그것조차 느끼지 못한다.

돌아보았을 때 아무것도 그들 눈에 띄지 않았다.

"김 선생, 우리 뜁시다!"

지영과 김인자는 미친 듯 뛴다. 빤히 보이는 신작로는 앞으로만 밀려 나가고 뒤로 밀려 들어가는 것 같지 않다.

거리에는 사람의 그림자 하나 없다.

피란민들이 공군헌병대에 머물고 통과된 사람은 적었기 때문이다. 그들은 이 세상에 오직 두 사람만 남은 것 같은 생각에 등골이 오싹오싹해지는 것을 느낀다. 그런데도 누가 뒤에서 쫓아와 그들을 잡아갈 것 같은 생각에서 그들은 뛰고 또 뛴다.

"남 선생님! 비행기!"

김인자가 비명을 지른다. 시꺼먼 비행기가 저공으로 이들을 향해 날아온다. 그와 동시 돌팔매처럼 자전거 한 대가 지영이 옆을 휙 지나간다. 연락병.

"적기다!"

하고 그는 외쳤다. 자전거는 이내 길모퉁이로 사라지고 하얀 길, 아무도 없는 길에 흰 블라우스 입은 두 여자만 남는다. 비행기는 그들 머리 위에 있었다. 길에서 뛰어내린다. 필사적으로 무엇을 서머잡고 엎드린다. 비행기는 지나갔다. 그들은 서로 손을 맞잡으며 일어선다. 필사적으로 피신한 곳은 그들의 키보다 낮은 한 그루의 아카시아. 보호하기는커녕 오히려 그들의 보호를 받을 작은 나무였다.

"빨리 갑시다. 해가 지기 전에."

두 사람은 손을 잡고 뛴다.

다리 앞에 당도한다. 다리 이편은 김포, 다리 저편이 서울이다. 서울 편의 다릿목에 스무 명가량의 사람들이 이편을 지켜보고 서 있다.

지영과 김인자가 건너갔을 때,

"기다리시오."

하며 얼굴이 크고 사십 세쯤 되어 보이는 순경이 말한다.

"왜요?"

김인자가 되물었으나 대꾸하지 않고 불안한 눈으로 김포 쪽

231

을 바라본다. 기다리고 서 있는 사람들은 모두 피란민이었다. 그들의 눈도 모두 공포에 떨고 있었다.

"시간이 늦어지는데 빨리 보내주세요."

지영이 성난 목소리로 말했으나 순경은 대꾸 없이 맞은편 다릿목만 바라보고 서 있다. 피란민들은 불어나서 삼십 명이 넘었다. 순경은 몸을 돌리며,

"나를 따라오시오."

하며 걷기 시작한다.

사방은 어둑어둑해진다. 조그마한 강줄기가 희끄무레하니 뻗어 있고 더운 바람이 먼지를 일으키며 몰아친다.

"어디로 가는 거예요?"

김인자가 순경 뒤로 쫓아가며 묻는다.

"경찰서로 갑니다."

"왜요?"

"피란민들은 일단 경찰서로 가게 돼 있으니까요."

"우리 신분은 확실해요. 우린 학교 교사예요. 신분증이 여기 있어요."

했으나 순경은 대꾸 없이 기계적으로 지친 듯 터벅터벅 걸어간다.

경찰서 마당에 들어섰을 때 사방은 아주 어두워져 있었다. 등화관제로 창문마다 입을 다문 듯, 다만 한 창문만이 열려 있는 듯 불그레한 불빛이 비쳐 나왔다. 고함 소리도 그곳에서 새어

나온다. 경찰서 어두운 뜰에 피란민들이 넘쳐흐른다.

김포에서보다 지영과 김인자의 심사는 쉽게 끝났다.

"나를 따라오시오."

아까 그 순경이 또 나타나서 앞장선다.

"집으로 가야 해요!"

지영이 소리친다.

"통금입니다. 집에 갈 수 없어요. 피란민 수용소에 가서 자야합니다."

순경은 돌아보지 않고 말했다.

"우린 친척 집에 가서 자겠어요."

"안 됩니다. 한 발자국도 자유 행동은 못 합니다. 직결 처분하는 걸 모르오?"

순경의 큰 머리가 어둠 속에 흔들린다.

대지는 어둠에 식어버렸다. 불빛 하나 없는 가로. 가로수가 다가오고 사라진다. 발소리만이 무겁게 때론 멀리서처럼 울리고 있었다. 앞장선 순경이 골목으로 들어간다. 양철집 초가집이 다닥다닥 붙은, 시궁창 냄새가 풍겨오는 처마 사이를 지나 수용소로 들어간다.

피란민들은 느릿느릿 그를 따른다.

저녁을 굶은 채 지영과 김인자는 벌써부터 빈대가 엉금엉금 기어 나오는 다 해진 침대에 걸터앉는다.

"집에선 우릴 죽은 줄 알 거예요."

김인자는 체념한 듯 건빵을 꺼내어 와삭와삭 씹으며 말한다.

밤하늘의 불꽃놀이처럼 가족의 얼굴들이 지영의 눈앞에 튄다.

"한 백 년이 지난 것 같아요. 아이! 벼룩이!"

김인자는 손바닥으로 종아리를 친다.

늪 속에 빠져들어 가는 듯 그들은 잠들었다. 피란민 모두가 잠들었다. 꿈도 없는데 말소리가 들린다. 깨어진 유리창 사이로 하늘이 보인다. 무수한 별들이 반짝이고 있었다.

"연안에서 온 여선생 말이오. 두 여자 말이오."

그 목소리에 따라 자동차의 엔진 소리가 윙윙 밤공기를 휘젓는다.

"그런 분 있기는 있습니다만."

순경의 대답이다. 김인자가 지영의 허리를 바짝 껴안는다.

"그 사람들을 우리에게 인계해주시오."

"왜 그럽니까?"

퉁명스럽게 순경이 되묻는다.

"공군헌병대에서 왔는데 우리 고향 사람이란 말이오. 집에까지 데려다주겠소."

어둠 속에서 깨어진 유리창에 비친 하늘을 지영은 가만히 노려본다.

"안 됩니다. 규칙상 안 됩니다."

옥신각신하다 엔진 소리는 더욱 크게 울린다.

"책임상, 인계받은 인원이 있으니까요. 안 됩니다."

"뭐가 이래?"

"안 됩니다."

김인자가 파르르 떤다. 한참 후 지프차 소리는 멀어져갔다.

"고마운 분이군요."

뜨거운 입김을 내뿜으며 김인자가 속삭인다.

"고마운 순경."

지영도 다 찌그러진 소리를 낸다.

무덥고 긴 밤이 밝아왔다. 그들은 수용소를 나서면서,

"정말, 정말 감사합니다. 뭐라 말씀드려야 좋을지."

김인자와 지영은 몇 번이고 고개를 숙이며 인사한다.

"젊은 사람들은 성미가 거칠고 핏대가 잔뜩 올라 있으니까요. 조심해 가십시오."

순경은 고달픈 미소를 띠운다.

초가집 양철집의 처마 밑을 지나 그들은 다리를 질질 끌다시피 하며 행길로 나간다. 가로수 밑에 아낙이 아이에게 젖을 물린 채 국화빵을 굽고 있다.

수용소에서 풀려나온 피란민들이 쭈그리고 앉아서 구워내는 빵을 집어 먹는다. 국화빵장수와 피란민 이외 거리에는 아무도 없다. 내동댕이치고 다 어디로 갔을까? 버스도 전차도 없다.

지영과 김인자가 시청 앞을 지나려 했을 때 어디선지 한 덩어리의 사람들이 몰려온다.

"인민군이 어디까지 왔소?"

소리를 죽이며 묻는다.

"모르겠어요. 줄곧 포 소리를 들으며 왔어요."

헌 창고 같은 집들, 대서소, 복덕방 앞에 눈이 휑하니 뚫어진 남자들이 여자를 노려본다.

"가까이 온 게로군."

중얼거린다.

"국군은 계속 후퇴합니다."

지영이 말한다.

그중 한 사람이 여자들이 질질 끌고 가는 발을 본다.

"구청에 가보십시오. 아마 서울로 돌아가는 지프차가 있을 겝니다."

친절히 일러준다.

구청도 도깨비 집이 되어버렸다. 발소리가 귀에 웡웡 들려오는 것 같다. 중년 남자가 어디선지 정말 도깨비처럼 한 사람 나타났다.

"서울로 가는 차가 있다 해서 왔는데요."

김인자가 똑똑한 투로 묻는다.

"어디서 오셨소?"

사나이는 두 여자에게 매달리듯 서두르며 묻는다.

"연안에서요."

그는 아까 거리의 사람들과 꼭 같은 질문을 하고 그들 역시 꼭 같은 대답을 한다.

"될 대로 되라지."

사나이는 책상에 흩어진 서류철을 들고 팡팡 책상을 친다. 문득 생각이 난 듯,

"아 참, 좀 기다려보세요. 차가 올 겁니다."

차는 왔다. 지영과 김인자를 태우고 지프차는 쏜살같이 사람 없는 거리를 달린다. 한강철교에서 지영은 차를 내렸다. 작별 인사를 할 틈도 없는 사이 철교 위로 달아난다.

지영은 어떻게 집에 왔는지 알 수가 없었다. 버드나무에서 쳐 낸 가지가 마당에 수북이 쌓여 있었다. 그것이 비에 젖어 썩은 냄새가 났다. 지영은 여기도 도깨비 집이라 생각했다. 개가 짖는다.

대문을 긁으며 슬픈 소리를 내고 운다. 지영은 두 손을 꽉 비틀어 쥐며 소리를 짜낸다.

'어머니⋯⋯.'

맨발로 뛰어나온 어머니, 남편, 눈에 그 모습이 화면처럼 흔들린다. 지영은 마당에 쓰러진다.

피란길

"음! 이게 무슨 소리고!"

윤씨가 튀어 일어나며 외친다. 놀라서 모두 일어난다. 집은

아직도 흔들리고 있다. 한강의 다리를 폭파한 소리다.

날이 밝기 전부터 기석이네 식구는 떠날 준비를 한다.

"여보, 영자는 어딜 갔어요?"

짐을 챙기며 지영이 기석에게 묻는다. 비상용 약품 상자 속에서 필요한 약을 꺼내어 륙색 앞주머니에 밀어 넣고 있던 기석이,

"저희 집에 다니러 갔어."

하고 대꾸한다.

"영자는 먼저 피란 잘했지."

윤씨가 말했다.

아침 해가 버드나무 사이에 스며들 때까지 방 안에 옷을 그득히 쌓아놓은 채 윤씨는 피란 짐을 매동그리지 못하고 있다.

"아깝고 소중한 걸, 어느 것을 버리고 가노."

언제까지나 꾸물거리며 중얼거리고 있는 윤씨를 보고 지영은 화를 낸다.

"몇 번 말해야 알아듣겠어요, 어머니! 입을 옷하고 담요만 싸세요. 나머지는 모두 식량입니다."

"이 아까운 것 도둑이 훔쳐 가면 어떡허노."

윤씨는 진솔 양단 저고리 두루마기를 쓸어보고 지하실에 쌓인 쌀가마를 들여다본다.

"도둑이 훔쳐 가도 좋으니까 집에 돌아올 수 있었음 좋겠어요."

위협한다.

"그라믄, 그라믄, 우리가 못 돌아온다 말가?"

넋이 나간 사람처럼 윤씨는 딸을 멍하니 쳐다본다.

"빨리빨리 떠나야 해요."

지영은 거칠게 옷을 방 한구석으로 밀어젖힌다.

"사람의 마음이란 조석 변동이지. 너 하나 살아오믄 그만이라 했더니⋯⋯ 아이구 내 강아지들아, 우리는 다 살았지만 너그들이 불쌍해서 어쩔꼬."

그는 아이들 얼굴에 볼을 비벼댄다.

지영이는 뜰로 내려간다. 기석과 함께 책은 모조리 밖으로 꺼내어 함석으로 덮는다.

"이렇게 해놓으면 집이 타고 없어져도 책은 남는다."

썩은 채 마당 구석에 굴러 있는 버드나무 가지와 여름국화 흰 꽃송이와 검푸른 이파리에 아침 이슬이 담뿍 실려 있다.

"싯! 싯! 저리 가 있어."

졸졸 따라다니는 개를 지영이 쫓는다.

발판을 밟고 올라가서 창문에 송판을 대고 못질을 하다가 기석은,

"거 못 좀."

하고 입에 문 못을 뽑아 송판에 박는다. 지영이 못그릇을 올려준다. 기석은 못을 한 줌 집어서 입에 문다. 지영은 땅바닥에 퍼질러 앉으며 개를 가만히 바라본다. 개는 머리를 한 번 흔들며

애교를 떤다.

"미미야, 널 어떡허지?"

개는 뜨거운 혓바닥으로 지영의 손등을 핥는다. 다시는 집에서 떠나지 말라는 듯.

"널 데려갈 수도 없구."

지영은 개의 등을 쓸어주다가 그의 목을 끌어안는다. 따뜻한 숨결이 목덜미에 퍼진다. 화창한 날씨, 하늘은 푸르게 걷혀가는데······.

"너보다 더한 사람도 죽는단다, 미미야."

지영은 광 속에 먹을 것과 물을 나른다. 가겟집에 외상값을 갚고 식료품을 한 아름 안고 들어오던 윤씨가,

"아이구, 시상에 사람도 못 먹는 굴비랑 명태를 어쩌자구 개한테 주노?"

한다.

"다 버리고 가는데······."

"사람도 못 먹는 거로 벌받을 기다."

희는 기석이 짊어진 륙색 위에 올려 앉히고 지영은 광이를 업고 윤씨는 보따리를 인다. 지영은 개를 광 안으로 몰아넣는다. 광문을 닫는다. 처량하게 울면서 개는 광문을 발로 긁는다.

"엄마, 미미가 울어."

등에 업힌 광이가 말했다. 륙색 위에 얹혀서 기석의 목을 꼭 껴안은 희는 커다란 눈을 깜박인다. 눈물이 금세 떨어질 것

같다.

그들은 나섰다.

말없이 흐르고 있는 한강을 바라보며 마을을 비우고 모두 떠난다. 마을을 돌아보고 돌아보고 하면서.

"한강을 끼고 전투가 벌어질 테니 그때까지 피신해 있으면 돼. 길게 가지는 않을 거야."

사나이들은 그런 말을 하며 간다. 연안에서 연백 해변까지 나올 때의 그들 피란민들처럼.

"새벽에 한강 다리 끊어지는 바람에 자동차가 한강에 마구 다이빙을 했다는구먼. 개까지 싣고 달아나던 자가용들이 말이야. 덕분에 강가의 거지 떼들이 횡재를 했다고 흥!"

"자가용은 있어도 다리 끊어진 정보는 못 들었던 모양이지?"

길이 없는 산으로 몰려가면서 방향을 묻는 사람은 없고 다만 한강을 등지고 간다는 것뿐이다. 산을 타고 올라갈 적에 지영은 검붉은 흙 냄새가 참 좋다고 생각했다. 이름도 모를 산의 꽃이 예쁘다고 생각했다. 지나가 버리고 이제는 없는 날들을 보듯. 벼랑가 오두막집의 마른풀이 타는 아궁이는 먼 꿈. 숲을 타고 오는 바람 소리, 뻐꾸기 소리, 가랑잎 위에 떨어진 밤송이, 소금에 구워 먹던 송이버섯, 지영은 환상 속에 주저앉고 싶었다. 발이 터져서 걸음을 옮길 수 없었다.

"이리 내놔."

지영의 손에서 작은 보따리를 받아 드는 창백한 기석의 얼굴 위에 땀이 흐른다. 안경에는 뿌옇게 먼지가 앉고.

산을 넘고 산을 또 넘는다. 온종일 피란민들은 걸어간다. 어느 벌판에서 밤을 맞이한 피란민들은 사하라사막을 지르는 대상隊商처럼 짐을 푼다. 별과 달이 희뿌옇게 풀잎을 비춰준다. 멀리 농가 쪽에서 개구리들이 운다. 벌판 변두리에 드문드문 몇 가호 있는 초가는 먼저 온 피란민들이 마당까지 점령하여 늦게 온 사람들은 벌판에서 밤을 새울 수밖에 없었다. 지영과 윤씨는 아이들에게 저녁을 먹이고 담요에 아이들을 싸서 벌판에 눕힌다. 아이들은 말똥말똥한 눈으로 밤하늘을 올려다보다가,

"아빠, 우리 여기서 자나?"

하고 희가 묻는다.

"음."

"엄마도 여기서 자지?"

"음."

"성냥 좀 빌릴까요?"

옆에 짐을 내려놓고 자리를 잡은 일행 중에서 목이 굵은 남자가 기석에게 다가오며 말했다. 기석은 륙색 앞주머니에서 성냥을 꺼내준다. 남자는 담배를 붙여 물고,

"태우시죠."

하고 담뱃갑을 기석에게 내민다.

"저는 못합니다."

"아 그러세요? 어디서 오셨소?"

"H동입니다."

"우린 노량진인데, 야단났습니다. 한강을 끼고 싸움이 벌어지면 여기까지 포가 날아올 거요."

"날아올까요?"

"저 소리를 들어보슈. 멀지 않죠?"

기석은 고개를 끄덕인다.

"애들 땜에 큰일이군요. 더 갈 수는 없고 파편이라도 피하게 해얄 텐데…… 어떻습니까? 대피호를 하나 파보시지 않으시렵니까?"

기석의 말에,

"글쎄……."

"애들만이라도, 댁은 자녀가?"

"셋입니다."

"그럼, 한번 해봅시다. 농가에 가면 삽이 있을 겁니다."

사나이는 그리 탐탁잖은 얼굴로 기석과 함께 농가 쪽으로 간다. 두 사나이는 삽 한 자루를 빌려가지고 돌아왔다. 그들은 이리저리 돌 없는 곳을 찾아서 땅을 파기 시작한다. 아이들 얼굴에 달려드는 풀모기를 쫓고 있던 윤씨가,

"애아범아, 뭘 하노?"

묻는다.

"아이들만이라도 대피를 시켜야죠. 파편이 날아올지도 모르고."

기석은 일손을 멈추지 않고 무겁게 대답한다. 야영野營처럼

군데군데 피란민들이 모여 앉아 있는데 홀로 달을 등진 기석의 모습은 검은 실루엣처럼 움직인다. 지영은 륙색에 몸을 기대고 하늘을 올려다보며 웃고 있다. 그는 기석을 바보라 생각했다. 멀리 개구리 우는 소리와 함께 콩 볶듯 총성이 들려오는데 이쪽의 밤은 고요하기만 하다. 모두 지쳐서 잠들었거나 아니면 하늘을 신비스럽게 보고 있는 것일까. 기석과 목이 굵은 사나이는 때때로 교대하여 땅을 팠으나 그 짓이 어리석었다는 것을 깨달 았는지,

"에이, 나는 그만두겠시다. 내일 아침이면 떠날 건데."

공연한 짓을 했다고 탓하는 듯 화난 목소리로 말하더니 사나 이는 가버린다. 그래도 기석은 소매 끝으로 땀을 훔치며 일을 계속한다.

'끝이 없는 저 하늘.'

전에는 그런 것 생각하면 무서웠는데 이제는 안심이 된다. 땅을 파는 기석도 구멍을 파는 한 마리의 개미처럼 생각하면 안심이 된다. 조그마한 돌이 굴러와도 개미는 눌려 죽을 것이다. 여기 있는 모든 사람들도 개미같이 큰 발이 한 번 지끈 밟기만 하면 그만이다. 전쟁은 커다란 발인지도 모른다. 전쟁은 조그마한 돌인지도 모른다. 너무나 하늘이 넓기 때문에, 별이 많기 때문에.

기석은 풀을 한 아름 꺾어 와서 파놓은 대피호 바닥에 깐다. 그리고 담요를 흙벽에 두른 뒤,

"아이들 안고 들어가시죠."

하고 윤씨에게 말했다. 코를 골던 윤씨는 잠귀가 밝아서 벌떡 일어났다.

풀모기와 총성과 개구리 울음, 온종일 걸어서 피곤해진 사람들은 모두 밤이슬을 맞고 깊이 잠들었다. 참으로 고요한 밤이다.

또 날이 밝아온다.

"아아, 희가!"

대피호에서 기어 나오는 희의 얼굴을 보고 지영인 놀란다.

"광이도!"

아이들의 얼굴은 딸기바가지가 되어 있다.

"아이구 우찌하겠노. 밤새도록 풀모기가 물었구나. 아이들만 물었네."

바가지에 쌀을 담던 윤씨가 쫓아가서 아이들을 안고 얼굴을 들여다본다.

"시상에 연한 살을 몹쓸 놈의 모기가······."

가려워서 아이들은 손등으로 얼굴을 비빈다. 기석은 룩색 앞주머니에서 암모니아를 꺼내서 아이들 얼굴을 닦아준다.

지영은 쌀이 든 바가지를 들고 개울가에 가서 오래오래 쌀을 씻는다. 바가지 속의 쌀낱이 또렷또렷하고 이제 아무리 문질러도 뿌연 물이 나지 않는다. 평평한 마른풀을 거둬 와서 밥을 안친다. 조그마한 꼬챙이로 불을 헤치면서 지영은 소나무가 몇 그루 남아 있는 곳에 눈을 보낸다.

청년 한 사람이 팔베개를 하고 누워 있었다. 산개미가 덤벼드는지 이따금 얼굴을 쓸어보곤 한다. 그의 둘레에는 일행인 듯싶은 사람은 아무도 없었고 가진 것도 없어 보인다. 서울로 공부 온 학생인 것 같다. 그는 산개미가 몹시 귀찮았던지 훌쩍 일어서서 머리를 마구 흔들어대더니 도로 드러누워 팔베개를 하며 소나무를 올려다보고 휘파람을 분다. 「아를의 여인」…….

"아가, 밥이 안 타나?"

윤씨 말에 지영은 얼핏 정신을 차린다. 그러나 「아를의 여인」의 휘파람 소리는 사라지지 않고 언제까지나 울리고 있었다. 「아를의 여인」…….

밥 냄비를 들고 자리로 돌아와서 멸치볶음과 밥을 먹으려 할 때 지영은 청년이 있는 소나무께로 눈을 보낸다. 거리가 멀어졌으므로 휘파람 소리는 들려오지 않았으나 그는 여전히 팔베개를 하고 누워 있었다.

"저 학생 가족이 없나 봐요."

지영의 말에 윤씨가 돌아본다.

"딱해라. 아침도 못 먹는갑다."

"글쎄……."

"우리가 한술 덜 먹지. 와서 먹으라 카자."

"그만두세요."

지영은 자기가 먼저 말을 꺼내놓고서 얼굴을 찌푸리며 막아버린다. 함께 밥을 먹고 보면 마음속에 울리고 있는 「아를의 여인」의 휘파람 소리가 사라질 것만 같았다. 쓰라림과 같은 아름다움이.

들판에 깔린 사람들, 개울가에 줄지어 밥을 짓던 사람들, 모두 길 떠날 차비를 차리고 일어선다. 일렁이는 풀잎 사이로 사람들은 모두 지나간다. 관악산 중턱까지 올라갔을 때 되돌아오는 사람들이 있다.

"왜들 내려오시오?"

모두 한마디씩 물어본다.

"관악산이 전투지구가 된다는 말이 있소."

무뚝뚝하게 귀찮은 듯 대꾸한다. 그 말에 멈추어 서는 사람도 있고 그냥 앞사람을 따라 올라가는 사람도 있다. 몇몇 사람은 내려가는 사람을 뒤쫓는다. 결단을 내리지 못하고 한참 서 있던 기석이,

"우리도 내려가지, 산속이 되려 위험할지 모르니까."

오던 길로 되돌아선다.

"왜들 내려오시오?"

올라오는 사람마다 한마디씩 물어본다. 기석은 아까 사나이가 한 말을 무뚝뚝하게 되풀이한다. 돌아서는 사람도 있고 올라가는 사람도 있다.

"세상에 저것 좀 봐라. 남의 밭을 낭태질을 하는구나. 배고프다고 도둑질을 해?"

감자밭에 들어가서 감자를 파내는 사람들을 보고 한심스럽다는 듯 윤씨가 말했다.

"아직 영글지도 않았는데 어쩌자구 저 짓을 하노."

용서할 수 없다는 듯 다시 뇐다.

"우리도 식량이 떨어지면 도둑질을 할 거예요."

지영은 눈에 날을 세우고 말한다. 윤씨는 놀라듯 눈을 둥그렇게 뜨며,

"우리도 도둑질을 해? 그러믄 다 죽지 뭐, 살 사람이 있겠나."

윤씨는 불안하여 식량 꾸러미를 보고 다시 지영을 본다.

'저이가 감자밭에 들어갔을 때 절망한 나하고 지금 어머니하고 다른 게 뭘까?'

안경을 벗어 들고 먼지를 닦고 있는 기석을 힐끗 쳐다보며 지영은 그 잔인한 비밀에 얼굴을 붉힌다.

'내가 더 나빠, 내가.'

해 떨어지기 전에 그들은 어느 농가의 헛간 한구석에 끼어들 수 있었다. 풀모기에 물려 얼굴이 부어오른 아이들을 위해 참 다행한 일이라고 윤씨는 말했다.

날이 어두워지자 헛간에 같이 든 중년 사나이들은 급히 짐을 꾸리기 시작한다.

"왜들 그러시우."

어떤 노인이 묻는다. 그러나 대꾸는 안 하고 저희들끼리,

"놈들이 오면 마지막이다. 자아, 한 발이라도 더 띠어놓고 봐

야디. 어물하다간……."

하면서 도망치듯 밤길을 떠난다. 이북 사투리를 쓰는 그들은 무슨 정보를 들은 모양이지만 다른 사람들에게 일러주지 않았다. 모두 불안한 얼굴이다. 그러나 그들을 따라 밤길을 떠나는 사람은 없다.

"지영아."

무릎에 아이를 눕혀놓고 짐 꾸러미에 기대어 자는 지영을 윤씨가 흔들어 깨운다. 지영이 눈을 가늘게 뜬다. 소름이 끼친 듯 지영은 아스스 떤다. 정적이 소리를 내고 지나가는 것 같다.

"이것 좀 먹어봐라."

윤씨는 사발을 내민다.

"뭐예요?"

"개장이다."

"개장?"

"동리에서 개를 잡았단다. 그래서 샀다. 양식을 아껴야지."

지영은 윤씨로부터 개장 그릇을 받아 든다. 문짝도 없는 헛간, 밀려들어 온 달빛이 멀끔한 개장국에 떨어진다. 두 손으로 받쳐 들고 개장국을 마신다.

"아악!"

입에 든 것을 모두 뱉어버린다.

"모, 못 먹겠어요."

"애아범도 못 먹겠나?"

기석도 고개를 젓는다.

"나도 못 먹겠다. 돈도 없는데 공연히 샀구나."

사발을 들고 억울한 듯 윤씨는 멀끔한 개장을 내려다본다.

"거 안 잡수실려면 날 주시구려."

늙은이가 말라빠진 손을 내민다.

"그러소."

윤씨는 늙은이에게 사발을 넘겨준다. 반백이 된 납비녀를 찌른 늙은이는 굶주린 개같이 개장국을 훌쩍훌쩍 마신다.

"아이, 매시곱다*!"

윤씨는 아이들 주려고 가겟집에서 사 온 사탕을 꺼내어 지영이에게 주고 자기도 먹는다.

"미미는 죽었을까?"

"철없는 소리 한다. 죽었음 죽었지."

윤씨는 사탕을 우물거리다가 코를 곤다.

헛간에서 보는 달이 멀리, 유성처럼 떠밀려간다. 그리고 작은 등불처럼 아슴푸레 깜박거린다. 달은 다시 가까이 크게 둥그렇게 다가온다. 지영은 구역질을 느낀다. 훌쩍훌쩍 개장을 먹고 난 뒤 포수에 쫓기는 이리들처럼 눈을 희번덕거리고 앉아 있는 옆의 노파. 연안 시장에서 떡을 사 먹던 그 노파의 얼굴이 이 헛간 속에 가득 차 있다. 그 얼굴은 지영 자신의 얼굴이기도 했다. 천사처럼 살 수도 없고 악마처럼 살 수도 없고 오직 비굴하게 목숨을 거머잡고 매달려 어디로 사람들은 흘러가는 것일까.

"아무래도 산속이 나을 거요. 벌판에서야 어디 피할 수 있어야죠."

다음 날 남자들의 의견을 좇아 많은 무리들은 다시 관악산으로 향한다. 관악산 절에까지 간 피란민들은 모두 짐을 내려놓고 나무 그늘 밑에서 땀을 닦는다.

"빨랑빨랑 안 하고 뭘 하는 거야! 죽고 싶으냐!"

키가 크고 남자같이 생긴 여자가 절 마당을 쏘다니며 상좌를 꾸짖는다. 여자는 나무 비녀를 입에 물고 머리를 다시 틀어 쪽 찐 뒤,

"꾸물거리지 말고 빨리! 곧 떠나야 한다."

하며 뒤뜰로 쫓아 들어간다.

"저 여자는 누구요?"

피란민이 묻는다.

"절 임자요."

마당에 퍼질러 앉아 담배를 말고 있던 늙은이가 얼굴도 들지 않고 대답한다.

"아니 중도 아닌데 절 임자요?"

"주지 마누라였소. 지금은 죽었소만. 워낙 남자 같은 여자가 돼서 상좌를 데리고 찍소리 없이 꾸려왔지요."

늙은이는 담배를 말아 입에 물고 성냥을 찾으며 묻지 않는 말까지 한다.

"이런 절에도 불공이 들어옵니까?"

한가한 질문을 한다.

"시원찮소. 반은 농사지어 살죠."

"여기같이 좋은 피란처가 없을 건데 왜 떠나려 하지요, 저 사람들은?"

떠나고 남는 사람의 수가 적어진다는 것은 누구에게도 불안한 일이다. 묻는 사나이의 심정도 그러하다.

"떠나야지. 이북군들이 들어오면 야수쟁이*하고 중들은 못 산다고 하지 않소?"

"그럴까요?"

"어떻게나 여자가 그악스럽던지. 피란민들 호주머니 다 털어서 곡식 한 톨 남기지 않고 떠나누만……."

"그것은 또 무슨 말씀인지."

"아, 보리밥 한 덩이에 부르는 게 값이거든. 울며 겨자 먹기라구 배고픈데 별수 있겠소? 그것도 세도를 땅땅 부리며 거저 주기라도…… 하기사 그놈의 돈이 어떻게 될지 모르니 받아도 반갑지는 않을 거요. 허나 곡식을 다 짊어지고 갈 수도 없지. 비싸게 파는 사람이나 사는 사람이나 다 억울하다면 억울한 거지. 온 별놈의 세상을 다 만났소그랴."

늙은이는 이 절과 무슨 연유가 있는 듯 일어서더니 뒤쪽으로 어슬렁어슬렁 걸어간다.

남한 화폐의 가치가 어떻게 될지. 휴지가 될지도 모른다. 사람들은 그런 일에 대하여 민감하다. 쫓겨 다니면서 그들은 가장 현명한 방법을 생각한다. 농민들은 벌써부터 쌀을 파는데 돈을 원치 않았고 피란민 보따리에서 의복가지가 나와야만 쌀을 내놓았다. 한편 피란민들은 되도록이면 의복 대신 돈으로 쌀을 구하려고 애를 쓴다.

주인 없는 절간에서 떠날 사람은 더러 떠나고 남은 사람은 그래도 얼마간의 양식이 있는 축들이었다. 피란민만 제각기 자리를 차지하고 있는 절에, 중 없는 불상만이 댕그렇게 남아 있다. 낡은 나무 궤짝과 중들이 내동댕이친 가사, 장삼과 조금도 다름없이. 아무도 부처님께 예배 드리는 사람도 없고 공양을 드리는 사람도 없다. 하나님도 부처님도 부르지 않고 기적을 바라는 마음조차 잃어버린 것이다.

산사에는 빨리 황혼이 온다. 모두 마당 구석에서 저녁밥을 짓고 있다. 계곡을 타고 내려가서 아직 덜 익은 산딸기 산나물을 찾아 헤매던 아이들이 돌아온다.

"저기, 군인 아냐? 국군이구먼."

밥 짓던 피란민들의 눈이 동구 밖으로 쏠린다. 국군 패잔병 한 사람이 다리를 쩔룩거리며 걸어온다. 총도 없고 군모도 없고 갈기갈기 찢어진 군복에는 피가 묻어 있었으나 본인의 피는 아닌 것 같다. 무슨 소식이나 들을까 하고 피란민들은 그에게로 우우 몰려간다.

"어떻게 되었소, 인민군들이 들어왔소?"

"지금 어디서 싸우고 있소?"

"국군들은 후퇴하는 거요?"

한꺼번에 쏟아져 나온다.

"나도 모르겠소."

눈에는 절망의 빛도 없다. 사람이 모여든 일도, 그 자신이 걸고 있다는 의식조차 없는 것 같았다. 그는 쉬어볼 생각도 않고 사람들을 헤치며 지나치려 한다. 그러자 노인이 앞으로 나온다. 담배를 말아 피우던 그 노인이다.

"여보, 군인! 거 군복 벗고 가슈."

군인은 돌아본다. 흐리멍덩한 눈.

"군복을 입고 가다니 위험해. 자, 이거 입으슈."

노인은 자기 저고리를 벗어주고 급히 절로 들어가더니 중의를 갖고 나왔다. 군인은 흐리멍덩한 눈을 깜박거리지도 않고 군복을 벗는다.

"군화도 벗으시오."

노인은 자기가 신은 고무신을 벗어준다. 옷을 갈아입고 고무신까지 신은 군인은 피란민들에 둘러싸인 채 노인을 멀거니 쳐다본다.

"세상 살려고 나와가지고 이게 무슨 꼴이오. 누구 췬지 모르겠소만 명 보존하고 사는 날까지 살아보시오."

노인은 한 씨족의 족장같이 피란민을 둘러본다.

"허 참, 우리네가 왜 이 꼴을 당하지요?"

노인은 혼자 고개를 흔들어본다.

"죄지었다고 어디 벼락 맞습디까."

누군가가 말했다. 이번에는 노인이 고개를 끄덕인다.

"어서 가보시우. 내려가면 더러 밥 주는 인가도 있지 않겠소."

군인은 입술을 실룩거렸으나 고맙다는 말을 못하고 휘청휘청 산길을 타고 내려간다.

"피란민들이 쓸고 내려갔으니 어디 곡식 한 톨 남았겠나."

중얼거리며 노인은 군인이 사라질 때까지 서 있다. 피란민들도 뒷모습을 바라보고 서 있었다.

뻐꾸기가 구성지게도 운다.

얼마 후 인민군이 지나갔다는 소문이 퍼졌다.

"제기랄! 안심하라고 큰소리치더니 꼴좋다!"

재빨리 짐을 챙기며 피란민 한 사람이 내뱉는다.

"공산주의가 돼야 해. 잘 먹는 놈은 배 터지고 못 먹는 놈은 배에서 꼬락꼬락 소리가 나고 잘됐지 뭐야."

지금까지 국군을, 그리고 대한민국을 공공연히 욕하는 사람은 아무도 없었다. 그와 마찬가지로 인민군을 욕하는 사람도 없었다. 마음속으로 이들 피란민은 관전하고 있었던 것이다. 관전 중 그들이 한마디의 의견도 없었다는 것은 그들이 현명했기 때문이다. 피란민 중에 이북군 유격대가 있을 수 있고 대한민국의 정보원이 있을 수도 있다. 이제 태세가 뚜렷이 나타남으로써 대한민국을 비난하지만 실상 그 사람의 속마음은 알 수 없고, 맞장구를 치면서도 서로 의심과 경계로써 살펴보며 말 한 마디

한 마디에 저울질을 한다. 하나님의 심판 앞에 바늘 하나 훔친 것을 생각하며 무서움에 떨듯, 북한에 대하여 조그마한 잘못된 언사를 상기하며 그들은 모두 공범자 같은 공포의식에 사로잡혀 있는 것이다. 그리고 자기 이외의 남들은 검찰관 같은 느낌으로 보게 되는 것이다. 대한민국에 불만하고 여러 가지 압제에 증오를 느끼면서도 그들은 이북군을 진정한 해방자로서 맞이하지 못하는 착잡한 심정의 소시민인 것이다. 진정 민중들은 어느 쪽에 가담하고 있는 것일까?

지영의 식구들도 물론 전형적인 그런 소시민이다. 참말로 인민공화국이 되는 것일까. 그렇다면 그들은 어떻게 자기들을 받아줄 것인가.

큰 불안을 안고 집으로 돌아간다. 산과 들에는 탄피와 파편, 불발탄이 수없이 깔려 있었다. 피란민들이 발길을 옮길 때마다 먼지가 풀썩풀썩 나는 산길 들길에 태양은 지글지글 타는 듯 쏟아지는데 이제 피도 말라버린 시체가 누더기처럼 여기저기 굴러 있다.

지영은 집에 도착하자 광문부터 열었다. 파아란 눈이 두 개, 불덩어리 같은 것이 얼굴을 쏜다고 느낀 순간 개는 지영의 어깨에 두 발을 얹는다. 슬픈 울음을 뽑는다. 얼마나 애를 썼는지 물그릇은 뒤집어지고 먹을 거라곤 한 알도 없다. 지영은 개를 안고 우물가에 가서 물을 먹인다. 뼈만 남은 목을 빼고 오래오래

물을 먹는다. 지영은 짐 속에서 찬밥을 꺼내어 개에게 준다. 개는 씹지도 않고 그냥 밥을 삼키며 부르르 떤다.

"미미, 미미."

광이는 혀 짧은 말로 개 이름을 부르며 기뻐하고 희도 개를 몇 번이고 쓰다듬어준다. 지영은 눈물을 흘린다. 깊은 곳에서 눈물이 쏟아져 나온다. 무수한 시체가 누더기처럼 굴러 있던 산길, 포성에 쫓기며 가을 낙엽처럼 몰려가던 헤일 수 없으리만큼 많은 언덕과 들판, 죽지 않고 살아남은 개를 보고 이제사 지영은 우는 것이다. 이 말라비틀어진 개의 모습에서 지영은 처음으로 전쟁의 무참함을 본 것이다.

윤씨는 벽을 뚫고 들어간 탄환이 문갑 위의 꽃병을 하나 부수었을 뿐 모든 것은 다 그대로 있다 하며 좋아했다. 기석은 우울한 낯으로 뜰에 서 있었다. 무사하라고 뜰로 내놓은 책들이 온통 망가진 것이다. 책 더미 옆에 박격포가 떨어져 큰 웅덩이가 패어 있고 파편에 책은 하나도 성한 게 없었다.

비둘기

뒤안길처럼 조용한 뜰에 별안간 지프차 한 대가 들이닥치더니 기훈이 뛰어내린다. 그의 뒤를 따라 청년 두 사람이 내린다.

기훈은 담뱃불을 당기며 도망쳐가는 아이들을 바라본다.

"캔디가 없는 게 한이로군."

중얼거린다.

"네?"

이마 위에 모자 쓴 자국이 하얗게 남은 덩치 큰 청년이 되묻는다.

"꼬마들이 달아나니까."

웃다가 라이터를 호주머니 속에 집어넣고 어둑어둑한 건물 안으로 들어간다.

무거운 구둣발에 낡은 마룻장이 삐걱삐걱 소리를 낸다. 구두에서도 가죽 소리가 난다.

복도의 천장은 횡하니 높고 갈색 페인트칠을 한 나무 벽 사이에 먼지가 뿌옇게 앉은 구식 유리 창문, 찌푸린 잿빛 하늘이 보인다. 하늘에는 넓고 먼 바다에 솟은 화물선의 마스트 같은 대중목욕탕의 굴뚝이 있었다.

기훈의 꾸부정한 어깨와 힘찬 목덜미를 덩치 큰 청년이 힐끗힐끗 쳐다보며 따라간다. 모퉁이를 돌았다. 복도 한쪽 벽에 팔짱을 끼고 다리를 꼬며 서 있던 청년이 기훈의 일행을 보자 꼬았던 다리를 얼른 푼다. 그때 혁대 밑으로 축 처진 권총 케이스가 조금 움직였다. 허름한 작업복에 권총 케이스만은 손때 안 묻은 새것이다. 겨우 자라나기 시작한 머리는 다듬어놓은 잔디밭. 인민군은 아니었고 감옥살이를 하고 나온 공산당원 같다.

기훈은 도어를 밀고 방 안으로 들어선다. 철창이 있는 창가에 기다란 나무 걸상이 놓여 있고 이쪽에 등을 보이며 앉은 노인의 뒷모습, 움직이지 않는다. 테이블이 세 개, 휑하니 넓은 방. 벽에는 포스터, 화보 같은 것이 몇 장 나붙어 있었다.

모시 고의적삼을 입은 노인은 목이 길고 다리도 팔도 길었다.

기훈과 함께 들어온 청년들은 각각 가장자리 책상 앞에 가 앉는다. 덩치 큰 청년은 시계를 보다가 천천히 눈을 들고 노인의 뒷모습을 바라본다. 일부러 그러는지 노인은 방과 후 교실에 혼자 남은 생도처럼 멍하니 앉아서 얼굴을 돌리지 않았다.

"선생님."

돌아본다.

노인의 눈에는 형용할 수 없는 두려움이 모인다. 기훈은 얼음장같이 싸늘하고 흔들리지 않는 표정으로 노인의 눈을 받는다.

"자, 자네가,"

그는 의자 모서리를 짚고 일어서려다 도로 주저앉는다.

"알고 있었지. 이렇게 될 것을 나는 알고 있었지."

"알고 계셨을 겁니다."

"그러나 믿을 수가 없다."

"저리로 가실까요?"

기훈이 노인의 팔을 잡으려 했을 때,

"놔! 내가 가겠다."

긴 팔을 휘저으며 고함을 지른다.

기훈은 구두 소리를 삐걱삐걱 내며 가운데 자리에 가서,

"어서 이리 오셔서 앉으십시오."

자기와 마주 보는 빈 의자를 가리키며 말한다. 노인은 비틀거리지 않으려고 애를 쓰며 자리에 와서 앉았다. 조금 벌린 무릎 위에 작대기 모양으로 두 팔을 얹고 허리를 꼿꼿이 세운다.

"선생님."

"나는 너의 선생이 아니다."

격한 목소리를 따라 체면처럼 입언저리의 수염이 흔들린다.

"선생님은 늘 저를 보호해주셨습니다."

가만히 바라보며 뇐다.

"인간 하기훈을 보호한 일은 있어도 공산당원을 보호한 일은 없다."

"옛날에는 열렬한 코뮤니스트였습니다, 선생님은."

"변절자에 대해서 너희들이 무자비하다는 것을 알고 있다."

기훈의 눈이 노인 입언저리의 수염에 가서 머문다.

"그렇습니다. 변절자에게는 무자비합니다."

억양 없는 낯선 목소리는 확신에 차 있다.

"그러나 한 번도 나는 공산당이었던 때는 없었다. 잠시 동안 내 자신이나 너희들이 오해했을 뿐이다."

"……"

"인민재판에 부치게."

왼편에 앉은 둥글넓적한 얼굴의 청년이 그들의 대화를 열심히 기록한다. 덩치가 큰 사나이는 손가락 사이에 만년필을 끼고 빙글빙글 돌리면서 귀를 기울인다.

"당신은 우리들을 판 일이 없다고 기억하고 있는데요."

기훈의 입에서 선생님 대신 당신이란 말이 나왔다. 노인의 얼굴근육이 불룩불룩 움직인다.

"팔지 않았는 데 대한 혜택은 뭔가?"

"협조하는 의무가 남아 있습니다."

"협조?"

"선생은 미제국주의와 투쟁한 경력이 있습니다. 당에서는 그것을 높이 사고 있지요."

당신은 다시 선생으로 변했다.

"거기 못지않게 공산당과 투쟁한 경력도 있다. 너희들이 괄시하는 회색분자다, 나는."

"생각을 돌리셔야죠. 인민에 대한 애정이 남아 있다면. 과거의 오류를 씻을 기회를 놓치지 않으시기를 진심으로 바랍니다."

"애정? 그렇게 허술한 거냐?"

석산 선생의 눈에는 처음으로 기훈에 대한 증오가 나타났다.

"허술하지 않지요. 배고픈 사람을 쓰다듬어주는 게 애정이 아닙니다. 스스로 먹을 것을 구하게 종아리를 쳐주는 게 애정이 아닙니까?"

"스스로? 스스로……."

석산 선생은 드높은 소리로 웃는다.

"어떻습니까? 석산 선생님, 당에서는 선생에게 최대한의 아량을 베풀려고 합니다."

어디까지나 기계적인 태도와 말투다.

"그만두게. 석산이 그렇게까지 어리석지 않다는 것을 모를 만큼 자네는 어리석은 인간이었던가?"

"가치 기준에 따라 판단할 수 있는 일이죠."

"그렇다. 인간의 가치 기준에 따라서 판단할 수 있는 일이다. 생산고에 따라 평가되는 기준은 아니란 말이다."

그 말 대꾸는 하지 않고,

"어떻습니까, 선생님. 되풀이하겠습니다만."

"나는 생각을 돌리지 않겠다. 전쟁이 끝날 때까지 허수아비로 만들어두자는 너희들의 심산을 내가 모르겠나? 그동안을 위해 내가 자유를 버려? 영원을 위해서도 나는 내 자유만은 팔지 않겠다."

"천진난만하십니다, 바쿠닌처럼."

기훈의 입가에 웃음이 번진다. 그러지 않아도 흥분하기 시작한 노인은 바쿠닌의 이름이 나오자 금세 눈에 열기를 띠며 미친 듯 우쭐해진다.

"아암 바쿠닌처럼, 영광이 아닌가? 계산 빠른 유대인 마르크스는 1872년 인터내셔널에서……."

덩치 큰 사나이는 만년필 놀리는 것을 멈추고 가만히 노인을 주시한다. 그러나 노인은 아이처럼 서두르고 팔을 휘두르며,

"그 거인을 치사스런 계책으로 쫓아냈지만 드레스덴 폭동에

참가한 바쿠닌……."

덩치 큰 사나이는 갈대처럼 여윈, 미친 듯 지껄이고 있는 노인을 깊은 눈으로 바라본다.

"마르크스의 승리는 과학적 훈련이라는 미명 아래 노예적 복종을 강요했기 때문에 추한……."

어쩌면 그는 자기 서재에서 옛날과 같이 기훈과 마주 앉아 차를 나누며 이론을 벌이고 있는 환각 속에 있는지도 모른다. 기훈은 창문을 바라보며 담배를 붙여 문다.

정치 보위부 본부에서 자운 박상구朴相九를 만난 일이 있다. 회색 바지에 노타이를 입고 있었으나 수염을 그대로 기른 채.

"하 동무 언젠가 한번 뵌 일이 있지요?"

박상구는 감격적인 웃음을 머금고 기훈에게 손을 내밀었다. 기훈은 손을 내밀지 않았다. 박상구는 불안한 표정으로 내밀었던 손을 슬그머니 내렸으나 이내 말을 이었다.

"이번에 나 평양으로 가게 됐소. 정당 대표인의 한 사람으로서, 평양 방문은 오랫동안 내 숙원이었는데 이번에 비로소……."

기훈은 침묵을 지킨다.

"갈라진 국토가 한 군데 모이고, 헐벗은 굶주린 인민들이 이제는 광명 속에서 위대한 지도자 김일성 장군을 받들어 내일을 건설하고, 우리 남반부의 손발 끊겼던 정치인들은,"

불안에서 공포를 느끼는 듯 기훈을 보는 눈동자는 움직이지 않고 점점 커지면서, 그러나 말을 계속하고 있었다.

"동무, 나는 오래전부터 프롤레타리아혁명이 남반부에서 반드시 성공할 것을 믿어왔소. 다만 나는 민족에 더 큰 비중을 두었기 때문에 다소의 오류를 범한 결과가 되고 말았소."

그의 어떤 공포의식은 자꾸 쓸데없는 말을 시키는 모양이다.

"영웅적인 우리 인민군 동무는 반동들을 바다에 처넣을 것이며 미제국주의자들을 이 땅 위에서 말살하고 말 것이오. 내 조국을 내 조국으로."

하다가 말이 막혀 그는 기침을 몹시 했다.

"바쁘실 텐데 어서 가보시오."

끝내 악수를 하지 않고 기훈은 돌아섰다.

석산 선생의 마르크스에 대한, 공산주의에 대한 욕설은 여전히 계속되고 있다. 기록하는 사나이의 손은 바삐 움직인다. 기훈은 담배를 비벼 끄고 나서,

"석산 선생, 그 어릿광대 같은 말씀은 그만해두시지요."

"어릿광대라구? 이놈아, 난 어릿광대라도 인간 된 편이 낫다. 북소리에 잠이 깨어 일터로 나가고 북소리에 잠자리로 들어가는 인간 기계보담은."

"바보 바쿠닌이 그런 말을 했죠. 아나키의 유행이 언제 지나갔는데 그런 말씀을 하십니까. 제발 환상을 버리십시오, 석산 선생. 역사는 결코 정지하고 있지 않습니다."

"역사는 정지하고 있지 않다고? 그래서 어쨌다는 거냐. 무슨

발전이 있었다는 거냐? 개인에게, 자네하고 나에게 무엇을 갖다주었느냐 말이다."

"이렇게 마주 앉은 현실을 갖다주지 않았습니까."

"그래 이게 역사의 발전이냐? 모세가 이스라엘인을 젖과 꿀이 흐르는 가나안으로 끌고 가던 그것처럼 말이지? 마호메트가 코란을 외우면 불멸 불사한다는 사기술로 아라비안들을 싸움터에 몰아넣었던 것처럼 말이지? 물자가 수도꼭지에서 쏟아져 나오는 물과 같이 될 때 지구에는 사유재산제가 완전히 없어지고 영원한 낙원이 온다는 사기술도 말이지? 언제 와? 백 년 후에 온다는 건가? 이백 년 후에 온다는 건가?"

석산 선생은 두 무릎을 주먹으로 치면서 몸을 앞으로 내민다.

"돈키호테 같은 그 바쿠닌 녀석이 혁명을 성공했다면 아마 수도꼭지에서는 물이 나오지 않았을걸요. 모두 동산에서 낮잠을 자느라고 말입니다. 나인 심포니나 제대로 연주가 될까요?"

만년에 바쿠닌이 "모든 것은 지나간다. 세계도 파멸할 것이다. 그러나 나인 심포니만은 남을 것이다"라고 말한 것을 비꼬는 말이다.

"어떻습니까? 생각을 돌이켜보시지. 석산 선생 개인으로 세계의 역사가 바뀌어지지는 않을 것입니다만 자기 개인의 역사는 바꿀 수 있으니까요."

열띤 반박을 하려고 잔뜩 벼르며 기훈의 말이 끝나기를 기다리고 있던 노인은 생각을 돌이켜보시지 하는 차가운 말투에 비로소 자신이 처한 위치를 깨닫는 듯 빛나던 눈의 불길은 순식간에 사라지고 기훈으로부터 표정은 물러선다.

"인민재판에 부치게."

노인 자신도 확신할 수 없는 작은 목소리였다. 무슨 까닭인지 기훈의 얼굴은 별안간 검붉어진다.

"오늘은 이만."

고갯짓을 한다. 기록하고 있던 사나이는 펜을 놓는다. 그리고 일어서서 석산 선생 옆으로 가서 그와 함께 방에서 나갔다.

기훈은 담배를 연거푸 피우며 마룻장이 삐걱삐걱 울리는 복도를 지나 밖으로 나간다. 하늘에는 여전히 잿빛 구름이 가득 차 있었다.

'속 시원하게 한줄기 퍼부었으면.'

그러나 비는 좀처럼 오실 것 같지 않고 거무칙칙한 향나무 몇 그루가 하늘에 눌리는 듯 너저분하게 뻗어 있었다. 그 향나무 아래 사내아이가 혼자 파아란 유리구슬로 땅따기를 하며 놀고 있다. 아이는 뒤에 기훈이 보고 있는 것도 모르고 손끝으로 구슬을 튀기고는 손가락을 부챗살처럼 펴서 빙 돌리며 마음대로 나머지의 땅을 자기 몫으로 점령해가는 것이다.

"원수와 더불어 싸워서 죽은, 우리의 죽음을 슬퍼 말아라……."

인민군이 서울에 입성한 후 거리거리에 퍼져가는 항쟁가를 부르며 아이는 땅따기에 여념이 없다.

'이렇게 수월하게 점령한 땅덩어리를…….'

기훈은 싱긋이 웃는다.

연일 인민군은 남쪽으로 남쪽으로 이동하고 있었다. 열성적인 젊은 당원과 지난날의 오류를 씻기 위한 보도연맹원들도 의용군을 지원하여 인민군의 뒤를 쫓아 전선으로 떠났다. 매일매일 지도 위에는 새로 해방된 지역에 붉은 줄이 그어지고 위대한 인민군의 승리, 영웅적인 인민군의 투쟁이라는 말은 홍수처럼 넘쳐흐르고 있었다. 기훈은 담배를 버리고,

"혼자서 노니?"

아이에게 말을 건다. 아이는 깜짝 놀라 일어서더니 도망치려는 듯 몸을 사린다. 그러나 기훈의 미소 짓는 얼굴을 보자 뭐가 좀 안됐다는 듯 슬그머니 뒤를 돌아본다. 뜰아래는 조그마한 오두막이 있었다. 소녀가 공기를 휘젓듯이 손을 내밀며 나오다가 사람 기척을 느꼈는지 돌아서서 연기 속을 가듯 집 안으로 사라진다.

"저기 너희 집이냐?"

기훈은 소녀가 사라진 곳을 바라보며 아이에게 묻는다. 아이는 고개를 끄덕인다.

"언제부터?"

"전에, 전에부터 우리 집이야. 우리 아버진 여기 수위였어."

"음, 그래. 몇 살이냐?"

아이는 손가락 다섯 개를 모조리 펴 보이고 또 한 개를 내보인다.

"아까 그 애는 네 누이냐?"

"응…… 누나는 장님이야."

마른버짐이 피고 까맣게 탄 얼굴에 웃음을 띤다. 아이의 눈은 초롱초롱 빛났다.

"아버지 계시냐?"

"강나루 참외밭에 갔어."

"엄마는?"

"옷 팔루, 시장에."

"밥은 먹었니?"

"보리죽 먹었어."

하는데 소녀가 더듬거리며 다시 집 안에서 나온다. 그는 가만히 귀를 기울이고 섰다가 공중에 손을 올린다. 무엇이 떨어졌다고 느낀 순간 하얀 비둘기 세 마리가 날아내린다. 소녀가 미소 지으며 서 있는데 비둘기는 부지런히 무엇을 쪼아 먹는다.

"우리 비둘기야."

아이는 자랑스럽게 일러준다.

"콩을 먹는 거야."

"콩을 어디서?"

"엄마가 옷 팔고 돌아오면서 사가지고 와. 누나가 막 우니까. 엄마가 콩 안 사 오면 누나는 밥 안 먹어."

"비둘기 새끼들이냐?"

아이는 의아하게 기훈을 올려다본다. 비둘기는 참새만큼이나 작아 보인다. 몸매는 매끈한데 모양만이 줄여놓은 듯하다.

"저기 비둘기 새끼지?"

"아니야."

"그럼?"

"새끼 아니야. 어른이야."

"어른?"

그러자 어디선지 참새가 날아와서 비둘기에 섞인다.

"아아, 어른이구먼."

기훈은 소리 내어 한바탕 웃는다. 참새가 오고 보니 비둘기는 과연 어른이었다.

"내 눈이 어떻게 됐군."

잿빛 구름 사이로 햇빛이 뻗어나기 시작한다. 부챗살같이 빛 줄기가 뻗어 장엄하고 거친 황혼을 부른다.

"나 요담 올 때 콩 많이 갖다주마."

"정말?"

아이는 뛰어 따라오다가 문 앞에서 멈춘다. 기훈이 돌아보았을 때 눈먼 소녀는 보이지 않았다.

서울의 거리

판자로 허술하게 지어놓은 교회당 지붕 위에 십자가는 그대로 남아 있었다. 깨끗이 쓸어놓은 뜰에 맨드라미, 여름국화가 피었고, 창문마다 활짝 열려 있었다. 민청원, 여맹원들이 들뜬 얼굴로 뜨락을 왔다 갔다 하며 마을 사람들을 빨리 회장으로 들어가라고 서둔다.

"별일 없었어요?"

"네, 댁은 피란을 어디로 하셨어요? 아 관악산, 우리는 평택까지 갔다 왔다오."

서로 인사를 나누며 마을 사람들은 신발을 들고 회장으로 들어간다.

축제처럼 인공기, 적기, 코뮤니스트들의 지도자들 사진이 나붙어 있다. 열어놓은 창문에 해바라기 잎이 비친다. 건너편 양옥집 노부인이 지영의 손을 살그머니 잡는다.

"할머니가 걱정하시더니 아무 일 없이 돌아와서 얼마나 좋우?"

어수룩하고 점잖은 미소를 띠며, 풀이 선 안동포 적삼에 주름진 얼굴이 몹시 희다.

"우리 애들은 모두 시골로 내려갔다오. 그런데 인민위원회라는 데서 청년들이 와가지고 자꾸 묻지 않우?"

노부인은 걱정스러운 얼굴이다.

"그래, 어머님은 안 나오셨수?"

"몸이 편찮으신가 봐요."

"피란 다니노라고 몸살이 났지."

옆에서는,

"반장네 그놈부터 때려죽여야 해. 동민들한테 줄 쌀 배급을 말짱 야미 해 처먹고 혼자 배를 채웠거든."

"삼십육계를 놨는데 어디서 잡아오누."

"흥, 설마 물 건너 갔을라구? 계집자식 두고 지가 안 돌아오고 배기나?"

눈이 부리부리한 사나이는 신명이 나서, 웃는 얼굴로 들락기리는 민청원들을 힐끗힐끗 쳐다보며 지껄인다. 반장 마누라, 그의 딸들은 얼굴이 노오래져서 앉아 있었다. 반장댁에 곁방살이를 하는 아이 밴 순경 색시도 풀이 다 죽어서 앉아 있었다. 이북서 온 문화 공작대원이 들어온다.

"수고하시오."

"수고가 많았소."

마을 기관의 간부들과 악수를 나눈다.

"친애하는 노동자 농민 여러분, 그리고 동민 여러분! 우리의 위대한 지도자……."

열띤 연설이 시작된다. 장내는 잠잠해진다.

"미제국주의의 앞잡이 ○○○도당은 이 나라 이 인민들을 팔아먹으려다 스스로 꺼꾸러질 구덩이를 파고 준열한 인민의 심판을……."

여러 명이 교대로 단상에 올라가서 열렬한 연설을 한다. 박수 소리가 사이사이에 일어나고 기대 반 의심 반의 눈초리가 그들을 지켜본다.

"북반부에서는 남반부의 우리 형제들을 위해 만반의 준비를 갖추고 있습니다. 북반부 방직공장에서 생산되는 광목은……."

북한의 문화공작원은 고래고래 소리를 지르며 흥분하는 마을 간부들과는 달리 차분히 가라앉아 보고서를 읽어 내려가듯 숫자를 열거한다.

교회의 풍금은 인민공화국의 김일성 장군의 노래, 항쟁가를 연주하고, 어른보다 총기 빠른 아이들이 목에 핏줄을 세우며 노래한다.

마을의 축제는 끝났다.

"댁엔 양식 준비가 좀 됐어요?"

"됫박 쌀 팔아먹고 살았는데 무슨 준비가 있겠어요? 배급이라도 안 주면 큰일이에요. 아침에 장에서 겨우 수수 한 되 사가지고 죽을 쑤어 먹었는데."

"인민위원회서 양식 준비한 사람들은 내놓으라지만 누가 선뜻 내놓겠어요?"

"문안에서는 도망간 부자들 집에서 쌀을 실어 내어 배급을 했다더만요."

"이 동네엔 부자가 있어야지."

"전쟁이 나면 이북서 양식을 실어 온다지요? 질서가 아직 안 잡혔으니 참아야지."

교회에서 나온 마을 사람들은 말조심을 하며 집으로 돌아간다.

머리를 빗고 지영은 옷을 갈아입는다. 자리에 누워 있는 윤씨가,

"어딜 갈라 카노?"

하고 묻는다.

"시장에."

"시장?"

"남대문시장에 한번 가볼래요. 여름옷도 다 버리고 와서……."

윤씨는 앓는 소리를 내며 일어나 앉는다.

"다리도 끊어졌는데 어찌 갈라고?"

"나룻배 타고 가죠."

윤씨는 일어서려다가,

"어이구 뼈가 부서지는 거 같다. 뭐 할라고 연안엔가 뭔가 하는 곳에 가서 사람 애태우고 옷까지 버리고 왔노. 이 아이들은 어디 갔을꼬?"

"뜰에서 노나 봐요."

"시끄러운데 그만 안 갔음 좋겠다. 옷 입고 나갈 데나 있어야지."

마루에 책상을 내놓고 책을 읽고 있던 기석이 문을 밀고 나가는 지영의 뒷모습을 보다가 도로 책 위에 눈을 떨어뜨린다.

지영은 둑길을 넘어서 모래밭으로 내려간다.

"좀 일찍 왔음 타고 갈 건데."

곡식 자루를 모래밭에 내려놓으며 아이 업은 여자가 혀를 찬다. 나룻배는 막 떠났다.

"어서 가야 할 건데……."

여자는 퍼질러 앉으며 등에 업힌 아이를 돌려 안고 젖을 물린다. 아이는 먼 길을 오는 동안 엄마 등에서 몹시 시달려 젖도 안 먹고 징징거린다. 여자 콧등에는 빨간 땀띠가 송송 나 있다.

나루터에는 한 사람 두 사람 모여들어 건너편 강가에 손님을 풀고 돌아오는 배를 기다린다. 늙은 사공이 수염을 휘날리며 배를 저어 온다. 배에 탄 사람들이 내리고 기다리던 사람들은 배에 오른다.

"날씨 참 좋으시다."

안면이 있는지 어떤 사나이가 배에 오르며 사공에게 말을 건다.

"문안 들어가시오?"

사공이 묻는다.

"큰집 식구들이 걱정돼서……."

물살은 부드럽게 뱃전을 친다. 노가 빙글빙글 돌면서 끼익끼익 소리를 내고 배는 앞으로 밀려나간다.

멀리 서빙고, 잠실 쪽의 들판과 숲이 아지랑이에 흔들린다. 강 하류 마포 쪽은 햇빛을 받아 강물이 보석처럼 번득번득 빛났다.

"노인장, 톡톡히 수지를 맞추시는군요."

아무도 말 안 하고 있는데 푸릇푸릇한 토마토가 가득 든 망태 옆에 기대어 앉은 밀짚모자의 사나이가 싱겁게 말을 건다.

"글쎄……."

사공은 노를 저으며 웃는다.

"거 누구 덕인지 아시오?"

"……."

"다 이승만 덕인 줄 아시오. 다리를 끊어놓고 달아난 덕인 줄 아시오."

"누구 덕인시 뇌르겠소만, 전쟁이나 어서 끝나야지."

사공은 잠시 노 젓는 손을 멈춘다.

물살에 배가 떠내려간다. 옷소매로 땀을 닦고 다시 노를 젓기 시작한다.

"모두 다 죽을 판인데 살판난 사람도 더러 있지. 고무신장수, 비누장수, 성냥장수…… 어쨌든 장바닥에 곡식이나 나돌아야 할 텐데, 농사꾼들이 약아서 쌀을 내놔야 말이지."

불평한다. 저쪽 뱃전에 앉은 코 밑에 수염 기른 사나이는 학생 차림의 청년을 상대로 이야기를 시작한다.

"……반동들의 발악은 달리는 기차 앞에 대막대기 같은 거요. 역사의 흐름을 막을 수는 없소. 보시오. 세계 최강의 지상군을 자랑하던 오키나와 부대의 꼬락서니를, 허둥지둥 밀려 내려가고 있지 않소. 가엾은 까마귀 떼들이지. 이념이 없는 전쟁이 승리할 턱이 없죠. 미제국주의자들의 주구들은 지금 최후 발악을

하고 있소. 머지않아 그들은 이 땅 위에서 모조리 말살될 것이
오. 노동자 농민들의 열렬한 염원은 최후의 승리를 기약할 것이
며 사회주의 건설은……."

어느새 사나이의 이야기는 연설조로 변하고 사람들은 잠자코
귀를 기울인다. 이따금 학생 차림의 청년이 질문을 하곤 한다.
죽을 판인데 하고 불평하던 밀짚모자의 사나이는 걱정스럽게
머리를 수그리고 있다.

지영은 뱃전에 앉아서 강물을 본다. 뱃전은 뜨거웠지만 강바
람은 서늘하다. 물거품을 일으키며 강물은 뱃전에 부딪친다.

'무슨 빛깔이라 했음 좋을지…… 에메랄드, 비취.'

"북반부에서 생산되는 광목은 남반부 인민들……."

코밑수염의 사나이는 여전히.

붉은 흙먼지를 일으키던 길, 농부들이 벽돌짝 같은 토탄을 캐
내던 넓고 끝이 없어 보이던 연백의 들판, 푸른 보리, 벌을 기르
던 늙은 교장, 백천온천, 해당화…….

'정혜숙 선생은 어찌 되었을까?'

지영은 강물을 건너, 언젠가 넝마주이가 갈쿠리를 뱅뱅 돌리
며 올라가던 그 길을 지나 인도교 쪽으로 나간다.

용산우체국 앞에까지 갔을 때 트럭 몇 대가 그를 앞지른다.
길 가던 사람이 모두 멈춘다. 지영은 걸음을 멈추었다.

"저, 저것 보우! 미군이!"

놀란 소리를 지른다. 행인들의 시선은 벌써 그 트럭을 좇고

있었다. 미군 포로들이 등을 구부리고 트럭 위에 모여 앉아 있었다. 팬츠만 입은 벌거숭이들, 햇볕에 탄 피부가 검붉다. 수염에 묻힌 얼굴에는 먼지와 땀과 무서움에 질린 눈이 모두 숨을 마시고 그들을 바라본다.

총을 든 인민군이 그들을 지키고 있었다. 붉은 견장, 카키 빛 군복 위에 전쟁은 생생하다.

"황색인종이 백색인종을 개 취급하고 있군."

"옷을 벗겨놓으니 갈데없는 원숭이군."

완장 낀 두 청년이 이야기하며 길가에 침을 뱉는다.

트럭은 서대문 쪽을 향해 사라졌다.

서울역에 가까워질수록 거리는 번잡해진다. 소속과 계급을 알 수 없는 군복의 젊은 인민군들이 군중들 사이를 누비고 다닌다. 패기에 넘쳐 성급해 보이는 얼굴도 있고 시골뜨기같이 어리둥절해하는 얼굴도 있다. 차도에 열광하는 군중들의 행렬이 지나간다. 인공기, 적기의 물결, 스피커, 포스터, 초상화, 플래카드—구호를 외치며 간다. 혁명가를 부르며 간다. 인도의 무표정한 얼굴들은 걸음을 빨리한다. 외면하기도 하고 땅을 내려다보기도 한다. 차도와 인도—다만 화려한 옷 빛깔과 꽃나비 같은 파라솔이 없다는 점이 서로 닮았다.

남대문, 사람의 물결 속으로 지영이 휩쓸려 들어간다. 시장에는 골목골목에 상품이 그득히 쌓여 있었다. 의류, 일상용품, 화장품, 신발 모두 옛날과 같이, 다만 식료품 앞에 사람들이 많이

모여들었으나 물건이 가난하다. 붉은 지폐가 벌써 나돌고 몸빼 입은 장사꾼 아주머니는,

"인민군은 지금 어디까지 내려갔죠?"

물건을 사려고 서성거리는 인민군에게 묻는다.

"막 밀고 내리가디요. 부산까디 며칠 안 남았시오."

땀내를 풍기며 대꾸한다.

"수고하십니다. 어서어서 끝장이 나야 할 건데 식량 때문에 야단이에요."

"밀어붙이기만 하면 문데없디요. 북반부에 식량 많소. 그동안 참아보자우요."

지영은 물건도 안 사고 사람들에게 떠밀리며 가다가 그릇점 앞에서 걸음을 멈춘다. 싸구려 음식점, 상품이 가난한 식료품 앞에만 사람이 모인다. 그릇점 앞은 바빠 그냥 지나간다. 지영 은 푸른 케이스 속에 든 커피세트를 슬며시 만져본다.

"거 좋은 겁니다. 리치몬드 제품이죠. 잘해드릴 테니 사 가십 시오."

가겟집 주인이 반가워서 쫓아 나오며 말한다.

"가정집에서 내온 거니까 싸게 드리죠."

"요즈음에도 그릇이 팔려요?"

지영이 묻는다.

"글쎄……."

주인은 쓴 얼굴을 한다.

"저…… 미제 홈 세트를 안 사시겠어요?"

젊은 부인이 보따리를 들고 가게 앞에서 묻는다. 주인은 손을 저으며,

"온종일 팔러 오는 사람뿐이오."

젊은 부인은 여기저기 다녀오는 모양으로 지친 얼굴로 돌아선다.

지영은 은으로 만든 스푼, 날이 얄팍한 미제 과도, 스테인리스의 냄비, 뽀얀 윤이 나는 오븐, 그런 것을 하나하나 만져본다.

"이 스테인리스 냄비는 평생 써도 남을 겁니다. 아주 신품이죠. 그렇게 말짱한 물건도 흔하지 않습니다."

하나라도 팔아보겠다고 주인은 지영의 얼굴빛만 살핀다. 무척 갖고 싶어 하는 얼굴.

"미안합니다. 요다음에."

주인은 서운해서 가게 문턱까지 따라 나온다.

'옛날에는 저런 것 거들떠보지도 않았는데…….'

연방연방 옷가지를 싼 보따리가 시장으로 들어온다. 해방 직후의 시장터처럼 헌 옷 장수들이 길을 메운다. 시골로 곡식 하러 가는 장사꾼들이 그것을 흥정한다.

떡장수, 메밀묵장수, 국수장수, 활기에 넘치고 가지가지 소리가 있는 시장, 「페르시아의 시장」이 아니고 전쟁이 밟고 지나간 장터에도 음악은 있다. 장난감 파는 가게에 인민군들이 서 있고 그들이 돌아갈 때 누이와 동생, 아들과 딸들에게 선물할 장난감

을 고르고 있지 않은가.

지나간 골목을 또 돌고 또 돌고 몇 번을 그러다가 지영은 아무것도 못 사고 거리로 나간다.

문을 밀고 지영이 들어간다.

마당에 웬 키 큰 사람이 등을 보이고 서 있었다. 힘찬 목덜미가 햇볕에 그을리어 다갈색이다.

"아, 아주버니!"

지영이 소리치며 쫓아간다. 돌아서며 기훈이 빙긋이 웃는다.

"무사하셨군요."

큰 키를 올려다보며 지영이 뇐다.

"고생 많이 하셨죠?"

"우리보다……."

"어디 갔다 오세요?"

"시장에, 남대문시장에 좀 가보았어요."

"복잡하지요? 거리가."

"네, 왜 안 올라가시고."

"방금 왔습니다. 영등포에 볼일이 있어 갔다가."

하며 마루에 걸터앉는다.

"모두 어디 갔을까? 희야!"

지영이 두리번거리는데 뒤뜰에서 기석이 책을 들고 어슬렁어슬렁 걸어 나온다. 그의 뒤를 따라 희와 광이가 재잘거리며 나온다.

"여보, 아주버니 오셨어요."

"뭐?"

"큰아빠!"

희가 달려가서 매달린다. 광이는 알 듯한데 모르겠는지 비실 비실 피한다.

"큰아빠를 안 잊었구나?"

기훈은 희를 번쩍 안아 올린다.

"광이야 너도 이리 온?"

광이는 빙긋이 웃으며 기석이 뒤에 숨는다.

"별일 없었나?"

기석을 보고 묻는다.

"소식이 왜 그리 없었어요?"

"바빠서."

"이제 더 바쁘겠군요."

그 말 대꾸는 않고,

"사부인께서는 안녕하신가?"

"몸이 편찮으신가 봐요. 갑갑하다구 건넛집 노인에게 가신 모양입니다."

"식구들한테 별일 없었으니 다행이구나."

기훈은 마루로 올라와서 등을 꾸부정하니 꾸부리고 앉으면서,

"피란 갔댔나?"

"관악산까지 갔었어요."

"음, 애들 고생시켰구나. 희야, 무서웠지?"

"아아니, 엄마가 와서 안 무서웠어."

"엄마가 와서?"

"음, 엄마가 저기 먼 데 갔었거든."

희는 구름이 흘러가는 하늘을 가리킨다. 지영이 연안 간 일
을 모르는 기훈은 희의 말에 어리둥절했으나 더 이상 물어보지
않고,

"그래, 엄마가 와서 좋았구나?"

"음, 아빠가 참 좋아했어."

"희야도 좋았지?"

"음, 엄마 안 올 때 아빠가 막 울었어. 할머니도 울었어."

기석이 얼굴을 붉힌다.

"희야는 안 울었니?"

"응."

지영이 일어나서 뜰로 내려간다.

"어딜 가십니까?"

기훈이 묻는다.

"저녁을……."

"아아, 그만두십시오. 전 곧 가야 합니다."

"그럼 마실 거라도."

"아닙니다. 아무것도 필요 없어요. 냉수나 한 그릇 주십시오."

꼼짝할 수 없게 하는 강한 어조다. 지영이 시원한 우물물을 길어서 냉수 한 그릇 가져온다.

냉수를 마시고 컵을 놓자 기석이,

"어떻게 될까요?"

하고 묻는다.

"뭐가?"

"시국 말입니다."

"인민공화국이 됐지."

"미국에서 손을 뗄까요?"

"만일 손을 떼지 않는다면 전면전쟁이 되겠지. 삼차전으로 발전할지도 몰라."

기석이 안경을 밀어 올린다.

"허나 그것은 최악의 경우지."

기훈은 말을 덧붙인다.

"우리는 어떻게 되죠?"

그건 무슨 뜻이냐는 듯 기훈은 동생을 바라본다.

"우린 엔지니어입니다. 순수한, 정치하고는 아무 상관이 없습니다."

"엔지니어? 그래서 좋지 않어?"

"형님은 앞으로 어떻게 하실랍니까?"

기석은 기훈의 안색을 살펴본다.

"나아? 나야 항상 이대로지. 아무 변동 없다."

문을 탁 닫아걸 듯, 한 발자국도 가까이하지 못하게 말을 자른다.

"어떻게 변동이 없다는 겁니까?"

기훈이 얼굴을 찌푸린다.

"세상이 바뀌었는데 그렇게 비밀로 하지 않아도……."

섭섭하게 중얼거린다.

"바보 같은 말을 하는군."

"바보 아냐! 아빠는."

희가 기훈의 무릎을 탁 친다.

"아 그래, 바보 아냐."

기훈은 아이와 같은 얼굴이 되어 웃는다.

"아직 혼동 상탠데…… 직장에 나가봐야 할지."

기석은 의논하듯 다시 말을 건다.

"나가보는 게 좋겠지."

흥미 없이 대꾸한다.

"나가기는 나가야겠어요. 우리가 하는 일이란 연구 분야니까."

"연구 분야?"

"……."

"연구 분야고 뭐고 모든 것은 프롤레타리아계급의 입장에서 요구된다는 것을 잊지 말아라."

한마디 하고는 그만이다.

윤씨가 허리를 꾸부리고 아랫배에 손을 대며 들어온다.

"아이고오! 누구요? 사돈 아닙니까."

기훈이 일어서며,

"안녕하십니까?"

"아이구, 시상에 어쩌믄 그리 소식도 없이."

"고생 많이 하셨죠. 몸이 편찮으시다고."

"야, 웬일인지 뱃가죽이 땡기고 뼈다리가 쑤셔서 갱신을 못하겠네요."

윤씨는 마루에 걸터앉는다.

"그런데 지금 말 들으니께 집 가진 사람은 곁방살이하는 사람에게 뺏긴다는만요. 그거 정말입네까?"

기훈은 쓰디쓰게 웃는다.

"괜한 소립니다."

기석이 말을 막는다.

"아니 이 사람아, 이 병원집도 무슨 동네 사무실로 뺏기지 않았나?"

윤씨는 민주선전실 간판을 붙인 집을 가리킨다.

"빈집이니까 그렇죠."

"음, 우리 멀리 피난 안 가고 집에 돌아오길 잘했지. 쌀을 치러 나온다 카는데 큰일 났제. 내사 마 청년들이 얼렁거리니까 겁이 난다. 그라고, 또 말 들으니께 인민군이 우리 개를 잡아먹었다 안 하나."

기석은 기훈의 눈치를 살폈으나 기훈은 한마디 말도 하지 않는다. 지영은 뒷전에 우두커니 앉아 있다.

"이제 슬슬 가볼까."

기훈이 일어선다.

"저녁 잡숫고 가이시소. 오래간만에 오셨는데, 아이구 배야!"

윤씨는 일어서다가 다시 주저앉는다.

"큰아빠, 또 와요."

희가 소리치자 그 흉내를 내어 광이도,

"큰아빠, 또 와요."

한다.

기훈은 돌아보며 또 오마 하고 손을 흔들어준다.

"참 이상해요. 아주버니가 오시기 전에 아무도 아주버니 걱정을 안 했죠?"

지영이 들어오면서 중얼거린다.

"걱정하면 소용 있어? 옛날부터 마음대로 자기 하고 싶은 대로 하는 사람인데……."

김 여사

아침부터 비가 내리기 시작한다. 줄곧 찌는 듯한 무더위가 계

286

속되더니.

상점마다 문을 닫아걸었고 오가는 사람조차 드물다. 내려앉은 잿빛 하늘 아래 이제는 아무 쓸모 없는 전선과 전주가 엉성하니 헝클어져서 비를 맞고 있다.

기훈은 창문에 서서 거리를 내다본다. 눈이 충혈되고 여러 날 면도도 잊은 얼굴은 수염이 자라서 창백하고 피곤해 보인다.

비에 씻겨 허옇게 된 수박, 참외 껍질이 아스팔트 위에 널려 있었지만 언제나 그곳 가로수 밑에 앉아서 참외를 팔던 할머니는 오늘 장사를 그만둔 모양으로 보이지 않는다. 안개같이 부드러운 빗줄기는 그칠 줄 모르고 내린다. 가로수를 적시고 닫아건 상점의 덧문을 적시고. 시장에 옷을 팔러 가는지 조그마한 보따리를 겨드랑에 낀 여인이 우비도 없이 처마 밑을 따라 지나간다. 이따금 웅덩이 패인 곳의 빗물을 튀기며 군용차, 지프차가 사람 없는 거리를 내달리고 있었다. 비 오는 날에는 공습의 염려가 없다. 호소와 규탄의 메시지, 서울 시민들의 서명운동, 플래카드와 시위 행렬, 잇단 행사 또 행사는 물결처럼 지나가고 그것도 오늘은 휴식이다. 조용하다.

'우비도 없이 시장에 가는 저 여자도 이제는 붉은 지폐를 거절하겠지. 틀림없이……'

전장戰場과 시장市場이 서로 등을 맞대고 그 사이를 사람들은 움직이고 흘러간다. 사람도 상품도 소모의 한길을 내달리며, 그리고 마음들은 그와 반대 방향으로 내달리고 있는 것이다. 사라져가는 민심을, 사라져가는 인민들의 불길을 억지로라도 되살리기에는 오직 승리가, 사람과 상품의 소모를 막아줄 결정적인 승리가 있을 뿐이라고 기훈은 생각한다.

'민중을 믿다니 어림도 없는 소리, 그들도 결코, 결코 우리를 믿지 않았다. 그들은 어떠한 약속도 믿으려 하지 않는다. 오직 현실을 받아들일 뿐이지.'

기훈은 담배를 버리고 커튼을 친 뒤 소파에 와서 눕는다.

홈대를 타고 내려오는 낙수 소리가 단조로운 음악처럼 기훈의 머릿속에 새겨진다.

밤은 낮으로 바뀌었다.

언젠가 마포 둑에서— 기훈은 마포 둑을 혼자 걷고 있었다. 땅 위에는 소리 하나 없고, 땀이 솟다간 강바람에 식는다. 먼 곳에, 언덕 위에 사람이 네댓 명 올라간다. 개미가 기어가는 것처럼. 강둑 왼편에는 오막살이, 기와집이 모조리 쓰러져서 사람이 살고 있는 것 같지 않았다. 기훈은 강둑에 앉아서 담배를 붙여 물었다. 역시 아무 소리도 없고 언덕을 개미처럼 기어 올라가던 사람들의 모습도 이제는 보이지 않았다.

"좀 있으면 비행기가 오겠지."

기훈은 일어서서 어슬렁어슬렁 걷기 시작한다. 연신 담배를 피우면서. 마포에서 용산 쪽을 향해 간다. 기훈은 언덕막 앞에서 걸음을 멈춘다. 그는 옥수수 알맹이를 다 따 간 옥수숫대 옆에 껍질, 빨간 옥수수 수염이 널려 있는 뒤쪽의 굴속을 가만히 들여다본다. 인민군 둘이 세상 모르게 녹아떨어져 있었다. 파뿌리같이 세어버린 얼굴에 땀을 흘리며 땅바닥에 그냥 쓰러져 자고 있었다. 햇볕을 못 본 얼굴, 죽은 사람 같다. 그러나 해가 지고 밤이 오면 굴러 있는 모자를 찾아 쓰고 수천 명의 부역꾼들을 몰고 모래밭으로 나갈 것이다. 강을 메우고 남쪽으로 내려가는 수송 열차의 선로를 만들기 위해. 기훈은 오랫동안 그 인민군의 잠든 얼굴을 내려다보다가 발길을 돌린다.

"전쟁은 막바지구나. 대체 승산은 서 있는가?"

B호텔 스카이라운지에서 있었던 서울 입성의 축하 파티는 호화로웠다. 양주 글라스를 부딪치며 머지않은 승리를 다짐할 때 멀리서 오 사장, 아니 오영환이 기훈을 지그시 보고 있었다. 그는 글라스를 들고 웃음과 흥분이 소용돌이치는 사람들 사이를 누비며 창가에 기대어 글라스를 든 채 담배를 피우고 있는 기훈이 옆으로 다가왔다. 서로 서울에 있는 줄 알면서 자리를 함께하기는 처음이다.

"하 동무."

"왜 그러시오?"

마치 어제도 만나고 그제도 만났던 사람처럼.

"이 축배 동무를 위해 들고 싶소."

"고맙군."

"그렇게 신기할 수가 있소? 계단에서 굴러떨어져 죽다니."

"오늘의 영광을 내게 주기 위해서."

기훈이 빙그레 웃자 오영환을 글라스를 부딪치고 죽 들이켠다.

"어디 그뿐인가? 조금만 늦었어도 동무는 체포되었을지도 모르고."

"그렇죠. 당신도 애인 얼굴 못 보게 되었을지도 모르고."

오영환은 쓰디쓰게 웃는다.

"얼굴이 안됐구려. 고생했소?"

오영환은 얼굴을 찡그리며,

"위장 탈이 나서, 영 소화가 안 된다 말이오."

"신경을 몹시 썼군."

기훈의 말에 그는 힐끗 쳐다보았다.

그러나 지금은 공산주의자들이 손과 손을 맞잡고 힘 있게 흔들며 위대한 인민의 해방전을 찬양하면서도 그들의 눈은 불안하게, 거칠게 흔들리고 먹을 것만 찾아 미친 듯 헤매는 인민들에게 불신과 적의에 찬 노여움을 터뜨리고 있는 것이다.

홈대를 타고 내려오는 낙수 소리가 단조로운 음악처럼 들려온다. 이따금 바람에 빗발이 흩어지는 소리가 들려오기도 한다. 기훈은 돌아누웠다가 몸을 돌려 반듯이 눕는다.

노크를 하고 덩치가 커다란 사나이가 들어섰다.

"누가 찾아왔습니다."

기훈은 눈을 감은 채 묻는다.

"본부에서 왔소?"

"아닙니다. 어떤 부인네가."

"어떤 부인네?"

되뇌는데 감은 눈 앞에 가화 얼굴이 휙 스친다. 마치 돌팔매와 같이 일직선으로 나타난 얼굴이다. 그 암살 계획이 불필요하게 된 이후, 아니 길에서 한 번 만난 후 기훈은 가화를 찾아간 일도 없었거니와 가화를 생각해본 일조차 없다.

"나를 찾아올 여자는 없소. 돌려보내시오."

기훈은 눈을 감은 채 명령한다. 구둣발 소리가 들린다. 발소리는 도어 앞에서 멎는다.

"장 동무."

기훈은 급히 불러 세운다.

"네?"

도어를 밀고 나가려던 덩치 큰 사나이는 돌아섰다. 그리고 핏물이 괸 듯 짙붉은 기훈의 눈을 응시한다.

"그 여자의 행색이 어떻습디까?"

사나이는 갑자기 변한 기훈의 태도에 어리둥절해하며,

"글쎄요, 중년 부인인데 보통으로……."

"중년 부인? 보통으로……."

먼 곳을 바라보는 듯한 표정으로 뇐다.

"안내하시오."

젊은 사나이는 나간다.

"누구든지 상관있나?"

기훈은 일어나 앉아 깍지 낀 손을 뒤통수에 얹고 하품을 한다.

덩치 큰 사나이를 따라 들어온 사람은 석산 선생의 부인 김 여사였다.

"아아, 사모님이세요."

기훈은 천천히 몸을 일으킨다. 그리고 핏물이 괸 듯 짙붉은 눈이 김 여사를 바라본다. 삭막한 그 얼굴을 보자 김 여사는 뒷걸음질 친다.

옷자락과 손에 들고 온 검은 우산에서 물방울이 똑똑 떨어져 마룻바닥에 점을 찍는다.

"장 동무는 나가시오."

사나이가 나간 뒤,

"앉으시죠."

기훈은 선 채 맞은편 의자를 손가락으로 가리켰다. 김 여사는 말뚝처럼 서서 기훈을 바라본다.

"왜 내가 기훈이를 찾아왔는지 알지?"

속삭이듯 낮은 목소리.

"알고 있습니다."

"우리 집 선생은 어디 계시나?"

"말씀드릴 수 없습니다."

"우리 집 선생은 어디 계시나?"

김 여사는 기훈의 말 따위는 듣지 않았던 것처럼 되풀이하며 묻는다. 그러면서 기훈의 얼굴 위에 일어나는 변화를 하나도 놓치지 않으려고 눈 한 번 깜박이지 않는다.

"말씀드릴 수 없습니다."

"기훈이, 하군."

일시에 김 여사는 무너지듯 의자에 주저앉으며 신음한다.

"이야기해주게. 어디 있는가, 상부 사람들이 두려워서 그러겠지? 나 자네한테 들었다는 말 안 하겠어. 우리 집 선생은 지금 어디 있는가? 난, 난 비밀을 지키지. 꼭 지킬 테야."

"말씀드릴 수 없는 것은 제 생각입니다. 저는 누구를 두려워하고 있지 않습니다."

"그, 그럼 그이는, 그이는 돌아가셨는가?"

바람을 마신 듯 김 여사의 양 볼이 불룩불룩 움직인다.

"바른대로 말해주게. 도, 돌아가셨다고 그, 그렇게 말해주게."

"선생님은 무사하십니다."

김 여사는 기훈이 거짓말을 하고 있지 않다는 것을 그의 눈빛에서 확신한다. 비로소 그는 눈물을 흘린다.

밖에는 아직도 비가 내리고 있었다.

창문을 흔들어주며 이따금 트럭이 달려가는 소리가 들려온다. 기훈은 새삼스럽게 방 안을 둘러본다. 몇 달 동안 드나들던 곳을 처음 찾아온 사람같이 둘러본다. 소파에는 흰 커버가 씌워져 있었고 흰 벽에는 인체 해부도가 붙어 있었다. 수술기를 넣는 유리 케이스에는 가위 하나 없이 빈털터리, 병원 임자는 어디로 갔는지. 다만 소독 냄새만이 아직도 풍기고 있었다.

"기훈이, 나는 자네를 믿고 있어."

김 여사는 흐느끼며, 뼈마디가 굵은 손등으로 눈물을 닦으며 말한다.

"제발 그 양반을 살려주게. 우리가 북만주 땅에서."

하다 말을 못 하고 다시 흑흑 흐느껴 운다.

"북만주 땅에서 같이 지내던 정리를 생각해서라도 안 그런가, 기훈이. 밀가루를 사다가 난로 위에 호떡만 구워 먹지 않았나? 우리는 한겨울을 보내면서…… 눈이 녹는 늦봄엔 집이 무너질까 봐서…… 우리는 잠도 못 자고 밤을 새운 일도 있었고, 마차를 타고 셋이서 하얼빈으로 도망가던 날 자네는 외투를 벗어서 나에게 입혀주었지. 눈보라 속에 우리는 한 덩어리가 되어 울지 않았나. 그 만주 벌판에서 굶으며 같이 살아온 우리가 이렇게 될 줄이야…… 기훈이 마음먹기에 따라서…… 옛날 일을 생각해주게. 그 양반이 무슨 몹쓸 짓을 했다고, 공산당 욕 좀 했기로서니 본시 입이 험해서 그렇지 속마음이야 어디 그런가? 해방이 되어 그렇게 못살게 굴던 형사 놈을 길거리에서 만나도 뺨한 번 못 때리는 어진 양반 아니던가."

기훈의 굳게 다문 입술은 냉엄했다. 그러나 그의 눈빛은 방황하고 있는 것을 김 여사는 느낀다. 눈보라 치는 북만주 벌판을 기훈은 방황하고 있는 것일까.

"약속해주겠지? 음, 그이를 살려주겠다고."

"……."

"약속해주게, 기훈이."

"약속할 수 없습니다."

눈은 북만주 땅을 방황하고 있는 것일까. 그러나 입에서 나온 말은 결정적이다.

"아니, 아니 자네는 약속할 수 있다."

"오직 그것은 석산 선생 마음에 달려 있는 일입니다. 사모님, 나는 옛날에도 공산주의자였고 지금도 공산주잡니다."

"그러나 자네는 옛날에 우리를 해치지는 않았다."

김 여사는 기훈으로부터 어떤 변화를 발견하려고 열심히 그의 눈동자를 주시한다.

"많은 사람들이 죽었습니다. 또 많은 사람들이 죽어갈 것입니다. 누구의 죄도 아닙니다. 본시부터 그렇게 되어 있으니까요. 우리는 석산 선생처럼 꿈을 꾸고 있지 않으니까요."
하다가 기훈은 스스로 잠꼬대 같은 말에 정신이 들었는지 얼굴이 굳어진다.

"돌아가 주십시오, 부인. 그 구식의 혁명가를 우리 쪽에서는 환영하고 있지 않습니다."

기훈은 일어섰다. 그와 동시에 김 여사도 용수철처럼 튀어 일어섰다.

"그런 소리가, 그런 소리가! 그래 이놈아! 넌, 넌 안 죽을 줄 아느냐!"

별안간 외친다.

"죽을 줄 알고 있습니다."

김 여사는 우산을 고쳐 든다. 흙빛이 된 얼굴, 그는 우산대로 기훈을 후려친다.

"이 천하에 의리 없는 놈아! 생벼락 맞을 놈아!"

잠시 멎었던 비는 다시 내리기 시작한다. 그리고 어둠을 일찍이 몰고 왔다. 등산모에 우장, 전지를 든 기훈의 얼굴을 빗발이 친다. 죽지가 부러진 박쥐 같은 풍차風車가 보인다. 희미하게, 아주 희미하게, 아니 풍차가 보였던 것이 아니었는지도 모른다. 그곳에 있겠거니 하는 기훈의 생각이었을 뿐인지도 모른다. 하늘과 건물은 구별되지 않았고 창문에서는 불빛 하나 찾아볼 수 없다.

전지를 비춰가며 층계를 밟는다. 숲속이라면 갈잎을 흔드는 바람 소리라도 있으련만, 조용하다. 쥐 새끼까지 피란을 갔나 싶으리만큼 아득한 정적, 어두운 복도, 사람이 있는지 없는지 방마다 문이 꼭 닫혀져 지나가는 기훈을 차갑게 지켜본다.

기훈은 가화가 이곳에 아직 남아 있으리라 믿지 않았다. 그러나 텅 빈 방을 상상하지도 않았다. 노크 없이 방문을 쑥 민다. 촛불이 흔들렸다. 그리고 기훈이 들이댄 전지, 동그란 광선 속에서 여자는 천천히 얼굴을 들었다.

전지를 끄며 나직한 목소리로 부른다.

"가화."

촛불이 흔들리는 데 따라 여자의 전신이 소용돌이친다. 희끄

무례한 양편 벽에 흔들리는 촛불에 따라 가화의 그림자가 수백 마리의 나비 그림자처럼 일렁인다. 기훈은 방 안으로 들어서며 방문을 닫았다.

"가화."

물방울이 떨어지는 우장과 모자를 재빨리 벗어 던진다. 가화는 몸을 일으켰다. 그때 치마폭에서 빵 한 조각이 마룻바닥에 굴러떨어졌다.

이제 촛불은 흔들리지 않고 똑바로 타올랐다. 그것을 사이에 두고 그들은 아득히 먼 곳의 사람들처럼 서로를 바라본다. 가화는 한층 몸이 작아진 것 같았다. 살아 있는 게 부끄러울 지경으로 여위어서.

기훈은 늙은 것 같았다. 여러 날 면도질을 하지 않아 수염이 자란 탓인가. 몇 날 몇 밤을 산을 타고 내려온 유격대처럼 거친 표정은 슬프기조차 했다.

"나를 잊어버렸나, 가화?"

기훈은 다가가서 가화의 두 손을 꼭 잡는다.

가화를 껴안고 메마른 입술에 입맞춤했을 때 기훈의 눈에 눈물이 흘렀다. 끝없는 적막이 그들을 감쌌다. 기훈이 팔의 힘을 풀었을 때 가화는 팔에서 미끄러지듯 마룻바닥에 주저앉는다. 그리고 소리 내어 엉엉 운다.

오렌지 빛과 검은빛, 황혼이 다 지는 강둑에서 본 강물, 검게 솟은 굴뚝, 산허리, 낚시꾼과 모래자갈, 뛰어가는 아이들, 금이

간 짙은 오렌지 구름— 지금은 촛불이 타고 있고 여자는 마루
에 쭈그리고 앉아 엉엉 울고 있었다.

기훈이 가화를 안아 침대 모서리에 앉혔을 때 그녀는 울음을
그쳤다.

"내 몸이 젖었지? 차지 않어?"

그 대답도 못 하고 가화는 어린애처럼 놓치지 않으려고 기훈
의 옷자락을 꼭 잡는다.

"어떻게 지금까지 살았지?"

"······."

말없이 심하게 가화는 머리를 흔들어댔다. 모르겠어요! 모르
겠어요! 하고 외치는 것 같았다.

"아아, 피곤해."

기훈은 어제 다녀갔던 사람처럼 말했다.

"푹 잠들고 싶어서 왔어."

기훈은 옷자락을 잡은 가화의 손을 살며시 밀어내고 발은 마
루를 디딘 채 침대에 가로누웠다.

"아—."

찢는 듯한 소리, 가화는 얼른 두 손으로 입을 막는다. 기훈이
벌떡 일어나 앉는다. 그리고 가화의 시선을 따라 그는 자기 허
리를 내려다본다. 권총, 그는 허리에 찬 혁대를 풀어 탁자 위에
내던진다. 권총 케이스 사이로 싸늘한 쇠붙이가 내보였다.

기훈은 무서운 얼굴을 하고 가화를 노려본다.

"왜 놀라는 거야!"

심장까지 얼어붙는, 그것은 틀림없는 북쪽의 붉은 세상 사람들의 그 목소리였다.

"당신은, 당신은……."

"나는 코뮤니스트다."

"……."

"왜, 두려운가?"

일어서서 가화 앞으로 한 발 다가선다. 가화는 뒷걸음질 친다. 다시 기훈은 다가간다. 물러서고 나가가고 가화의 등은 벽에 닿았다.

"저 권총으로 나는 수많은 반동들을 처치했다. 왜, 두려운가?"

그래서 어쨌다는 거냐…… 기훈의 모습은 먹이를 채려는 사나운 짐승 같았다.

"아아."

가화는 두 손으로 얼굴을 가린다.

"나는 아무도 사랑한 일이 없다. 나는 내 이념을 사랑했을 뿐이다. 내가 너를 찾아온 것은…… 그것, 그것은 바람이었다. 내가 아니다."

기훈은 가화의 팔을 확 잡아젖힌다. 가화는 그 손을 뿌리친다. 순간 기훈은 가화의 뺨을 갈긴다.

"이 지구에서 반동은 모조리 말살이다! 단 한 놈도 살아남을 수는 없을 것이다."

힘을 모으는 기훈의 입매가 뱅글뱅글 도는 것 같다. 부릅뜬 눈동자는 동그랗게 된 채 움직이지 않는다.

"거짓말! 거짓말예요! 그럴 리가 없어요."

가화는 기훈의 허리를 두 팔로 꼭 껴안는다.

"거짓말! 거짓말! 당신 그런 사람 아니에요. 아아, 아니 가지 마세요!"

수와 상황

"할머니가 여태 안 나으셨어요?"

빈 병만 굴러 있는 약실로 들어가며 여의사가 묻는다.

"영 못 일어나시네요."

진찰실 소파에 앉으며 지영이 대답한다.

"야단났군요. 뭐 약이나 제대로 있어야지. 아는 병이지만……
영양만 취하면 될 텐데……."

여의사는 이것저것 긁어모아 약봉지를 만들어가지고 나온다.

"식후에 한 봉지씩 잡수시도록…… 옆의 병원 댁은 아직 안
돌아오셨죠?"

"네. 민주선전실인가, 기관에서 쓰더군요."

"돌아오면 내주어야지."

300

여의사는 총명하게 빛나는 눈으로 지영을 쳐다본다. 얼굴에 잔주름이 눈에 띈다.

"그 양반이야 돈 받고 사람 고쳐준 죄밖에 더 있어요?"

하다가,

"어때요? 식량 준비는?"

"좀 있어요. 민청에서 나와가지구 가져갔지만……."

"큰일이에요. 전쟁이니 다소의 불법은 참을 수밖에 없지만…… 정말 전쟁은 불가피했을까……."

여의사는 고개를 설레설레 흔들며 모르겠다는 표정을 짓는다.

"여맹에서는 댁을 나오라 안 했어요?"

약봉지를 들고 그냥 우두커니 앉은 지영에게 묻는다.

"왜 안 그러겠어요. 어머니가 앓으시니까 못 나가죠."

여의사는 빙긋이 웃으며,

"못 나가는 게 아니구 안 나가는 거죠?"

서로 상대방의 눈빛을 살핀다.

"당분간 인텔리는 쓰일 겁니다."

"……."

여의사는 창문에 기대어 서서 밖을 내다보다가,

"지식인들은 남의 이익을 위해 스스로 이념을 선택하구…… 프롤레타리아는 자기 스스로를 위해 이념을 선택하구…… 그러나 어느 때인가는 그들에게 따돌려지고 마는 게 지식인들이죠.

낭만이 실리를 이겨낼 수 있나요? 자기 자신을 위하는 힘보다 남을 위하는 힘이 확실히 약하죠."

창문에 기대어 손끝을 들여다보다가 당신은 어떻게 생각하느냐고 묻는 듯 지영을 바라본다.

"저는 잘 모르겠어요."

하다가,

"배운 게 무슨 잘못일까?"

생각해보듯 중얼거린다.

"배운 게 잘못이 아니라, 부르주아이기 때문에 배울 수 있었다는 그 점이 중요하죠. 즉 계급의식 말입니다. 그리고 또 한 가지, 비교할 수 있는 능력, 회의하는 따위, 그러면서도 지식인들은 사실 철이 없거든요. 그들에게는 이상이며 꿈이지만 노동자들에겐 현실이지요. 남한의 부르주아들이 현실주의자인 것과 마찬가지로 철없는 이상주의자들은 충분히 경계할 만도 하지."

"바깥 선생님은……."

"네, 열렬한 공산주의자였죠. 그래서 남반부의 감옥에서 없어졌습니다."

여의사의 눈이 번득였다.

"그런데?"

"그런데 왜 비판하느냐 그 말씀이죠? 확실히 옛날에는 나도 친공? 적어도,"

쓸쓸하게 웃다가 다시,

"학살당한 혁명가 남편을 팔아먹기도 싫고, 추켜세우는 것도 싫어요. 내 남편을 죽인 자들을 오래오래 미워하겠지만 선전 구호처럼 유가족을 위로하는 그들도 싫더군요. 죽음까지 이용을 당하고 있는 것 같아서. 훈장이 가족들의 허영을 만족시키고 국가의 선전용이 되는 것 용서할 수 없어요. 저의 기분으론 없어지면 그만인 거예요. 그것으로 끝장이죠. 무명용사의 무덤이 어데 있어요? 또 화려한 무덤이 있으면 뭘 하겠어요? 나와 내 자식이 때때로 그분을 생각해주면 고만이지. 뭐 그렇다고 해서 내가 공산주의를 비판하는 건 아니지요. 어느 사회나 마찬가지 아니에요? 다만 이쪽이나 저쪽이나 계급의식은 어쩔 수 없고 그점에 있어서 지식인들은 철없고 어리석다는 거예요. 이상과 목적은 달라요. 내 남편은 이상 때문에 죽었고, 지금 그 사람들은 모두 목적을 위해 모든 것을 하고 있지 않아요?"

"목적과 이상이 뭐 그리 다르겠어요?"

여의사는 큼직하게 생긴, 살이 적은 손길로 두 볼을 감싼다.

"목적은 숫자, 이상은 상황, 어느 게 정확하겠어요? 확실히 숫자가 정확하죠. 아 참, 시장에 생선이 있더군요."

"네?"

지영은 멍하니 쳐다본다.

"할머니에겐 약보다 그게 정확할 거예요."

여의사와 지영은 동시에 아무 이유도 없이 웃는다.

"한강에서 그물로 떴나 본데 비린내만 나고 맛은 없어요."

"그럼 시장에 가봐야겠군요."

지영이 일어선다.

"가끔 놀러 오세요."

여의사는 따라오며 말했다.

"오죠. 안녕히 계세요."

지영은 시장을 몇 바퀴 돌았으나 여의사가 말하는 생선은 없었다. 약봉지만 들고 지영은 집으로 돌아온다.

윤씨가 마루 끝에 쭈그리고 앉았다가,

"아가."

소리를 낮추며 부른다.

"이게 뭐예요?"

지영은 마루 구석에 놓인 이불 보따리 같은 것을 보며 묻는다.

"시끄럽다. 큰 소리 하지 마라. 건넛집 할머니가 갖다 놨다."

"……?"

"문안에 있는 사돈댁이 큰 부자란다."

"……?"

"이번에 사위를 따라 피란 가면서 못 가지고 가고 그냥 두었다는데 할머니 사돈댁 막내딸의 혼숫감이란다. 인민위원회서 자꾸 조사가 나와서 마음이 안 놓인다고 갖다 놨지. 시골에 다 가지고 가고 제일 못한 것만 남겨놨다는데도 양단이 필필이 쌓여 있고 인조 나부랑이 하나 없구나. 얼마나 부자믄……."

윤씨는 황금덩이를 눈앞에 대한 듯 눈을 크게 벌렸다.

"약이나 잡수세요. 괜히 그런 것……."

"아니다. 양단이 필필이, 엄청나게도, 얼마나 돈이 많으믄……."

안방에서 앓는 소리가 들려온다.

"내가 오래 살아얄 긴데 너거들을 누가 거두겠노. 음, 아이구 음, 정신을 차릴 수 있어야지."

지영은 마루 끝에 앉아 있었다. 햇볕을 못 본 얼굴이 치자꽃 빛깔이다.

하늘은 아른아른 묻어날 것 같았다. 물감을 풀어놓은 듯 푸르고 아름답다.

"아이구, 이놈의 세상, 아파도 약이 있나, 병원이 있나. 희야, 엄마 어디 갔노?"

윤씨는 또 앓는 소리를 내며 지영을 찾는다.

"엄마 마루에 있어."

"음, 음, 너거들 밖에 나가지 마라. 비행기 온다."

"비행기 오믄 우리 죽지? 응, 할머니."

광이의 혀 짧은 소리다.

"음, 큰일 나지. 할머니 옆에 가만히 있어라. 아이구, 에미가 이리 아프다 해도 말 한마디 없고, 어짜믄 그렇게 인정머리도 없을꼬."

매일 오는 손님처럼 B29가 나타났다. 지영의 머리 위를 지나간다. 한강 변두리, 이곳저곳에 숨겨둔 고사포가 요란하게 신경질적으로 포를 쏘아 올린다. 하늘 한가운데 불꽃놀이처럼 흰 구름이 퐁퐁 터진다. 검은 깨알 같은 폭탄이 씨앗 주머니에서 발가지는 듯 두 개씩 짝을 지어 비행기에서 떨어진다. 비행기를 보다가 부엌 옆의 울타리 아래 있는 빈집을 지영은 바라본다. 반쯤 쓰러진 낡은 한식 기와집에는 사람도 없고 문짝 하나 남아 있지 않았다.

　집이 와락와락 흔들린다. 온 동리가 흔들린다. 빈집은 기운 채 쓰러지지 않았다. 그리고 그뿐이다. 이제는 고사포도 악을 쓰지 않았다.

　초가을—아직은 쓰르라미가 운다. 밤에는 마루 밑에서 귀뚜라미가 우는데. 뜰에는 봄에 모종한 샐비어가 타는 듯한 붉은 꽃을 피우고 있었다. 채송화도.

　하늘에는 마술사가 놓아준 한 쌍의 새같이, 나는 유리상자같이 멀리멀리 폭격을 끝낸 B29가 떠내려가고 있다.

　동쪽에서 서쪽으로 돌아가는 햇빛을 따라 우물가의 버드나무가 여러 가지 빛깔로 변한다. 차츰 언덕에서, 강가에서 어둠이 온다. 지영은 안방으로 들어가 재킷을 걸쳐 입는다.

　"또 부역 나가나?"

　윤씨가 후유 하고 일어나 앉으며 묻는다.

　"나가야죠."

"안 아프믄 내가 나갈 긴데. 사람 모인 데는 위험하다. 비행기도 온다 안 카나. 밤인데 누가 아나, 살짝 빠져나오너라."

윤씨는 퀭하니 뚫린 눈과 마찬가지로 입을 벌리고 지영을 올려다본다. 사람의 기척 없는 빈집 앞을 지영은 삽을 들고 지나간다. 이발소로 돌아가는 골목에서 아이를 밴 순경 색시가 삽을 들고 나온다. 그들은 말없이 어둠 속을 함께 걸어간다. 인민위원회 앞에 모인 한 덩어리의 사람들은 둑을 향해 떠난다. 이 마을 저 마을에서 삽과 가마니를 든 무리들이 밀려 나와 둑을 넘어간다. 언달아 넘어간다. 공사장에는 사람들이 가득 들어차서 뭉클한 열기를 뿜고 목이 쉬어버린 인민군이 소리소리 지르며 일터로 사람을 몰아댄다.

어둠 속에 커다란 무리가 움직인다. 흙을 넣은 가마니는 수없이 강물 속으로 들어간다. 강바람이 숲속을 흔들어주고 그 숲의 잎들이 와삭와삭 부딪는 소리가 들려오는 듯. 모든 것을 뒤덮어준 어둠. 수천 명의 사람들이 모여들었는데 아무도 없는 벌판 같다.

지영은 일손을 멈추고 삽을 짚으며 별이 뿌려진 하늘을 올려다본다. 몸은 별이나 강물, 수풀같이 자기에게 있지 않고 마음만 바닷속의 바다풀처럼 출렁이고 황폐한 무덤에서 뻗치는 푸른 섬광처럼 타고 있는 것 같다. 어느 곳으로 누구를 향해 출렁이며 타고 있는 것일까. 오직 안으로, 안으로만 출렁이고 넘치고 타고 하늘과 땅 사이 고독한 마음을 꽉 잡고 있다는 기쁨이.

"흥! 저희들은 자빠져 자고 우리만 하기야!"

부역꾼들이 소리를 죽이며 불평한다. 마을의 부녀자들을 끌고 나온 여맹원 간부들은 낮의 활동에 지쳤는지 수풀 속에 쓰러져서 잠을 자고 있었다.

"피보리라도 한 됫박 주고 일을 시켜야 할 것 아닌가. 전쟁에 죽는 놈들보다 굶어 죽는 놈이 더 많겠다."

"쉿! 괜한 소릴……."

어둠 속에 커다란 무리가 움직인다. 흙을 넣은 가마니가 수없이 강물 속으로 들어간다.

"매일 비행기가 오는데 개미 떼처럼 달겨 붙어서 강을 메우면 뭘 하누."

"주먹하고 총하고 쌈이 돼?"

"B29는 하늘 꼭대기에 있는데 머리 위에서 고사포가 펑펑 터지니 우리가 봐도 우습더라. 전쟁을 할라 카면 비행기끼리 붙어야지."

"비행기다!"

비행기의 폭음이 심장을 흔들어주고 어둠을 흔든다. 사람들은 모두 일손을 멈추고 그림처럼 움직이지 않는다.

"뭘 하는 거요! 빨리빨리!"

인민군은 목쉰 소리를 지른다. 마침내 어둠은 한낮으로 변했다. 조명탄이 강변에 하얗게 깔린 사람들을 비춰준다. 하얗게 깔려 있다. 하얗게 못 박힌 듯 사람의 덩어리는 움직이지 않았다. 한 사람이 둑을 향해 달아난다. 덩어리는 확 흩어진다. 아우성이 강변을 뒤덮는다. 지영은 달아나는 사람들에 밀려 숲으로 들어갔다. 나무 한 그루 없는 잡초만 우거진 곳에. 그러나 조명탄의 둘레에서 빠져나갈 수 없다. 아무리 발버둥 쳐도 그 빛에서 자기 모습들을 감출 수는 없다.

"따따따……."

저공비행을 하며 비행기는 기총소사를 퍼붓는다.

많은 사람들이 죽었다. 조명탄은 꺼지고 비행기는 돌아갔다.

인민군은 날이 밝기 전에 예정된 일을 끝내기 위하여 쉬어빠진 목소리를 짜내며 미친 듯 사람들 뒤를 쫓고, 강물과 언덕의 숲은 어둠과 침묵을 지키고 있었다.

새벽에 지영은 강둑을 넘어 집으로 돌아왔다. 희미한 어둠 속에 유령같이 윤씨는 마루에 나앉아 있었다. 아침과 점심 두 끼를 윤씨와 아이들에게 챙겨주고 지영은 나머지 시간을 잠자는데 보낸다. 저녁때가 가까워지자 부시시 일어난 그는 우물가에나가 세수를 하고 우물 속을 들여다본다. 우물에 비친 얼굴은 거울에 비친 얼굴보다 훨씬 아름다웠다.

'나르시스가 자기 얼굴에 반한 건 무리가 아냐. 어디서 지금 전쟁을 하고 있지?'

그는 아이처럼 오래오래 우물 안을 들여다본다.

문을 열고 누가 들어온다. 꿈꾸는 듯한 눈을 들고 지영이 돌아본다.

"아아, 아주버니."

기훈이 무거운 미소를 띠며 지영에게 눈인사를 보낸다.

"모두들 안녕하세요?"

"네, 아무 일 없어요."

지영은 급히 대답하고 당황하며 마루로 걸어간다.

"기석이는 내려갔습니까?"

"네. 오늘은 토요일이 돼서 아마 올라올 거예요."

지영은 마루 앞에 가서 돌아서며,

"올라오시죠."

"아니 괜찮습니다. 여기 앉죠."

기훈이 마당에 놓인 걸상에 앉는다.

"사부인께서는? 어디 가셨습니까?"

"안방에 계십니다. 몸이 편찮으셔서."

"아이들은?"

"자나 봐요."

물어볼 말을 이제 다 했다는 듯 기훈은 건너편 울타리 없는
양옥집으로 눈을 돌린다. 옥수수가 이리저리 흔들리고 있었다.
테라스 앞의 등나무 잎이 누릿누릿 물들고 있었다. 깨끗한 모시
옷을 입은 노부인이 양은그릇을 들고 부엌에서 나와 뒤편 채마
밭으로 사라진다. 기훈은 혼자 있는 것처럼 조용히 숨을 쉬고
있었다.

건넛집 뜰을 오랫동안 바라보고 있던 기훈은 천천히 얼굴을
돌렸다.

“식량 준비는 돼 있습니까?”

하고 묻는다.

“네.”

기훈은 생각에 잠긴다.

“민청에서 나와가지고 뒤주의 쌀을 다 퍼 갔지만 어머니가 지
하실에 숨겨놓은 쌀이 있어서.”

기훈은 그 말을 듣고 있지 않았다. 골똘히 무슨 생각을 하고
있다.

“그렇지만 전쟁이 빨리 끝나지 않으면 야단이에요.”

“빨리 끝날 겁니다.”

“어떻게요?”

어떤 결과로 어느 쪽의 승리로 끝나겠느냐는 노골적인, 기훈
은 빤히 지영을 쳐다본다.

“어떻게 끝날 것 같습니까?”

오히려 반문한다.

“글쎄요. 제가 어떻게…… 비행기가 자꾸만 오구…… 매일 한
강으로 일하러 나가지만 전쟁은 그냥 계속되구 있지 않아요?”

대답이 없다. 한참 만에,

“한 가지 부탁이 있는데,”

전쟁 얘기는 잊어버린 듯 딴전을 피웠다.

“제수씨께서 사람 하나 맡아주시겠습니까?”

“네?”

"어떤 여자 한 사람을……."

하다가 말끝도 맺지 않고 다시 생각에 잠긴다. 부탁하기가 미안
해서 그러는 것 같지도 않다.

"어떤 분인데요?"

"네?"

자기가 한 말을 잊은 듯 기훈은 다시 지영을 가만히 쳐다
본다.

"아아, 역시 그만두는 게 낫겠군요. 내버려둡니다. 내버려
두죠."

일어섰다. 지영도 같이 따라 일어서며,

"저희들은 괜찮아요."

기훈은 뜰 안을 이리저리 걸어보면서,

"전쟁은 비참한 것만도 아닌 모양이죠?"

"어째서요?"

지영의 목소리가 또렷하다.

"단순해져서 말입니다. 먹을 것만 찾는데도 짐승 같지 않고
도둑질을 하는데도 도둑놈 같지 않고 사람을 죽여도 살인자 같
지 않으니 말입니다. 여자들은 화장도 안 하고 누추한데 가장
여자다워 보이거든요."

기훈은 지영을 가만히 노려본다. 지영은 당황하며 얼굴을 피
한다.

"어쩌면 모든 사람이 적건 많건 전쟁 도발자인지도 모를 일이

지…… 죽이고 싶고 날뛰고 싶고 옷을 벗어 던지고 싶어서.”

지영은,

“전 잘 모르겠어요.”

“모르실 겁니다. 모르셔서 좋습니다.”

별안간 껄껄 웃는다.

“그럼 가볼까요. 아이들 한번 보려고 왔었는데.”

흐린 하늘에서 갑자기 해가 드러난 듯 지영은 잠시 머릿속이 띵했다. 기훈의 말은 슬픈 것이었다. 그러나 상쾌한 웃음소리에는 용수철과 같은 강한 것이 울린다.

기훈이 발길을 돌렸을 때 기석이 마침 자전거를 끌고 들어선다. 기훈을 보자 무척 반가운 빛을 띤다.

“어, 억.”

당황하여 세우려던 자전거를 넘어뜨린다. 그의 몸도 쏠렸다가 겨우 바로 서며 손등으로 땀을 씻는다.

“막 가려고 했는데 마침 잘됐군.”

기훈은 뜰에 놓인 걸상에 도로 주저앉으며 담배를 꺼낸다.

기석은 자전거를 일으켜놓고 안경을 밀어 올리고 머리를 걸어 올리며 기훈 옆으로 다가온다.

대뜸 그는,

“형님, 이민이란 사람 아세요?”

하고 묻는다.

“이민?”

"○○국 세포조직으로 떠들썩했던 사람 말입니다. 전에 저하고 같이 있은 일이 있죠."

"그래서?"

동생을 쏘아본다.

"그 사람 형님을 알고 있더군요. 숭배하는 사람 중의 한 사람이라고 하면서."

"그자가 날 언제 봤다고 그런 주제넘는 소리를 해."

씹어뱉듯 불쾌한 표정이다. 그러나 기석은 왠지 서둘러대며,

"이민이가 굳이 권하는 바람에 저 입당원서 냈습니다."

"뭐? 입당원서?"

"네, 입당원서."

"언제?"

"얼마 전에."

"바보 같은, 넌 입당할 자격이 없다. 입당은 허락되지 않을 것이다."

팩 소리를 지른다. 노한 얼굴을 처음 보는 지영이 움찔하고 놀란다. 이마에 파란 핏줄이 부풀어 그의 얼굴은 무서웠다.

"나도 허락되지 않기를 바라고 있습니다. 정세는 매우 불리하니까요."

"정직해서 좋다. 비겁해서 좋단 말이다!"

노한 얼굴에 쓴웃음을 띤다.

"일본서 넌 감옥살이한 걸 잊어버렸나?"

"그건 사소한 사건으로."

"그게 사건이냐? 불평이지. 너 같은 바보는 불평을 해도 안 된단 말이야. 하물며 입당원서를! 불평은 일 년의 미결로 보상했지만 입당원서는 일 년간의 감옥살이로도 안 된단 말야!"

기석의 얼굴이 질린다.

"비겁한 자에겐 반드시 교활함이 따라야 한다. 그런데 너에겐 그게 있느냐?"

"어째서 제가 비겁합니까!"

어떤 불안감에서 화를 낸다.

"공산당원으로서의 신념이 있느냐? 물론 너는 입당되지 않을 것이다. 절대로. 다만 얄팍한 이민인가 하는 자에게 놀아났을 뿐이다. 너의 개인주의는 타고난 천성이지만 그 천성을 지키려거든 이런 혼란 속에서 철저히 교활하든지 아니면 바보처럼 굴고 있는 거야."

"나는 내 자신에 성실할 수밖에 없습니다."

헛소리처럼 된다.

"그게 너 자신에 성실한 짓이냐?"

따지고 든다.

"나는 분석하고 계산할 수 없어요. 나는 아무것에도 속해 있지 않습니다. 내가 하고 싶은 일을 열심히 하고 내 가정을 지키기 위해서…… 나는 입당하려 생각했을 뿐이니까요. 나에게는 그 어느 편하고도 투쟁할 이유가 없어요."

"평화 시절이라면 가장 모범적인 프티부르주아의 생활신조다. 허나 그것이 조금만 흔들려도 너는 개죽음을 하게 된다. 알겠느냐? 넌 분명히 공산당원이 될 수 없는 인간이다. 넌 반동분자다. 만일 남반부의 전부가 해방되고 전쟁이 끝난다면 난 너를 어느 구석의 탄광에 보내겠다. 그러나 지금은 너에게 형으로서 충고한다. 마지막 말이라 생각하고 잊지 말라. 너 자신의 보존을 위해 네 가족들의 보존을 위해 다음부터는 내 이름을 들먹이지 말란 말이다!"

지영과 기석은 말뚝처럼 우뚝 서 있는데,

"내 이름을 들먹이지 말어."

기훈은 낮게 소곤거리듯 말하고 간다 온다 말도 없이 가버렸다.

후퇴

나무 그림자를 받고 광 앞에 서 있는 소녀는 머리를 양쪽으로 갈라서 땋아 늘어뜨리고 있었다. 해어진 운동화에 마른 흙이 부슬부슬 떨어질 것 같이 묻어 있다. 소녀는 조그마한 소리만 나도 눈이 휘둥그레지곤 한다.

마루에 걸터앉은 윤씨가,

"세상에 얼마나 놀랬겠노. 나룻배를 타고 있을 때 비행기가 왔으니. 정말 이러다간 다 죽지, 다 죽어. 사람이 아파도 의사가 있나, 약이 있나."

남방셔츠를 입은 점잖은 노인이 넓은 이마를 문지르면서,

"무리한 청을 드려서 영 안됐습니다."

"별말씀을…… 가는 도중에 공습이나 없었음 좋겠습니다만."

자전거 타이어에 바람을 넣으며 기석이 대답한다. 공습이라는 말이 나왔을 때 노신사의 눈이 번쩍했다.

희미한 희망을 가져보려는, 그러나 그것은 잠시, 다시 얼굴이 흐려지며 말한다.

"공습보다 조사나 심히 하지 않을는지 그게 걱정이군요."

"제가 함께 가니까, 너무 염려 마십시오."

기석은 그들을 안심시킨다. 노신사는 양미간을 모으며 딸을 바라본다. 코언저리에 잔주름이 모여든다.

"그곳도 안심할 순 없다만…… 서울보담 낫겠지."

딸을 달래듯, 스스로 마음을 놓으려는 듯, 그러나 초조와 불안이 주름 사이마다 끼어들어 히물히물 움직이는 것 같다. 지영은 우물가에 아이들하고 함께 앉아서 광 앞에 서 있는 소녀를 바라보곤 한다.

"이놈의 전쟁이 언제 끝날는지. 어디로 데리고 가는지도 모르고 자식들을 내보낸 부모의 간장이 오죽하겠습니까."

신발을 찾아 신고 다가오며 윤씨가 중얼거린다.

"이거 영 죄송합니다."

노인은 윤씨에게 허리를 굽힌다.

"거긴 시골이니까 서울보다는 좀 안 낫겠습니까? 잘 생각하셨습니다. 오라버니 댁인데…… 뭐 처녀애들도 다 뽑아 간다니까. 우리도 아이아범을 보내놓고 나면 올 때까지 마음을 태우지요. 인천 가는 길에 폭격이 있었다는 소문만 들어도 가슴이 방망이질을 안 합니까? 이웃에서 맷돌 가는 소리만 나도 비행기가 오는 것 같고……."

"기막히는 세상을 만났지요."

노인은 눈치를 살피며 말했다.

"우리가 인천 살 때는 정 소장님 신셀 많이 졌습니다. 우리 희가 아플 때도 먼 데서 찾아오셔 가지고 주사 놔주시고."

"그 애가 본시 의사지요. 그런데 다시 화학을 전공했습니다."

무겁게 가라앉은 노인 얼굴에 엷은 미소가 떠오른다.

"그럼 다녀오겠어."

기석은 분주히 머리를 걷어 올리고 또 안경을 밀어 올리며 자전거를 밀어낸다.

노신사와 소녀는 그들을 문밖까지 바래다주는 윤씨와 지영에게 인사하고 기석의 뒤를 따랐다.

"비라도 한줄기 퍼부었으면 애아범 갈 동안만…… 하늘이 매롱매롱해가지고 비 올 생각도 안 한다. 비 오는 동안엔 비행기가 안 올 긴데."

어둠이 흔들흔들 흔들린다. 코 고는 소리에 따라 더욱 크게 흔들린다. 낙동강 하류가 가덕도 앞을 지나가는 윤선 속에 누워 있는 것 같다. 올라갔다 내려오는 둥근 선창船窓, 눈을 감으면 그런 것이 보인다.

지영은 코를 고는 윤씨의 어깨를 흔든다. 코 고는 소리가 멎는다. 지영은 더듬더듬 더듬어서 성냥과 초를 찾아 불을 켰다. 어둠 속에 안개같이 칙칙한 빛이 퍼져 나간다. 촛불가에 동그라미를 그리면서. 윤씨는 다시 코를 곤다. 아이들은 가지런히 눈을 감고 마치 인형처럼 누워 있다. 지영은 아이들 코 밑에 손을 대본다. 따뜻한 숨결이, 지영은 다시,

"어머니."

하고 부른다. 윤씨는 돌아누우면서 언제나 버릇인 의젓한 기침을 하며,

"아가, 내가 또 코를 골더나?"

내가 자지 않았는데 무슨 코를 골았겠느냐는 투로 다시 에헴 하고 기침을 한다.

"정 소장 누이동생은 잘 갔을까?"

"아이도 참, 언제 일인데 새삼스럽게 묻노?"

"글쎄……."

"벌써 한 달, 두 달 전 일 아니가?"

"그렇지만 희야 아버지 올 때마다 물어보는 걸 잊어버려요."

"탈 없이 갔으니까 아무 말 안 하는 거지. 그 말 물어보려고

자는 사람을 깨웠나?"

"잠이 안 오고…… 그 일이 생각나네요."

"아이도 참, 난데없이 자다가 삼대 구 년 묵은 이야기를 잘하더라. 어서 자거라."

하고 돌아눕는다.

"어머니."

"와?"

"오늘 밤엔 병원에서 아무 소리 안 나지요?"

"밤마다 사람을 끌고 와서 몽둥이뜸질만 하다간 남아나는 사람이 어디 있겠나. 어서 자거라."

"왜 잠이 안 올까? 마음이 이상해요. 어지럽고……."

한강을 끼고 국군과 인민군이 싸움을 할 때 옆집 병원 지붕에는 구멍이 뚫렸다. 그 집의 부인은 밥을 푸다가 주걱을 솥에다 걸쳐놓은 채 식모를 데리고 남편이 내려간 고향으로 달아났다. 피란에서 돌아온 이웃의 무직자들이 알뜰히 장만한 그 댁의 의복을 보따리 보따리 싸내어 서울 남대문시장에다 팔아먹는다는 소문이다. 그 좋지 못한 혐의자의 한 사람이 바로 병원의 뒷집 사나이다. 그는 등산모를 비스듬히 쓰고 건달 같은 모습으로, 실상 그리 악인같이 보이지는 않았지만 기석이 집에 오는 날이면 슬그머니 찾아와서 지껄이고 간다.

"아 △△△가 비밀당원이었죠. ○○○도 그랬고."

그는 제법 소식통인 양 떠벌였으나 △△△, ○○○은 반공 선

봉에선 거물인 정부 요인으로서 도저히 믿을 수 없는 말이었
다. 사나이의 이런 거짓말은 오히려 귀여운 편이며 그의 아낙의
뱃심에 비하면 아무것도 아니었다. 그의 아낙은 그림자처럼 매
일 지영의 집에 나타났다―병원집과 지영네 집 사이의 울타리
가 쓰러졌으므로 그 뒷집에 사는 그는 마음대로 드나들 수 있
었다―.

그 아낙은 집임자에게 한마디 말도 없이 우물가에 앉아 빨래
도 하고 김칫거리도 씻었다. 우물가에 너저분한 쓰레기를 늘어
놓고 그는 그냥 가버린다.

"동네 우물인가, 온다 간다 말도 없이 뻔뻔스럽기는. 남의 집
에 와가지고 사람을 봐도 본체만체 기가 막혀서."

언제나 윤씨는 그가 가버린 뒤 화를 낸다. 다른 때 같으면 깔
끔하고 인사성 바른 윤씨가 여자에게 한마디 했을 것이다. 다른
때 같으면 그런 일도 있을 수 없지만. 윤씨는 세상이 세상인 만
큼 참자니까 속이 뒤집혀진다는 것이다. 그러나 윤씨는 그 여자
를 차츰 두려워했다. 그 배짱에 기가 꺾인 것이다.

그들은 실직자에다가 남의 곁방살이, 난리가 나기 전만 해도
굶는 일이 많았다는데 지금은 두 내외가 포동포동 살이 쪄서 말
끔하게 보였다. 마을 사람들은 경찰관으로서 피신한 그들의 주
인집과 병원을 털어서 잘 먹고 사니 만일 전쟁이 없었음 어떡할
뻔했느냐고 쑥덕거렸다. 그렇다고 해서 그들은 앞장서서 인민
군을 찬양하는 것도 아니었다. 사나이만 해도 사람의 눈빛 보아

가며 이야기의 방향을 적당히 돌려버린다. 아낙은 벙어리같이 말이 없고 푹 꺼진 커다란 눈을 보면 정말 벙어리가 아닌가 싶지만 어쩌다 말이 나오면 다부지고, 어찌나 야무졌던지 마을 사람들은 지레 겁을 먹고 말을 붙이기를 꺼려했다.

병원집은 지붕에 구멍이 뚫려졌지만 워낙 집이 튼튼하여 별난 피해는 없었고 얼마 후 그 집은 기관에 접수되어 민주선전실이라는 간판을 내걸게 되었다.

"우물에서 세수 좀 해도 되겠습니까?"

국민학교 교사같이 보이는 민주선전실의 책임자가 지영에게 공손히 물었다.

"네, 하세요."

영양부족인지, 혹은 옥고를 겪었는지 얼굴빛이 창백하고 입술이 하얗게 바랜 선량한 사나이였다.

"연안서 오셨다구요?"

"……?"

"할머니가 그러시더군요. 고생하셨겠습니다."

"고생이야 다 하는걸요."

"민주선전실에 오르간이 있어요. 심심하시면 오셔서 치세요."

그는 우쭐해서 마을을 누비고 다니지 않았다. 얼마 후 그는 의용군에 나갔다고 했고 성질이 팔팔한 그의 후임자는 지영의 식구들에게 적의를 나타냈으며 강한 바람을 몰고 뜰 안을 왔다 갔다 하는 것이었다.

소수의 과격분자만 남은 마을 분위기는 차츰 고추처럼 매워
졌다. 처음 관대하고 친절하게 설득하려고 노력하던 그들은 정
세가 악화해가는 데 따라 마치 원수들에게 둘러싸인 것처럼 마
을 사람들을 보는 눈에 의심과 증오가 서리고 반동이라는 말은
그들 입에서 번번이 터져 나왔다. 그리고 언제부턴지 병원에서
는 밤만 되면 신음 소리, 외마디 고함이 들려오곤 했다. 몇 달
전만 해도 아이들의 울음소리, 병자의 신음 소리가 나던 바로
그 집에서 고함 소리, 신음 소리 사이에 욕지거리가 환히 들려
왔다.

"북반부의 그들은 편히 살았단 말이야! 우리가 개처럼 쫓겨
다닐 때 그들은 편히 잠잤단 말이야! 우리는 갈비뼈가 부러지
고 남반부의 우리 동무들이 학살당할 때, 우리 가족들이 헐벗고
굶주리며 거리를 헤매어 다닐 때 그들은 일터에서 마음 놓고,
우리의 사무친 원한, 설움을 놈들이 알 턱이 있나! 우리는 우리
손으로 하겠단 말이다!"

저주에 찬 말은 똑똑히 들려왔다. 그들이 잡아 보낸 반동에
대하여 내무서의 처사가 너무 미적지근하다는 불만이다.

그 매질하는 소리가 오늘 밤에는 들려오지 않는다.

지영은 일어나서 재킷을 걸치고 촛불을 끄려다 말고 밖으로
나간다. 고무신을 끌고 가는 발바닥에 싸늘한 흙의 감촉, 무더
운 여름은 아주 가버리고 가을이다, 이제.

병원에는 창문에 불이 꺼져 있고 방금 촛불을 켜놓고 나온 안

방의 유리 창문에 겹쳐진 장지문에서 희미한 밝음이 새 나온다. 바다 밑바닥에 가라앉은 고기처럼 움직이지 않는 마을, 하늘과 별들, 숲과 여기서는 보이지 않는 한강, 침묵에 감금당한 덩어리 같은 밤이다.

집 앞을 지나가는 발소리가 난다. 그리고 낮은 말소리도 들려왔다. 발소리와 말소리는 멀어지고 끊어졌다. 다시 어두움은 꽉 들어찬다.

지영은 벤치에 가만히 앉아 있다.

"이놈의 꼬마 새끼야! 때려죽인다!"

순사의 부릅뜬 눈이 지영이 가까이로 온다.

어둑어둑한 방, 떨어진 다다미도 똑똑히 기억할 수 있다. 삼거리 모퉁이에 있던 파출소. 파출소 옆에는 작은 골목이 하나 있었다. 그리고 잡화상, 은방, 아이스케키점. 잡화상에는 마당비와 솔이 있었고 왜된장과 다꾸앙, 콩조림도 있었다. 수건도 있고 비눗갑도─은방에는 옥비녀, 빨간 루비를 끼운 금봉채, 아이들이 끼는 꽃무늬 놓은 은가락지가 있었다. 지영은 추석에 어머니가 사준 은가락지를 잃어버렸기 때문에 은방 앞을 지나갈 때마다 유리창에 이마를 대고 그것을 들여다보곤 했다. 잃어버린 그 귀여운 은가락지가 어디서 반드시 나타날 것만 같은 생각을 하면서. 잡화상과 파출소 사이의 좁은 골목을 한참 들어가면 기왓장에 풀이 난 지영의 이모 집이 있었다. 지영은 그 골목

길에서 발돋움을 하고 다른 아이들과 함께 파출소의 숙직실을 들여다보았다.

"엄마! 아이고오!"

손가락마다 연필을 끼우고 일본 순사가 손을 비틀 때마다 소년은 소리를 지르며 울었다.

"이놈우 새끼! 바린말이 해라!"

"나으리! 한 번만 살려주이소. 아아, 아이고우!"

"바린말이 안 할래! 니 지갑 훔쳤지!"

순사는 허리에 찬 사벨을 쑥 뽑았다.

긴 칼날이 퍼어렇게 번뜩였다. 지영이 소리 지르자 순사는 칼을 든 채 창으로 쫓아오며,

"이놈의 꼬마 새끼야! 때려죽인다!"

지영은 울면서 이모 집으로 뛰어갔다.

지영은 가만히 앉아 있다. 밤이슬이 내린다. 병원에는 불빛이 없고 고함 소리도 없다.

이튿날 마을의 공산주의자들은 아침부터 어디론지 짐을 나르고 있었다. 그리고 낯익은 사람, 특히 여맹 간부들의 모습은 마을에서 사라졌다. 민청원의 몇 사람과 전혀 낯선 사나이들이 밤새워 사냥하고 온 것처럼 핏발 선 눈을 부릅뜨고 왔다 갔다 할 뿐이었다. 미군이 인천에 와서 함포사격을 한다는 소문과 마을을 감도는 무겁고 숨 막히는 공기는 뜰에서 놀던 아이들마저 집

안으로 몰아넣고 그동안 빠져나갈 수 없어서 그냥 눌러앉은 감시의 대상자들도 마을에서 모습을 감추었다. 피 냄새를 본능적으로 맡았는지. 그들의 결단은 참으로 민첩했다. 바로 지영이네 이웃에 살던 순경의 부인은 며칠 전 한강 부역에서 돌아와 아이를 낳았다는데 그도 아이를 안고 종적을 감추었다.

정오가 훨씬 지나서.

"아빠!"

타둑타둑 뛰어가는 아이들 발소리에 윤씨와 지영이 문을 내다본다. 기석이 자전거를 광 속에 밀어 넣고 방으로 들어왔다.

"인천에 미군이 상륙했어."

그는 방바닥에 주저앉으며 세운 무릎에 두 팔을 감는다. 얼굴이 파아랗게 질리고 입술이 타서 꺼풀이 일어나 꺼실꺼실했다. 윤씨와 지영이 선 채 기석을 내려다본다. 아이들은 뜰에서 놀고 있었다.

"오는 길에, 사람이 끔찍하게 많이 죽었어. 피바다야."

뇐다.

"괜찮아요. 걱정할 필요 없어요."

기석은 지영을 쳐다보지도 않는다.

"직장에 나간 거 무슨 죄가 되겠어요? 다 나왔잖아요. 정 소장도 나왔잖아요. 당신이 뭐 그리 대단한 책임을 졌다구, 만일 당신이…… 그렇다면 피란 안 간 사람은 모조리 죄인 아니겠어요? 모조리, 모조리 말예요. 그렇게는 안 될 거예요. 그렇게 될 순 없어요.”

지영은 창문에 파닥거리는 파리 소리 같은 소리를 지른다. 아무 대꾸도 없이, 지영은 기석의 침묵을 주먹으로 내리치듯,

“그렇게는 안 될 거예요. 그렇게 될 순 없어요.”

“무슨 일을 했다고 화를 입겠나. 법 없이도 살 사람인데…….”

윤씨는 울상을 지으면서도 지영의 말을 거들었다.

밖에서 소리가 난다.

“여보세요! 이 댁에 아무도 없어요?”

“엄마, 누가 왔어.”

희의 목소리.

지영이 열어놓은 창문에서 밖을 내다본다. 안면이 있는 여맹의 부위원장과 낯선 남자가 둘 험악한 얼굴로 서 있었다.

“빨리 누구든 한 사람 나오시오!”

남자가 빠른 목소리로 물어뜯는 듯 말했다.

“왜요?”

“인민군 동무들 식사 준빌 해야 하니까, 여맹 앞으로 오시오!”

지영은 고개를 끄덕인다. 윤씨는 뜰로 쫓아 나가 아이들을 데리고 들어온다.

“원수와 더불어 싸워서 죽은…….”

희가 깡충깡충 뛰며 노래한다.

“시끄러워!”

울상이 되어 윤씨는 야단을 친다.

"여기서 싸울 모양이죠?"

지영이 말했다.

"틀렸어. 다 틀렸어. 인민군은 지리멸렬이야. 주력부대가 있어야 싸우지. 텅 비었는걸……."

기석은 화내듯 말하며 뜰로 내려간다.

"『정감록 비결』에 불편부당이래야 산다는데……."

윤씨는 지영의 눈치를 살피며 말했다. 뜰로 내려간 기석은 두 손으로 옆구리를 짚으며 나무를 올려다본다. 안경에 햇빛이 가득 실린다. 좁은 어깨, 긴 목, 햇볕에도 그을지 않은 하얀 얼굴.

"아, 네. 아니요. 네, 그러지요."

안경을 밀어 올리며 기석이 말했다.

"누가 왔어?"

지영이 밖을 내다본다. 그러나 병원 쪽에서 넘어다보고 이야기를 하는지 상대방은 보이지 않고 기석이 문을 열며 나가려 한다.

"여보! 어딜 가세요!"

"음 잠깐, 인민위원회에……."

하고 기석은 밖으로 나가버렸다.

"이상하다, 누굴꼬?"

윤씨도 밖을 내다본다.

"어디 갔을꼬?"

윤씨는 불안해하며 지영을 돌아본다. 한참 있어도 기석은 돌아오지 않았다.

"내 나가보고 올게요."

지영은 머리를 쓸어 넘기며 밖으로 쫓아 나간다.

그네를 뛰면서 아이들이 노래를 부르고 있다. 싸움에 지고 달아나는 인민군의 비극을 미리 알아차리기라도 한 듯 구슬픈 가락을 뽑으면서. 서리가 내려 잎이 누렇게 뜬 백일홍, 빨간 꽃은 아직 남아 있다.

지영은 인민위원회 사무실로 급히 뛰어간다. 꼭 닫혀진 유리문 밖에서 안을 들여다본다. 기석이 등을 보이고 있었다. 지영은 문을 열며,

"여보!"

하고 부른다.

"응, 응, 곧 가아."

기석은 지영을 돌아보며 말했다. 다소 안면이 있는 인민위원회 사람과 전혀 마을에서 본 일이 없는 사나이가 앉아 있고 기석은 서 있었다. 그리고 기석과 좀 떨어진 곳에 청년 한 사람이 서 있었다.

"여보오, 나 인민군 동무들 식사 준비하러 갈려고 해요. 어서 오세요."

그러자 그들은 기석에 대한 의심이 풀렸는지 가라고 고갯짓

을 한다. 지영이 기석의 소맷자락을 꼭 붙잡고 인민위원회에서 이십 미터가량 걸어 나왔을 때 총성이 울렸다. 화약 냄새가 확 풍긴다. 지영의 눈앞에 어둠이 내린다. 지영은 기석을 껴안았다. 얼어붙은 기석의 눈과 지영의 눈이 부딪친다. 대체 무슨 일이 일어났는가, 그들은 서로 껴안은 채 땅에 붙은 것처럼 돌아볼 수 없었다. 기석이 가까스로 얼굴을 돌렸다. 지영도 돌렸다. 땅바닥에 꿈틀거리는 것, 하늘색 셔츠를 입은 청년, 아까 기석 옆에 서 있던 바로 그 청년이다. 그리고 기석을 심문하던 낯선 사나이가 꿈틀거리고 있는 청년을 향해 권총을 한 번 더 쏘았다. 그는 허리에 권총을 찌르고 침을 뱉은 뒤 인민위원회 사무실로 사라진다.

집으로 돌아온 지영과 기석은 그냥 마루에 쓰러진다. 그들의 얼굴은 치자꽃같이 희었다.

"빨리 나오세요! 빨리!"

문을 두드리며 지나간다.

"저 갔다 오겠어요."

지영이 몸을 일으킨다.

"제가 갔다 올 동안 당신은 지하실에 숨어 있어요. 불러도 나가심 안 돼요."

"정말 인민군 밥하러 나오라는 것일까? 안 가는 게 좋을 것 같은데……."

목소리가 떨려 나온다.

"의심받으면 큰일 나요. 나가야죠."

기석은 부르르 몸을 떤다.

지영은 여맹 사무실 앞에 모여 있는 여자들과 함께 마을 뒷산에 있는 절로 향하였다. 한강을 내려다보며 산 고개를 넘어 절에 닿았을 때 다른 마을에서 먼저 온 여자들이 큰 가마솥에서 김이 무럭무럭 나는 밥을 퍼내고 있었다.

"빨리빨리 해야 해요!"

여맹원들은 발을 구르듯 하며 재촉한다. 소쿠리에 퍼내어 온 밥을 소금물에 손을 담가가며 여자들은 주먹밥을 만든다. 누르스름한 현미, 고소한 냄새가 사방에 풍긴다. 여자들은 여맹원들의 눈을 피해 가며 밥을 집어 먹고 배고픈데 어쩌느냐고 속닥거린다.

해가 떨어지려는 숲속의 절간은 오싹오싹해질 만큼 냉기가 돌았지만 지영은 땀을 흘리며 주먹밥을 만든다.

주먹밥을 다 만들어놓고 돌아가도 좋다는 말이 떨어지자 지영은 뛰듯 산을 내려간다.

숲속에 지친 인민군 병사들이 여기저기 떼를 지어 앉아 있었다. 벙어리처럼 소리 하나 내지 않고 나무는 바람에 흔들리는데 그들은 움직이지도 않고.

"여성 동무!"

여맹원들이 발을 멈추고 돌아본다. 장교인 듯한 군인이,

"여성 동무들, 몸조심하시오."

여맹 간부 한 사람이 그 말을 듣자 흐느낀다. 소나무, 잣나무 숲에 바람이 횡 하고 지나간다. 나뭇가지를 흔들며 노오래진 잎을 떨어뜨리며, 황혼이 멀리에서 찾아온다.

밤사이 유엔군은 마을로 들어왔다.

제2장

꽃상여

침대에 걸터앉아 담배를 피우고 있던 기훈이 일어났다. 담배
를 재떨이에 비벼 끄고 혁대를 죄어 끼우며,

"가화…… 이제 나는 아주, 못 올 거야."

가화는 두 팔을 축 늘어뜨리고 기훈을 본다.

"죽지 말고 오래 살어."

여윈 어깨에 한 손을 올렸을 적에 가화는 손을 덥석 잡는다.
아직 스스럽고 두려워하며, 두 손으로도 감추어지지 않는 기훈
의 손등에 얼굴을 얹는다. 눈물도 없이 찌그러진 얼굴에 마지막
같은 숨결이 뜨겁게 풍긴다.

"자아……."

가화를 일으켜 세우며 포옹한다. 울지 않는데 전신으로 흐느 낀다.

아파트 앞길에 숨어 다니던 청년들이 민청원에게 끌려가고 가족들이 팔을 휘저으며 뒤따라간다. 그들이 지나간 거리는 다시 잠잠하게 가라앉는다.

복도, 계단까지 쫓아 나오면서 뭐라고 외마디 소리를 지르는 가화를 내버려두고 기훈은 계단을 뛰어 내려간다.

이날 밤 기훈은 서울을 출발했다. 어둠을 타고 지프차는 남쪽을 향해 달리고 또 달린다.

"며칠이나 걸릴까?"

덩치 큰 장덕삼張德三이 묻는다.

"글쎄, 가봐야지."

나이 어린 운전병은 핸들을 잡은 채 어둠만을 노려보고 차를 몬다.

"동해안으로 돌았으면 신날 텐데, 밤에도 하얀 파도를 볼 수 있지요."

뛰노는 몸을 가누며 장덕삼이 지껄인다.

"장 동무 고향은 강원도라 했소?"

"네, 강릉입니다."

"언제 월북했소?"

"47년도 겨울에."

"으음."

기훈은 호주머니 속에서 술병을 꺼낸다. 뚜껑을 열어 병째 들이켜고 장덕삼에게 내민다. 서로 번갈아가며 술 한 병을 다 마신 뒤, 술병을 차창 밖에 내던지고 그들은 잠이 든다.

어느 마을이었는지, 차에서 그들이 내렸을 때. 새벽닭이 울 듯도 한데 나뭇잎 바스락거리는 소리만이 들려왔다. 아직 잠자는 마을, 초가지붕과 우묵한 정자나무 물방앗간이 희미한 하늘에 떠 있었으며 초가지붕과 정자나무의 부드러운 선線 가까이 별이 서넛 남아서 가물거리고 있었다. 멀리 국도國道 쪽에는 군용트럭이 라이트를 끈 채 내달리고 무거운 차바퀴 구르는 소리가 들려오곤 한다. 덤불이 진 곳 깊숙이 지프차를 숨겨놓고 기훈의 일행은 마을로 들어갔다.

잡나무 언덕에서 아침 해가 넘어온다. 마을 민청원이 안내해 준 농가에서 기훈의 일행이 호박국에다 보리밥을 말아 먹고 있을 때, 국도 연변을 샅샅이 뒤지듯 소형 폭격기가 그들 머리 위로 지나갔다.

"밥맛 떨어지는군."

장덕삼이 중얼거린다. 그 말이 끝나기도 전에 지프차를 숨겨놓은 덤불 쪽에서 시꺼먼 화염이 솟아오른다. 운전병이 벌떡 일어서다가 그냥 주저앉는다.

"밥이나 어서 먹어."

기훈이 말한다.

아침이 끝나자 운전병은 덤불을 향해 쫓아간다. 지프차는 그때까지 불붙고 있었다. 이쪽저쪽 숲속에 인민군들이 흩어져 있고, 그들은 불붙는 지프차를 지켜보고 있는 운전병을 가만히 바라본다. 운전병은 침을 뱉고 근처에 있는 샘터로 가서 물을 마신다. 입언저리를 닦고 일어서는데, 별안간 언덕 위에서 윙! 하고 쏟아져 내려온—조종사의 얼굴이 보일 만큼이나 아슬아슬하게—비행기를 보자 운전병은 급히 숲으로 달려간다. 이때 숨어 있던 인민군 한 사람이 들린[憑] 것처럼 비행기를 향해 따발총을 내갈긴다. 그쪽에서도 기다렸다는 듯 맹렬히 기총소사를 퍼붓는다. 다음 목표물을 향해 비행기가 사라졌을 때 운전병과 인민군 몇 사람은 벌집처럼 피를 뿜고 쓰러져 있었다.

언덕 아래 들판에는 포근한 가을 햇살이 퍼지고 가을걷이를 기다리는 황금빛 벼이삭이 바람을 따라 일렁이고 있었다. 죽은 병사들의 피가 흥건히 괸 숲속의 바위틈, 가냘픈 들국화가 피어 있었다. 새 떼들은 어디로 쫓겨갔는지, 그러나 고추밭에 앉은 여자는 일손을 멈추지 않고 익은 고추를 따고 있었다.

"자알됐구먼."

마을 민청원들이 들것에 시체를 싣고 가는 것을 바라보며 장덕삼이 내뱉는다.

"자동차 없는 운전병 두어서 무엇에 쓴답니까?"

기훈이 힐끗 쳐다보았을 때 장덕삼은 입술을 실룩거렸다. 그 말은 기훈의 무감동에 대한 팔매질 같았다.

차가 없어진 바에야 밤을 기다려 마을에 머물러 있을 필요는 없어 장덕삼과 기훈은 길을 떠났다.

물방앗간에서 이어 내려온 도랑은 길과 들판 사이에 줄곧 계속된다. 평평하게 잠긴 듯한 도랑물은 바람이 일 때마다 고깃비늘 같은 잔무늬가 엇갈리며 햇빛에 번뜩였다. 키 큰 포플러 잎은 부서지는 듯, 잔약한 노란 빛깔이 푸른 가을 하늘에서 움직인다.

"하 동무."

장덕삼이 불렀으나 기훈은 앞만 똑바로 보고 성큼성큼 걸어갔다.

"살았다는 게 실감 안 나는데요? 죽어 자빠지는 게 보통이지요."

기훈은 앞만 똑바로 보고 성큼성큼 걸어가며,

"죽는 게 좀 걱정되오?"

하고 묻는다.

"걱정할래두 너무 흔해빠져서요. 옛날 같으면 마을의 아이새끼 하나가 죽어도 까막까치까지 모여들어 어이어이 울지 않았습니까? 발길에 채이는 게 송장이니 어디 걱정이고 자시고 할 겨를이 있어야죠. 그 시절에야 강아지가 죽어도 우는 판이니."

"강아지가 죽어서 장 동무는 울었소? 그 큰 덩치를 하고서."

장덕삼은 기훈에게 곁눈질을 한다.

"울었죠. 어릴 때는 이렇게 몸뚱어리가 크지 않았는걸요……이상하게 문득문득 생각나는 어릴 때 일이란 그 모양 색채가 참 뚜렷하단 말입니다."

눈을 가늘게 뜨고, 순하디순한 얼굴이 된다.

"외갓집 할머니가 돌아가셨을 때만 해도 장례식이란 아주 호
사스런 것이었는데……."

색채 짙은 어린 시절의 추억이 문득문득 그의 뇌리에 되살아
나는 모양이다.

"그때만 해도 읍내에서 기술자를 불러다가 흰 꽃상여를 집에
서 만들었죠. 마을엔 낡은 꽃상여가 하나 있었습니다만…… 일
부러 새로 만든 흰 상여보다 나는 울긋불긋하고 방울이 달랑달
랑하는 마을의 상여가 더 마음에 들었어요. 신부를 태워 가는
꽃가마 같아서. 동구 밖에 상여가 가면 만장이 바람에 펄러덕거
리고 먹글씨는 파아란 하늘에 드러눕거든요. 상여꾼의 상두가
가 어찌나 듣기 좋던지 돌팔매라도 쳐주고 싶습디다. 혼인 잔치
도 그랬지만 초상도 대개 가을에 많이 나나 보던데요? 언제나
만장의 먹글씨는 푸른 하늘에 드러눕거든요. 가을이 아니고서
야 하늘이 그렇게 푸르고 높을 순 없죠. 고갯마루까지 매를 따
라가는 사냥꾼처럼 바람에 펄럭펄럭 날리는 만장을 보고 따라
가다가 돌아오는 길에 수수 개비를 꺾어 왔으니까, 텁텁한 수수
알을 발가 먹으며 왔으니까요. 가을임에 틀림이 없었어요."

가을이 아니면 일이 안 될 것처럼, 또 누군가가 가을이 아니
라고 말하는 것처럼 틀림이 없다고 장덕삼은 다짐한다.

어찌 장례식이 가을에만 있었겠는가. 차가운 얼음판에 회오

리바람이 불어오고 마른 나뭇가지가 부러지는 겨울날에도, 긴 장마에 논에서 울던 개구리들이 지쳐버리는 여름날에도 사람은 죽어갔을 것이다. 꽃상여 대신 가마니에 둘둘 말아 아무 곳에나 묻어버린, 퀴퀴한 냄새가 나는 뒷골목의 가난한 시체도 있었을 것이다. 지금, 전쟁이 휩쓸고 간 온 강산에 피가 흐르고 있는 지금 아닌, 옛날에도……

기훈은 생각하며 걷는다. 그러다가 그는 말했다.

"지금도 가을이오."

하고.

기훈은 호주머니 속에서 담배를 꺼낸다. 얼굴이 벌집처럼, 피에 젖었던 운전병을 잊기 위해서 꽃상여의 환상을 좇으며 길을 간다는 것은 확실히 나쁘지는 않다. 기훈은 그렇게 생각한다.

"가을이구말구요. 도토리묵이 맛날 때죠. 그놈의 쌕쌕이만 없으면."

"우린 꽃상여에 눕긴 다 틀렸소. 어서 갑시다."

하면서 기훈은 한 손으로 바람을 막고 라이터를 켜서 담뱃불을 붙인다.

도랑은 다른 곳으로 흘러버리고 왼편 소나무 숲에 싸아! 하고 바람이 지나간다. 우수수, 우수수, 가랑잎이 떨어지고 있는 것 같다.

"제기랄!"

하다가 허황했던지 장덕삼은 껄껄 웃는다. 혼자 웃는 웃음이 싱겁게 사방을 울린다.

"자아, 담배나 태우시오."

장덕삼은 기훈이 내미는 담배를 입에 물었다. 기훈은 라이터를 켜서 장덕삼이 문 담배에 바싹 갖다 댄다.

"하 동무."

"……."

"꽃상여가."

"또 꽃상여 얘기요?"

"아, 아니, 얘기라도 하면서 가야지, 따분해서."

하다가 얼굴이 심각해지며,

"사실 오늘 이 시점에서 지난날을 돌아보고 앞날을 바라본다는 것, 그것은 다 세월이라는 부피로 가려진 애매한 것 아닐까요?"

기훈은 말없이 걸어가는데 장덕삼은 혼자 지껄이며 따라간다.

"학생 시절에 나는 연인을 생각하듯 코뮤니즘을 동경했지요. 학병으로 북지에 끌려갔을 때도 연안으로 탈출하는 꿈을 가지고 절망하지 않았습니다. 낭만이었죠. 확고한 이념보다……."

"……."

"중산계급 출신은 대부분이 그렇게 출발했을 겁니다. 한때 나는 혁명가 교의문답教義問答에 반한 일이 있었지요. 혁명가는 한 개의 선고된 존재, 자기 자신을 위한 어떠한 이해관계도, 일도,

감정, 소유물, 이름도 없다. 우정과 사랑, 감사와 명예, 그런 것도 오직 혁명에 대한 냉혹한 정열로써 희생되어야 하며, 세속적인 법칙과 도덕, 습관하고는 아무 관계도 없다. 새로운 사회를 조직하는 임무는 미래에 속하는 일, 우리의 일은 격렬한 정열로써 완전히 가차 없이 파괴하는 것, 그런 문구에 반했단 말입니다. 그리고 혁명가 교의문답의 주인공 네차예프의 냉혹하고 강렬한 성격에 미쳤지요. 스페시네프가 『공산주의 선언』을 읽은 최초의 러시아인이었다는 데도 감격하고, 결국 사상으로 시작된 게 아니구 혁명가의 한 스타일을 동경하며 코뮤니즘에 접근해간 거죠. 아니 혁명가의 스타일이기보다 소설적인 인물, 나는 한때 문학을 할려고 생각했었지요. 그런 소설적인 인물이 나를 코뮤니스트로 만들었을 겁니다. 우리가."

하다가 그는 담배를 뺀다. 지껄이는 동안 담뱃불이 꺼지고 말았다. 그는 바람을 막고 담뱃불을 붙인 뒤 급히 걸어오며,

"사실 우리가 서적을 통해 어떤 인물의 이미지를 느끼지만 시저나 알렉산더도 실제 우리 눈으로 볼 때 범속한 하나의 풍운아였는지도 모를 일 아닙니까? 그 고집쟁이 노인이 바쿠닌 때문에 열을 올릴 적에 전 이상한 생각이 들더군요. 그 나이 하고서 아직도 청년 시절 같은…… 사실이지 혁명적 행동에 있어서 그런 낭만이 없다면, 유물론만 가지곤 안 될 겁니다. 스페시네프가 냉정하고 신비스럽고 조용한 우수에 젖은 눈을 하고 있다는 것, 실제는 돈판이었는지 모를 일이었지만, 나이 어린 문학청년

343

의 몇은 그런 스타일을 빌려 오고 싶은 생각은 충분히 가지고 있었을 겁니다. 확실히 몇 사람의 코뮤니스트는 그것에서 만들어졌을 겁니다."

"이 친구 사람 죽는 꼴을 보더니 완전히 시대착오에 빠졌군."

걸음을 멈추고 장덕삼을 바라본다.

"네?"

"지금은 투르게네프의 처녀지 시대도 아니고 도스토옙스키가 페트라솁스키의 서클로 나가던 시절도 아니란 말이오. 따분하거든 꽃상여 생각이나 하오."

"아니지요. 월북한 그 당시의 청년들은 모두 이상주의자들이었습니다."

장덕삼은 밑도 끝도 없이 말했다.

온종일 걷다가 어느 개울가에 앉아서 쉬면서,

"하 동무는 왜 구태여 전방으로 가시는 겁니까?"

하고 장덕삼이 묻는다. 대꾸가 없다가 한참 만에,

"미나리밭에 달빛이 훤하던 밤에 어떤 계집애하고 함께 걸었는데 바싹 붙어 서기 때문에 그만 싫어진 일이 있지."

까맣게 그을린 얼굴에 미소를 띠우며 기훈은 엉뚱한 말을 했다.

"서울이 싫으신가요?"

"서울? 서울은 좁지. 남반부가 해방되면 그땐 아메리카에나 갈까."

"하 동무는 그동안 일도 많이 하셨고 중추부는 역시 서울에 남아 있어야 했을 것이오."

"훈련된 대로 해야지."

"서울서 하 동무를 처음 만났을 때 이상한 생각이 들더군요. 어떤 형틀 속에 집어넣을 수 없는 무한히 자유로운 사람인 것 같은데 찬바람이 휙 몰아치고 무서웠습니다. 혼자서 병술을 마시는 것을 여러 번 봤지요. 언젠가 한번 모임에서 회의가 끝나고 술자리가 마련되었을 때, 마시고 싶지 않다는 말 한마디로 끝내 술잔에 손을 대지 않고 담배만 피우면서 그 자리를 지키고 계시더군요. 아무도 두 번 다시 권할 수 없는 그 분위기에 나는 그만 질리고 말았습니다. 그런데 그 눈먼 소녀하고는 어째서 그리 다정하게 이야기하는지 신기스럽게 여겼습니다."

아이 이야기를 듣는 어른같이 씁쓸하게 웃던 기훈이,

"나는 원래 여자를 좋아하니까."

"그 소녀도 여자로 생각하셨습니까?"

"물론이지."

"그런데 왜 결혼 안 하셨습니까?"

"모든 여자를 다 좋아하는 자유를 빼앗길까 봐."

"아니지요. 일에 미쳐서 그랬겠죠."

"아무렴 어때. 노을이 곱군."

기훈이 담배를 던지고 일어선다.

둥그스름한 언덕에 둘러싸인 마을로 이르는 좁은 농가의 길

을 걸어가면서 장덕삼이,

"저게 뭡니까? 종탑이 있군요."

"예배당이 있나 부지."

"이런 시골에 예배당이 다 있어요?"

교회당 종탑에 빨간 노을이 걸려 있다. 마을이 불붙고 있는 것처럼, 종만 울리면 마을 사람들이 몰려나올 것처럼.

마을 농가에서 저녁을 먹고 마루에 깔아주는 돗자리 위에 누웠을 때 하늘에는 무수한 별이 나돋아 있고 풀섶에서 기가 막히게 벌레들이 운다. 울타리도 없는 뜰 안에 코스모스가 면사포를 펼쳐놓은 듯 하얗게 피어 있다. 장덕삼은 도로 일어나 마루에 걸터앉는다. 넓고 부피가 두꺼운 양어깨가 뚜렷하게 선을 긋고 있다. 기훈은 비스듬히 누워서 그를 바라본다.

"하 동무,"

"……."

"어떻게 될까요?"

"……."

"이번 이 전쟁이……."

대답이 없다. 풀벌레는 더욱더 기승스럽게 울어댄다.

"월북한 이후…… 저는 여러 번 회의에 빠졌습니다. 몇 사람의 지도자들을 빼놓고 과연 지식분자들이 그 세계에서 배겨날까 하구요."

"……."

346

"같이 박수를 치고 소리를 지르다가도 문득 혼자 서 있는 걸 느끼곤 했습니다. 어쩔 수 없는 벽이지요. 지식분자들이 갖고 있는 우월감에서 열등감으로 떨어져야 한다는 것은 역시 괴로운 일이더군요. 자의식이란 그리 쉽게 제거되는 것도 아니구 점점 광대가 되어간다는 자기염오, 자기 경멸, 고립감, 적어도 코뮤니스트끼리에는 그 계급의식을 닦아내야 할 것 아닙니까?"

"닦아내지 못하는 것은 이쪽이나 저쪽이나 다 마찬가지 아니오."

"그럴까요?"

"그건 장 동무 개인의 불평에 지나지 않아."

"아닙니다. 하 동무도 그 딜레마에 여러 번 빠졌을 것입니다. 나는 오래전부터 하 동무에게 이 말을 물어보고 싶었습니다. 하 동무는 그 계급의식을 서로가 닦아내지 못한다고 하시고서 어째서 저 개인의 불평이라 하지요?"

기훈은 담배를 피우려고 일어나 앉는다.

"장 동무가 듣고 싶어 하는 말 하지. 남반부에 완전한 해방이 오면 그때부터 오 개년 혹은 십 개년 계획을 할 일꾼들은 따로 있어. 당신이나 나 같은 소모품은 쓸모없이 된단 말이오. 어느 교의문답 말마따나 우리는 가차 없이 파괴하는 것, 마르크시즘은 행동의 철학이지."

농을 하듯 기훈이 싱글싱글 웃는다. 그러나 장덕삼은 전신을 꿈틀거렸다.

"하 동무가 그런 생각하고 계실 것 같았습니다."

순간 기훈의 눈에 섬찟한 칼날이 섰다.

"어떻게 장 동무가 내 마음을 아오? 그따위 낭만적인 사고방식은 부르주아의 잔재야. 당신은 관념론자, 해당분자군그래."

별안간 화를 벌컥 낸다.

"나는 낭만적인 사고방식과 휴머니즘하고 큰 거리가 있다고 생각지 않습니다. 나는 프롤레타리아혁명에 무한한 희망과 정열을 걸고 있습니다. 하 동무, 한 번도 제 자신이 코뮤니스트인데 대하여 의심해본 일은 없었습니다. 다만 그쪽에서 밀어내는 벽을 느꼈지요."

마음을 잡히고 잡았다는 확실한 느낌이 그들을 한동안 마주보게 했다. 장덕삼은 마음을 잡은 것에 기쁨을 느끼고 기훈은 마음을 잡힌 것에 노여움을 느끼며, 그러나 그는 퍽 부드러운 목소리로,

"우리 소모품이 쓸모없이 되리라는 것은 공연한 걱정이오."

"······."

"왜냐하면 이번 해방전은 아무래도 실패로 끝날 것 같으니까. 그 영광의 날까지 살아남지 못할 거요. 우린 코뮤니스트, 환영하건 배척하건 내가 코뮤니스트라는 것하곤 상관이 없소. 회의하는 것은 열광하는 것과 마찬가지로 다 위험한 것이지. 이상주의자는 그 이상으로 하여 스스로 열광할 수밖에 없는 거고. 언제나 절벽 위에 있으면서 회의하고 열광한다면? 심장도 죽어

야 하는데, 살아서 그놈이 고동칠 때 코뮤니스트는 죽어야 하는 거요."

"아무튼, 아무튼, 뭐라 해도 하 동무는 휴머니스트요!"

"마르크스는 휴머니스트가 아니었더란 말이오? 마르크시즘은 휴머니즘이 아니란 말이오?"

"마르크스는 휴머니스트였죠. 하지만 볼셰비키는, 레닌은 아니었습니다. 스탈린도 아니었습니다. 그들은 독단적 유물론, 마르크스 이전의 소박유물론素朴唯物論에 의한 관료제의 해독을 만들어내지 않았습니까? 레닌은 사유나 정신이 근원이 아니구 존재와 자연이 근원적이라 했습니다. 그것은 십팔 세기의 계몽유물론이며 역사와 사회에 있어서 인간의 자기소외自己疎外로부터 출발한 마르크스의 변증법적 유물론과는 거리가 먼 소박유물론입니다."

"그러나 그들은 트로츠키처럼 결정론, 숙명론에 빠지지 않았어."

"그러나 그것은 전체를 두고 할 수 있는 말이지요. 사회주의 실현을 위해 혁명독재 수립의 단 하나의 목적을 위해서 모든 것을 바친다. 그 목적을 위해 일체를 희생하고 방법을 가리지 않는다는 것은 아모랄리즘과 마키아벨리즘과 다를 바가 없지요. 마르크스는 네차예프를 혁명의 아귀라 했습니다."

"네차예프는 니힐리스트야."

"니힐리즘에 빠지지 않는 것은 다만 관료제라는 새로운 사슬 때문이죠."

"사슬?"

"자본주의 사회에 있어서 자본가에 의한 임금노예나 공산주의 사회에 있어서 국가에 의한 빵의 노예나 뭐가 다르다는 겁니까? 인간의 상품화, 상품의 물신성物神性을 막고 인간을 해방하려는 마르크시즘은 어디로 달아났다는 겁니까? 지금 프롤레타리아는 존재하지만 한 사람 한 사람의 노동자는 존재하고 있습니까? 사회주의 실현의 목적은 인간 해방일 겁니다. 그런데 지금 인간은 오 개년, 십 개년 계획과 사회주의 경쟁을 위한 수단으로 되고 말았단 말입니다. 절대주의와 뭐가 다르며 필연적으로 섹셔널리즘에 빠질 수밖에 없지 않습니까? 목적은 어떻든 운동이 모두라고 하는 생각은 충분히 검토해볼 만한 가치 있는 거라 생각합니다. 그 석산 노인의 말인즉, 오늘 얘기니까요. 이야기는 한 노동자, 한 인간의 이야길 것이며, 국가나 전체는 역사에 기록될 뿐입니다. 예술가는 인간을 추구하지, 국가나 전체를 추구하는 것은 아닙니다. 전체 속의 인간을, 국가 속의 인간을. 결코 역사에 봉사하는 것은 아닙니다. 오늘에 봉사하는 거죠. 관료주의의 보루는 차츰 더 굳어지고 새로운 인간의 자기소외에 빠진다면 필연적으로 스치르나의 자기의 권리의 창조자이며 소유자인 나는 나 이외 어떤 권리도 인정하지 않는다, 따라서 국가도 인정할 수 없다는 생각과 바쿠닌의 착취와 전제의 원천으로서 국가를 배척한다는 이론이 머리를 들 수밖에 없지 않습니까?"

"무슨 놈의 이즘이 그렇게도 많소? 백과사전이란 원래는 쓸
모없는 거요."

하다가 기훈은,

"하나도 새로울 것 없어. 회색분자의 정론이지. 바쿠닌은 물
론이거니와 스치르나도 지도자가 되고 싶고, 지배하고 싶고, 명
령하고 싶고, 앞장서서 민중을 끌어가고 싶은 생각은 충분히 있
었을 테니까, 아주 서툴고 계획성 없는 것으로 말이지. 그러다
간 민중이 우매하다고 발을 구르며 호통을 쳤을 거란 말이야.
사실 바쿠닌은 민중을 우매하다 했지. 사실 우매하고, 그리하
여 또 새로운 시스템을 만들어내지. 나 이야기 하나 하지. 옛날
에 우리 이웃에 게으른 안노인 한 사람이 있었거든. 그 안노인
은 밤낮 방에 앉아만 있다가 결국 다리가 붙어버려 그야말로 앉
은뱅이가 됐단 말이야. 행복한 사람이라 생각하지 않소? 밖에
나와서 노는 것도 귀찮을 정도로 그는 공상가였을 테니 말이야.
참 행복한 무명의 예술가였더란 그 말이지."

말을 해놓고 기훈은 껄껄 웃어젖힌다.

늙은 농부

노인은 하던 일을 멈추고 일어선다. 허리가 아픈지 조심조심

허리를 펴며 턱을 쳐들고 밭둑 건너편을 바라본다. 그곳은 이쪽보다 지대가 높아서 일어서지 않으면 볼 수 없는 고구마밭이다.

"저놈의 빌어먹을 새끼들이 또 고구마밭을, 이놈들! 이 홀우놈*의 새끼들아, 게 있거라! 주리를 틀어 죽일 테다! 네 이놈들!"

노인은 고함을 지르며 공중에 원을 그리듯 팔을 휘두른다. 목청이 서편 산에 쩡 울린다. 소년 둘이 모자에 고구마를 급히 주워 담고 달아난다. 개울을 점벙점벙 뛰어 건너서 그들은 산 있는 쪽으로 달아난다. 노인은 소년들을 쫓아가려 하지 않았다— 그의 근력으로는 쫓아갈 수도 없었지만—심한 욕지거리도 그만두고 눈만 뛰어가는 소년들의 뒷모습을 따라간다. 쩡쩡 울리던 욕지거리와 달리 노인의 눈은 슬퍼 보였다. 소년들이 사라지자 노인은 밭둑에 앉아 있는 기훈을 힐끗 쳐다본다.

"배고프니 어쩌누. 못할 짓하지. 못할 짓해."

중얼거린다. 허리춤을 끌어 올리고 노인은 다시 밭에 주저앉아 뽑아놓은 무를 다섯 개씩 골라가며 지푸라기로 묶어 단을 만들기 시작한다. 노인은 키가 크고 골격은 매우 훌륭했으나 너무 나이를 많이 먹은 것 같았다.

기훈은 풀섶에 담배를 비벼 끄고,

"어르신."

하고 부른다. 노인이 돌아본다.

"날 불렀소?"

"네. 담배 피우지 않으시렵니까?"

기훈이 호주머니에서 담뱃갑을 꺼낸다. 노인이 기뻐서 웃는다. 그는 조심조심 허리를 펴며 기훈 옆으로 다가와서 흙 묻은 손으로 담배를 받는다. 기훈은 라이터를 켜 담뱃불을 붙여준다.

"고맙소."

맛나게 담배 몇 모금을 피운 뒤, 노인은,

"어디서 오시오?"

하고 묻는다.

"서울서 옵니다."

"서울서? 거 피란민들 얘기를 들으니께 서울서는 많은 사람들이 상했다믄요?"

밭둑에 기훈과 나란히 걸터앉으며,

"전쟁이니까……."

"그래, 젊은이는 어디 가는 길이오?"

"고향으로 내려갑니다."

"고향이 어딘데?"

"……."

"조심하우. 젊은 사람 다니기가 퍽 어렵게 됐으니. 내 눈으로도 죽는 꼴을 여러 번 봤지."

"오래 살 생각하겠습니까?"

기훈은 담배 연기를 푹 뿜어낸다.

"거 한번은 미군이 이 동네에서 붙잡혀 간 일이 있지. 내가 마을 뒷산으로 넘어가니께 어디서 얻어 입었는지 삼베 잠방이를 입고 두 무릎을 모으고 사람 하나가 나무 밑에 앉아 있더란 말이오. 나를 보자 무릎을 모으고 앉은 채 두 손을 바짝 치켜들지 않겠소? 옆에 가보니까 글쎄, 미국 사람이더란 말이오. 뭐라고 말을 자꾸 하는데 알아들을 수가 있어야지. 꼴을 보니 배고픈 모양이라 집에 와서 보리밥 덩이를 갖다주었더니 못 먹더군. 그래 할 수 없이 감자를 삶아서 가져갔지. 게 눈 감추듯 다 먹더구면. 마을에서 소문을 듣고 민청원들이 와서 잡아갔지만 그 사람 머할라고 여기 와서 그런 꼴을 당하는지 모르겠더구만. 아마 그 미군은 죽었을 게요. 부모처자가 그렇게 죽은 걸 어찌 알겠소. 아 참, 시장하지 않소?"

"별로 시장하지 않습니다."

"먹을 만한데 무나 잡사보시려우?"

"고맙습니다."

"나도 자식 놈이 있어서…… 젊은 사람을 보면 가슴이 철렁하지."

기훈은 뼈마디가 굵은 노인의 손을 가만히 쳐다본다.

"길 가면 유독 배가 고픈 법이오."

노인은 허리를 꾸부려 결이 좋은 무를 찾는다.

"아니, 그만두십시오. 생각 없습니다."

기훈은 노인을 말렸다.

"그러우? 이거 귀한 담배를 얻어 피우니 안됐구먼."

"별말씀을…… 시골은 지내기가 어떻습니까?"

"말 마시오. 큰일이오. 힘깨나 쓰는 젊은 놈들은 이쪽, 저쪽에서 끌어가고 소는 다 잡아먹고 누가 씨 뿌리고 밭갈이할지 모르겠소. 게다가 피란민들이 몰려와서, 아 방금 보지 않았소? 그놈의 피란민들 아이새끼들이 고구마 씨도 안 남길라더누만. 배고픈 데는 항우장산들 별수 없지. 우리 마을은 옛적부터 인심이 후해서 피란민들이 죽물이나마 얻어먹소만 워낙이, 가난이야 나라에서도 못 당한다 하지 않았소? 큰일이오 큰일, 이러다간 다 죽지 죽어. 난리보다 배고파서 꼭갱이 들고 나설 거요. 배고프면 부채(눈동자)가 꺼꾸로 서지. 양식 말이나 있는 축들도 못 살 거요."

노인은 타들어가는 담배가 아까운 듯 얼른 빤다.

"어르신네 자제분도 끌려 나갔습니까?"

"생때같은 자식 놈 둘이나 떼였지요. 자식이래야 그놈 둘이 전분데."

"어느 편에?"

"이쪽에 한 놈, 저쪽에 한 놈, 고루 나눴지."

"……."

"그것도 내가 바람을 잡아서 늦게 둔 자식이오, 사십이 넘어서."

"손주들은 두셨겠죠?"

"손주들 있지. 그래서 내가 이 들일을 하지 않소. 작은며느리는 뭐 여맹이라나 뭐라는 데 쫓아다니고, 큰며느리는 머리 싸매고 드러눕고 천화지화를 나만 면할 수 있을까마는 해도

355

너무⋯⋯."

하다가 갑자기 그는 울화통이 터지는지,

"빌어먹을 놈의 세상, 살이 살을 무니 뭣이 될 거여. 우리 농사꾼이 밥 달라 했나 옷 달라 했나, 땅 파먹고 죄 안 짓고 선영 모시고 자식 기르며 살아왔는데 대국 놈들이나 쳐들어왔다면 몰라도 이 좋은 땅에 한 물줄기를 타고 태어난 우리 백성들이 서로 잡아 죽이고 뜯어 죽여야 쓰겠소? 대관절 누구 땜에 이러는 거요? 나는 누구보고도 이런 말 하오. 다 살 대로 살았으니께 죽인대도 겁날 것 없소. 말은 바로 하지, 우리도 한이 맺힌 가난한 농군이오. 남같이 볏섬 쌓놓고 편히 살고 싶소. 왜 안 그렇겠소? 못씁니다, 못써. 사람 죽이는 것만은 안 된단 말이오. 사람을 개 잡듯 패 죽이니 쌀알이 창자 속에서 곤두설 지경이지."

노인은 흥분하여 담배를 입으로 가져가는 손이 덜덜 떨렸다.

"하기는 그 사람들도 고생이야 했지, 매도 많이 맞고 숨어 다니며 굶기도 많이 했지⋯⋯ 그 모진 일본 놈 세상에도 마을 사람들은 싸움 안 하고 피죽 한 모금이라도 담 너머로 노나 먹고 살아왔단 말이오. 사람이 순리를 따라야지. 나랏일도 그렇지 않겠소? 순리로 끌고 가면 갈 거로, 면장 했다고 죽이고, 구장 했다고 죽이고, 생각해보시오. 팔도강산, 산산골골에 면장 구장이 한둘이겠소? 또, 그 딸린 식구들은 얼만데? 그러다간 저 고구마밭처럼 사람의 씨도 안 남을 거요. 마을 젊은 놈들은 저놈의 첨지 어서 뒤지지 않나 할 게요만 우리 작은놈이 전에 고생도 했고 이번에는 또 의용군에 나갔으니 내가 촉빠른 소리 해도 아무 말 않지요. 어, 해가 넘어갈라 카네.”

노인은 앉은 자리로 돌아가서 묶던 무단을 주섬주섬 주워 모은다.

“젊은 사람들이 꼼짝할 수 없는 세상이라 카니 거 조심하시우. 아무튼 어느 쪽이 이기든 지든 간에 자식 놈은 하나 잃게 돼 있으니 기찰 노릇이지.”

둑길 위로 부산하게 떠들어대며 장덕삼과 청년 한 사람이 해를 등지고 길어온다.

“하 동무!”

장덕삼이 둑 위에서 부른다. 기훈이 옷을 털고 일어서자 노인의 눈이 둥그레진다. 장덕삼과 함께 오는 청년을 본다. 청년은 둑 위에서 내려다보며,

“수고하십니다.”

기훈에게 공손히 인사한다. 노인은 허리를 펴고 일어서며 더욱더 커진 눈을 기훈에게 옮긴다.

“어서 가시죠. 피곤하실 텐데.”

청년은 다시 말했다.

“그럼 안녕히 계십시오.”

기훈은 노인에게 인사하고 둑 위로 훌쩍 뛰어 올라간다. 노인은 알 수 없는 말을 입속으로 중얼중얼하더니 배신이라도 당한 사람처럼 멀어져가는 기훈의 등을 노려본다.

하얀 돌이 깔려 있는 시내 옆을 지나면서 청년이 묻는다.

"저 늙은이가 무슨 말을 했습니까?"

얼굴에 기미가 끼고 머리칼이 노르스름한 얼굴은 좀 불안해 보인다.

"별말 없었소."

기훈은 성난 듯 대답한다.

"말썽입니다."

"왜요?"

하고 장덕삼이 묻는다.

"사실 저런 분자가 곤란하단 말입니다. 살 속의 구더기 같은 존재죠. 낫살 먹은 사람, 어쩔 수도 없구……."

그는 아들 둘이 의용군에 나가고 국군에 나갔다는 말을 하지 않았다.

"하여간 농민들은 보수적입니다. 앞장서서 나갈 것 같은데 영 움직이려 하지 않거든요. 중농계급은 말할 것도 없고 빈농층에 있어서도 그렇습니다. 노예근성이 뼛속까지 박혔어요. 의용군에 나가는 것도 옛날 일제시대 징용 가던 그런 기분으로 내뺄려고만 하니까요."

누르스름하고 숱이 작은 눈시울이 올라갔다 내려갔다 하는 청년의 옆얼굴을 기훈은 말없이 바라본다.

"어느 나라든지 농민들은 다 보수적이죠. 반응도 느리고."

기훈이 대신 장덕삼이 상대를 해준다. 청년은 성큼성큼 잘 걸어간다.

"김 동무! 거 연락했나?"

밭둑 너머 숲을 향해 청년이 소리친다.

"했다!"

하면서 낫을 든 청년이 덤불 속에서 일어선다.

"풀 베나?"

"음!"

청년은 우쭐우쭐 몸을 흔들며 앞서간다. 돌담 옆에 암탉이 풀을 쪼아 먹고 있었다.

"여긴 닭이 다 있구먼."

기훈의 말에 시장기를 느꼈는지 장덕삼은 침을 삼킨다.

"전에 어느 유원지, 어디던지? 놀러 간 일이 있지."

밑도 끝도 없이 기훈이 말을 꺼내었다.

"모두 신나게 잘 놀더구먼. 장구를 치고 여자들은 춤을 추고. 정말 즐거워서 그러는지, 혹은 답답하고 서글퍼서 그러는지 잘 모르겠더군."

장덕삼은 왜 기훈이 그런 말을 할까 싶어 의아하게 쳐다본다.

"저녁때 혼자 터덜터덜 돌아가는데 닭장수가 내 앞을 지나가지 않겠소? 지게 위에 커다란 닭장이 얹혀 있더구먼. 뒤를 따라가면서 무심히 보고 있노라니까 말라빠진 닭이 두 마리, 지쳐서 한쪽 구석에 굼벅굼벅 하고 있었단 말이요. 놀이꾼들에게 팔고 남은 닭이었소. 그들 친구가 영계백숙으로 사람들 위장 속으로 다 들어갔는데 그놈들은 운수가 좋았단 말이오.”

장덕삼이 비로소 기훈의 말뜻을 알아차리고 빙그레 웃는다.

“좋을 것 뭐 있습니까? 다음 날엔 어차피 사람들 위장 속으로 들어갈 것 아닙니까?”

“허어, 그렇지도 않지. 닭의 수명으로 봐서 사람들의 하루가 그들에겐 이삼 년은 될걸.”

“참 길고 긴 밤이올시다.”

장덕삼이 껄껄 웃는다. 그러나 기훈은 모르는 척 먼 산만 바라보고 걸어간다.

하얀 돌이 깔려 있는 시냇물에 키 큰 포플러가 그림자를 드리워주고 있었다. 물에 다듬어진 둥그스름한 바위 가장자리에 푸른 이끼가 끼어 있었고 여자들이 배추 무를 씻고 있었다.

“여긴 야학으로 쓰고 있습니다만 요즘엔 통 모이질 않아서 말이죠.”

안내한 청년이 말했다.

그들이 들어선 집은 마을에서 제일 오래된 큰 기와집이었다. 집 안에선 휭하니 찬바람이 분다. 아무도 살지 않는 빈집 같다. 안채 삼간 마루에 어디서 끌고 왔는지 거창스러운 칠판이 놓여 있었다.

“사랑채는 지금 여맹 사무실로 쓰고 있습니다. 낮에만 나오니까요.”

사랑에서도 아무 기척이 없다.

"아주 조용합니다."

청년은 덧붙였다.

"하룻밤 묵을 건데 뭐 상관있소? 배가 고프니 밥이나 어서 줄 수 없겠소?"

장덕삼은 마루에 털썩 주저앉으며 말했다.

"네, 저녁은 이내 됩니다. 이내 해 오죠."

"이 집 주인은 도망갔소?"

장덕삼은 집 안을 휘이 둘러보며 다시 말했다.

"네, 저…… 식구들은 미슴방에……."

청년은 우물쭈물한다.

"물론 반동이겠지."

장덕삼은 냅다 던지듯 말하고 땀이 밴 머리를 긁적긁적 긁는다.

"그럼요. 대대로 내려온 지주였죠. 아들은 검사였고 서울서…… 유명한 반동분잡니다."

기훈은 마당 한가운데 기울어지는 햇빛을 받고 장승처럼 서서 담배를 태우고 있었다.

"그럼 편히들 쉬십시오. 저녁은 곧 됩니다."

민청원은 급히 밖으로 나갔다. 그가 나가자 파문이 사라진 호수처럼 넓은 집 안은 불길한 고요 속으로 가라앉는다. 뜰아래 있는 우물가에 빨랫방망이와 물통이 나둥그러져 있고 문을 열어 젖혀놓은 곳간 앞에 나무로 된 절구통이 자빠져 있었다.

"상당히 오래 묵은 집인데?"

장덕삼이 둘레둘레 살핀다.

"온 동네 집을 다 뚜드려 모아도 이 집 한 채가 안 되겠군."

"장 동무의 고향은 어디요?"

넓은 뜰 안을 왔다 갔다 하며 기훈이 언젠가 물어본 말을 잊었는지 다시 묻는다.

"강원도 강릉입니다. 거기서도 더 들어가죠."

"지주였겠구먼. 우리 조상도 땅마지기나 갖고 있었지. 내가 코뮤니스트로 자라는 데 그 돈을 좀 썼지."

하고 픽 웃는다.

민청원은 함지를 인 젊은 여자하고 함께 들어왔다.

"시장하시겠습니다."

여자는 함지를 이고 부엌으로 들어가더니 상을 차리는 모양이다.

"식사 끝나시면 위원장 동무가 오시겠다 합니다."

청년 말에,

"우리는 내일 아침 일찍 떠나야 하니까 잠을 자야겠소."

기훈이 거절한다.

"아, 네……."

여자가 무뚝뚝한 얼굴로 밥상을 들고 온다.

"배가 고파서…… 고맙습니다, 아주머니."

기훈과 장덕삼은 상 앞에 앉고 아낙과 청년은 밖으로 나간다.

"고기가 다 있군요. 닭을 잡았나?"

장덕삼이 수저를 들며 좋아한다. 그들이 밥을 먹고 있는데 뒤뜰 머슴방에서 계집아이가 살금살금 걸어 나온다. 하늘색 양복에 단발한 귀여운 얼굴이다. 아이는 우물가에 서서 밥 먹는 광경을 바라보다가 마루로 다가온다. 마루에 기대 있던 아이는 조금씩 조금씩 그들 쪽으로 다가온다. 손가락을 입에 물고 그들이 돌아보기만을 기다리는 눈치. 그러나 수저 놀리는 소리와 음식 씹는 소리뿐 아이가 와 있는 것을 모르고 그들은 후딱후딱 먹기에 바쁘다. 아이의 눈에 눈물이 글썽글썽 돈다. 마침내 아이는 와! 하고 소리를 내어 울어버린다.

"어?"

놀라며 기훈이 돌아본다. 아이는 더욱더 소리 내어 운다. 기훈은 당황하여 어쩔 줄을 모른다.

"밥 줄까? 응 우지 마라. 우지 마, 밥 주지."

기훈은 얼마 남지 않은 밥그릇을 내리며 아이를 마루에 안아 올린다. 그때였다. 뒤뜰에서 젊은 여자가 쫓아 나왔다. 그는 마루에 앉힌 아이를 답삭 안고 집 뒤로 도망쳐 가버린다. 아이는 다리를 바둥거리며 울어댔다.

"무슨 여자가 그래요?"

장덕삼은 몹시 불쾌해한다. 기훈은 땀을 닦으며 밥상 앞에서 물러앉는데 그의 얼굴빛이 이상했다.

"서울서 피란 온 여자 같은데 우리에게 굉장히 반감을 갖고 있나 보죠?"

"무안해서 그랬겠지."

기훈의 목소리는 좀 떨리는 듯했다. 장덕삼은 주전자의 물을 따라 마시고 상을 밀었다.

"아무리 그렇기로서니 우는 아이를 그렇게 데리고 가는 법이 어디 있어요?"

장덕삼은 아무래도 불쾌한 모양이다.

"다 잡수셨습니까? 찬이 없어서."

청년이 나타나며 말했다. 장덕삼은,

"찬이 없는 게 다 뭐요. 굶는 사람도 있는데 아무튼 고맙소."

"방에 불을 지피죠. 묵은 방이 돼서. 요즘엔 밤이 되면 좀 서늘하더군요."

마루에 올라와서 청년은 안방 문을 열어본다.

"일찌감치 쉬시죠."

"그래야겠소."

장덕삼이 일어나 방으로 들어가는 것을 본 기훈은 잠자코 밖으로 빠져나간다. 해는 거의 다 넘어갔다.

기훈은 마을을 한 바퀴 돈다. 물방앗간 옆의 넓은 빈터, 마을에서 타작마당으로 쓰이고 있는 곳까지 왔을 때 빈터에 마을 아이들이 놀고 있었다. 신발을 신은 아이들도 있고 신발을 벗은 아이들도 있다. 술래잡기를 하는데 운동화를 신은 피란민들 아이 몇

이 가장자리에 멍하니 서서 그들을 바라보고 있었다. 한쪽에서는 왕방울 같은 눈의 사내아이가 못치기를 하고 논다. 그 아이가 못을 들고 팔을 번쩍 올리는 순간 몸의 균형을 잃고 비실비실하는 바람에 뒤에 섰던 운동화 신은 아이가 넘어진다. 그 아이는 엉덩이를 만지고 몹시 아픈지 얼굴을 찡그렸으나 울지는 않았다.

"재수 없게 거기서 왜 우물쩍거리고 있어!"

넘어뜨려놓고 도리어 왕방울 같은 눈을 부릅뜨며 시골 아이가 으르렁거린다. 운동화 신은 아이는 얼굴이 벌게진다. 그러나 참으려 해도 아픈지 엉덩이를 만지며 얼굴을 찡그린다.

"가라! 가아! 도둑놈의 새끼들! 서울 새끼들은 말짱 도둑놈이다. 울 아버지가 그랬어. 산돼지보다 더한 놈들이라고. 산돼지도 그렇게 고구마를 파 가지는 않는대."

아이는 비실비실 뒷걸음질 치다가 돌아서 뛰어가며 비로소 왕! 하고 소리 내어 운다. 그것을 바라보고 있던 기훈은 물방앗간을 돌아 나온다. 개울가에 여자가 혼자 빨래를 하고 있었다. 야채를 씻던 여자들은 다 돌아가고 그 여자 혼자만 어린애 기저귀를 빠는 모양이다. 개울 가까이 해묵은 느티나무 한 그루가 있었다. 개울 안에 드러난 느티나무 뿌리 위로 개울물이 살살 흘러간다.

기훈은 여자의 뒷모습을 가만히 지켜보고 서 있었다. 여자는 아이의 기저귀를 헹구다가 멍하니 개울을 내려다보곤 한다. 아까 바둥거리는 아이를 안고 가던 젊은 여자, 그는 대야에 빨래와 비누통을 담는다. 치맛자락을 끌어 올려 눈물을 씻고 일어섰다. 돌아서는 여자를 기훈이 바라본다. 여자는 저주에 가득 찬 눈을 기훈에게 퍼부었다. 그는 기훈 옆을 지나가려 한다.

"영애."

나지막한 목소리로, 어둑어둑해오는 사방 공기가 그대로 잠겨 있는 듯한 목소리다.

"오래간만이오."

기훈은 다시 말을 띄웠다. 여자는 조금도 아름답지 않았다. 옛날보다 뚱뚱해졌고, 옛날보다 살빛이 검어졌고, 세월은 이 여자 용모에 무서운 변화를 가져왔다.

"여기서 만날 줄은, 정말 뜻밖이오."

여자는 노려볼 뿐이다. 눈에서 불이 확확 나는 듯하다.

"서울서 피란 왔소?"

얼굴은 보기 싫게 찌그러진다.

"악마들! 살인자들!"

울부짖는다.

"악마들! 살인자들?"

뇌는데 여자는 급히 뛰듯이 가버린다.

여자가 간 곳을 우두커니 바라보던 기훈은 물방앗간 옆의 타작하는 빈터로 다시 나온다. 아이들은 다 돌아가고 어둠이 묻어오는 빈터는 쓸쓸하고 적막해 보였다. 달팽이 같은 타작기가 댕그랗게 놓여 있었다. 기훈은 그 빈터에 서서 담배를 피우다가 아주 어두워진 후 숙소로 돌아왔다.

장덕삼은 요를 깔고 누워 있었다. 등잔불이 켜져 있고 방은 따스했다.

"어디 갔다 오셨어요?"

"산책."

"피곤하지도 않으세요?"

"피곤하지 않을 리가 있겠소."

"술이나 얼근히 취해서 잠들었으면 좋겠는데……."

등잔불이 가물가물 흔들린다. 장덕삼의 얼굴이 붉어졌다가 검어진다.

"아까 그 여자 말입니다."

기훈이 눈을 든다.

"그럴 까닭이 있더군요."

옷을 벗고 자리에 들면서 아무 말 않고 기훈은 등잔불을 끈다.

"서울서 피란 내려온 이 집 며느리라는데 그의 남편이 바로 저 대문간에서 맞아 죽었답니다."

"……."

"서울서 검사로 있으면서 소위 사상검사로 악명이 높았던 모양입니다."

'신형규.'

한때 좋아하다 버린 여자의 남편 신형규 검사를 기훈은 알고 있었다.

"그래 이곳에 피신 왔다가 산에서 고생한 사람들이 그를 이 집에서 처치한 모양이오. 아들이 죽은 뒤 이 집 두 노인네는 머슴방으로 가서 문밖출입을 안 한다나요? 아까 그 민청원도 말합디다만 산에나 데리고 가서 쏘아 죽일 일이지 너무 심한 짓을 했다구. 그래서 마을에선 인심을 잃고 반감을 샀다는 겁니다."

기훈은 아무 말도 하지 않았다.

환상

부엌문을 고친다고 장도리를 들고 뚱땅거리던 기석은 그것을 집어던지고 갑자기 방으로 들어왔다.

불쑥 한다는 말이,

"나 내려갔다 오겠어."

하고 옷을 갈아입는다.

"안 돼요!"

지영이 일어서며 소리친다. 윤씨는 딸과 사위를 번갈아 본다.

"내가 뭘 했다고 못 내려간다는 거요?"

기석은 얼굴을 붉히며 화를 낸다.

"안 돼요."

지영은 기석의 옷소매를 잡는다. 지영을 쳐다보는 기석의 눈,

상처받은 짐승의 눈 같다. 지영은 그 눈을 깊이 들여다본다. 손을 뿌리치고 외면을 하며 기석은,

"아무래도 입당원서가……."

했다.

"당신은 입당 안 되지 않았어요?"

"아무래도 마음에 걸려."

"……."

기석은 숨을 가쁘게 쉬며 안경을 밀어 올린다.

"너무 갑자기 미군이 상륙해서 그 서류가 처리됐을시…… 만일 처리 안 됐으면 뒤가 시끄러울 거야. 내려가서 없애버려야지."

하고 지영을 떠민다. 지영은 다시 그 앞을 막고 선다.

"왜 이리 방정을 떨어? 나중에 무슨 일이 있으면 당신 책임지겠어?"

"그라믄 가봐야지. 나중에, 호미 가지고 막을 일을 괭이 가지고도 못 막게 되믄 큰일이다."

윤씨는 어물어물 말한다.

"안 돼요, 안 돼! 같이 있어야 해요."

"당신이 뭘 알어!"

악을 쓰며 지영을 떠밀어내고 나간다. 기석을 따라 나간 윤씨는,

"와 자전거 타고 안 가고?"

"거추장스러워서요. 걸어가겠어요."

"그래도…… 어서 갔다 와야지."

"걱정 마세요."

자전거를 헛간에 내버려둔 채 그는 나가버렸다.

밤을 타고 마지막 공산당원들이 마을에서 사라진 뒤 숨어 다니던 사람들은 돌아왔다.

비 오는 날에는 빗물만 괴고 맑은 날엔 햇빛만 비치고 사람의 그림자 하나 없던 빈터, 국민학교 교정에 유엔군은 천막을 쳤다. 황폐한 벌판은 별안간 수풀이 되었다. 온갖 것이 다 돋아나서 모양과 소리는 뚜렷해진 것 같다. 재빨리 벌어진 시장에는 레이션 박스의 물건들이 쏟아져 나왔다. 아이들은 검둥이 뒤를 쫓아가며,

"헬로우!"

하고 손을 벌린다. 한편 마을에서는,

"빨갱이는 모조리 죽여라! 새끼도 에미도 다 죽여라! 씨를 말려야 한다!"

구십 일 동안 두더지처럼 햇빛을 무서워한 사람들은 외치며 몰려나왔다.

"반동은 다 죽여라! 최후 발악하는 인민의 원수, 미제국주의 주구는 한 놈도 남기지 말고 무자비하게 무찔러라!"

―산과 강물까지 말문을 닫게 했던 그 소리는 다시,

"빨갱이는 죽여라! 씨를 말려라!"

메아리는 그렇게 돌아오고 피는 피를 부른다. 갓난아이를 안고 자취를 감추었던 순경 마누라는 빛을 잃은 입술을 떨면서 죽여라! 죽여라! 외친다. 움막에서 하룻밤을 보낼 때 우는 갓난아이의 입을 막아 하마터면 질식시킬 뻔했다고 그는 이를 갈면서 울었다.

강 건너 저쪽, 서울 저쪽에서 아직도 기관총, 대포 소리는 울리고 있었으며, 비행기는 쉴 새 없이 오고 간다. 민주선전실이던 병원은 한청사무실로 변하였다.

"또 사람을 때리제?"

윤씨는 떨리는 소리로 말했다. 한청사무실에서 들려오는 고함 소리, 울음소리를 들으며 지영과 윤씨는 어두운 방에서 서로 마주 보고 앉아 있다.

"걸어갔으니까 아무래도 오늘은 못 올 거고 내일은 오겠지, 아범이."

"아이구우!"

"이 새끼! 빨갱이 새끼!"

"우우…… 아이구우!"

한청사무실에서 끊임없이 울려온다.

"병원집 창고에 가득 잡아다 놨다. 빨갱이 가족들 심부름 좀 해준 사람들도…… 이발소집 여자도 잡혀가고……."

지영은 무릎을 안고 가만히 앉아 있다.

"그만 못 가게 할 거로…… 설마 내일은 오겠지."

윤씨는 자는 아이들의 이불을 다독거려준다. 고함 소리가 나는 병원집 창문의 불빛에 버드나무 그림자가 창고 벽에 일렁일렁 움직인다.

"인민군 환영횐가 뭔가 할 적에 노래를 부른 계집아이도 잡혀가고 꽃다발을 준 국민학교 여선생도 잡혀갔다 하더라. 그라고 뭐 여맹의 부위원장이라 카던가? 와 거 키 작은 여자 말이다. 미처 도망을 못 가고 우물에 빠져 죽을라 카는 거로 잡아와서 옷을 벗기고 다리에 장작을 끼워놓고 때렸다고 안 하나?"

완장을 낀 한청원들은 마을의 치안을 위해 밤새껏 마을을 순찰하고 유엔군이 주둔하고 있는 국민학교 교정은 대낮같이 불이 훤했다. 끊임없이 지나가는 비행기 소리.

이튿날 마을 기관에서 두 남자가 지영이네 집을 찾아왔다.

"몰수한 역산을 쌓아야겠는데 댁의 창고가 크다더군요. 좀 내주셔야겠습니다."

윤씨는 시든 얼굴에 억지 미소를 띠며 그들에게 창고 문을 열어 보여준다.

"상당히 넓구먼. 뭐 할려고 개인 집에 이런 큰 창고를 지었을까?"

키 큰 남자 말에 키 작은 남자가,

"집 지은 사람이 본시 공장을 했거든. 그래서 물건 쌓으려고 이런 창고를 지었지."

하고 사나이는 윤씨를 빤히 쳐다본다.

'대체 당신네들은 어떤 성분의 사람이오?'

하고 묻는 것처럼.

'당신네들이 돌아와서 얼마나 마음이 든든한지 모르겠습니다. 우리 사위 말입니까? 아아, 직장에 내려갔지요. 우리 딸은 내가 아파서 여름 내내 방에만 들어앉아 있었답니다. 사위 형님요? 난 모르오. 우린 아무 죄도 안 지었습니다.'

윤씨의 눈은 그런 말을 하고 있는 것 같았다.

활짝 열려진 문으로 짐이 들어온다. 재봉침, 책상, 옷 보따리, 그릇, 별별 것이 다 창고 속으로 들어간다.

"피아노에 딱지를 붙이라니까 막 고놈의 계집애 매달리잖어? 미국에 있는 고모가 부쳐준 것이니 이건 내 거라고 하면서 말이야. 그런 것들이 왜 빨갱이질을 했는지 몰라?"

"대학교수였지. 그 애 아버지는 무슨 사절단으로 이북 갔다던가? 하여간 빨갱이는 빨갱이지 뭐야?"

"흥, 고놈우 빨갱이 새끼들 역산이라고 뺏아가지고 저희끼리 나누어서 처먹더니만 저희 푼수에 무슨 놈의 비로드 치만고? 여맹의 고년들이 입고 나불거리고 다니더니만 흥, 고년들이 있으면 그만 찢어 죽여버릴 텐데."

짐을 나르면서 청년들이 지껄인다.

"야! 그거 깨겠다 좀, 살살 해."

"뭔데?"

"경대 아냐, 경대?"

그들이 창고 문에 자물통을 채우고 가버리자 지영은 바삐 뛰어나가 문을 잠그고 부엌으로 돌아와 솥에 물을 퍼붓는다.

"뭐 할라고 그라노?"

지영은 대꾸 없이 미친 것처럼 물만 갖다 붓는다.

"와 그라노?"

번쩍이는 눈으로 지영은 쏘아본다. 소름이 끼친 듯 얼굴은 푸르죽죽하다.

"광이야, 전에, 전에 옛날에 말이지, 왕비님이 계셨더래. 그래서……."

희의 목소리가 안방에서 카랑카랑 울려온다.

지영은 아궁이에 불을 지핀다. 윤씨는 부엌 뒷마루에 쭈그리고 앉아서 내려다본다. 지영의 푸르죽죽한 얼굴은 움직이지 않았다. 이따금 아궁이 밖으로 나오는 불길에 그의 눈이 번쩍번쩍 빛나곤 한다. 솥에서 김이 오르자 지영은 물을 바케쓰에 퍼가지고 목욕탕으로 나른다.

"목욕할라고?"

윤씨는 목욕실을 들여다보며 물었다. 지영은 윤씨를 밀어내며 문을 닫는다.

"이 난리 통에 무슨 놈의 목욕인고."

화를 낸다. 화를 내다가 부엌 뒷마루로 돌아가서 쪼그리고 앉는다.

"사람이 죽었는지 살았는지 모르는데 세상에 무슨 경황이 있어서 목욕을 한단 말고."

윤씨의 울먹이는 소리다.

목욕실 바닥을 귀뚜라미 한 마리가 엉금엉금 기어다닌다. 지영은 대야 옆에 쭈그리고 앉아서 몸을 씻지 않고 얼굴만 자꾸 씻는다.

목욕실 창밖에 시꺼먼 왕거미 한 마리가 향나무 가지에 줄을 쳐놓고 그 한가운데 마귀처럼 도사리고 있었다. 밤송이만큼이나 큰 놈이다. 웬일인지 여름 내내 거미가 들끓었다. 거미줄은 향나무, 버드나무, 처마 끝 할 것 없이 온 집을 덮었다. 지영은 무시무시한 거미를 막대기로 쳐서 죽였으나 앙갚음을 할 것 같아서 무서웠다. 그러나 이튿날이면 어디서 건너왔는지 거미는 여전했다. 찬 바람이 부는 지금까지 저렇게 끈적끈적하고 사람이라도 홀쳐 죽일 듯 기분 나쁜 줄을 쳐놓고 있다. 거미줄에 얽혀진 나뭇잎 하나, 바람에 뱅글뱅글 돈다. 마치 발레리나처럼, 머리, 가슴, 몸뚱어리, 그리고 잎줄기는 날씬한 다리처럼. 돌다가는 머물고 또 돈다.

"아이구우, 이 일을 우찌하노. 그만 가지 마라 카이 부득부득 내려가더니만 이 사람이 와 안 오누? 응? 와 안 와."

부엌 툇마루에 쭈그리고 앉아서 울다가 참을 수 없었던지 윤씨는 벌떡 일어났다.

"지영아, 희야네야! 아무래도 무슨 일이 났는갑다. 무슨 일이 없고서야 온다던 사람이 안 올 리가 있나."

윤씨는 목욕실 문을 탕탕 두드린다. 방에서 광이 우는 소리가 났다. 지영은 얼굴을 자꾸만 씻는다.

'돌아오기만 하면, 돌아오기만 하면 바위 굴을 뚫어서라도 그 일 숨겨야지. 돌아오기만 하면 어떤 일이라도 난 할 수 있다. 그 일 데리고 하늘로 날아버리는 일도 할 수 있다. 아아……'

지영은 목욕 가마 모서리에 이마를 얹고 손가락을 비틀며 흐느낀다.

'어쩌다가 그만, 그만 내가.'

어린아이가 풍선을 꼭 잡고 가다가 모르게, 깜빡 모르게 놓아 버린, 기석을 보낸 그 순간이 바로 그런 것이었다. 지영은 어째서 놓았는지 아무리 생각해봐도 알 수 없고 아득하게만 생각되었다.

인민군이 물러가고 유엔군이 아직 돌아오지 않았던 공백의 시간 중 지영은 아주 딴사람으로 변한 듯 미래에 대한 계획을 기석에게 열심히 이야기했다. 그는 과거 어느 때보다 생명을 꼭 잡고 인생을 신뢰하고 있는 것같이 보였다. 오랜 방랑을 끝내고 이제는 살 땅으로 돌아온 여행자처럼. 전쟁이 끝나면 온갖 것 다 버리고 산골에 가서 살자고 그는 말했다. 싸리나무 울타리에 초막을 짓고, 꿀벌을 기르고, 돼지를 치고, 덫을 놓아 산짐승을 잡고, 감나무, 살구나무를 심고, 산나물, 송이, 머루, 산딸기는 얼마나 맛날 것이며, 솔잎도 먹을 수 있지 않느냐고 했다.

"그래그래, 그렇게 하자. 이 시끄러운 세상에 움막 속에 살아도 마음 편한 게 제일이지."

윤씨는 고개를 끄덕였다. 기석은 지영의 말이 귀에 들어오지 않는 듯 멍청히 앉아 있다.

"여보, 물하고 나무하고 땅만 있으면 살아요. 이 거추장스런 것들, 다 일없어요. 통나무를 짤라서 그릇도 만들고, 싸릿대로 바구니도 만들고, 머리만 짜내면 뭣이든 할 수 있어요. 여보!"

지영은 기석의 무릎을 쳤다. 멍청한 기석을 자기 세계로 끌어들이려고. 그러나 지영의 흥분은 결코 정상적인 것은 아니었다. 불안에 대한 가엾은 저항이다. 숨을 곳 없는 사막에서 적기를 만난 병사의 환상이며 회색 벽에 둘러싸인 사형수와 같은 환상이다. 삼천리강산에 그들이 갈 곳은 없었다. 다만 이곳뿐. 세 사람 중에 어느 누구보다 지영은 무서운 그림자와 피비린내를 제일 많이 예감하고 있었다.

목욕을 끝낸 지영은,

"어머니, 잠깐만."

윤씨를 불러내어 응접실 옆방으로 간다. 안방에서 우는 광이를 달래는 희의 목소리가 들린다.

"아이, 무서워. 울면 말이야, 인민군이 와서 잡아간댔어. 우리 광이 착하지, 그지?"

지영과 윤씨는 서로 마주 본다. 빨갛게 부은 지영의 눈을 보고 윤씨는 또 울기 시작한다.

"온다는 사람이 왜 안 오노? 지영아."

"어머니."

"⋯⋯."

"어머니가 정신 차려주셔야겠어요. 아이들 위해서⋯⋯ 설마 노인네를 어떻게 하겠어요?"

"그, 그라믄,"

"아직은 동네에서 우리 일은 잘 모르지만 각오는 해두어야죠."

"각오라니? 너, 너마저."

"알 수 없는 일이에요."

윤씨는 뚫어지게 지영을 쳐다본다. 이제는 지영이 왜 목욕을 했는지 깨달았고 지영도 윤씨가 깨달은 것을 알아차린다.

'여맹원을 잡아와서 옷을 벗기고 팼단다.'

윤씨 자신이 지영에게 전한 말이다.

"아이구, 우 우 우."

윤씨 울음소리는 뒷골목을 지나가는 겨울바람같이 음산하다.

"할머니! 할머니!"

높은 목청, 타둑타둑 마루를 밟는 소리, 아이들이 들어왔다. 우는 윤씨를 보자 그들은 나란히 섰다. 어떻게 해야 할지 모르는 얼굴을 하고서 아이들은 스웨터 끝을 자꾸만 잡아당긴다.

"아이구, 우 우."

광이는 입을 삐죽삐죽 왕! 하고 운다.

희는 작은 팔로 동생을 안으며 지영을 쳐다본다. 지영은 타인처럼 희를 본다. 희의 질린 눈은 피하지도 못한다.

"아범 왔는갑다!"

윤씨의 외치는 소리보다 지영이 먼저 일어섰다. 귀밑으로 해서 빨간 피가 얼굴에 확 번진다. 와락와락 대문을 흔드는 소리, 윤씨는 장지문을 확 열어젖혔다.

"아니다. 아범 아니다……."

떨어져 나간 대문 밑에 보이는 것은 기석이 입고 간 검은 양복바지가 아니었다. 장지문을 잡은 채 윤씨는 서 있고 지영의 얼굴에서 빗기는 가셔신다. 아이들은 두 볼 위에 눈물을 달고 숨을 죽인다. 대문은 다시 와락와락 흔들렸다.

"네, 나갑니다!"

윤씨는 흑 하고 흐느끼다가 스스로 놀라며 얼른 얼굴을 닦는다. 그는 아무 일도 없었던 것처럼 나가서 문을 열어주고 창고에 볼일이 있어 온 사나이에게 웃음까지 띠어 보인다. 코 밑에 수염을 기른 키가 작은 사나이는 엄숙한 표정으로 창고의 자물쇠를 열고 안으로 들어간다. 윤씨는 장독가에 우두커니 앉아서 사나이가 볼일을 보고 나가는 것을 기다린다.

그는 치맛자락을 끌어당겨 얼굴을 닦는다. 그러나 자꾸 눈물이 흘러 닦고 또 닦곤 한다. 사나이는 조그마한 보따리를 하나 들고 나왔다. 그는 사방을 힐끗힐끗 살피며 보따리를 발밑에 놓고 광문을 닫는다. 광문 닫는 소리를 듣고 윤씨가 얼른 나온다. 사나이는 공연히 화난 얼굴을 하며 쇠통을 채운다. 그는 발아래 놓은 보따리를 들고 작은 키를 뒤로 젖히면서, 그러나 눈 둘 곳이 거북한지 아무렇지도 않은 하늘을 빗방울이라도 떨어지는 듯 한 번 올려다보더니 문간으로 간다. 윤씨는 또 미소를 띠며 손을 맞잡고,

"수고하십니다."

했다. 대문을 나선 사나이는 이리저리 살피며 급히 걸어간다.

지영은 치마끈을 떼어 돈을 여러 겹으로 말아서 치마끈 속에 밀어 넣고 시계와 금가락지, 윤씨의 금비녀, 자기 손에 낀 자그마한 자색紫色 알렉산더 구슬이 끼워진 반지까지 뽑아서 그 속에 밀어 넣는다.

"와 그라노?"

방으로 들어간 윤씨가 묻는다. 지영은 바늘 실로 안에 든 것이 움직이지 않게 꿰매더니 윤씨에게 내주며,

"이거 어머니 허리에 차세요."

"내사 싫다. 여차하면 다 죽어버리지 나만, 나만……."

지영은 윤씨가 뭐라 하건 들은 척도 하지 않고 옷장을 열어서 아이들의 옷을 챙긴다. 값지고 따스한 것을 골라가지고 어리둥절하는 아이들에게 여러 벌 겹쳐 입힌다. 아이들은 눈사람같이 뚱뚱해졌다.

"어머니도 옷 갈아입으세요. 답답하지 않을 정도로 많이…… 곧 날씨가 추워질 거예요. 그리고 새 재킷 덮쳐 입으시고요."

"나만 입으믄 어쩔 것고, 다 죽어버리지 뭐 할려고 살아."

"누가 날 잡아간대요? 제발 우는소리 그만하시고 정신 좀 차리세요. 만일의 경우……."

하고는 창문 앞에 꿇어앉은 채 지영은 꼼짝하지 않았다. 눈사람같이 된 아이 둘과 치마끈을 든 윤씨도 꼼짝하지 않았다. 해는 서편 창문에서 비쳐 들어왔다. 발길로 대문을 걷어차는 소리가 난다. 윤씨가 창문을 열고 내다본다. 지영은 돌처럼 움직이지 못한다. 연방 문은 흔들리고 사람들의 목소리가 크게 울린다.

"문 열어!"

"네, 네, 나갑니다."

했지만 모깃소리 같고 윤씨 목구멍에 구걸구걸 가래가 끓는다.

한청원 한 명과 늙수그레한 사나이 둘이 마당에 들어섰다. 군대 바지를 입은 한청원이,

"이 집 사내는 어디 갔소!"

하고 노려본다. 윤씨 얼굴이 흙빛으로 변한다.

"지, 직장에 내려갔지요."

"뭐 직장에? 흥, 할머니하곤 말이 안 돼. 딸 나오라 하시오."

복도에 서 있던 지영이 나간다.

"저예요, 하실 말씀이 있으면 하세요."

"댁이 하기석의 아내요?"

머리를 깎고 철도원같이 검은 양복을 입은 늙수그레한 사람이 앞에 나서며 물었다.

"그렇습니다."

"우리 인천공장에서 왔는데 하기석이 집에 왔지요?"

하고 또 묻는다.

"아뇨."

"인천에 내려왔다가, 튀었는데 정말 집에 안 왔단 말이오?"

"안 왔어요. 의심이 나시면 집을 뒤져보세요."

언제 나왔는지 아이들은 양쪽에서 지영의 치마를 꼭 잡고 있었다. 직공 두 사람은 뭐라고 한참 쑤군거렸다. 집을 뒤질 생각은 버린 모양이지만 그 대신,

"그럼 애기 엄마가 우리하고 같이 내려가셔야겠소."

"안 됩니다."

윤씨가 앞으로 쫓아 나오며 외친다.

"우린 심부름 왔을 뿐입니다. 하기석이 없으면 색시라도 데려오라 했으니까요."

해어진 광목 바지를 입은 사나이가 얼굴을 찌푸리며 말했다.

"흥! 이 집도 말짱 빨갱이였구먼."

한청원은 기웃기웃 응접실 안을 들여다보다가 바지 주머니에 양손을 찌르고 침을 뱉는다.

"우리 아이가 무슨 죄를 지었다고 데려가는 겁니까?"

"글쎄, 우린 모릅니다. 상부에서 시키니까 왔을 뿐이죠."

머리 깎고 키 큰 사나이가 한청원의 눈치를 살피며 말했다.

"안 됩니다. 안 돼요! 우리 아인."

"할머니 마음대로?"

한청원이 험악한 얼굴로 윤씨를 노려본다.

지영은 방으로 들어갔다. 재킷을 걸치고 나왔다.

"가겠어요."

섬돌 위에 내려선 지영은 아이 둘을 한꺼번에 안는다.

"엄마 다녀올게."

지영은 아이들을 놓아주고 걸어나간다.

윤씨는 외마디 소리를 지른다. 그와 동시,

"나쁜 놈들! 나쁜 놈들! 울 엄마, 울 엄마 왜 잡아가노! 잡아 가지 말라!"

유리문을 잡고 앞으로 몸을 내밀며 희가 소리친다. 두 사나 이는 멈칫하고 서버렸다. 지영은 몸을 돌리고 아이들에게 달려 간다.

"엄마, 엄마 꼭 올게."

아이를 안은 지영은 전신을 떤다.

지영이 대문 밖으로 나갔을 때 윤씨의 통곡 소리와 나쁜 놈 들! 하며 울부짖는 희의 울음, 광이의 울음소리가 뒤쫓아왔다.

한 떨기의 들국화

노량진역에 이르는 전찻길은 초라하고 더러웠다. 포장한 지 너무 오래되어 길에는 흙먼지가 일고 돌이 여기저기 굴러 있었다. 길 양쪽에 다 쓰러져가는 집들, 날품팔이 일꾼들이 찾아드는 장국밥집, 녹슨 함석지붕이 찌그러져 있었고 흙먼지가 쌓인 책방, 조선기와를 올린 비틀어진 이층집, 복덕방 포장이 찢기어 너풀거린다. 겨울이면 강바람이 불어와서 춥고, 여름이면 다 망가진 아스팔트가 눅눅하게 녹아서 더운 바람이 일던 곳, 그 거리에 겨울 여름 없이 낡은 전차가 오가고 도시락을 든 가난한 월급쟁이, 학생들, 노동자들이 줄을 지어 기다리고 서 있었는데, 언제, 어느 때, 서러운 세월의 추억도 잊어버린 노인과 같았던 거리가 다 부서지고 지금은 시체가 되어 누워 있다. 이 부서진 거리를 위해 슬퍼하고 우는 사람은 아무도 없다.

군용트럭은 마포 쪽을 돌아서 부교로—인민군이 공사하다 둔—건너가기 때문에 먼지를 일으키고 지나가는 것은 전투모에 중무장한 군인들이다.

부서진 빈터에는 벌써 장이 섰다. 고무신, 비누, 성냥, 곡식 그리고 겨울이 다가오는 탓인지 군대에서 흘러나온 담요, 내의, 군복 바지 따위를 사고판다. 짙게 화장한 양공주가—빨리도 나왔지—쓰러진 가로수 옆에 서서 지나가는 유엔군에게 웃음을 던지고 부모 잃은 맨발의 아이는 거리의 빵을 굽는 판자 옆에 붙어 서서 울고 있다.

키 큰 김씨는 빡빡 깎은 머리를 똑바로 하고 걸으면서,

"너무 걱정 마십시오. 지금 당장은 약이 바짝 올라놔서요. 공기가 험악합니다만 차차 풀어지지 않겠습니까?"

하고 지영에게 말했다.

"하기석 씨는 법 없어도 살 사람인데 운수가 나빴죠."

주름진 이마가 앞으로 툭 불거진 이씨가 말했다.

"이민이하고 친했기 때문에 화를 더 입은 겁니다. 그 새끼 입에서 하기석 형님이 빨갱이 거물이라는 말도 나오고 했으니……."

지영은 오는 사람 가는 사람에 턱턱 부딪치며 걷고 있다. 찬바람에 터진 입술에서 피가 배어난다. 아무렇게나 걸치고 나온 재킷이 어깨에서 미끄러져 벗겨질 것만 같다.

"이 차중에 억울한 사람 많지요. 정 소장도 잡혀가지 않았습니까?"

이씨는 움푹 파인 눈으로 지영을 돌아보며 말했다. 김씨가 받아서,

"그분은 빨갱이들이 죽이려고 명단까지 올려놨는데 유엔군 상륙에 너무 위급해서 빨갱이들이 처치 못 하고 달아났지요. 참 고생 많이 했습니다. 다행히 영어를 잘해서 미군이 차에 실어다 집에까지 데려다주었으니 망정이지."

"우리가 보기에도 참 딱했지요. 그분 어른이 왜정시대 이북서 군수 노릇을 했다고 해서 그곳에서 못 살고 월남한 분들 아닙니까? 워낙 착한 분이고 인심을 안 잃어서 처음 빨갱이들이 들어와 가지고 선거를 한다는 바람에 그분이 직업동맹 부위원장으로 됐지 뭡니까. 그게 그분을 위한 짓이 아닌데…… 그 세상이

니 감투를 마음대로 벗을 수 있겠습니까, 달아날 수가 있겠습니까. 가시방석이죠."

영등포의 넓은 가로는 인천서 올라오는 군용트럭으로 꽉 메워져 있었다. 잠시도 멈추지 않고 트럭은 계속하여 지나간다. 소속을 표시하는 붉고 푸른 머플러를 목에 두른 유엔군 운전병은 차창 안에서 한 컷의 그림처럼 지영이 옆을 스쳐 가고 또 스쳐 간다. 헬리콥터 전투기도 북쪽을 향해 가고 멀리 동두천 방면인가, 의정부 방면인가, 대포 소리는 여전히 울리고 있었다. 가까운, 아주 가까운 마치 쓰러진 공장 뒤쪽에서처럼 따따따! 하고 따발총 소리도 이따금 들려온다. 빠져나가지 못한 패잔병들의 응전인가 보다.

쓰러진 전봇대, 끊어져서 땅에 떨어진 전선, 탄피, 벽돌 조각, 산비탈의 빈민굴 쪽에는 폭풍에 부서진 집들이 입을 딱 벌리고 거리를 굽어본다.

"음식점이 한세월 보는군."

재빨리 개업한 음식점에는 손님들이 득실거린다.

"피란민 덕분이지."

피워 문 담배를 가로수에 비벼 끄고 담뱃갑 속에 꽁초를 넣으며 이씨가 대꾸한다.

경부선과 경인선 갈림길에서 김씨와 이씨는 지영을 데리고 둑을 넘어서 철로로 내려간다. 트럭이 쉴 새 없이 다니는 경인가도를 피해 사람들은 모두 철로를 걷고 있었다.

피란민들은 그들의 집을 향해 돌아가고 돌아오고 있었다. 해어진 옷, 그을린 얼굴, 쩔룩거리는 걸음걸이, 잔디가 마르기 시작한 둑에 앉아서 고구마로 요기하는 사람도 있었다. 철로 옆에 보따리를 내려놓고 우는 아이에게 김밥을 주며 달래는 젊은 어머니도 있었다.

"정말 전쟁이 지나갔는지 모르겠다."

김씨가 중얼거린다.

"그러게 말이오."

이씨가 대꾸한다.

지영은 철로의 침목을 하나씩 하나씩 밟고 간다. 그의 생각은 콜타르를 칠한 거무칙칙한 침목에서 벗어나지 않는다. 기차가 그를 깔고 지나간다 해도 달려오는 기차가 눈에 보일 것 같지 않았다. 기적 소리도 귀에 들릴 것 같지 않았다. 침목이 발끝에 밟힐 때마다 그는 마음속으로 수를 헤아린다.

'열다섯, 열여섯…… 쉰둘, 쉰셋.'

하다가 수를 잊어버리면 다시 그는 하나로부터 시작한다.

'하나, 둘, 셋, 넷…….'

아무 생각도 할 수 없었다. 침목을 하나하나 세어나가는 능력 이외 슬퍼할 수도 괴로워할 수도, 더군다나 울 수도 없었다. 그의 눈에 이따금 산이 보이고 멀리 경인가도의 트럭 행렬이 보이고 짐을 짊어지고 지나가는 젊은 부부가 보일 때,

'내가 꿈을 꾸고 있구나.'

하고 생각해본다.

동리가 다가오고 검문소가 가까워지면 김씨와 이씨는 철로에서 둑을 넘어 길로 올라간다. 지영도 따라 올라간다. 김씨와 이씨는 검문소에 그들의 신분증을 내보이고 나서 신분증이 없는 지영을 가리키며,

"조사하기 위해 잡아갑니다."

매우 엄격한 태도와 말투로 김씨가 말했다. 그럴 때마다 검문하는 헌병이나 순경은 무서운 눈초리로 지영을 노려보며, 지영은 멍하니 서 있을 뿐이다.

"오늘 해 안에는 못 들어가겠다."

이씨가 말했다.

"어림도 없지."

김씨가 대꾸했다.

"그럼 어떡허지?"

"소사쯤 가서 여관에 들어야지."

김씨는 해를 보며 어림하고 말했다.

소사에 도착했을 때 아직 통금까지 시간이 있고 해도 남아 있었다.

"가다가 도중에서 통금에 걸리면 오도 가도 못하지. 어디서 자든 우리는 괜찮지만 여기서 머물기로 하지."

김씨 말에 이씨가 고개를 끄덕인다.

"저기 여관이 있군."

김씨는 뻣뻣한 큰 키를 가누는 듯하며 길모퉁이의 초라한 여관으로 걸어간다. 지영은 주저앉아서 땅바닥만 내려다보고 있고 이씨는 여관 유리 창문을 바라보고 서 있다.

한참 후 김씨는 나왔다.

"가시지요."

대머리에 번들번들한 인조 마고자를 입은 여관의 주인 영감은 나무 의자에 버티고 앉아서 들어오는 사람, 나가는 사람을 감시하듯 쳐다본다. 심부름꾼의 활기 띤 목소리가 안에서 들려온다. 지영은 출입문에서 먼 방에 들고 김씨와 이씨는 출입문 가까운 방에 들었다.

밤새도록 여관집 앞을 트럭이 지나갔다. 높은 곳의 손바닥만큼 작은 들창문은 쉬지 않고 소리 내며 흔들린다. 지영은 누웠다 일어섰다, 수없이 그 짓을 되풀이한다.

'나쁜 놈들! 나쁜 놈들!'

땅을 구르며 멀어져가고 다가오는 트럭 울림과 함께 희의 목소리가 다가오고 멀어져간다. 지영은 미친 것처럼 다시 일어나 앉는다. 거리에 내쫓긴 윤씨와 아이들의 모습을 지우려고 그는 자기 머리를 잡아 뜯는다. 거리로 내달려 트럭 밑에 깔려 죽고 싶은 충동을 몇 번이나 느낀다.

새벽이 가까워졌을 때 지영은 무엇인지도 모르게 기도를 올리고 있었다. 꿇어앉아서 몇 시간을 기도한다. 그러나 그의 아픔을 덜어주는 힘은 아무 곳에도 없었다. 가엾은 아이들과 어머니를, 남편의 생명을 구해주겠다는 소리는 아무 곳에서도 들려오지 않았다. 참으로 인간의 힘이 아무 곳에도 미치지 못함을 지영은 절감하며 운다.

이튿날 아침에 출발하여 정오쯤 해서 인천 못 미쳐 K마을에 그들은 도착했다. 지영은 몸을 질질 끌듯 하며 사택이 즐비한 거리를 지나간다. 지영을 보고 알은체하려다가 당황하며 그냥 지나치는 남자도 있고 조소를 머금고 빤히 쳐다보는 남자들, 뒤통수에 대고 욕지거리를 하는 치들도 있었다. 사택 거리를 지나 또 간척 지대를 지나 직공들의 초라한 막사가 바라다보이는 곳에까지 왔다. 주말이 있고 낮부터 그 안은 술꾼들이 모여들어 떠들썩하니 떠들어대고 있었다. 시골 면사무소 같은 사무실 앞에서,

"들어갑시다."

김씨가 말했다. 지영은 사무실로 들어간다. 김씨, 이씨, 이 늙은 포리捕吏는 엄격한 얼굴을 만들며 지영의 뒤에 버티고 선다.

"하기석의 처를 데리고 왔소. 하기석은 없었습니다."

김씨가 지영이 뒤에서 말했다.

나이 별로 많지 않은 사나이, 아마도 한청의 단장일 듯, 그는 무엇에 화가 났는지 잔뜩 찌푸리고 있다가 지영을 힐끗 쳐다본다.

"헛수고했군."

내뱉었다.

두 사람은 서로 마주 본다.

"어제 당신들 올라간 뒤 하기석은 잡혔어."

지영은 뚫어져라고 사나이 얼굴을 바라본다.

"붙잡혔어요?"

이씨가 되묻는다.

"붙잡혔어. 김두석의 집에 숨어 있었더군. 김두석 녀석, 치도 곤을 맞았지."

그는 흥미가 없는 듯 담배를 뻑뻑 피우며 의자를 뒤로 밀어내고 책상 위에 한 다리를 얹는다.

"어떻게 했소?"

김씨가 물었다.

"뭘?"

"하기석이 말이오."

"넘겼지, 뭐."

지영은 두 손을 꼭 맞잡고 책상 앞으로 달려간다.

"어, 어디로 갔어요, 그인?"

"그걸 내가 어떻게 아오."

"아무 죄 없어요! 그인 아무 죄 없어요! 저 땜에 피란 못 간 죄밖에 없어요!"

"죄가 없다구! 빨갱인데두 죄가 없단 말이야?"

그는 담배를 빨다 말고 고개를 돌려 지영을 노려본다.

"그인, 그인, 빨갱이 아니에요!"

"이것 봐라? 빨갱이 아니라구? 빨갱이 아닌데 왜 공산당에 입당원선 냈지?"

"빨갱이가 아니기 때문에 입당 안 된 것 아니에요."

사나이는 책상 위에서 발을 내리고 의자에 기대었던 몸을 일으키며,

"오오라 참, 물어볼 일이 있지. 그래 기석이 형은 어디 갔지?"

"모르겠어요."

"빨갱이의 거물이라는 것도 모르나?"

"몰라요! 그인 우리하고 아무 관계도 없어요."

"흐흥? 관계가 없다? 거 제법 똑똑하다. 너도 웬간히 설쳤겠구나. 지금이 어느 땐 줄 알어? 인공시댄 줄 아나! 빨갱이 식구들은 홈싹 다 묻어버려도 말할 사람이 없다는 걸 모르는가? 뭐, 죄가 없다고?"

어디서 무척 가까운 곳에 따따땃! 하고 따발총 소리가 들려온다.

"저 빌어먹을 소리! 기분 나빠 못 살겠다."

사나이는 얼굴을 찡그린다. 그 기회를 타고 김씨가,

"이 여잘 어쩔까?"

하고 묻는다.

"이제 일없다니까!"

사나이는 소리를 바락 질렀다.

"나가요!"

김씨는 우악스럽게 지영을 떠밀어낸다. 지영은 나가지 않으려고 문 한 짝을 잡는다.

"제발, 제발 좀 가르쳐주세요. 그인 어딜 갔어요?"

"지옥으로 갔겠지."

사나이의 대답이다.

"나가요! 나가라니까!"

김씨는 다시 우악스럽게 지영을 떠밀며 화를 낸다. 지영은 휘청거리며 밖으로 끌려 나온다. 청년들이 바쁘게 왔다 갔다 하고 있었다. 술집에서 왁자하니 소리가 쏟아져 나온다.

김씨는 나직한 목소리로 부드럽게 물었다.

"어떻게 하시렵니까?"

"……."

"오늘은 돌아갈 수 없을 겝니다. 통행증도 얻어야 하니까요."

"……."

"모친과 아이들을 위해서 무사히 돌아가시는 것만도 다행으로 아십시오."

"……."

김씨는 이씨하고 한구석으로 가더니 무슨 의논을 하는 모양이다.

"우리 집으로 가시죠. 주무시고 내일 아침에 일찍 떠나시도록, 그동안 제가 얘기해서 통행증을 얻어놓을 테니까요."

김씨는 돌아와서 말했다.

"그렇게 하십시오."

이씨도 권한다.

"자, 어서."

지영은 김씨를 따라 발을 옮긴다. 이씨는 지영의 뒷모습을 바라보다가 직공들의 막사가 있는 곳으로 내려간다.

지영은 김씨를 따라 비탈길을 느릿느릿 올라간다. 비탈의 흙은 코크스를 쌓아놓은 듯 꺼무직칙하다. 어떤 곳은 층이 지고 부서져 흩어진 흙덩어리는 석탄처럼 검게 빛난다. 그 흙 벼랑에 연한 보랏빛 들국화가 피어 있었다.

지영은 비탈길에 주저앉는다. 두 손으로 얼굴을 가리고 흐느껴 운다. 앞서가던 김씨가 돌아본다. 그는 담배를 꺼내어 붙여 물고 딱한 표정으로 멀리 직공들의 막사를 바라본다. 담배 연기가 바람에 흩어진다. 지영은 땅 위에 무릎을 꿇은 채 더욱더 섧게 운다. 구름이 지나갔다. 들국화 위에 그늘을 드리우면서,

"이러지 마십시오. 자아, 갑시다."

한참 만에 지영은 일어서서 김씨 뒤를 따라 걸음을 옮긴다.

김씨의 집은 직공들의 막사가 아니다. 비탈길을 돌아서 자갈이 많은 여윈 채마밭 옆의 외딴 오막살이가 그의 집이다. 바다가 보였다. 나지막한 언덕을 돌아 나온 왼편에.

"웬 손님이오?"

여윈 채마밭에서 고추를 따고 있던 몸집이 작은 중늙은—김씨보다 훨씬 늙어 보이는—여자가 급히 달려오며 김씨에게 물

었다.

"집사람입니다."

김씨는 말하더니 마누라를 데리고 저만큼 가서 무슨 얘기를 한참 한다. 그는 그길로 뒤의 헛간으로 돌아가고 마누라만 지영의 옆으로 왔다.

"아이구 기막혀라. 젊은 댁네가……."

마누라는 언짢아서 어떻게 위로해야 할지 모르겠다는 얼굴이다.

"자, 마루에 좀 앉으시우. 세상을 잘못 만나서 우리 중생들이 이리 고생입니다. 부처님도 야속하시지. 나무관세음보살."

마누라는 작은 툇마루를 걸레로 훔치고 지영에게 앉기를 다시 권한다. 지영이 마루에 걸터앉자 그는 급히 부엌으로 달려간다.

바다는 푸르다. 푸른 바다에 햇빛이 담뿍 실리고 갈매기가 날아다니지만 고깃배 한 척 없이 수평선은 아득히 먼 곳에 있었다. 이곳까지 파도 소리는 들려오지 않았다.

이날 밤 지영은 가난한 외딴집에서 잠자리에 들었다. 목탁 두드리는 소리에 지영은 눈을 떴다. 촛불이 흔들리는데 낭랑한 독경 소리, 김씨와 그의 마누라가 나란히 앉은 옆모습이 눈에 보인다. 상 위에 냉수 한 그릇을 떠놓고 그들은 불경을 읽고 있었다. 목탁을 두드리는 김씨, 염주를 집어 넘기는 마누라, 두 사람은 다 같이 눈을 감고 있다. 화합되어 나오는 그들의 높고 낮은 목소리와 눈 감은 얼굴은 엄숙하고 슬기롭다. 불경 소리는 가난한 방에서 멀리멀리 바다까지, 멀리멀리 새벽별 있는 곳까지 번져나가는 것 같았다. 지영은 일어나 앉아서 그들 앞에 고개를 숙인다. 가난한 외딴집에 이렇게 깊은 정신생활이 있었다는 것은 지영으로 하여금 어떤 안정감과 구원을 받을 수 있다는 생각을 갖게 했다. 새벽 독경이 끝나자 김씨는 돌아앉는다. 김씨는,

"하 선생을 위해 신장불공을 올렸습니다."

"부처님이 돌보아주실 거예요."

맑게 가라앉은 목소리로 마누라가 말했다.

"감사합니다. 감사합니다."

지영이 몇 번이나 뇌는데 눈물이 괸 눈에 등잔불과 김씨의 중머리가 흔들린다.

"나는 젊을 때 산에 있었지요. 마음이 모자라서 환속하고 이십 년이 다 돼가지만 부처님 옆을 떠날 수 없었습니다. 결국 다시 돌아가게 되겠죠. 세상이 이리 차차 험해지고, 인생이 참 허무합니다."

김씨는 중머리를 쓸면서 조용히 말했다.

아침 해가 여위고 자갈이 많은 밭을 거쳐 오막살이 마루에까지 비쳤을 때 마누라는 떠나는 지영을 위해 김밥까지 마련해주었다. 김씨는 통행증을 해가지고 돌아왔다.

"좀 더 계시다가 서울로 가는 화물차가 있다니까 그것 타고 가시도록 하십시오."

"마침 잘됐구려."

마누라는 남편에게 말했다.

한참 후 지영은 김씨를 따라 나왔다. 언덕 밑의 빈터에 가마니를 깔고 고추를 펴고 있던 마누라가 나오는 지영을 보고 일어섰다.

"아하…… 나무관세음보살."

지영은 손을 내려다본다. 반지를 끼웠던 손가락에 자국만 하얗게 남아 있을 뿐 반지는 없었다. 시계를 찼던 손목에도 자국만 남아 있었다. 시계와 반지는 치마끈에다 넣어서 윤씨에게 주고 왔던 것이다.

'무엇을 이들에게 정표로 남길까?'

그러나 그들에게 남겨줄 만한 것은 아무것도 없었다.

"살아남으면 또 만날 날이 있을 거예요."

바다를 바라보며 중얼거렸다.

"천화지화를…… 사람의 힘으로 어찌하겠소. 늙은 어머님이 얼마나 애타게 기다리실까, 어서, 어서 가시우."

마누라는 영 안돼하며 지영에게 어서 가라고 손짓한다.

철로 근처에 사람들이 서성거리고 있었다. 서울로 가는 차편을 기다리는 모양이다. 김씨는 남의 눈을 피하기 위해 철로까지 따라오지 않고 지영에게 통행증을 내준다.

"가셔서 기다리고 계시다가 타고 가십시오."

그는 사람들이 서 있는 곳으로 가라고 손짓한다.

지영은 김씨에게 작별 인사를 하고 쩔룩거리며 걸어간다. 사택이 있는 길을 지나서 철로 근방까지 갔을 때 기차를 기다리고 서 있던 사람들은 지영을 외면한다. 외면한 사람 중에 키가 후리후리하고 감색 양복을 입은 정 소장도 있었다. 그들은 몹시 꺼리고 두려워하는 표정이다.

　"제기랄 것! 저놈의 소리만 좀 안 났음 좋겠다."

　한 사람이 침묵을 깨뜨리고 좀 높은 목청으로, 아무도 대꾸하지 않는다.

　지금도 대포 소리는 들려오고 있었다. 기차는 기적도 울리지 않고 다가왔다. 짐을 싣는 것도 아닌데 화물차는 거의 한 시간 이상이나 머물렀다. 겨우 떠나려 하자 비어 있는 찻간으로 모두 올라간다. 지영은 맨 나중에 그들 뒤를 따라 기차에 올랐으나 모두 그를 보기 거북하며 피한다. 지영은 한구석을 찾아 그들에게 등을 보이고 앉는다. 그들은 잡담을 시작했다. 그러나 정 소장은 열려져 있는 화물차 문간에 머리칼을 날리며 우두커니 앉아 있었다. 오류동에 닿은 기차는 다시 몇 시간이나 지체한다.

　"이거 걸어가는 편이 나았을 걸 그랬군."

　"서울에 못 들어가서 통금에 걸리면 야단이지?"

　노파가 파아란 광주리에 찐 고구마를 담아가지고 왔다.

　"고구마 안 사겠수? 방금 쪄내 왔는데……."

　남자들이 고구마를 사서 먹는다.

"소장님 잡사보세요."

코 밑이 긴 사나이가 정 소장에게 고구마 두 개를 준다.

"부인."

정 소장이 지영을 부른다. 지영은 웅크리고 앉은 채 꼼짝하지 않았다.

"희야 어머니."

다시 불렀다. 지영은 멍한 눈으로 돌이본다.

"시장하실 텐데 잡사보시죠."

그는 고구마를 지영에게 내밀었다. 지영이 가만있으려니 그는 다시,

"자, 받으십시오."

지영이 받는다.

"이것 다 소설거립니다."

말하는 정 소장 얼굴에 괴로운 미소가 지나간다. 지영은 고구마를 든 채 그냥 움직이지 않고 앉아 있었다.

기차는 출발하여 달리는데 노량진역을 그냥 지나간다. 지영은 정신없이 앉아 있었다. 마포가 건너다보이는 모래밭에 기차는 머물렀다.

"내리셔야 할 텐데."

정 소장이 말했다. 지영은 넋 빠진 것처럼 기찻간 안의 사람들을 빙 둘러본다. 어느 누구를 보는 눈도 아니다. 그리고 그는 기차에서 내린다.

사방에서 햇빛은 오래전에 사라지고 강물이 뿌옇게 묻어온다. 지영은 발목이 푹푹 빠지는 모래밭을 걸어간다. 어둠과 밝음이 엇갈리는 하얀 모래밭이 끝없이 뻗어 있다. 강가에 물결치는 소리, 아직 처리를 못 한 인민군 시체가 여기저기 굴러 있었다.

　날이 점점 어두워온다. 지영은 빨리 걸으려고 애를 썼으나 발이 푹푹 빠져 들어가는 모래밭에 제자리걸음을 하고 있는 것만 같다. 지영은 신발을 벗어 든다.

　"내 아이들! 우리 어머니!"

　지영은 울부짖으며 뛴다. 물결 소리가 싸아! 하고 밀려온다.

　"내 아이들! 우리 어머니! 아아 당신!"

　고구마를 모래밭에 던진다.

　지영이 울부짖으며 미친 듯 뛴다. 그러나 한강 인도교까지 모래밭은 아득하다.

야전병원

　군의관은 무서운 눈초리로 노려본다. 땀에 젖은 먼지로 얼룩이 진 이마빼기에 푸른 정맥이 신경질적으로 뻗는다. 부상병의 눈은 유리알같이 움직이지 않는다.

　"개새끼들!"

　군의관의 욕지거리에 유리알 같은 눈이 흔들린다. 부들부들

떨며 부상병은 고개를 떨어뜨린다. 군복을 찢어서 동여맨 왼팔에는 핏덩어리가 고약처럼 말라붙어 있다.

"개새끼들! 너 같은 놈들은…….'

욕지거리를 하다가 군의관은 부상병을 내버려두고 가버린다. 무표정하게 서 있던 간호병도 군의관을 따라 그냥 지나가 버린다.

"동무도 왼팔이야!"

이번에는 군의관도 지친 듯 말하였다. 우악스럽게 팔을 잡아끈다. 부상병은 짐승같이 신음 소리를 낸다. 군의관은 간호병에게 그 팔을 내밀며,

"이래가지구 뭐가 되겠어."

내뱉는다.

치료를 받는 부상병은 이를 악물고 운다. 시꺼멓게 기름때가 앉은 뭉실한 코, 그 코끝에서 눈물방울이 뚝뚝 떨어진다. 땀 냄새와 비린내가 코를 찌른다. 모두 그 광경을 묵묵히 지켜보고 있다.

○○군단 야전병원에는 끊일 줄 모르게 부상병이 실려 들어왔다. 부상병들이 실려 들어오는 만큼 시체는 병원 밖으로 실려 나간다. 운반차 속에서도 죽고, 들것 위에서도 죽고, 야전병원 뜰에서 뜨거운 햇볕을 받으며 물 달라고 소리소리 치다가도 죽어갔다. 폭풍에 얼굴 살점이 다 달아난 병사, 삐져나온 눈알이 흐물흐물 움직이며 연방 피가 쏟아지는, 팔과 다리를 잃은 병

사, 창자가 터져서 파리가 엉겨 붙고 숨을 쉴 때마다 분수처럼 피가 솟구치고, 먼지와 비린내와 땀, 카키 빛 군복과 햇빛과 핏빛, 그 세 가지 강렬한 색채에 눌려 아비규환은 오히려 한낮 같은 적막으로 사라지는 것 같다.

기훈은 벽에 몸을 기대며 왼손으로 호주머니 속에서 담배를 꺼내어 물고 라이터를 켠다. 그러나 기름이 떨어졌는지 불이 당겨지지 않는다. 그는 여러 번 켜려고 애를 쓰다가 할 수 없이 입에 문 담배를 뽑아버린다. 옆에서 지켜보고 있던 소년이 빙긋이 웃으며,

"제가 성냥 얻어 오갔시오."

소년은 다리를 쩔룩거리며 어느 환자에게 가서 성냥을 얻어 왔다. 기훈은 뽑았던 담배를 다시 물고 소년을 쳐다본다. 소년은 성냥을 켜 불을 붙여준다.

"고마워."

소년의 커다란 눈이 웃는다.

"너 인민군이냐?"

"네."

"대체 몇 살이냐?"

"열일곱이야요."

"열일곱? 더 어려 보이는데."

"열일곱이야요. 틀림없시오."

"틀림이 없어? 엄마 젖 먹고 싶은 얼굴인데."

하고 싱긋이 웃는다. 소년은 성난 듯 얼굴을 붉히더니 쩔룩거리며 자기 자리로 돌아가 눕는다.

기훈은 천장을 향해 연기를 뿜어낸다.

"동무."

소년은 화가 풀렸다. 기훈은 소년에게 얼굴을 돌린다.

"저번에는 고마웠어요."

"……?"

"떡을 주시지 않았시오?"

"떡을?"

"여성 동무들이 가지고 온 떡 말이야요. 모두 한 개씩 먹었는데 전 두 개 먹었시오."

기훈은 기억이 나지 않는 듯 소년을 바라본다. 그보다 사람의 얼굴과 사람의 목소리를 처음으로 의식하듯 소년을 바라본다.

"아, 참."

소년은 다시 일어났다.

"거 라이터 내시오. 휘발유 얻어서 넣어 오갔시오."

손을 내민다. 얼마 후 소년은 라이터에 휘발유를 넣어서 기훈에게 갖다주었다.

소년은 무엇이 그리 즐거운지 노래를 부르다가,

"동무."

하고 또 불렀다.

"동무는 인민군이 아니디요?"

"보는 바와 같이."

"그라믄 빨디산이오?"

기훈은 글쎄 하는 식으로 고개를 갸우뚱해 보인다.

"그라믄 중앙당원이다레."

"아무렴 어때? 여기 함께 있으니께 우린 동무 앙이가."

서투른 북쪽 사투리를 쓴다. 소년은 맑은 소리를 내며 웃는다.

야전병원의 뜰과 잇닿은 잡나무 숲으로, 기울어져가는 가을 햇볕을 안고 기훈은 나무 밑에 앉는다. 팔을 매단 흰 붕대가 얼굴을 창백하게 한다. 성한 한 손으로 담배를 꺼내어 붙여 문다.

야전병원 뜨락의 국방색 천막 사이로 간호장교들이 왔다 갔다 한다. 유니폼은 초라하지만 그 속에 든 엉덩이와 앞가슴은 넘쳐날 듯 팽팽하고 싱그러워 보인다.

"남한 출신도 많겠지. 그건 걸음걸이로 알 수 있지."

왔다 갔다 하는 간호장교를 바라보며 중얼거린다. 야전병원의 넓은 뜰에 바람이 인다. 흙먼지를 말아 올린다. 콩가루처럼 바스라진 황토, 붉은 돌개바람이 때때로 햇빛을 흔들어주곤 한다. 언덕도 없는 평평한 잡나무 숲 뒤편에서 송장 냄새를 맡은 까마귀들이 울어댄다. 떼를 지어 날아오르곤 한다. 까마귀들은 시체를 쪼아 먹고 있는지도 모른다.

천막 사이를 간호장교가 왔다 갔다 하고 있다. 허리를 졸라맨 가죽 혁대의 선이 아름답다. 기훈은 여자란 참 좋은 거라 생각한다. 천막 뒤에서 운동장으로 걸어 나온 간호장교 한 사람이 턱을 쳐들고 하늘을 보면서 어깨를 두들기고 팔을 주무른다. 가죽 혁대처럼 가는 그림자가 옆으로 뻗는다. 그는 기훈이 앉아 있는 잡나무 숲으로 얼굴을 돌린다. 한참 바라보고 있다가 기훈을 향해 걸어온다. 간호장교는 기훈이 앞에서 멈추어 섰다. 남자 구두처럼 투박하고 흙투성이가 된 여자 구두를 내려다보다가 기훈은 천천히 얼굴을 든다.

"동무, 왜 여기 계시오?"

둥글넓적한 얼굴의, 강한 인상이다. 다만 눈이 서글서글하여 여자다웠다.

"여기 있으면 안 됩니까?"

농치듯 되묻는다.

"병재 앙이오? 바람이 차오."

"햇볕이 따스하구먼요."

"바람이 차다니까요."

짜증 부리듯 가볍게 발을 구른다.

"햇볕이 따스하오."

"어린애 앙이잖이오? 거 보우, 얼굴에 열이 올랐구마."

"열이 있지요. 그러니까 좀 식히고 있는 거죠."

싱긋이 웃는다.

"농담할 때 앙이오."

"창자가 터지고 팔다리가 날아가는 판에."

"죽는 사람은 할 수 없소. 경상자나 날래 나아개지고 일터로 나가야 하지 않소."

여자는 전방이라는 말 대신 일터라는 말을 했다.

"나는 내장병 환자 아니니까 걱정 마오. 날래 나을 테니, 그보다 햇빛 보게 좀 비켜주오."

"참 동무 이상하오."

"우리 세상엔 이상한 것 하나도 없소."

"말꼬리를 물기요?"

"난 붕어가 아닌데."

"마, 신경질 나서,"

하다가 간호장교는 웃는다.

"오늘도 많이들 오는 모양이죠?"

"자꾸 밀려들어 오우. 어째 그런지 모르겠구먼. 그놈의 낙동강 한숨에 건너버림 될 거르, 정말 죽음의 낙동강이오."

간호장교는 기훈을 가만히 쳐다보다가,

"도강한 인민군은 하낫도 살아남지 못했다니…… 뭣들 하고 있는지 모르겠소."

"뭘 하긴, 전쟁을 하고 있지 않소? 전쟁은 죽는 것 아니오?"

"동무는 정말 여기 있기요?"

"좀 있다 가리다. 날래날래 나아서 일터로 가야지."

기훈은 픽 하고 웃는다. 여자도 슬그머니 웃으며 돌아선다. 남자 것처럼 투박하고 흙투성이가 된 구두를 털버덕거리며 간호장교는 뛰어간다. 그 보기 싫은 구두만 아니더면 여자의 몸매는 훨씬 더 아름다웠을 것을, 적어도 얼굴보다는.

'흠…… 날래날래 나아서 일터로 가라고? 영애는 나를 살인자 악마라 하고.'

간호장교의 모습이 멀어진다. 멀어질수록 강한 여자의 체취가 기훈을 흥분시킨다.

'조국에 봉사하는 게 아름다우냐, 지아비에게 봉사하는 게 아름다우냐?'

간호장교는 시야에서 아주 사라졌다.

'말을 타고 검을 휘두르는 잔 다르크는 매력이 없어. 하지만 자명고를 찢은 낙랑공주는 확실히 매력적인 여자야.'

부드럽고 나긋나긋한 여자의 손길이 전신에 느껴진다. 어깨의 상처가 불로 지진 듯 아파온다. 강한 정욕의 감동.

잡나무 숲의 단풍은 이르다. 특히 낙엽송이 일찍이 물들고, 그 벽돌빛 나뭇잎이 보슬보슬 떨어진다. 바람이 불어와서……

부상병을 실은 자동차가 들어온다. 넓은 뜰에 붉은 흙먼지가 일고 종잇조각이 뱅글뱅글 돌며 날아오른다. 숲 뒤쪽에서 까마귀가 운다. 시체를 쪼아 먹는지.

"동무!"

소년이 지팡이를 짚고 쩔뚝쩔뚝 걸어오면서 기훈을 불렀다.

"여기 계시구만요."

소년은 기훈의 옆에 오자 지팡이를 휙 던지고 옆에 앉는다.

"또 부상병이 많이 들어오디요."

소년이 말했다.

"음."

"정말 큰일이야요. 동무는 인민군 아닌데 어디서 부상당했
지요?"

"지나가다가."

"파편 맞았시오?"

"음."

"어디 가시다가?"

"저기 멀리."

하고 기훈은 웃는다.

"혼자?"

"으음, 다른 동무 한 사람과."

"그 동무는 어찌 됐지요?"

"몰라."

"그래도 동무는 어깰 다쳤으니 참 다행이야요. 하긴 인민군
동무 아니니께."

"안 다쳤으면 더욱 다행이었지."

소년은 왠지 고개를 강하게 흔들었다. 아주 심각한 낯빛으로
그는,

"아니오, 아니오. 어깨 아니구 팔 다쳤으면 비겁자 되거든요.
하긴 동무는 인민군 아니니께."

"……."

소년은 목소리를 낮추며,

"동무는 모르시디요?"

"……?"

바람에 낙엽이 바스락! 떨어지는 소리가 들린다. 소년은 큰 비밀을 털어놓듯 사방을 한번 살피고 나서,

"왼팔 다친 사람 적탄에 맞은 것 아니야요. 지가 지 팔 쏜 거디요."

"지가 지 팔을 쏘아?"

"그렇디요. 지가 지 팔 쏜 거디요. 동무니께 얘기하니끼 딴 사람한텐 말 말라우요."

소년은 다짐하고 나서,

"낙동강에서는 부상당하디 않으믄 모두 죽거든요. 후퇴 안 되니께 죽고 마는 거디요. 부상당하믄 후방으로 오게 되거든요. 그러니께 모두 살라고 그러는 것 아니갔소."

"……."

"어떻게 지 팔을 쏘는디 아오?"

"……."

"그냥 쏘믄 몸이 튀니께 뚜꺼운 걸 받쳐가디고 쏘거든요. 그런 사람 많디요. 아주 많디요. 특히 남조선의 의용군 동무에게 많디요. 그렇잖으믄 죽으니께. 낙동강은 그냥 죽으루 가는 거니께."

기훈은 천막 앞을 왔다 갔다 하는 간호병들을 바라보고 있

다. 아까 그 간호장교가 잠시 멈추어 이쪽을 바라보더니 가버린다.

"그 애들 중엔 팔을 짤라버린 치들도 많디요. 구박둥이거든요. 그냥 내버려두니께 썩어서 짤라버리는 거디요. 그래도 아무 말 못 하고 풀이 죽어서…… 참 많이 죽었디요. 낙동강변에 콩을 부어놓은 듯 시체가 굴러 있었으니께."

"꼬마도 낙동강 갔었댔나?"

"가구말구요. 난 도강했시오."

소년은 뻐긴다.

"나는 부대장 동무 연락병이었디요. 줄곧 부대장 동무만 따라다녔어요. 우리가 도강하던 날 밤은 캄캄했시오. 그때까지 우린 수송이 안 되어 삶은 밀만 먹었디요. 가마니 속에 삶은 밀을 넣어 오는데 그걸 나누어 먹는 거야요. 그런데 그날 밤엔 흰 주먹밥을 주디 않갔시오? 그때도 난 두 개 먹었디요. 부대장 동무가 하나 더 주더구만요. 참 기가 막히게 맛나데요. 그래가디고선 우린 강을 건너는 데 새끼줄을 잡고 갔시오. 가마니를 처넣어서 메운 장소에 새끼줄을 쳐놨거든요. 그래도 빠져 죽은 사람이 많았시오. 참 많았시오. 떠밀면 한꺼번에 나자빠디고 어두워서 보여야디요."

"꼬마는 어떻게 살아왔지?"

"거 기적이디요. 발을 다쳤거든요."

"그래 후송됐나?"

"네…… 참 별일 다 겪었시오. 그래 그쪽에 닿으니께 조용합디다요. 나는 부대장을 따라갔시오. 참 놀랍습디다. 땅 밑에 깊숙이 파놓은 대피호였시오. 굵은 서까래를 보면서 난 저런 것을 어떻게 날라 왔나 싶어 신기하더먼요. 아주 썩 잘 꾸며놨더구먼요. 거긴 군관 동무들이 모여서 작전회의를 하는 거야요. 지도를 펴놓고…… 그것도 어떻게 그렸나 싶었시오. 나무 하나 논길 하나 빼디 않구 그려져 있디 않갔시오? 참 위대합디다."

기훈은 혼자 빙긋이 웃는다.

"캄캄한 밤이었시오. 온 세상에 쥐 새끼 한 마리 없는 것 같았시오. 정말 떨리데요. 그날 밤 ○○고지 공격을 개시한 거야요. 우린 어둠 속을 살금살금 기어 올라갔시오. 그런데 우리 소대장 동무는 영 성미가 급한 사람이었디요. 대학 다니다 왔고 당원이었으니께 참 열성적이었디요. 소대장 동무는 마음이 급해서 혼자 막 뛰어 올라가디 않았갔시오? 적의 초소가 있었는데 적의 진지는 훨씬 멀리 있는 거로 알았거든요. 그래 그 초소를 기웃이 들여다봤단 말이야요. 그랬는데 미군이 셋 있었더란 그 말이오. 그쪽도 이쪽도 다 놀랐디요. 그야말로 그 양키 놈들 기절초풍을 해서……."

소년은 그때 광경을 생각하는지 웃는다.

"그중에서 두 놈은 잡았는데 한 놈은 튀었단 말입니다. 이거 큰일 났단 말입니다. 총을 쏠 수는 없고, 그놈이 달아나면 비밀이 누설되구, 결국 잡기는 잡았시오. 그걸 잡아다가, 참 끔찍스러워서, 총을 쏘면 안 되거든요. 그래 그걸 어더렇게 처치하느냐, 그러자 한 동무가 눈이 벌게가디구 쫓아 나오며 소대장 동무! 저에게 맡겨주십시요! 하디 않갔시오. 모두 사람들 많이 죽이고 내려왔으니께 제정신들 아니디요. ……그 동무 대창으로 찔러 죽였시오. 막 살려달라고 손을 부비는 미군을 말야요. 가없습디다. 그 동무 대창이 빠지디 않으니께 미군을 발로 차고 대창을 뽑습디다. 간이 서늘해지더구만요. 그래 우리는 다시 어둠 속으로 향해 갔시오. ○○고지니까 가서 먼저 와 있게 된 부대에게 신호를 보냈시오. 투구! 했더니 갑옷! 하디 않갔시오. 우린 다시 전진했시오. 그런데 별안간, 총알이 날아오더란 말야요. 적군이었시오. 그때 다 죽었시오. 살아남은 사람 몇 명 안 되디요. 소대장 동무가 뒤에서 권총을 쏘아도 별수 없이 모두 도망가기 바빴시오. 참 이상한 일입디다. 어찌 그들이 신호의 비밀을 알았느냐 그거야요. 귀신 같습디다."

소년은 뒤를 한번 돌아보고 나서,

"죽음의 도강, 또 죽음의 도강…… 새로 들어온 부대마다 전멸, 또 전멸이야요. 그 전멸 부대는 실전에 경험이 없고 정규 부대가 아닌 의용군으로 편성된 부대였디요. 낙동강 상류, 왜관, 창녕 방면에 더러 도강에 성공했던 부대도 그곳에서 전멸 상태에 빠지고 왜관 공략의 전투는 참 지독했디요. 서로가 다 많이 죽어났디요. 왜관만 점령한다면 대구까지 그냥 밀고 가는 거니께, 빤히 신작로가 내다보인다 말이오. 그쪽에서도 왜관 뺏기면

대굴 내주는 판이니 왜 기를 안 쓰갔시오? 그놈의 전라도, 경상
남도로 내려간 인민군들이 부산을 치고 들어가면 되는 건데 뭘
우물우물하고 있는디 모르갔시오. 그런데 동무, 와 이 지경 돼
가지구도 미군이 손을 안 떼디요?"

기훈은 소년의 얼굴을 가만히 바라본다.

"정말이디 저 낙동강 너무로 뭣이 있는지 모르갔시오. 꿈쩍
도 안 하니께 말입네다. 전부 해방이 됐는데 이 낙동강만 가지
구…… 무슨 속셈이 있는 건디 기분이 나빠요. 낙동강만 잡고
늘어지는데, 무슨 이유가 있을 것 아니오?"

"이유는 무슨 이유?"

"그걸 저도 모르갔시오."

'낙동강 저편이 지니고 있는 저력은 낙동강에 시체가 쌓이는
공포 이상의 것을 인민군에게 준다. 그 저력은 어디서 오는 것
이며 무엇을 내포하고 있는 것일까? 날마다 어느 지역이 해방
되었다는 보도가 들어온다. 허나 이 견고하고 요지부동인 낙동
강의 방위선에는 분명히 무슨 이유가 있을 것이 아닌가. 인민
군과 공산당원들의 이와 같은 의심은 사실을 부인하려는 일종
의 자기기만, 무의식적인 자기기만에 지나지 않았다. 그 사실이
라는 것은 명백하다. 백모래밭에 콩을 쏟아부어 놓은 듯 시체가
굴러 있는 눈앞의 사실이 아니다. 강 건너 유엔군이라는 거대
한 힘의 덩어리가 숨 쉬고 있다는 그 사실이다. 한국에서 미국
이 결코 손을 떼지 않으리라는 사실이다. 이 사실을 그들은 히

로이즘의 환상으로 덮어버리려 한다. 영웅적인 투쟁! 민족의 해방! 세계 최강인 미국의 오키나와 부대를 참패 속에 몰아넣었다는 자부, 세계 프롤레타리아 혁명의 최후 승리라는 환상, 낭만적 회상인 공산당 투쟁사 — 낙동강의 쌓인 시체에 절망한 것은 아니다. 강 건너 그곳에 그들은 절망하고 있는 것이다.'

부상병들의 행군

간호장교가 허둥지둥 뛰어왔다.

복도에서 쫓아 들어오면서 갑자기 걸음을 멈추는 바람에 문기둥을 잡은 몸이 한동안 흔들렸다. 창백한 얼굴, 젊음이 사라져가는 얼굴 위에 머리칼이 흩어지고 평소에 엄격했던 표정도 다 무너지고, 그는 다리를 꼿꼿이 세우며 몸을 가누었다, 한참 숨을 들이마시더니,

"동무들!"

외치듯 부른다. 병실 안의 몇 사람이 의아하게 그를 쳐다본다.

"동무들! 여기 걸을 수 있는 사람은 몇 명이나 되오!"

몇 사람이 그를 쳐다본다.

"걸을 수 있는 사람 말이오!"

하다가 그는,

"걸을 수 있는 사람들은 모두 밖으로 나가시오! 운동장으로."

병실 안은 물을 뿌린 듯 조용해진다.

"어서들 준비하시오!"

간호장교는 급히 돌아선다.

"왜 그러우?"

고요한 속에 누군가가 크게 소리쳐 묻는다.

"이동이오."

"어디로 이동하는 겁니까?"

이번에는 여러 사람이 묻는다. 일어나 앉는 사람도 있다.

"난 모르오!"

간호장교는 허둥지둥 뛰어나간다. 모두 숨을 죽인다. 연막이 내려앉는 듯한 숨 가쁜 침묵.

복도를 뛰어가는 발소리가 시끄럽게 들려온다. 운동장에서 위생병들의 고함치는 소리도 들려온다. 트럭의 발동 거는 소리가 요란스럽다.

"어떻게 됐다는 거야!"

하는 소리에 병실의 침묵은 깨어진다. 동요가 번져나간다.

"걸을 수 있는 한계를 어디다 두는 거지?"

어두운 눈으로 살피듯 다리 부상을 입은 병사가 묻는다.

"나는 걸을 수 있다!"

선택받은 듯 한 병사가 벌떡 일어선다.

"나는 못 걸어."

"못 걷는 사람은 어떡허겠다는 거지?"

일어날 수 없는 중상자들은 눈을 희번덕거리며 그 소리를 놓치지 않으려고 귀를 기울인다.

"대관절 어디로 이동한다는 걸까?"

"대구에서 삼백 리, 대체 전방이 어찌 됐다는 거야."

"부상자를 걸려서 갈 까닭이 없다."

"그렇다면?"

아무도 대꾸하지 않는다.

후퇴, 패전……

'그래 너희들만 달아나기냐? 우리는 내버려두고? 우리는 죽으란 말이냐?'

중상자들은 다리병신이 목발을 휘두르며 아이들을 때리려고 쫓아가는 그런 슬픈 눈을 하고서 경상자를 노려본다.

"하 동무, 왜 그럴까요?"

살그머니 다가와서 소리를 낮추며 소년은 기훈에게 묻는다.

"걸어갈 수 있는지 없는지 그거나 생각해봐."

"먼 길은 못 갈 거야요."

기훈은 대꾸 없이 위생병들이 고함치며 다급하게 왔다 갔다 하는 운동장을 물끄러미 바라본다. 다 사그라진 담뱃재가 무릎 위에 푹석 떨어져서 가볍게 흩어진다.

"조금은 걷겠디만, 어디까지 가는디 그걸 알아야디요."

소년은 다시 말한다.

"아문 자리가 덧나겠구나."

"멀리 간단 말이디요?"

"멀리 안 간다면 이동할 필요가 있겠나?"

"그, 그럼 후퇴하는 건가요?"

물어보지 않아도 알 수 있는 말을 묻는다. 소년은 기훈처럼 의젓해지려고 무척 노력하는 것 같았지만 저절로 울상이 된다.

"도강까지 한 놈이 왜 그리 용기가 없어."

웃었으나 기훈의 눈동자는 웃고 있지 않았다. 그 냉정한 눈빛은 소년에게 절망을 준다.

"아니야요. 그런 게 아니야요. 하지만 난, 난 낙오하고 말거……."

"……."

"그, 그럼 난 붙잡히고 말아요. 붙잡히면……."

"아아, 뭣들 하고 있소!"

찢어지는 듯한 간호장교의 외치는 소리가 소란 속을 꿰뚫고 나왔다.

"날래날래 나오시오!"

해는 반공중에 떠 있었다. 취사반과 마을 아낙들이 만들어내는 밀이 섞인 주먹밥이 배급된다. 운동장에 줄을 짓고 선 부상병들이 그것을 망태 속에 넣으며 이제는 배를 탄 기분으로 서로 마주 볼 뿐이다. 높은 가을 하늘 아래 카키 빛 부상병들은 개미굴로 모여드는 개미 떼처럼 느릿느릿 움직인다. 언덕 위에서 마

른풀을 베고 있던 마을 아이들이 일손을 멈추고 그들을 지켜본
다. 참새 떼들이 철망 울타리에 내려앉아 그들을 지켜본다.

망태를 짊어지고 서로 부축하며 을씨년스러운 대열은 마을
길을 떠나, 도랑을 따라서 행길로 나선다. 바람이 그 대열에 흙
먼지를 끼얹어주곤 한다.

"대전까지 간다지?"

"아니야, 청주까지 간다누만."

"거기 가선 어떡허지?"

흙바람에 휘몰려 발길을 재촉하지만 그들의 움직임은 느리고
더디었다. 중환자를 실은 트럭이 그들에게 흙먼지를 끼얹으며
지나간다. 길은 아득하고, 가을이지만 들판에 내리쬐는 햇볕은
뜨겁다. 논가에 나지막한 나무가 몇 그루 있고 길손을 맞는 주
막이 지금은 문을 닫아건 채 이엉도 갈지 않은 썩은 지붕에 풀
이 돋아나 있다. 그곳에서 잠시 휴식을 취한다.

"저게 뭘까?"

피우던 담배를 땅바닥에 비벼 끄고 남은 꽁초를 담뱃갑 속에
소중히 넣던 병사가 묻는다.

"뭐긴? 사람 다리지."

옆의 병사가 화난 듯 대꾸한다. 논둑에 뽑다 만 무처럼 사람
의 다리가 물구나무로 박혀 있었다. 시체도 더러 굴러 있었다.
그들은 다시 일어나서 선두를 따라 움직이기 시작한다. 땀내와
피비린내를 풍기며 가는 긴 대열을 보고 까마귀 떼가 도망을 치

다가 다시 돌아오곤 했다.

"엠병할 놈의 가마귀, 송장 파먹겠다고 저리 따라오는 게야.
환장하겠네."

절룩거리며 따라가는 병사가 투덜거린다. 선두에서 노래를
부르기 시작한다. 노랫소리가 산과 들에 울려 퍼진다. 그러나
대열에서 자꾸 뒤떨어져 나가는 병사들은 숨을 쉬기에도 힘이
들어 기관차의 증기 뽑는 듯한 소리를 내며 걷는다. 그중에서
한 병사만은 미친 듯 고래고래 소리를 지르며 따라간다. 여러
개의 산을 넘고 언덕을 넘고 마을을 지난다. 노적가리 위에서
가을볕과 더불어 장난을 치고 있던 마을 아이들이 이 기묘한 환
자들의 행렬을 보고 달아난다. 참새 떼들도 달아난다.

어느새 선두에서는 노랫소리도 멎고 다만 줄 끝의 그 병사만
이 여전히 소리를 고래고래 지르며 따라간다. 창백한 얼굴에 냇
물같이 땀을 흘리면서. 대열은 자꾸 흩어진다. 통솔하는 사람도
분명치 않고 공습을 받을 때마다 대열은 더욱더 흩어진다. 출발
할 때는 서로 부축하며, 격려하며, 그러나 지금은 그들 자신의
고통조차 가누지 못하고 중상자들은 길바닥에 주저앉는다. 같
이 걷던 병사가 끌어 일으켜보다간 할 수 없이 그냥 내버려두고
느릿느릿한 걸음으로 지나간다.

평지는 끝나고 가파른 마루턱 길로, 겹겹이 쌓인 산허리를 잘
라 꾸불꾸불 굽이진 길을 굼벵이처럼 느리게 돌아간다. 오른편
의 길 아래는 깊은 낭떠러지, 왼편은 숲이 나타났다가 돌산이

나타났다간 한다. 낭떠러지 아래서 물 흐르는 소리가 들려온다. 고향에 두고 온 소녀의 울음소리같이, 아주 맑고 멀리서. 산속의 가을은 더욱 깊다. 사철 푸른 소나무마저 빛은 바래져가고 계곡 건너편 산에 노루 새끼가 뛰어간다. 뛰어가다가 멈추어 서서 돌아본다. 또 뛰어간다.

"저, 저런!"

누군가가 외친다. 대열은 멈추어졌다. 모든 눈들이 계곡 아래로 쏠린다. 이미 사람은 보이지 않았다. 나뭇가지에 잠시 걸려 있던 모자가 바람 맞은 나뭇잎같이 굴러떨어지고 있었다. 목구멍에 가래가 끓는지 숨을 걸근걸근 쉬며, 고래고래 소리 지르며, 따라오던 젊은 병사가 스스로 몸을 던진 것이다. 대열은 다시 움직이기 시작했다.

"중환자니까 자동차 타고 오라 했는데, 그 동무 믿지 않고 부득부득 따라나서더니만……."

"출발할 때부터 좀 돌았어. 나를 내버리고 가면 안 되오, 동무 날 데리고 가야 하오 하면서 보는 사람마다 붙잡고 울던걸."

"어디 그 동무만 돌았나? 다 돌아가는 판이지, 이거 미치광이의 행렬 아니고 뭐야."

"빌어먹을 저놈의 쌕쌕이가 또 온다."

먼 곳에서 차츰 가까이, 소리는 퍼진다. 숲속으로 흩어진다.

"여기는 이렇게 지나지만 들판에 나가면 큰일이다."

"이판저판 다 마찬가지야."

비행기가 스치고 간 뒤 시체가 몇 개 남는다. 행길에도 시체가 나자빠져 있다. 머리가 돌았는지 달아난다는 게 행길로 뛰쳐나가 죽은 것이다.

낙오자 몇 명을 남겨둔 채 대열은 다시 움직인다. 해는 서편으로 기울어지고 조금씩 트이기 시작한 전망, 내리막길은 조용하다. 부상병의 대열은 들판으로 나간다. 가을걷이를 끝낸 넓고 넓은 들판, 누가 시작했는지 선두에서 다시 노래가 울려 퍼진다. 노랫소리는 뒤로 뒤로 번져나간다. 그 소리는 차츰 고조되어 미친 듯 들판에 출렁인다.

얼마 후 노랫소리는 뚝 끊어지고 말았다. 갈증을 느껴 모두 물을 찾는다. 곡식을 거둬버린 가을 들판은 한없이 계속되어 개울도 샘터도 보이지 않았다. 얼마쯤 갔을 때 둑 밑에 작은 시내가 한 줄기 흐르고 있었다. 모두 둑에서 내려가 물을 마신다.

빈 들판에 아름다운 황혼이 찾아와서 물들이고 있었다. 먼 지평선 위에 날이 선 황금빛 칼날 같은 구름이 빛나고 있다. 불이 난 둑에서 불그림자라도 비치듯 강물은 황홀한 분홍빛이 되어 가만히 잠겨 있다.

"난, 난 이제 죽어도 못 가갔시오."

내내 기훈에게 매달려 왔던 소년은 모래 위에 퍼질러 앉아 아픈 발을 만지면서 훌쩍훌쩍 운다. 기훈은 한 개비 남은 담배를 뽑아 물고 불을 댕긴다.

"하 동무, 날 내비려두고 가시오. 난 죽어도 못 가갔시오. 이

421

젠 여기서 그만 죽을래요."

기훈은 담배 연기를 소년 얼굴 위에 뿜는다.

"난 안 가요! 난 안 가겠시오!"

소년은 엉엉 울기 시작한다.

"추럭이 온다!"

물을 마시고 모래밭에 흩어져 있던 부상병들은 그 소리를 듣자 개미처럼 둑길로 기어 올라간다. 둑길을 트럭이 달려온다. 수없이 달려온다. 기차처럼 마루턱에서 돌아 나오는 트럭의 줄은 끊어지지 않는다. 왕방울 같은 헤드라이트를 켠 채다. 미친 듯 둑에서 기어 올라간 부상병들은 손을 흔들고 우레 같은 고함을 지른다. 그러나 트럭은 멎어주지 않는다. 어둑어둑해진 하늘 밑에 총을 든 인민군이 가득 실려 트럭은 질풍같이 달린다. 둥그스름한 전투모, 그 많은 전투모는 그림같이 미동도 하지 않는다.

"스톱! 스톱!"

트럭은 그저 바람같이 날아간다. 지나가고 또 지나간다. 라이트를 훤하게 켜놓은 채.

"이 새끼들아! 사람 죽는다! 멎어라!"

병사 하나가 소리치며 트럭과 트럭 사이에 뛰어든다. 그는 두 손을 벌리고 막아선다. 그러나 트럭은 멎지 않았다. 그를 넘어뜨리고 지나갔다. 다음 트럭도 또 다음 트럭도…….

우레 같은 고함의 파도는 멎었다. 길 양쪽에 벙어리가 되고 돌덩어리가 된 부상병들. 긴 트럭의 행렬은 끝났다. 깔려 죽은 시체 하나를 내버려두고 그들은 천천히 대오를 만들어 걷기 시작한다.

"그럴 수가 있어요? 그럴 수가."

기훈에게 이끌려 가면서 소년은 다시 엉엉 소리 내어 운다.

"시끄러!"

기훈은 소년을 와락 떠밀어버린다. 소년이 쓰러지자 기훈이 성한 팔로 끌어 일으킨다.

"삑삑 울지 말고 잠자코 가란 말이야!"

바싹 겨드랑에 소년을 껴안고 발을 내디딘다. 소년은 울음을 그쳤다. 또다시 오르막길로 접어든다. 황혼은 다 가고 산골짜기가 가까워진다. 검은 안개와 나무 그림자가 가까워진다. 이따금 뻐꾸기가 운다.

산허리를 깎아서 만든 길, 왼편 아득히 아래쪽에 마을이 있다. 초가지붕과 포플러나무가 희미하게 보인다. 그리고 길 편에 고장 난 트럭이 한 대 있다. 부상병들은 걸음을 멈추고 병신처럼 말없이 트럭을 바라본다. 트럭 속에는 다 죽어가는 부상병들이 실려 있고 운전병이 차 밑에 누워서 차를 고치고 있었다. 한 병사는 전지를 비춰주고 있다.

"동무! 뭘 하구 있소. 잠을 자고 있소!"

트럭 밑에 드러누운 운전병이 소리를 바락 지른다. 전지를 들고 있던 병사는 허둥지둥 전지의 방향을 돌린다. 모두 바보처럼 서서 구경을 한다. 벙어리처럼 말이 없다.

"동무들 어서 가시오. 낙오되면 큰일이오. 사태가 위급하니까."

전지 든 병사는 빙 둘러서 있는 사람들을 휘둘러보며 말한다.

"동무! 뭘 하오!"

트럭 밑에서 잡아먹을 듯 운전병이 또 소리친다. 전지의 빛은 다시 운전병의 손 놀리는 곳에 집중된다. 대열은 슬그머니 움직인다.

"이봐, 내 어깨 위에 오르란 말이야. 알았어?"

기훈은 나직이 속삭이며 땅바닥에 쭈그리고 앉는다.

"꼬마! 어서!"

성한 어깨를 두들기며 기훈은 소년은 본다. 소년은 잠시 어리둥절하다가 기훈의 진의를 깨닫는다. 힐끔힐끔 다른 사람들을 살펴보며 기훈의 한쪽 어깨를 밟고 올라가서 트럭을 거머잡는다. 기훈은 일어선다. 얼굴을 찡그린다.

"뻑뻑 울지 말구 빨리 올라가!"

엉덩이를 때려준다.

소년은 원숭이 새끼처럼 트럭을 타고 올라간다.

기훈은 상처받은 어깨를 누르며 일어선다. 소년에게 손을 흔들어주고 트럭 사이로 빠져나간다.

"하 동무!"

소리친다. 기훈은 돌아보지 않고 움직이는 대열과 더불어 사라지고 말았다.

오 리쯤 지나왔을까. 트럭이 굴러오는 소리가 들려온다. 트럭은 그들 옆을 지나갔다. 트럭 위에서 길 밑에 비켜선 부상병들을 향해 미친 듯 소년이 손을 흔든다. 어두워서 얼굴은 보이지 않는다. 소년 역시 기훈을 보지 못했을 것이다. 기훈은 얼굴을 찡그리고 손을 흔드는 소년의 모습을 바라보다가 그만둔다.

트럭이 십 미터도 못 가서 폭음과 더불어 조명탄이 사방을 비친다. 비행기 소리는 늘 들려왔지만 어두워서 그들은 행군을 그냥 계속하고 있었던 것이다. 부상병들이 산으로 흩어진다. 머리가 빠개지는 듯한 소리, 산이 송두리째 흔들린다. 밑둥에서부터 두 갈래로 갈라져서 자란 소나무 사이로 기훈은 길을 지켜본다. 화염에 싸이는 트럭을 똑똑히 볼 수 있었다. 콩을 볶는 듯한 기관총 소리가 멀리서 아득히 들려온다. 신음 소리도 아득한 곳에서 들려온다. 바로 옆에서 사람이 푹푹 쓰러지고 있건만 비행기는 주변을 선회하다가 돌아가 버렸다. 조명탄도 꺼져버렸다. 어둠이 언제까지나 비행기 폭음에 흔들리고 있었다.

집

지영은 모래밭에서 언덕 사이로 기어 올라간다. 길을 잘못 잡아들어 언덕은 매우 가파롭고 위험하다. 몇 번이나 미끄러지다가 마른풀을 휘어잡으며 겨우 언덕 위 행길로 올라간다. 울퉁불

퉁한 자갈이 깔려 있는 포장 안 한 길, 해묵은 나무들이 검은 그림자를 드리우며 지영이 옆을 지나가는 것 같다. 오른편에 깎아 세운 듯한 언덕도 지영이 옆을 지나간다. 집들이 지나가고 박이 익은 울타리도 지나간다. 연회색 구름은 더욱 빠르게, 다만 강물만이 길게 가로누워 움직이지 않는다.

지영은 모래밭에서 벗어 든 신발을 그냥 손에 들고 있었다. 희미한 촛불이 들창에서 새어 나오는 골목을 지나, 무장한 순경이 지키고 서 있는 지서 앞을 지나 유엔군이 주둔하고 있는 중학교 운동장 옆을 지나간다. 한낮처럼 유엔군의 막사를 비춰주고 있는 가등과의 거리에 따라 지영의 그림자는 엷어지다가 짙어지고 앞서다간 뒤지곤 한다. 그림자는 아주 사라지고 지영은 골짜기 어둠 속으로 빨려 들어간다.

호루라기 부는 것 같은 소리를 내며 새가 지영의 목덜미를 잡는 것처럼 자꾸 운다. 옥수숫대를 다 쳐내버린 건너편 양옥집 채마밭이 아득하게 넓고 양옥집에는 방마다 불이 켜져 있다. 신발을 손에 든 채 지영은 반쯤 열려 있는 문을 밀고 집 안으로 들어선다.

"여보세요, 우리 애들은, 노인은 어디 갔지요?"

마루방에 불이 켜져 있는 유리 창문에 촛불이 흔들리는 것이 보인다.

"희야!"

지영은 유리 창문을 꼭 잡고 불러본다. 아이들이 달려 나온다. 고함 소리.

"엄마!"

"지영아!"

유리창이 무너지는 것 같고 아이들이 뛰어든다. 지영은 들고 온 신발을 팽개치고 아이 둘을 꽉 껴안는다.

"희야! 광아!"

지영은 울음소리를 들이마신다.

"시상에, 노인네가 어떻게 우시던지 딱해서…… 할머니 이제 울지 마시우. 따님이 오시지 않았어요."

뚱뚱한 반장댁 마누라가 마루에 서서 말한다. 독특한 서울 토박이의 사투리와 억양, 굵직한 음성.

지영은 흙 묻은 양말을 벗고 마루방으로 들어간다. 아이들은 지영의 치맛자락을 붙잡고 양편에 꿇어앉는다. 치마를 잡은 손이 부들부들 떨고 있다. 눈물이 얼룩진 눈이 손과 함께 떨고 있다. 윤씨는 코르덴 치맛자락을 잡아당겨 연신 눈물을 닦고 콧물을 닦는다. 부석부석 부은 얼굴, 축 늘어진 눈꺼풀 위에 촛불 그림자가 흔들린다. 불길이 팔락이며 촛불은 눈물을 흘린다.

"그래 애기 아버지 소식은 들으셨어요?"

지영은 불빛이 미끄러지는 마룻바닥을 가만히 내려다보고 있다. 안타까워하며 윤씨는 침을 삼킨다.

"이웃에서 얼마 오래 사귀지는 못했지만서두 참 점잖은 어른이었는데, 길을 가도 한눈 한번 파실까 얌전한 분이었는데……."

뚱뚱한 몸집과 굵직한 목소리가 방 안 가득히 들어찬다.

"반장 어른 아니더면 우리는 속절없이 내쫓겼을 겁니다. 찬바람이 부는데 이 자식들을 데리고…… 지영아, 반장 어른 아니더면……."

윤씨는 다시 흐느낀다.

"별말씀을 다 하세요. 보면 모르겠어요? 그런 분들 아닌걸요."

"누가 속속들이 남의 마음을 압니까?"

"아니지요. 우리 주인이 여간 칭찬하지 않습디다. 경상도 양반은 경위가 밝다구. 누가 도망가면서 외상값 갚겠어요?"

"피 알 하나라도 갚을 건 갚아야지요. 난리가 났다고 천성을 버리고 도둑놈 마음 먹겠습니까."

"글쎄, 다른 사람들이야 어디 그래요? 마음이 다 고르다면야 이 세상에 험한 일 있겠어요? 몇만 원씩 외상을 지구도 난리가 나니 이제 저들 살려줄 세상이 왔다구 도리어 우릴 핍박하구, 그뿐이겠어요? 피란에서 돌아와 보니 장사 밑천 다 털어 가구 빈껍데기만 남았습니다. 아 글쎄, 땟거리가 없다구 아침저녁으로 바가지 들고 와서 쌀을 얻어 가던 바로 그 연놈들이 맨 먼저 달겨들어 우리 먹을 양식까지 퍼내지 않겠어요? 외상을 갚다니요? 전에 외상 안 준 것을 꼬투리로 삼아가지구 우릴 반동으로 몰구 쌀 배급을 하면서 양곡을 떼어 팔았느니 인민의 피를 빨아

먹고 살았느니, 글쎄 반장이 무슨 수가 나는 감투겠어요? 마을
사람들 심부름한 것밖에 없고, 또 우리가 장사를 하자니 외상을
재촉하게도 되고 돈 나올 구멍이 없는 것을 빤히 알면서 번번이
외상을 줄 수 있겠어요. 그런 것 저런 것 해서 우릴 죽이느니 살
리느니, 우리 주인도 여기 계셨더라면 그놈들이 죽였을 거예요.
정말 생각만 해도 지긋지긋하고 진저리가 난답니다. 말씀도 마
세요. 세상이 뒤집히니 있고 없고 간에 사람들 창자를 거울같이
딜이다볼 수 있더구먼요. 정말 피란 가면서 외상 갚고 간 분은
이 댁뿐이에요.”

“그때 마침 은행에서 찾아다 놓은 돈이 있어서…….”

“내 애기가 길었구먼. 애기 엄마 시장하시겠수.”

반장 마누라는 일어선다.

“너무 걱정 마세요. 악한 끝은 없어도 선한 끝은 있답니다.”

위로의 말을 남기고 나간다. 문밖까지 그를 전송해주고 급히
부엌으로 돌아온 윤씨는 아궁이에 불을 지피고 마루방으로 들
어온다.

“추운데 큰방으로 가자.”

촛불을 든다. 앞서가면서,

“방문에도 장롱에도 모두 딱지를 붙였단다. 역산이라고.”

안방 앞으로 온 윤씨는 촛불을 지영에게 주고 방문에 붙은
딱지를 살그머니 뗀다. 수그린 윤씨 머리 위에 가랑잎이 얹혀
있다.

"반장 어른이 날씨가 추워오는데 노인네가 어찌 마루방에 애들 데리고 주무시겠느냐 하면서 적당히 봐줄 테니 표 안 나게 딱지를 떼고 안방을 쓰라더구나."

방문을 열고 자봉침 위에 촛불을 놓는다. 장롱마다 흰 딱지가 붙어 있었다. 쭈그리고 앉기가 바쁘게 윤씨는,

"아가, 아범은?"

하는데 맷돌에 눌려버린 듯 목소리도 얼굴도 찌들었다.

지영은 아이들을 바라본다. 네 개의 눈이 지영에게 쏠린다.

"나중에."

지영의 말에 윤씨는 팔짱을 끼고 앉은 채 방바닥을 내려다본다.

"엄마, 순경이 왔어. 총 가지고 왔어."

희가 말한다.

"너가 내려간 뒤, 그러니까 어제저녁이구나."

"순경 나쁜 놈이야."

희의 눈이 반짝반짝 빛난다.

"순경이 왔더구나. 총을 디밀면서 나가라고, 이 빨갱이 새끼들아! 나가라구."

윤씨는 또 흐느낀다.

"마침 반장이 와서 순경을 달래더구나. 이 집은 아직 확실한 내막을 모르니, 지금 비어 있는 역산 집에 드는 게 나을 거라구. 반장이 말깨나 하는 사람이구, 또 동회 사람들도 권하니까 가더

라. 뭐 이 위에 있는 집에 들었다던가? 아가, 울 애기들아 이자 엄마 왔으니 그만 자거라."

"어린것들이 놀래서 어젯밤에 잠 한숨 안 자고 에미만 찾는구나. 불쌍한 것들……."

촛불이 깜박인다. 밤은 괴괴하다. 귀뚜라미가 운다.

"이제 떨어졌구나."

윤씨는 잠든 아이 둘을 나란히 눕히고 베개를 받쳐준다.

"지영아."

지영은 꿇어앉은 채 촛불만 보고 있다.

"지영아."

망설이다가 괴로운 듯,

"욕을 보지는 않았나?"

지영은 고개를 옆으로 저으면서,

"그인 잡혀갔어요. 어디 간 줄도 모르고……."

파아랗게 질린 희의 얼굴이 지영의 어깨 위에서 흔들린다. 쌀 배급을 받는다고 반장댁 가게 앞에 모여든 사람을 헤치고 지영은 급히 병원으로 달려간다. 병원 앞에서 아이를 흔들면서,

"희야!"

"응……."

대답은 한다. 병원 문을 밀고 들어서자 가운을 벗고 보통 아낙네같이 차린 여의사가 얼굴을 찌푸리며,

"애기가 아프군요."

"네. 선생님 안녕하셨어요?"

"애기까지 아파서 어떡허우? 약도 없는데……."

"약이……."

하다가,

"그렇지만 한번 진찰이라도."

여윈 지영의 얼굴을 딱하게 보고 있다가 여의사는,

"그럭헙시다."

진찰실로 들어간다.

"먼지투성이."

어수선한 진찰실의 커튼을 걷는다.

"요즘에 할머니 배앓이는 좀 어떠세요?"

"글쎄, 무슨 경황이 있어야죠."

"그러실 거예요. 반장댁 아주머니한테 애기 들었지만……."

여의사는 마른걸레로 의자를 훔치고 가운을 걸치며,

"앉으세요."

지영이 아이를 안고 앉는다.

"자아, 착한 아이 어디 한번 볼까?"

하며 청진기를 든다.

"아침에 많이 토했어요."

"으음, 아아, 옳지 착하구나."

아이의 입을 들여다본다.

"체했나 보죠. 하루 굶기세요. 그리구……."

여의사는 한참 생각하다가 안을 향해,

"인영아……."

하고 부른다. 예쁘장한 소녀가 왔다.

"엄마 왜?"

"거 양복장 서랍 속에 주사약 두 개 있을 거야. 하나만 내와."

"응."

하고 소녀는 안으로 들어간다.

"제가 인천 간 뒤 순경이 오구 하는 바람에 몹시 놀랐나
봐요."

지영의 말에 여의사는 고개를 끄덕인다.

"참 예민하게 생겼어요. 사슴은 쌈하면 상처보다 놀래서 죽
는 일이 많다더군요. 사람이야 험한 꼴 볼수록 질겨지고 염치가
없어지고……."

"엄마, 가져왔어."

여의사는 소녀로부터 조그마한 상자를 받으며,

"주사기 소독 좀 해 와."

"어떻게?"

"으음…… 연탄불도 없구, 알코올도 한 방울 없으니…… 냄비
에 물 붓고 불을 때라. 별수 있니."

소녀는 소독기 속에서 주사기와 바늘을 꺼내어 나간다.

"보시다시피…… 병원은 폐업 상태랍니다."

하고 여의사는 쓰게 웃는다.

"죄송합니다."

"뭘요. 서로 딱한 처지에…… 우린 미리 당해버렸지만……."

여의사는 가운 호주머니에 손을 찌르고 지영에게 등을 보이며 창가에 서서 밖을 내다본다. 강둑길을 피란민들이 돌아온다.

"이제 찬 바람이 부는군요."

돌아보지도 않고 뇐다.

"어떻게…… 애기 아버지 소식 여직도 못 들으셨어요?"

지영은 그 말을 못 알아듣고, 아픈 아이 생각도 잊은 듯 멍하니 여의사의 등만 쳐다보고 앉아 있었다. 청년 둘이 밧줄에 묶여서, 피투성이가 된 얼굴을 하고 절룩거리며 병원 앞 골목길을 지나간다. 골목에서 그 모습이 사라질 때까지 여의사는 그들의 뒷모습을 바라본다.

"대한민국이 달아날 적에 많은 사람들을 죽였지요. 인민군이 들어왔을 때 그들은 또 많은 사람들을 죽였어요. 그들이 달아날 적에도 많은 사람들을 학살했어요. 그런데 대한민국은 다시 돌아와서, 지금 그것이 되풀이되고 있는 거예요. 또 뒤집혀보세요. 달아나는 자는 또 죽이고 승리자 또한 죽일 거예요."

여의사는 혼잣말처럼 뇌고 테이블 앞에 돌아와 앉는다. 그리고 지영을 쳐다본다. 퍽 조용하고 엄숙한 표정이다.

"어느 권력자건 모두 그들은 선량한 백성이 공범자 되기를 원하는가 부죠. 피 묻은 자만이 열렬할 수 있단 말입니다. 피 묻은 자는 결코 그들을 배반하지 못하니까요. 공범자는 그들 자신을 위해서라도 싸우죠. 이 저주받은 땅덩이에서 애국이라는 윤리가 어떻게 성립이 되겠어요? 모두 마음속으로야 부끄러운 거예요."

여의사는 회전의자를 천천히 돌리며 창밖에 눈을 던지고 혼자 이야기한다.

"엄마, 다 됐어."

소녀는 냄비를 행주에 싸서 을씨년스럽게 들고 왔다.

"음, 거기 놔."

"엄마."

"왜?"

"저녁 어떡허지?"

여의사는 한참 생각하다가 호주머니 속에서 돈을 꺼내어 주며,

"밀가루 사 와라. 별수 있니? 마련될 때까지."

소녀는 나갔다. 여의사는 핀셋으로 바늘을 집어 주사기에 끼우면서,

"열심히들 살고 있죠? 전에 애아버지가 그렇게 됐을 때 산다는 게 참 징그럽더니 지금은……."

주사약에 증류수를 넣고 흔들며 말한다.

"산다는 게 뭔지 모르겠군요. 참 우습지. 저절로 살아가고 있는 것 같아서 어떤 때는 유쾌해지는 일이 있어요. 죽는다 죽는

다 하면서도 그 속에서 살고 있는 게 신기하지 않아요? 귀중한 것 같기도 하고, 의식하지 않으면서도 산다는 그것에 온 힘이 다 몰리는 것 같아서, 그리구 여러 가지 죄악도 죄악 같지가 않고, 사는 데 군더더기가 없어지구, 빨가벗은 것 같아서 되려 홀가분한 것 같아요."

주사기에 주사약을 뽑는다.

"전쟁이 지나가고 평화가 올 때까지 살아남는다면 그때 슬픔이 올 거예요. 비참했다는 것은 아마 그때가 돼야 더 뼈저리게 느낄 거예요. 잃었다는 실감이 사람들을 허탈 속에 몰아넣고, 죄를 범한 사람은 그들대로 상처가 덧나서 몹시 아파할 거예요. 지금은…… 그렇죠. 화산이 터져서 한 도시가 매몰된다는 그런 극한 상태보다는 낫다, 낫다 하고 열심히 위로하지 않으면 안 될 시기 아니에요? 애기 엄마도 용길 내세요. 어떤 짓을 하더라도 지금은 사는 일이 징그러운 그런 때가 아니에요. 시체를 옆에 두고 밥을 먹어야 하고, 젊은 여인이 가슴을 드러내고 식량을 이고 와도 부끄러운 때가 아니에요. 영혼이나 순결이 무슨 소용이에요? 모두 동물이 되어버렸는데……."

다 겪고 난 뒤의 조용한 미소가 그의 얼굴에 머물고 있다. 아무것도 가진 것 없는 사람의 편안한 마음이 잔주름이 모이기 시작한 얼굴 위에 있다.

"자아, 어디? 좀 울어볼까?"

여의사는 주사기를 들고 희를 본다. 그때 처음으로 정신이 돌아온 듯 지영은 벌떡 일어섰다가 도로 주저앉으며 아이를 안는다.

"참 착하기도 해라. 울지도 않네."

주사기를 뽑고 탈지면으로 엉덩이를 문질러준다.

아이를 안고 지영이 시장 길을 돌아 나왔을 때,

"희야 엄마!"

지영은 못 듣고 그냥 간다. 턱도 짧고 얼굴도 짧은 깐깐하게 생긴 윤씨 또래의 중늙은이가,

"희야 엄마! 어서 싸주시오."

고구마장수에게 재촉한다. 종이에 싼 고구마를 들고 그는 허겁지겁 지영을 쫓으며,

"희야 엄마!"

하고 계속해 불렀으나 지영은 아이에게 얼굴을 푹 숙이고 아무도 없는 산중 길을 가듯 걸어간다.

"아이구 시상에, 아무리 불러도 모르누먼."

그는 지영의 팔을 건드린다.

"아, 아주머니가!"

지영은 걸음을 멈춘다.

"나 희야네 집에 가는 길이오."

"어, 어떻게."

"가면서 이야기하디. 그런데 희야가 왜 그러우?"

그는 지영이 가슴에 머리를 박고 있는 희를 들여다본다.

"아파서 병원에 갔다 오는 길이에요."

"희야, 나 알갔니?"

희의 손을 잡으며 묻는다.

"인천의 평양댁 할머니."

"으음, 잊어버리디 않았구나."

"어떻게 서울 오셨어요?"

"희야 아버지 땜에."

지영이 멈추어 선다. 평양댁 아주머니도 멈추어 서며 사방을
둘러보고 소리를 낮추며,

"글쎄, 희야 아버지가 인천 경찰서에서 기별을 했더구면."

"사, 살아 있었군요!"

"그래 아침부터 부지런히 걸어온다는 게…… 무슨 일이 그런
일이 다 있갔수? 기가 딱 맥혀서, 글쎄 어제였구면. 넝감하고
집 앞에 서 있는데 어떤 청년이 오디 않갔어? 지팽이를 짚고 겨
우겨우 걸어온단 말이야. 그래 전에 이 이웃에 살던 하기석이라
는 사람을 아느냐고 묻길래 안다고 했더니 청년 말이 자기는 사
흘 전에 유치장에서 나왔는데 바로 올려고 했으나 아무래도 걸
을 수 없어서 지금 왔노라 하며 같은 유치장 감방에서 희야 아
버지하고 있었다는 기야. 그 청년이 석방돼 나갈 때 희야 아버
지가 서울 있는 가족들은 자기가 여기 있는 줄 모를 테니까, 우
리 집을 가르쳐주면서 서울로 좀 연락해달라구 당부를 하더라
는 거디."

"살아 있었군."

지영은 전신을 부르르 떤다.

"그런데 세상에 이리 억울한 일이 어딨어? 그 청년이 유치장
에서 나온 즉시로 우리 집에 오든가 아니면 조카가 하루만 더
묵고 갔든가…… 세상에, 억울해서 죽갔구면."

"……?"

"희야 엄마도 알디 않우? 내 군인 조카 말이우."

"아, 알아요."

지영의 눈에 희망이 비친다.

"그 애가 글쎄, 이번에 대위가 돼가디구 돌아왔단 말이야. 그
애가 희야 아버지를 모르는 처지도 아니고 경찰서에 가서 몇 마
디 하면 나오디 않았겠느냐 그 말이디. 그런데 그 애가 평양으
로 쳐들어간다고 막 떠난 뒤 그런 기별이 오디 않았갔어?"

"평양에, 평양으로 떠나버렸어……."

"우리가 이웃에 살 때 참 친동기처럼 지냈고 희야 아버지 같
은 사람은 법 없이도 살 사람인데, 누가 그걸 모르나? 그 조카
가 그만 하루만 더 있어도, 하기야 평양에 식구들이 있으니 그
애 마음도 급했고……."

평양댁 아주머니는 지영의 손을 꼭 잡으며 안타까워한다.

"아침에 넝감도 다른 사람 일이면 몰라도 희야네 집 일이라
면 그냥 있을 수 없다고 하면서리 어서 나더러 서울 가라 하디
않아? 밀떡을 사가디고 아침부터 나왔는데, 하루해를 잡아먹

는군. 죽지 않고 살아 있는 사람이니께 너무 걱정이랑 하디 말라요."

"평양으로 떠나버렸군요……."

지영은 아이에게 얼굴을 비비며 운다.

"그만 죽어버렸음 좋겠어요."

"으음, 그런 마음 먹으면 안 되디. 운동을 해서 사람을 끄내놔야디. 직결 처분 당한 사람이 얼마나 많은데? 그래도 살았으니 말이야."

"하지만 우린 움직일 수 없어요. 부역 가족이라구 증명을 안 내주는걸요."

지영은 더욱더 흐느껴 운다. 해가 뉘엿뉘엿 진다.

"글쎄, 우리 이웃에 그 상일네 있디 않어? 그이도 잡혀갔다오. 남편을 숨기느라고 여맹에 나가서 일 좀 하다가 그만 그렇게 됐디 뭐야? 남편이 죽을상을 해가디고 쫓아다니더구먼. 그인 서울 형무소에 넘어갔디. 참 세상도 우습단 말이야. 그이들은 조합에 나가구 해서 인민군들한테 몰리는 줄 알았는데 거꾸로 국군에게 몰린단 말이야. 세상이 어떻게 돼가는디 뒤죽박죽이고, 그렇디만 이북만 밀어붙이고 나면 이쪽이 이기니께 설마 가둔 사람 다 상하게야 할라고?"

평양댁 아주머니는 우는 지영을 달래며 위로한다.

"우리가 인천 있으니께, 어떻게 좀 알아보도록 할 테니께 너무 낙심하디 말고……."

대문을 밀고 들어간 평양댁 아주머니와 윤씨는 서로 끌어안는다.

"동갑네, 무슨 이런 일이 있겠소."

윤씨는 통곡을 한다.

"동갑네, 참아요. 동갑네가 그러면 희야 엄마가 어떻게 되우? 저 꼴 좀 봐요. 거미같이 돼서 아, 쯧쯧……."

지영은 희를 누인다.

"오면서 보이길래 고구마 사 왔는데 희야가 아파서 어떡허니? 옛나, 광이 너나 먹어라."

광이는 싱긋이 웃다가 다시 울상이 된다.

"누나야 먹으라 먹어."

하고 받은 고구마를 희야 입에다 자꾸 디민다.

"애들 생각해서라도 정신 차려야디. 살아 있는 사람이니께 고생이야 하겠디만서두."

입산

어디로 다 가버렸는지 비어버린 마을. 이엉을 갈 겨를도 손도 없어 그냥 묵어버린 초가지붕에는 익은 박이 누워 있고 노적가리의 더미가 한두 개 있어서 추수를 끝낸 자취는 남아 있었다.

해가 다 기울어지고 서편 산의 그늘이 드리워진 마을로 부상병의 무리가 느릿느릿 들어간다. 비어버렸다고 생각한 집에서 아낙과 아이들이 살며시 방문을 열고 밖을 내다본다. 겁에 질린 눈이 어쩔까 망설인다.

사람들을 본 인솔자는,

"이리 좀 나오시오!"

집집마다 돌아다니며 소리를 지른다. 싸리나무로 엮은 울타리 밖을 몇 번이고 돌아다니며 그는 목이 쉬도록 나오라고 나오라고 외친다. 무기도 없는 그들로서는 오직 고함만이 마지막에 남은 무기인 것처럼.

고쟁이 바람으로 있던 아낙들이 치마를 두르고 내리깐 눈 밑으로 눈치를 살피며 나온다.

"여러분들!"

몇 명 안 되는 부녀자를 두고 판에 박힌 연설을, 그것도 입이 말라붙어 여러 번 침을 삼키면서. 결국 저녁을 지어달라는 것으로서 낙착이 된다. 부녀자들은 게가 게 구멍으로 들어가듯 흩어지기가 무섭게 각각 집 안으로 들어가고 없어진다.

빈집 뜨락에 퍼질러 앉은 부상병들은,

"저녁을 해준다는 기가, 안 해준다는 기가. 꿀 먹은 벙어리처럼……."

불안해하며 서로의 얼굴을 마주 본다. 흙벽을 친 초가의 나무 굴뚝에서 연기가 피어오르자 그들은 마음을 놓은 듯 눈을 꿈벅꿈벅한다. 뒷산에서 뻐꾸기가 별나게 울고 무슨 새인지, 물어뜯는 듯한 울음을 울며 그들 머리 위를 돌팔매처럼 날아간다.

"강원도로 빠진다면…… 미군이 앞지르지 않을까? 벌써 한강까지 왔다는데……."

날이 아직 밝은데 희미하게 반짝이고 있는 별을 바라보며 팔을 동여맨 병사가 중얼거린다. 구멍처럼 파인 눈들, 수많은 구멍, 빛도 그늘도 없는 구멍들이 모두, 일제히 옥색 저고리에 금박을 찍은 듯 희미하게 깜빡이는 별을 보고 움직일 줄을 모른다.

"결국."

역시 멜빵으로 팔을 동여맨 병사가 중얼거리다 만다.

"결국 어떻게 된다는 기야?"

눈은 그대로, 입술만 움직인다.

"말해 뭘 하갔어, 진작 가마귀 밥이나 될 것을."

"흠, 지금도 늦지 않디."

"정말 징그럽게 질기다. 떨어져 나간 동무들은 다 어떻게 됐을까?"

"죽었갔지 뭐, 또 떨어져 나갈 기구 죽을 기구."

"내가 떠날 때 여편네가 두부를 먹여주더니……."

"그래서 살아남았구먼. 나는 아무도 생각나지 않는다. 집도 얼굴도 아무것도 생각해낼 수가 없다."

"밥만 얻어먹으면 또 떠나야지."

감 하나 없이 누렇게 뜬 감나무에 등을 기대고 앉아서 기훈은 수첩에 붙은 자그마한 지도를 열심히 들여다보고 있었다. 수첩에 끼운 연필에 침을 묻혀가며 점을 찍고 줄을 긋곤 한다.

마을 아낙들이 소쿠리, 대야에 밥을 담아가지고 한 줄로 서서 걸어 들어온다. 굳은 표정에 눈만 신중히 사방을 살핀다. 감잣국, 보리밥, 수수밥, 빛깔이 다른 밥에서 김이 오르고 반찬은 깻잎에 고추장아찌, 날된장을 퍼 온 치들도 있다. 아낙들은 도망치듯 다 가버리고 순식간에 배고픈 부상병들은 밥그릇 옆으로 덤벼든다. 숨 죽인 식욕, 장을 거두어버린 장터처럼 날된장 한 톨 남기지 않고 빈 그릇이 나동그라진다.

어둠이 초연硝煙처럼 마을에 퍼졌을 때 뭉개진 발에 신발을 끼어 신고 그들은 출발한다. 기훈은 잠자코 그들 대열에서 빠져나와 방향을 바꾸어 남쪽으로 향한다. 전라남북도의 전방의 인민군과 경상남북도의 인민군 잔여 부대, 그리고 당조직은 틀림없이 지리산으로 집결하리라 그는 생각한 것이다. 강원도로 빠진다면 인천서 상륙한 유엔군의 포위선이 미치기 전에 이북으로 넘어갈 가능성은 있다. 그러나 기훈은 남하하여 지리산에 집결하는 그들과 합류할 것을 결심했다.

밤과 낮, 밤과 낮, 마을과 마을……

그 마을에서는 무서운 학살이 벌어지고 있었다. 도스토옙스키의 『악령』 속에 "농부가 간다. 도끼를 메고 무엇인지 무서운 일이 있을 것 같다." 그런 시는 안개에 묻힌 무거운 나라의 이야기. 머슴 출신의 열렬한 공산당원들이 대창을 들고 핏발 선 노한 짐승 같은 눈을 하고서 마을을 휩쓸고 다닌다.

"반동은 씨도 남기지 말라! 우리들의 원수 제국주의의 앞잡이! 죽여라! 죽여! 모조리 한 놈도 남기지 말고."

몇 대를 묵어 내려온 고가古家의 높은 담을 뛰어넘고 굳게 닫혀진 큰 대문을 때려 부순다.

"반동 새끼들 나오너라!"

짐승의 울음 같은 소리를 지르고, 도망치는 사람의 등을 수박처럼 찌른다. 고래고래 소리를 지른다.

기훈은 인민위원회 사무실로 찾아들어 간다. 그는 의자에 쓰러지듯 앉으며 그러나 맞은편 사나이를 똑바로 쳐다보며, 수백 리 길을 걷고 또 걸어서 왔건만 짙은 수염 속의 그의 눈은 번쩍번쩍 빛난다. 들린 것처럼, 사람을 죽이러 다니는 그 머슴들의 눈보다 더 미친 것 같은 광채를 낸다.

"나는 피곤하오. 잠 좀 자게 해주시우."

기훈이 못지않게 수염 속의 번쩍번쩍 빛나는 눈을 하고서 맞은편 사나이가 기훈을 노려본다. 대체 너는 누구냐 하듯.

"아, 신분을 밝히라 그 말씀이오?"

기훈은 양복바지의 뒷주머니 속에서 신분증을 뽑아놓는다. 사나이는 장승처럼 서 있는 청년에게 안내해드리라고 명령한다.

온 마을이 들썩들썩 흔들린다. 발소리, 고함 소리, 외마디 소리, 울음소리. 돌담에 붙어서 걸어가며 기훈을 안내하는 청

년이,

"동무! 정말, 정말로 절망적이오?"

이를 악물고 울음을 참는다. 기훈은 꿈결 속에서 그 소리를 듣는 듯 대꾸 없이 휘청거리며 걸어간다.

"중공과 소련은 뭘 하는 거요? 우릴, 우릴 그냥 보고 죽일 작정인가요, 이대로?"

흐느껴 운다.

"이곳은 당성이 가장 강한 곳이오. 팔 할이 우리 동무요, 인민이 우리 편인데 마지막까지 싸울 수 있소. 그런데 왜 인민군은 저 모양이 됐소? 어느 작자가 그따위 졸렬한 작전을 세웠느냐 말이오. 인천에는 허수아비들만 세워놨던가요?"

청년은 작업복 소매로 눈물을 닦는다.

"정세의 판단을 너무 조급히 하지 마시오. 인천 상륙으로 끊어놨지만 수십만 인민군은 항쟁할 것이오."

어둠을 밟고 가며 기훈은 잠꼬대처럼 중얼거린다.

숙소에서 저녁을 먹고 기훈은 그냥 자리에 쓰러져 잠이 들었다. 고함 소리, 골목을 뛰어가는 발소리도 듣지 못하고 깊이 빠져들어 간 잠.

불기둥을 올리며 트럭이 불타고 있었다. 밑동에서 갈라져 올라간 나뭇가지 사이로 기훈이 바라본다. 전투기가 날아내리고 날아올라 간다. 트럭뿐만 아니고 온 숲속이 불바다로 변한다. 다리 없고, 팔 없고, 얼굴 없는 부상병들이 춤을 춘다. 벌렁벌렁

춤을 춘다. 팽이처럼 팽팽 돌아간다. 주홍의 불길과 초록빛 군복이 어우러져서 한꺼번에 돈다. 금가루가 하늘 가득히 뿌려진다. 마구 뿌려지고 나무가 쓰러진다. 술 취한 것처럼 자꾸 쓰러진다. 기훈은 전신에 그 금가루가 날아와서 몸이 후끈후끈 달아오른다고 생각했다. 날아오는 금가루를 피해 마구 달아난다. 몸부림치며 팔을 비틀고 그는 자리에서 일어난다.

정말 사방이 불붙고 있었다. 연기가 가득 찬 방, 긴 불길이 장지문에서 기어 내려온다. 기훈은 불길 속을 뚫고 밖으로 쫓아나간다. 골목에도 연기가 가득 차 있다. 연기를 헤치고 나간다. 바로 옆의 초가집이 무너진다. 불길은 어디까지나 계속된다. 온 마을이 불붙고 있었다. 마을 전체가 불바다 속에 있었다.

노랫소리가 들려온다. 항쟁가, 윙윙 울려온다. 짐승 울음같이 수백 명이 웅얼거리는지, 기훈은 그 노랫소리를 찾아 뛰어간다. 쥐어짜는 듯한 드높은 여자의 목소리, 물결이, 사람의 물결이 흐른다. 산을 향해 식량과 옷 보따리를 짊어진 수백 명의 마을 사람들이 불길을 받으며 명멸하며 걸어간다. 기훈은 그들 물결 속으로 휩쓸려 들어간다. 노래는 하늘에 꺼멓게 드러난 언덕에 울려 퍼지고 마을의 불길은 멀어진다.

"우리 집이 무너진다, 옴마."

아이가 운다.

"시끄럽다. 이눔 새끼야! 집이 중하나, 목숨이 중하지."

아낙이 우는 아이를 나무란다.

"집도 없이 어디 가서 사노?"

아이는 훌쩍거린다.

"집에 있으믄 순사가 와서 우릴 다 잡아 죽인다 안 카나."

"와?"

"니 성이 빨갱이라고."

"그라믄 큰대문 집의 윤이는 와 직였노?"

"싯! 윤이는 순사가 들어오믄 일러바친다고 직였다."

"윤이는 삼수가 대창으로 찔러 죽이더라. 내가 봤다. 개구리 같이 넘어지더라."

울음을 멈춘 아이는 턱을 까분다. 이빨 부딪는 소리가 노래 속에서 들리지 않았다. 마을 사람들은 언덕 위에서 걸음을 멈추고 마을을 내려다본다.

"내 살던 땅, 내 집!"

부인네가 퍼질러 앉아 통곡을 한다. 그 부인네를 비스듬히 내려다보고 서 있던 돔방치마의 여자가 얼굴을 들더니 기훈을 본다. 어둠 속에서 기훈을 자세히 쳐다본다.

"동무는 누구요?"

또렷하고 침착한 목소리로 묻는다.

"우리 동무들을 따라가는 사람이오."

병마개를 조금 딴 사이다 병 속에서 나오는 목소리처럼 어줍게 말이 울린다.

"이 마을 사람 아니군요."

"그렇소."

"어디서 오지요?"

"강원도로 빠지려다 되돌아왔소."

"왜?"

건방지고 문초하는 투다.

"지리산으로 갈려구."

더 이상 여자는 묻지 않았다. 여자는 내려놓은 짐의 멜빵을
어깨에 걸고 일어선다.

"출발이오! 출발!"

긴 행렬이 느릿느릿 움직인다. 고갯길을 메운 사람의 덩어리.
이제 마을은 보이지 않고 노랫소리도 말소리도 멎었다.

"동무!"

내내 옆에 따라오던 돔방치마의 여자가 날카로운 목소리로
기훈을 불렀다.

"왜 그러오?"

기훈이 돌아본다.

"동무는 두 활개를 치고 그냥 가기요?"

"두 활개가 아니지. 한 활개밖에 못 치겠는걸."

슬그머니 웃는다.

"농담할 때가 아니오. 모두 짐을 들고 가는 것 안 보여요? 여
성 동무들, 아이까지."

"미안하외다. 죽었음 죽었지, 짐은 못 들겠구면."

그 말에 약이 바짝 오른 여자는,

"고등관이구먼."

내뱉는다.

"고등관은 고사하고 소사 노릇도 못 해봤는데 그러시오."

여자는 발을 탕 구르며,

"지금 농담할 때가 아니라니까!"

울음 섞인 소릴 낸다.

"미안합니다. 나 어깨를 다쳤소. 게다가 수백 리 길을 걸어왔
소. 저 애가 짊어지고 가는 짐 아까부터 눈에 거슬려 견딜 수 없
었지만 안 되는군요."

그 말에 비로소 여자는 어둠 속의 기훈을 다시 들여다본다.

"많이 다쳤어요?"

얽어맨 멜빵도 다 달아나고 한 손을 가슴에 꼭 붙이고 휘청거
리듯 걸어가는 기훈을 보고 여자는 미안해하며 묻는다.

"파편이 박혀서 잡아 뺐는데 아직 아물지 않았구먼."

"심한 말 해서 죄송하오."

"조금도. 그보다 화장을 당할 뻔했어요. 인심 고약하더구먼."

휘청거리며 기훈의 입에서는 여전히 농담조가 가셔지지 않
는다.

"왜요?"

여자는 차츰 뭔가를 잊어버리는 것처럼 기훈에게 다가서 걸
으며 묻는다.

"어떤 청년이 나를 분명히 어느 집에 안내하고 저녁까지 먹여 주었는데 자다 보니 불바다 속에 있지 않았겠소? 잠이 깨지 않았더라면 내일 아침엔 누렁갱이가 되지 않았겠느냐 말이오."

누렁갱이라는 말에 여자는 픽 웃으며,

"엉겁결에 잊어버렸을 거예요. 동무처럼 잠자는 사람은 아무도 없었으니까요."

여자는 어둠 속을 되돌아본다.

"분명히 말했죠. 인민위원회에 가서 잠재워달라구."

기훈은 대화가 끊어지는 것을 몹시 두려워하듯 말을 이었다.

"그 동무, 날이 밝으면 동무한테 사과할 거요."

"죽었으면 누굴 보구 사과합니까?"

"어쩔 수 없어요. 지금은 산목숨이라 생각하세요?"

"생각하구말구요. 앞으로 몇 년은."

"정말로?"

"정말로."

"어째서?"

"지리산의 본거지로 가는 거요. 옛날에 비하면 무기도 인원도 많소."

"그, 그럴까요? 이번엔 전쟁이오."

"총질은 다 전쟁이오. 앞으로 오 년."

하다가 기훈은 여자에게 몸을 확 기울였다. 여자는 빈손으로 기훈을 잡아준다.

"잠이 와서…… 그리구 신발을 벗었구면."

기훈은 싱긋이 웃는다.

"좀 계세요."

여자는 길옆에 짐을 내려놓고 광목 보자기를 하나 꺼낸다.

"불 속에서 그냥 뛰어나왔구면요."

"그런가 보우."

여자는 광목 보자기를 찢는다. 찢는 소리가 날카롭게 울린다. 여자는 여러 갈래로 찢어서 마치 붕대처럼 된 것을 기훈에게 내민다.

"발에 감으세요."

"고맙소."

기훈은 땅바닥에 퍼질러 앉는다. 그러나 한 손으로 광목을 발에 감을 수 없다.

"가만 계세요. 제가 감아드리지요. 다리를 펴세요."

기훈은 두 다리를 뻗는다. 여자는 벗겨지지 않게 겹쳐가며 여러 번 되감는다.

"모택동 주석하구 주덕 장군이 연안으로 행군할 때 병사들은 이렇게 발에 감고 갔다더군요."

여자는 감으면서 이야기한다.

"동무는 유식하구면."

"어떤 책에서 봤어요. 에드거 스노가 쓴 『붉은 별』이던가."

"동무는 이 마을 사람이오?"

"이 마을에서 나고 자랐어요. 하지만 이번에 북반부에서 내려왔지요."

"월북했댔소?"

"서울 있다가 애인 따라서."

여자는 웃는 것 같았다.

"지금은 저녁이오, 새벽이오?"

"새벽이오."

"가는 방향이 어디요?"

"지리산이오. 여기서 별로 멀시 않소."

"전라도요? 경상도요?"

"전라도요. 내일 낮쯤은 노고단에 닿을 거요. 자, 이제 다 됐구먼요. 일어서 보세요."

새벽녘에 깊은 골짜기로 들어간 그들은 조반을 먹고 나무가 가려져서 하늘을 볼 수 없는 개울가에 앉아 쉰다. 기훈은 여자가 날라다 주는 아침을 먹고 나무 밑에 드러누웠는데,

"동무, 사과하러 왔소."

여자의 목소리가 쨍하니 울린다. 기훈이 부스스 일어나 앉았을 때 어제저녁 기훈을 안내해준 그 청년이 여자와 함께 온다. 청년은 고개를 숙이고,

"죄송합니다. 영 그만 잊어버리고…….."

"잊어버릴 일이 따로 있지. 절박할수록 머리는 치밀하게 놀아야지."

기훈이 나무란다.

"하, 죄송합니다."

"위원장인가 뭔가 하는 그 동무도 얼이 빠졌구먼."

기훈이 슬금슬금 웃으며 화를 내는 바람에 청년은 더 겁을 집어먹는다.

"동무, 그 부상당한 어깨나 치료합시다."

여자가 막고 들어선다.

"당신 의사요?"

"의사 아니지만 약은 누구나 바를 수 있소."

여자는 들고 온 박스를 놓고, 땅바닥에 무릎을 짚는다.

"옷 벗으시오."

기훈은 성한 편 손으로 아픈 어깨의 옷을 벗겨 넘긴다. 우두커니 서 있는 청년을 보고 기훈은,

"괜찮소. 가시오."

청년은 다시 미안하다 하며 간다.

"방금 소식 듣고 왔소. 낙동강 전선의 우리 인민군들은 가야산에 모여서 지리산으로 오고 있다 하오. 그리고 모든 당조직도 지리산으로 탄약과 식량도 무진장 날라 왔다 하더군요. 그리고 말이 재정비하여 추풍령을 치고 강원도로 빠져서 태백산맥을 타고 북상하리라 하오. 아이, 이 고름, 피!"

여자는 기훈의 어깨를 감은 붕대를 뜯어내며 얼굴을 찌푸린다.

"정말 소처럼 미련하구먼, 아프지 않았소?"

"소처럼 안 미련해도 할 수 없지."

"이래가지구 잘도 농담을 합디다."

"울 수도 없고 다 큰 사내가."

기훈은 얼굴을 찌푸린다.

"아플 거요. 참으세요."

여자는 누님처럼 기훈의 얼굴을 들여다본다.

"여성 동무."

"말씀하시오."

"당신 애인 장덕삼이란 친구 아니오?"

"그런 사람 모르오. 그인 병들어 죽었소."

"언제?"

"월북해서, 남반부에서 무척 고생했거든요. 그인 골수파요."

"거 안됐구먼."

"왜 장 뭐라는 사람을 내 애인이냐 물으시오?"

"너무 아파서……."

여자는 웃으며,

"아무거나 주워대면 안 아프오?"

"그런 건 아니지만."

여자는 기훈의 발에 감은 광목을 풀어서 흙 묻은 곳은 버리고 어깨에 감아주며,

"신발을 구해드리지요. 여벌이 있을 거요. 치밀하게 머리가

놓지 않는다고 나무라지만, 약품, 의복, 신발 따위는 다 준비해

놨으니까."

여자는 다 감아주고,

"이제 됐소."

하고 박스 속의 약품과 탈지면을 챙겨놓고 일어선다.

죄인들의 광장

망가진 아스팔트의 오르막길을 들어서자 드문드문 가게 문

을 여는 점방이 있다. 두부장수가 지나가고 구멍가게에 빵을 대

주는 배달꾼이 자전거를 타고 지나간다. 그러고는 아무도 없는

뒷거리, 벽돌담이 쭉 계속된다. 지영은 그 벽돌담을 따라 걸어

간다. 담벽은 좀처럼 끝나지 않았다. 지영은 빨리빨리 걷다가

주춤 물러서곤 한다. 그리고 앞서가는 노인의 해어진 구두 바

닥을 멍하니 쳐다본다. 그 구두 바닥이 마치 눈언저리를 때리는

듯 눈이 벌게지고 눈물이 빙빙 돌다가 다시 걷기 시작한다.

당초唐草 무늬의 호화스러운 철문 앞에까지 왔을 때 노인이

지영을 돌아다본다.

"창피스러워서, 이런 일로 내가 찾아오다니."

눈을 흘기며 혀를 찬다.

그저께 저녁때 송 노인은 빈 륙색을 짊어지고 뜻밖에 부산서

올라왔다.

"다 죽었는갑다고 울고불고하는 바람에 만사 제쳐놓고, 마침 추럭 편이 있어서 올라오니 이 꼴이라……."

안 올 길을 왔다는 듯 송 노인은 처형인 윤씨를 보고 짜증 섞인 투로 말했다.

"내가 죽어야지요. 내가 죄가 많아서 안 그렇습니꺼."

"그러기 내 뭐랍디까? 출가외인인데 친정어마씨가 왜 딸네 집에 와 있을 기요? 외동딸 아니라 반 쪼가리 딸이라도 우리 같으면."

하다가 성급하게 담뱃재를 떨었다.

"내가 죄가 많아서 그렇다고 안 캅니꺼?"

윤씨는 설움에 복받쳐 운다.

"허, 참……."

하다가 그는 별안간 생각이 난 듯,

"아, 송 의원을 찾아가면 되겠구나……."

지영과 윤씨는 송 노인의 다음 말을 기다리며 뚫어지게 그를 쳐다본다.

"국회의원인데 내 조카뻘 되지. 내가 평생 부탁 한번 해본 일이 없으니께."

"아재 정말이오? 그거 정말입니꺼? 부탁합니더. 이 어린것들, 새파랗게 젊은 저것을 생각해서 힘 좀 써주이소."

윤씨는 파리 손 비비듯 손을 싹싹 비볐다. 그러나 웬 까닭인지 송 노인은 자기 입으로 말해놓고 화를 버럭버럭 내는 것이었다.

"안 올 거로 내가 와서, 허 참, 뭐 할라고 딸네 집에 와가지고 이런 험한 꼴을 보요? 액운 많은 사람은 간 곳마다 액운을 뿌리기 매련이지."

내내 그 소리를 되풀이했으나 윤씨는 죽은 듯 그 말 대꾸는 하지 않았다.

"송 의원 댁에 내 혼자 갈 수도 없고 우선 시민증부터 내야 할 것 아니오. 참 내. 내일은 돈 좀 쓰더라도 그것부터 내야지. 그라고 송 의원 댁에 갈라 카믄 아침에 가야 만나지. 나랏일에 바쁜 사람을."

송 노인은 온종일 화를 내고 윤씨를 들볶았다.

흰자위가 없이 온통 까맣게만 보이는 송 노인의 작은 눈이 불안하게 움직인다. 입술 위에 잘 다듬은 콧수염은 초겨울 아침에 한층 짙고 주름살 하나 없이 깡마른 얼굴은 연극하는 인형 배우 같다. 그는 조심스럽게 사람이 드나드는 작은 문을 밀어본다. 문은 잠겨져 있지 않았다. 야밤을 타는 마음 약한 도둑처럼 송 노인은 살금살금 발소리를 죽이며 뜰 안으로 들어간다. 지영도 송 노인의 뒤를 따라 들어간다. 넓은 뜰에는 비질한 자국이 깨끗하게 남아 있었지만 사람의 기척은 없다. 오래 묵은 은행나무, 벚나무가 우뚝우뚝 서 있다. 나뭇잎은 다 떨어지고. 소쇄한 저택은 뜰에서도 저 멀리 있었다. 송 노인은 차고를 기웃이 들

여다보며,

"아직 안 나갔는갑다."

안심이 되어 표정이 부드러워졌으나 칠면조같이 이내 변한다. 잔뜩 얼굴을 찌푸리고 중얼중얼, 중얼거리며 공연히 혼자서 탓을 한다. 송상인 씨를 만나기가 참 괴로운 눈치다.

"국사에 바쁜 사람을 이런 일로 찾아오다니 창피스러워서."

쓸어 모아놓은 낙엽 더미에서 연기가 피어오르고 있다. 보랏빛의 가느다란 연기, 노오란 은행잎, 싸늘한 아침 기운이 대지를 적시고 있었다.

"거기서 왔다간 어림도 없다. 아침 일찍 아니믄 어떻게 만나노. 만나기만 하믄 하늘의 별 따긴데."

어깨를 으쓱 치킨다.

"아직 안 일어났을지도 몰라. 너무 일러서. 아, 아니 나갈 시간이 바쁘면 이야기도 못 하고 허탕 치는 거지. 염체 불구하고."

몇 발자국 걸음을 옮기더니 송 노인은 돌아본다.

"너는 거기 기다리고 있는 게 좋겠다. 내가 먼저 들어가 보구."

저택 쪽을 향해 걸어간다. 짧은 다리가 바쁘게 움직인다. 그는 잠시 멈추었다. 무슨 생각을 했는지 지영에게 되돌아온다.

"아무래도 아직 너무 이른갑다. 자는데 찾아가는 건 실례가 되니 좀 있다가."

그러나 송 노인은 가만히 서 있지 못한다. 손, 발을 쉴 새 없이 움지락거린다. 호주머니 속에 든 종잇조각을 꺼내었다가 도로 집어넣고 담배를 피우려다 그것도 그만두고 손을 싹싹 비빈다.

"가만있자. 늦으면 이야기할 시간이 없지."

다시 저택을 향해 짧은 다리를 부지런히 놀린다. 그러나 지영에게 또다시 돌아왔다.

"너도 함께 가는 편이 낫겠다. 너는 아무 말 말고 내 하는 대로만 보고 있어라. 내가 재치 있게 말을 꾸밀 테니, 알겠나? 알았지?"

송 노인은 현관 앞에 가서 넥타이를 고치고 손수건을 꺼내어 낡은 구두의 먼지를 닦아낸다. 일어서서 숨을 크게 쉬며 자세를 바로 한다. 너무 긴장하여 얼굴빛은 창백해졌다. 지영을 한 번 노려본다. 지영도 파아랗게 얼굴빛이 변한다. 드디어 일대 결단을 내려 초인종을 누른다. 발소리가 들려온다. 지영은 자기 심장을 밟으며 그 발소리가 오는 것처럼 더욱더 얼굴이 파아래져서 아스스 떤다. 냉랭하게 떠밀어버릴 것만 같은 예감, 눈물이 자꾸 괴고 눈물이 괴는 눈알을 무엇이 덮쳐 씌우듯 아무것도 보이지 않고 가슴만 뛴다. 내다보는 얼굴이 멀리서 흔들린다.

"어떻게 오셨어요?"

식모가 묻는다.

"이, 이거 실례합니더."

위엄을 보인다.

"저어, 부산서 왔는데요. 영감님 계시는교?"

"누구시죠?"

"친척 되는 사람입니더. 저어, 송재구라고 전해주이소. 이번에 피란 오시서 만났습니더. 아침부터 미안스럽습니더. 피치 못할 사정이 있어서, 부탁합니더."

자기도 모르게 송 노인은 허리를 굽실굽실하고 있었다. 식모는 들어가고 한참 후 슬리퍼를 끌고 천천히 오는 발소리가 들려온다.

"마누라가 나오는갑다."

늙은이답지 않게 쭉 고른 이빨을 드러내어 씩 웃는다. 회색 치마에 연한 분홍빛 저고리를 입은 사십 남짓한 화사한 얼굴.

"할아버지가 웬일이십니꺼?"

영남 사투리로 반가워한다.

"이거 아, 아침부터."

"어서 올라오시이소."

"네, 네."

허리를 굽실굽실한다. 부인은 그 모양을 좀 딱하게 여기며 웃는다. 송 노인은 혼자 서둘며 마루로 올라가서 안으로 들어가려다 말고 현관 구석에 우두커니 서 있는 지영을 돌아본다.

"넌, 넌."

하다가,

"저, 저 아이는 내 조캅니더. 처조카지요. 야아야, 인사드려라."

지영은 인사하고 그냥 고개를 숙인다.

"아, 그래요? 올라오세요."

두려움에 가득 찬 지영의 눈이 송 노인의 등을 쳐다보고 따라 간다.

복도는 어둡고 발소리가 울린다.

"영감님은 아직 주무시겠습니다, 하."

"아니요. 지금 아침 잡수십니다."

"그, 그럼 기다려야지요."

"괜찮아요. 집안끼린데."

집안끼리라는 말에 감격한 송 노인은 눈을 껌벅껌벅하며 손을 맞잡다가, 자랑스러운 얼굴을 돌려 지영을 보았으나 지영은 바보같이 걷고 있었다.

"말씀이 있어 오셨는가 분데 아침이 끝나면 곧 나가셔야 하니까요."

"하 참, 그렇습니다."

"부산서 할아버지가 오셨는데요."

도어를 열고 방 안을 들여다보며 부인이 말한다.

"할아버지라니?"

굵고 느린 목소리가 들린다. 부인은 좀 거북하게,

"저, 시장의."

"아아, 그래? 웬일로 오셨는고? 들어오시라 하지."

"하, 저 식사 중에 이거."

송 노인이 방 안으로 들어가며 황송하여 어쩔 줄 모른다.

"들어오세요."

부인은 멍하니 서 있는 지영에게 손짓한다.

송 노인은 멀찌감치 꿇어앉는다. 국회의원 송상인宋尙仁 씨는 송 노인에게 편히 앉으라 권한다. 송 노인은 굳어서 네 네 대답만 한다.

"편히 앉으시오."

다시 권한다. 겨우 다리를 펴 편안하게 앉는다.

"아침 드셨습니까?"

"네, 네 했지요."

"무슨 일로 올라오셨소? 부산서 올라오시기 어려웠을 긴데?"

"거 고생 많이 했지요. 화물차 편으로 왔는데 와보니께……."

"해방 후 한번 오셨던가요?"

"네. 해방 이듬해 여기 한 번 왔지요. 그, 그런데 참 면목이 없어서, 처제가 불쌍해서, 조카사위가 이번에 그놈아가 본시부터 얌전하고 착실해서 믿었더니만 이번에 그만, 그럴 사람이 아닌데 귀신이 씌었든지 신수가 사나웠든지……."

"그래 어떻게 됐다는 거요?"

송상인 씨는 밥상을 물리며 긴 서설을 잘라버린다.

"그, 그래서 집에서는 직장에 가 있는 줄만 알고."

하다가 힐끗 돌아다본다.

"안심하고 있었는데 인천서 사람이 와가지고 기별이 왔지요."

땀을 닦는다.

"무슨 기별이?"

송상인 씨는 시계를 보며 좀 짜증스러운 표정이 된다.

"이, 인천 경찰서에 잡혔다고 말입니다."

"부역을 했구먼요."

"네, 아, 아니, 지, 직장에 나간 것뿐이랍니다. 그, 그래서 사
람을 사가지고 인천에 보냈더니만 서울 형무소로 넘어갔다는
이야깁니다. 여자들만 있으니께 일을 봐준다 하고 금비녀랑 뭐
그런 것도 준 모양인데, 알고도 안 줄 수 없더라는 거지요. 나쁜
놈들이, 일을 봐주기는 무슨 일을 봐줍니까? 깜깜 소식이고."

송 노인은 안 해도 좋은 이야기까지 하며 손수건을 끄집어내
어 다시 땀을 닦는다.

"나, 나는 그저께 올라왔습니다. 와보니 식구들이 다 죽게 되
고 시민증이 있습니까, 꼼짝 못 하고 그래 내가 교섭을 해서 시
민증부터 내가지고 저 아이를 데리고 여기 왔지요."

"음⋯⋯."

"그놈아가 본시 나쁜 놈 같으면 처형이 내 앞에서 죽는다 해
도 여기 발걸음 안 했을 겁니다만 하도 얌전한 놈이 그렇게 돼
서 너무 아까워서, 마 죄가 있으니 잡혀갔겠지만 아무리 생각해
도 빨갱이가 될 수 없는⋯⋯."

이야기는 요점에서 바깥만 빙글빙글 돌아가고 언제 끝날지

한이 없다. 초조해진 송상인 씨는,

"어느 형무소에 넘어갔답디까?"

"바로 서, 서대문의."

"언도를 받았는가요?"

"그걸 아직 모르고 있습니다. 오늘 가볼 참이지요."

"그럼 그것부터 알아 오시오. 만일 언도를 받았다면 재심 수속을 해야 하니까. 그런데 무슨 짓을 했답디까?"

송 노인 얼굴에 생기가 돈다. 지영의 얼굴은 피가 끓어오르는 듯 짙붉다.

"저, 입당원서를."

지영은 앞으로 몸을 내민다.

"허, 넌 가만히 있어."

송 노인이 막는데 송상인 씨는 지영에게 묻는다.

"공산당에 입당했단 말이오?"

"아, 아닙니다! 친구가 권하니까 마음이 약하고 겁이 나서 그렇지만, 그렇지만 그인 공산당도 아니구 이, 입당되지도 않았어요. 그, 그인, 빠, 빨갱이가 아니에요!"

눈에서 눈물이 펑펑 쏟아진다.

"사, 살려주세요. 선생님."

송상인 씨는 지영의 울음이 멎기를 기다리고 송 노인은 어떻게 할 바를 모른다. 한참 후 송상인 씨는 일어섰다.

"형무소에 가서 알아보고 오시오."

부인은 모자와 코트를 챙겨주며,

"좀 힘써드리세요."

딱하게 여기며 거들어준다.

"마, 그렇게 말했으니게 좋게 될 기다."

송상인 씨 댁에서 나온 송 노인은 대단히 만족해하며 말했다.

"그 양반 본업이 변호사고, 이번에 부산 피란 왔을 적에 내가 그래도 여러 번 찾아가 보았더니 그 효험이 있군그래. 날 아주 괄시는 못할 기다. 코 흘릴 적부터, 지금이야 국회의원이 되고 우리네 처지하곤 다르지만 척을 챙기면 조카뻘이 되거든."

송 노인은 우쭐해져서 말했다.

형무소 넓은 뜨락에 물결처럼 사람들이 넘실거린다. 독립문에서 서대문형무소에 이르는 너절한 양쪽 길에도 오가는 사람들이 길을 메운다. 찌부러진 국숫집, 빵집이 번창한다. 형무소 뜨락에도 매점 이외 떡장수, 고구마장수가 목판을 벌여놓고 있었다.

도둑과 살인자와 사기꾼 그리고 정치범들이 살던 붉은 벽돌집은 지금 반역자들로 가득 차고 광장에는 그 반역자들의 가족으로 가득 차 있다. 꽃 시절이 되면 창경원 울타리 밖에까지 매표구를 늘려 한철을 재미 보는 것처럼. 꽃바람은 가고 지금은 초겨울, 누더기 걸친 구경꾼 아닌 가엾은 무리들이 임시로 마련된 창구 앞에 차례를 기다리고 서 있다.

"안 사도 좋아요! 너무 만지지 마세요! 다 똑같은데 크고 작은 게 어딨어요."

떡 파는 계집아이가 화를 내며 아낙네의 손을 떠민다. 아낙네
는 무춤하게 섰다가 하는 수 없는지 떡 한 개를 집고 가불가불
다 떨어진 돈 한 닢을 내놓는다. 그리고 한편에 쭈그리고 앉더
니 먼지 낀 머리칼을 바람에 흩날리며 떡을 베어 먹는다. 아무
도 없는 이 세상에 홀로 앉아 떡을 먹고 있는 것 같다. 퀭한 눈
이 공중을 떠돌고 있다.

지영은 여러 갈래로 나누어진 줄을 하나 찾아서 붙어 섰다.

"댁엔 누가 들어갔습니까?"

낡은 코트를 입은 사나이에게 송 노인이 말을 붙인다.

"동생이 들어갔지요."

사나이는 귀찮은 듯 대꾸한다.

"동생이 무슨 일을 했기에?"

그 물음에는 변명 안 할 수 없었던지 사나이는 갑자기 열을
띠며,

"민청에 좀 나갔었죠. 그러다가 말판에 의용군 안 나갈려고
피해 다녔는데, 피해 다니구말구요. 피해 다녔는데 그래도 빨갱
입니까?"

사나이는 따지듯 말했다.

"시운이오, 시운. 시운을 잘못 만나서, 망할 놈의 세상."

송 노인은 점잔을 빼면서 말한다. 우리 뒤에는 국회의원 송상
인 씨가 있다는 자신과 거드름인데 상대편은 배짱 좋은 늙은이

로 생각하고 용기를 얻은 것 같다.

"왜 안 그렇습니까, 가엾은 백성들이죠. 사실 이 속에 있는,"

사나이는 형무소를 턱으로 가리키며,

"죄수들은 모두 송사리죠. 빨갱이가 뭔 줄도 모르면서, 그뿐이겠소? 이북서 왔다고 주목을 받으니 제 목숨 하나 살려고 할 수 없이 일 좀 거들어주고 그 새끼들이 달아날 적에는 죽이지 못하여 한을 한 사람들이 얼마나 많겠소? 진짜 빨갱이들이 도망 안 가고 어물어물하고 있었겠어요? 지 목숨 아까운 줄 모르고, 안 그렇겠습니까? 노인장."

"맞소. 당신 말이 맞소. 진짜는 다 달아났지."

말이 고마워 사나이는 바싹 다가서며 송 노인에게 담배를 권한다.

"노인장께서는 아드님이?"

"아, 아니오. 조카사위가 들어갔지요."

송 노인은 부산서 올라온 경위, 조카사위의 인품, 경력과 학력까지 길게 늘어놓는다. 두서없는 말로 되풀이하며, 성급한 사람이면 화가 치밀 지경이다.

"그럼 여긴 오늘이 초행이구먼요."

"그렇고말고요. 우리사 난생 형무소 마당은 처음이오."

"그럼 조카 되시는 분이 가족과 연락도 안 된 채 여기 한 달 동안이나 있었단 말입니까?"

"아, 아니 인천 경찰서에서 이리 넘어왔으니께 여기 온 것은 한 달이 못 될 거요."

"그러나저러나, 안의 사람이 많이 상했겠습니다. 하긴 아직도 가족들이 행방을 모르고 있는 사람들이 많으니까, 그런 사람들은 죽게 마련입니다."

"와요, 고문 때문에?"

지영은 주저앉아 두 손을 꼭 쥐고 가만히 듣고 있다.

"형무소야 어디 고문을 합니까? 지금 여긴 터져 나갈 지경입니다. 아직 질서도 안 잡히고, 그러니 죄수들에게 제대로 밥이 돌아가겠어요? 영양실조로 매일 죽어 나가요."

"매일······."

송 노인이 뇐다.

"그러믄요. 가족 없는 사람들이야 죽게 마련이죠. 우린 쭉 계속해서 떡을 넣어준답니다."

"어떻게!"

지영이 일어서며 고함치듯 묻는다.

"떡값으로 돈을 넣으면 되죠. 하나 새벽부터 왼종일을 기다려야, 그래도 허탕을 치고 돌아가는 사람이 있답니다. 이 많은 사람들 보시오. 취급하는 시간은 짧고 처음에는 모두 행방을 몰라서 이렇게 사람이 안 많았는데 날마다 불어나죠."

"그래 댁은 오늘 떡값을 넣었소?"

송 노인이 묻는다.

"어제 넣었죠. 식구들이 모두 골병이 들었습니다, 여기 다니노라고. 우리 집은 돈암동인데 전차가 있겠소, 버스가 있겠소. 노상 걸어 다니죠. 날씨는 차차 추워지는데 형무소 지붕은 날아가고 올겨울에 많이 죽어날 거요."

"그래 오늘도 떡값을 넣으러 왔소?"

"아니요. 옷을 받으러 왔지요. 저녁때 헌 옷이 나오는데 그걸봐야 안의 사람이 무사한 걸 확인하게 되거든요. 그래서 자주옷을 넣죠."

낡은 코트의 사나이는 이 밖에도 여러 가지 이곳의 절차, 사정 같은 것을 이야기해준다.

"뭣보다도 경제가 허락하면 변호사부터 대야 합니다. 그러면 안의 사람이 천대를 덜 받거든요. 이러나저러나 돈, 돈만 있으면."

"댁은 변호사를 댔소?"

"그 뒷바라지를 하노라고 집안이 콩가루가 됐습니다. 얼마나 계속이 될는지, 죽지 않고 살아 있는 놈을 그냥 내버려둘 수는 없구, 기가 찹니다."

온종일 기다려 해가 질 무렵, 기석이 이미 기결수로 넘어간 것을 알았다. 십오 년의 징역에다 죄수 번호는 1939번. 송 노인의 얼굴은 핼쑥해진다.

"십오 년이면 아주 가벼운 겁니다. 웬만한 것은 모두 무기 사형인데, 그 정도면 걱정하실 것 없어요. 정세만 좋아지면 풀려나올걸."

옆에 선 사람들이 위로한다. 지영은 위로를 받지 않았다 하더라도 송 노인같이 놀라지 않았다. 최악의 경우를 생각하고 있었으니까. 기석이 살아 있다는 확증을 얻은 것만도 기뻤다.

'살아 있다면 무슨 일을 못 해? 그일 구해내야지.'

지영은 두 다리에 힘을 주며 형무소에서 군용트럭이 달리는 거리로 나온다.

바깥은 칠흑처럼 어두운데 촛불을 켜놓고 송 노인과 지영이 밥을 먹는다.

"아재, 오늘 송 의원 댁에 안 가볼랍니까?"

윤씨가 송 노인의 얼굴을 살핀다. 아무 대꾸가 없다.

"아재가 한번 더 찾아봐야지 않겠소?"

"허 참, 졸갑스런 귀신 물밥 천신 못한다고 와 그리 야단이오? 일이 그쯤 됐으면 사람을 믿고 있어야지. 아, 송 의원이 변호사가 돼서 재심 수속을 해놨겠다, 안에 있는 사람의 지장도 받았겠다, 이북에서 밀고만 안 오면 일은 제대로 될 거 아니오."

"그래도 바쁜 양반 우리 일만 어디 생각하겠습니까? 가서 얼굴을 봐야……."

"아, 지영이가 늘 가지 않소. 나도 시장 형편을 좀 알아봐야겠소. 사실 그런 일로 송 의원을 찾아갔으니 생각할수록 송구하고 창피스러워서."

지영은 잠자코 숟가락을 놓더니 나갈 채비를 차린다.

"아직 통금이 멀었을 긴데……."

윤씨 말에,

"잡아갈려면 잡아가라 하죠."

집에서 나간다. 송 노인도 뒤쫓아 나왔다. 길고 두서없는 이
야기를 늘어놓으며 서울역에까지 온 송 노인은 좀 미안한 표정
을 지으며,

"걱정하지 마라. 이젠 문제없을 거다."

하고 남대문 쪽을 향해 돌아서고 지영은 서대문을 향한다.

정오가 지났다. 차입 사무를 취급하는 임시로 증설한 수많은
창구 앞에 줄을 지어 서 있는 사람들 얼굴에 초조한 빛이 돈다.
창구에 가까워질수록, 창구 가까이 서 있는 사람일수록 절망과
희망이 엇갈리는 짙은 눈으로 죽음과 삶의 가름길 같은 조그마
한 구멍을 쳐다본다. 차츰 멀어질수록, 멀리에 있는 사람일수록
희망과 절망, 엇갈리는 빛이 엷은 눈을 하고서 우두커니 서 있
다. 앞줄 사람들을 겨누어 보아 가망 없을 것을 알면서도 그들
은 기적이라도 생길 것처럼 서 있는 것이다.

지영의 머릿속에는 정확하게 초침이 돌아간다. 심장이 뛰는
소리와 함께. 여위어 눈만 퀭한 얼굴은 차츰차츰 창백해진다.
과연 떡값에 따라 떡이 기석에게 들어가는지, 모든 것이 뒤범벅
이 되고 허물어지고 부서지고 피가 천지를 물들이는 곳에 미친
개처럼 몰려서 이 광장에 모여든 사람, 쓰레기같이 쌓여 있는
감방의 죄수들, 떡이, 돈이, 옷이 제대로 들어갈까? 사람들은

그것을 믿으려고 하지도 않고 안 믿으려 하지도 않는다. 매일같이 먼 길을 걸어서, 혹은 부유한 층은—부유한 사람은 극히 드물 것이다. 소위 프롤레타리아이기 때문에 그런 것은 아니요 부역자의 가산은 역산이 아닌가—형무소 근처의 여관에서 매일 매일 이곳 뜰에 와서 서야 했고, 떡값을 넣어야 했고, 옷을 넣고 옷을 받아 가야 했다. 가장 정세에 민감한 사람들도 이들이다. 기결수나 미결수 할 것 없이 정세에 따라 그들의 운명은 좌우된다. 모이는 사람들은 서로 정보를 교환하고 걱정하고 여러 가지 인의 사람을 위한 현명한 방법을 지시받기도 한다.

"정세만 악화되면 죽는 거구, 죽는 거지."

남자들은 그런 이야기를 나누었고 아낙들은 우리 남편이야말로 무죄이며 숨어 다니다가 말판에 가서 그들에게 끌려 나갔을 뿐이라고 하늘에, 땅에 호소하듯 말했다. 울고 흥분하고 이야기하는 사람들은 새로 온 사람들이요, 가만히 앉아 있는 사람들은 지쳐버린, 그러나 이곳이 자기네들 집의 뜰 안처럼 익어버린 사람들이다.

지영 앞에 두 사람이 남았다. 돈을 쥐고 있는 지영의 손이 파르르 떨린다. 한 사람이 남았다. 지영의 눈은 쇳덩어리처럼 구멍에 못 박힌다. 간수는 창구의 나무문을 닫아버린다. 뒤의 사람은 흩어진다. 지영의 앞의 한 사람이 울음을 터뜨린다. 지영은 그냥 땅바닥에 주저앉는다. 사람들이 다 돌아가고 둑 위의 붉은 벽돌 담벽 앞에 붙어 서서 재소자들의 옷이 나오기를 기다리는 사람들만 남았을 때 지영은 일어서서 부르튼 발을 절뚝거리며 느릿느릿 걸어간다. 그는 송상인 씨 댁의 철문을 열고 넓은 뜰을 지나 조심스럽게 부엌문을 열고 들어간다.

"김장하시는군요."

얼어버린 지영의 입에서 가까스로 말이 밀려 나온다. 식모는 고춧가루가 묻은 손을 쳐들고 팔로 머리칼을 쓸어 넘기며,

"네. 거기 다녀오세요?"

하며 언짢은 얼굴을 한다. 날품팔이 노파가 소쿠리의 배추를 대야에 옮기면서 지영을 쳐다본다.

"그 소쿠리는 이리 주시고 할머니는 늘려진 것 좀 치워주세요. 저녁이 늦겠어. 그리구 아주머니는 속배기에 넣은 것 항아리에 갖다 넣으시고."

식모가 김장 뒤처리를 서둘다가 우두커니 서 있는 지영을 보고,

"사모님 방에 계세요. 들어가 보세요."

지영이 방문을 열고 들어갔을 때 부인은 뜨개질하던 손을 멈추고,

"날씨가 춥죠? 이리 아랫목에 앉으세요. 얼굴이 파아랗게 죽었네. 오늘은 일 잘 보셨소?"

묻는 말에 고개를 젓는다.

"안에서…… 배고플 거예요. 남들은 먹는데……."

눈물이 가득 괸다.

"저를 어째."

"집에서 오니깐 아무래도 늦어서."

"으음, 거긴 머니까 오는 데 한참 걸리겠구먼. 몇십 리 될 걸."

"아무리 일찍 나와도, 막 뛰어와도……."

눈물이 후둑후둑 떨어진다.

"그럼 우리 집에서 자구 일찍 가면 되겠군. 왜 여태 그 생각을 못했을까?"

지영은 말을 더듬으며 그렇게 할 수 있겠느냐고 묻는다.

"그럼. 방도 많고 식구들은 부산서 아직 안 올라왔으니 집 안이 적적한데."

역전

햇빛은 멀고 초겨울 찬 바람이 분다. 거둬들인 지 오랜 들판 사이로 시냇물이 으시시 추위를 타는 듯 흐르고 있다.

철로 길에는 아직도 피란 봇짐이 오고 간다. 잔디가 말라버린 둑. 양지바른 곳에 가난한 농부의 자식들이 햇볕을 쬐고 있다.

'어떻게 해서라도 받아내야지. 무슨 짓을 해서라도.'

검은 반코트에 고무신을 신은 지영이 경인가도를 걸어가며 중얼거린다.

인천 방면으로부터 야채를 실은 민간 트럭이 서울을 향해 달려간다. 이따금 서울서 나오는 군용 아닌 트럭도 있다. 사람들은 트럭이 지나갈 때마다 흙바람을 마시며 행여나 하는 기대에서 가로수 옆으로 다가가서 걸음을 멈추고 트럭을 바라본다.

"젠장, 언제까지 걸어 다니라는 거야."

그냥 지나가는 트럭을 원망스럽게 바라보며 행인들이 불평한다.

"두 다리가 성해서 걸어 다니는 것만도 고맙게 생각합시다. 그놈의 빨갱이 세상에서는 어디 마음 놓고 걸어 다니기나 했소? 자아, 갑시다."

"흥! 빨갱이고 노랭이고 못살게 굴기는 다 마찬가지지."

"쉿! 이 양반이 환장했나? 어떤 세상이라고 함부로, 댓바람에 날아가는 줄 모르고."

하는데 트럭 한 대가 와서 멎는다. 운전사가 빨리 타라는 시늉으로 손을 흔든다. 모두 몰려가서 기어오른다.

"저, 저, 저 좀 올려주세요."

트럭에 매달려 발버둥 치다가 지영은 가엾은 소리를 지른다. 검붉게 탄 얼굴에 피가 몰려 한층 더 검붉다. 누가 팔을 내밀어 준다. 지영은 그 팔을 잡고 기어오른다.

"고맙습니다."

지영은 숨을 할딱이며 검붉은 얼굴에 애써 미소를 띤다. 웃음 파는 여자같이.

"날 좀 데리고 갑시다!"

짐짝을 든 남자들이 소리 지르며 쫓아온다. 그러나 트럭은 더 이상 지체 않고 떠난다. 지푸라기, 야채 부스러기가 굴러 있는 트럭 바닥에 비릿한 생선 냄새가 난다. 지영은 한쪽에 도사리고 앉아서 잎이 다 떨어져 쓸쓸하기만 한 가로수를 바라본다. 남자들은 제각기 편한 자리를 잡고 트럭 바닥에 퍼질러 앉아 장사 이야기를 시작한다. 뭐니 뭐니 해도 양키 물자에 손댄 사람이 제일 돈을 벌었다는 둥 군대와 손이 닿는 사람들은 38이북에 가서 고추와 깨를 실어다가 한밑천 잡았다는 둥, 검둥이가 논둑에서 여자를 능욕했다는 둥.

"김장도 오늘내일이면 한물가죠?"

"늦게 돌아온 사람들이 있으니까 아직 한동안 재미 볼 거요."

"김장이고 뭐고 정세가 불안하니 뭐, 중공이 나섰다면요? 야단났소."

"아따. 고관들은 골동품만 사딜입디다."

"골동품을 사들이거나 어쩌거나 제발 보따리나 또 싸지 말았으면 좋겠소."

"에이 여보시오, 농담이라도 그런 말 마시오. 또 보따리 싼다면 죽는 거지. 누구 하나 남아나겠소. 미군이 앞장서고 나선 이상 그렇게는 안 될 거요."

"하지만 소련이."

"삼차대전이 붙는 거지. 볼 장 다 보는 게 아니겠소?"

담배를 뻑뻑 피우며 이야기만 듣고 있던 중년 사나이는 빙긋

이 혼자 웃다가,

"『정감록 비결』에 만국기가 꽂힐 거라 했는데 그 말이 맞소구려. 이 작은 땅덩어리에서 온갖 나라의 군대들이 다 올라왔으니 안 그렇소? 불편부당이면 산다고 했는데 그 말도 맞아떨어지지 않았소?"

하며 트럭 안의 사람들을 둘러본다.

"그놈의 불편부당이라는 게 문제거든. 노인네 어린이 아니고서야 불편부당으로 있을 수 있나요? 빨갱이 세상에서야 숨어 다니는 것만으로도 반동인걸, 이쪽저쪽 할 것 없이 눈깔이 똑똑히 박힌 젊은 놈들 다 죽어나게 마련이지. 속 시원하게 만주 벌판까지 밀어 올린다면, 하긴 그것도 소련이 가만 안 있을 게고."

지영은 그들 이야기에 귀를 기울인다.

'아니야, 오늘은 운수 좋은 날인데 일은 잘될 거야. 온종일 걸릴 텐데 트럭 덕택으로 빨리 가고, 일은 잘될 거야, 틀림없이.'

인천에서 트럭은 멎고 사람들은 운전사에게 고맙다고 인사하며 흩어진다. 지영은 지나간 길을 되돌아서서 K마을로 향하였다. K마을에 가까워져서 지영은 철로를 질러간다. 플랫폼으로 올라선다. 햇빛이 싸아! 하고 눈에 내리덮이는 것 같다. 청년 한 사람이 호주머니에 손을 찌르고 아래턱을 덜덜 까불며 서 있다. 이정표 옆을 지나오는 지영을 보자 청년은 눈을 크게 벌린다.

"웬일이십니까?"

난처해서 어쩔 줄 모르며 지영에게 말을 건다.

"볼일이 있어서요."

지영은 똑똑하게 대꾸한다. 청년은 머뭇머뭇한다.

"저, 하형은……."

말끝을 못 맺고 지영의 눈을 피한다.

"지금 형무소에 있어요."

"하, 그럼 없, 없어지지는 않았……."

역시 말끝을 못 맺는다. 살아 있어 참 다행이라는 말을 해야 옳을지, 그저 안됐다는 말을 해야 할지 모르겠다는 얼굴이다.

"저, 어떻게."

아까 물었고 지영이 대답했는데 그는 또다시 묻는다.

"정 선생님 좀 만나 뵈려구요."

"서울 가셨는데요."

"네? 그, 그럼 오늘 못 돌아오세요?"

"내일쯤 오실 텐데 확실한 모르지만, 꼭 만나셔야 합니까?"

"그분 만나 뵈려고 왔는데요."

그는 덮어놓고 고개를 끄덕끄덕한다.

"어떻게 하면 좋을지……."

지영은 금시 얼굴이 핼쑥해진다.

"저기 기차가 오는구먼!"

남자는 크게 말했다.

"하여간 타십시오. 저는 부평까지 가는데, 아 참, 좋은 생각이 있구먼요. 정 소장은 서울 가시면 큰댁에 묵으십니다. 그러니

큰댁으로 찾아가 보세요. 이 차 타고 가시면 오늘 해 안으로 서
울에 갈 수 있으니까요."

그는 허겁지겁 지영의 팔을 끌고 다른 사람들과 함께 기차에
오른다. 기차는 지체 않고 곧 출발한다. 엉겁결에 탄 지영은 얼
굴이 노오래지며,

"저, 전 정 선생님 큰댁을 모르는데 어떡허죠? 내, 내리겠
어요."

달리는 기차에서 뛰어내릴 듯 서둔다.

"가만히 계세요. 제가 압니다. 알아요, 에 또……."

그는 부시럭거리며 호주머니 속에서 종이와 만년필을 꺼
낸다.

"전에 서울 갈 때 소장님 부탁으로 여러 번 찾아갔었어요. 잘
알지요, 그 댁을."

약도를 그리면서 그는 설명한다.

"동회에서 오른편을 돌아가면 산파 간판이 붙어 있습니다. 거
기서 조금 더 가면 묵은 버드나무가 있어요. 거기서 셋째 집이
바로 소장님의 큰댁입니다."

청년은 약도를 일일이 가리켜 보였다.

"아시겠습니까?"

"네."

지영은 고개를 끄덕이며 겨우 안심된 듯 그를 바라본다. 청년
은 두 다리를 세우고 앉아서 지나가는 풍경에 눈을 보내며,

"먼젓번 부인이 내려오셨을 때 참 뭐라 말씀드릴 수 없더군요. 옛날에는 하 선생님 댁에 가서 신세 진 일도 있었는데, 그때 공기가 하 험악해서 자연히 사람들의 마음이 비겁해지고…… 동료들이 좀 더 서둘렀으면 하 선생도 희생되지 않았을 겁니다. 하나 모두 자기 발등에 불이 떨어질까 봐 전전긍긍해가지고 그만…… 며칠 후에만 내려왔어도 공기는 퍽 누그러졌을 텐데…… 그리고 형님 때문에 오해가 심했죠. 사람이란 다급해지면 자기 살 구멍밖엔 찾을 수 없는가 봐요. 더욱이 우리네들같이 신념이 없는 사람늘은, 인공시대에도 역시 그런 사람늘 땜에 희생자가 많이 났다고 볼 수 있겠죠. 신념이 없는 만큼 구할 수 있었던 사람을 그냥 보고만 있었던 일이 오래 마음속에 남지 않겠어요? 하 선생을 빨갱이라고 핏대를 올리던 사람도…… 비겁한 애깁니다만 이렇게 부인을 만나고 말씀을 드리니 좀 마음이 편해지는군요."

전날의 냉정했던 태도를 오늘날의 친절로써 상쇄한 듯 그는 아까보다 훨씬 침착한 표정으로 이야기한다. 지영은 왜 정 소장을 찾아가는가 거기에 대한 설명 한마디 하지 않고 묵묵히 청년의 말만 듣고 있다.

청년은 부평에서,

"그럼 안녕히, 모든 일이 잘되기를 빌겠습니다."

작별 인사를 하고 내린다.

정 소장의 큰댁을 찾아갔을 때 조용한 주택가에는 전등이 켜지고 어둑어둑한 길을 비춰준다. 지영은 현관에 서서 정 소장을 찾는다. 정 소장은 무심히 나오다가 지영을 보자 놀란다.

"어떻게? 웬일루?"

목소리는 냉정하다. 그 목소리에 질려 지영이 미처 말도 못 하는데,

"올라오시죠."

지영은 그를 따라 이 층으로 올라간다. 마주 앉자 정 소장은 경계하는 눈초리를 보낸다. 지영은 말을 더듬으며 그동안의 일을 설명한다. 그러나 정 소장은 아무런 감동도 나타내지 않았다.

"진정서 한 통만 해주시면 얼마나 유리할지…… 그래서 이렇게 찾아……."

지영은 말을 끊고 흐느낀다. 정 소장은 침묵을 지킨다. 지영이 우는 동안에도 그는 한마디 말을 하지 않았다. 그의 냉정한 눈빛 속에서 기석에 대한 동정을 찾아볼 수 없다.

"실은 내 자신이 의심을 받고 있어요. 몇 번이나 불려 가고 했는데 내가 쓴 것이 무슨 효험이 있겠습니까? 도리어 역효과가 날지도 모르죠."

"역효과가 나도 좋습니다. 하여간 선생님께서 해주시기만 하면."

정 소장은 다시 침묵을 지킨다.

"애야, 저녁 먹어야지."

어질게 생긴 정 소장 어머니가 미닫이를 열고 방 안을 들여다보며 말한다. 열려진 문에서 보이는 그 방에는 벌써 저녁상을 차려놓고 식구들이 기다리고 앉았다.

"네."

"손님도 함께, 응?"

"네."

불그레한 전등불이 평화스럽게 식탁을 비춰주고 있다. 식구들은 정 소장과 지영이 오기를 기다리고 정 소장의 동생은 신문을 읽고 있다.

"가시죠."

정 소장이 무거운 어조로 권한다.

"오세요. 찬은 없지만."

어머니가 다시 권한다.

울어서 눈이 부은 지영은 식탁 앞에 가 앉는다.

"그때는 우리 애를 데리고 가느라고 애를 썼는데……."

안노인 말에 지영은 정 소장을 쳐다본다. 정 소장은 식탁만 내려다보고 있다. 임신한 정 소장의 계수가 밥공기에 밥을 담아 돌린다. 기석 또래의 동생은 후딱후딱 물에 말아서 밥을 먹는다.

"의정부 방면에 참호를 판다는데 어떻게 된 일이죠?"

밥을 먹으면서 동생이 정 소장에게 물었으나 정 소장은 얼굴을 찌푸린 채 대꾸 안 한다.

"또 후퇴하는 것 아니오?"

"이 애야, 그런 끔찍한 소리 제발 하지 말어. 또 후퇴하면 우린 어디로 가느냐?"

안노인은 작은아들의 입을 막듯 말했다. 역시 정 소장은 대꾸 없이,

"이번에는 정말 못 배겨."

동생은 어머니의 걱정은 아랑곳없이 내뱉듯 말한다.

"만주를 그만 때려 부수면 될 것 아니오. 뭘 어물어물하고 있는지. 망할 놈의 새끼들."

"잠자코 밥이나 먹어."

처음으로 정 소장이 입을 연다. 그리고 근심스러운 그의 어머니를 바라보며,

"아버님이 왜 여태 안 오시죠?"

하고 묻는다.

"글쎄, 늦으시는군."

임신한 젊은 부인은 거북하게 숨을 쉬며 아무 말 없이 식사 시중을 든다. 먼저 식사를 끝낸 동생은 초조한 얼굴로 라디오 다이얼을 돌린다.

밤이 늦어서 지영은 정 소장의 계수와 함께 자리에 든다. 지영은 잠을 이루지 못하고 이리저리 몸을 뒤친다. 정 소장의 계수도 낯선 사람과 한방에서 자는 게 어설픈지 역시 몸을 뒤친다. 서로 잠들지 못하면서도 한마디의 말도 나누지 않는다. 그

들은 모두 지영에게 친절하지도, 불친절하지도 않았다. 그러나 밑바닥에 흐르는 쌀쌀하고 이방인을 대하듯 한 분위기는 있다.

저녁을 먹고 난 뒤 정 소장은 지영에게 말했다.

"나는 애국자라 할 수 없는 사람입니다. 다만 몸서리치게 그 사람들이 싫다는 것뿐입니다. 그치들 세계에서 살 수 없다는 것, 그런 입장에서 나는 하형에게 동정이 가지 않는지도 모르겠어요."

아침에 일어나서 지영은 다시 한번 정 소장에게 애원해보리라 마음먹었다. 그러나 정 소장은 벌써 나가고 없었다. 지영이 바보처럼 우두커니 앉았는데,

"저, 아주버니께서 이걸 주시고 가시는데요."

하며 정 소장 계수가 봉투 한 장을 지영에게 준다. 지영은 그것을 펴본다.

우자右者는 사상思想이 온건穩健한 것으로 사료思料함.

그리고 그의 직위 서명과 인장이 찍혀 있다.

"이, 이건 진정서가 아니군요!"

계수는 노여움에 일그러진 지영을 무감동하게 바라본다. 지영은 일어서서 그 집을 나왔다.

'사료한다는 것은 잘 모른다는 말과 마찬가지다! 송상인 씨는 이걸 보면 도리어 의심하겠지.'

뿌연 아침 안개가 걷히기 시작한 거리를 헤매듯 걸어간다.

'아무 소용없는 거야. 이것이 무슨 소용이람.'

지영은 남대문을 빠져 부교를 건넌다.

집에, 열어 젖혀놓은 대문을 들어간다. 뜰에는 사람들이 모여들어 장날같이 웅성거리고 있다. 쌀자루, 대야를 든 마을의 부인네들, 아이들, 동회 사람이 커다란 저울 앞에 앉아서 저울의 추를 고쳐놓고 배급량을 들여다본다. 머리와 눈시울에 뿌옇게 겨가 묻은 일꾼이 가마니 속에서 쌀을 퍼내고, 빈 가마니를 광 앞에 집어 던진다.

"우린 다섯 식군데 네 사람 몫밖에 주지 않으니 어떻게 된 겁니까?"

"그건 동회 가서 물어보시오."

일꾼이 광 속에서 쌀가마니를 메어낸다. 지영은 그들 옆을 지나서 방으로 들어간다. 뜰에서 떠들어대는 소리가 방에까지 들려오고 쪼그리고 앉아 있던 윤씨가 얼굴을 든다. 눈이 부어서 부종에 걸린 사람 같다.

"진정서 받아 왔나?"

"네."

"참 고맙다. 그런데 그 첨지가 안 내려갔나."

"이모부가요?"

알고 있었던 일처럼 예사로 묻는다.

"시상에, 조금만 더 있다가 일 돼가는 것 보고 가라고 사정사정해도 그만 내려가 부렸다. 온 천지에 누가 있다고 우릴 버리고 그만 가버리겠노? 다 소용없구나. 사람이 죽는다 산다 하는 판에 장살 해서 떼부자가 될라고 그러는가, 첨지 말로는 또 온다 카지만 오기는 언제 와? 올 사람이 그라고 내려가나?"

"할 수 없지요."

"역산인가 뭔가 그걸 싼다고 창고를 빌리라 하더니 이제 내 집 마당에서 배급소까지 차려놓고 동회 사람들이 밤낮없이 드나드니 어디 마음 놓고 울 수가 있단 말가."

"울지 않으면 되잖아요!"

윤씨는 입술을 떨면서 울음을 참는다.

"이 세상에 누가 있다고…… 어린것, 젊은것 내버려두고…… 오기는 언제 와? 또 처내려온다 카이 빨갱이 가족이라고 욕볼까 봐 겁이 나서 달아났지."

지영은 기석에게 넣어줄 옷 보따리를 싸가지고 뜰로 나온다. 반장댁 마누라가 지영을 보고 다가오면서,

"또 거기 가우?"

"네."

"할머니 말씀이 좋게 된다더라만요. 국회의원이 보아주신다구, 저 그런데 우리 집 양반이 희야 집에는 배급을 주어야 한다고 동회에 가서 막 떼를 썼답니다. 요다음부터는 아마 나올 것 같은데……."

"고맙습니다."

신당동에서 한강을 넘어 H동으로, 다시 서대문으로 송 의원 댁에 도착했을 때 해는 지고 말았다. 밤에 돌아온 송상인 씨는 지영으로부터 정 소장이 써준 것을 받아서 한참 동안 들여다보더니,

　"이거 있으나 마나."

　떨떠름하게 말하면서 구겨 쥐어버린다.

　"그래도 있는 게 낫지 않을까요?"

　부인은 송상인 씨의 눈치를 살피며 말했다. 그 말 대꾸는 하지 않고,

　"오늘 법관에게 이야기를 들었는데……."

　지영의 얼굴이 긴장된다.

　"상당히 악감을 산 모양이야. 성질이 급한가?"

하고 묻는다.

　"평소에는 순하지만, 가끔……."

　"일제시대에 무슨 사상 문제로 어디 관련된 일은 없소?"

　"전혀!"

　외치듯 말했다.

　"……."

　"일 년 동안 미결로 있었던 일은 있지만 그것은 다, 단순한 친구 간의 편지 때문에, 독립이구 뭐 태극기, 그, 그런 이야길, 시, 식민지."

　말을 다 못하고,

"하여간 정세만 좋아지면 괜찮겠지만 지금 사태가 자꾸 나쁘게만 돼가니."

송상인 씨는 재떨이를 끌어당겨 담배를 붙여 문다.

방 안 가득히 달빛이 비친다. 불을 켜지 않아도 방 안을 환히 볼 수 있다. 모로 누운 식모는 꼼짝하지 않는다. 지영은 소리 나지 않게 조심하며 일어난다. 수건을 찾아 얼굴을 닦는다. 발소리를 죽여 외투를 들쳐 입고 창가에 가서 밖을 내다본다.

마른 나뭇가지는 희끄름한 하늘로 뻗어 있다. 바람은 없는 모양, 그러나 창문이 들들 흔들리는 것 같다. 비행기가 빨간 불을 켜고 나뭇가지 사이로 지나간다. 창문에서 새어 드는 외기는 살을 엘 듯 차다.

'몇 시나 됐을까?'

커다랗게 꾸려서 윗목에 놓아둔 보따리 옆으로 돌아온 지영은 그 위에 엎드린다. 눈을 감는다.

망막에 여러 가지 꽃이 핀다. 칠월 칠석날, 바다 위에 종이배를 띄워 보내면서, 금가루같이 은하가 흐르던 밤, 일본 아이들이 불꽃놀이를 하던, 그 불꽃이 망막에 피어난다. 흩어지고, 모여들고, 참으로 선려鮮麗한 빛깔들이 꽃이 되고 오색 무지개가 되고…….

교회에서 종이 울린다. 지영은 일어나서 보따리를 든다. 방문을 열고 나간다. 넓은 뜰을 바람같이 지나 철문을 나선다. 진

눈깨비가 얼어붙은 내리막길은 온통 빙판. 지영은 보따리를 이고 허깨비처럼 내리막길을 달려간다. 쓰러진다. 쓰러진 채 데굴데굴 굴러간다. 보따리를 꼭 껴안고서. 내리막길이 끝나자 그는 일어서서 다시 달리기 시작한다. 몇 번이나 넘어지고 일어나고, 거리에는 아무도 없다. 전봇대와 시꺼먼 건물의 그림자만이 지나간다. 달리는 것보다 오히려 내리막길을 구르는 편이 빠르다. 파출소 근처에 왔을 때 비로소 걸음을 늦춘다. 순경은 형무소로 가는 사람인 줄 알고 검문을 하지 않는다. 빨간 파출소 전등 밑을 지나자 지영의 걸음은 다시 빨라진다.

아치형으로 된 문이 어둠 속에 떠오른다. 두 볼을 쑤시는 듯한 모진 추위, 사방은 온통 건물 그림자가 거무죽죽하게 떨어져 있었고 맞은편 잿빛 돌산 위에 달이 휘둥그레 떠 있다. 근처 여관에서 나온 듯, 벌써 오륙 명의 사람들이 희미한 가등 아래 이리저리 움직이고 있었다. 그들 옆으로 간 지영도 발의 감각을 잃지 않으려고 이리저리 거닌다. 그러나 자기 자신의 발소리를 들을 수 없고 얼굴도 몸뚱이도 느낄 수 없다. 끊임없이 지나가는 군용트럭의 울림 때문에. 트럭 위에 가득 실은 외국 군인들의 철모가 지나가고 또 지나간다. 지영은 걸음을 멈추고 지나가는 트럭을 바라본다. 온 세상은 다 온데간데없고 오직 연달은 트럭과 바퀴 구르는 소리뿐이다. 소리도 모양도 되풀이될 뿐이다.

날이 밝아온다. 형무소 앞에 사람들이 모여들어 있다. 사람들은 행길 저쪽에까지 줄지어 늘어서 있었지만 형무소 문은 굳게 닫혀져 있다. 줄은 차츰 불어서 수십 개가 된다. 밀리고 밀고 나중에는 문 앞에서 저 멀리 멀리까지 가득 사람들이 들어찬다.

아침 해가 솟는다. 벌겋게 익은 불덩어리는 오렌지 빛으로 변하고 너저분한 거리는 그 본바탕을 나타내기 시작한다. 끊임없이 달리는 트럭, 그 트럭 위에서 길거리를 향해 소변을 깔기는 외국인 병사의 모습도 똑똑히 볼 수 있다.

형무소의 문이 열렸다. 와! 하고 사람들이 쏟아져 들어간다. 활짝 열린 문으로 마구 쏟아져 들어가는 바람에 지영은 힘찬 남자 발길에 채여 보따리를 안고 넘어진다. 그는 엉금엉금 기듯하며 일어났으나 외투를 걸치고 발이 얼어 땅을 딛는지 앞으로 나가는지 알 수 없다. 그는 앞서가는 남자의 양복 자락을 거머잡고 겨우 몸의 중심을 잡는다. 사나이는 불쌍한 여자에게 욕지거리까지는 않았지만 지영의 손을 뿌리친다. 겨우 수십 개나 되는 창구 앞에 닿는다. 그러나 몰려온 사람 때문에 줄은 제대로 잡히지 않고 고함과 난투극이 벌어진다. 지영은 줄에서 떨어져 나가지 않기 위해 보따리는 버리고 두 팔로 앞의 사나이의 허리를 꼭 껴안는다. 얼마 동안 그 법석을 피우다가 겨우 줄은 바로 잡혔으나 새치기하지 말라고 소리소리 지르며 싸움은 여전히 여기저기서 벌어지고 있다. 지영은 짓밟힌 보따리를 집어 든다. 앞에 선 사람들은 서른 명도 더 된다.

"오늘은 넣겠구먼."

지영의 앞에 선 사람이 웃는다. 지영도 얼어버린 얼굴에 웃음을 띤다. 사람들의 무리는 광장에서 끊임없이 움직이고 있다. 쫓아가고, 쫓아오고, 자리를 뒷사람에게 부탁하고 아침 대신 떡을 사 먹으러 가는 사람, 떡을 사가지고 자리로 돌아오는 사람, 그런 동작은 계속되었지만 소리는 나지 않는다. 다만 소리는 형무소 밖의 얼음길을 달리는 군용트럭의 소리뿐, 그것은 절망과 공포의, 심장을 누질르는 소리일 뿐이다. 지영은 떡값을 넣고 옷도 넣은 뒤 숯불 위에 구워서 파는 떡 두 개를 아침과 점심 겸해 사 먹고 둑 위로 올라가서 붉은 벽돌담 밑에 붙어 선다. 기석의 헌 옷이 나올 시간까지 기다린다.

털모자로 얼굴을 싼 남자가 장갑도 없이 시퍼렇게 죽어버린 듯한 손으로 담뱃재를 떨면서,

"흥, 다 죽지, 다 죽어. 중공군 놈들 땜에 다 죽어. 어찌 나오기를 바랄 수 있겠소. 지금 못 나오면 살아 나올 사람은 드물 게요."

매일 나오기 때문에 서로 낯이 익어버린 그들을 향해 내뱉는다.

"아무리 옷을 들여보내도 지붕 없는 감방에 새우젓같이 처재놨는데 그래가지고 명 보존을 하겠소? 얘기 들으니 많이 죽어나갔답디다. 연고자 없는 사람들이야 그럴 수밖에 더 있겠소. 정세만 좋으면 풀려나올 사람들이 이 지경 됐으니······."

한켠에서도 깨끗하게 차려입은 여자와 남자들이 변호사가 어

뗳고 하며 이야기하고 있었다.

"그동안 쫓아다니더니만 저 양반들은 오늘 나오는 모양이지?"

털모자의 사나이가 그편으로 고갯짓을 하며 말했다. 과연 형무소 철문이 열리고 보따리 든 사람이 네댓 명 나오자 그들은 그리로 쫓아간다. 서로 끌어안고 울고 웃는다. 헌 옷을 기다리고 있던 치들도 안의 사정을 알고자 그들에게 몰려간다. 그중에 좀 나이 든 사나이가,

"아무 말씀 마시고 떡이나 넣어주십시오. 넣기만 하면 틀림없이 들어옵니다. 날씨 추운 거야 체력으로 이기니까. 거참 이상하더군요. 떡만 먹고 나면 속에서 더운 기운이 확 솟아옵디다 그려."

하며 그는 수감자들을 위해 떡을 넣으라는 말을 몇 번이나 되풀이했다.

"호호호, 언니 저것 보우? 오빠 머리 말예요. 서캐가."

훌쩍훌쩍 울고 있던 여자는 시누이 말에 서캐가 하얗게 슨 남편 머리칼을 보고 비시시 웃는다. 남편도 무안한 듯 웃으며 머리를 쓱쓱 긁는다. 그들 일행은 기쁨을 감추지 못하고 사람의 그림자가 뜸해진 형무소의 내리막길을 내려간다.

"복 많은 사람이군, 가다가 두부 먹고 그리고 집에 가서 다리를 뻗겠지."

누군가가 중얼거렸다. 모두 부러운 눈으로 그들 뒷모습을 바

라보며 한숨짓는다.

　해가 얼마 남지 않았을 때 취급소의 창구가 열리고 간수의 얼굴이 어른거린다. 간수에게 애교를 떨며 은근히 교제를 하는 여자 옆에 지영은 우두커니 서 있다가 기석의 속내의 하나를 받아든다.

　한강 근처에까지 온 지영은 모래 위에 내버려진 새끼를 주워 신발에 감아서 묶는다. 미끄러지지 않기 위해.

　살얼음이 얼기 시작한 한강, 괴로움과 슬픔을 모른 체하고…… 얼음이 얼어도 얼음 밑의 물은 멈추지 않고 흘러가겠지. 지영은 마음속으로 아아 하고 울부짖고 또 울부짖는다. 빙판을 이룬 부교에 아슬아슬하게 강물이 넘실거리고 물거품이 되어 부딪치곤 한다. 지영은 부교 철판 위에 이빨을 부딪고 넘어졌으면, 그냥 미끄러져 강물에 떨어졌으면 하고 생각한다. 영원한 휴식이 그곳에 있으리라고…… 그러나 지영의 새끼를 감은 신발은 조심스럽게 걷고 있었다.

어느 빙하인가

　윤씨가 부엌에 있는 동안 지영은 양단 이불을 꺼내어 홑청을 만져보다가 이불을 헤치고 홑청을 뜯기 시작한다.

　"아서, 그럼 못써요."

494

지영이 광이를 나무란다. 이불 위에 데굴데굴 구르며 좋아하던 광이는 싱긋이 웃으며 물러나 앉는다.

"엄마 이 고까이불 뭐 할라고 그래?"

희가 묻는다.

"아빠 옷 해드릴려구."

"으음…… 아빠가 빨간 옷 입나? 참 우습다."

"아니야."

그러자 윤씨가 문을 열고 들어오다가,

"뭐 할라고 이불을 끄내어 뜯노?"

"……."

"아, 아니 한 번도 안 덮은 말짱한 이불을 와 뜯노?"

"옷 지을려구요."

"아니, 광목도 옥양목도 있는데 하필이면 그걸."

"이게 부드럽고 가벼워서요."

지영은 윤씨의 다음 말을 막듯 양단 올이 나가는 것도 사정없이 홑청을 우두둑 뜯는다.

"시상에, 부드럽고 가벼운 것 찾을라믄 명주로 하지."

화가 나서 윤씨는 빈정거린다.

"형무소에서 명주옷을 받나요."

지영이 차갑게 대꾸한다. 윤씨는 무슨 생각을 했는지 작은방으로 쫓아간다. 벽장문을 드르륵 여는 소리가 나더니 얼마 후 세탁이 되어 깨끗했으나 낡아버린 이불 홑청과 꺼멓게 된 솜을 안고 들어온다.

"예 있다. 헐어도 부드럽구나. 말짱한 새 이불로 할 것 없다."

지영은 아무 대꾸 없이 뜯은 홑청을 밀어내고 살며시 솜을 걷어낸다.

"세상에, 무슨 놈의 고집고."

지영은 나머지 솜과 이불 껍데기를 돌돌 말아서 방 한구석으로 밀어내고 뜯어낸 홑청을 펴더니 가위를 든다.

"옷이 들어갈지 안 들어갈지 어떻게 아노? 누 좋은 일 시킬라고."

지영은 가위를 놓고 윤씨를 노려본다.

"사람의 목숨보다 아까우세요?"

"아, 니도 생각해봐라. 간수들이 안 넣어주고 저거들이 해버리믄 그만이지, 누가 알 것고."

"사람이 죽을 판이에요. 누가 갖든 그게 무슨 상관이에요?"

"아, 그거나 이거나 따시기로는 마찬가지 아니가."

"징그러워요!"

"뭐가 징그럽노?"

"욕심이, 이젠 그이를 위해 울지 마세요. 울지 말란 말예요!"

지영은 솜 위에 머리를 처박고 움직이지 않았다. 그렇게 싸우며 만들어서 들여보낸 옷은 마지막. 형무소에서는 이제 그런 사무를 중지하고 말았다.

지영은 외투를 걸치고 방문을 열고 나온다. 신돌 위에서 신발을 신을 때 윤씨의 우는 소리가 들려왔다.

'울기는 왜 울까? 난 용서할 수 없어!'

지영은 미친 듯 마당의 돌을 주워 팔매질을 하고 밖으로 쫓아
나간다. 한강은 아직 살얼음의 상태, 부교 철판 변두리에 푸른
물이 출렁인다. 모두 서울서 나온다. 피란 짐을 짊어지고 나오
는 사람뿐이다.

지영이 용산 삼각지까지 갔을 때 눈보라가 내리기 시작한다.
누더기 옷을 몇 벌씩 껴입고 얼음판에 미끄러지지 않기 위해 새
끼를 신발에 삼은 사람들이 리어카 위에 아이들과 짐을 싣고 혹
은 짐을 지고 서울을 떠나온다. 마지막까지 버티어보던 돈 없는
서민들이 하는 수 없이 떠나는 것이다. 피란 보따리 위에 눈이
쌓인다. 하얀 눈보라가 쌓인다. 홀로 지영이만 서울을 향해 들
어가고 있었다. 지영은 꿈을 생각하며 걷고 있다. 집을 나올 때
돌팔매질하며 화를 낸 것도 꿈 때문이었는지 모른다.

'못 만날 거야. 만나지 못할 거야!'

눈송이가 자꾸 쌓이고 길을 덮는다. 남쪽으로만 향하는 신발
자국, 크고 작은 것, 고무신과 구두, 모두가 남쪽으로만 향하고
있다. 오직 작은 고무신 자국 두 개가 북쪽을 향해 새겨지다가
눈보라에 지워지곤 한다. 지영이 앞에 눈 덩어리가 떨어진다.
눈 덩어리가 앞을 가로막아서 지영은 가지 못하고 멈추어 선다.

"형무소에 가시는군요."

정 소장이 지영의 발을 가만히 내려다본다.

"나는 지금 내려가는 길입니다."

"모두 다······."

얼어버린 입술이 희미하게 움직인다.

"식구들은 먼저 내려가구······ 어떻게 하실 작정입니까?"

군대 잠바에 모자는 없고 무거운 가죽 장갑을 낀 두 손은 짐도 없이 비어 있다. 지영은 그의 옆을 스쳐서 걸음을 옮긴다. 정소장은 고개를 돌리며 절룩거리는 지영의 발을 다시 내려다본다. 오십 미터쯤 지나서 지영이 돌아본다. 눈발 속에 정 소장은 우두커니 서 있었다.

눈은 멎고 하늘에 엷은 햇빛이 조금씩 퍼지기 시작한다. 서울역전. 남대문 쪽에서 피란민들이 연신 밀려 나온다. 부서진 채미처 손도 보지 못한 역전의 고층 건물과 역사의 둥그스름한 돔 위에는 아직 잿빛 구름이 걸려 있고 역 광장에 남자처럼 털모자를 쓰고 낡은 외투를 걸친 아낙들이 숯불을 안고 노점을 본다. 지나가는 피란민들이 입김을 내뿜으며 그네들로부터 구운 고구마, 떡을 사 먹고 있다.

독립문이 가까워지자 그곳 거리에는 나오는 사람보다 들어가는 사람이 많다. 지영이 절룩거리며 걸어간다. 독립문을 지난 길 양쪽에 사람들이 줄을 지어 서 있다. 지영은 그 사람들을 헤치고 걸어간다. 형무소에 가까워질수록 길은 사람들로 하여 꼭 메워진다. 지영은 그들을 헤치고 앞으로 앞으로 나가 사람들 속에 묻혀버린다.

"열두 시에 나온다던가?"

"아니, 두 시에 나온다는군."

"대전으로 이감된다지?"

"대전 가는 죄수들도 있고 부산으로 내려가는 죄수도 있는 모양이야. 오늘 떠나는 죄수들은 대전으로 간다던가?"

사나이 둘이 수군수군 이야기하며 담뱃불을 나눈다.

"여기서야 어디 찾아보겠나. 어차피 이 길을 지나갈 테니까. 저 밑에 사람들이 적은 곳으로 가세."

사나이 둘은 벌어진 어깨로 사람들을 떠밀며 아래로 내려간다. 지영도 그들을 따라 자리를 옮긴다. 독립문 가까운 거리에는 그다지 사람이 밀리지는 않았다. 지영은 가로수에 기대어 눈을 감는다.

'못 만날 거야. 꿈에 못 만난걸.'

정오가 지나고, 한 시가 지나고 두 시가 지나간다. 형무소의 무거운 철문이 열린다. 손목을 한 오랏줄로 얽어맨 죄수들이 천천히 걸어 나온다. 이제는 철수하는 군용트럭도 없어지고 웅덩이 패인 아스팔트 길을 대오를 이룬 죄수들이 걸어간다. 바람이 분다. 엷게 퍼진 햇빛이 짐을 짊어진 죄수와 맨몸으로 가는 죄수들 어깨에 비친다. 양편 길에 선 사람들은 물을 뿌린 듯 숨을 죽이고 죄인의 행렬을 바라본다. 맨몸으로 가는 죄수들은 앞을 보고 짐을 가진 죄수들을 살핀다. 흐려진 눈이 가족을 찾는 것이다.

"엄마! 어디?"

"저기 가지 않어."

소년과 중늙은 여자가 행렬을 따라 뛰어간다. 울면서 뛰어간다. 죄수 속에 제 식구를 찾은 사람들은 모두 행렬을 따라간다. 나머지는 초조한 빛을 띠며 온 신경을 모으고 지켜보고 있다.

지영은 안경만 찾는다.

'아차!'

안경이 부서졌을지도 모르는 일이다. 매를 많이 맞을 때 안경이 그대로 있을까. 지영의 눈은 구두로 내려간다. 투박한 군대 구두를 찾는다. 신발 없이 가는 죄수가 있다. 지영의 눈은 다시 위로 뜬다. 그러나 죄수들의 대열은 끊어지고 말았다. 한참만에 다시 대열은 이어진다. 이번에는 여수女囚들. 흐린 하늘 같은 잿빛의 행렬을 그만두고 지영은 서울역을 향해 달린다. 역전 광장에서 죄수와 가족들 사이의 거리距離로 몸을 내밀며 지영은 다시 기석을 찾는다.

텅 빈 광장— 움직이지 않고 언제까지나 지영이 서 있다.

"댁도 못 찾으셨군요."

젊은 부인이 울다가 지영을 보고 묻는다. 지영은 물끄러미 바라보며,

"꿈이……."

"내일도 내려가는 죄수가 있다더군요. 내일 다시 올 수밖에 없겠어요. 내일도 못 찾으면 없어진 사람이에요."

500

하다가 여자는 흐느낀다.

이튿날 마지막 죄수가 서울을 떠났다. 지영은 끝내 기석을 찾지 못하고 집으로 돌아온다.

"윗동네에 석방되어 나온 사람이 있다더라."

윤씨는 기석을 못 만나고 돌아온 지영을 쳐다보다가 그런 말을 했다.

"나와도 가족이 있어야지. 막 헤매어 다니는데 머리를 깎았으니 시민증도 없고……."

"……."

"아범도 혹시……."

이웃은 모두 떠나고 방금도 떠나고 있다.

'돌아올지도 모른다. 집을 찾아올지도 모른다.'

이튿날도 그다음 날도 지영은 창문가에 온종일 앉아서 대문만 내다보며 중얼거린다. 문고리가 바람에 흔들리면 지영은 미친 듯 쫓아 나간다. 바람이 불어 문고리는 자꾸만 흔들린다.

'아침에 까치가 와서 짖었어. 까치가 와서 짖으면 반가운 손님이 온다고 했지. 꿈에도 그인 돌아와서 아이들을 안던걸. 송상인 씨가 말했으니 석방해주었을지도…… 아니야, 기차 꼭대기에 앉았다가 굴러떨어져서 기절을 하고…… 죽었다고 내버리고…… 정신이 돌아와서…… 집에 돌아오고…… 집까지, 허약하게 됐으니…… 오래 걸릴 거야. 밤에만 산길을 타고 오느라고…… 아아, 굶어서…… 아니야, 아니야, 그인 죽었어. 형무소

뒤뜰에 시체가 굴러 있을 거야. 가야지. 시체를 찾아야지. 찾아
야지.'

마을 사람들은 떠나면서 김치, 쌀, 된장, 고추장을 시장으로
가져가서 판다.

윤씨는 남은 돈을 셈하여 시장의 김치와 쌀을 사들여 온다.

"너는 가만히 죽은 듯 있거라. 피란 안 간다고 잡아갈지도 모
른다. 내사 늙은 거를 어쩌겠노? 희야 광이야, 너거들도 꼼짝하
지 마라."

아이들은 눈을 꿈벅하며 윤씨를 쳐다본다. 무슨 생각을 했는
지 벌떡 일어난 지영은 발소리를 죽여가며 뒤뜰로 나간다. 각
목角木과 나무판자를 이것저것 골라서 방 안으로 들여온다.

"와 그라노?"

윤씨의 눈이 휘둥그레진다. 지영은 다시 나가서 연장이 든 망
태를 들여온다.

"니 뭐 할라고 그라노?"

이번에는 윤씨 눈에 무서움이 확 깃든다.

"대전으로 갈려구요."

"뭐?"

지영은 쇠꼬챙이를 찾아 연탄불에 올려놓고 방으로 들어온
다. 그리고 톱으로 나무를 켜기 시작한다.

"니, 니가 와 이라노? 지영아."

"아이들 데리고 대전으로 가는 거예요. 리어카를 만들어

야죠."

"리어카를?"

"아이들 싣고 가야죠. 대전으로 가야겠어요. 왜 진작 그 생각을 못 했을까."

차츰 윤씨 얼굴에 안심하는 빛이 돈다. 지영의 뜻을 깨달은 것이다.

"거기 가믄 아이들 데리고 돈이 없어 어떻게 사노? 집에선 그래도 양식이 있으니까. 내사 죽어도 내 집에서 죽을란다."

"여기서 죽으나 나가서 죽으나 마찬가지예요. 그래도 우린 마음대로 걸어 다닐 수 있잖아요? 죄수들을 따라간 사람도 많은데 왜 그 생각을 못 했을까."

"그렇지만 넌 아범을 못 봤다 안 했나? 그 사람들은 찾았으니까 따라갔지. 대전으로 갔는지 어떻게 됐는지 누가 아노. 또 따라간 사람들은 돈 있는 사람이겠지."

지영은 대꾸 없이 리어카의 크기만큼 각목을 잘라서 맞추고 널빤지를 두들겨 붙인다.

"가고 안 가고는 그만두고라도 리어카를 만든다니 어떻게 만든다는 거고?"

"자전거 타이어가 있어요. 그걸 뽑아서."

"될 상싶은 일이가?"

"왜 안 돼요? 만들어놓을 테니까요. 아이들하고 식량하고 싣고 내려가도록 하고 말 테예요."

지영은 판자가 모자라자 양복장의 서랍을 뽑아서 사정없이 뜯는다.

"아무래도 니가 정신 나갔는갑다. 리어카를 어찌 만들겠다고 말짱한 양복장을 때리 부숫노."

대강 리어카의 형태가 이루어진다.

"으음."

망치를 내버리고 지영은 손가락을 감싼다. 눈에서 눈물이 뚝뚝 떨어진다.

"엄마, 아퍼?"

"음, 으엉."

지영은 손가락을 뿌리며 연장 망태를 들고 밖으로 나간다. 윤씨는 우두커니 서 있다. 한참 후에 지영은 자전거에서 타이어 두 개를 뽑아가지고 방으로 들어왔다. 윤씨는 당황하며,

"내가 뭘 좀 거들까?"

"부엌에 가서서 쇠꼬챙이 좀."

윤씨는 벌겋게 단 쇠꼬챙이 끝을 젖은 걸레에 싸가지고 들고 들어온다. 지영은 양편 각목에 중심을 잡아 표시를 한 뒤 쇠꼬챙이를 박아 구멍을 뚫는다. 나무 타는 냄새와 연기가 방 안에 가득 서린다. 쇠꼬챙이는 여러 번 교대되어 두꺼운 각목에 구멍이 뚫렸다. 지영은 자전거에서 뽑아 온 나사를 조심스레 챙기며 타이어를 뚫어진 각목 구멍에 대고 나사못을 죈다.

아침에 시작하여 해거름에 일은 끝났다.

"이제 바람만 넣으면 돼요."

하고 땀을 닦는다.

"밤에 짐을 챙겨놨다가 내일 떠나야 해요. 짐 위에 아이들을
이불에 싸가지고."

"거참, 안 될 것 같더니만……."

"엄마 우리 도망가아?"

희가 지영의 귀에다 대고 속삭인다.

"음, 도망가야지."

"우리 이거 타고 가나?"

"음."

"도망가믄 우리 큰 소리로 말할 수 있지?"

"그럼."

"거참, 안 될 것 같더니만…… 시상에, 니가 목수 노릇을 다
하고……."

또 훌쩍훌쩍 운다. 한숨을 돌린 뒤 지영과 윤씨는 리어카를
마루로 끌어낸다.

"바람만 들어가면……."

기석이 바람을 넣다가 내버려둔 펌프를 윤씨가 들고 온다. 지
영은 타이어 한쪽의 나사를 돌려 고무줄을 꽂은 뒤 펌프를 밟고
바람을 넣는다. 그러나 바람은 들어가지 않는다.

"고장이에요!"

아이들을 싣고 대전으로 내려간다는 꿈은 무너졌다.

"반장댁이 짐을 많이 싸놓고 걱정을 하고 있구나. 아무래도 좀 들어다 주어야겠다."

털목도리로 푹 감싼 윤씨 입에서 입김이 서린다.

"식구들은 다 먼저 떠나고 반장댁 마누라만 남았는데 오늘 간다는구나. 동리에 사람 하나 없다. 장에도 개미 한 마리 없고."

"짐을 들어준다니, 어디까지 가시는 거예요?"

"너희들 땜에 어디 멀리까지야 가겠나. 반장 마누라는 악발스러워서 혼자 짐 가지고 갈 기다만 그 사람들한테 신세도 졌고 서로 좋은 마음으로 갈라져야지, 나중 일을 모르니께. 그라고 너희들은 다 시골 내려가고 없는 줄 안다. 내 혼자 있으믄서…… 좀 거들어 안 주는가 생각할 기다. 그라믄 나 어서 갔다 올게, 희야, 아무 소리 내지 말고 가만히 있어라."

하며 윤씨는 나간다.

윤씨가 나가자 별안간 소나기가 퍼붓듯 비행기 소리가 마을을 뒤덮는다.

'후퇴하면서 유엔군은 마을에 불을 지를지도 몰라. 불바다가 되면?'

"엄마, 할머니 왜 안 와?"

"음? 음……."

지영은 희의 얼굴을 바라본다.

"곧 오실 거야."

"우리 도망 못 가지, 그지? 엄마."

"날이 따뜻해지면 갈 수 있어."

"엄마, 할머니 왜 안 와?"

"곧 오신대두, 밥 줄까?"

"음."

아이들은 병아리같이 밥을 먹는다.

"아이, 춥다! 간이 다 얼어버릴라 카네."

윤씨는 벌벌 떨면서 방으로 들어온다.

"중공군이 들어왔단다. 아이구, 끔찍스러워라. 세상에, 피란민들 많이 죽었다. 내 눈으로 안 봤나. 피를 철철 흘리고, 안양에 못 가서 난데없이 비행기가……."

하다가 윤씨는 숨을 쉬기 위해 말을 끊는다.

"논둑에 아이 에미는 피를 흘리는데 아이는 울고 피란 짐 끌고 가던 소도 둑에서 굴러떨어지고. 우리도 그만 진작 떠날 거로. 국회의원 댁에서 기차표 준다 할 때 그만 떠날 거로. 이젠 우리 다 죽었다. 다 죽었어."

그 말이 끊어지기도 전에 집이 내려앉는 소리와 벌건 불기둥이 뒤 창문에 솟는다. 시꺼먼 비행기의 날개 한쪽이 버드나무를 스친다.

"아이들 데리고 밖으로! 밖으로 나가세요!"

지영이 일어서며 외친다. 윤씨는 울부짖는 아이들을 안고 밖으로 쫓아 나간다. 지영은 창문을 열고 떠나려고 꾸려놓은 식량을 뜰로 집어 던진다. 그러나 지영의 집에 소이탄이 떨어진 것은 아니었다. 지영이네 집 뒤뜰 너머 백 미터가량 떨어진 한옥이 불붙고 있었다. 바람만 불면 지영의 집도 그냥 쓸어버릴 위치.

다행히 바람은 없다.

"아이고, 그만 나는 우리 집에 폭탄이 떨어진 줄 알고."

윤씨는 아이들을 끌어안고 숨을 내쉰다. 지영은 우는 아이를 달래라 이르고 밖으로 뛰어나간다. 아주 비어버린, 아무도 없는 거리다. 비행기는 멀리 사라지고 소리도 없다. 서편 언덕 위는 잿빛으로 흐려져서 밤이 오려고 한다.

지영은 앞길을 지나 모퉁이를 돈다. 갑자기 어둠 속에서 햇빛을 본 듯 지영은 눈을 가리며 몸을 숨기려 한다. 눈언저리에서 손을 밀어내고 가만히 쳐다본다. 중년 남자와 몸집이 좋은 부인이 불을 끄고 있다. 소녀와 그보다 나이 좀 어린 소년이 물을 길어 나른다.

'누굴까? 피란 안 간 동리 사람?'

지영은 겉돌듯 살며시 발을 뺀다. 불을 끄다가 부인이 지영을 쳐다본다. 그쪽에서도 놀란다. 부인이 급히 다가오며,

"댁도 피란 못 하셨군요."

집이 불타고 있는 일을 대단치 않게 생각하는 듯 그는 반갑게 말을 건다.

"불, 불이."

지영은 벙어리가 말하듯 불완전한 말을 한다.

"우, 우리도 거들어 꺼야겠군요."

지영은 돌아서 집으로 쫓아온다.

"어, 어머니! 사, 사람이 있어요! 피란 안 간 사람이!"

"어? 뭐라고? 사람이 있어?"

"어서 가서 불 꺼요! 아니, 어머니는 여기서 물을 푸세요. 제가 나를게요."

지영은 열심히 물을 나르고 윤씨는 열심히 물을 퍼 올린다. 불은 원만히 가라앉았다. 중년 남자는 담배를 붙여 물고 아직도 피식피식 소리를 내고 있는 허물어진 집터를 우두커니 내려다보고 있다.

"어떻게 피란 안 가셨어요?"

부인은 물에 젖은 장갑을 벗으며 지영에게 묻는다.

"그럴 사정이 있어서……."

"우리도 피란 갈려고 문안에서 나왔는데 이 애들, 우리 집엔 아이가 일곱이나 되거든요."

"그럼 이 집은?"

불에 타서 무너진 집을 가리킨다.

"우린 뒷집에 들었죠. 친척집인데 여기 와서 애들이 아프고 어떻게 떠날 수가 없어서, 아깐 참 놀랐어요. 모두 죽는 줄 알았는데 이만 되기 참 천행이에요."

"우리도 놀랬어요. 그런데 여긴 더 가까워서……."

"아버지, 이거 입으세요."

소녀가 우두커니 서 있는 남자에게 외투를 건네준다. 참 아름다운 소녀.

"감기 드셔요. 어서 입으세요, 아버지."

부인은 딸을 힐끗 쳐다보며,

"중공군이 들어왔다는데 이 애 땜에 걱정이랍니다. 밥이나 끓여 먹고 죽은 듯 집 속에 있어야겠어요."

한잠 붙이고 눈을 떴을 때 밤은 상당히 깊다. 지영이 일어나 앉는다. 윤씨, 아이들은 곤하게 잠들고 유리창 가득히 달빛이 스며든다. 버드나무 가지가 스산하게 흔들리고 있다.

지영은 털옷을 들쳐 입고 밖으로 나간다. 대문을 열고 나간다. 불난 집터까지 가서 사방을 살펴본다. 불길은 없었지만 기둥이 무너진 속에 아직 이글이글한 불씨를 남기고 있다.

'만일 바람이 불면, 우리 잠든 사이에…….'

지영은 집으로 돌아와서 바케쓰에 물을 길어 나른다. 물을 퍼부을 때마다 피식피식 소리가 나고 뜨거운 김이 서린다. 불씨를 다 끄고 돌아오다가 지영은 얼음 바닥에 주저앉는다.

빙하, 어느 빙하인가. 유리같이 얼어붙은 길과 채마밭, 달빛이 미끄러진다.

'마음이여 마음이여, 너 참 질기기도 하여라.'

얼음 바닥에 쭈그리고 앉아서,

'그 말을 누가 했을까? 음, 음 누가 했을까?'

그는 그 생각에 골몰하여 추운 것도 잊고 그냥 쭈그리고 있다.

'그 말을 누가 했을까? 음, 누가 했을까? 누가 했을까? 누가 했을까……'

지영은 얼굴을 들고 하늘을 올려다본다. 그리고 다시 사방을 살핀다. 신비스럽게 아름다운 은세계. 눈이 쌓이고 얼음이 되어 버린 대지 위에 달빛만 소나기처럼 내리쏟아진다. 무릎으로 땅바닥을 싶고 가슴을 펴며 냇물처럼 흘러가는 무한히 무한히 긴 침묵을— 지영은 땅에 엎드려 소리쳐 통곡한다.

'아무도 오지 말라! 이 땅에, 아무도 오지 말라! 이 땅에! 내 혼자 내 자식들하고 얼음을 깨어 한강의 붕어나 잡아먹고 살란다. 북극의 백곰처럼 자식들 데리고 살란다! 아무도 오지 말라! 아무도! 영원히 영원히 이 밤이 가지 말구……'

연기 나는 마을

"밤새도록 눈도 참 많이 온다."

유리창 안에서 밖을 내다보며 윤씨가 중얼거린다.

"이제 멎는갑다. 어제 낮부터 쉴 새 없이 내리더니."

지영이 부엌으로 나간다.

"너거는 거기 있거라. 춥다."

아이들에게 이르고 윤씨도 지영을 따라 나간다. 지영은 부엌
문으로 해서 울타리를 따라 조심하며 눈을 밟고 걸어간다. 윤씨
는 부엌 문지방에 한 발을 올려놓고 허리를 꾸부리며 지영을 바
라본다. 아이들도 유리창 속에서 지영을 바라본다. 장독 옆에
모로 세워놓은 드럼통 위의 눈을 손바닥으로 쓸어내고 지영은
그 위에 올라선다. 남자 바지, 호주머니 속에 두 손을 찌르고 잿
빛 털 셔츠를 걸친 지영의 모습은 사나이같이 꿋꿋하고 보초 선
군인같이 억세게 보인다. 여윈 얼굴에 뼈가 드러나서 더욱더.

희미한 아침 해가 뾰족한 앞산 벼랑에 비치기 시작한다. 초라
한 교회당, 시장터, 유엔군이 주둔했다가 가버린 학교 운동장,
그리고 마을을 둘러싼 언덕과 산과 둑길이 눈에 다 파묻혀 보이
지 않는다. 다만 산마루 옆으로 해서 과천으로 빠지는 둑길만은
하늘이 있어서 그 지평선으로 하여 길을 짐작하게 하고 그 너머
한강이 있으리라는— 내려앉은 마을에 자욱이 깔려 있는 안개
가 천천히 걷혀지면서 가냘픈 연기가 너덧 줄기 피어오른다. 시
장 가까운 곳과 학교 뒤쪽에서, 윗마을에서도 두서너 줄기 연기
가 피어오르련만 그것은 지대가 높은 병원집 지붕에 가려져서
볼 수 없다.

"연기가 나나?"

윤씨가 묻는다.

"몇 집이나 나노?"

다시 묻는다.

"셋하고 넷…… 다섯 집 나요."

어제와 변함이 없다.

"그래도 아직 밥은 끓여 묵는갑다. 늙은이들만 남았다 하던데. 늙으믄 어서어서 가야지. 살아서 이 험한 꼴을 보다니……세상에 찾아오는 거라고는 바람 소리뿐이고."

지영은 멀리 시선을 보낸다.

'한강은 얼었겠지. 물론 얼었을 거야. 내가 그 강을 넘어서 가려고 여기 남지 않았던가? 한강을 건너고 용산을 지나서, 서울역을 지나서, 또 독립문을 지나서…… 그러면 그 집이 있지. 그집이…….'

"우리도 이 허허벌판에서 아무도 몰래 죽을 기다. 오늘이 며칠이고? 날 가는 줄 알아야지."

윤씨는 문설주에 기대어 서서 퀭한 눈으로 나뭇가지에 쌓인 눈이 바람에 흩날리는 것을 바라본다.

'저 둑길을 곧장 가면 과천이지. 그리고 또 가면 여주, 경기도를 빠져나갈 수 있다. 리어카만 있다면 갈 수 있다. 아이들을 이불에 푹 싸가지고 갈 수 있다.'

"이 사고무친한 곳에서 우리가 죽은들 어느 누가 알아줄꼬. 죽으나 사나 그만 따라 내려갈 거로."

'시체를, 시체를 어디서 찾아? 그인 정말 죽었을까? 가는 걸 내가 못 봤을까? 못 봤을지도 몰라. 못 봤을 거야!'

"아가, 지영아, 그만 내려오너라, 춥다. 그러고 있으면 무슨 수가 나나, 만날 봐야 누가 찾아오겠노?"

유리창 속에 인형처럼 아이들이 나란히 서 있다.

지영은 드럼통에서 내려오다가 그림같이 서 있는 유리창 속의 아이들을 멍하니 쳐다본다.

"광이야."

한번 불러본다.

광이가 빙긋이 웃는다.

"엄마 들어간다."

말하고도 다시 아이들을 한참 바라본다.

"겨울만 보내면……."

중얼거리며 지영은 조심스럽게 걷는다. 한 발 한 발 걷다가 허리를 굽혀 손바닥으로 눈 위의 발자국을 지우곤 한다. 사람이 사는 흔적을 남기지 않기 위해서.

방으로 돌아온 지영은 뜨개질하던 것을 손에 든다. 그리고 온종일 쭈그리고 앉아 뜨개질하는 손을 멈추지 않는다. 언제 이 창세기 같은 침묵의 마을에서 빠져나갈 수 있을는지, 간다면 어디로 가게 되는지, 알 수 없으나 언제든지 떠날 수 있으면 떠나려고 그는 아이들 옷을 쉬지 않고 짜는 것이다, 어른들이 입던 털옷을 모조리 풀어서 짜고 있는 것이다. 매일매일. 솜을 두어 두툼하게 아이들 신발도 만들어놨다. 언제 어디로 가는 목적은 없어도 그는 그 일을 하지 않으면 안 된다. 불안과 공포와 그리고 일이 있기 때문에 지영은 사는 것을 지탱해왔는지도 모를 일이다.

'시체를? 어디서 찾아? 어디서 찾는단 말이야.'

손을 놀리다가 문득문득 생각하며 지영은 어리석은 자기 집념에 치를 떤다. 붉은 벽돌담을 넘어서면 기석의 시체가 굴러 있을 것만 같은 환상에서 꼼짝할 수 없었던 그 집념.

바람이 휘잉 하고 지나간다. 나뭇가지에 쌓인 눈이 날아내린다. 문고리가 달그닥거린다. 움직이던 뜨개바늘이 멈췄다. 지영의 눈과 윤씨의 눈이 다 함께 창문으로 간다. 창문 너머 대문을 가만히 바라본다. 아이들도 그러고 있다. 바람이 또 지나간다. 문고리가 달그닥거린다.

"오기는 어디서 와? 살았으면 안 올라고? 죽었으니 안 오지. 어디든지 살아만 있다면 어떻게 해서라도 식구를 찾아올 긴데…… 내가 죄가 많아서 그렇지……."

윤씨는 중얼중얼 중얼거린다. 바람은 여전히 분다. 눈가루가 연기처럼 흩어진다.

"까치도 무슨 영검이 있더노. 아침부터 와서 짖더니 반가운 손님이 어디서 올꼬? 이 사고무친한, 쥐 새끼 한 마리 없는 동네에 어디서 손님이 올꼬? 죽은 사람이다, 죽은 사람이라. 지 죽을라고 내려갔지. 그렇게 말려도 귀신이 씌었는지 내려가더니만. 화약을 안고 섬으로 들어갔지."

아랫목에 엎드려 크레용으로 그림을 그리고 있던 희가 윤씨를 빤히 쳐다본다.

"할머니."

"와?"

"화약 안고 섶으로 들어갔다는 게 뭐야?"

"넌 몰라도 돼."

"아빠가 그랬나?"

"넌 몰라도 된다 카이."

"할머니."

"와. 배고프나? 밥 주까?"

"아니."

윤씨는 일어선다. 장롱 위에 얹힌 바구니에서 밀떡을 꺼내어 아이들에게 준다.

"어젯밤 꿈에 아범이 돌아왔더구나. 빙긋이 웃으며 밥상을 받더라. 꿈에 밥상을 받으믄 멀리 간 사람도 돌아온다는데…… 좋은 꿈은 말 안 한다지만……."

좋은 꿈은 말 안 한다 하면서도 날이 새고 벌써 세 번째 꿈이야기다.

"꿈도 허사지. 어디 맞더나. 밤낮 꿈에 봐도 어디 돌아와야 말이지."

지영은 일손을 멈추고 윤씨를 쳐다본다. 눈이 반짝반짝 빛난다.

"어머니? 그때 내가 잘못 봤을 거예요."

"으음, 뭐라고?"

"죄수들 내려갈 때 말예요."

"그래서."

"지금쯤 부산서 송 의원하고 이모하고 모두들 운동해서 석방되어 나왔을지 누가 알아요? 그렇죠? 어머니, 그럴 수도 있잖아요?"

지영은 사막에서 신기루라도 본 듯 희망에 가득 차 말했다. 윤씨는 어이없는 듯 나중에는 아주 슬픈 얼굴이 된다. 지영의 눈에도 희망의 빛이 차츰 꺼지고 희미하게 흐려지더니 삼자코 뜨개바늘을 든다.

"그렇게 됐음 오죽이나 좋을까."

지영의 뜨개바늘이 바쁘게 움직인다.

"그렇게만 됐다면 아범을 업고 사거리에 나가서 춤을 추겠다."

이번에는 윤씨에게 지영의 환상이 옮아간 모양이다.

'팔다리가 다 떨어지고 몸뚱어리만이라도 돌려준다면…… 깡통을 들고 밥을 빌어다가 먹여 살릴 건데…… 돌려만 준다면, 돌려만 준다면……'

바늘을 놀리는 손과 그 독백이 꼭 같이 되풀이된다. 어둠이 오고 불도 켤 수 없는—초도 없었지만—방에서, 바깥의 눈이 반영되어 희미한 밝음 속에서, 지영은 손짐작으로 뜨개질을 한다. 아이들도 잠이 들고 윤씨도 코를 곤다. 지영은 갑자기 손을 멈추고 귀를 기울인다. 분명히 문 두드리는 소리가 난다. 지영은 미친 듯 눈길을 쫓아 나간다.

"여보! 당신이오?"

아무 소리가 없다.

"여, 여보! 당신 아니오?"

지영은 손이 쩍쩍 들러붙는 쇠 문고리를 벗기고 문을 연다. 한없이, 한없이 넓은 눈의 벌판이 뻗어 있을 뿐이었다. 멀리서 한강을 건너는 중공군의 트럭 소리가 아슴푸레 들려온다.

"지영아! 여기 나와봐라! 저기 사람들이 돌아온다!"

뜨개질을 멈추고 가만히 듣는다.

"어서 나와봐라! 피란민들이 돌아온다!"

지영은 일거리를 놓고 뛰어나간다.

"저것 봐라. 저기 고개에 피란 보따리가 들어 안 오나."

윤씨는 드럼통 위에서 춤이라도 추듯 팔을 벌리며 작은 몸을 우줄거린다.

"자, 니가 올라와 니 눈으로 봐라."

윤씨는 지영의 팔을 잡고 내려온다. 지영이 대신 드럼통 위로 올라가서 가만히 바라본다. 과연 피란 보따리가 돌아온다. 한강 마루턱 고갯길에. 해가 비치는 곳에 보따리를 인 여자와 륙색을 짊어진 사나이들이 돌아온다. 한 사람, 두 사람, 세 사람, 손가락만 한 그들의 모습을 지영은 똑똑히 볼 수 있었다. 윤씨는 턱

을 쳐들며,

"오지, 응, 오지?"

아이들이 나란히 유리창 속에 서 있다.

피란 짐은 언덕의 양옥집 뒤로 사라졌다. 그러고는 아무것도 다시 보이지 않는다. 지영은 그대로 서서 아득한 서울 쪽을 바라보고 있다.

"왜 돌아올까?"

중얼거린다.

"왜라니? 돌아와야지. 사람들이 돌아와야 우리가 살지!"

왜 그런 말을 하느냐는 듯 윤씨는 기쁘고 화가 나서 소리를 지른다.

"중공군이 많이 밀고 내려간 모양이에요."

"중공군이 내려가거나 올라가거나 무슨 상관이고. 사람이 와야 우리가 살지. 옷 한 가지를 팔아먹어도."

"이 복판에서 우린 굶어 죽을지 몰라요."

"와 굶어 죽어. 사람만 오믄 양식도 따라온다."

"고향에 내려가지도 못하고."

다음 날에도 언덕 위에 피란 보따리가 몇 개 들어왔다.

"어디서 오는 걸까? 서울서 나오는 걸까? 아니면 밑에서 올라오는 걸까?"

지영은 드럼통 위에 우뚝 서서 메마르고 여윈 눈 가장자리에 주름을 모은다. 이제 그에게 남아 있는 단 하나의 목표는 아이들을 데리고 고향으로 내려가는 일이다. 기석이 죽었을 것이라는 확실한 단정을 내리면서도 두 가지 가능성에 매달리고 있다. 하나는 후퇴할 때 그 혼란을 틈타 도망을 쳐서 돌아올지 모른다는 것인데 날이 가면서부터 그 생각은 차츰 엷어지고 다른 하나는 부산으로 이감되어 가서 석방이 되었을지도 모른다는 생각이다. 바위와 같은 체념에 거미줄 같은 희망. 아이들을 데리고 안전한 곳으로 옮겨 가겠다는 생각을 뒷받침해주는 기대 같은 것에 지나지 않는다.

"뒷집 김씨 댁에 가보고 올게. 그 집에 가야 소식을 좀 듣지."

두꺼운 털목도리를 푹 뒤집어쓰고 윤씨는 얼음길을 나간다.

"엄마."

희가 심각한 얼굴을 하고 부른다.

"음?"

"피란민들 돌아오면 중공군이 여기 안 오나?"

"음, 중공군은 안 온다. 저기 저쪽으로 해서 간다."

"그럼 눈 밟아도 되지? 눈사람 만들래."

"지금은 눈이 없는걸."

"요다음에 눈이 오면, 그지?"

얼마 후 윤씨는 돌아왔다.

"날씨도 고추같이 맵다."

고추같이 빨간 코에 콧물을 닦으면서,

"김씨 댁 양반이 걱정을 하더구나. 사람들이 들어오는 것은 좋은데 동네에 먹을 것이 없으니 배고픈 사람들이 무슨 짓을 할지 모른다고, 지금 무슨 법이 있느냐고 하시지 않나. 하기는 그럴 거다. 배고픈 사람이야 어디 사람이 눈에 보이겠나? 우리도 여자들만 있는데 와서 억지로 빼앗아 가믄 속절없이 당하지 별수 있겠나. 죽이고 간다 캐도 어디 가서 말해보겠노. 지금 사람의 목숨같이 천한 게 없는데 파리 목숨하고 마찬가진데, 살라고 모두 환장 속인데."

사람들이 돌아온다고 그리 좋아하더니 윤씨는,

"그런데 지영아, 와 그때 우리 집에 와서 쌀 피 간 청년 있지? 그 민청원인가 뭔가 하는, 시상에, 그 청년을 오다가 만났구나. 수염을 기르고 누비옷을 입고. 난 중공군인 줄 알고 얼마나 놀랬는지. 통 못 알아보겠더라. 그 사람 말이 압록강까지 건너갔다가 왔다 안 카나? 아범도 그만 그 사람들이나 따라갔으믄 살아서 돌아왔을지……."

지영은 뜨개바늘만 놀리고 있다가,

"그 댁엔 식량 준비가 다 되었나 부죠? 식구들도 많던데……."
하고 묻는다.

"다 돼 있는 눈치더라. 보리 조금 넣고 밥해 먹던걸. 그 댁엔 남자가 있어서 타다 남은 나무도 많이 줏어다 놓고 따신 내가 나더라. 우리도 밤에 가서 나무 좀 줏어 와야겠다. 겨울을 보낼라믄 아직도 아득한데."

지영은 뜨개바늘을 놓고 생각에 잠긴다.

"그 댁 아들이 낮에 살짝살짝 나다니며 동네 형편, 돌아온 사람들 이야기를 들어 오는 모양이더라. 그런데 저 시장께 이발소 뒷집에 노인네가 굶어 죽었다 안 카나? 며느리가 내버리고 갔다는 이야기더라. 세상도 망칙하지…… 말세다, 말세라. 송장이 방에서 썩으니, 쯔쯧……."

지영은 그냥 골똘히 생각에 잠겨 있다.

또다시 어둠이 찾아왔다. 어김없이. 지영은 일손을 놓고 일어선다.

"식량을 갈라서 여기저기 흩어놔야겠어요. 만일을 생각해서."

"음, 그러는 게 좋겠다. 니 말이 맞다. 그라믄…… 나는 불탄 자리에 가서 나무를 줏어 올까."

"그러세요. 식량 처리는 혼자 할 수 있어요."

윤씨가 나가고 난 뒤 지영은 작은 자루를 모조리 찾아서 보리와 쌀을 한 말씩, 닷 되씩을 나누어 넣는다. 그리고 자루 입을 꼭 묶고 하나씩 마루에다 날라다 놓는다. 뜰로 내려가서 장독 안에 하나 넣고 뒤뜰의 작은방 아궁이 속에 하나 넣고 광은 문이 잠겼으므로—동회에서 잠가놓고 떠났으니까—광 옆에 있는 헛간의 판자를 비집고 쌀자루를 하나 넣는다. 그리고 마지막 남은 것은 벗나무 밑에 노다지로 쌓인 얼어버린 연탄 가루를 파헤치고 그 속에 묻은 뒤 연탄 가루를 덮어놓는다.

꾸부린 지영의 등을 달이 지켜보고 있다. 지영은 등을 펴고 두 손으로 얼굴을 감싸며 마당 한가운데로 걸어 나와 우뚝 선다. 얼음 위에 그림자가 뻗는다. 달을 둘러싸고 있던 구름이 슬며시 풀려나와 달을 스칠까 말까 하며 지나간다. 벚나무 뒤에 내려앉은 반장네 집 함석 챙 위로 모래 구르는 소리가 들려온다. 바람이 조금 분다. 지영은 얼굴을 감싼 채 우물가로 걸어간다. 우물 속을 들여다본다. 우물 속에 달은 없고 꾸부린 지영의 등에 달빛이 비친다. 유리같이 맑은 밤.

"밟혀도 밟혀도 뻗어가는 잡초. 난 잡초야!"

지영은 우물 속을 향해 나지막하게 중얼거린다. 소리가 울려서 우물 속에 퍼진다.

"끈질기고, 징그럽고, 지혜롭고, 민감하고 무서운 여자야!"

소리는 다시 울려 퍼진다.

"살고 싶다! 내 자식들, 내 어머니. 당신은 죽어도 난 죽지 못해요!"

소리는 크게 울려 퍼지면서 지영의 몸은 우물 속으로 자꾸 기울어진다.

"신비합니다. 하나님 신비합니다. 이렇게 신비하게 살 수 있는데 왜 그 힘이 그에게는 미칠 수 없었을까요? 그냥 그냥 없어지고, 없어지고……."

"희야네, 너 뭐 하노?"

지영은 우물가에서 몸을 일으키며 윤씨를 쳐다본다. 윤씨는 불타다 남은 나무를 안고 유령처럼 서 있었다. 지영은 멍하니 바라본다.

"굵은 것은 다 줏어 가고 부스레기뿐이더라. 나 한 번 더 갔다 올게, 사람들이 돌아왔으니까 그거라도 안 갖다 놓으면 다 줏어 갈 기다."

마당에 나무를 던져놓고 흘러내린 목도리를 감으면서 윤씨는 다시 밖으로 나간다. 지영도 그의 뒤를 따라 나간다. 함께 나무를 안고 돌아온다.

"참 달도 밝다. 청승스럽게도 밝구나. 춥다. 어서 방으로 들어가자. 애들이 깨믄 우리가 없어서 놀랄 기다."

그 말이 떨어지자 잡아 찢는 울음소리가 나더니 희가 마루로 굴러 나온다.

"아가! 아가! 나 여 있다!"

쫓아가서 윤씨가 희를 껴안는다.

"아가! 여기 있네. 할매도 엄마도 여기 안 있나. 니를 두고 어디 갈 기라고 쉬잇! 끄쳐!"

희는 울음소리를 뚝 그쳤으나 자꾸 떨면서 흐느낀다.

그동안 뜸하던 비행기가 다시 마을에 나타나기 시작했다. 대개 밤이 되어 비행기는 나타난다. 밤에만 움직이는 중공군의 보급을 끊기 위해.

피란 보따리는 다시 산마루의 둑길을 넘어갔다. 지영은 드럼통 위에 올라서서 머리칼을 나부끼며 떠나는 피란 보따리를 바라보고 윤씨는,

"남자 있는 사람들은 가는데…… 그렇지만 김씨 댁은 안 간다

더라. 아이들이 많아서."

하며 지영을 올려다본다. 아이들은 유리창 속에 그림자같이 나
란히 서서 내다본다.

인민의 적

까칠까칠하게 깎아 세워진 산봉우리에 해는 기울어진다. 조
금 남은 햇빛을 받으며 들일을 끝낸 농부들처럼 모닥불을 피워
놓고 빙 둘러앉아서 산사람들은 이른 저녁을 먹고 있었다. 산중
에는 저녁이 이르다.

부지런히 밥을 먹는다. 그러면서도 허전하여 그들은 알맹이
없는 이야기를 주고받으며 웃고, 열을 올려 토론을 벌이곤 한
다. 그러나 그들 중의 한 사나이만은 이야기 속에 끼어들지 않
았다. 열심히 밥을 먹는데 희미한 눈동자가 공중에 떠 있다. 무
엇을 생각하는 것 같기도 하고 아무 생각도 없는 것 같기도 하
고, 그는 밥 먹는 동작만 되풀이하고 있을 뿐이다. 수염에 파묻
힌 누르스름한 얼굴과 부숭부숭 부은 눈등이 아무래도 중병을
앓은 뒤 기억을 잃은 듯 몹시 여위어서 뼈마디가 앙상하고 형편
없이 낡아버렸다. 땟물이 흐르는 군복도 늘어나서 헐렁헐렁하
고 찢어진 구두창 사이로 역시 떨어진 양말이 내비친다.

그 옆을 지나가다가 기훈은 걸음을 멈춘다. 턱을 내밀고 밥을

끌어 넣는 그 사나이 얼굴 위에 기훈의 눈이 머문다. 눈은 깜박이지 않았으나 눈동자는 몹시 흔들리는 것 같다.

'야산 부대에서 올라왔군.'

눈이 가라앉는다. 주의 깊게 사나이의 손끝에서 찢어진 구두창으로 눈이 내리 더듬는다. 구두 옆에 조금씩 돋아나기 시작한 풀빛이 마음에 싱그럽다. 이마빡이 널따란 사나이가 숟가락으로 원을 그리듯 하며 입김을 내어 뿜고 연설조로 이야기를 하고 있다. 솜을 두어서 듬성듬성 누빈 옷을 입고 등이 꾸부정한데 목소리만은 활기에 차서, 무슨 이야기를 했는지 밥을 먹다가 모두 웃는다. 그 웃음소리가 메아리쳐서 퍼져 나간다. 그 사나이만 혼자 웃지 않고 밥을 우물우물 씹다가 이마빡이 넓은 사나이를 힐끗 쳐다보며 헛기침을 한다.

"검정개들이 몰려온단 말이야. 우린 멀찌감치 흩어져서 딱 한 방만 쏘았단 말이야. 그랬더니 검정개들이 포위된 줄 알고 막."

이마빡 넓은 사나이는 팔을 휘둘렀다. 그 바람에 사나이 밥그릇이 굴러떨어진다.

"동무!"

"아, 이거 미안하외다."

이마빡 넓은 사나이가 당황하며 사과한다.

"입이 말하는데 손은 왜 덩달아 야단이오."

"미안하외다."

"손은 밥이나 끌어 넣으시오."

화가 나서 지껄이며 밥그릇을 주워 들었으나 밥은 절반이나 땅 위에 쏟아졌다. 사나이는 을씨년스럽게 그것을 밥그릇에 걸어 담는다.

기훈이 피시시 웃는다.

'녀석이······.'

식사를 끝낸 사람들은 빈 밥그릇을 들고 일어서서 각각 흩어져 개울가로 내려간다. 기훈은 그들 옆을 지나쳤다. 그도 개울을 따라 어슬렁어슬렁 내려간다.

산은 웅성웅성 여러 가지 소리를 내고 있다. 아침과 낮, 저녁과 밤에 따라 산속에 울리는 여러 가지 소리들은 달라진다.

'산은 살아 있다.'

기훈은 퍼뜩 그런 생각을 한다.

나뭇잎 하나 풀잎 하나 움직이지 않는 것은 없다. 숨 쉬지 않는 것이 없다. 바위도 살아서 숨을 쉬는 것 같고, 햇빛 따라 움직이며, 표정마저 달라지는 것 같았다. 새소리, 짐승 울음, 바람 소리, 잎새와 잎새가 부딪는 소리, 가지가 흔들리는 소리, 개미와 벌레들이 모래를 허물어뜨리는 아주아주 작은 소리까지 산속은 소리에 가득 차 있는 것 같다. 봄이 되어 더욱 숨이 가쁘고 생명에의 기쁨이 터져 나올 것만 같다.

살아 있는 산속에 다만 사람만이 죽어 있다고 기훈은 생각한다. 망우리의 그 많은 무덤처럼 죽어 있다고 생각한다. 등사판으로 찍어내는 산속의 신문, 대한민국의 한 산봉우리 속에 있는 인민공화국에서 발행하는 신문에는 중공군이 내려온다는 소식, 후퇴한다는 소식, 다시 내려온다는 소식, 웃고 울고 이제는 대개 무표정해졌다. 나오는 말은 기계의 되풀이 같은 것. 다만 골수분자만은 투지를 잃지 않았다. 그러나 날마다 새롭게, 죽음은 새롭게 그들 앞에 서 있는 것이다. 그리고 누군가를 맞이해간다.

계곡 옆의 판판하고 넓은 바위에 가서 기훈은 선다. 햇빛은 산봉우리 뒤로 아주 자취를 감추고 멀리 겹쳐진 산줄기에 여광을 남겨놓고 있다. 계곡 밑에서부터 보랏빛 어둠이 안개처럼 피어오른다.

'녀석이 살아 있었구나.'

중얼거린다. 꽃상여 이야기를 하던 장덕삼. 기억에서 지워진 장덕삼의 얼굴이 솟아난다. 지금의 얼굴 말고 만장이 가을 하늘에 누워 가더라고 말하던 그 얼굴이.

기훈은 계곡을 내려다보며 휘파람을 분다. 나뭇잎과 잔가지를 흔들어주는 바람 소리, 먼 곳에서 들려오는 개울물 흐르는 소리, 기훈은 휘파람을 그만두고 노래를 신나게 부른다. 노을에 물든 붉은 구름이 이리저리 왔다 갔다 하는 것 같다. 기훈은 아마 자기가 몸을 흔들었기 때문에 구름이 왔다 갔다 하는 거라 생각한다. 그는 노래를 부르며 자꾸 몸을 흔든다.

"하 동무는 어찌 그리 한가합니까?"

여자의 목소리. 기훈은 돌아보지 않고 연신 몸을 흔들며 노래를 부른다.

"참 신기한 일이오."

여자는 혁대를 늦추고 바위에 쭈그리고 앉는다.

"철없는 소년 같소."

그 말에 기훈은 노래를 그치고 돌을 주워 계곡을 향해 힘껏 팔매질을 한다.

"정력 낭비는 그만하시오. 도망치기에도 모자랄 것을."

여자가 무슨 말을 해도 대꾸를 안 한다. 기훈은 자꾸자꾸 돌을 주워 팔매질을 한다. 여자는 뼈마디가 굵고 광대뼈가 나와서 군복이 어울린다.

"하 동무."

"말하시오."

처음으로 대꾸한다.

"말하라니까 말이 기어들어 가는구먼요."

"그럼 그만두슈."

"그만두라니까 하고 싶어지는걸. 하 동무 오래간만이오."

"그 인사는 낮에 한 것 같은데?"

여자는 싱긋이 웃는다. 그는 맞은편 산으로 눈을 옮기며 두 팔로 무릎을 안는다.

"낮에도 하구, 또 밤에도 하구, 산에는 참 기적이 많소. 그래, 어깨는 다 나으셨소?"

"팔매질을 하니까 나은 것 같소. 이 동무 덕분에."

"오래 사니까 이런 인사도 받고 영광이오."

"많이 자랐구려."

하고 여자를 돌아본다.

"늙은이가 다 됐지요."

"애인하고 함께 왔소?"

"애인?"

"장덕삼이 말이오."

"정덕삼? 장 동무 말이오? 함께 오긴 왔지만 그이가 어찌 내 애인이오?"

기훈이 웃는다.

"정말 늙었군. 그때 약을 발라주었지요? 처음 그날 한 이야길 잊었구먼."

"아아, 그래 바루 장 동무가 그 사람이오?"

여자는 깔깔 소리 내어 웃는다.

"그럴 줄 알았으면 진작…… 하지만 그이 바보 다 됐소. 말 안 하는 병에 걸려 꼬치꼬치 말라버렸지요."

"슬프오?"

"아니, 이런 기적이 있어 얼마나 좋소. 우리가 헤어지기로는 그때 폭격 심할 때였지요. 추풍령을 치고 태백산맥을 타고 북상한다고 신이 나서…… 많이 죽었지…… 인민군만. 그때 그 짓거리만 안 했음, 이렇게 허무하게 쫓겨 다니지는 않을 건데."

"그 많은 식구들 뭘 먹여 살려."

"우리 비행기가 밤에 와서 식량 내려주면 될 거 아니오."

농담하는 여자의 눈이 굳어진다.

"하 동무."

"말씀하시오, 뭐든지 들어줄 테니. 비행기가 와서 식량 떨구어주는 얘기 말고는."

"흐음…… 닭고기 먹고 싶지 않소?"

여자는 두 팔로 무릎을 안은 채 발을 땅바닥에서 올렸다 내렸다 하며 마치 흔들리는 의자 같은 모양을 한다.

"감자를 기름에 튀겨서 실컷 먹어봤으면."

여자는 무릎을 안고 발을 올렸다 내렸다 하다가 그 짓을 멈추고 신발을 벗어 뒤집어본다.

"신발창이 다 됐네……."

신발 밑창을 몇 번이나 마주 대본다. 짝 신발도 아닌데 길이가 달라지기라도 한 듯 뒷굽에서 앞창까지 자꾸 맞추어본다.

"집에 말짱한 구두가 한 켤레 남아 있었는데……."

여자는 신발을 도로 신고 나서,

"하 동무, 좋은 세상이 오면 나 닭이나 치고 감자나 심고 살래요. 아침에는 감자를 튀겨 먹고 저녁에는 닭고기를 먹을래요."

처량한 목소리다.

"백 년은 더 살아야겠군."

빈정거린다. 여자는 그 말 대답을 안 하고,

"하 동무는 뭐가 제일 먹고 싶소?"

"나는 당신이 먹고 싶소. 여자는 그런 생각이 없을까?"

"어머……"

기훈의 손에서 다시 돌이 날았다. 돌은 바람을 끊고 희미한 어둠 속에 사라진다. 여자는 한참 깔깔대고 웃다가,

"하 동무! 여자가 뭐요? 여성 동무라 하시오."

"난 여성 동무 생각은 없어. 여자 생각은 하지만."

"하 동무 아니라면 회의 때 자기비판 시키겠소."

"흐음."

기훈은 웃는다. 어둠 속에 드러난 이빨이 몹시 희다.

"중공군은 왜 또 후퇴하죠?"

"산이 대답하겠소, 내가 대답하겠소?"

"정말…… 희망이……"

하다가 여자는 뺨을 두 손으로 싹싹 비빈다.

"하 동무."

"말하시오."

"그때 폭격이 심했을 때…… 우리 헤어졌지요."

"그래서 어쨌다는 거요?"

"조 군관 동무를 어떻게 생각하시오?"

"돌로 쳐 죽일 놈이지."

"그건 너무 가혹하오."

"총알이 아까워서 총살은 안 되고 목을 매달아 죽일 놈이지."

"방금 하 동무는 여자 얘기 하지 않았소?"

"여자 꽁무니를 쫓아서 투항한다는 말은 안 했는걸."

"그렇게만 말할 일이 아니오. 숙희 동무를 난 잘 알아요. 숙희 동무는 나보다 당성이 강한 사람이오. 조 군관 동무 역시……."

"역시? 그건 개도 못 되고 버러지야."

"억지 말 말아요."

"찬양하오?"

"찬양하지 않소. 조 군관 동무가 투항한 것은 숙희 동무를 찾으려 했을 뿐이오. 우리를 배반할 생각은 절대로 하지 않았을 거요."

"이 산의 여성 동무는 그런 얘기 하지 않지."

여자는 들은 척도 하지 않고 이야기를 계속한다.

"그는 숙희 동무가 폭격에 죽은 줄 모르고 잡혀간 줄로만 믿었거든요. 그는 숙희 동무를 찾지 못한다면 그와 같은 운명에라도 빠지고 싶었을 거요."

"운명?"

"비웃지 마시오. 하 동무도 언젠가 한번은 여자를 좋아했을 거요."

"항상 나는 좋아하지, 여자를."

"어느 곳에서든 사랑은 소중한 거요. 느끼기 탓이오. 유치해지기도 하고, 숭고해지기도 하고, 더럽기도 하고, 깨끗하기도 하고, 느끼기 탓이오. 표현하기 탓이지요. 하 동무는 그 군관 동무를 더러운 배반자라 하지만 난 오류를 범하기는 했어도 참 깨끗한 사람이라 생각해요, 인간적으로."

"인간적으로⋯⋯ 여드름투성이의 책방 점원 같은 놈이지."

"허세 부리지 말아요. 책방 점원은 우리 노동자요."

"그런 놈 중에도 반동은 얼마든지 있지."

"하 동무나, 나나 모두 모순덩어리요. 코뮤니스트면서 투항해 간 사람을 동정하는 나, 코뮤니스트면서 책방 점원을 경멸하는 귀족적인 하 동무, 참 우습소."

"여성 동무가 아니고 여자가 한 말이니 용서해드리지."

"좀 재미나는 대답은 없소? 그때 맨발 벗고 걸어오던 날 밤엔 잘도 얘기하더니? 난 자랐는데 하 동무는 줄어들었구려."

"목숨을 억지로 늘어뜨리려니까."

여자는 묵묵히 앉았다가,

"나는 조 군관 동무를 잘했다고 찬양하는 것은 아니오. 하지만 동정은 가요. 숙희 동무는 체포된 게 아니었어요. 도망치다가 그 고개에서 폭사했지요. 죽은 걸 모르고 그들에게 붙잡힌 줄만 알고 투항했다는 게 얼마나 비참해요? 조 군관 동무가 그 사실을 알았을 때 결과적으로 인민과 우리들을 배반한 목적의 상실, 그것을 깨달았을 때 그는 뭐가 되었겠소. 참 슬픈 얘기가 아니오? 하지만 사람과 사람이 어떤 역경 속에서도 사랑을 간직할 수 있었다는 것은 역시 귀한 일일 거요. 이념을 저버렸지만 역시 불쌍해요, 하 동무."

"사랑병에 걸렸군. 남의 얘기가 아니구 자기 자신 얘기 아니오?"

심술궂게,

"그럼 어떠우? 난 동무한테 사랑병이 걸렸소."

"무슨 재미로? 눈과 눈만 쳐다보면 무슨 수가 나나? 난 리얼리스트니까."

"거짓말 마오. 이 산속에 지금 리얼리스트는 한 사람도 없소. 로맨티시스트뿐이오."

"흥."

"리얼리스트였다면 모두 미쳐 나가거나 달아났을 거요."

"흥."

"혁명의 이론은 현실적 토대에서 이루어졌을 거요. 하지만 과정은, 더욱이 지금 같은 극악의 상태에서 낭만이 없다면 무엇으로 지탱하겠소. 혁명이 억압당한 사람들을 해방하는 데 목적이 있고, 그렇다면 그것은 결국 인간에 대한 애정이 아니겠소? 인간에 대한 애정이 있으므로써 혁명하는 힘이 모이고 낭만적인 감정 위에서 앙양된다고 나는 생각해요. 비록 아무것도 모르는 노동자일지라도 혁명적인 충동이, 그 속에 있을 때는 스스로 영웅이 되는 것이고 그 감격은 나와 동시에 나와 같은 억압당한 사람들을 해방시킨다는, 숭고한 사명감에 넘쳐서 열광하는 것 아니겠소? 물론 그것은 큰 의義를 위한 것, 조 군관 동무의 경우, 그렇지만 그것도 아름다운 애정이오. 따지고 들면 하나의 공식밖에 남지 않소. 따지지 말고 생각합시다."

"말문이 터졌군."

"맞았소. 하 동물 만나니 말문이 터졌소. 듣기 싫으면 가시오. 나 저 산이나 보고 말하겠소."

그러나 여자는 말하지 않고 기훈도 떠나지 않았다. 사방은 아주 어두워졌는데.

"여자이기에 그런 감상에 빠졌다고 생각하면 잘못이오. 하긴 남자가 조국과 인민을 생각할 때 여자는 지아비를 생각하고, 그 지아비를 위해 조국과 인민을 생각하게 되는 일이 많소. 나도 애인 아니더면 월북하지도 않았을 거구 코뮤니스트가 되지도 않았을 거요. 정직한 고백이오. 나는 이런 일을 생각해본 일이 있소. 거칠고 바람이 거세면 강한 불길이 타올라서 이내 꺼져버린다고. 아마 숙희 동무나 조 군관 동무도 이 산속에서 만나지 않고 평화스런 곳에서 만났더라면 그럴 수 있었을까. 그렇게 절실한 연애는 하지 못했을 거요. 옛날에 어떤 총각이 한 번 본 처녀를 잊지 못해서 상사병에 걸려 죽었다는 말이 있지만, 손에 닿지 않는 데서 오는 절망감이 죽게 했을 거구, 조 동무도 손이 닿을 수 없었던 절망감에서 어쩌면 목숨보다도 중한 걸 던졌을 거요."

"길고 지루한 밤에 그따위 사치스런 얘기는 그만두고 좀 솔직히 발산을 해보시지. 그러면 나는 당신을 죽여버릴 수 있을 거야."

"하 동무는 날 죽일 수 있소?"

"죽일 수 있지. 누구든지 죽일 수 있어."

"흥, 사치스런 이야기라고? 그러면 노래도 부르지 말아야지.

536

왜 노래를 부르는 거요? 모두 슬픈 노래만 부르고 있지 않소? 이 산에서, 옛날 옛적부터 불렀다는 혁명가, 그 가락 말이오. 하 동무, 그 가락은 건전한 거요? 어떤 퇴폐적인 노래보다 더 구성지지 않소? 결국 그거요. 그 슬픈 노래가 얼마나 많은 사람들을 피바다 속으로 가게 했는지. 그 노래에 끌려서 젊은이들이 눈물 흘리며, 많이, 많이 갔을 거요. 비극과 낭만이오. 조 군관 동무의 연애도 비극과 낭만이오. 그런 슬픈 밑바닥이 없이 혁명은 결코 결코 이룩되지 않아요. 그런 뜻에서 조 군관 동무와 숙희는 우리들에게 병적인 요소를 준 것은 아니오. 도리어 우리 산사람들에게 어떤 꿈과 맑은 샘을 준 거요. 그들은 산사람들에게 전설을 남겨놨소. 옳지 않다 하면서도 따뜻해지고 눈물이 어리오. 안 그렇소? 하 동무. 이런 소릴 한다고 날 그르다 말하지 마오. 그들의 연애가 비참하기 때문에 아름답고 우리 산속에 사람의 생활이 비참했기 때문에 아름다운 것이 아닐까? 온 세상이 평화스럽고 원하는 바가 없다면 삭막하고 황량할 거요. 나는 이 비참한 비극 속에서 때때로, 아니 아주 빈번히 희열을 느끼곤 해요. 희열입니다. 하 동무, 이 슬픔에서 이는 희열이야말로 이 산사람을 떠받치는 커다란 힘인 거요. 정말입니다. 그것은 정말이오. 질서나 이념만으로는 모조리 끌고 갈 수 없소. 그 슬픈 노래가 질서나 이념의 채찍보다 더 강하게 힘차게 항쟁의 길로 몰아넣을 때가 있소. 그들의 비극적인 사랑 때문에 이 산에서 이탈할 사람은 없을 거요. 도리어 이 누더기 옷이 아름다워지고 보리밥 한 덩이를 먹는 산사람이 동물로 떨어지지 않는 분위기를 갖다준 거요. 그래서 이 산에 여자들이 있다는 게 아름다운 거요."

여자는 정신없이 지껄이다가 일어선다. 갑자기 그는,

"나 가겠소. 이제 하 동물 자주 만나게 되겠구만."

여자는 어둠 속을 뛰어가 버린다. 기훈은 그냥 앉아 있다.

'바보 같은 게 뭘 안다고…… 석산은 그런 얘기를 하면 사랑스럽고, 장덕삼은 등신 같아서 우습고, 여자는…… 여자는 싫어진다.'

기훈은 보이지 않는 어둠을 향해 돌팔매질을 하고 또 한다. 바람을 끊고 날아가는 소리가 손끝을 타고 저려온다.

햇볕에 따뜻해진 바위에 등을 붙이고 누워서 하늘을 쳐다보다가 장덕삼은 도로 일어나 앉으며 다 떨어진 구두를 집어 든다. 팽개친 송곳을 더듬더듬하고 찾더니 입을 떡 벌린 구두창에 구멍을 뚫고 노끈을 끼워서 죄며 벌어진 구두의 입을 오므린다.

"장 동무, 거 무슨 을씨년스런 꼴이오."

기훈이 그의 앞에 머물러 서며 말을 건다. 장덕삼이 얼굴을 든다. 얼굴보다 눈을 더 치키고 기훈을 본다.

"오래간만이군, 장 동무."

기훈은 손을 호주머니에 찌르고 내려다본다. 그러다가,

"동무의 그 꼴은 뭐요!"

바락 소리를 지른다.

"어제는 밥그릇을 쏟아서 밥을 줏어 담더니 오늘은 구두 수선이라, 흡사 거지꼴이군."

"똥 묻은 개가 겨 묻은 개 보구 짖는군. 산도둑놈 같은 꼴을 하구서."

장덕삼이 증오에 찬 소리로 중얼거리며 구두에 낀 노끈을 바싹 쥔다.

"이 털모자의 인상이 나빴구만."

기훈은 싱글싱글 웃으며 머리에 쓴 털모자를 벗어 장덕삼 머리 위에 푹 씌워준다. 장덕삼은 그것을 벗어 팽개치며 일어섰다. 기훈을 노려보며,

"난 봤단 말이오."

속삭이듯 낮은 목소리.

"그 무지막지한 머슴 놈들이 대창으로 사람을 찔러 죽이는 꼴을 이 눈으로 똑똑히 봤단 말이오. 피에 굶주린 이리 떼 같은 놈들이 젖먹이 아이까지 대창으로 찔러 죽이더군. 하 동무도 그 꼴 많이 봤을 게 아니오? 호주머니에 손을 찌르고 그것을 구경했느냐 말이야!"

더욱더 목소리를 낮추며,

"인민공화국 만세 아니냐 말이오."

기훈에게 얼굴을 바싹 갖다 붙인다. 여위어서 커진 눈이 번쩍번쩍 빛난다. 기훈은 털썩 주저앉는다.

"오래간만에 만나서 서로 반가운 인사가 너무 험하게 됐군. 어떻소? 어디 아프오?"

"날씨가 좋소."

장덕삼은 비웃으며 도로 자리에 앉아서 하던 일을 시작한다.

"나는 장 동무가 뚫고 나가서 전향을 한 줄 알았지."

"누구처럼 이용 가치가 있었다면."

"죽을까 봐 겁이 나서?"

"죽을까 봐 겁이 나서."

"학병으로 나갔다가 돌아와서 월북하고 정치공작대원으로 내려오고, 과히 작은 고기도 아닌데? 그물이 찢어지지 않을 정도니까 알맞겠군."

장덕삼은 무서운 눈으로 기훈을 노려보다가 다시는 입을 떼지 않았다.

쌀!

윙! 하고 멀리서 비행기의 폭음이 들려온다. 누운 채 비행기의 방향을 잡으려는 듯 귀를 기울이고 있다가 지영은 자리에서 일어난다.

"어머니!"

잠든 윤씨를 흔들어 깨운다.

"으음 비, 비행기 오나?"

지영은 자는 희를 둘러업는다. 윤씨도 광이를 둘러업고 그리고 담요로 푹 뒤집어씌운다. 그들은 방문을 열고 마루방으로 나온다. 문을 활짝 열어놓고 아이를 하나씩 나누어 업은 딸과 어머니는 손을 맞잡고 붙어 선다. 추위에 얼굴 가죽이 죄어들어 입을 다물지도 못하고 뿌옇게 나오는 서로의 입김을 마신다. 잠이 깬 아이들은 엄마와 할머니 등에 얼굴을 붙이고 겨드랑 밑에서 손을 꼼지락거린다. 여기저기 폭격에 쓰러진 집들, 건넛집에서 날아온 기왓장이 지영이네 집 마당에 굴러 있고…….

"밤마다 밤마다, 언제꺼정 이러고 살 것고."

매듭도 없이, 마치 언청이처럼 윤씨가 말을 흘린다.

'살려주시거나 아니면 함께 죽게 해주시옵소서. 함께 죽게 해주시옵소서. 어린것들만 살아남게 해서는 안 됩니다. 안 됩니다.'

"남자 있는 집은 다 떠났는데 우리만 남아서, 앉아서 죽을 바에야 한번 떠나보는 건데……."

비행기는 머리 위를 빙빙 돈다.

"중공 놈들 여긴 한 놈도 없는데 어쩌자고 저러노?"

비행기 소리는 멀어지고 날이 밝아온다. 해가 뜨기 전에 밥을 지어서 그들은 밥상머리에 마주 앉는다.

"김치도 이제 떨어지고 양식도 얼마나 갈란지 모르겠다."

"다 살게 마련이에요. 명대로 살지요. 희야, 너 왜 밥 안

먹니?"

"싫어."

"왜?"

"싫어."

"감기가 들었나? 희야 어디 아프나?"

윤씨가 묻는다. 지영은 숟가락을 놓으며 희를 쳐다본다.

"볼이 좀 부은 것 같지요?"

윤씨가 볼을 만져보려 하자 희는 싫다고 고개를 흔들며 얼굴을 찡그린다.

"열이 난다. 이 차중에 아프믄 어짜겠노."

희의 보속했던 볼은 점점 부어오르고 점심때가 지나고 해 질 무렵에는 제법 두드러졌다. 열이 나서 눈까지 빨갛다. 희는 방바닥에 부은 얼굴을 붙이고 꼼짝하지 않는다.

"아프니 약이 있나, 의사가 있나. 이 일을 어쩌믄 좋겠노. 너거 살릴라고 이 고생을 하는데."

윤씨는 주름이 모여 쪼글쪼글한 얼굴을 더욱 쪼그리며 또 울기 시작한다. 하룻밤을 앓는 아이를 안고 앉아서 꼬박이 밤을 새운다. 아이의 얼굴은 점점 더 부어서 눈까지 묻혀버리고 말았다.

"이 고생을 하면서도 너희들 땜에 못 죽고 살았는데 이놈 새끼야, 니가 이리 아프면 어찌하노? 아이고 내 자식 잃겠네. 약이 있나, 의사가 있나."

숨을 가쁘게 쉬며 괴로워하는 아이의 모습을 보다 못해 지영은 두 손을 싹싹 비빈다. 한구석에 풀이 죽어서 앉아 있던 광이는,

"누나야? 어디 아프노, 누나야."

그 말만 되풀이하며 그 자리에서 움직이지 않았다.

희는 눈이 파묻혀서 아무것도 보이지 않는 모양이다. 가늘게 여윈 손목에서 맥박만이 치고 있다. 옷을 몇 겹이나 입어서 아이들은 눈사람 같다. 지영은 이불을 끌어 바람을 막아주고 광이도 이불 속으로 끌어 넣는다.

"가만있어. 광이야, 가만있어. 이불 속에서 나오면 안 돼."
했지만 광이는 이내 이불 속에서 기어 나와,

"누나야."
하는 것이다.

"김씨 댁에 가서 좀 물어볼란다. 기냥 있으믄 아이 놓치겠다."

윤씨는 허둥지둥 뛰어나간다. 얼마 후 윤씨는 김씨 댁 아주머니와 함께 돌아왔다. 김씨 댁 아주머니는 방에 들어서자 매우 침착한 어조로,

"할머니, 더운물하고 소금 좀 가져오세요."

윤씨는 의사 선생님을 모신 듯 굽실굽실하며 부엌에 쫓아가서 물을 데워 온다. 김씨 댁 아주머니는 들고 온 종이 봉지 속의 밀가루를 그릇에 쏟는다. 그리고 계란을 하나 꺼낸다. 우두커니 서 있던 윤씨는 계란을 보자 눈이 휘둥그레진다. 김씨 댁 아주

머니는 계란을 깨서 밀가루에 넣고 소금을 뿌린 뒤 더운물을 부으며 반죽을 한다. 빵을 찔 때처럼,

"아가? 약 바르자, 응? 그럼 안 아프다."

김씨 댁 아주머니 말에, 희는 묻혀버려서 작아진 눈을 힘없이 뜬다. 지영과 윤씨는 마치 하나님처럼 김씨 댁 아주머니의 넓은 이마를 바라보고 있다. 아주머니는 고루고루 희의 얼굴에 밀가루 반죽을 발라주며,

"아이 착해라, 시원하지?"

다 발라주고 수건으로 손을 닦은 뒤,

"글쎄, 아이들이 영양부족 걸릴까 봐서 몰래 계란을 사두었지요. 그걸 한 개 두 개 꺼내 먹고 겨우 한 개 남았었는데 마침…… 이게 우습게 보이지만 효험이 있답니다. 우리는 아이들을 많이 길러봐서…… 너무 걱정하지 마세요."

안심시키려는 듯 그는 웃는다.

"아주머니, 고, 고마워요."

지영이 겨우 더듬으며 말한다.

"어려운 처지는 다 마찬가지 아니에요? 이런 고생을 했으니 남보다 더 오래오래 살아야 할 텐데."

아주머니는 다시 미소한다.

"이 귀한 계란을, 누가 이 지경에서 이 귀한 계란을……."

윤씨는 계란 껍데기도 함부로 해서는 안 될 것처럼 손바닥에 올려놓고 그것을 유심히 보고 있다.

"우리는 애들 땜에 떠나지도 못하고 여기서 고생을 하지만 그래도 식구들이 축 안 가고 함께 있으니 그것만으로 감사하게 생각하고 있어요. 큰딸애 땜에 피란 못 간 걸 몹시 후회도 하지만, 문안에서 글쎄 피란 가려고 나오니까 막내 놈이 아프지 않아요? 그래서 떠나는 사람들이 내는 식량을 싸놓고 여기 주저앉기로 했죠. 정말 애들이 아프면 제일 큰일예요."

"댁엔 바깥어른이 계시니까……."

윤씨는 부러운 듯 눈을 깜박거린다. 지영은 숨결이 가쁜 아이를 가만히 내려다보고 있다.

"든든하기야 하죠. 원체 식구들이 모두 낙천가들이어서…… 죽는 날엔 죽더라도…… 어쩝니까? 할 수 없지요. 그런데 중공군이 차츰 밀리는 모양이죠?"

"알 수가 있어야지요. 중공군인가 뭔가 하낫도 못 봤으니께."

윤씨 말에,

"들앉아 계시니 통 모르시지. 이 마을을 거쳐서 인민군도 많이 지나갔어요."

"여길 지나갔어요?"

"그럼요. 빈집에 들었다가 밤에 떠난대요. 저 밑의 장거리에 남은 사람이 그러는데 구루마는 착착 뜯어서 나무같이 세워놓고 소는 광 속에 숨기고, 그이들은 쇠죽을 쒀주고 좁쌀을 얻었대요. 소가 살이 쪄서 디룩디룩하더라나요? 글쎄, 사람도 먹기 힘드는데 좁쌀죽을 쑤어서 먹이더래잖아요? 하지만 어서 국군이 밀고 와야 우리도 폭격 걱정이나 안 할 건데. 돈이 있어도 식량을 구할 수 있나요? 우리 집 양반 말씀이 폭격이 잦은 걸 보니 유엔군이 가까이 오는 모양이라구요. 조금만 참으라 하시는군요."

아주머니는 너무 걱정하지 말라 하고 돌아갔다. 다음 날부터 희의 얼굴에서 부종은 차츰 빠지기 시작했다.

"참 신기스럽구나."

윤씨 얼굴에는 오래간만에 울음 대신 웃음이 흐른다.

"희야."

"응."

"이제 안 아파?"

"응, 안 아파."

지영과 희가 머리를 맞대고 소곤거리는데 광이도 그들 사이를 떠밀고 들어가 앉으며,

"누나야? 안 아퍼?"

"음, 안 아퍼."

김씨 댁 아주머니의 말은 정확했다. 이날 밤 무서운 전투가 벌어진 것이다. 마을을 끼고 밤을 새워 전투는 계속되었다. 총알의 빗발, 원거리포, 단거리 포의 포효, 번갯불 같은 탄도彈道가 난무하고 조명탄은 사방 천지를 한낮으로 만든다. 북쪽과 남쪽이 대좌한 진지 그 사이에 파리 같은 목숨, 아이들을 안고 윤씨와 지영은 숨을 죽인다. 가까운 곳일수록 대포의 음향은 맑은

쇳소리를 내며 땅! 땅! 울리고 바람을 끊고 날아가는 포탄 소리는 휘잉! 마치 바다 울음과 같다.

무슨 일이 일어났는지. 무거운 것이, 쇳덩어리가 아니면 바위 같은 것이 전신을 누르고 있다고 지영은 생각했다. 몸을 흔든다. 자꾸 흔든다. 그런데 모래 속에 묻힌 듯 꼼짝할 수 없다. 지영은 몸을 흔든다. 자꾸 흔든다. 옆에서 무엇이 꾸무럭거린다.

"어, 어머니."

자기 목소리가 멀리서 되돌아오는 것 같다.

"어, 어, 머, 니."

지영은 어깨에 힘을 주어 간신히 몸을 일으킨다. 흙모래와 유리 조각과 나무 부스러기가 쏟아진다.

"어머니!"

지영은 윤씨의 팔을 잡아끈다.

"아이구우!"

윤씨는 처음으로 신음 소리를 낸다.

"희야! 광이야!"

지영은 미친 듯 업은 아이를 내린다. 윤씨도 미친 듯 업은 아이를 내린다.

"엄마아…… 으으응……."

희는 약한 소리를 내며 운다. 광이는 윤씨 목을 껴안으며 개구리처럼 달라붙는다.

"후유……."

우는 아이를 달랠 생각도 않고 윤씨와 지영은 서로 마주 본다. 뭣이 어떻게 되었는지, 그들은 흙먼지를 뒤집어쓴 채 눈만 반짝거리고 서로 보고만 있다.

희뿌연 아침에 안개와 더불어 모든 소리는 멎었다. 문이라는 문은 다 가루가 되어 날아가고 없었다. 지영과 윤씨는 방 안에 쌓인 것을 모두 쓸어 밖으로 내던지고 유리창이 날아가 버린 곳에다 찌그러져버린 장을 옮겨놓고 복도 쪽의 떡 벌어진 문간에는 담요를 친다. 방 안에는 다시 밤이 돌아왔다. 무시무시한 그 밤이.

"아이들 데리고 어머니는 꼼짝 마세요. 희는 아직 성하지 않아요."

"창문이 다 날아가고, 애들하고 얼어 죽겠다."

"누워 계세요. 그래야 애들이 따라 눕죠. 불 피울게요."

지영은 이불을 끌어당겨 아이들과 윤씨를 감싸주고 기석의 털잠바를 머리맡에 병풍처럼 세워 바람을 막아준 뒤 밖으로 나간다.

허허벌판이다. 옆집 병원이 홈싹 내려앉고 내내 기울어진 채 버티고 서 있던 순이네 집도 폭풍에 내려앉아 버렸다. 지영네 광문도, 굳게 열쇠를 채워두었던 광문도 입을 떡 벌리고 있다. 지영은 뜰 가득히 널려진 기왓장을 버석버석 밟고 걸어간다. 벌판, 황량한 벌판. 다만 버드나무만이 마당에 우뚝 서 있다.

'끔찍한 속에서 또 살아남았구나!'

지영은 마당에 굴러 있는 나무토막을 주섬주섬 주워서 부엌으로 간다. 아궁이에 불을 지핀다. 목재는 오래되고 썩어서 콸콸 불길을 이루며 잘 붙는다. 바람이 없어서 불은 아궁이 안으로 누워서 들어간다. 지영은 자꾸 나무를 아궁이 속에 던진다.

'앞뒷집이 모두 무너졌으니 이제 당분간은 나무 걱정 없겠다.'

"할머니! 할머니!"

울타리 밖에서 누가 부른다. 김씨 댁 아주머니의 목소리.

"일을 당한 줄 알았는데 연기가 나길래 쫓아왔지요. 다치지는 않았어요?"

빠른 말로 묻는다.

"아무도 다치지 않았어요. 아주머니 댁은?"

"우리도 아무 일 없어요. 연기가 나길래 밥하다 쫓아왔어요. 그럼 난 가겠어요."

울타리 밖에서 성급하게 묻던 김씨 댁 아주머니는 걱정해주어서 고맙다는 지영의 말도 듣지 않고 가버린다. 부엌으로 돌아와 나무 몇 개를 더 집어넣고 다시 마당 한복판에 나가서 우뚝 멈추어 선다. 폭격에 결딴난 곳만 빼놓고 온 세상은 여전히 빙판이다. 하늘도 빙판인 것 같다.

지영은 손등을 쳐다본다. 유리에 찔린 자리에 피가 엉겨 붙어 있고 그것이 말라서 짝짝 갈라져 있다. 지영은 그것을 내려다보다가 멍한 눈을 들어 사방을 둘러본다. 자기 자신이 어디 있는지 그것을 확인이라도 하는 듯 그는 입을 떡 벌리고 있는 광 앞으로 뚜벅뚜벅 걸어간다. 동회에서 자물쇠로 채워놨기 때문에 한 번도 자기네들 소유물같이 생각해보지 않았던 광이, 배반한 하인이 주인처럼 의젓하게 어떤 위협을 주며 감시하듯, 그 광이 지금 입을 벌리고 바보처럼 서 있다. 지영은 그의 권위가 없어졌는지 아직 남아 있는지 의심과 두려움을 느끼듯 얼른 들어서지 못하고 기웃이 들여다만 본다.

배급 쌀을 달던 커다란 저울이 거북이같이 땅 위에 납작 엎드려 있었다. 누르스름한 쌀겨와 흙 부스러기가 쌓인 채. 큰 쇠뭉치의 추는 광 바닥에 굴러 있고 눌린 보리쌀과 수수알도 흩어져 있었다. 빈 쌀가마니가 구석에 가득히 쌓여 있다. 그리고 또 한 구석에는 빈 밀가루 자루가 쌓여 있다. 지영의 눈이 번득한다. 그는 아무도 없는데 한번 뒤돌아보고 광 속으로 들어가서 가마니 하나하나를 다 들춰본다. 모두 빈 가마다. 쌀 한 톨 남아 있지 않았다. 보물을 찾다 못 찾은 도둑놈처럼 실망과 비웃음이 그의 얼굴에 돈다. 지영은 저울 위에 걸터앉는다. 무릎 위에 턱을 괴고 흩어진 수수알을 내려다본다.

'쥐도 없었던가 봐, 수수알이 남았군.'

지영은 눈앞에 쌀이 소복이 쌓이는 환상 속으로 빠져들어 간다. 정미기精米機 속에서 하얀 쌀이 솔솔 쏟아져 나오던 광경이 아주 확실하게 눈앞에 떠오른다. 달팽이같이 생긴 정미기 꼭대기에 네모난 양철초롱 그 위에 날곡을 부으면 달팽이 같은 바퀴가 뱅뱅 돌고 밑에서 쌀이 솔솔 쏟아져 나왔다. 흰 수건을 쓴 아낙네들이 모여 앉아서 쌀에 섞인 돌과 싸라기를 고르던 개천가의 정미소, 일꾼들은 쌀가마니를 짊어지고 나무다리를 건너갔다. 해가 지고 언덕에서 꾸부러진 아카시아의 잎들이 꺼뭇해지면 정미소의 일은 끝나고 아낙들은 수건을 벗어 얼굴을 털고 옷을 털었다. 하얀 가루가 먼지처럼 떨어진다. 눈시울에 흰 가루를 묻힌 채 품삯 대신 받은 싸라기를 자루에 넣어서 이고 아낙들은 황혼을 밟으며 집으로 돌아간다.

'지금 정미소가 있어서 그런 일을 할 수 있다면, 그리고 저녁실에 싸라기가 든 자루를 이고 집에 돌아갈 수 있다면.'

지영은 자기 눈시울에 흰 가루가 묻은 것처럼 눈을 껌벅껌벅한다. 눈을 끔벅거리긴 했으나 그의 눈에서 눈물이 흐르진 않는다. 지영은 다시 일어나서 밀가루 자루가 쌓인 곳으로 간다. 혹시 밀가루가 남아 있을지도 모른다는 생각에서. 밀가루 자루는 굉장히 많았다. 그는 밀가루 자루를 펴서 안을 들여다본다. 밀가루가 남아 있을 리가 없다. 지영은 그래도 희망을 버리지 않고 자루마다 다 펴본다. 무슨 생각을 했는지 지영은 재빠른 손으로 밀가루 포대를 뒤집어본다. 가루는 없다. 다 털어버린 자리에 습기 먹은 밀가루가 덩어리져서 자루에 더덕더덕 붙어 있다.

"음."

지영의 눈에 불이 확 켜진다.

"옳지!"

그는 외치며 부엌으로 달려간다. 조그마한 그릇을 들고 다시 광으로 달려온다. 그 덩어리를 빡빡 긁어낸다. 반 주발 정도는 된다. 손톱 밑이 아픈지 손을 들여다보다가 그는 다시 부엌으로 들어가 칼을 가지고 온다. 하나 남김없이 자루에 붙은 것을 칼로 밀어낸다. 제법 묵직했던 자루가 가뿐하게 되어버렸다. 자루를 둘둘 말아 가마니 쌓인 곳에 던지고 부엌으로 가서 물이 끓고 있는 솥을 열고 더운물을 퍼서 딱딱한 밀가루를 반죽하기 시작한다. 좀 망울이 지지만 훌륭한 양식이다. 그는 밀가루 반죽이 얼지 않게 따뜻한 부뚜막에 두고 그릇 하나를 들고 다시 광으로 돌아왔다. 그리고 밀가루 자루를 하나하나 뒤집어본다. 많이 붙은 것도 있고 적게 붙은 것도 있다. 습기를 많이 머금은 자루일수록 덩어리가 많다. 지영은 자루의 밀가루를 떨어낼 때 큰 덩어리에는 마치 사금 속에서 금덩어리를 골라낸 듯 흐뭇한 표정을 짓는다.

'참 고마운 폭격이야. 이걸 가지고 며칠을 더 살 수 있다. 자루가 서른 개도 넘는데……'

하다가 지영의 얼굴은 파아랗게 질린다. 칼과 밀가루 자루를 내동댕이치고 소리를 내어 운다. 끼룩끼룩 목구멍으로 넘어가는 흐느낌, 흙먼지를 뒤집어쓴 얼굴을 그 숱한 눈물이 씻어준다.

새벽녘에 중공군은 강을 건너 후퇴한 모양이다. 하룻밤 사이에 마을은 중공군의 바로 후방에서 유엔군의 바로 후방으로 변동되었다. 늦은 밥때가 지났을 때 김씨 댁 아주머니가 찾아왔다. 그는 두꺼운 털잠바를 입고 쌀자루를 들고 있었다.

"할머니, 국군이 들어왔어요. 배급 준다고 하는데 빨리 배급 타러 가세요."

기분이 좋아서 그는 빠른 목소리로 말했다. 윤씨의 눈이 휘둥그레진다.

"누가 배급을 준다 합디까? 이 동네에 누가 있다고."

"아까 우리 둘째 놈이 나가봤더니 쌀을 짊어지고 가는 사람이 있더래요. 그래 물어보니까 배급을 타가지고 온다고 그러더라는 거예요. 여기는 사람이 없지만 노량진에는 피란민이 많은가 봐요. 어서 갑시다. 애기 엄마는 젊으니까 아이들 데리고 가만히 계세요."

윤씨는 끈으로 허리를 질끈 동여매고 제일 큰 쌀자루를 골라 든다. 김씨 댁 아주머니와 마음 놓고 이야기하며 그는 집을 나섰다. 둑길로 올라서 그들은 어디서 배급을 주는지 알지도 못하고 줄곧 걸어간다.

"피란 안 갔다고 야단맞지 않을까요?"

윤씨가 걱정스럽게 묻는다. 김씨 댁 아주머니의 얼굴도 잠시 흐려진다. 그러나 이내 쾌활한 목소리로,

"쌀 배급을 주는데 야단을 칠려구요? 세상에, 불쌍한 백성을 더 이상 어쩌겠어요?"

"그래도 댁은…… 우린 애아범이 그래놔서…… 전에도 배급

을 못 타 먹었는데."

"이 마당에서 그걸 누가 알겠어요? 어지간히 시달려놔서 이
젠 그렇게들 안 할 거예요."

둑길을 건너서 인도교 가까이 갔을 때 노량진 쪽에서 사람들
이 몰려온다. 어느 구석에 끼어 있었던지 용케 죽지도 않고, 스
무 명가량의 사람들이 떼 지어 간다. 김씨 댁 아주머니는,

"여보시오! 어디서 배급을 줍니까?"

하고 물었으나 그들은 미친 듯 뛰어갈 뿐이다.

"여보, 여보시오! 어디서 배급을 줍니까?"

다시 물었으나 여전히 그들은 뛰어간다. 윤씨와 김씨 댁 아주
머니도 이제 더 이상 묻지 않고 그들을 따라 뛰어간다. 그들이
간 곳은 한강 모래밭이었다. 강의 얼음은 아직 풀리지 않았다.
그곳에는 여남은 명가량의 사람들이 몰려 있었다. 사실은 배급
이 아니었다. 밤사이에 중공군과 인민군이 후퇴하면서 미처 날
라 가지 못했던 식량이 여기저기 흩어져 있었던 것이다. 사람들
은 갈가마귀 떼처럼 몰려들어 가마니를 열었다. 그리고 악을 쓰
면서 자루에다 쌀과 수수를 집어넣는다. 쌀과 수수가 강변에 흩
어진다. 사람들은 굶주린 이리 떼처럼 눈에 핏발이 서서 자루에
곡식을 넣어 짊어지고 일어섰다. 쌀자루를 짊어지고 강변을 따
라 급히 도망쳐가는 사나이들, 쌀자루에 쌀을 옮겨 넣는 아낙
들, 필사적이다. 그야말로 전쟁이다. 김씨 댁 아주머니와 윤씨
도 허겁지겁 달려들어 쌀을 퍼낸다. 그리고 떨리는 손으로 자루

끝을 여민 뒤 머리에 이고 일어섰다. 그 순간 하늘이 진동하고 땅이 꺼지는 듯 고함 소리, 총성과 함께 윤씨가 푹 쓰러진다. 윤씨는 외마디 소리를 지르며 쌀자루 위에 얼굴을 처박는다. 거무죽죽한 피가 모래밭에 스며든다.

"이 빨갱이 새끼들아! 피란 안 가고 무슨 개수작이야! 다 쏘아 죽여버릴 테다!"

도망치던 사람들도, 쌀을 퍼내던 사람도, 일어서려던 사람도 땅에 몸이 붙은 듯 움직이지 못한다. 군인은 식량을 내려놓고 빨리 가라고 소리쳤다.

"너희 새끼들은 다 죽여도 말 못 한다. 이 빨갱이 새끼들아!"

김씨 댁 아주머니는 종잇장처럼 된 얼굴로 지영에게 와서 그 이야기를 했다. 윤씨는 죽었다고. 지영은 한동안 말없이 앉아 있었다. 김씨 댁 아주머니는 지영이 말없이 앉아 있는 게 더욱 무서운 듯 얼굴에 경련을 일으킨다. 지영은 벌떡 일어나서 문을 가려놓은 담요를 들치고 밖으로 뛰쳐나간다. 아이들이 불에 덴 것처럼 와! 하고 운다. 지영은 나갔다가 또 쫓아 들어왔다. 아이들을 한참 물끄러미 바라보다가 그는 외마디 소리를 지르며 다시 쫓아 나갔다. 김씨 부인이,

"애기 엄마……."

하고 소리쳐 부른다. 지영은 그냥 쫓아간다.

"큰일 나요! 큰일 나, 지금 가면 안 돼요! 애기를 어쩌려고 그러는 거요."

지영은 언덕길을 미끄러지는 듯 달려간다. 둑길을 넘었다.

강변에는 아무도 없었다. 강물도 하늘도 강 건너 서울도 회색 빛 속에 싸여 있었다. 지영은 윤씨를 내려다본다. 쌀자루를 꼭 껴안고 있다. 쌀자루는 피에 젖어 거무죽죽하다. 지영은 윤씨를 안아 일으킨다. 그리고 둘러업는다. 그는 한 발 한 발 힘을 주며 걸음을 옮긴다. 윤씨를 업고 벼랑을 기어오른다. 아무것도 기억할 수가 없었다. 아무것도 보이지 않았다. 얼마나 오랜 시간이 흘렀는지 그는 둑길까지 나왔다. 둑길에서 저 멀리 과천으로 뻗은 길을 바라본다. 길은 외줄기…… 멀리멀리 뻗어 있다. 지영은 집으로 돌아왔다. 그는 윤씨를 업고 광으로 들어간다. 광에 가마니를 깔아놓고 그는 윤씨를 뉘었다. 김씨 부인은 아이들을 지키기 위해서 떠나지 않고 집에 있었다. 지영이 오는 것을 보고 그는 쫓아 나왔다. 아이들이 울어댄다. 지영은 가라고 손짓한다. 김씨 부인은 그냥 우두커니 광 앞에 서 있었다. 지영은 또 가라고 손짓한다. 김씨 부인은 기가 막혀서 아이들이 있는 방으로 돌아간다. 그리고 엄마가 돌아왔다면서 아이들을 달랜다. 지영은 윤씨 가슴 위에 머리를 얹고 언제까지나 언제까지나 그러고 있었다. 다시 김씨 댁 아주머니가 나왔다.

"애기 엄마, 정신 차리세요. 아이들을 위해서도 애기 엄마가 정신을 차려야지. 어떻게 하겠어요, 참 슬픈 세상에 우리가 태어나서……."

하면서 김씨 부인은 눈물을 닦는다. 지영은 얼굴을 들었다. 그

리고 김씨 부인을 우두커니 바라본다. 김씨 부인은,

"내가 잘못했어. 내가 공연히 가만있는 사람을 끌어냈지. 배급 주는 줄……."

지영은 그냥 바라보고 있었다.

이튿날 김씨와 그의 아들과 그리고 김씨 댁 아주머니, 지영이, 이 네 사람이 건너편에 있는 밭을 파기 시작한다. 땅이 얼어서 삽이 들어가지 않았다. 곡괭이로 파는 데 참 오랜 시간이 걸린다. 모두 땀을 뻘뻘 흘린다. 이리하여 윤씨의 시체는 가마니에 싸여 묻혔다.

장사는 끝이 났다.

이가화

떡갈나무 잡나무가 양쪽에 우거져 마치 터널같이 되어 있었다. 좁은 오솔길을 회색 양복바지에 흰 남방셔츠, 면도도 깨끗이 하고, 기훈이 간다.

심장을 지근지근 찢어버리는 듯 소리를 지르며 돌팔매같이 소쩍새가 날아간다. 축축하고 푹신한 부엽토, 숲을 지나 개울가로 나간다. 여자들이 지절거리며 빨래를 하고 있었다. 그중의 한 여자가 얼굴을 들었다. 지나가는 기훈을 보고 빙긋이 웃는다. 기훈도 웃어준다. 소년이 바위 위에 앉아서 노래를 부르다가 우우우 하며 마치 닭을 쫓는 시늉을 하고 뛰어내려 간다.

"하 동무 좋은 소식 있소!"

들을 향해 여자가 소리친다. 기훈은 돌아보지 않고 손만 흔들어주며 간다. 개울을 따라서 곧장 다시 숲이 나타나고 폭포수 떨어지는 소리가 산의 소리를 모조리 지워버린다. 목욕을 하고 엉금엉금 기어올라 온 장덕삼이 지나가는 기훈의 뒷모습을 향해,

"날 좀 봅시다."

싸! 하고 물 떨어지는 소리, 기훈은 그냥 간다. 장덕삼은 저고리를 어깨에 걸치고 어슬렁어슬렁 따라간다. 차츰 물소리는 멀어진다.

"같이 안 가시겠소?"

조롱하는 투로 부른다. 돌아보는 기훈의 얼굴은 나뭇잎의 푸르름이 비쳐서 파아랗게 보인다. 한낮의 번갯불이 지나간 뒤처럼.

"아 아."

갑자기 피곤해진 듯 기훈은 풀밭 옆에 굴러 있는 바위에 앉는다. 다가간 장덕삼은 좀 떨어진 풀밭에 저고리를 집어 던지고 주저앉는다. 가슴팍의 뼈가 올올이 드러나서 민망스럽다.

"이야기 좀 할까요?"

"마음대로."

대꾸한다.

"담배 생각이 간절하군요. 목욕을 하고 나니까."

담배를 피워본 적이 언제였던가, 아득한 옛이야기…… 장덕
삼의 퀭하니 뚫어진 눈은 흐려서 정말 담배 피우고 싶은 생각
만 하고 있는 것 같다. 기훈은 호주머니 속의 담배 하나를 뽑아
주고 자기도 담배를 피워 문 뒤 라이터를 장덕삼에게 던져준다.
허겁지겁 피워 문다.

"어디서 난 담배지요?"

장덕삼은 아편 환자처럼 황홀경에 빠지며 물었다.

"신주 갔다 오는 길이오."

"역시 배운 도둑질이라 능수군요."

산속의 고요가 머릿속에 찌잉 울린다. 장덕삼은 어지러운 듯
눈을 감는다. 이내 눈을 뜨고 손가락 사이에서 피어오르는 담배
연기를 아련히 쳐다본다.

"분 바르고 다니는 여자 구경이라도 좀 했음 좋겠소. 여자들
은 치마를 입고 다닐 거요, 분명히."

기훈이 웃는다.

"하 동무는 가끔 눈요기라도 하는군요."

하고는 허기 든 사람처럼 담배를 벅벅 연거푸 피운다.

기훈은 비스듬히 드러눕는 듯하며 바위에 두 팔을 괴고 올라
갔다 내려갔다 하는 자기 배를 내려다본다. 살아 있군, 하며 미
소하는 것처럼. 그의 눈은 장덕삼의 신발로 간다. 검은 고무신
을 신고 있다.

"마을을 습격했을 때 처음 약탈품이오. 그리고 나한테는 또 군대 구두가 한 켤레 있소. 밥그릇하고 늘 짊어지고 다니죠. 보물처럼 말입니다. 사유재산의 기원은 아마 이런 데서 시작된 모양이오."

"……."

"하 동무."

"……."

"하 동무를 이 산에서 만난 후 일 년이 훨씬 지났군요. 서로가 다 오래 삽니다."

"……."

"그때 팔다가 남아 돌아갔다는 닭 말씀을 하셨는데, 확실히 닭의 하루가 인간에겐 몇 년이 되는가 보우."

"……."

"나는 처음 동무를 만났을 때 이 산에서, 이가화라는 여자의 이야기는 하지 않으려 했소."

나뭇잎 사리에 부서진 듯 흩어진 하늘을 보고 있던 기훈이 얼굴을 획 돌린다.

"알기는 아는구먼요. 그 여자가 지금 어디 있다고 생각하시오?"

기훈은,

"알 필요를 느끼지 않소."

하고 대꾸한다.

"그렇게 나올 줄 알았시다. 그래서 이야기하지 않으려 했던 거요. 그리고 마음속으로 그 여자가 하 동무를 만나지 않게 될 것을 바라고 있었소. 지금쯤은 죽었는지도 모르죠. 개돼지같이 말입니다. 아니 살았는지도, 개돼지같이 이 산 구석을 엉금엉금 기어다닐지도 모르죠. 어째서 그 여자도 이 지리산 구석까지 왔는지 그거 생각 못 하시겠소?"

"……."

"생각하고 싶지 않겠지요. 필요를 느끼지 않으니까. 그 여자를 만난 것은 전라도의 장성 근방이었소. 서울에는 유엔군인가 뭔가 들어갔지만 그곳은 꽤 오랫동안 인공 치하에 있었소, 아시다시피. 그 여자는 어딘지 모르게 병신 같더군요. 처음 건방진 계집년이 귀찮게 발에 걸린다고 생각했지요. 입산 전야까지 살육이 계속되고, 그리고 우리는 노고산으로 몰려 갔소. 마음속으로 욕지거리를 하면서 나는 병신 같은 여자를 끌고 갔습니다. 그러는 동안 그 여자를 차츰 이상하게 생각했어요. 도무지 그는 빨갱이가 아니었더란 말입니다. 말 한마디 없이, 어떻게 보면 사람이 아니고 그림자 같았습니다. 나는 물었습니다. 왜 의용군에 나왔느냐고, 여자는 모르겠다고 고개를 흔들더군요. 강제로 끌려 나왔느냐고 했더니 고개를 끄덕이다가 이내 피할려면 피할 수도 있었다는 말을 덧붙이는 거요. 그래 왜 피하지 않았느냐고 하니까 여자는 혹시 만날 수 있을는지도 모른다는 생각에서, 그렇게 대답합디다. 궁금하기도 하고 왠지 그 말이 애처로워서 누굴 만나려고 그러느냐고 했더니 이름도 성도 모른다고 합디다. 어처구니가 없더군요. 여자는 9월 9일 날 그 사람은 남쪽으로 내려갔다는 말을 했어요. 죽지 않았다면. 그러나 죽었을지도 모른다는 혼잣말을 중얼거리며 더욱 병신스런 얼굴로 먼 산만 바라보더군요. 나는 9월 9일이라는 날짜와 이름도 성도 모른다는 말에서 대뜸 하 동무를 생각했지요. 9월 9일 날 우리는 서울서 떠났고 이름도 성도 알리지 않고 여자를 사귈 수 있었던 사람은 하 동무밖에 더 있겠소?"

장덕삼은 미움과 노여움을 모으며 기훈을 본다.

"그래 대뜸 그 사람은 하기훈이 아니냐고 물었지요. 여자의 눈은 희미하고 아무 감동이 없었습니다. 나는 초조하고 괴로운 생각에서 하 동무의 모습과 성격과 말투와 그리고 그날 입은 옷과, 모조리, 모조리 말했습니다. 여자의 눈은 차츰 커졌습니다. 그리고 비 오는 날 밤 아파트를 찾아온 이야기부터 여자는 꺼내면서 내가 설명한 것과 꼭 마찬가지로 하 동무의 모습과 그날의 옷차림을 모조리 설명하는 거요. 내가 한 말과 그가 한 말을 맞추어보듯, 여자는 말을 마치고 나도 이야기를 못 하고 한참 동안 서로 마주 보았습니다. 나는 비 오는 그날을 똑똑히 기억하고 있어요. 어떤 중년 부인이 찾아왔을 때 하 동무는 젊은 여자냐고 물었습니다. 그리고 행색이 초라하더냐고 물었죠, 그 부인이 떠난 뒤 하 동무는 우장을 입고 모자를 쓰고 전지를 들고 빗길을 나갔습니다."

장덕삼은 말을 끊고 타들어가는 담배가 아까운 듯 빤다. 기훈은 흙으로 빚어놓은 사람같이 아무런 감동도 없이 그냥 앉아 있다.

"어떻습니까? 이가화라는 여자가 찾는 사람은 바로 당신이오?"

기훈은 얼굴을 돌리며 장덕삼을 빤히 쳐다본다.

"지리산은 밀회하는 장소가 아니야! 내가 그 여자 애길 들었다고 상심한다면 그건 개자식이다!"

얼굴이 빌게져서 소리 지른다.

"묵살을 할 줄 알았더니 흥분을 하시니 좀 유치해지는군요. 아이를 고구마 찌르듯 대창으로 찔러 죽인 이야기를 듣고도 그걸 상심한다면 개자식이지요. 안 그렇습니까? 하기훈 동무. 이름도 성도 모르고, 만나지 못할 것이 구십 프로, 그런데 찾아온 여자와 이름도 성도 가르쳐주지 않고 잠시 위안을 받았다고만 생각하는 남자."

"더 이상 지껄이면 죽여버린다!"

하다가 기훈은 소리를 낮추며,

"자네는 대창으로 반동을 찔러 죽인 사실만 보았지 우리 동무들이 무참하게 죽은 사실에는 눈을 가리고 있었나?"

기훈의 입에서 자네라는 말이 나왔을 때 그는 십 년 이십 년을 더 살아버린 사람같이 약하고 늙어 보였다.

"그래서 무한한 살육의 계속입니까?"

"이긴 놈 하나가 남는다."

"뭣 땜에?"

"불공평해서."

"당신의 두뇌를 짜개주슈."

매 한 마리가 날개를 뻗고 비잉 돌고 있다. 떡갈나무의 푸르름 사이로 비쳐 나온 하늘은 잉크 물을 쏟아놓은 듯 푸르고, 아주 푸르다. 기훈은 장덕삼 말에 대답하지 않았으나 자리에서 떠나려 하지도 않는다.

"나 얘기 하나 하겠어요. 이북 가기 전의 일입니다. 나는 어떤 여자를 좋아했어요. 똑똑한 여자였지요. 그러나 사실보다는 내 자신이 더 똑똑하다고 생각했는지도 몰라요. 오해라면 오해랄 수도 있고 자기기만이라면 자기기만이라고도 볼 수 있지요. 그 여자는 나를 배반했습니다. 그런 사건 때문에 나를 더욱더 북쪽으로 가게 했지만 나는 오랫동안, 참으로 오랫동안 배반한 그 여자를 아름답게 머릿속에 남겨두려 했습니다. 그 감정을 세련된 애정이라 볼 수 있을까요? 그러나 그건 생판 거짓말입니다. 거짓말이고말구요. 내가, 배반한 그 여자를 감정에 솔직하고 정직한 여자라고, 그 배반 사실조차 나쁘게 생각하지 않으려고 노력한 것은 그 여자를 위해서일까요? 결코 그렇지 않았을 겁니다. 내가 그 여자를 본 눈이 틀렸다는 그런 단정을 내리는 것이 무서웠을 뿐입니다. 그것은 내 자신을 위해 너무 비참한 일인 것 같았어요. 그 여자는 감정에 솔직했다, 그것은 조금도 나쁠 것이 없고, 어쩔 수 없는 일이 아니냐고. 애초부터 여자가 좋은 사람 아니라는 것, 요부적인 소질이 있다는 것. 여자를 사귀는 그 순간부터 그것을 나는 느끼고 있었습니다. 그러면서도 나는 그 일에 대해서는 굳이 뚜껑을 닫아버리고 말았어요. 너무 사랑했기 때문에. 생각해보십시오. 그 유치한 자기기만을, 하 동무나 나는 그런 자기기만 속에 현재 있을 겁니다. 그 여자와 마찬가지로 공산주의도 우리에게 그런 것이었습니다. 우리가 그것에 달겨들 때 그 여자에게 매혹당하는 것처럼. 그러나 그 여사의 천성인 교태와 허위, 처음부터 우리가 몰랐을까요? 몰랐을 리가 없지요. 우리의 성분이 그것을 결코 가려주지 않습니다. 보십시오, 그네들의 우리들에 대한 불신, 그것은 내보다 하 동무가 더 절실히 체험했다고 생각하는데요? 뭔지 거짓말이 있다. 뭔지 수긍할 수 없는 점이 있다. 피비린내가 난다. 그 냄새를 맡으면서 코를 막고 매달렸단 말입니다."

"이 반역자야. 비루한 양심과 진실이라는 말을 이용하지 말라. 너 개인의 파멸과 전체의 파멸은 아무 상관도 없는 거야. 차라리 인민을 위해서가 아니구 너 자신을 위해서 뉘우친다고 왜 말 못 하지?"

차갑게 뇌까린다.

"왜 말을 못 해요? 뉘우치오! 뉘우치고말고! 내 자신을 위해!"

장덕삼은 미친 것처럼 이를 부드득 갈며 외친다. 그러나 장덕

삼은 이내 소리 내어 웃는다. 웃다가,

"하 동무, 하 동무 거, 거짓말 그, 그만하시오. 당신이나 나나 다 마찬가지요. 당신이 좀 더 냉정하고 참을성이 있다는 점이 다르지요."

장덕삼은 다시 허허헛 하고 웃어젖힌다. 웃음은 바람 빠진 볼처럼 차츰 힘이 없어져갔다.

"그네들의 판단은 정확합니다. 우리는 언제든지 배반할 수 있소. 하지만 노동자 농민들은, 그들은 결코 배반하지 않을 겁니다. 그들의 계급의식은 본능적인 것이오. 우리의 계급의식은 의식적인 것입니다. 이 산속의 노동계급 출신의 골수분자는 이론엔 약합니다. 그러나 그 행동을 보십시오. 귀신같이 산을 타고 다니며 겨울, 여름 할 것 없이 이 산속의 빨치산들의 발이 되고 있지 않습니까? 정확한 시곗바늘같이, 눌려도 들어가지 않는 쇳덩어리처럼, 그것은 기적입니다. 그러나 그것은 의집니까? 아닙니다. 그것은 본능입니다. 가능케 하는 것은 모조리 본능입니다. 불가능함을 깨닫고 체념할 때, 비로소 그때 이성의 힘을 빌리는 거지요. 여자를 사랑하는 것은 본능입니다. 예술도 본능입니다. 그 본능을 위해 모든 의지와 지혜가 동원되는 거요. 그러나 여자를 단념할 때 그건 의지지요. 무산계급이 공산주의에 발을 일단 들여놓으면 그것은 본능이 되고 맙니다. 그러니 그들을 믿고 의식이나 의지로 미는 지식분자를 불신하는 것은 당연한 일이지요. 안 그렇습니까? 우리의 뿌리는 부르주아계급에 있는 겁니다. 우리는 다만 프롤레타리아 쪽에 가지를 뻗었을 뿐입니다. 하나 그들은 무산계급에 뿌리를 박고 꿋꿋이 서 있습니다. 설령 그들이 부르주아계급에 가지를 뻗었다 하더라도 그 가지는 쳐버리면 그만입니다. 그러나 우리는, 가지를 쳐버려도 뿌리에서 새싹은 돋아나지 않습니까? 그 유식한 의식 때문입니다. 우리는 물 위에 뜬 기름입니다. 우리는 돌아갈 길이 없습니다. 우리는 이 진영 저 진영 두 군데서 다 떨어져 나온 이방인입니다. 나는 그것을 똑똑히 헤아릴 수 있었습니다. 그들이 대창으로 사람을 찔러 죽였을 때 내 마음속에 일어나는 휴머니티가 중했던 것은 결코 아니지요. 나는 그때 그 기분을 진정으로 당신에게 전하고 싶습니다. 내가 그 머슴들처럼 왜 대창을 들지 못했던가, 그때 나는 깨달았습니다. 나는 이들 성분의 사람이 아니라는 것을 느꼈습니다. 나는 지주의 아들입니다. 나는 대학을 나온 인텔리입니다. 문학을 탐독하고 마르크시즘에 열광한 나는 결코 노동자는 아니었습니다. 창백한 인텔리였으니깐요. 아시겠어요? 대창에 찔리워진 사람은 우리 한민족이라는 거창한 집단을 떠나서 바로 내 누이, 내 부모, 바로 내 계급이었습니다. 내가 난 계급이었습니다. 그네들이 어째서 지식분자를 경계하는지 거기에 대하여 나는 늘 불만을 느꼈지만, 그리고 고독해했지만 나는 그때 내 계급의식에 눈떴던 것입니다. 본능이 아니면 안 됩니다. 본능에 호소 없이 본능의 피로써 선택하지 않는 일이란 안 되는 겁니다. 로맹 롤랑의 이리 떼의 비극은 영원히,

영원히 계속될 것입니다. 왜 말이 없으시지요? 물론 이 산은 연애하는 장소도 아니고 불평하는 장소도 아니고, 밥그릇을 허리에 차고 밤하늘을 보며 끊임없는 공포와 추적 속에서 살고 있습니다. 물론 절박한 문제는 우리가 내일 죽을지도 모르고 오늘 밤에 죽을지도 모른다는 것입니다. 나를 보십시오, 총알이 아니라도 나는 죽게 돼 있습니다. 설령 악으로 달음박질치더라도 나는 정직하고 싶습니다. 공산주의 사회에서 이것은 틀림없는 질서의 파괴자일 겁니다. 그러나 정말로 내가 파괴자일까요? 그 가련한 여인이 하기훈이라는 사나이를 찾아 이곳까지 오고, 또 그 소식을 듣고 이렇게 냉랭하게 앉아 있는 것을 나는 용납할 수가 없소. 당신들이 만나서 서로 껴안고 울 수 있는 그 마음을 왜 거부해야 합니까? 스토익한 게 무슨 뜻이 있단 말이오. 하 동무, 당신은 아무것도 하지 못한 것이오."

장덕삼이 흥분하여 떠들어댔으나 언제 가버렸는지 하기훈의 모습은 아무 데도 없었고 소년이 옆에 쭈그리고 앉아서 놀란 눈을 하고 장덕삼을 쳐다보고 있었다. 장덕삼은 맑은 정신이 돌아오는 듯 두 손으로 얼굴을 감싸며 수염을 뿍뿍 잡아 뜯는다.

소년은 달을 등지고 초가집 울타리 옆을 돌아간다. 장덕삼이 그 구부러진 등을 바라보고 있다. 울타리 모퉁이를 돌아가면서 소년이 뒤돌아본다. 그는 우뚝 멈추어 섰다. 달빛이 환하게 쏟아지는, 그림자가 뒤로 뻗은, 소년은 움직이지 못한다. 장덕삼이 손을 들어 가라고 손짓한다. 소년은 오히려 다가오며 장덕삼의 얼굴을 살핀다. 장덕삼은 발을 구르며 가라고, 가라고 막 손짓한다. 소년은 이리저리 둘러보다가 뒷걸음질 치며, 먼저 자리까지 가자 몸을 휙 돌리고 뛴다. 나무 사이로 소년의 뛰는 모습이 나타났다간 사라진다. 장덕삼은 소년이 멀리, 아주 멀리 갈 동안 그 자리를 지키고 서 있었다.

발길을 돌린다. 열려 있는 사립문으로 해서 뜰로 들어섰을 때 산사람 둘이 총을 겨누며 사립문과 뜰 안에 서 있고 나머지 산사람은 마을 농부들을 지휘하여 양식을 꾸리고 있었다. 짐이 다 꾸려지자 농부들은 모두 뒷걸음치듯 물러선다. 산사람 셋이 걸방을 걸어 쌀자루를 짊어진다. 보리와 밀이 든 자루 두 개가 남는다. 권총 찬 사나이가 한 농부를 손가락질한다.

"이리 오시오."

농부들은 다 함께 뒷걸음친다. 사나이가 뚜벅뚜벅 걸어간다. 그림자처럼, 모두 꼼짝 않고 서 있는데 다만 발소리만은 농부들의 귀청을 뚫듯 들려온다.

"동무요. 이리 오시오."

한 농부의 어깨를 툭 친다.

"제, 제발 살려주이소."

"동무하고."

살려달라는 농부 옆의 또 한 사람의 어깨를 친다.

"사, 살려주이소."

"날이 새겠소. 빨리!"

총구가 그들에게 겨누어진다.

"구, 국군이 오믄 우, 우린 죽소."

"동무들의 해방을 위해 우리는 싸우는 거요. 우리는 동무들하고 형제요. 날이 밝기 전에 빨리! 빨리들 하시오!"

겨누어진 총구멍을 보며 허리도 펴지 못하고 걸어 나온 두 농부가 양식 자루를 짊어진다.

"출발합시다."

그들은 훤하게 열린 사립문을, 무장한 산사람 둘이 앞으로, 다음 짐 진 사람, 다음 또 무장한 산사람, 나간다.

"아이구, 늙은 어머니하고 어린 자식이 이, 있습니더!"

농부 한 사람이 외친다.

"잔말 마오. 우리도 부모처자가 있었소."

뒤에 남은 사람들은 꼼짝하지 않는다.

"여보게, 김 서방! 여보게."

사립문 밖에서 농부가 또 외친다. 마당 안에 섰던 농부 한 사람이 움찔한다.

"우, 우리 집, 아, 알려주게!"

방문을 열고 아이와 여자들이 내다본다. 일행이 마을을 나섰을 때 뒤에서,

"보소! 선이 아부지!"

여자의 찢어지는 목소리가 멀리서 바람같이 울려온다.

"아이구, 으흐훗, 이 일을 어쩔꼬."

농부는 목멘 소리를 낸다.

"장 동무."

권총 찬 사나이가 급히 달려오며,

"장 동무."

나직이 부른다. 장덕삼이 얼굴을 돌린다.

"꼬마가 없어졌소."

"뺏겠죠."

"그놈 새끼!"

하다가,

"빨리 갑시다! 습격해 올지도 모르오."

사나이는 선두를 향해 소리친다.

이슬에 흠뻑 젖은 나뭇잎을 헤치며 식량을 짊어진 마을 사람과 산사람들이 새벽길을 돌아간다.

너무 이슬이 많이 내려서 밤사이 비가 온 것 같다. 서편 하늘에는 아직 달이 남아 있고 잿빛 구름이 빨리빨리 그 위를 스쳐서 지나가고 있는데 농부의 허리는 자꾸 땅 위로 기울어진다. 짐이 무겁기보다 하룻밤 사이에 변해버린 자기 처지를 생각하노라고.

"제발 살려주이소. 늙은 어머님과 어린 자식이 있습니더. 경찰이 알믄 나는 죽습니더. 사, 살려주이소."

그렇게 애원하며 따라오더니 이제는 아무 말이 없다. 두 농부의 앞뒤를 싸고 무장한 산사람들은 산길이 발에 익어서 정확하게 코스를 밟고 간다.

"쉬었다 갑시다!"

권총 찬 사나이가 멈추며 말했다.

"거 짐 내려놓고 쉬슈."

산사람 하나가 농부를 보고 말한다. 농부들은 짐을 내려놓고 짐 옆에 쭈그리고 앉아서 서로의 얼굴도 피하고 땅바닥만 내려다본다.

산사람들이 생솔을 꺾어 와서 불을 피운다. 여름이지만 산속의 기온은 뼈가 저리게 차다.

"이리들 오슈. 불 옆으로."

산사람들이 손짓한다. 농부들은 일어서서 불 옆으로 간다. 붉은 불길 아래 산사람 얼굴들이 번들거린다. 삼베 잠방이를 입은 농부는 칼칼 붙어 오르는 솔가지 불 앞에서도 입술이 먹빛이다. 그들은 떨면서 산사람들의 눈치를 살피고 이리저리 둘러본다. 그러다간 턱을 덜덜 까불며 고개를 숙이곤 한다.

'흠, 사흘만 지나면 내려가라 해도 안 갈걸. 사흘만 지나면 빨갱이가 되어버린다. 내려가면 잡혀 죽는다는 공포가 빨갱이를 만들어버리지.'

장덕삼은 가라앉은 눈으로 그들을 바라보고 있다.

모닥불을 끄고 농부는 다시 짐을 짊어진다. 연이어진 산봉우리 위에 동이 트기 시작한다. 잿빛 구름을 뚫고 붉은 광선이 부챗살처럼 뻗는다.

그들은 험한 비탈길을 타고 올라간다. 뒤돌아보던 농부 한 사람이 돌연 짐승같이 우우 소리를 내며 운다. 해는 용솟음치듯 솟아올랐다. 구름이 밑으로 흐르고.

이 세상 사람들에게 꽃을

햇수와 날짜를 기억하지 못하는 봄, 여름, 가을, 겨울이 몇 번 지나가고 또 지나갔는지 아무도 모른다. 산속에는 아직 산사람들이 별처럼 박혀서 꾸물거리고 있었다. 서로 마주치고 헤어지고 끊임없이 이동하면서. 몇 번째 겨울이 가는가, 겨울이 가고— 봄볕이 따스한 날, 꽃들이 핀다. 기훈은,

'가화…….'

다 해어진 여자 군복을 입은 가화는 속절없이 한 마리의 산짐승이 되어 있었다. 더욱더 여위어서, 싸리나무처럼 여위어서, 그러나 이상하게 살아 있는 눈동자, 덤덤히 기훈을 바라본다.

"장덕삼 동무가 저들 속에 있을 게요."

기훈은 굴 앞에 서성거리고 있는 산사람들의 무리를 가리킨다. 그리고 그는 돌아서서 가버린다. 가화는 그 뒷모습이 바위쪽에서 사라지는 순간 눈을 들어 확인하려는 듯 바라본다. 그 모습이 없어지자 사방을 둘레둘레 살핀다. 발아래 꽃이 피어 있

다. 가화는 펄썩 주저앉아 꽃을 와둑 잘라서 손에 들며,

"아 아."

벙어리 같은 소리를 지른다.

"아 아."

그는 다시 벌떡 일어서며 공중에다 대고 두 팔을 뻗는다.

"사, 살아서, 아아."

그는 도로 주저앉으며 꽃이란 꽃은 모조리 잘라서 사방에 뿌
리고 흩는다. 여윈 볼이 붉게 탄다. 꽃을 다 버리고 다시 꽃을
꺾어서 들고 한곳에 서 있을 수 없는 듯 그는 숲속을 마구 헤매
어 돌아다닌다.

"동무!"

지나가는 산사람을 큰 소리로 부른다. 쳐다본다. 가화는 웃
음이 가득 찬 얼굴로,

"이거 무슨 꽃이오?"

목소리가 맑게 울린다. 손에 든 꽃을 흔들어 보인다.

"난 모르오."

하고 그는 가버린다. 가화는 여자 빨치산을 보고도 꼭 같은 말
을 물어보는 것이다.

"이게 무슨 꽃이오?"

하고.

"그런 것 모르오."

여자 빨치산도 그냥 지나가 버린다. 가화는 굴 앞에 산사람들

이 모여 있는 곳으로 달려간다. 그는 그 무리 속에 장덕삼이 있는지 없는지 눈으로 찾을 생각도 않고,

"장 동무! 장덕삼 동무! 어디 계시오."

무리를 헤치고 들어간다. 장덕삼이 풀밭에 쭈그리고 앉아서 신발만 내려다보고 있다가 고개를 든다.

"장 동무! 장덕삼 동무!"

가화의 목소리가 맑게 울린다. 장덕삼은 엉덩이를 털고 일어서며 꽃을 들고 헤매는 가화를 바라본다. 그는 가화 쪽으로 급히 걸어간다.

"이 동무, 아 여기 있소."

"아, 장 동무!"

"이리 오셨구려."

여자를 가만히 내려다본다.

"네. 나 여기 왔어요. 여기!"

가화는 애인처럼 기훈에게 하지 못했던 말을 하며 운다.

"자, 저리로 갑시다. 아니, 먼저 악수하고."

하며 장덕삼은 내미는 가화의 작은 손을 꼭 잡는다.

무리들과 좀 떨어진 곳에 앉으며 장덕삼은,

"하 동무를 만났구려?"

두 손으로 얼굴을 쓸면서 수염을 잡아당긴다.

"지금, 바로 지금 만났어요. 만났어요."

"내가 말하던 그 사람이었소?"

"바로 틀림없이."

"하기훈이, 이름을 기억하시오? 내가 가르쳐준."

가화는 고개를 끄덕인다.

"그래 기쁘오?"

가화는 흐느낀다.

"뭐라 합디까."

"여기 장 동무가 계실 거라고, 가보라고."

"그 말만?"

고개를 끄덕인다. 장덕삼은 쓰디쓰게 웃는다.

"그간 고생 많이 했죠?"

"몇 번이나 붙잡힐 뻔했어요."

"음…… 그래도 용하오."

"……."

"하 동무 만날 수 있으리라 생각했었소?"

"아니, 아니요."

"꿈 이야길 잘하더니 어젯밤엔 무슨 꿈을 꾸었소?"

"아무 꿈도…… 아니 쫓겨가는 꿈만을 꾸었어요."

"정말 기쁘오?"

"정말…… 미쳐버릴 것 같아요."

장덕삼이 허리를 꾸부려 풀을 잡아 뜯으며 한숨을 내쉰다.

"희망이 있소? 무슨 희망?"

혼자 중얼거린다. 가화는 다시 꽃을 꺾어 모은다. 눈이 젖어서.

"아무 희망도 없지……."

"그래도 기뻐요. 전 행복해요. 이 세상에 나서 제일 행복한 날이에요."

"그 꽃 꺾어서 뭘 하겠소? 신방을 꾸미려우?"

가화는 얼굴이 새빨개진다.

"이 세상 사람한테 다 주고 싶어요."

"이 세상 사람한테 그 꽃을?"

하다가,

"이 세상 사람이 어디 있소. 저세상 사람들만 있는데."

"네?"

가화는 이상한 눈으로 장덕삼을 바라본다.

"하긴…… 이 동무 한 사람만은 이 세상 사람이 될 수도 있는데……."

여름이 가고 가을이 오고 산사람들에게 견디기 어려운 겨울에의 위협이 단풍과 더불어 온다. 산속은 풍성하여 짐승에게, 사람들에게도 먹을 것이 있다. 가화는 풀밭에 꿇어앉아서 구두를 깁고 있는 장덕삼을 쳐다보고 있다.

"장 동무."

장덕삼은 실을 뽑으며 가화를 본다.

"장 동문 꼭 구둣방 아저씨 같아요."

장덕삼이 웃는다.

"장 동무."

"……."

"전에 바다에 가서 신발 한 짝 잃은 일이 있어요. 다 잃은 것
보다 한 짝만 잃으면 더 나쁘다는데…… 아주 어릴 때 일이었
어요. 엄마가 머리 감겨주고 음, 분홍 저고리하고 초록색 치마
를 갈아입혀 주셨어요. 모두 메린스*로 된 옷이에요. 보플보플
하고 참 보기가 좋았어요. 그리고 끈 달린 운동화를 신겨주셨
어요. 밖에 나가서 그네를 뛰고 놀다가 주전자를 들고 바다에
게 잡으러 가는 동리 아이를 따라갔지 뭐예요. 어떻게 잘못해
가지구 바다를 새로 메워놓은 데 빠졌지 뭐예요. 막 울었어요.
그래도 자꾸만 빠지는 거예요. 무릎까지 자꾸 빠지는 거예요.
동리 아이가 혼이 나서 집으로 쫓아갔어요. 해는 지는데 난 죽
는 줄 알았어요. 머슴이 쫓아왔어요. 머슴이 날 업고 집으로 돌
아갔는데 엄마는 새 옷 버린 건 야단하시지 않고 신발 한 짝 잃
어버린 것만 나무라지 않아요? 뻘 속에 그 신발이 벗겨져버린
거예요. 그 신발에는 하얀 단추가 달려 있었는데 고기 눈알같
이 하얗게 예쁜 단추였어요. 그 신발 한 짝은 바다에 떠내려갔
을까?"

장덕삼은 일손을 멈추고 가화를 바라본다.

"가화 동무, 우린 진짜로 동무구먼. 내 누이 같으다."
하고는 다시 눈길을 돌려 신발을 깁는다.

"장 동무."

"……."

"그이 어디 갔다 오셨어요?"

"하 동무 말이오?"

가화는 고개를 끄덕인다.

"왜 이 동무가 물어보지 못하오?"

"화낼까 봐서, 무서워요."

"어떻게 화를 냅디까?"

"말 안 하고 언제나 그냥 지나가 버려요."

"……."

"왜 화를 낼까요?"

"가화 동무를 사랑하니까."

"아, 아니에요, 그인 아무도 좋아하지 않아요."

"이념보다는 사람을 더 좋아하지요. 그래서 이 산의 다른 여
자보다 이 동무를 좋아할 수밖에."

"아니요. 그렇지 않아요. 다른 여, 여자 동무하고, 그 이 동무
하는 여자하고 참……."

"이제 다 됐소. 신어보시오."

장덕삼은 신발을 나란히 가화 앞에 놓아준다.

여자는 나뭇가지를 휘어잡고, 어두운 밤인데,

"하 동무."

"……."

"견디고, 견디고, 견디고, 견디고……."

하며 여자는 휘어잡은 나뭇가지를 와락와락 흔든다.

"염불하는 거요?"

"아아, 견디어도 아무것도 없군요. 얼마나 많은 세월이 지나
갔어요? 우린 또 만났네요."

"……."

"먼지만 한 것이라도 있음 잡겠는데…… 어떤 때는 나 여기
있다고 막 소리를 지르고 싶어요."

"질러보시지."

"여자도 아니구 사람도 아닌 것 같은."

"본시는 짐승이었겠지."

"지금은 짐승도 아니구, 저 바위도 아니구…… 눈물이라도 좀
흘렸음 좋겠는데 쏘다녀서 땀을 흘려 그런지 눈물도 안 나고 밤
에 누워서 별을 쳐다봐도 이젠 그 추억의 밑천도 다 떨어져서
신기한 일이 생각나지도 않고, 이럴 줄 알았음 연애나 많이 해
서 그 사내들 얼굴이나 하나하나 생각해볼걸."

하고 여자는 소리 내어 웃는다.

"소학교 때 머시매들 얼굴이나 하나하나 생각해보시지."

"아닌 게 아니라 그러고 있어요. 아까 걸어오면서 내 머리댕
기를 잡아당기던 그 개구쟁이 녀석을 생각했어요. 밤낮 코를 닦
아서 소매 끝이 반들반들한 더러운 녀석이었는데 아무리 생각
해낼려고 해도 그 얼굴이 꿈에서 만난 죽은 사람 얼굴같이 뚜렷

하지 않아요."

"죽을 날이 가까워오는 모양이지."

"흠, 가까워온다 온다 하면서도 몇 년을 살았는걸요, 하 동무."

여자는 휘어잡았던 나뭇가지를 놓아주고 기훈이 옆에 펄썩 주저앉는다.

"말씀하시오."

"우리 기왕에 멋진 연애라도 하지 않겠소?"

"거 좋은 애기군."

"정말이오?"

여자의 목소리가 병적으로 울린다.

"있는 대로요."

"그건 무슨 뜻이오?"

"따지지 마슈. 무슨 뜻이 있어. 있는 그대로지."

"우리 멋있게 연애하구 같이 죽어보겠소?"

"멋? 그것도 나쁘지 않군."

"순국자殉國者 되기보다는 순애자殉愛者가 되는 편이 낫겠소. 이 골짜기에서 총살을 당한다면 멋이 있을 게요. 조 군관 동무 보담은 낫소."

"전설은 누가 만들어주고? 산에는 사람이 없어져가는데."

하자 별안간 뒤에서 여자 울음소리가 와! 하고 난다. 여자가 놀라며 돌아본다. 그리고 벌떡 일어선다. 땅에 무릎을 꿇고, 두 손으로 얼굴을 가리고 가화가 울고 있었다. 어둠 속에 그의 가엾은 모습이 뚜렷이 떠오른다. 여자는 기훈을 되돌아본다. 기훈도 일어서서, 그러나 깊은 계곡을 내려다보고 있었다.

"동무! 왜 그러오?"

여자는 다시 가화를 돌아보며 묻는다. 가화는 그냥 무릎을 꿇고 울고 있다.

"동무! 왜 그러오!"

여자의 목소리가 윙 하니 바람을 끊는 듯 날카롭다.

"이 동무."

기훈이 나직한 목소리로 부른다. 여자는 다시 계곡을 내려다보고 있는 기훈을 본다.

"이분이 왜 이러죠? 하 동무."

하고 묻는다.

"이 동무는 돌아가시오."

명령한다.

"날 말이오?"

되묻는다.

"그렇소."

여자는 숨을 마시듯 한참 서 있다가 어둠 속을 가버리고 말았다.

"가화."

가화는 울음을 뚝 그친다. 기훈은 돌아서서 가화에게 다가

582

오며,

"넌 바보다. 자아, 일어서."

가화는 일어선다. 기훈은 가화하고 마주 서서 얼굴을 쳐다보며,

"넌 바보다. 어서 돌아가."

가화는 두 어깨를 축 늘어뜨리고 돌아서 간다. 한참 가다가 돌아본다. 기훈은 돌을 주워서 어둠을 향해 팔매질을 하고 있었다.

밤이 오기 전에 오히려 경비가 소홀해진 해 지기 전을 택하여 마을로 산사람들이 내려간다. 지서를 습격하여 무기를 뺏으려는 계획. 모두 가볍게 무장하고 분산되어 산을 타고, 기훈과 장덕삼이 함께 내려간다. 마을이 가까워진다. 그것은 풍겨오는 냄새만으로도 알 수 있다. 분산되어 가던 그들은 둥글게 마을의 외곽을 압축해 들어간다. 중이 없어 비어버린 암자를 지나간다. 종이 한쪽 안 남은 장지문이 열려진 채 있다.

"저놈을 그만."

분한 듯 누가 지껄인다. 토끼 한 마리가 달아난다. 새빨갛게 타는 듯한 담쟁이 엉겨 붙은 바위 뒤로 토끼는 사라진다. 지껄이던 사나이는 군침을 삼킨다. 다시 새로운 암자가 나타났다. 마을의 초가지붕에 올려놓은 하얀 박이 저녁 햇빛을 받고 있는 것을 볼 수 있다. 수건을 쓴 아낙이 멍석 위에 늘어놓은 수수를

걸어 들이고 있다. 아랫도리를 벗은 머슴애가 사립문을 쫓아 나
간다. 그리고 좀 더 멀리 기와집들이 보이고 아주 아슴푸레하니
모래 푸대를 쌓아 올려놓은 지서의 변두리. 산사람들은 잠시 발
길을 멈추고 마을을 내려다본다. 누가 도토리를 따서 와득 깨문
다. 그 소리와 함께 나뭇가지를 스치는, 그것은 바람 소리가 아
니다.

"뭐야!"

산사람 하나가 뛴다. 원숭이 새끼처럼 재빨리 하나, 둘, 두 사
람이 막 달아난다.

"빨리 가서 잡어!"

기훈이 날카롭게 명령한다. 하면서 그도 뛰어 내려간다. 두
사람은 덤불을 헤치고 바위를 뛰어넘고 마구 달아난다. 마을은
자꾸 가까워져오는데 기훈은 권총을 뽑아서 쏜다. 뒤에서 뛰어
가던 키 작은 치가 푹 쓰러진다. 앞에 가던 키 큰 치는 총성을
듣자 높은 언덕막에서 뛰어내린다. 쓰러진 쪽은 소년이었다. 허
벅지에서 피를 흘리고 있다.

그는 바위를 안고 얼굴을 든다. 커다란 눈이 다가오는 산사
람들의 신발을 노려보고 있다. 산사람들이 빙 둘러싼다. 소년은
한 사람 한 사람의 얼굴을 다 둘러본다. 모두 낯익은 얼굴들, 장
난을 치고 업어주던 아저씨들, 소년의 눈은 장덕삼의 얼굴 위에
가서 오래 머물렀다. 장덕삼의 입언저리가 경련을 일으켰다.

"너, 수일이구나!"

장덕삼의 목구멍에서 쉬어빠진 목소리가 새어 나왔다. 장덕삼의 목소리가 떨어지자마자 기훈이 뚜벅뚜벅 그의 곁으로 다가간다. 그는 소년의 얼굴을 향해 권총을 겨누었다.

"엄마!"

소년은 바위 위에 얼굴을 떨어뜨린다. 그의 등을 향해 기훈은 다시 한번, 또 한 번 권총을 쏜다. 돌아선 그는 전율을 느끼게 하는 눈으로 장덕삼을 노려본다. 그 눈을 비키지 않고 장덕삼도 받는다.

"습격은 중지! 돌아가요!"

추격을 염려하여 그들은 다시 분산되어 산으로 향한다. 기훈은 장덕삼 옆으로 바싹 다가온다. 옆구리에 총구를 대면서 와락 떠민다.

"반역자."

하고 나직이 외친다.

"너가 그놈을 빼돌렸다는 것을 나는 알고 있어."

"……."

"그놈이 죽었으니 이번에는 누구 차례지?"

"장덕삼의 차례겠죠. 마음대로 하슈."

"그러나 아직은 멀었어. 인적자원이 모자란다."

기훈은 메마른 웃음소리를 내며 권총을 거두었다.

"수일이 도망치는 데 내가 도와준 건 사실이오."

"걸레처럼 더러운 감상이다."

"그것도 없는 인간은 바위도 아니고 악마요."

"말재주 부리지 말라!"

"누가? 어느 편이? 말재주보다 마음재주나 부리지 마슈."

"용감해서 좋다."

"이 산에서 용감하지 않은 놈이 한 놈이나 있소?"

"맞어. 정신이 썩어빠진 장덕삼도 용감무쌍하니까."

어느새 둘만 처지고 산사람들은 다 앞서가고 없다.

산의 저녁은 이르다.

"수일이 도망간 그 당시에 나를 처치할 수 있었을 것 아니오?
왜 잠자코 계셨소? 하 동무."

"인적자원이 모자라니까, 아까 말하지 않았나."

"수일이 놈을 죽인 것은 당신 자신을 죽인 것이오."

"비겁한 아첨은 말라! 너는 내가 죽이고 싶을 때 언제든지 죽
일 수 있다."

"이가화도 죽일 수 있겠지."

비웃는다.

"물론이다."

"비겁한 자는 당신이오. 자기 자신에 대한 미움 때문에! 당신
이 코뮤니스트요? 그랬다면 적어도 당신 스스로가 수일일 죽이
지는 않았을 거요. 그를 죽일 수 있는 놈은 그중에 몇 놈은 있었
을 테니까, 그 소중한 총알을 두 발이나 더 낭비해가면서까지,
흥!"

"닥쳐!"

그 사건이 있은 후 산의 그들은 다시 이동하기 시작했다. 여러 갈래로 나누어져서.

"동무, 그 짐 날 주오. 당신 아픈 모양이오."

이 동무라 부르는 그 여자가 가화를 노려보며 말했다.

"아, 아니 괜찮아요."

"하 동무를 좋아하니까 그러는 거요. 이리 내시오."

여자는 가화로부터 짐을 빼앗아 든다.

종일을 걸어서, 마을을 지나가기 위해 그들은 멈추어서 쉰다. 밤이 오기를 기다리는 것이다.

"장 동무."

여자가 비스듬히 드러누워서 부른다.

"여자가 울 때, 남자의 마음은 어떻소?"

가화는 장덕삼의 얼굴을 쳐다보다가 얼굴을 숙인다.

"사랑스럽지요."

"왜 그럴까요?"

싱글싱글 웃으며 뇌인다.

"팔십 프로는 참말이니까."

"장 동무는 가화 동무의 그림자 같소."

"누가 먼저 없어지겠소?"

"밤이 되면 그림자는 없어지겠죠. 밤은 하기훈 동무니까, 진짜 밤이 오는군."

그들은 모닥불을 피워놓고 불을 쬐다가 밤이 깊어져서 일어선다.

그야말로 그림자처럼 마을 뒷길을 지나가는데 요란한 총성이 울린다. 대기하고 있던 토벌대에게, 마치 많은 인원이 가는 것처럼 흩어져서 응전하며 그들은 코스를 바꾸어 뛰기 시작한다. 토벌대가 추격한다.

"동무, 내 손 꼭 잡으오."

여자는 가화에게 손을 내민다. 그들은 손을 잡고 덤불 속으로 뛰어든다. 토벌대는 함성을 올리며 덜미를 잡듯 뒤따라온다.

"이 새끼들, 너희만 달아나기야!"

여자가 앞서가는 산사람들을 향해 욕설을 퍼붓는다. 그러면서도 뛴다.

"이 새끼들! 이 새끼들!"

여자는 악을 쓰며 뛴다. 장덕삼이 돌아선다.

"빨리 가오!"

그는 방향을 바꾸어 쫓아오는 토벌대를 향해 뛰어가다가 휙 옆으로 빠진다. 추격하는 발길이 그리로 쏠린다. 맹렬한 총성, 밤을 뚫고 날아온다. 이쪽에서 장덕삼이 쏘는 총소리가 간간이, 애처롭고 싱겁게 울리다 만다. 그새 여자들은 죽어라고 달려간다. 덤불을 헤치고 넘어지고 구르면서.

밤사이 그들은 가야산에서 덕유산으로 옮겨 갔다. 장덕삼은 돌아오지 않았다. 다른 코스로 먼저 가 있었던 기훈은 이 동무라는 여자의 이야기를 듣고, 한마디도 입을 떼지 않았다.

싸락눈 속의 옛날을

식량과 옷을 싼 보따리를 문밖에 내놓고 지영은,

"광이야 희야, 나와."

희는 광이의 손을 꼭 잡고 나온다. 지영은 쌀자루를 이고 옷
보따리를 한 손에 들고,

"가자."

아이들을 앞세우고 그는 김씨 댁으로 간다.

"아주머니, 왔어요."

쌀자루를 내리며 지영이 말한다. 김씨 댁 아주머니는,

"잘 오셨수. 어서 들어오우. 아가야? 너희들 동무가 많다. 올
라온."

낯이 설어서 치맛자락을 거머잡는 아이들을 떠밀며 지영은
방으로 들어간다. 김씨는 자리를 옮아앉으며 아이들을 보고 빙
긋이 웃는다. 큰 아이들도 그들의 부모와 마찬가지로 웃음을 띠
며 희와 광이를 쳐다본다. 그러나 쌍둥이 같은 세 살배기와 다
섯 살배기 꼬마 두 놈은 신기하게 희와 광이를 바라보다가 텃세
를 하는 강아지같이 좀 으르렁거린다. 희와 광이는 경계하는 눈
초리로 그들을 바라본다.

"엄마."

풀이 죽어서 광이가 지영을 부른다. 희만은 그들 꼬마하고 눈싸움을 하고 있다. 지지 않으려고.

"검둥이들이 학교 운동장에 천막을 쳤으니 젊은 사람이 아이들 데리고 어떻게 혼자 있겠수? 정말 잘 오셨어요."

김씨 댁 아주머니는 밀떡을 꺼내어 희와 광이 손에 쥐여준다.

"아서, 그럼 못써요."

꼬마가 어깨로 광이를 밀어붙이는 것을 보고 김씨 댁 아주머니는 나무란다.

"국군이 빨리 들어와야겠는데 검둥이들이 설치고 다니면 큰일이죠?"

아주머니는 딸과 지영의 얼굴을 번갈아 본다. 그 자신도 아직은 젊은데.

"이런 구석까지는 찾아오지 않어."

김씨는 안심시키려는 듯 말했다.

"국군이 들어와도 걱정이에요. 피란 안 갔다고 시끄럽게 굴면 어떡허죠?"

"별소릴 다 하는구려. 이 아이들 보면 알 게 아니오. 이젠 전과 같이 함부로 사람 상하지 않을 거요."

마누라 말을 문질러버릴 듯 말하는 김씨 얼굴에도 한 가닥의 불안한 빛은 있다. 국군이 들어오면 과연 어떤 취급을 할 것인지.

"이건 우리 집이야. 너희 집에 가아."

꼬마들이 광이와 희를 집적인다.

"안 된다니까? 아서."

큰딸 상혜가 미안해하며 동생을 나무란다. 광이와 희는 울상이 되어 입을 비죽거린다.

"엄마, 씨이."

광이가 지영의 손을 잡으며 발을 구른다. 참다가 급해진 모양이다. 지영은 광이를 안고 복도로 나온다. 희가 조르르 따라 나온다. 희도 체면을 자리느라고 쉬를 참았던가 보다. 광이를 변소에 앉혀놓고 지영과 희는 복도에 쭈그리고 앉는다.

"희야, 집에 가고 싶니?"

하고 지영이 묻는다.

"음, 이 집 애가 광이를 자꾸 때려."

울음소리를 내지 않았으나 희는 흐느끼며 방울방울 눈물을 떨어뜨린다. 지영은 희의 얼굴에 얼굴을 비빈다.

"하룻밤만 자구 가자, 응?"

희는 흐느끼며 고개를 끄덕인다.

사람이 사는 흔적을 내지 않기 위하여 창문이 밝아오기 전에 상혜 어머니와 지영은 부엌에 들어가 밥을 짓는다. 상혜 사내동생 상주와 상옥은 폭격에 쓰러진 빈집을 찾아가서 땔나무를 한 아름 안고 들어오면서,

"엄마! 깜둥이들이 말이야. 빈집을 막 추고 다녀."

식구 중에서 제일 약삭빠르게 생긴 상주가 숨을 헐떡이며 말했다.

"뭐? 깜둥이가 추고 다녀?"

밥을 퍼서 방으로 들여놓은 상혜 어머니는 얼굴이 벌게져서 되묻는다.

"음, 깜둥이가 추고 다니길래 막 뛰어왔어."

"어떡허니? 어서어서 밥이나 먹자."

조반이 끝나자,

"상혜하고 희야 엄마하고 천장에 올라가 있는 게 어떨까?"

상혜 어머니 말에 상혜 아버지는,

"뭐 어떨라구? 여기까진 안 와."

한다.

"얘들아! 제발 떠들지 말아! 죽고 싶으니?"

아이들은 소곤소곤 이야기를 하는데 근심이 되어 상혜 어머니는 신경질을 부린다.

"괜찮어. 걱정 말라니까."

무릎 위에 떨어진 담뱃재를 툭툭 털면서 상혜 아버지가 말했다.

"아니에요. 이러고 있을 순 없어요. 깜둥이들이 다 늙은 노친네도 그랬다는데 안 돼요. 상혜야, 그리고 희야 엄마도 천장으로 올라가요."

"아이들 땜에……."

지영은 엉거주춤한다. 상혜는 화난 얼굴로 버티고 서 있다.

"아이고 뭐고 어서 올라가요. 모두 화를 입게 되니까 젊은 사람은 눈에 띄지 말아야지."

상혜 어머니는 그들의 어깨를 떠밀며 명령한다. 지영은 아이들의 눈을 한참 쳐다본다. 가슴이 미어지는 듯 아이들의 손을 꼭 잡아주고,

"가만히 울지 말고 있거라."

지영은 상혜가 올라가 의자와 궤짝을 포개놓은 곳에 올라가서 천장으로 기어 들어간다.

"엄마!"

광이가 불렀다.

"쉿!"

상혜 어머니가 나무란다.

"엄마!"

또 광이가 불렀다.

"쉿!"

희와 상혜 어머니가 동시에 말했다.

천장으로 올라간 지영은 천장의 송판 틈으로 방을 내려다본다. 광이는 지영이 올라간 천장만 올려다보고 있다. 상혜의 막냇동생 상현이 집적여도 아랑곳없이 천장만 보고 있다. 희는 상현을 아니꼽게 노려보며 동생의 팔을 꽉 껴안고 마치 알을 품은 암탉처럼 다른 아이들로부터 보호한다.

"희야 어머니."

지영은 판자 구멍에서 눈을 떼고 돌아본다. 쭈그린 채 양손으로 두 볼을 감싸고 상혜는 앉아 있었다. 어두워서 얼굴이 확실하게 보이지 않았으나 하얀 그 보기 좋은 윤곽이 신비스럽게 떠 있다.

"이렇게까지 해서 산다는 것 좀 우습지 않아요?"

어른 같은 말을 한다.

지영은 아이들만 가슴에 가득 차서 아무 생각도 할 수 없다. 공기통에서 한 줄기 햇빛이 새어 나오고 그 햇빛 속에 뿌연 먼지가 미친 것같이, 마치 미치광이같이 날고 있다. 매캐한 먼지 냄새, 싸늘한 공기— 봄은 멀지 않았는데.

"다 없어져버리고, 다 없어져버리고, 아주 다 없어져버렸음 좋겠어요."

어둠 속에 상혜의 눈이 번쩍번쩍 빛난다. 잠꼬대같이, 병신같이 중얼거리다가 그는 푹푹 울기 시작한다.

"이게 뭐예요? 검둥이가 온다구요? 정말 미쳐버릴 것만 같아요."

상혜는 무릎을 두 손으로 꽉 껴안고 얼굴을 묻으며 다시 흐느껴 운다. 지영은 송판 사이로 아래를 내려다보고 있다.

"상혜야! 상혜야!"

상혜 어머니가 소리를 죽이며 밑에서 불렀다.

"어서 내려오너라!"

지영과 상혜는 내려갔다. 상혜 어머니는 바삐 짐을 꾸리면서,

"영등포로 가야겠다."

"왜요?"

상혜가 묻는다.

"방금 껌둥이가 와서 창 너머로 들여다보고 갔다. 틀림없이 밤에 올 거야. 국군이 들어올 동안 영등포에 가 있다가 오는 게 좋겠다. 거긴 국군이 있으니까. 희야 엄마도 떠날 준비하세요. 사는 데까지 살아봐야지. 앉아서 욕을 당할 수는 없어요."

상혜 어머니는 일손을 멈추시 않고 빠른 목소리로 말했다. 상혜 아버지는 묵묵히 짐을 꾸리고 있다. 지영도 아이들에게 옷을 입히고 솜을 두어서 두둑하게 만든 신발을 신긴다. 그리고 커다란 방한모를 씌운다. 어깨까지 덮은 방한모의 모습은 그야말로 병아리에 우장 씌워놓은 것 같다.

"상혜야, 넌 그 얼굴에 껌정칠 좀 해라. 가다가 껌둥이를 만나면 어떡허니? 희야 엄마도 얼굴에 껌정칠 하시우."

상혜는 껌둥이 껌둥이 하는 말이 나올 때마다 그 가늘고 순결한 신경에 몹시 걸린 듯 얼굴을 붉히고 화를 낸다. 그러나 시키는 대로 지영과 상혜는 얼굴에 검정칠을 하고 머리를 흩뜨린다. 남자용 방한모를 깊숙이 쓰고 남자처럼 꾸미고 그들은 나섰다. 짐 때문에 두 집의 꼬마들은 다 걸어가지 않을 수 없게 되었다. 상혜네 막내둥이 상현도 걸어가는 것을 보고 지영은 광이를 위해 마음을 놓는다. 두 집 합해서 아이가 일곱, 어른이 다섯─상

혜와 상주를 합해서—길은 텅 비어 넓기만 하다. 빈 시장터 옆을 돌아 철망 울타리의 학교 앞을 지났을 때 흑인 병사의 보초병이 서 있었다. 상혜 아버지는 여자들의 모습을 가리듯 하며 급히 그 앞을 지나친다. 희는 광이의 손목을 쥐고 뛰어간다. 아주 먼 거리까지 왔어도 뒤에서 껌둥이가 쫓아올 것 같아서 그들은 뒤돌아보지 못한다.

"좀 쉬어 갑시다."

상혜 어머니는 보따리를 내동댕이치며 또아리를 튼 수건을 풀어 땀을 닦는다. 상도동으로 넘어가는 고갯길이었다. 모두 짐을 내려놓고 땀을 닦으며 쉰다.

한강이 내려다보인다. 얼음이 다 녹아버린 한강이 흐르고 있다. 모든 슬픔, 모든 죽음이 흐르고 있다. 서울은 강 건너편에 조용히 드러누워 있고 시체가 되어 이제는 눈이 녹고 하늘빛이 푸른데 기동할 생각도 않고 드러누워 있다. 빨간 스카프의 양부인이 삼각지에서 걸어 나왔고 서울 역전에는 수많은 슈샤인보이들이 신사들의 팔을 잡았고 통역관들은 활개를 치며 적산가옥을 물색하고 흰 행주치마 입은 새댁은 벚나무의 버찌를 따서 서방님 드린다고 흰 접시에 담아서 푸른 그늘이 드리운 마루방 찬장 위에 놓아두더니…….

다 남쪽으로 남쪽으로 내려갔다. 넝마주이도 눈이 뭉개진 문둥이도 다 남쪽으로 내려갔다. 얼음이 녹은 한강은 흐르고 있다. 다 부서진 서울을 등지고 아무 소리도 없이 지영은 하염없이 한강을 내려다보다가 짐을 짊어진다.

"가자. 희야, 과, 광이 손 꼭 잡아라."

고개를 넘어 상도동으로 갔을 때 이곳저곳에서도 피란 보따리가 나타났다. 반가우면서도 들쥐처럼 서로의 눈치를 살피다가 말 한마디 나누지 않고 지나간다. 잠시 머뭇거리다간 급히 지나간다.

고개를 또 하나 넘는다. 언덕 너머에 집들이 있다.

"검정을 칠해도 별수 없군. 땀에 다 씻겨서…… 얼굴을 숙이고 걸어라. 남자같이 보여야 말이지. 애들아, 어서어서 가자. 조금만 가면 영등포다."

상혜 어머니는 큰딸에게 신경을 쓰고 자꾸 뒤지는 꼬마들을 앞으로 내몰며 말했다. 방한모를 깊숙이 뒤집어쓰고 멜빵을 하여 짐을 지고 언덕길을 걸어 올라가는 상혜와 지영의 얼굴에 김이 서린다. 햇볕을 못 보아 눈같이 흰 얼굴이 이제는 붉게 상기되어 너무나 아름답고 너무나 젊다.

"엄마! 껌둥이다!"

선두에 가던 상주가 걸음을 멈추며 날카롭게 외친다.

"방한모를 내려랏!"

말하며 김씨는 두 젊은 여자를 가리고 걷는다. 남의 나라 사람처럼 말없이 같이 오던 남자 피란민들이 김씨네 일행에서 슬금슬금 빠져 달아난다. 껌둥이가 신경질을 부리고 그에 말려들어 가면 큰일이라 생각하는지, 껌둥이를 본 광이는 와! 하고 소리를 지르며 울고 지영에게 달라붙는다. 껌둥이는 짐승같이 눈을 희번덕거리며 상혜와 지영을 보고 다가온다. 그리고 그는 싱그레 웃으며 지나간다. 지영은 광이의 한 팔을 찢어져라고 잡아당기어 걸음을 빨리한다.

"그쳐! 안 그치면 내버리고 간다!"

포악스럽게 지영이 말한다. 그러나 놀란 광이는 울음을 그치지 않는다. 무서워서 우는 아이의 울음소리가 검둥이에게 기분 좋을 리는 없다. 화가 나서 쫓아올지도 모른다.

"그쳐! 울면 내버리고 간다!"

발을 구르며 상혜 어머니가 말한다. 광이는 겨우 울음을 그친다. 산마루를 돌았을 때 상혜 어머니는 처음으로 되돌아본다.

"십년감수했다. 휴우……."

숨을 내쉬었다. 꼬마들도 지쳐서 걷질 못하고 운다.

"상주야, 짐은 날 주고 꼬마들 좀 업어주어라."

상혜 아버지가 말했다. 상주는 상현과 광이를 번갈아 업어주며 고개를 넘는다.

영등포에서 일주일을 묵은 뒤 흑석동에 장이 섰다는 소문을 듣고 그들은 집으로 다시 돌아왔다.

지영은 매일 옷을 싸가지고 시장으로 나간다.

"시골 사람들이 먹어주어야죠. 이젠 옷 가지고는 양식 내놓지 않아요."

장사꾼은 딱한 듯 거절하기 일쑤였다. 운수가 좋아서 팔아도 값진 옷이 쌀 몇 되 값밖에 되지 않았다.

'이렇게 하다간 앞으로 어떻게 될까? 아이들 굶기겠네.'

지영은 버드나무 밑에 주저앉아 생각한다. 눈앞에 싸락눈이 내린다. 좋은 시절, 우울하고 암담하다고 생각한 그 시절이 지금은 다 좋은 시절로서 싸락눈처럼 눈앞에 내린다.

오이지를 담그겠다고 어머니와 함께 앉아서 연하고 작은 놈을 하나씩 골라내던 일.

"예쁜 색시는 다 범 물어 간다 했더니, 어쩌믄 그렇게 고와요."

해방이 되던 날 K마을 학교 운동장에 모였을 때 관사촌, 아랫마을에 사는, 그곳에서는 부자이며 유식한 마님이 지영의 손목을 잡으며 말했다.

'그때 난 분홍색 조젯 치마를 입었었지. 그리고 흰 관사 깨끼 적삼을 입고…… 햇빛, 버드나무 사이로 저녁 해가…….'

수원서 기동차를 놓치고 K마을까지 걸어온 윤씨, 소래의 긴 철교를 기어서 건넜다는 윤씨가 지금은 없다.

"아이구, 죽을 뻔했다. 소래 다리를 기어서 안 왔나. 밑을 내려다보니 발이 발발 떨려서, 그래도 남자들은 잘 걸어가던데 달이 훤하고 물이 출렁출렁하고 내사 마 떨어져 죽는 줄 알았다."

"뭐 할려고 걸어오셨어요? 서울로 가셔서 타고 오시지."

"야아야, 그런 소리 하지 마라. 너희들 땜에 하루가 열흘 같더라."

굴이 방바닥에 데굴데굴 굴러간다.

"부산의 이모가 너희들 주라고 짐에 넣었다. 해방이 되니까 그런 게 다 나오는구나."

윤씨는 오렌지 빛 굴을 주섬주섬 그릇에 담는다.

'광이를 낳았을 때 그이는 초콜렛을 한 상자 사 왔었지.'

싸락눈이 내린다, 눈앞에. 싸락눈이……

함께 쭈그리고 앉은 아이들을 일으켜 세우며 지영이 버드나무를 올려다본다. 희미하고 연한 푸르름이 연기처럼 서려 있다. 하늘은 푸르고, 한없이 푸르고, 봄은 가까이 오고 있다.

"엄마, 옷 팔러 안 가?"

희가 묻는다.

"가야지."

지영은 아이들을 데리고 옷 보따리를 들고 시장으로 나간다. 그는 한편 모서리에 자리를 잡아 보따리의 옷을 펴놓는다. 눈썹이 짙은 중년 남자가,

"팔아보시오. 장사꾼에게 넘기는 것보담은 낫겠죠."

그도 옷을 펴놓고 있었다.

"이제 마지막이에요. 이거 팔고 나면 더 팔 것도 없어요. 그래서……"

남자는 지영의 말에 알았다는 듯 고개를 끄덕끄덕한다.

"전쟁이니 할 수 없지요. 목숨 붙어 있는 것만도 다행으로 알아야지요. 야, 거참, 귀엽게 생겼군."

사나이는 아이들을 바라보며 미소한다.

"어른들이 하는 고생이야 참을 수도 있지만 아이들이 불쌍하지요. 우리 집에도 아이가 오 남매나 된답니다. 집사람이 몸이 약한 데다가……."

기웃이 양공주가 옷을 들여다본다. 사나이는 얼른 말을 끊는다. 양공주는 이것저것 만져본다. 값도 물어본다. 파아란 치마가 탐이 나는지 그는 언제까지나 그것을 만지작거린다. 그러나 살 돈이 없는지 돌아보며 자꾸 돌아보며 그는 가버린다. 남자는 다시 말을 잇는다.

"시골 가면 없는 게 없답니다. 서울의 좋은 물건은 다 그리로 내려갔죠. 시골 사람들 때를 만났지 뭡니까? 이젠 배가 불러서 옷도 소용없고 금붙이나 가져가야 곡식 말이나 내놓으니…… 미군 물품을 취급하는 게 제일 수지가 맞는데 우리네야 말도 못하고 글도 볼 줄 모르니, 또 밑천도 없고, 어디 끼어들 수 있어야죠."

돌부처처럼 앉아 있는 맞은편의 잠바 입은 남자를 힐끗 보며 사나이는 말했다. 미군부대에서 흘러나온 통조림 과자 따위를 잔뜩 쌓아놓고 그는 팔짱을 낀 채 앉아 있다. 굵은 테 안경을 쓰고 까맣게 염색한 잠바를 입고 있다. 안경 탓인지 몰라도 미군 물품을 파는 그 사나이는 아무래도 대학 교수같이 보이는 타입이다.

"아부지, 배고파."

아이들이 셋, 미군 물품 장사를 부러워하던 사나이 앞에 나란히 선다. 사나이는,

"음, 그래, 그래."

하며 아이들에게 떡을 사주고 자기 자신도 먹는다.

"엄마 왜 안 나와?"

"아프대."

"그럼 떡 사줄 테니 가지고 들어가아."

지영은 싸가지고 온 밀떡을 꺼내어 살며시 광이와 희에게 쥐여준다. 지영은 그 장사꾼 사나이의 호화스러운 간식에 놀라면서,

"몸이 제일입니다. 먹어야 도망도 가고 짐도 질 수 있죠. 병나면 그만입니다. 마지막이죠. 약이 있겠소, 병원이 있겠소? 우린 내일을 생각지 않아요. 오늘 벌면 먹어치우죠. 몸 하나 밑천인데."

사나이는 입을 닦으며 말했다.

사나이는 지영이 펴놓은 옷전 앞에 누가 머물고 서면,

"아아, 국군이 조금만 더 밀고 올라가 봐요. 옷값 오르죠. 돈 있으면 지금 사놓는 게 좋소. 흥정도 부조라구, 권하는 사람이 있어야 사는 사람도 있고……."

하며 지영이 말 못 하고 앉아 있을 때 흥정을 붙여주곤 했다. 그러나 해가 다 넘어가도 지영은 한 가지도 옷을 팔지 못했다.

이튿날도 마찬가지였다.

남자는 지영을 딱하게 보며,

"이러다가 언제 또 밀고 내려올지 모릅니다. 떼놈이 나섰으니 전쟁은 오래갈 겁니다. 애기 엄마도 갈 곳이 있으면 일찌감치 아이들 데리고 가시는 게 좋을 거요."

"갈 곳이 있어야죠."

"고향에라도……."

"경상돈걸요. 이 애들 데리고 어떻게 가겠어요."

지영은 상품처럼 나란히 앉아 있는 아이들의 머리를 내려다보며 말한다.

"바깥양반은?"

남자를 쳐다보는 지영의 눈이 번쩍번쩍 빛난다. 그 눈은 팔매처럼 남자의 이마를 친다.

"구, 군에 나갔어요. 집엔 어, 어머니가 계시죠."

어머니라는 말을 할 때 지영은 흐느낀다.

"아니야, 우리 할머니 죽었어."

광이 철없이 말한다.

"방위군에 나갔군요. 믿을 수 없는 일이오. 방위대는 반수 이상 죽었답니다. 굶어서 죽었다지 않습니까, 굶어서 말입니다. 생사람 잡아가서 죽었어요. 총을 맞고 죽어도 억울한데 굶어서 죽다니, 허 참, 치가 떨리는 일이지요. 망해요, 망해. 다 망합니다. 어디 우리네들 땅이오? 마 깨끗이 이놈이고 저놈이고 내주고 우리 백성은 외국 놈들 종질이나 하는 게 되레 속시원하리다."

하다가 사나이는,

"어서 오십시오. 한 가지 골라보세요. 쌀 한 되 값밖에 안 됩니다. 그 저고리는 댁에 꼭 맞겠소. 사는 게 버는 겁니다. 돈이 소용 있습니까? 그래도 물건이 큰소리하지요."

사나이는 지영의 물건 앞에 선 양공주에게 달콤한 말씨로 권한다. 지영은 물건 팔 생각도 않고 바보처럼 앉아 있다. 양공주는 역시 사지 않고, 아니 사지 못하고 가버린다. 그는 건너편 가게에 가서 또 옷을 만지고 있었으나 역시 사지 못하고 시장 안을 빙빙 돌고만 있다. 울긋불긋한 스카프를 쓰고 있었다. 물론 화장도 짙었다. 아직 바람이 찬데 그는 외투도 장갑도 없이 소매 끝이 해진 옷을 입고 있었다. 커다란 유리 반지가 푸릇푸릇 빛이 죽은 손가락에서 번쩍이고 있었다.

"급하게 생각할 것 없어요. 사람이 좀 더 돌아오면 팔릴 거요. 장사꾼에게 넘기는 것보다 이리 앉아서 하루 한 가지만 팔면 밥 먹거든요."

짤막한 외투를 입고 고깔 같은 방한모─일제시대 방공연습할 때 쓴 두건 같은 것─를 쓴 안노인이 조그마한 껌상자를 들고 걸어온다. 학교 때의 선생이었던 사람이다. 과가 달라서 지영이 직접 배운 일은 없지만 가사과의 교수 윤 선생이다. 그는 껌상자와 돈주머닌지 쌀주머닌지 까만 주머니를 들고 지나가면서 지영을 물끄러미 쳐다본다. 아직 쉰이 못 되었을 텐데 늙은 할머니가 다 되어버렸다. 지영도 물끄러미 그를 바라본다. 상주가 통조림, 사탕을 장사꾼에게 넘겨주고 지나가며 지영을 보고 싱긋이 웃는다.

해가 졌다. 지영은 보따리를 이고 아이들을 앞세우며 집으로 돌아간다.

"지영이 아닌가?"

뚱뚱한 몸집이 지영의 앞을 막아서며 외친다.

"지영이구나! 집에 가니 아무도 없어서 죽은 줄 알았다."

지영은 상대를 쳐다볼 뿐이다.

"허 참, 나를 모르겠나, 이숙을 모르겠나. 너희들 데리러 왔다!"

"정말이에요? 희, 희야 아버지는, 부, 부산……."

말이 끊어진다.

"뭐 없어진 사람이지. 잊어버려라."

지영의 머리에서 보따리가 굴러떨어진다. 뚱뚱한 노인은 보따리를 줍고 지영의 팔을 잡으며 집으로 들어간다. 강아지같이 아이들이 따라간다. 집 안으로 들어간 지영은 마룻바닥에 쓰러져 오래오래 울었다. 아이들의 울음소리도 오래 계속되었다. 노인은 눈시울을 적시고…….

"너 키우고 살라고 그렇게 발버둥 치더니 기어코 죽었구나, 죽어…… 그만하믄 죽을 거로…… 에이…… 그 영감쟁이가 내려올 때 그만 너거들 데리고 오는 건데, 그 사람도 처제가 하 야단을 하니까 자기도 잘못했다고 생각했는지 돈 삼십만 원을 주면서, 형님 부탁합니다, 하길래 내가 왔더니, 마 니가 그리된 것보다는 낫다, 늙은 사람이 먼저 가야 안 하나."

탈출

소나기가 지나간 뒤 이 봉우리와 저 봉우리 사이에 무지개 다리가 섰다.

"꽁 사냥 안 가겠나?"

매부리코의 백호대白虎隊 대원이 기지개를 켜며 말한다.

"그러자고."

벙실벙실 웃으며 말라깽이 청년이 응한다.

"니 공비들이 나오믄 어쩔래?"

매부리코가 위협한다.

"흥! 공비들이 어딨어? 지리산으로 간 지가 언젠데?"

"오마 날 살려주소! 하지는 말아라. 그럼 순길이도 갈래?"

키가 작은 소년—이제 소년은 아니었지만 너무 키가 작아서—에게 매부리코가 묻는다.

"가고말고요. 심심해서 죽갔시오."

그들은 총을 들고 마을을 나선다.

"옛날 생각이 나네요. 공기총 들고 참새 잡으러 다니던 시절

말입니다."

순길은 씻어놓은 듯 말끔한 하늘을 보고 걸어가면서 맥 빠진 소리를 한다.

"생각하믄 뭘 하노. 다 잊어부리라. 가지도 못할 고향 앙이가."

매부리코가 유행가식으로 말하며 위로한다. 말라깽이는 기분이 좋아서 휘파람을 불며, 키가 크고 여위어서 걸음을 걸을 때마다 몸이 건들건들한다. 매부리코가 바라진 두 어깨를 흔들며 간다.

"접때 장 순경처럼 멧돼지나 한 마리 애댕겼음 좋겠다. 오늘밤 신풀이를 좀 하게 말이다. 설마, 인심 좋은 장 대장이 술말이나 안 살라고?"

왼쪽 손바닥에 침을 탁 뱉고 총을 고쳐 잡으며 호랑이라도 잡을 듯 말라깽이 청년이 벼른다. 매부리코는 흥 하고 콧방귀를 뀌면서,

"쇠는 짧아도 침은 길게 밭고 싶은갑다. 제발 멧돼지 보거든 도망이나 치지 말아라."

하며 핀잔 준다.

"멧돼지 보고 도망가는 놈도 있나?"

신기스러운 일도 다 있구나 하는 듯 표정을 만들며 말했으나 말라깽이는 자신이 없어 보인다.

"접때 산사람이 내려왔을 땐 맨 먼저 뛴 놈이 누구더라? 지리

산 중놈이던가."

말라깽이는 화가 나서,

"뛰기는 누가 뛰었노! 연락하러 내려갔지."

"이름이 좋아 불로초다."

두 청년의 수작을 유쾌하게 보며 순길은 따라간다.

산봉우리에 걸린 무지개는 차츰 빛깔을 잃어가고 나뭇잎에 매달린 물방울이 햇빛에 반짝인다. 작은 산새들이 호르룩 울면서 나뭇잎을 건드리며 이 가지에서 저 가지로. 물방울이 후두둑 떨어진다.

"산딸기도 한철 지나는구나."

물을 마시고 올라오며 매부리코가 말한다. 개울가에 엉클어진 숱한 산딸기나무, 열매가 떨어진 빈 꼭지만 앙상하게 남아서 희끄무레하다. 습습한 흙은 향기롭고 바람은 맑은 소리를 울리며 지나간다. 딸기철이 가면 머지않아 이 골짜기에 머루철이 올 것이다.

"산이 좋지, 산이 좋아. 찝질한 바다는 내사 싫더라. 부산 항구에 한번 갔더니 고기 비린내만 나고, 철선을 한번 탔더니 멀미가 나서 창자가 목구멍까지 기어오르더라."

말라깽이가 노래를 부르듯 말한다.

"뱃멀미가 나서 그런가? 겁이 나서 그랬겠지. 아까운 목숨, 죽을까 봐서."

매부리코는 또 핀잔이다. 그들은 땀을 씻으며 곧장 올라간다. 순길은 갑자기 몸을 사린다.

"동지! 저게 뭐요?"

소리를 낮추며 순길이 말한다.

"나는 또 멧돼지가 나온 줄 알았지. 뭐긴? 이 친구 생전 숯가마 구경을 못했나?"

실망하며 매부리코가 대답한다.

"아니, 숯가마야 나도 아오. 저기 숯가마 밖에 나온 것 말이오. 사람 다리 아니오? 숯가마 위에는 옷이, 옷이구먼. 산사람의 옷이오."

두 청년은 눈이 그곳으로 쏠린다.

"산사람이다!"

매부리코가 속삭인다. 말라깽이의 얼굴이 파아래진다.

"아까 소나기를 맞고 옷을 말리는갑다. 자식, 숯가마 속에서 한숨 늘어진 모양인데 사람 사냥 자알하게 생겼다."

매부리코는 신이 나서 눈을 여러 번 깜박이며 벌어진 어깨를 뒤틀어 보인다.

"어, 어떻게 하노? 나 내, 내려가서 연락할까?"

말라깽이는 발발 떤다.

"이 병신아! 머저리 새끼야. 아 자빠져 자는 한 놈을 세 놈이 못 잡는단 말가, 웃기지 말라. 뱃가죽 늘어날라."

"하, 한 놈인지 여, 열 놈인지 누, 누가 아노."

"여기 가만히 있어라. 내가 가보고 온다. 니 이분에도 내빼믄직이비릴 기다."

매부리코는 한 팔로 두 사람을 밀어젖히고 살금살금 발소리를 죽여가며 숯가마께로 다가간다. 그는 다리가 나온 곳의 반대편으로 가서 숯가마 위에 뚫린 구멍으로 몸을 기웃이 꾸부리며 안을 들여다본다. 돌아보고 빙긋이 웃는다. 그는 손짓한다. 순길은 총을 눌러 잡고 조심조심 다가간다. 말라깽이는 오도 가도 못하고 누가 뒤에서 덜미라도 잡을 듯 사방을 두리번거린다. 숲속에서 푸드득하고 꿩이 날았다. 괴상한 고함 소리와 총소리가 탕! 하고 산속을 울린다. 순간 숯가마 밖에 나온 다리가 안으로 쑥 기어들어 간다. 권총 세 방이 연속하여 울린다. 다음 웃통을 벗은 사나이가 숯가마 밖으로 뛰어나온다. 순길은 침착하게 총을 겨누어 쏜다. 도망치던 사나이가 앞으로 푹 쓰러진다. 총알은 사나이 발목에 맞았다. 사나이는 쓰러진 채 상체를 획 돌리며 순길을 향해 권총을 그었다. 한 번, 두 번, 그러나 총알은 나오지 않았다. 이빨을 악물었으나 사나이는 조금도 당황하지 않는다. 그는 놀라우리만큼 재빠른 솜씨로 권총을 분해한다. 그들이 가까이 가기 전에 사나이는 분해한 권총을 멀리 사방에 뿌려버린다.

"지독한 놈이다."

매부리코는 어이없는 얼굴로 산사람을 내려다본다.

"넌 진짜 빨갱이로구나."

매부리코는 눈을 깜박거리면서 상대를 날카롭게 노려본다.

그때 겨우 말라깽이는, 총을 지팡이처럼 짚고 어슬렁어슬렁 걸어왔다.

"니를, 니를 고만 우짤꼬? 참 쌀값 싸지, 싸아. 니 같은 놈을 먹여주니 말이다. 기가 맥혀서…… 어디 가서 한번 찾아봐라. 니가 쏜 총에 꿩이 한 마리 떨어졌는지도 모른다."

매부리코는 말라깽이를 자세히 쳐다보며 한탄하듯 말한다. 핏기가 아직 돌아오지 않은 얼굴에 말라깽이는 히죽히죽 웃음을 띤다.

"그거는 그렇고 이 양반을 보셔 가야 할 긴데."

매부리코는 얼굴을 돌린다. 순길이는 기억을 더듬듯 산사람의 얼굴을 쳐다보며 고개를 이리저리 기웃거린다. 산사람은 하늘에 떠도는 구름을 보고 담배라도 태우는 얼굴을 하고 있다.

"당신 ○○지구 야전병원에 있었디요?"

순길이 묻는다. 사나이의 눈썹이 살짝 움직였으나 대꾸가 없다. 험하지도 않고 부드럽지도 않은 눈이 순길을 본다.

"틀림없소. 당신은 그, 그 하 동무야!"

순길의 얼굴에 기쁨과 당황한 빛이 동시에 어린다.

"김 동지, 당신 이치 아오?"

매부리코가 의심스러운 눈으로 순길을 보며 묻는다.

"아오."

순길은 똑똑히 대답한다.

"거물이지?"

다시 매부리코가 물었다.

"그건 나도 모르오."

"하여간 모시고 내려가야지. 멧돼지 사냥의 유가 아니다."

매부리코는 말하면서 기훈에게 일어서라고 명령한다. 순길은 훌쩍 뛰어올라 소나무의 큰 가지를 휘어잡고 꺾는다. 잔가지와 솔잎을 훑어버린 뒤 기훈에게 내민다.

"짚으시오. 걷기가 좀 나을 거야요."

기훈은 소나무 지팡이를 짚고 일어선다. 발에서 흐른 피가 땅바닥을 질퍽 적신다. 그는 얼굴을 찌푸리고 걷기 시작한다.

말라깽이와 매부리코는 기훈이 뒤에 서서 총을 겨누며 마치 개선장군같이 마을로 돌아온다.

"우리는 또다시 만났군요."

장덕삼은 태연하게 말한다. 그러나 한쪽 볼은 실룩실룩 움직인다. 기훈은 엷은 미소를 띠며 난 너를 만날 것을 알고 있었다, 그런 말을 눈빛 속에 나타내고 있다.

"무엇보다 사는 게 중하오."

장덕삼은 한쪽 볼을 실룩거리며 나직한 목소리로 말한다. 기훈은 조용히 고개를 끄덕인다. 미소를 띤 채. 장덕삼의 얼굴에 별안간 노여움이 모인다. 무슨 말을 뿜어내려다 그만두고 돌아서서 어디론지 가버렸다. 한참 만에 돌아온 그는 기훈의 옆에 오지 않고 변두리로 빙빙 돌며 서성거린다.

"장 대장!"

하며 매부리코가 다가온다. 매부리코는 장덕삼과 한참 동안 쑥 덕거리더니 밖으로 나가고 장덕삼이 천천히 다가온다.

"담배 태우시죠."

담배를 내민다. 기훈은 잠자코 담배 한 개비를 뽑아 문다. 장 덕삼이 불을 당겨준다. 그리고 피가 흐르는 기훈의 발목을 내려 다본다.

"참 묘한 세상이야."

기훈의 말에 장덕삼이 얼굴을 든다.

"자네를 만나리라는 것은, 만일 내가 잡힌다면, 알고 있었지 만 순길이란 그 꼬마를 여기서 만난 줄은 몰랐다."

담배 연기를 훅 뿜으며 말한다.

"그 애는 반공 포로로 석방되어 여기 백호대에 왔지요."

"죽었는 줄 알았지, 그놈이 내 다리를 쏘더군."

싱긋이 웃는다.

"그 애가 안 쏘았으면 하형이 쏘았을 거요."

"물론이지. 그놈의 총알만 있었으면."

"다리를 맞았으니 망정이지."

"어디를 맞았던 마찬가지야."

그때 매부리코가 나타났다.

"준비됐습니다."

장덕삼은 기훈의 다리를 다시 한번 쳐다보며,

"가실까요?"

기훈은 그를 따라간다. 장덕삼은 어느 농가의 사랑방 문을
열고,

"들어가세요."

방으로 들어간 뒤 마주 보고 앉는다. 기훈은,

"산에서보다 권한이 크군."

하고 말한다.

"크죠. 그리구 술 마시는 자유. 계집질하는 자유도 있답
니다."

"그래, 그 자유를 내게 나누어 주려고 이러나?"

"그렇소. 사는 자유만이라도 꼭 나누어 주고 싶소. 하형에 대
해서만은 내가 책임지기로 합의를 보았죠."

"도망시켜줄 책임까지야 안 맡았겠지."

"하형은 가능하다면 다시 산으로 가겠소?"

"글쎄……."

"처음 내가 잡혀왔을 때 나도 하형처럼 태연히 죽음을 각오했
었소. 그러나……."

기훈이 손을 든다.

"시간이 필요해. 나보고 아직도 그런 말 하지 마오."

우두커니 앉아서 담배를 태우다가 장덕삼은 다시 오겠다고
하며 나간다. 그가 나가자 순길이가 들어왔다.

"다리는 좀 어떠세요?"

풀이 죽어서 묻는다. 얼굴이 핼쑥하다.

"괜찮겠지."

"죄송해요."

들고 있던 다 찌부러진 모자를 빙빙 돌리며 삿자리를 깐 방바닥에 푸시시 주저앉는다.

"장 대장의 권한은 참 커요. 모두 믿어주고 공로가 많거든요."

"……."

"살고 죽는 게 참 이상하고 신기해요."

한참 우두커니 앉았다가 다시 모자를 빙빙 돌리며,

"그때 하 동무."

하다가 순길은 무안해하며 말을 끊는다.

"헤어진 뒤, 아, 그러니까 저를 추럭 위에 올려주셨디요."

하 동무라는 말은 빼고 이야기를 한다.

"그때 얼마나 고마웠는디 몰라요. 추럭은 수리를 끝내고 떠났습니다. 그러나 얼마 가디 않아 폭격을 맞고 불이 났어요."

'나도 그것을 보았어.'

"난 죽었다고 생각했어요."

'나도 죽을 줄 알았다.'

이제 어른이 되어 토벌대원이 된 순길을 기훈은 바라본다.

"어떻게 불길 속에서 살아났을까요? 눈을 떴을 때 언덕에 쓰러져 있었어요. 겁이 덜컥 나더만요. 동무들이 모두 도망가고 나 혼자 남은 것 같았시오. 정말 겁이 덜컥 나더만요. 난 앉아서 엉엉 울었시오. 그런데 패잔병들이 꾸역꾸역 밀려오디 않갔시오? 나는 다리 아픈 것도 잊고 그들을 따라 산을 헤매었디요. 어떻게 어떻게 걸어왔는디 알 수가 없어요. 생각이 나누만요. 어딘지 몰라도 우린 너무 배가 고파서 대추를 따 먹었던 일이. 그래도 배가 고프데요."

어딘지 굳어졌던 순길의 얼굴은 차츰 풀어진다.

"차츰 우리는 낙오됐어요. 배도 고프고 발도 아프고 며칠이 지났는디 알 수가 없었습니다. 그때는 그 사람들을 따라가면 그냥 죽을 것 같았시오. 그들은 강원도로 빠진다고 합디다. 어떤 숲에서 몇 사람이 떨어졌어요. 그때는 다리도 아프디 않고 웬일인디 가려워서 견딜 수가 없어 그래 붕대를 끌르고, 붕대래야 다 닳아디고 해어뎌서 피투성이 흙투성이가 되어 말라붙어서…… 붕대를 끌러봤더니 상처에 구데기가 들끓지 않갔시오. 구데기 말입니다. 지금도 그 생각을 하면 먹은 게 넘어올 것 같아요. 어떻게 내 살 속에 구데기가 끓을까 싶어서. 구데기를 다 긁어내고 피투성이가 된 붕대를 다시 감았습니다. 그리고 해가 지자 우리는 너무너무 배가 고파서 마을을 찾아 내려갔었디요. 조그마한 오두막이 산기슭에 한 채 있더구만요. 거게 들어가니까 어떤 노인네가 한 분 계십디다. 우리는 울면서 빌었어요, 밥 좀 달라고. 위협을 할래도 총이 있어요, 뭐가 있어요. 노인은 혀를 끌끌 차면서 밥을 지어주셨어요. 보리하고 감자였는데 어떻게나 그 밥이 맛이 있던디 미친 듯 된장하고 막 퍼먹었시오. 퍼먹고 우리는 녹아떨어졌습니다. 밤중 되어 뭐가 웅성웅성하길래 눈을 번쩍 떴더니 방 안에 사람이 가득 차 있디 않갔시오? 우리가 자는 동안 그 노인이 아랫마을로 내려가서 그곳 어른들을 다 불러온 모양이야요. 그분네들은 우리를 어떻게 처리했으면 좋을디 그것을 의논하고 있었던 참이야요. 노인이 우리에게 말했습니다. 내게도 손주 놈이 있어 군에 나가고 이 동리 우리 문중에도 이북군에 가담해서 나간 젊은 애들도 있다, 자네들이 무슨 죄가 있겠나, 다 시운을 잘못 만나 우리 백성들이 이 디경에 빠졌으니 누구를 보고 한탄하고 원망하겠는가, 우리는 자네들을 해칠려고 여기 모인 게 아니네, 그렇다고 해서 자네들을 감추어 둘 수도 없고 우리가 듣건대 국군은 항복해 가는 사람에게는 목숨을 뺏디 않는다 카니 자네들이 자진해서 자수하는 게 어떻겠나, 이러고 있다가 들키는 날이면 우리는 자네들을 감추어주었다고 해서 결딴이 날 것이오, 자네들은 직결 처분을 당할 것이니 자네들이 항복해 가는 게 제일 좋은 방법인 듯싶네, 어떤가, 이 사람들아, 하고 타이릅디다. 우리는 무릎 위에 팔을 짚고 고개를 수그리며 그녀 처분대로 하겠다고 했디요. 그다음 날 그 노인하고 함께 외딴집에서 마을로 내려갔습니다. 그리고 지서로 갔습니다. 상당히 떨리더군요. 죽는 줄 알았시오. 한데 순경이 아주 환영합디다요. 그래 그 순경들은 다 조사를 한 뒤 하는 말이 이제는 남북이 확 트였으니께 아무 걱정 근심할 것 없다고 마음대로 가라디 않아요. 우리는 하도 어처구니가 없어서 그냥 우뚝 서 있었디 뭐야요. 순경은 다시 그 말을 되풀이하며 골목 길을 가디 말고 행길로 쭉 가라는 거야요. 우리는 행길로 갔디요. 시키는 대로 쭈욱 갔습니다. 역시 배가 고픕디다. 가로수 밑에 고구마장수가 한 사람 앉아 있더구만요. 우리 세 사람 중에 남한 돈을 가진 사람이 있었어요. 우리는 달려가서 돈을 꺼내어 주며 고구마를 팔라 했디요. 고구마장수는 질겁을 하디 않갔시오? 돈도 일없다면서 목판을 들고 달아날려 합디다. 우리는 막 사정을 했어요. 장수는 사방을 둘러보고 돈을 얼른 받아 넣고 고구마를 손에 잡히는 대로 우리에게 안겨주고 난 뒤 목판을 이고 달아나는 거야요. 하여간 우리는 고구마를 샀으니께 기분이 좋아서 그걸 먹고 갔디요. 얼마 가노라니까 미군이 고함을 지르디 않아요. 우리가 어리둥절해서 있으니까 미군이 총대를 들이댑디다요. 엉겁결에 고구마를 입에 문 채 두 손을 번쩍 들었디요. 우습디요. 세 놈이 다 입에다가 고구마를 물고, 지나놓고 보니 생각할수록 우습디요. 미군은 알디 못할 말을 막 디껄이면서 총대를 들이대고 우릴 떠밀었어요."

순길은 미소한다.

"우리는 손을 들고 입에 고구마를 문 채 걸었습니다. 미군이 찝차에 타라 하더군요. 찝차에 오르자 우리 두 사람의 손을 뒤로 묶더군요. 이제 죽는구나 생각하면서도 찝차가 달렸을 때 우리는 입에 문 고구마를 우물우물 씹어 먹었습니다. 죽을 때는 죽더라도 배고픈 것을 참을 수는 없었으니까요. 참 지금 생각하면 우스워요."

순길은 피식 웃는다.

"찝차는 막 속력을 내서 달렸습니다. 용케 뒤집어지디 않더군요. 그런데 찝차가 웅뎅이에 빠디는 바람에 우리는 콧방아를 찧었습니다. 앞 의자의 쇠로 만든 것에 말입니다. 금세 코피가 펑펑 쏟아디데요. 미군이 놀래가디고 뭐라고 디껄이더니 차를 멎게 했습니다. 그는 몹시 당황하며 막 호주머니를 뒤디더군요. 겨우 담배 껍데기를 하나 찾아서 그게 빳빳하니까 손으로 문질러서 코피를 막아주더군요. 그리고 뭐라 하는디 몰라도 부드럽게 묻더군요. 우리는 덮어놓고 고개를 끄덕였습니다. 그는 빙긋이 웃으며 묶은 손을 풀어주고 앞의 의자를 잡으라는 시늉을 하더군요. 그 대신 미군은 돌아앉으며 우리에게 권총을 들이댑디다. 한참 달렸습니다. 거기가 어딘지 기억나디 않디만 제법 큰 동네였어요. 그곳을 통과하려는데 미군 MP가 막으며 막 디껄이디 않갔시오? 찝차는 어떤 영내로 들어갔습니다. 그곳에서 우리를 데리고 온 미군과 또 다른 미군과 막 싸움이 벌어졌디 뭐야요? 둘이 다 서로 화를 내고 야단이야요. 그러더니 어떻게 타협이 되었는지 우리를 데리고 온 미군이 빙긋 웃었습니다. 그때 옆에 있던 한국인 통역관이 말하더군요. 당신네들 운이 좋다고. 이쪽에 넘겨졌다면 당신네들은 없어요, 며칠 전에 인민군 패잔병들이 미군을 많이 죽였기 때문에 화가 머리끝까지 치밀어 이곳의 공기는 험악하다 하고 말하더군요. 말을 듣고 보니

아슬아슬합디다. 그리고 막 싸움을 하면서 우리를 그치들에게 넘기디 않는 미군이 고맙더군요. 그리하여 거제도 포로수용소로 넘겨 갔는데 미국 사람들 여간 친절하디 않더군요. 내 다리를 짜르디 않으려고 군의관들이 무척 애를 썼디요. 하마터면 난 병신이 될 뻔했는데 기부수를 해서 겨우겨우 다리가 붙어났습니다. 지금이니 말이디만 제가 나이 많아도 살아나디 못했을 겁니다. 하도 어리니께 그 틈바구니에서 살아났디요. 생각하면 미군이 저에게 친절한 거나 그 마을 노인들이 애처럼 보아준 것도 결국 나이 어린 덕을 본 셈이죠."

이 밖에도 순길은 여러 가지 겪은 일을 아무 스스럼없이 기훈에게 들려준다.

"무시무시했죠. 수용소, 몸서리쳐디는 사건들이 많았습니다."

그 밝은 미소를 지은 얼굴에 별안간 늙은이 같은 세월의 어둠이 깃든다.

"뭐 불편한 게 있으면 말씀하세요. 제가 장 대장한테 말씀드려서⋯⋯."

하고 순길이는 모자를 들고 돌아갔다. 그 후 그는 신문을 빼놓지 않고 기훈에게 갖다주었다.

어느 날 아침 장덕삼이 찾아왔다.

"다리는 좀 어떻습니까? 다리가 낫는 대로 심사를 받으셔야 하는데⋯⋯."

하며 그는 눈치를 슬금슬금 본다.

"심사를 받아보아야 빨갱이지 뭐겠소."

장덕삼은 가만히 있다가,

"신문을 벽에 붙여놓았군요."

기훈은 벽을 돌아본다.

"들고 볼려니까 팔이 아프더군. 그래 벽에 붙여놓고 누워서 읽어보는 거지."

하며 웃는다.

"아 그래요? 잘 생각하셨군요."

"늙어서 그런지 잔 글이 잘 보이지 않는군."

"영양실조죠."

"그럴지도 모르지."

장덕삼은 방에서 나간다. 마루에 앉아 있는 감시원에게 실없는 농을 던지면서. 이튿날 아침 다시 찾아온 장덕삼은 방문을 열고 방으로 들어서려다 얼굴빛이 확 변한다.

"이 동지! 이 동지!"

장덕삼은 우레 같은 소리를 지른다. 감시원이 놀라서 쫓아온다.

"죽일 놈의 새끼!"

신문을 붙여놓았던 흙벽에 구멍이 뻥 뚫려 있다. 방 안에는 아무도 없었다.

황야를 헤매는 세 마리의 개미

　괭이를 업은 지영은 왼손에 작은 보따리, 오른손은 희의 손
목을 잡고 고갯마루를 돌아간다. 최 영감은 빈손으로 두 활개
를 치며 유유히 걷고 있다. 지영은 붉은 지붕을 몇 번이나 돌아
보고 돌아보곤 한다. 싹이 튼 버드나무의 빛깔이 물같이 연하게
번지고 있다. 인도교 앞을 지났을 때 지영은 좀 빠른 걸음으로
최 영감을 뒤따르며,

　"저, 이모부."

하고 부른다. 최 영감이 슬그머니 돌아본다.

　"희를…… 희야를 좀 업어주세요."

　"어 참, 그래."

　최 영감은 엉거주춤 구부리고 앉으며 넓적한 등을 내민다. 희
는 쫓아가 업히면서 기쁜 듯 지영을 보고 웃는다.

　노량진 장터─지금은 사람의 그림자 하나 없이 텅 빈─를 지
나칠 때 최 영감은 희를 길에 내려놓는다.

　"어, 컬컬하다. 한잔하고."

　그는 다 찌그러진 움막 같은 주점으로 급히 쫓아 들어간다.

　"자네도 지게 받쳐놓고 들어와서 한잔하게."

　주점에서 얼굴만 도로 내밀며 최 영감은 지게꾼에게 말한다.
지게꾼은 재빨리 지게를 받쳐놓고 연방 입을 벙실거리며 주점
으로 들어간다.

지영은 주점 앞에서 그들이 나오기를 기다리며 우두커니 서
있다. 거리에는 가끔 군인들이 지나간다. 피란 보따리를 이고
오가는 사람들도 더러 눈에 띈다. 이른 봄, 무너진 기왓장 위에
엷은 햇빛이 비치고 아이들이 거리를 힐끔힐끔 살펴보며 무너
진 집터를 파헤쳐가며 나무토막을 가려낸다. 그러다가 군인들
이 오면 다람쥐 새끼처럼 달아나곤 한다. 주점에서 따뜻한 김이
서려 나온다. 지영은 보따리 속의 밀떡을 꺼내어 어깨 너머 광
이에게 하나 주고 희에게도 하나 준다. 아이들은 강아지처럼 좋
아하며 밀떡을 먹는다.

　"희야."

　"응?"

　"다리 아프지?"

　"으응…… 할아버지가 업어주시는걸."

　등에 업힌 광이도 기웃이 내려다보며,

　"누나야, 다이 아프나?"

하고 묻는다.

　"아냐. 할아버지가 업어주셔."

　손수건으로 입가를 훔치며 얼굴이 벌게진 최 영감이 주점에
서 나온다. 지게꾼도 입 가득히 넣은 것을 우물우물 씹으며 따
라 나온다.

　"허 참, 이런 곳에 대폿집이 있으니 나그네가 반갑지 않을 수
있나."

한잔 술에 기분이 좋아진 최 영감은 말했다.

"그럼입쇼. 사람은 살게 마련이죠. 군인들이 있으니께 장사가."

지게꾼은 아까와 딴판으로 굽실굽실하며 지게를 진다.

업어줄 것을 기다리고 있는 희를 눈여겨보지도 않고 최 영감은 두 활개를 치며 걷기 시작한다. 희는 풀이 죽어서 지영을 올려다본다. 지영은 아이의 손목을 꼭 쥐어준다.

노량진역을 지나서,

"이모부."

"음."

돌아본다.

"저, 희야를…… 아직 어려서 걸어가기 힘들어요."

"음, 그래 업자."

그는 다시 넓적한 등을 내민다. 희는 아까처럼 기뻐하지 않았다. 토라진 듯 슬픈 듯 가만히 등에 얼굴을 묻는다.

영등포까지 가는 동안 최 영감은 담배를 피우느라고 희를 내려놓고, 한번은 소변을 보느라고 희를 내려놓고, 그럴 때마다 희는 걸어가야 했다.

"이모부."

지영은 몇 번 최 영감을 불렀는지.

"인제 더 이상 못 갑니다."

지게꾼은 약속대로 영등포역 앞에서 짐을 풀었다.

"조금만 더 가주게나. 삯은 두둑히 줄 기니."

최 영감이 말했으나 지게꾼은 듣지 않는다.

"식구들이 목이 빠지게 기다리고 있어서요."

지게꾼은 품삯을 받자 오던 길을 돌아보지도 않고 가버린다.

"허 참, 야단났네. 이걸 내가 가져갈 수가 있나. 난생 이런 것 들어봤어야 말이지."

중얼중얼하다가 최 영감은 지영과 짐을 역전에 내버려두고 어디론지 가버린다. 아무리 기다려도 그는 돌아오지 않았다.

"엄마, 할아버시 어니 갔어?"

걱정이 되어 희가 묻는다.

"곧 돌아오실 거야."

아무도 없는 빈 거리, 가뭄에 콩 나듯 이따금 지나가는 사람은 있었지만 아이들과 지영은 들쥐처럼 사람을 두려워한다. 사람이 지나갈 때마다 행여 달려들지나 않나 하고 몸을 움츠린다. 가슴이 타는 듯했으나 최 영감은 영 돌아오지 않는다. 지영은 짐과 아이들이 귀찮아서 최 영감이 그냥 달아나지 않았나 하고 생각한다. 바싹 마른 입술을 꼭 다물고 짐 위에 앉아서 지영은 희를 끌어안는다. 영등포역은 고철같이 나뒹그러져 있었다.

"엄마! 할아버지!"

희가 소리친다.

최 영감은 천하태평한 얼굴로 활개를 치며 지게꾼 한 사람을 앞세우고 온다.

"용케 만났지. 일이 척척 잘돼가네."

최 영감은 담배를 끄집어내어 물며 말했다.

젊은 지게꾼은 벙어리였다. 그는 손짓발짓하며 무엇인가를 표현했다. 최 영감이 웃으며 고개를 끄덕이자 벙어리는 지게 위에 짐을 올려놓는다.

"이제 대구까지 문제없다. 대구까지 데려다주겠노라 했더니 좋아서 따라오더라."

최 영감은 쭈그리고 앉아서 담배 한 대를 태우고 벙어리에게도 담배를 권하더니,

"그럼 가볼까?"

하며 일어선다.

"희야, 할아버지한테 업혀라."

지영은 얼른 말한다. 하는 수 없이 최 영감은 희를 업는다. 그러나 가는 도중 최 영감은 번번이 희를 내려놓고 자기 혼자 편하게 걷곤 했다. 희는 숨이 가빠서 허덕이며 어른을 따라 걷는다.

"이모부."

지영은 걸음을 딱 멈추어 날카롭게 불렀다.

"전 저 짐 안 가지고 가겠어요."

지영의 얼굴이 파랗게 질린다.

"뭐라고?"

최 영감은 어리둥절해한다.

626

"저 짐 소용없어요. 논둑에 내버리구 가겠어요. 그 대신 지게 위에 희를 올려주세요."

보따리를 팔에 끼고 두 손으로 얼굴을 가리며 지영은 흑흑 흐느껴 운다. 당황한 최 영감은 얼른 희를 업는다.

"내가 어디 평생 아이를 업어봤어야 말이지."

최 영감은 무안해서 피식 웃으며 말한다.

"저희들 데리러 오신 것만도 고맙게 생각하고 있어요. 하지만, 하지만, 어린것이……."

지영은 흐느껴 운다. 희는 개구리처럼 최 영감 등에 엎드려 숨을 죽인다.

"엄마, 엄마."

목을 껴안으며 광이 울상을 짓는다.

"시끄럽다. 울지 마라. 내가 어디 마음먹고 그랬나. 너도 알다시피 나한테는 자식이 없어서, 본시부터 아이들한테 무심해서 안 그렇나. 자아, 울지 말고 어서 가자."

지영을 달랜다. 지영은 막혔던 둑이 터진 듯 울음을 멈추지 못하고 벙어리는 딱해하며 지영을 바라본다.

안양까지 가는 동안 최 영감은 내내 희를 업고 갔다. 어쩌다 담배를 피우기 위해 희를 내려놨다가도 떠날 때는 지영의 눈치를 살피며 얼른 희를 업는다.

남쪽으로 가는 길, 하늘은 훤하게 트이고 길은 넓다. 파랗게 돋아난 잔디, 그 푸른 둑에서 피란민 아이들이 노래를 부르며 쑥을 캐고 있다. 안양에 도착하자 최 영감은 잠시 사방을 살피다가 선로를 밟고 플랫폼 안으로 들어간다. 낡아빠진 봇짐을 진 피란민들이 여남은 명 서성거리고 있었다.

"지게 받쳐놓고 좀 쉬게."

최 영감은 희를 땅에 내려놓고 벙어리에게 지게를 내리라는 손짓을 한다.

"여기 왜 이러고 있소? 내려가는 기차라도 있습니까?"

최 영감은 피란민 속으로 들어서며 점잖게 묻는다.

"글쎄올시다. 이 화차가 내려가는 모양인데 그래서 우리도 이러고 있답니다."

잠바 입은 사나이가 어정쩡하게 대답한다.

"만일 내려간다면 탈 수 있소?"

"그것도 운수가 좋아야. 노인장께선 어디까지 가시오?"

"우린 부산까지 갑니다만 대구에만 떨어지면 차편이야 얼마든지 있으니까."

얘기를 하다가 역원을 보자 최 영감은 그쪽으로 슬며시 다가간다. 담배를 꺼내어 역원에게 권하며 말을 붙인다. 플랫폼에 쭈그리고 앉은 지영은 보따리 속에서 김밥을 꺼내어 벙어리에게 하나 주고 아이들에게 먹이면서 너털웃음을 웃고 있는 최 영감 쪽을 바라보곤 한다.

"물이 없어서 어떡허니? 천천히 먹어라."

하며 손수건으로 희의 코 밑을 닦아준다. 물 이야기를 하자 희는 갑자기 목마른 생각을 했는지 물을 달라고 졸라댄다.

"어떡허나?"

지영이 이리저리 살핀다.

"물을 어디서 얻어 오니?"

김밥을 먹고 있던 벙어리가 눈치를 챘는지 뭐라고 알아듣지 못할 소리를 내더니 어디론지 가버린다. 한참 후 그는 사이다 병에다 물을 넣어가지고 돌아왔다. 그리고 희 코앞에 갖다 대며,

"으아아아 으아아아……."

알지 못할 소리를 낸다. 마시라는 것이다. 지영은 미소하며,

"고마워요."

벙어리는 만족한 듯 웃는다. 지영은 처음으로 사람의 눈을 본 것 같았다. 두려움도 불안도 없는 착하고 하늘같이 맑은 벙어리의 얼굴을 지영은 우두커니 바라보고 있었다. 그새 너털웃음을 웃고 있던 최 영감은 어디로 갔는지 보이지 않았다.

"도무지 정세를 알 수가 있어야지. 언제 또 밀고 내려올지……."

"결판이 나야 할 텐데."

"아주 속 시원하게 다 뚜디려 부수고 사람의 씨 하나 없이 싹 쓸어버렸음 좋겠소. 대구까지 내려갔다가, 허 참, 기가 막혀서, 문전걸식까지 했답니다. 그것도 어디 피란민이 한둘이라야지. 죽어도 집에 가서 죽으려고 올라왔더니만 강을 건널 수가 있어야지……."

"차라리 서울에 남을 걸 그랬어. 빈집을 털어 먹어도 굶기야

했겠소? 총알에 맞아 죽는 것은 팔자고, 굶어 죽으나, 이판저판 다 마찬가지 아니오."

다 떨어진 옷을 입은 사나이들이 쭈그리고 앉아서 맥없이 말을 주고받는다.

"가족들은 어떻게 되었소?"

"가족? 가족들 말이오?"

사나이는 미친 사람처럼 허허하고 웃는다.

"어느 논두락에 꼬꾸러져 죽었는지 뉘가 아오?"

가족 말을 꺼내던 사나이는 한숨을 내쉰다.

"나 역시 마찬가지요. 방위대에 끌려 나갔다가 목숨이 붙어 풀려나오고 보니…… 어디 가서 가족을 찾겠소."

"거 당신 천운이구랴. 굶어 안 죽고 살아났으니."

"죽은 놈이나 산 놈이나 다 마찬가지요."

최 영감이 헛기침을 하며 돌아왔다. 장터에 가서 술을 한잔하고 온 모양, 얼굴이 벌겋다.

"자아, 우리 저 찻간에 가 있자."

그는 아까 역원으로부터 무슨 언질을 받았는지 나직한 목소리로 말했다.

그들은 화차 뒤쪽을 돌아서 문이 열려 있는 빈 칸으로 기어올라간다. 눈치를 챈 몇 사람이 그들을 따라 기어 올라왔다.

"말썽이 나면 좀 집어주지, 이 차가 내려가기는 가는 모양이다."

해가 다 져서 화물차는 움직이기 시작했다. 조사 없이. 모두 마음을 놓고 지껄이기 시작한다. 서로 인사를 나누기도 하고 고생담을 늘어놓기도 한다. 얘기의 중심인물은 최 영감, 그는 피란민이 아니니 뽐낼 만도 했다.

"아, 그 떼놈들 무섭지요. 우리 한국 사람들하고 다릅니다. 그놈들의 끈기에 누가 당하오? 나도 한 시절에 중국으로 만주로 바람을 잡아 떠돌아다녔소만 길거리에 얼어서 죽은 거지의 몸을 뒤져도 큰돈이 나온단 말이오. 덩신 같지만 우리네들보다 똑똑하단 말이오. 응큼하지요. 더군다나 팔로군이면 거 보통 아니오. 일본 놈들이 한참 중국 땅에서 판을 칠 때도 그놈의 팔로군만은 어쩔 수 없었으니까. 이런 일이 있었어요."

최 영감은 침을 한 번 삼킨다.

"팔로군의 변의대가 하나 기차에서 내렸더랍니다. 일본 놈 앞잡이인 떼놈 순경이 호주머니에 손을 쑥 집어넣었거든요. 그랬더니 권총이 만져지는 거요. 그래서 이게 뭐냐고 물었더니 그놈의 말이 너 생명이다. 떼놈 순경이 그냥 내보냈죠. 그놈들의 단결이란 거 무서운 거요."

어둠 속을 기차는 달리고 있었다.

모두 최 영감의 말솜씨에 귀를 기울인다.

"하지만 미국 아니더면 그놈들도 아주 일본에 먹혀버렸지 별 수 있겠소?"

잠바의 사나이가 말했다.

"그건 그렇지. 물자가 무진장이니까. 미국을 당할 나라가 있겠소? 천하 없어도 있는 놈을 당하지는 못하오."

최 영감이 말했다.

기차 속에서 밤을 새우고 아직 어둠이 풀리기 전에, 김천에서 그들 피란민은 미군이 휘두르는 방망이에 쫓겨 내렸다.

"휴우, 여기서 쫓겨 내린 게 다행이지. 걸어서 올려면 며칠이 걸렸을꼬."

최 영감은 벙어리와 지영을 데리고 장거리로 나간다. 최 영감은 유랑극단의 단장 같다. 피란민으로 번창하는 장거리에서 최 영감은 아침밥을 사준다. 장은 풍성했다. 몇 바퀴나 돌아다니면서 아침을 못 사 먹는 피란민도 있고 국수 한 그릇을 사가지고 두 식구가 나누어 먹기도 한다. 정거장 앞에서 밥을 지어 먹는 아낙도 있다. 돼지 순댓국에 해장을 곁들인 최 영감의 조반이 제일 호화판이다. 지영은 목이 메어 밥을 마다하고 국수를 먹는다.

식사가 끝나자 최 영감은 또 온다 간다 소리도 없이 다 부서져버린 김천시가로 사라져버렸다. 벙어리가 앞에서 지켜주니 아이들이나 지영은 이제 아무것도 겁내지 않았다. 낮도깨비처럼 금세 없어지고 나타나지만 최 영감은 요령이 좋다. 최 영감은 다시 나타났다.

"김천 다음 역으로 가면 기차를 얻어 탈 수 있단다. 그래서 달구지를 하나 빌려놨다. 어서 가자."

김천 역전에 갔을 때 최 영감이 얻어놓은 것은 달구지가 아니고 그것은 조랑말의 마차였다.

"난리 덕분에 이런 걸 다 타고, 흥!"

최 영감은 콧방귀를 꿔었다. 솜바지와 염색한 군대 잠바를 입은 마부는 채찍으로 말을 갈겼다.

"도도돗—."

마차는 털거덕거리며 간다. 아이들은 신기해서 서로 쳐다보며 웃는다. 늙고 몸집이 작은 조랑말은 힘이 드는 모양이다. 마차는 김천 시내를 빠셔 들판으로 나온다. 맑은 아침 공기, 나사로운 햇볕, 봄은 분명하게 들판을 누비고 있다. 장날인가. 흰 무명 두루마기와 갓을 쓴 시골 노인들이 긴 담뱃대를 들고 팔을 휘저으며 간다. 수건 쓴 아낙들, 무색옷을 입은 새댁들도 바구니를 이고 간다. 송아지를 몰고 농부들이 간다. 미나리밭의 푸른 미나리에 맺힌 물방울에 햇빛이 반짝인다. 논둑길 옆의 도랑에는 맑은 물이 흐르고 있다.

온 누리에는 평화와 봄이 충만하여 모든 목숨은 너무나 아름답다. 지영은 두려움 없는 봄을 실감하려는 듯 두 아이를 으스러지게 껴안는다. 더 험난한 앞날이 있을지라도 오직 이 순간을 위해 지영은 신에게 감사를 드리는 것이었다. 모든 것을 잃고, 슬픔까지도 잃었는지, 다만 잃지 않았던 것은 슬기로운 목숨과 삶을 향한 의지.

"이랴, 도도도—."

말채찍이 푸른 하늘에 빙글 돌고 고삐를 잡은 마부는 가볍게 뛴다. 포플러 밑을 말방울을 흔들며 마차는 간다.

하늘 끝까지 가라고 지영은 빌었으나 마차는 김천 다음, 조그만 간이역에서 멎고 그들은 마부하고 작별한다. 얼마를 기다리고 있다가 그들은 어젯밤에 타고 온 화물차에 오른다. 대구 못 미쳐, 한 정거장을 남겨놓고 그들은 다시 쫓겨 내렸다.

"여기까지 왔으면 그만이지. 무슨 염치로 또 타고 가아?"

피란민들은 만족해하며 대구를 향해 걷기 시작한다.

최 영감도 이제는 별수 없이 희를 업고 고개를 넘는다.

대구 시가로 들어섰을 때 피란민들은 각각 흩어지고 짐을 진 벙어리는 최 영감 뒤를 따라가며 벙실벙실 웃는다. 최 영감은 과히 나쁘지 않은 여관으로 찾아들어 갔다. 아이들은 낯선 집을 겁내며 지영에게 달라붙는다.

"이제 괜찮아. 이제 괜찮다니까."

여관방에서 지영은 아이들을 끌어안고 그들 얼굴을 쓸어 준다.

점심을 시켜서 먹은 뒤 최 영감은 벙어리에게 얼마간의 돈을 주어 어깨를 툭툭 두들겨주고 이제 너 마음대로 가라는 시늉을 한다. 벙어리는 좀 섭섭한 표정을 짓더니 최 영감이 준 돈에서 십 원짜리를 하나 꺼내어 희에게 내밀며,

"으아아…… 아아."

한다. 희가 겁을 내어 뒷걸음친다.

"희야, 받아. 그리고 고맙습니다 해."

희는 어른들의 얼굴을 번갈아 보다가 고맙습니다 하고 절을 한다. 벙어리는 좋아서 희의 머리를 몇 번이나 쓸어주고 작별 인사를 하며 나갔다.

"거 병신이지만 심성이 곱다."

최 영감은 벙어리를 칭찬하고 또다시 헐레벌떡 밖으로 나 간다.

"거지새끼."

지영은 아이들을 바라보고 중얼거린다. 그리고 옷 보따리를 끌러 아이들에게 옷을 갈아입혀 주고 자신도 깨끗한 스웨터를 꺼내어 갈아입는다.

"야, 지영아, 이 상사가 차 가지고 온단다."

최 영감이 부산하게 떠들며 들어온다.

"이 상사라뇨?"

"아 참, 내가 너한테 얘길 안 했구나. 진주의 수연일 알지?"

"수연이?"

고개를 갸웃거린다.

"그 집도 이번 난리 통에 결딴났다. 이래저래 다 죽고 집도 타 버리고 앉을 데 설 데 없이 망해버렸구나."

"……"

"그래 수연이를 지금 말한 이 상사라는 평양 사람에게 시집 보냈지. 연대장의 운전병인데 아이가 똑똑하고…… 할 수 있나.

그 사람 덕에 살았으니…… 뭐 세상이 이러니 할 수 없지. 그런데 그놈 아이가 대구에 와 있거든. 지금 전화를 걸었더니 마침 잘됐다고, 경주까지 찝차가 간다나? 연대장 댁에 쌀을 싣고 간단다. 그 차편으로 가면 경주에선 또 추럭 가는 게 있으니까, 그래 온다고 했다. 준비해놔라."

얼마 후 여관 앞에 찝차가 온 모양으로 성급하게 누르는 클랙슨 소리가 들려왔다. 쫓아 나간 최 영감은 키가 작은 군인과 함께 들어왔다.

"인사하게, 서울 있는 자네 처의 이종이네."

해병대 복장을 한 젊은 사람은 군인의 기분을 지나치게 표시하며 지영에게 인사한다. 꾹 다문 입술이 얄팍하고 날카로운 눈빛, 성미가 대단하게 보인다. 나이는 스물서넛? 그는 평안도 사투리로 매우 빠르게 말을 했다. 군인은 여관 보이에게 짐을 나르게 하고 자기도 아이들을 안아 차에 올린 뒤 시끄럽게 발동을 건다. 최 영감은 여관 보이에게 뽐내 보이며 거드름을 피운다. 연대장의 장인이나 된 기분으로.

지프차에는 쌀 두 가마니가 실려 있었으므로 지영의 보따리는 차 뒤에 얽어매고 이 상사는 성급하게 차를 돌려 바람처럼 차를 몬다. 대구 시가에서 빠져서 국도로 나선 지프차는 더욱더 빨리, 팔매처럼 날아간다. 차에 탄 사람들의 몸이 펄쩍펄쩍 뛴다.

"그래, 연대장은 안녕하신가?"

최 영감이 넌지시 말을 건다.

"네."

"거, 자네 혼인 때, 애 많이 쓰셨더라. 자네를 친자식처럼 생각한다 하시면서, 잘 섬기게."

"저도 부모 없는 놈이라 부모님같이 생각하고 있지요."

"거 사람이 커. 장차 출세하겠던걸. 그 양반 말씀이 이 상사는 성질 급한 것밖에 험이 없다고, 한번 찝차를 뒤집어엎었는데도 정신 안 차린다고 하시더구나."

"속에 불이 나서 천천히 몰 수가 있어야지요."

"자네 처는 어떻게 할 작정인가?"

"데리고 다닐 수 있어야지요. 일전에 진주 한번 다녀왔지요."

지프차는 미치광이처럼 달린다. 들판과 마을이 휙휙 달아난다. 최 영감은 기분이 좋아서 옛날에 돈 잘 쓰던 시절의 이야기를 늘어놓는다. 달리던 지프차가 별안간 멎는다.

"이거 왜 이래? 바퀴에 뭐가 걸렸나?"

이 상사는 문을 열고 뛰어내린다.

"이거 야단났습니다!"

큰 소리가 뒤에서 들려왔다.

"왜 그러나?"

최 영감이 기웃이 내다본다.

"짐이 없어졌어요."

"뭐? 짐이 없어졌다고?"

최 영감이 화닥닥 뛰어내린다.

"야단났군. 어디 떨어졌을까?"

최 영감의 풀 죽은 목소리.

"바퀴에 줄이 끼어들었군요. 이상하더라니."

"허 참, 야단났군. 어떡하노. 여기까지 잘 와가지고서."

"빨리 타십시오. 되돌아가야겠어요!"

최 영감은 뒤뚝거리며 차에 올라탄다.

"야단났는걸."

이 상사는 문을 꽝 닫고 핸들을 잡더니 차를 휙 돌린다. 오던 길을 쏜살같이 달렸으나 보통이는 보이지 않았다.

"잃어버린 거예요. 그냥 돌아갑시다."

침착하게 지영이 말했다. 이 상사도 하는 수 없었던지 차를 돌리고 말았다.

"도리어 속 편하군요."

지영이 말했다.

초스피드에 흥겨워하던 최 영감의 기는 폭삭 죽고 말았다. 이 상사는 아무 말도 하지 않았다.

"올 때부터 논둑에 버리고 가자 하더니. 방정을 떨어서."

풀이 죽어 있던 최 영감이 화를 발칵 낸다.

"괜찮아요, 이모부. 더 귀중한 걸 다 잃고 오는데 그까짓 것."

하다가 지영은 입을 다문다.

경주에서 이 상사와 작별하고 그들은 부산 가는 트럭을 탄다. 해가 지고 부산진의 불이 보인다. 지영은 잃은 것과 잃은 세월에의 작별보다 닥쳐오는 어둠, 사람, 도시, 전쟁이 전혀 새로운 일처럼 그의 가슴을 치는 것이었다.

그 숱한 길, 수많은 사람이 떼 지어 가는 길, 군용트럭이 수없이 달리던 길, 한반도의 핏줄처럼 칡뿌리처럼 얽힌 그 눈물의 길, 바람과 눈보라, 푸른 보리와 들국화의 피맺힌 길, 세계의 인종들이 밟고 간 길.

'모든 것을 잃었다.'

트럭은 속노를 늦추며 상이 벌어진 길을 전전히 누비고 들어간다. 빨간 사과와 술병, 땅콩과 빵, 노점 불빛 아래 신기롭게 그런 것들이 놓여 있다. 시장의 음악은 트럭 구르는 소리에 들리지 않아도 아름다운 그림처럼 풍경은 한 폭 한 폭 스치고 지나간다.

거대한 발굽에 짓밟힌 개미 떼들, 그 발굽에서 아슬아슬하게 비어져 나와 오랜 황야를 헤매어 이 도시, 사람 속으로 그들은 들어가는 것이다.

달맞이꽃

장덕삼이 마을 술집에 들어갔을 때 서울서 온 작부 미스 김이 주변을 살피며 손짓했다.

"왜 그래?"

"여기서 못 할 말이 뭐 있어? 비밀은 없다. 너하고 잔 건 다 아는 일 아닌가?"

하면서도 여자를 따라 솔가리를 쌓아 올려놓은 주점 뒤안으로 돌아간다.

여자는 목소리를 죽이며,

"어젯밤 이상한 사람이 찾아왔겠죠?"

"……?"

"쪽지를 주면서 장 대장한테 드리라는 거예요. 그리구 그이 말이 당신 날 의심하는 모양인데 산사람을 넘겨주는 일이니, 이것은 꼭 아무도 몰래 장 대장한테 드리라는 거예요."

장덕삼은 쪽지를 받을 생각도 않고 우두커니 서 있다가,

"얼굴 봤어?"

"네, 봤어요."

"키가 크고 늘씬하게 빠졌습디다. 반하겠던데요?"

하며 킥 웃는다.

"쪽지 이리 내놔."

여자는 품속에서 쪽지를 꺼내어 준다. 그리고 좀 경계하는 빛을 띠며,

"나 이런 짓 해서 나중에 화 안 입을까?"

"이봐, 내가 누군지 아나?"

"누구긴요. 장 대장이지."

"그것만 알면 됐어."

장덕삼은 쪽지를 호주머니 속에 집어넣고,

"하여간 내가 말할 때까지 잠자코 있어. 알았나?"

"알아 모셨습니다."

하며 여자는 장덕삼의 손을 잡더니 휙 떠밀어버린다. 그리고 드높은 소리를 내고 웃으며 돌아 나간다.

밤이 되어 물방앗간 옆에 쭈그리고 앉아서 개울을 바라보고 있던 장덕삼은 피워 문 담배를 뽑아 개울에 던지고 일어선다. 골짜기를 따라 올라가다가 그는 참나무를 와두둑 꺾어 그 막대기를 공중을 향해 겨누어 본다. 소나기 같은 물소리는 차츰 멀어지고 나뭇잎 사이로 달빛이 스며든다. 장덕삼은 막대기를 이리저리 휘두르며 ○○암자를 향해 올라간다. 물소리는 아주 끊어지고 나뭇가지를 흔들어주는 바람 소리가 횅하니 지나간다.

○○암자 뒤편으로 돌아서, 아무도 없다. 장덕삼은 암자 앞으로 나간다. 빈 암자 마루에 기훈이 앉아 있다.

"오래간만이군."

기훈은 앉은 채 말했다. 장덕삼은 막대기를 암자 마당에 버린다. 그의 손이 옆구리에 찬 권총으로 가려다 만다.

"겁을 내는군."

기훈은 앉은자리에서 꼼짝하지 않고 비웃는다. 그 말을 듣자 도리어 안심하듯 장덕삼은 기훈이 옆에 가서 나란히 앉으며 담배를 꺼내어 기훈에게 내밀었다. 담배 한 대가 다 타고 꽁초를 암자 마당에 버리는 동안까지 서로 말이 없다. 들쥐가 한 마리 암자 마루 밑에서 쪼르르 나와 수풀 속으로 가버린다.

"아직도 결단을 내리지 못했습니까?"

장덕삼이 먼저 입을 뗀다. 기훈은 여전히 입을 떼려 하지 않는다. 달이 환하게 암자 마당을 비쳐주고 달맞이꽃 도라지꽃이 바람에 흔들린다.

"결단을 내리십시오."

재차 말한다.

"무슨 결단 말인가?"

기훈은 멍한 눈을 들어 장덕삼을 쳐다본다.

"그럼 여기서 만나자고 한 이유가 뭡니까? 나를 묻어버리려고 오라 하지는 않았겠죠?"

"벌써부터 처치했어야 할 인간이었지. 하지만 지금은 그럴 수 없어. 자네한테 부탁할 일이 있으니까."

"말씀하십시오."

"자네, 이가화라는 여자 알지? 바보 같은 그 여자 말이야."

"새삼스럽게 왜 묻지요?"

"그 여자가 코뮤니스트 아닌 것도 자네는 잘 알고 있을 거야."

"물론 압니다."

"그 여자를 살려주게."

"……"

"날 보구 살려주겠다 살려주겠다 하며 귀찮게 굴지 말구, 그 대신 그 여자를 살려주게."

"내가 살려주는 것 아닙니다. 자수자는 처단 안 하는 게 원칙이죠."

"알어. 그러나 그러기 위해서 자네가 필요하단 말이야."

"하 동무는?"

다시 매달리듯 물어본다.

"하산하지 않으리라는 것은 자네 자신이 더 잘 알고 있지 않나? 하지만 알면서도 그러는 심리는 이해할 만해."

기훈은 비스듬히 몸을 뉘듯 하며 다리를 포개어 얹는다.

"알고 있지요."

"알면서 저번에 내가 붙잡혔을 때 자네는 날 죽이지 않고 왜 마음을 돌리려 했었나?"

장덕삼이 얼굴을 들고 기훈을 똑바로 쳐다보며 하는 말이,

"하 동무 말대로 철저한 자기기만 속에 산다면 이쪽이나 저쪽이나 마찬가지 아닐까요? 알면서 마음을 돌리려 한 건 그 때문이오."

기훈이 빙그레 웃는다.

"아직은 내게서 영웅심은 죽지 않았다. 개처럼 살고 싶진 않단 말이야."

"옳소! 난 개처럼 살고 있소. 허나 정직하게 말이오. 사람의 부정직보다 개의 정직을 나는 깨달은 지 오래요. 나는 개처럼

죽고 싶지 않단 말이오! 살고 싶은데 죽는 바보는 되기 싫단 말이오. 잡혔을 때 나는 살고 싶어서 정직한 자백서를 썼습니다. 그들이 사주는 곰탕을 먹었을 때도 살고 싶었소. 술을 먹으라 하더군요. 난 살고 싶은 마음을 잊으려고 사발에 그득히 소주를 부어 마셨소. 뻗었죠 그냥. 목욕을 하랍디다. 했지요. 옷을 주더군요. 입었죠. 그날 밤 성주에서 트럭을 타고 나는 죽으러 가는구나 하고 생각했어요. 내내 트럭 안에서 울었습니다. 살려달라구요. 나는 지금도 그것을 비겁하다 생각지 않소. 도대체 히로이즘이란 뭡니까? 역사가 뭡니까? 이념이 뭐냐 말이오? 내게 있어서 말입니다. 트럭은 대구에 갔습니다. 죽는 줄만 알았는데 그곳에서 일을 해보라 하더군요. 나는 유다처럼 은 오백 냥에 팔려 가지는 않았소. 어쨌든 좋습니다. 이념이나 구호가 없어서 참 좋더군요. 그것이 진실로 해방이었습니다. 내 자신을 위해서 말이오."

일단 말을 끊었다가 장덕삼은 다시,

"자살을 하고 굶어 죽고 실직하고 범죄가 우글거리고 남한은 그런 곳이오. 하지만 못난 놈은 못난 놈끼리, 죄지은 놈은 죄지은 놈끼리 살을 부비고 서로 냄새를 맡으며 산다는 것은 좋습디다. 아직 나에게 모든 자유가 있는 건 아닙니다. 하지만 사는 생명의 자유는 있지 않소. 산에서의 그 무서운 목숨에 대한 위협, 몸서리쳐집니다. 나는 내 어리석은 지식을 얼마나 저주했는지 모르오. 돌을 쪼개고 흙을 파도 사는 자유는 소중한 거요. 나는 산의 사람들을 한 사람이라도 살려놓고 보아야겠어요. 무의미한 개 같은 죽음을 할 필요가 있을까요?"

"좋아, 그 정도로 해두고 가화를 살려주게. 그 여자야말로 너희들 세상에서 떳떳하게 살 수 있는 사람이야."

장덕삼은 말없이 앉았다가,

"언제 데리고 오시겠소?"

"내일 이보다 늦게. 여기서 만나지."

"좋소. 헌데 하 동무는 날 믿소?"

"그건 무슨 뜻인가?"

"내가 만일 그 여자를 사랑하고 있다면?"

"서투른 수작이군. 골목대장의 시절은 벌써 지났을 텐데."

소리를 죽이며 웃는다.

"아무래도 나를 죽일 수 없는 모양이지. 꼭 살리고 싶어 그러는가? 삶의 소중함을 알리고 싶어 그러나? 내가 버리고 그쪽에서 떠나고 한 여자가 열 손가락은 넘을걸."

"당신은 가화를 사랑하고 있소."

"사랑하지. 열 손가락 중에 하나는 될 거야. 손가락 하나가 짤리면 조금은 아프겠지."

"가화를 내가 데리고 산다면?"

기훈은 코웃음 친다.

"헤어진 여자는 모조리 시집가더군. 자살하는 여자도, 혼자 사는 여자도 없더군."

"당신 마음먹기 따라서 가화하고 살 수도 있지 않소."

"자네는 내게 사는 재미를 보여주고 싶어 그러는가? 아니지.
나를 죽이기가 꺼림칙해서 그렇지. 내가 자수를 하고 자네같이
되는 편이 자네에겐 훨씬 마음 편한 일이거든. 자네 그 변절자
의 괴로움을 잠재우기 위해서 말일세. 배반하는 것은 여하튼 기
분 좋은 일 아니까. 도둑놈은 남도 도둑놈 되기를 바라고, 문
둥이는 남도 문둥이 되기를 바라니까 말이지. 자네가 가화를 사
랑이니 어쩌니 하고 엉터리 소리를 하지만 가화는 너희들에게
가도 결코 배반자는 아니지. 코뮤니스트가 아니니까. 자네에겐
내가 가는 것보다 흥미가 없을 수밖에. 자네 자신이 지워버리고
싶고 들여다보기 싫어하는 그 자의식 때문이야. 어차피 잘못 잡
은 어리석은 헛수고에다 일생 동안 목에 걸린 가시 같은 배반자
라는 말을, 도망칠 수 없겠지."

기훈의 말은 폐부를 찌르는 듯 잔인하고 차가운 것이다. 장덕
삼의 눈에 증오와 저주의 빛이 이글이글하니 타오른다.

"그래, 그래서 당신은 옳게 잡고 어리석지 않은 수고를 했단
말이오? 참말로 그것을 자신하고 있단 말이오? 스스로 자기
기만……."

흥분하여 다음 말을 잇지 못한다.

"자신 못하지. 그래, 내가 자네보고 거짓말을 했나? 참말을
한 것뿐인데."

"옳소. 당신은 내게 참말을 했소. 그래 당신은 변절자, 개라

는 말이 무서운 거요? 영웅심이 죽지 않았다고 했죠? 그게 영
웅심이오? 비겁하기론 다 마찬가지요. 나는 생명을 위해, 당신
은 서푼어치 가치도 없는 명예심을 위해. 그 어느 쪽이 더 인간
답죠?"

"생명을 위하는 편이 동물답지."

"모든 것은 없어지고 모든 것은 부서지고 여기서 의상을 벗지
않는 사람이 있을까요? 나는 정말 정직한 동물이 되고 싶소."

"자네는 지금 양심이라는 의상을 걸치고 있어. 완전한 동물도
못 되었시. 여자를 안고 뒹굴어도 배반자, 배반자 하는 말이 북
소리처럼 울리고 있을 거야."

장덕삼은 이를 간다.

"싸움은 그만하지. 어차피 백 보, 오백 보다. 살고 죽는 것보
다 자네나 내나 무엇을 다 잃어버렸다. 그것만은 확실하군."

기훈은 손을 내밀었다. 장덕삼은 그의 손을 잡으며 이를 간
다. 그는 내일 기훈이 가화를 데리고 반드시 이곳에 나타날 것
을 의심치 않았다. 그때 기훈을 체포하리라 그는 결심한다.

개울가에 자란 참나무 떡갈나무 밑둥에는 푸릇푸릇한 이끼
가 끼어 있고 산딸기 덩굴이 개울을 덮어버리듯 우거져 있다.
가화는 머리를 감고 있었다. 돌로 막아 샘처럼 만들어놓은 개울
옆에 앉아서. 기훈이 나무에 기대어 서서 가화를 바라본다. 머
리를 다 감은 뒤 가화는 머리채를 늘어뜨린 채 꾸부정하니 엎드

려 샘을 내려다보고 있다. 머리끝에서 물방울이 샘 위에 떨어진다. 한참 만에 그는 두 손을 모아 머리의 물을 훑어내는데 가는 목덜미에 햇빛이 내린다. 가화는 천천히 머리를 빗어 넘겨 고무줄로 동여매고. 다시 그는 샘을 우두커니 내려다보며 움직이지 않는다.

"가화."

부른다. 가화는 듣지 못하고 샘만 들여다보고 있다.

"가화."

다시 불렀다. 가화는 이상하다는 듯 얼굴을 든다. 그리고 어둠 속을 찬찬히 쳐다보듯 살피며 고개를 흔든다. 그는 부시시 일어선다. 기훈을 본 그는 움찔하고 물러선다.

"놀라지 말어."

한 손으로 가화의 어깨를 누른다.

"오늘 밤 어두워지거든 여기 와서 기다려."

기훈은 등을 가볍게 한 번 두들겨주고 돌아선다. 기훈은 떡갈나무, 넓적한 잎 뒤로 사라졌다.

어두워져서,

"가화."

부르는 소리에 가화는 바위 뒤에서 뛰어나온다. 기훈은 가화의 손목을 꼭 잡고, 아무 말도 못 하게 하고 개울 줄기를 따라 내려간다. 개울물 흐르는 소리는 발자국 소리를 지워준다. 나뭇잎 사이로 달이 나타나고 달이 숨곤 한다. 물소리뿐. 계곡에서 굴러떨어지는 물소리뿐이다. 산과 산이 마주 보고 있다. 계곡에 주빗주빗 솟은 바위에 은빛 달이 흐르고 있다. 벼랑에 달맞이꽃이 하얗게 떼 지어 피어나고 있다. 개울의 폭이 넓어짐에 따라 물소리는 더욱더 커진다. 폭포 근처까지 온 기훈은 가화의 손을 꼭 쥔 채 왼편으로 꺾어 든다. 숲속을 지나간다. 물소리가 차츰 멀어진다. 덤불을 헤치고 가는 기훈의 걸음이 빨라지고 꼭 맞잡은 손과 손 사이에 땀이 흐른다. 물소리가 멀어짐에 따라 서로의 가쁜 숨소리가 들린다. 기훈은 가화의 손을 풀고 그의 가는 허리에 팔을 돌려 바싹 자기 곁으로 다가세우며 걷는다. 숲속을 나온다.

잔디가 듬성듬성한 곳, 기훈은 발길을 멈춘다. 가화의 몸을 앞으로 돌리고 꼭 껴안는다. 심장이 뛰고 있다. 밤이 싸아! 하고 지나간다. 여자를 안은 채 풀 위에 쓰러진다. 품에 안은 채 여자의 옷을 벗긴다. 가화는 스스로 옷을 벗는다. 신선한 향기, 멀리서, 아득한 곳에서 물소리가 들려온다. 하얀 달맞이꽃이 떼를 지어서 피어 있고 물기 머금은 공기가 내리덮인다. 사나이는 내가 좋으냐고 여자에게 묻는다. 미소하며 사나이의 목을 끌어안고 키스한다.

"가화."

가화는 대답 대신 다시 기훈의 목을 끌어안고 키스한다.

"가화."

"아무 말도…… 안 돼요."

"음, 음."

구름 속으로 달이 간다.

"감기 들어. 옷 입어야지."

그들은 옷을 입고 나란히 무릎을 모으고 앉는다.

"이렇게 만난 게 몇 해 만일까?"

하고 기훈이 말했다.

"십 년, 아니 백 년."

"백 년…… 가화는 내게 할 말이 많을 텐데……."

"이제는 아무 말 없어요."

"그래, 나도 이제는 할 말이 없어."

기훈은 장덕삼에게 얻어 온 담배를 꺼내어 붙여 문다.

"가화."

"네?"

"가화는 애기 낳을 수 있을까?"

"어떻게 그걸……."

"오늘 밤…… 애기가 됐음 좋겠다."

"여기서? 알면 우릴 죽여버릴 텐데……."

했으나 가화의 눈엔 두려움이 없다.

"애기 안 낳아도 우린 죽어, 어차피."

"이젠 죽어도 좋아요."

"도망가면 살 수 있어."

"도망……."

"도망가면 되지."

기훈은 다시 한번 말했다.

"어디루 가요?"

신기스러운 듯 가화는 기훈을 자세히 들여다본다. 황홀하게 눈이 빛난다. 달빛이 향유처럼 얼굴 위에 흐른다.

"산 밑으로, 마을로 말이야."

이번에는 기훈이 가화를 가만히 쳐다본다.

"경찰에 붙잡히고 말 거예요."

가화는 기훈의 손을 끌어당겨 볼에 갖다 대며,

"잡히겠지, 물론. 하지만 자수만 한다면 사는 길도 있어. 현재 장덕삼이 살고 있단 말이야."

"선생님……도 그렇게 하시겠단 말이에요? 믿어지지가 않아요."

"믿어지지 않는다구? 나는 어제 장덕삼을 만났어. 그리고 약속했다."

"뭐라구?"

"우리가 내려갈 거라구."

"그러면 그때 왜 도망쳐 오셨어요……."

"……."

"저 땜에 오셨어요?"

"아마…… 그렇지는 않았을 거야."

기훈은 가화의 머리를 쓸어 넘겨준다. 머릿결이 참 부드럽다.

낮에 머리를 감더니.

"바보같이…… 넌 참 바보다, 가화."

기훈의 눈에 눈물이 빙 돈다.

"너 같은 바보가 어디서 그런 용기가 났지? 뭐 할려고 이런 곳에 왔어?"

"선생……님 볼려구요. 이렇게 만나지 않았어요?"

"마을에서 소를 봤지. 어미 소하고 송아지가 함께 가더군, 방울을 흔들면서. 싸리나무 울타리에 저녁 짓는 연기가 나구, 농부는 외양간에 소를 몰아넣고 흙 묻은 옷을 툭툭 털겠지. 풋고추를 넣은 된장찌개 냄새가 부엌 쪽에서 나더군. 아낙이 밥상을 들고나오고…… 가화는 그런 아낙이 되고 나는 그런 농부가 된단 말이야."

담배 연기를 뿜어낸다. 가화는 달맞이꽃을 꺾고 있다. 마을로 내려가자는 기훈의 말에는 아무 흥미도 느끼지 않는 것 같다. 다만 행복한 얼굴로 달맞이꽃을 꺾고 있다. 한 묶음으로 엮어서 그는 기훈 곁으로 돌아왔다.

"선생님?"

"응?"

"꽂아드릴게요."

가화는 미소하며 다 해어진 군복 호주머니 속에 꽃을 꽂는다. 기훈은 그를 끌어당겨 안아준다.

"가화."

"네?"

"마을로 가자는 내 말이 믿어지지 않어?"

"지금이 좋은걸요. 더 이상 욕심 안 부릴래요."

"그럼 안 가겠단 말인가?"

"아, 아, 아니, 선생님 하는 대로 할게요."

"그럼 나하고 함께⋯⋯."

일어섰다. 그는 다시 가화의 손을 잡는다. 가화는 기훈에게 이끌린 채 산길을 타고 내려간다. 그들의 발은 저절로 혼자서 간다. 눈이 방향을 잡아주지 않아도 발은 용케 방향을 삽아 간다. 하기는 산이 안개 속에 묻혔을 때도, 한 치 밖을 볼 수 없는 갈대 속에서도 저절로 방향을 찾아간다. 참 오랜 세월 그들은 산을 타고 살아왔으니까.

가화가 허덕이는 것은 산길이 험한 탓이 아니다. 그는 행복에 숨이 가쁜 것이다.

"선생님?"

"음."

"당신이라 해도 좋아요?"

"좋구말구."

"그때 화나셨죠?"

"그때?"

"그때 이 동무 땜에⋯⋯."

기훈은 크게 웃는다.

"그때 전 선생님하구 낭떠러지에 굴러떨어져 죽으려고 했어요. 그런데 그만, 우, 울어버렸어요."

"정말 나하고 죽으려 했나?"

"네, 정말로."

"바보가 아니군."

웃는다. 웃음소리가 건너편 바위에 부딪는 것 같다. 바위는 어진 늙은 종처럼 가만히 지나가는 두 남녀를 지켜본다.

"선생님."

"당신은 어쩌구?"

기훈은 또 웃었다. 가화도 빙긋이 웃는다.

"선생님?"

"또."

"아이 참…… 저, 선생님도 이 동무 좋아했어요?"

"남자는 원래 여자를 다 좋아하지."

"저도 그렇게만 좋아하셨어요?"

"그렇겠지. 하지만 여자가 남자의 마음을 바꾸어놓는 일이 있어."

"그건?"

"그건 가화가 바보니까 나도 바보가 된 거야. 여자가 똑똑하면 나도 똑똑해지고 여자가 잡스러우면 나도 잡스러워지고…… 하지만 빠지지는 않아."

그들은 벼랑을 돌아 펑퍼짐한 곳으로 나온다. 송판같이 반듯한 바위를 지난다. 곧게 솟은 나무가 우뚝 눈앞에 선다.

"하 동무!"

가화의 손을 잡은 기훈의 팔이 팽 하니 뻗혀진다.

"하 동무!"

기훈은 천천히 돌아선다. 바위 위에 서 있는 사나이의 눈이 총알같이 날아오는 것 같다. 전신에 달빛을 함뿍 받은 사나이는 양손을 바지 주머니에 찌르고 있다.

"어디 가오?"

뒤로 길게 뻗은 그림자 두 개는 움직이지 않는다.

"어디 가느냐 말이오!"

"나는 가지 않소."

조용한 목소리로 기훈이 대답한다. 가화는 기훈의 옷자락을 움켜잡는다. 다시는 놓치지 않으려는 듯 눈은 바위 뒤에 선 사나이에게 박은 채.

"하 동무는 가지 않는다고! 난 벌써부터 알고 있었소. 저 여자가 하 동무를 변절시키고 말리라는 것을. 한 여자로 말미암아 인민의 적의 오명을 쓰겠단 말이오?"

"오리는 물로 가야 하오."

기훈의 목소리가 약하고 비틀거리는 듯하다.

"오리를 물로 돌려보내는 일이 옳소? 수일이를 죽인 것은 누구요? 용납하지 않겠소."

말이 떨어지기도 전에 산이 울렸다. 한 방, 두 방, 그리고 또

한 방, 두 방— 가화는 기훈의 발아래 쓰러지고 사나이는 송판 같이 평평한 바위 위에 쓰러지고. 기훈은 권총을 쥔 채 하늘을 올려다본다.

이 밤따라 바람 소리 하나 없이 달은 너무 밝기만 하다.

어휘 풀이

- 가구지街區地: 도시의 한 블록 정도를 일컫는 말.

- 매시곱다: '매스껍다'의 입말식 표현.

- 메린스[mousseline]: 모슬린, 얇고 부드럽게 짠 모직물.

- 실크해트(silk hat): 남자가 쓰는 정장용 서양 모자.

- 아부나이(あぶない): 위험하다. 위태롭다.

- 야수쟁이: 야소교耶蘇敎는 '예수교'의 음역어로 야수쟁이는 기독교인을 얕
  잡아 이르는 말.

- 요나카 소바(よなか そば): 밤에 파는 메밀국수장수의 외침 소리.

- 자봉침: '재봉틀'의 옛 표현.

- 치루치루 미치루: 『파랑새』의 주인공 '틸틸(tyltyl)'과 '미틸(mytyl)'의 일본식
  발음.

- 흘우놈: '호래자식'의 입말식 표현

작품 해설

구원의 이념과 소설의
새로운 틀짜기

최유찬(문학평론가, 전 연세대학교 국문학과 교수)

1. 작가의 생애와 문학의 전환

박경리는 틈만 나면 책을 읽고 시 쓰기를 즐기는 문학소녀였다. 자연히 시와 같은 짧은 형식의 글을 많이 썼는데 김동리를 만난 뒤 이런 경향이 바뀌게 되었다. 친분이 있던 사람의 부탁으로 박경리의 작품을 읽어본 김동리는 작가의 문학 속에 이야기적 요소가 많다는 점을 지적해주었다. 이 지적은 젊은 작가 지망생의 창작열을 불타오르게 만든 매우 의미 있는 자극이 되었다. 박경리는 '김동리 선생이야말로 자기 내부의 것을 끌어내어 문학을 하게끔 해주신 분', '내가 쓴 졸렬한 시 속에서 소설을 쓸 수 있을 것이란 가능성'을 발견해주신 '내 문학의 아버지'라고 말한 바 있다. 이후 박경리의 문학은 시보다 소설을 중심에 두게 되고 시간의 흐름에 따라 단편소설에서 중편소설로, 그리고 장편소설에서 대하소설로 점차 무게 추를 옮겨가게 된다. 『토지』라는 대하소설이 맨 뒤에 내걸리게 되었음을 상기하면 작가의 생애가 문학의 전개에 그대로 반영되는 형태였다.

박경리의 등단작은 단편 「계산」(1955)과 「흑흑백백」(1956)이다. 전쟁미망인의 삶을 소재로 한다는 점에서 작가의 실제 삶과 구분 짓기 어려울 만큼 자전적 요소를 담뿍 담고 있는 이 소설들의 경향은 『시장과 전장』에도 그대로 이어진다. 이 소설을 전쟁문학의 하나로 간주하는 시각은 분명 일리가 있는 것이지만 온전히 진실에 토대를 둔 의견이라고 단언할 수 있는가 하는 데는 망설임이 따른다. 그 이유는 작품의 제목부터가 모호성을 지니고 있다는 데서 드러난다. '시장市場'과 '전장戰場'은 거기에 쓰인 '장'이라는 말이 함축하듯이 어떤 공간성을 공통적 성분으로 한다는 점에서 병렬될 수 있는 자질을 갖는 것처럼 보이지만 그것들이 동일한 척도에 의해 구분될 수 있는 것인가에 대해서는 한마디로 쉽게 말할 수 없다. 시장은 시끄러운 장터의 분위기에 근사하지만, 전장은 구원의 문제를 놓고 벌이는 이념 논쟁을 함축하는 특성을 지니고 있다. 따라서 작품의 기본 요소가 되는 사건들과 그것의 짜임새를 눈여겨볼 필요가 있는 것이다.

『시장과 전장』은 '남지영'과 '하기훈'이라는 남녀 주인공이 번갈아가면서 등장하여 두 개의 플롯을 이끌어가는 구조이다. 1장이 시작되면 여주인공 지영이 남편과 아이들, 친정어머니를 집에 남겨놓고 북위 38도선 가까이에 있는 연안의 학교로 발령을 받아 떠나가는 이야기가 펼쳐진다. 남편과 어머니의 반대에도 주인공이 떠나려는 뜻을 굽히지 않는다는 점에서 가족 사이에 심각한 갈등 상황이 펼쳐지고 있음을 알 수 있다. 2장은 서사의 또 다른 한 축을 이루는 남주인공 하기훈이 상부의 암살 지령을 실행에 옮기려다 임무는 수행하지 못하고 엉뚱하게 자기 옆에서 정신을 잃고 쓰러지는 '이가화'를 구출하는 이야기다. 가화라는 이름의 이 인물이 작품의 마지막에서 구원의 여인상이 된다는 점을 고려하면 중요 인물들이 처음부터 한 번씩은 얼굴을 내민 셈이 된다. 이러한 형태로 『시장과 전장』은 40개의 장으로 구성되는데, 각 장들 사이의 연결은 그다지 긴밀하지 못하여 한 평론가로부터 '유기적 관계가 모자란다'는 평을 받기도 했다. 그러나 이 같은 평가는 겉모습만을 과장한 것이거나 작가가 주안점으로 삼은 문제를 놓침으로써 초점이 어긋난 것일 수 있다. 그 사실은 자신의 문학에 대한 작가의 다음과 같은 발언을 통해서 직접적으로 확인할 수 있다.

흔히 말하듯 이 설움 저 설움 다해도 배고픈 설움만 할 것인가. 그러나 가로질러 온 내 발자취에서 어떤 궁핍보다 잊지 못하는 것은 내 존엄이 침해당한 일이다. 결코 지워지지 않는 피멍 같은 것, 인간의 존엄과 소외, 이것이 아마도 내 문학의 기저가 아니었나 싶어진다. 사랑은 그것이 어떤 형태나 성질이든 결코 존엄에 손상을 주지 않는다. 사랑은 사람을 소외하지 않는다. 존엄을 지키기 위해 스스로 소외라는 보루를 쌓으나 그것은 필경엔 고육지계에 불과한 것이요, 진실에의 절규는 한층 자심할 것이다. 존엄의 파괴는 진실이 아니기 때문이다. 사랑이 아니기 때문이다.[*]

작가는 존엄이 침해당하는 것을 무엇보다도 견딜 수 없어 했으며 존엄을 지키기 위해 스스로 소외되는 대응책을 써보기도 했으나 그것은 모두 일시적인 것에 불과했다고 말한다. 이러한 작가의 발언은 『시장과 전장』에서 왜 주인공이 가족을 버리고 변방의 학교로 떠났으며 그것이 작가의 자기소외 방식이 되는 이유는 무엇인지 알아볼 수 있게 한다. "존엄과 소외"는 때에 따라서 "사랑과 소외"라는 말로 대치되기도 한다. 존엄과 사랑이 부정될 때 나타나는 현상이 소외다. 박경리의 문학에서 존엄과 소외의 문제는 비교적 이른 시기부터 뚜렷한 형태로 나타난다. 가정 안에서 폭력에 시달리는 여성, 사회생활 속에서 흔히 빚어지는 차별과 멸시. 이런 것들에 대한 촉각은 박경리에게는 생래적인 것이나 다름없이 예민하게 발달되어 있었다. 어머니를 버리고 재혼한 아버지에게서 느낀 차별 의식으로부터 전쟁미망인에게 덧씌워지는 사회적 냉대, 이런 것들에 대한 자의식은 작가에게 "피멍 같은 것"으로 자각되고 사회에 팽배한 소외의 구체

[*] 박경리, 「나의 문학적 자전」, 『꿈꾸는 자가 창조한다』, 나남, 1994.

적인 양상으로 감지된다. 박경리는 이 소외와 그에 대립되는 사랑과 존엄의 관계에 대한 의식이 자기 문학의 밑바탕에 깔려 있는 기본명제라고 명료하게 의식하고 있었던 것이다. 그러나 존엄과 소외 또는 사랑과 소외는 박경리 문학의 바탕을 물들이는데에 그치는 질료가 아니라 작가의 문학 의식이 도달한 가장 높은 지점을 나타내는 하나의 지표로서 작용한다고 해도 무방하다. 그 양상은 『토지』 이전의 대표작 『시장과 전장』에서 역력하게 찾아볼 수 있다. 따라서 박경리의 문학이 추구하고 성취한 것을 온전히 파악하기 위해서는 시에서 소설로 전환한 뒤 박경리 문학에 나타난 변모를 체계적으로 살펴보는 일이 필요하다.

2. 『시장과 전장』의 구조와 구원의 이념

시문학보다 소설 문학을 자신의 중심 장르로 선택한 이후 박경리의 문학은 크게 세 부류로 나뉘어 전개된다. 전쟁미망인의 신변 가족사를 제재로 하여 이야기를 펼치는 여러 편의 중단편 소설이 그 한 부류요, 『김약국의 딸들』과 『시장과 전장』을 비롯한 장편소설이 그에 짝하는 또 한 부류를 이루고 있으며, 대하소설 『토지』가 나머지 한 부분을 차지한다. 이 분류는 작품이 창작되기 시작해 완성된 순서와도 대체로 일치하는데, 그것은 대하소설 『토지』가 다른 어느 작품보다도 『시장과 전장』의 연속선

상에서 이해될 수 있는 소지를 지니고 있음을 알 수 있게 한다. 물론 이와 같은 관점은 『김약국의 딸들』과 『토지』의 연속성을 중시하는 입장이나 문학적 전환 이후에도 작가가 서정적 주체의 역할을 견지했다는 관점으로부터 도전받을 수도 있다. 그러므로 특정 작품과의 연속성보다 그 자체의 특성을 객관적으로 응시하는 것이 더욱 바람직하다는 의견이 성립될 수 있다. 이와 같은 관점에서 작품을 바라보면 작가에게 실제로 일어났던 사건을 바탕으로 한 것으로 알려진 『시장과 전장』에서 두드러지는 것은 일종의 대칭구조이다. 인물들의 성격이 서로 대립할 뿐만 아니라 인물들의 행동에 의하여 성립되는 플롯이나 패턴, 동질적인 듯하면서도 일정하게 이질성을 견지하는 시장과 전장이라는 공간의 의미까지도 대립적인 성격을 지닌다. 예컨대 이 소설에서 시장과 전장은 많은 독자들이 그 말을 듣자마자 쉽게 떠올리게 되는, 대립적 요소들에 바탕을 두는 상징적 의미만을 함축하지 않는다. 서사구조의 구축이 '인물 성격화의 단일성과 전체 구성상의 단일성의 틀'에서 벗어나 플롯의 복잡화, 인물 성격의 내면화에 의해서도 특징지어지고 있는 것이다. 이 소설에 등장하는 남지영, 하기훈, 석산 선생 등은 지식인소설의 인물들이라 할 수 있는 지성적 면모를 지니고 있으며 인물들 사이의 관계도 복잡하게 얽혀 있다. 박경리는 소설 속에 등장하는 관계의 복잡성이나 균형이 지닌 의의에 대하여 이렇게 말한 적이 있다.

"한 작품이 있습니다. 이 작품에는 대학교수가 등장합니다. 우선 대학교수라는 전형을 집중적으로 설정해보아야겠지요. 물론 작가의 취향이 많이 작용할 것이고 또 생략해버리는 부분도 있을 수 있습니다. 그 교수의 성격, 사건, 처지를 기둥으로 삼을 때 그 성격의 기둥을 받쳐주기 위하여 용모, 기호, 취미, 체격, 주변 상황, 그런 고임들이 필요한 것입니다. 말하자면 성격의 균형을 잡아주기 위해서지요."[*]

한 편의 작품이 바로 서기 위해서는 무수한 요건이 갖추어지고 전체적으로 조정되어야 한다. 단일한 구성 요소만을 갖추기 위해서도 생각지 않게 많은 노력이 필요하다. 『시장과 전장』은 작품의 물리적 요건뿐만 아니라 정신적 요건들에 대한 배려 또한 필요로 하므로 다른 작품에 비해 더 많은 것을 요구하는 것이 당연한 일이다. 그 가운데서도 소외된 상태에 있는 사람의 존엄에 대하여 배려하는 일은 무엇보다도 중요하다. 작품에서 주인공 남지영은 물건값을 제대로 치르지 않고 별다른 죄의식 없이 남의 집 감자를 캐 오는 남편에게 실망하고 환멸을 느낀다. 그리하여 모든 것을 버리고 자기를 소외시킨다. 집을 떠나 연안의 학교로 간 것은 자기를 소외시키는 것들에 대한 반항의 일종이었다. 그렇지만 이 작품의 전개에서는 그와 같은 성격의

[*] 박경리, 「나의 문학적 자전」, 『꿈꾸는 자가 창조한다』, 나남, 1994.

존엄과 소외의 관계 설정에 대한 일대 전환이 부지불식간에 일어난다. 그 전환은, 그토록 남편의 소외된 의식에 대해서 절망을 느꼈던 주인공 지영이 가족을 지키기 위해서라면 자신도 그러한 행동을 서슴없이 행할 것이라고 생각하는 자리에서 일어난다. 이 장면에 이르면 지금까지의 가치체계는 여지없이 무너져 내리게 된다.

『시장과 전장』에서 지영과 기훈은 거의 같은 층위에 속하는 사람들이다. 사물을 합리적으로 판별할 수 있는 지성이나 사회적 지위를 가졌을 뿐만 아니라 활동 역량의 측면에서도 능력을 충분히 인정받는 사람들이다. 하지만 소설에서 이들이 놓이는 층위는 남모르게 달라진다. '시장'이라는 언어 구분에 의해서 화해, 희망, 활기 등으로 특징지어질 수 있는 동질적 성분들이 지영을 중심으로 한데 모이고, '전장'이라는 말에 의해서 혁명, 이념, 민중성 등이 동질적 성분으로 하기훈과 한데 감싸인다. 『시장과 전장』이라는 작품 제목은 은밀히 그러한 상징성을 조장하기 위해 선택되었는지도 모른다. 이 소설에서 그 상징성이 극화한 사례는 하기훈과 이가화의 이상적 관계에서 찾아볼 수 있다. 이가화는 오직 사랑의 정화가 되고자 하고 하기훈은 어떤 일을 겪더라도 자신이 품은 구원의 이념을 실현하는 데 온 힘을 모으고자 한다. 이렇게 보면 남지영과 하기석에게는 구원의 초점이 평속한 가족주의에 있는 것으로 보이지만 그것은 그 어떤 이들보다도 더 간절하고 가장 치열하게 추구되는 일이고 그러한 성격은 개인의 자유와 해방, 그리고 각성에 구원의 초점을 맞추는 장덕삼이나 석산 선생의 이념에 접근해간다. 나름으로 각각의 행위에 층위가 부여되면서 몇 개의 서사 단위가 구축되는 것이다. 이에 비해서 이 소설의 '전장'과 관련된 구원의 이미지는 '시장'의 경우보다 더욱 선명한 몇 개의 층위를 지닌다. 하기훈과 석산, 자운 선생이 참여한 코뮤니스트의 입장에 대한 토론이 가장 넓은 범위에서 진행된다면, 장덕삼과 하기훈의 논의는 현실의 상황을 타개해나가는 방법에 대한 실제적인 방안의 모색과 관련된다. 이 소설의 이념 검증이 종래와는 다른 이념 논증의 방식으로 진행된다는 진단은 이런 양태를 보다 구체적으로 구분해보는 지적이라고 할 것이다. 이 소설에서 하기훈이 진정한 코뮤니스트의 입상立像을 제시하려는 작가의 노력과 일정한 관련을 지니고 형상화된다면 그것은 구원의 이념으로서 이가화의 상징성 창조와 불가분리의 관계를 지닌다. 사랑하는 사람을 배반하고 부모님을 죽음으로 몰아넣은 사람까지도 사랑으로 포용하는 순백의 사랑이 이가화를 통해 표현되고 있는 것이다. 물론 이와 같은 사랑의 정화는 현실에 모습을 드러내는 것이 쉽지 않고 설사 그 존재를 드러낸다 할지라도 공감을 이끌어내기가 쉽지 않다. 작가도 그것을 알았기 때문에 작품의 후반에 이르러서야 은막의 커튼 뒤에 이가화의 실루엣을 비추는 데 그치지만, 인간의 진정한 구원은 그러한 꿈의 세계를 벗어나서 실현 가능한 것이 아니라는 점도 현실적으로 인정하지 않을 수 없는 딜레

마이다. 작가는 그 딜레마를 절실하게 인정했기에 냉담한 기훈
조차 아이를 낳고 싶어 하는 가화의 이미지를 통해 사랑만이 인
간의 존엄을 지킬 수 있는 최후의 보루라고 말하고 있는 것이
다. 시장과 전장의 싸움은 오늘내일 끝낼 수 없는 인간의 운명
일지 모르지만 구원의 꿈 또한 사람이 버릴 수 없는 생존의 무
기인 것이다.

3. 『시장과 전장』의 문학적 위상

박경리의 장편소설 가운데서 『시장과 전장』은 초기의 작품들
이 지닌 한계를 넘어서 현대소설의 새로운 지평을 열어간 대표
적 작품이다. 그 성과는 한 작품의 성취에 그치지 않고 문학사
적 의미망을 형성할 수 있는 자질을 갖추고 있다. 그 대강을 요
약하면 다음과 같다.

첫째, 문학이 소외된 인간의 구원에 어떻게 기여할 수 있는지
구체적인 경로를 탐험하였다. 구원의 층위와 그에 대한 독자의
서로 다른 기대 효과의 상관관계도 문학에 대한 이해에서 매우
중요한 요소가 된다.

둘째, 『시장과 전장』은 『김약국의 딸들』에서 『토지』로 이어지
는 계선을 구성하는 작품으로서 남북으로 분단된 현실에서 분
단문학을 넘어선 이념소설 또는 사상소설의 존재 가능성을 구

체적으로 모색하였다.

셋째, 근대의 문학이 요청하는 문체의 수립 방법이 무엇인지 언어 실험을 수행하였다. '집'과 '곳'의 구분, 현재형 어미의 의도적 사용이 가질 수 있는 효과 등에 대한 여러 가지 실험은 그 자체만으로도 충분히 의미 있는 것으로 판단된다.

넷째, 중단편 소설에서 획득한 성과를 바탕으로 생활의 소재를 작품 속에 형상화하는 방안을 다채롭게 모색하였다.

다섯째, 남지영, 이가화, 하기훈, 석산 선생 등 인간 원형에 대한 고찰에서 획득한 인간상들은 문학예술의 형상화 방법에 대한 모색에서 참조할 수 있는 새로운 모형이다.

시장과 전장

초판 1쇄 인쇄 2024년 4월 12일
초판 1쇄 발행 2024년 4월 23일

지은이 박경리
펴낸이 김선식

부사장 김은영
콘텐츠사업2본부장 박현미
책임편집 곽수빈 **디자인** 정명희 **책임마케터** 최혜령
콘텐츠사업6팀장 임경섭 **콘텐츠사업6팀** 곽수빈, 임고운, 정명희
마케팅본부장 권장규 **마케팅1팀** 최혜령, 오서영, 문서희 **채널1팀** 박태준
미디어홍보본부장 정명찬 **브랜드관리팀** 안지혜, 오수미, 김은지, 이소영
뉴미디어팀 김민정, 이지은, 홍수경, 서가을, 문윤정, 이예주
크리에이티브팀 임유나, 박지수, 변승주, 김화정, 장세진, 박장미, 박주현
지식교양팀 이수인, 염아라, 석찬미, 김혜원, 백지은
편집관리팀 조세현, 김호주, 백설희 **저작권팀** 한승빈, 이슬, 윤제희
재무관리팀 하미선, 윤이경, 김재경, 이보람, 임혜정
인사총무팀 강미숙, 지석배, 김혜진, 황종원
제작관리팀 이소현, 김소영, 김진경, 최완규, 이지우, 박예찬
물류관리팀 김형기, 김선민, 주정훈, 김선진, 한유현, 전태연, 양문현, 이민운
외부스태프 교정교열 김가영 본문 조판 스튜디오 수박

펴낸곳 다산북스 **출판등록** 2005년 12월 23일 제313-2005-00277호
주소 경기도 파주시 회동길 490
전화 02-704-1724 **팩스** 02-703-2219
이메일 dasanbooks@dasanbooks.com
홈페이지 www.dasan.group **블로그** blog.naver.com/dasan_books
용지 스마일몬스터 **인쇄** 상지사피앤비 **코팅 및 후가공** 평창피앤지 **제본** 상지사피앤비

ISBN 979-11-306-5204-7 (03810)